식스웨이크

SIX WAKES

식스웨이크

SIX WAKES

무르 래퍼티 지음 **신해경** 옮김

아작

일러두기

모든 주석은 옮긴이의 것입니다.

코니 월리스와 제임스 패트릭 켈리에게 바친다.

차례

——————————— 제3부 ———————————

세 번째 깨어남 — 히로

클론의 존재 관리를 위한 보충 조항들에 관한 국제법

2282년 9월 9일 제정

1. 개인의 클론을 동시에 두 개 이상 만드는 것은 불법이다. 각 클론은 하나의 개인이다. 클론 복제 기술은 개체의 증식이 아니라 생명 연장을 목적으로 사용되어야 한다. 자의나 타의에 의해 클론이 중복 복제되었을 경우, 최근 클론이 본인의 신원을 요구할 권리를 가지며 다른 클론(들)은 이 권리와 무관하다.

2. 클론이 아이를 낳거나 아이의 아버지가 되는 것은 불법이다. 클론은 생명이 이어지는 동안 그 자신의 자녀로 간주되며, 이는 상속법의 효력이 미치는 영역까지 포함한다. 클론은 재생될 시 불임 상태이어야 한다.

3. 특정 마인드맵을 원래의 DNA를 가지지 않는 신체에 넣는 것은 불법이다.

4. 클론은 최근 의식을 담은 마인드맵을 저장장치에 넣어 항상 소지해야 한다. 당국은 불시에 클론과 클론의 마인드맵을 수색할 수 있다.

5. 클론의 DNA나 마인드맵을 수정하는 것은 불법이다(제2 보충안의 경우는 예외). 클론은 원래 신체의 DNA와 원래 마인드맵을 계속 이어가야 한다.

6. 클론이 남긴 껍데기는 신속하게, 위생적으로, 의례나 의식 없이 폐기되어야 한다.

7. 클론이 다시 태어나기 위해 현재의 생을 끝내는 것은 불법이다(예외 1: 죽음이 임박한 상태이며 고통을 겪고 있음을 자격 갖춘 의사가 인정할 경우, 클론은 안락사 동의서에 서명할 수 있다. 예외 2: 제1 보충안을 보라).

제 1 부

첫 번째 깨어남
— 도르미레호 승무원

1

이것은 파이프가 아니다

첫째 날
2493년 7월 25일

걸쭉한 합성 양수액을 뚫고 고함 소리가 들렸다. 한번 들리고 나니 전기톱 소리처럼 크고 집요하고 끈덕졌다. 무슨 말인지 알아들을 수는 없어도, 그다지 휘말리고 싶지 않은 상황인 듯했다.

또 재생된 데 대한 마뜩잖은 기분으로 마리아 아레나는 자신이 누구이고 여기가 어디인지 떠올렸다. 그녀는 마지막으로 백업된 기억을 뒤졌다. 승무원들은 도르미레호에 마련된 거주 공간에 막 들어왔고, 재생실은 선내를 돌아보며 맨 마지막으로 들른 곳이었다. 거기서 다들 이 우주선에서의 첫 백업을 했다.

그 직후에 뭔가 사고를 당하거나 해서 죽는 바람에 새 클론을 깨워야 했던 게 틀림없다. 이렇게 칠칠치 못하게 생을 써서야 저 분노에 찬 전기톱 소음의 진원지일 듯한 선장에게 좋은 인상을 주지는 못할 것이다.

15

마리아는 마침내 눈을 떴다. 재생 탱크 앞에 진한 색의 둥근 방울 같은 것들이 둥둥 떠 있었다. 저게 뭘까 싶어 판별해보려고 했지만, 처음 사용하는 방금 재생된 뇌로서는 어려운 일이었다. 온통 난장판에다 뭔가 잘못된 것들이 너무 많았다.

주변을 둘러싼 푸른빛 도는 액체 때문에 탱크 바깥쪽에 묻은 얼룩들이 자주색으로 보였다. 마리아는 그 둥근 방울들이 피라고 짐작했다. 피가 떠다녀서는 안 되는 일이었다. 그게 첫 번째 문제였다. 피가 떠다닌다는 건, 우주선을 회전시키는 중력 구동장치가 멈췄다는 의미였다. 아마도 누군가가 소리를 지르고 있는 이유 중의 하나이리라. '피와 중력 구동장치.'

재생실에 피, 그건 또 다른 문제였다. 재생실은 아직 사용하지 않은 청정한 구역으로, 이전 몸이 죽었을 때 새로 복제된 몸으로 사람을 내려받는 곳이었다. 그러는 편이 비명과 유혈이 낭자한 인간의 출산보다 훨씬 깔끔하고 덜 고통스러웠다.

그런데 다시 피라니.

재생실에는 푸른빛 도는 합성 양수액과 차례를 기다리는 승무원들의 클론이 든 재생 탱크 여섯 개가 깔끔하게 두 줄로 서 있었다. 피는 복도 저쪽에 있는 의무실에나 관련된 것이었다. 의무실에서 새어 나온 피 한 방울이 복도를 지나 재생실 마리아의 재생 탱크 앞에 떠 있어도 터무니없이 이례적인 일이 일어났다고 할 판인데, 지금 상황은 그런 정도가 아니었다. 둥둥 뜬 핏방울들 위에 사람의 몸이 있었다. 사실은 여러 사람의 몸이.

마지막 문제는, 중력 구동장치가 '이미' 멈추었고, 누군가가 재생실에서 상처를 입었다면, 다른 승무원 누군가가 피를 '이미' 청소했어야 했다. 누군가는 항상 대기하며 새 클론이 죽음으로부터 새로운 몸으로 순조롭게 이행하는지 지켜보아야 했다.

말이 안 되는 일이었다. 완벽한 자주색 구체의 피가 눈앞에 떠 있어서는 안 되었다.

마리아가 깨어난 지 족히 1분이 지났다. 아무도 그녀가 움직일 수 있도록 컴퓨터를 조작해 합성 양수액을 배출해주지 않았다.

뇌의 한쪽이 저 위의 몸들을 더 신경 써야 한다고 소리를 지르기 시작했지만, 뇌의 아주 작은 부분일 뿐이었다.

재생 탱크 안에 설치된 긴급 탈출 장치를 써본 적은 없었다. 예전에 어떤 기술자들이 장난을 친답시고 어느 여성 클론을 깨워서는 몇 시간 동안 탱크에 혼자 내버려둔 사건이 있었다. 그 뒤로 과학자들이 재생 탱크에 그런 장치를 설치했다. 전해지는 이야기에 따르면, 그 클론이 마침내 자유로워졌을 때, 그 결과가 얼마나 지저분하고 폭력적이었던지, 일부 기술자들은 새로 재생되어야 했다. 그 사건 이후로 공학자들은 어떤 이유로든 클론이 안에 갇혔을 때 스스로 나올 수 있도록 재생 탱크 내부에 탈출 스위치를 추가했다.

마리아가 단추를 누르자 배수 장치가 가동되는 철컹 소리가 들렸지만, 합성 양수액에는 아무 변화가 없었다.

배수 기능은 액체가 흘러나가도록 돕는 중력에 의존했다. 배관의 기초상식이었다. 밸브가 열렸어도 액체는 마리아를 둘러싼 자궁의 형태를 완고하게 유지했다.

그녀는 고함의 진원이 어딘지 찾아보았다. 젖은 머리카락을 뾰족뾰족하고 위협적인 후광처럼 두른 승무원 하나가 발가벗은 채 컴퓨터 제어대 앞에 떠 있었다. 깨어난 다른 클론이었다. 그러면 둘이나 죽었단 말이야?

돌아보니 재생 탱크 네 개 안에 동료 승무원들이 떠 있었다. 모두 눈을 뜬 채 긴급 탈출 방안을 찾는 중이었다. 철컹 소리가 세 번 났고, 다들 마리아와 똑같은 상황에 봉착했다.

마리아는 탱크 문을 여는 다른 긴급 스위치를 눌렀다. 보통은 액체가 다 빠져나간 뒤에 사용해야 하지만, 지금은 정상적인 상황이 아니었다. 마리아를 감싼 상당한 양의 인공 양수액이 탱크에서 나와 앞에 뜬 핏방울과 가볍게 부딪쳤다. 두 액체의 표면장력이 작용하여 핏방울이 튕겨 나갔다.

마리아는 '무중력 상태에서는 어떻게 액체 감옥을 빠져나오는가'라는 문제에 맞닥뜨려본 적이 없었다. 시험적으로 고개를 휘휘 저어봤지만 커다란 액체 덩어리에서 약간의 액체 방울이 떨어져 나가 떠갈 뿐이었다. 여러 번의 생을 거치면서 꼴사나운 상황에 처한 적이 없진 않았지만, 이런 경우는 처음이었다.

'작용과 반작용.' 그런 생각을 하면서 마리아는 산소가 풍부한 액체를 최대한 많이 들이쉬었다가 재채기를 하듯이 폐에 든 모든 것을 뿜어냈다. 끈끈한 액체 속이라 대기 중에서처럼 빠르지는 않았지만, 그 덕분에 몸이 밀리면서 액체 덩어리에서 벗어나는 데 도움이 되었다. 공기를 들이마시자 기침이 나면서 폐에 남은 액체가 분사하듯 토해졌고, 기침에 따른 무의식적인 몸짓 탓에 몸이 뒤로 밀리면서 컴퓨터 제어대에 머리를 부딪쳤다.

마침내 액체에서 벗어난 마리아가 숨을 몰아쉬면서 고개를 들었다.

"아, 젠장."

방 안에 흩어진 피와 다른 액체들 사이에 죽은 동료 셋이 떠 있었다. 시체 두 구에는 피의 촉수가 여러 개 돋았다. 치명적인 상처에서 떨어지기를 거부하는 핏덩이들이었다. 네 번째 시체가 컴퓨터 제어대 의자에 고정돼 있었다.

새로 재생된 승무원들이 재생 탱크에서 탈출하려고 애를 쓰자 다량의 합성 양수액이 피범벅인 시체들에 가서 붙었다. 다른 새 클론들도 주변 상황을 보고 그녀 못지않게 충격을 받은 듯했다.

카트리나 선장이 여전히 컴퓨터에 시선을 고정한 채 옆으로 떠 왔다. "마리아, 처다보지만 말고 뭔가 쓸모있는 일을 해. 다른 사람들이 괜찮은지 확인해봐."

마리아는 컴퓨터 단말기에 접근하려는 선장에게 자리를 비켜 주려고 허둥지둥 벽에 고정된 손잡이를 잡고 몸을 띄웠다.

선장이 키보드를 두드리더니 화면을 손으로 찔렀다. "이안, 대체 무슨 일이야?"

"말하기 기능에 접근할 수 없습니다." 컴퓨터가 약간은 로봇 같은 남성의 목소리로 말했다.

"Ceci n'est pas une pipe(이것은 파이프가 아니다)." 머리 위에서 누군가가 중얼거렸다. 마리아는 그제야 충격에서 벗어나 다른 승무원들의 상태를 확인하라는 선장의 명령을 떠올렸다.

그 말을 한 사람은 조종사이자 항해사인 아키히로 사토였다. 마리아는 몇 시간 전, 도르미레호 출항에 앞서 열린 칵테일 파티에서 그를 만났다.

"히로, 왜 프랑스어로 말해요?" 마리아가 어리둥절해서 물었다. "괜찮아요?"

"누가 대놓고 자기는 말할 수 없다고 말하는 게 꼭 '이것은 파이프가 아니다'라는 옛날 파이프 그림의 제목 같아서 말이에요. 그게 미대 학생들에게는 깊이 생각해봐야 할 논란거리였던 모양이

더라고요. 그냥 해본 말이에요." 히로가 고갯짓으로 재생실 안을 가리켰다. "그건 그렇고, 무슨 일이에요?"

"전혀 모르겠어요." 마리아가 말했다. "하지만 세상에, 이런 난장판이라니. 저는 가서 다른 사람들을 확인해봐야겠어요."

"빌어먹을, 너 방금 말했잖아." 카트리나 선장이 화면 여기저기로 아이콘들을 끌면서 컴퓨터에게 말했다. "거기 안에서 뭔가 돌아가고 있잖아. 말을 해, 이안."

"말하기 기능에 접근할 수 없습니다." 인공지능이 똑같은 말을 반복하자 카트리나 선장은 키보드를 내리쳤고, 그러고는 반작용으로 몸이 뒤로 밀리지 않도록 키보드를 움켜잡았다.

벽에 고정된 손잡이들을 이용하여 방을 빙 둘러 이동하는 마리아를 히로가 뒤따랐다. 문득 고개를 든 마리아는 서열 2위인 부선장 볼프강의 섬뜩한 시체와 마주했다. 마리아는 구멍마다 돋아난 핏덩어리 촉수들이 떨어지지 않도록 조심하면서 시체를 살짝 옆으로 밀었다.

마리아와 히로는 웅크린 채 폐에 든 합성 양수액을 빼내느라 콜록거리는 살아있는 볼프강 쪽으로 떠갔다. "이게 대체 무슨 일이야?" 볼프강이 쉰 목소리로 물었다.

"우리도 알았으면 좋겠어요." 마리아가 말했다. "괜찮아요?"

볼프강이 고개를 끄덕이고는 가보라는 손짓을 했다. 그가 허리를 세우자 안 그래도 큰 키가 쑥 더 늘어나는 듯했다. 볼프강은 달 정착지인 루나 태생인데, 대대로 낮은 중력에서 평생을 살다 보니 뼈가 길어졌다. 그가 손잡이를 잡고 선장 쪽으로 몸을 끌었다.

"뭐 기억나는 거 있어요?" 다른 동료에게 다가가면서 마리아가 히로에게 물었다.

"제가 마지막으로 백업한 게 우주선에 탑승한 직후였어요. 제 마지막 기억으로 우리는 아직 출발도 안 했어요." 히로가 말했다.

마리아가 고개를 끄덕였다. "저와 똑같네요. 우리는 아직 정박해 있거나, 아니면 지구에서 고작 몇 주 정도 떨어져 있어야 해요."

"그보다 훨씬 긴급한 문제들이 있는 거 같네요. 우리의 현재 상태 같은 거 말이에요." 히로가 말했다.

"맞아요. 우리의 현재 상태는 우리 중 네 명이 죽었다는 거죠." 마리아가 시체들을 가리키며 말했다. "그리고 나머지 둘도 마찬가지일 거라고 짐작되네요."

"어쩌다가 우리 전부가 죽었을까요?" 피 묻은 몸뚱이를 피하며 약간 창백해진 얼굴로 히로가 물었다. "그리고 저와 선장님은 어떻게 된 걸까요?"

재생실에 둥둥 떠 있지 않은 '나머지 둘'의 시체를 이르는 말이었다. 부선장 볼프강과 엔지니어인 폴 쇠라, 의사인 조애나 글래스는 모두 죽은 채 재생 탱크와 서로에게 가볍게 부딪혀가며 실내를 둥둥 떠다니고 있었다.

뒷줄에 있는 재생 탱크에서 기침 소리가 나더니 온화한 목소리가 들렸다. "뭔가 좀 난폭한 거 같군요."

"돌아오신 걸 환영해요, 선생님. 괜찮으세요?" 마리아가 그 여자 쪽으로 몸을 끌면서 물었다.

합성 양수액에 젖은 꼬불꼬불한 머리카락을 반짝이며 조애나의 새 클론이 고개를 끄덕였다. 새 클론이 다 그렇듯이 그녀의 상체는 늘씬하고 튼튼했지만, 다리는 작고 뒤틀렸다. 조애나가 힐끗 위쪽의 시체들을 보고는 미간을 찌푸렸다. "무슨 일이에요?" 그녀는 대답을 기다리지 않고 덥석 손잡이를 잡더니 시체 하나가 떠 있는 천장 쪽으로 몸을 끌었다.

"폴 좀 확인해줘요." 마리아가 히로에게 부탁하고 조애나의 뒤를 따랐다.

조애나가 자기 시체를 뒤집어 잘 보이는 곳에다 끌어놓더니 눈이 휘둥그레졌다. 그러고는 나직이 욕설을 뱉었다. 의사 뒤로 다가간 마리아는 훨씬 큰 소리로 욕을 했다.

의사의 목 앞쪽에 칼에 찔린 상처가 있고, 거기서 거대한 핏덩이들이 뻗어 나와 흔들리고 있었다. 나이가 들어 보이는 죽은 의사의 얼굴이 알려주는 게 있다면, 그들이 임무의 초기 단계를 이미 지났다는 사실이었다. 마리아가 기억하는 의사는 매끄러운 검은 피부와 검은 머리카락을 가진 30대 여성이었다. 지금 보이는 의사의 시체는 눈가와 입가에 주름이 지고, 촘촘하게 땋은 머리에는 백발이 성성했다. 마리아는 다른 시체들도 살펴보았다. 알고 봐서 그런지, 이제는 다들 나이가 들어 보였다.

"저는 눈치도 못 챘어요." 마리아가 숨을 죽인 채 말했다. "저, 저는 그저 핏방울과 핏덩어리만 보였거든요. 우리가 이 우주선에 몇십 년은 있었던 것 같아요. 혹시 기억나는 거 있으세요?"

"아니요." 조애나의 목소리는 단호하고 엄했다. "선장에게 알려야겠어요."

"아무것도 건드리지 마! 여기 전체가 범죄 현장이야!" 볼프강이 밑에서 그들을 향해 소리를 질렀다. "그 시체에서 떨어져!"

"볼프강, 범죄 현장은 이미 약 1만 리터의 합성 양수액으로 오염됐어요. 이게 범죄 현장인지는 모르겠지만 말이죠." 히로가 폴의 재생 탱크 옆에서 말했다. "온 천지에 튄 피도 있고요."

"'이게 범죄 현장인지는 모르겠다'라니, 무슨 뜻이에요?" 마리아가 물었다. "중력 구동장치가 죽어서 우주선이 회전을 멈추니 칼이 저절로 우리에게 날아들었다고 생각해요?"

얘기가 나왔으니 말이지만, 칼이 천장 가까운 곳에 떠 있었다. 마리아가 체액으로 꽉 막힌 공기 흡입 필터에서 칼을 꺼내야 하는, 차마 생각하기도 싫은 상황이 되기 전에 몸을 띄워 칼을 낚아챘다.

의사는 볼프강의 명령에 따라 자신의 옛 몸을 떠나 그와 선장에게로 향했다. "이건 살인이에요." 조애나가 말했다. "하지만 히로 말이 맞아요, 볼프강. 무중력 상태에서의 법의학이 과학으로 발전하지 못한 데는 이유가 있어요. 우리가 얘기하는 사이에도 공기 필터가 증거들을 빨아들이고 있지요. 지금쯤은 다들 다른 사람의 피를 뒤집어썼을 테고요. 그리고 지금 여기에 여섯 명의 새로운 사람이 있으니, 탱크 여섯 개 분량의 합성 양수액이 떠다니며 그나마 남은 걸 엉망으로 만드는 중이겠죠."

볼프강이 어금니를 꽉 물고는 조애나를 노려보았다. 볼프강의 크고 늘씬한 몸이 푸른빛 도는 인공 양수액으로 번득였다. 볼프강이 의사의 말에 반박하려고 입을 여는 참에 히로가 끼어들었다.

"다섯이죠." 히로가 끼어들더니 갑자기 재채기를 하면서 폐에 남은 합성 양수액을 뿜어냈다. 마리아가 겨우 피했다. 히로가 사과한다는 의미로 얼굴을 찡그렸다. "다섯 명의 새로운 사람들이에요. 폴이 아직 안에 있어요." 히로가 재생 탱크 안에 눈을 감은 채 남아 있는 그들의 엔지니어를 가리켰다.

마리아는 재생 탱크에 있을 때 폴이 눈을 뜬 걸 본 기억이 있었다. 하지만 지금 폴은 숨바꼭질하는 아이처럼, 술래가 누구든 들키면 잡아먹히리라 생각하는 아이처럼 두 손으로 사타구니를 가린 채 눈을 꼭 감고 있었다. 본디 땅딸막한 체형이긴 했지만, 마리아가 알던 살집이 두툼한 몸매가 아니라 가볍게 근육이 붙은 몸매의 폴 역시 창백했다.

"꺼내." 카트리나 선장이 말했다. 볼프강이 지시에 따라 다른 컴퓨터 단말기로 가서 재생 탱크를 여는 단추를 눌렀다.

히로가 폴에게 다가가 손목을 잡고 액체 감옥에서 끌어냈다.

"좋아요, 우리 중 다섯만 나왔어요." 마리아가 밑으로 가라앉으며 말했다. "그러면 문제의 합성 양수액이 1천5백 리터 정도 줄겠네요. 그렇다고 크게 나아지진 않아요. 여전히 엄청난 양의 쓰레기가 날아다니고 있으니까요. 시체 말고는 어디에서도 증거를 잡아낼 수 없을 듯해요." 마리아가 엄지와 검지로 칼의 손잡이 가장자리를 잡고서 볼프강에게 내밀었다. "아마 살인 무기에서도요."

볼프강이 두리번거리자 마리아는 그가 칼을 받을 때 쓸 무언가를 찾고 있다는 사실을 알아챘다. "볼프강, 이건 이미 제 손으로 오염됐어요. 게다가 피와 시체들 사이에 떠 있었고요. 여기서 우리가 얻어낼 수 있는 건 이게 우리 모두를 죽였으리라는 사실뿐이에요."

"이안을 활성화해야 해." 카트리나 선장이 말했다. "중력 구동 장치를 다시 작동시켜. 다른 두 시체도 찾아봐. 화물도 확인하고. 그러면 우리 상황을 완전히 알 수 있겠지."

히로가 잽싸게 폴의 등을 강타하자 폴이 허리를 숙이고는 흐느끼면서 구역질을 해댔다. 천지 사방 분간도 못 한 채 벽에 부딪혀 튀는 폴을 볼프강이 경멸하는 표정으로 지켜보았다.

"일단 이안이 활성화되면, 지구와의 통신 채널을 확보할 거야."

카트리나 선장이 말했다.

"말하기 기능에 접근할 수 없습니다." 컴퓨터가 똑같은 말을 반복했다. 선장이 어금니를 꽉 물었다.

"일이 어려워질 것 같아요, 선장." 조애나가 말했다. "이 시체들은 상당히 나이 들어 보이는데, 그건 우리 마인드맵이 아는 것보다 우리가 우주에 훨씬 오래 있었다는 뜻이지요."

카트리나 선장이 눈을 감고 이마를 문질렀다. 잠시 말이 없다가 눈을 뜨고는 컴퓨터 단말기에 뭔가를 입력하기 시작했다. "폴을 어떻게든 해봐. 그가 필요해."

아직도 사타구니를 감추려 애쓰면서 작은 공처럼 웅크린 채 둥둥 떠다니며 흐느끼는 폴을 히로가 무기력하게 쳐다보았다.

토사물 덩어리가, 인체가 방출한 합성 양수액이 아니라 진짜 위장의 내용물이 공기 흡입구 쪽으로 떠가더니 필터로 빨려 들어갔다. 마리아는 선장이 우선하는 일들을 함께 처리한 뒤에도 자신은 혼자 여기 남아 공기 필터를 교체해야 하리라는 걸, 어쩌면 생물학적 재난이 시작되기 전에 우주선 환기구 내부를 기어 다니며 구석구석 저 모든 체액을 닦아내는 일에 매달려야 하리라는 걸 알았다. 갑자기 우주선의 '유지관리/보조 엔지니어'라는 중요한 직책이 그다지 매력적이지 않아 보였다.

"옷을 입으면 폴의 기분이 좀 나아질 거예요." 조애나가 동정 어린 눈빛으로 폴을 보면서 말했다.

"예. 옷, 좋네요." 히로가 말했다. 다들 발가벗은 채라 맨살에 소름이 돋았다. "그 참에 샤워를 할 수도 있겠고요."

"난 목발이나 휠체어가 필요할 거 같아요." 조애나가 말했다. "중력 구동장치를 이대로 꺼놓을 게 아니라면 말이에요."

25

"그만해." 카트리나 선장이 말했다. "살인자가 아직 선내에 있을지도 모르는데, 옷이니 샤워니 그런 말이 나와?"

그런 걱정은 말라는 듯이 볼프강이 손을 저었다. "아니, 다투는 와중에 살인자도 죽은 게 분명합니다. 이 우주선에는 우리 여섯뿐이니까요."

"그건 알 수 없어." 카트리나 선장이 말했다. "지난 몇십 년 동안 무슨 일이 있었는지 어떻게 알아? 우린 조심해야 해. 누구도 혼자 다녀선 안 돼. 모두 둘씩 짝을 지어. 마리아, 히로와 같이 의무실에 가서 의사의 목발을 가져와. 중력 구동장치가 다시 가동되면 그게 필요할 거야."

"그냥 저 시체가 쓰던 의족을 써도 돼요." 조애나가 위를 가리키며 말했다. "저건 이제 필요가 없을 테니까요."

"그건 증거야." 볼프강이 둥둥 뜬 자기 시체를 붙잡고 찔린 상처를 살펴보면서 말했다. 그는 자기 시체의 가슴께에 아직 붙어 있는 피거품을 응시했다. "선장님?"

"좋아, 작업복을 가져와. 의사에게 휠체어나 뭐나 갖다줘. 그리고 중력 구동장치를 확인해." 카트리나 선장이 말했다. "나머지는 일할 거야. 볼프강, 너와 난 시체를 모아서 묶을 거야. 중력 구동장치가 다시 돌아갈 때 시체들이 더 손상되면 안 되니까."

마리아가 나가다가 잠깐 발길을 멈추고 자기 시체를 점검했다. 지금껏 자세히 살펴보지 않았었다. 죽은 자기 얼굴을 들여다보니, 너무 소름 끼치는 일인 듯싶어서였다. 시체는 컴퓨터 단말기 앞 의자에 끈으로 고정된 채 가볍게 둥실거리며 끈에 부딪치고 있었다. 칼에 찔린 것이 틀림없는 목덜미에 커다란 핏방울이 매달려 흔들렸다. 입술이 창백하고 피부는 병적인 푸른빛을 띠었다.

저 떠다니는 토사물이 누구에게서 나왔는지 이제 알 것 같았다.

"재생 스위치를 누른 게 저인 듯하네요." 마리아가 자기 시체를 가리키며 히로에게 말했다.

"그것도 좋네요." 히로가 말하고는 볼프강과 뭔가를 긴밀하게 얘기 중인 선장을 쳐다보았다. "하지만 상장이 금방 나올 것 같지는 않아요. 선장님이 그럴 기분이 아닌 것 같으니까요."

재생 스위치는 오류 없이 작동하는 단추였다. 통계적으로는 불가능한 일이지만, 선내의 클론이 모두 일시에 죽는다면 인공지능이 다음 클론을 깨울 것이다. 통계적으로는 더욱 불가능한 일이지만, 우주선이 그러지 못할 상황이었기 때문에 재생실에 있는 물리적 스위치가 그 일을 수행하게 됐을 테고, 그 사실은 스위치를 누를 정도로 목숨이 붙어 있었던 누군가가 존재했다는 뜻이었다.

다른 시체와 마찬가지로 마리아의 시체도 나이가 들어 보였다. 허리가 펑퍼짐해졌고 단말기 위에 뜬 두 손은 여위고 반점이 나 있었다. 승선할 때 그녀의 신체적 나이는 서른아홉이었다.

"내가 지시한 일이 있을 텐데." 카트리나 선장이 말했다. "그리고 조애나 박사, 우리 엔지니어를 고분고분하게 만드는 일이 당신에게 떨어질 것 같군. 빨리해. 내가 저 꼴을 더는 못 봐주게 되면 폴은 새 몸이 필요해질 거야."

히로와 마리아는 선장이 자신들을 어떻게 할 건지 자세하게 언급하기 전에 서둘러 몸을 움직였다. 하지만 선장이 무슨 짓을 하더라도 방금 겪은 상황을 능가하기는 어려울 거라고 마리아는 생각했다.

마리아가 기억하는 우주선은 더 반짝거리고 더 산뜻했다. 저중력 상태에 대비해 손잡이가 부착된 벽과 얇고 매끈한 격자형 금속 바닥. 바닥 격자의 틈으로는 아래층 저장고와 배관 시설들이 보였다. 지금은 광택이 흐려졌다. 수십 년의 우주 비행으로 승무원들이 변했듯이 우주선도 변했다는 또 다른 표시였다. 조명 몇 개가 없어진 데다 경계 신호인 노란 조명이 들어와서 우주선 내부는 더 어두워 보였다.

누군가가 경계경보를 발령했다. 아마도 선장일 것이다. 마리아는 예전에 미리 준비된 상황에서 여러 번 죽었다. 대부분 질병과 노화 탓이었고, 한 번은 다쳐서 자리를 보전하던 상태였다. 도우미 기술자들이 뇌의 최종 마인드맵을 생성하고 나면 그녀가 안락사 동의서에 서명하고 안락사 됐다. 의사가 승인했고, 시체는 깔끔하게 폐기되었으며, 마리아는 그때까지의 모든 기억을 지닌 채 젊고 아프지 않은 몸으로 깨어났다.

몇 번의 죽음은 그 정도로 점잖지는 않은 경험이었지만, 그래도 이번보다는 나았다.

자기 시체가 아직 옆에 있고 사방이 피와 토사물 범벅인 상황은 이럴 수가 있나 싶을 정도로 불쾌했다. 일단 죽으면 사체에는 아무 의미도, 어떠한 감정적 가치도 없다. 미래의 몸만이 중요하다. 과거가 죽은 눈으로 내 얼굴을 응시하며 거기 있어서는 안 될 일이었다. 마리아는 부르르 진저리를 쳤다.

"엔진이 다시 돌기 시작하면 따뜻해질 거예요." 마리아가 떠는 이유를 잘못 이해한 히로가 도와주려는 듯이 말했다.

교차로에 이르자 마리아가 먼저 왼쪽 길로 접어들었다. "수십 년이에요, 히로. 우리는 여기에 수십 년이나 있었어요. 우리 마인드맵은 어떻게 된 걸까요?"

"마지막으로 기억나는 게 뭐예요?" 히로가 물었다.

"마지막 승객들이 냉동수면 상태에 들어가 선적되는 동안 우리는 루나 기지에서 열린 칵테일 파티에 갔었죠. 그리고 승선했고, 각자의 선실로 이동해서 몇 시간 동안 있었어요. 그 후 선내를 한 바퀴 돌고, 마지막으로 재생실에 들러 마인드맵을 업데이트했어요."

"제 기억도 그래요." 히로가 말했다.

"무서워요?" 마리아가 발길을 멈추고 히로를 쳐다보면서 말했다. 재생실에서 깨어난 이후로 히로를 자세히 살펴본 건 처음이었다. 수백 년의 경험을 가진 클론이 갓 대학을 졸업한 사람처럼 보일 수 있다는 사실은 익숙했다. 클론은 근육이 발달할 때인 스무 살, 한창때 나이의 몸으로 깨어난다. 일단 깨어난 클론이 그 근육으로 무엇을 할지는 각자에게 맡겨진 과제였다.

아키히로 사토는 뻣뻣하게 치솟은 채 말라가는 짧고 검은 머리를 한, 날씬한 일본계 범태평양연합국 사람이었다. 근육이 가늘고 광대뼈가 불거졌다. 검은 눈동자의 시선은 그녀의 시선과 같은 높이였다. 마리아는 그의 나머지 부분을 너무 자세하게 보지 않으려 애썼다. 그녀는 무례한 사람이 아니었으니까.

히로가 뻗친 머리카락을 만지더니 가지런히 눕히려고 애를 썼다. "저는 더 심한 데서 깬 적도 있어요."

"대체 어떤 곳에서요?" 마리아가 물으며 지나온 복도를 가리켰다. "저 공포영화의 한 장면보다 더 심한 건 뭐예요?"

히로가 간청하듯 두 손을 들어 올렸다. "글자 그대로 그렇다는 건 아니에요. 제 말은, 전에도 시간을 잃은 적이 있다는 뜻이에요. 때로는 그냥 수용할 줄도 알아야 해요. 재빨리 말이에요. 저는 깨어나면 당장 닥친 위협이 있는지 살펴봐요. 마지막으로 어디에서 마인드맵을 업로드했는지 알아내려 하죠. 이번에는 시체들 틈에서 깨어났지만, 이렇다 할 만한 위협은 없었어요." 그가 궁금하다는 듯이 고개를 치켜들었다. "예전에 시간을 잃은 적 없었어요? 백업하고 좀 지나서 죽은 적 있지 않아요?"

"그래요." 마리아가 인정했다. "하지만 위험 속에서, 또는 위험의 결과로 깨어난 적은 없어요."

"지금도 위험한 상황은 아니에요." 히로가 말했다. "우리가 아는 한은요."

마리아가 히로를 빤히 바라보았다.

"'당면한' 위험은 없다고요." 히로가 정정했다. "여기 복도에서 제가 당신을 찌르진 않을 거라서요. 지금 우리가 가진 위험은 죄다 수습할 수 있는 문제들이에요. 기억 상실, 컴퓨터 고장, 살인자 찾기 같은 거 말이에요. 조금은 일거리가 되겠지만, 우린 정상 궤도로 돌아갈 거예요."

"당신은 정말 이상한 유형의 낙관주의자로군요." 마리아가 말했다. "아무래도 좋지만, 저는 괜찮다면 계속 맛이 가 있고 싶네요."

"정신을 단단히 차리려 애를 써봐요. 뭐가 됐든 폴처럼 되고 싶진 않을 거잖아요." 히로가 다시 앞으로 움직이며 말했다.

히로가 뒤에 있지 않다는 사실에 안심하며 마리아가 뒤따랐다. "저는 정신을 차렸어요. 여기 있잖아요, 안 그래요?"

"씻고 뭘 좀 먹으면 기분이 나아질 거예요." 히로가 말했다. "옷은 말할 것도 없고요."

둘은 진득하게 말라가는 합성 양수액을 뒤집어썼을 뿐, 벌거숭이였다. 마리아는 평생 이렇게 샤워가 절실하다고 느낀 적이 없었다. "당신 시체를 찾았을 때 어떤 일이 생길지 좀 걱정되지 않아요?" 그녀가 물었다.

히로가 돌아보았다. "저는 예전에 옛 껍데기를 애도하지 말아야 한다고 배웠어요. 안 그러면 생을 거듭할 때마다 더 음침해질 테니까요. 사실 저는 그게 볼프강의 문제가 아닐까 생각해요." 히로가 얼굴을 찌푸렸다. "혹시 자기 시체를 직접 처리해야 한 적 있어요?"

마리아가 고개를 저었다. "아니요, 전 그냥 좀 혼란스러워요. 그 시체가 마치 저를 비난하듯 쳐다보고 있었거든요. 그래도 무슨 일이 일어났는지 모르는 상황만큼 나쁘지는 않죠."

"아니면 누가 그랬는지요." 히로가 말했다. "칼을 가지고 있었어요."

"그리고 난폭했죠." 마리아가 말했다. "우리 중 누군가일 수 있어요."

"아마 그렇겠죠. 아니면 우린 외계인과의 첫 만남에 흥분해야 할 거예요. 아니면 두 번째 만남이거나요. 첫 만남이 저렇게 형편 없었다면…." 히로가 그렇게 말하고는 진지하게 말을 이었다. "하지만 정말로 뭐든 원인이 될 수 있어요. 누군가가 냉동 상태에서 깨어나 돌아버렸을 수도 있어요. 컴퓨터 오류 때문에 마인드맵이 엉망이 됐을 수도 있고요. 하지만 쉽게 설명될 수도 있을 거예요. 포커를 치다가 누가 속인 게 발각됐다거나 하는 식으로요. 분위기가 달아올랐을 때, 누군가가 에이스 한 장을 숨기고, 의사가 판을 뒤집으면서…."

"재미없어요." 마리아가 부드럽게 말했다. "저건 광기도 아니고 우발적인 범행도 아니에요. 그런 식으로 일이 일어났다면 중력 구동장치를 끄진 않았을 거예요. 몇십 년의 기억을 잃어버리지도 않았을 거고요. 무슨 일이 일어났는지는 이안이 알려주겠죠. 하지만 누군가가, 우리 중의 누군가가 우리가 죽기를 바랐고, 마인드맵 백업도 엉망으로 만들었어요. 왜일까요?"

"그냥 해보는 말이에요? 아니면 정말 제가 알고 있을 거라 기대하고 하는 말이에요?" 히로가 물었다.

"그냥 해본 말이에요." 마리아가 툴툴거렸다. 생각을 떨치려고 고개를 젓다가 자신의 뻣뻣한 검은 머리카락 다발이 얼굴을 치자 그녀는 얼굴을 찡그렸다. "두 사람일 수도 있어요. 한 명이 우리를 죽이고, 다른 한 명이 기억을 망가뜨리는 거죠."

"맞아요." 히로가 말했다. "계획적인 범행이었다고 확신할 수 있겠죠. 어쨌든 선장 말이 맞아요. 주의해야 해요. 그리고 협정을 맺도록 하죠. 저는 당신을 죽이지 않겠다고 약속하고, 당신은 날 죽이지 않겠다고 약속하는 거예요. 좋아요?"

마리아는 자기도 모르게 미소를 지으며 고개를 끄덕였다. "약속해요. 선장이 우리를 찾아보라고 누굴 보내기 전에 계속 가볼까요?"

누군가가 아프거나 다쳤을 때 찾기 쉽도록 의무실 문 가장자리에 붉은빛이 들어왔다. 경계경보 상태라 빛은 붉은색과 노란색으로 점멸했다. 히로가 입구에서 갑자기 멈춰 섰다. 마리아가 히로의 등에 부딪히자 그 충격으로 둘이 시계의 톱니바퀴처럼 가볍게 도는 바람에 히로가 복도를 쳐다보게 되었고, 마리아는 그가 무엇 때문에 그렇게 갑자기 멈췄는지를 알게 되었다.

앞서 봤던 충격적인 장면만 아니었다면 상당히 보기 거북했을 모습이었다.

의무실 병상에 만신창이가 된 나이 든 카트리나 선장이 누워 있었다. 의식이 없긴 했지만, 정맥 주사제와 인공호흡 튜브와 이런저런 모니터 따위의 생명유지장치에 연결된 채 상당히 생생하게 살아있었다. 얼굴은 멍투성이라 엉망이었고 왼팔은 깁스로 고정됐다. 카트리나 선장은 바닥에 자력(磁力)으로 고정된 침상에 묶인 채였다.

"우리가 다 죽은 줄 알았는데." 히로가 놀라서 낮은 소리로 말했다.

"다 새로 깨어났으니까, 그랬어야죠. 어쨌든 제가 비상 재생 스위치를 누른 것 같은데 말이죠." 마리아가 문설주를 박차고 방 안에 있는 선장 쪽으로 떠가면서 말했다.

"한 번 더 생각해보지 않았다니, 안됐네요." 히로가 건조하게 말했다.

클론을 중복 재생하는 범죄는 엄격하게 처벌되었고, 대개 앞서 만들어진 클론을 폐기하는 조치가 동반되었다. 하지만 여러 건의 살인사건을 조사해야 하는 데다 이제 폭행 사건까지 더해졌으니, 볼프강이 중복 재생 범죄를 우선하여 처벌하지는 않을 듯했다.

"아무도 이런 상황을 반기지 않을 거예요." 히로가 의식이 없는 선장을 가리키며 말했다. "카트리나 선장은 더하겠죠. 우린 두 명의 선장을 어떻게 해야 할까요?"

"하지만 잘된 일일 수도 있어요." 마리아가 말했다. "이 사람을 깨울 수만 있으면 무슨 일이 일어났는지 알 수 있잖아요."

"이 사람도 그 말에 동의할지 모르겠네요." 히로가 말했다.

환자의 몸을 덮은, 끈에 묶이지 않은 부분의 은색 시트가 나른하게 떠올라 흔들렸다. 선장의 클론은 아무 움직임이 없었고, 인공호흡 튜브만이 적막을 깼다.

마리아가 방 건너편에 있는 벽장으로 가서 커다란 작업복 몇 벌을 움켜잡았다. 볼프강에게는 너무 짧을 테고, 의사에게는 너무 조일 테고, 마리아에게는 너무 헐렁하겠지만, 당장은 괜찮을 것이다. 그리고 벽장 안으로 새어 들어오는 어둑한 빛 속을 떠다니던 접은 휠체어를 끌어냈다.

마리아는 작업복 한 벌을 히로에게 건네고는 아무 생각 없이 몸을 돌리지도 않은 채 작업복을 입었다. 사람이 중년의 나이에 이르면 남이 자기 몸을 어떻게 생각하든 신경 쓰지 않게 되는 성숙의 단계에 도달하는 듯했다. 그걸 몇 번 되풀이하다 보면 평균적인 클론의 겸양을 갖게 (또는 결여하게) 된다. 마리아는 처음으로 자의식적인 태도를 걷어치웠을 때 자유로워진 기분을 느꼈다. 몸은 청년으로 되돌아가도 사고방식은 여러 클론을 거치며 이어졌고, 컴퓨터가 만든 신체가 식이조절과 운동으로 만들 수 있는 신체보다 더 강력한 이상형에 가깝다는 사실도 알았다.

흐느끼는 엔지니어 폴은 마리아가 지금껏 본 클론 중에서 제일 부끄러움을 많이 타는 클론이었다.

작업복 재질이 방에 있는 자주색 작업복만큼 부드럽지는 않았지만, 어쨌든 따뜻해지기는 했다. 마리아는 언제쯤에나 뭘 좀 먹고 각자의 방으로 돌아가 샤워를 하고 눈을 붙일 수 있을지 궁금했다. 재생은 클론의 에너지를 엄청나게 소모하는 일이었다.

히로는 벌써 옷을 다 입고 다시 선장의 얼굴을 살펴보는 중이었다. 마리아가 벽에 붙은 손잡이를 잡고 히로에게 갔다. 히로의 표정이 침울했다. 보통은 친근한 표정인 그의 얼굴이 지금은 상황의 심각성을 반영하고 있었다.

"이 시체를 그냥 숨겨버리면 안 되겠죠?" 히로가 물었다. "누가 알아채기 전에 재순환시켜 버리면요? 엄청나게 많은 골칫거리가 줄어들 텐데요."

마리아는 컴퓨터에 나타난 생명 징후를 확인했다. "아직 시체가 아닌 것 같은데요. 이걸 시체라 판명하고 폐기하는 건 법정의 몫이에요. 우리가 아니라요."

"무슨 법정요?" 휠체어 손잡이를 잡고 문 쪽으로 향하는 마리아에게 히로가 물었다. "여기엔 우리 여섯 명밖에 없잖아요!"

"일곱이에요." 마리아가 병상에 누운 인물을 향해 고개를 까닥이면서 상기시켰다. "이안을 활성화할 수 있으면 여덟이고요. 그렇더라도 이건 선장과 이안이 결정할 일이에요. 우리가 아니라요."

"음, 그러면 당신이 가서 이 최신 홍보를 전하세요."

"저는 아직 볼프강을 대할 준비가 안 됐어요." 마리아가 말했다. "또는 선장이 폴에게 새 똥구멍을 뚫어줬다는 소식을 들을 준비도요. 그건 그렇고, 우리는 중력 구동장치도 확인해봐야 해요."

"볼프강을 피하는 게 훌륭한 최우선 과제처럼 들리는군요." 히로가 말했다. "사실 제 이전 클론과 얘기를 못 해봐서 그렇긴 하지만, 아마 개도 최대한 볼프강을 피해 다녔지 싶어요."

우주선 도르미레호의 선교는 선장석 하나와 바닥에 고정된 컴퓨터 단말기 앞에 놓인 조종석이 고작인 별 볼 일 없는 곳이었지만, 입구 바로 옆 벽에 설치된 사다리를 타고 올라가면 벽에 붙은 편안한 벤치가 몇 개 있어서 우주선이 빛의 속도에 가깝게 기어가는 동안 우주를 관찰할 수 있는 완벽한 장소가 되었다. 방은 다이아몬드로 만든 돔으로 덮여서 270도 범위로 우주를 볼 수 있었다. 선교는 우주선 끝에 붙은 커다란 유리 사마귀 같았지만, 중력 구동장치가 우주선을 회전시키면 사방에서 빙빙 도는 멋진 우주 풍경을 선사했다. 지금은 중력 구동장치가 꺼졌기 때문에 빛의 속도에 조금 못 미치는 속도로 우주를 날아가는데도 주변 공간이 정지된 듯 보였다.

'솔직히 말해서 누가 보면 속이 안 좋아질 거야. 주변이 온통 아무것도 없는 우주이고, 바닥조차 투명하니까.' 처음 우주선을 둘러볼 때 이곳을 본 기억은 있지만, 우주선이 루나를 떠나고 나서 보는 건 처음이었다. 어쨌든 이 클론의 기억으로는 그랬다.

주변 경치와 컴퓨터 단말기들과 조종석과 벤치들을 이리저리 둘러보는 와중에 이전 히로의 시체가 돔의 꼭대기 근처, 어느 벤치 밑동에 연결된 올가미 밧줄에 걸린 채 떠 있는 게 보였다. 얼굴은 붉었고 부릅뜬 눈이 튀어나와 있었다.

"아, 저기…." 히로가 말을 하다가 침을 삼키고는 다시 말을 이었다. "저기 제가 있네요." 히로가 창백해진 얼굴로 돌아섰다.

"제가 뭘 기대했는지는 모르겠지만, 자살은 아니었어요." 마리아가 부풀어 오른, 고통에 가득 찬 얼굴을 쳐다보며 나직이 말했다. "사실은 당신도 살아있는 게 아닐까 생각했어요."

"저도 목을 매달았으리라고 기대하진 않았어요." 히로가 말했다. "저는 아무 기대도 하지 않았던 거 같아요. 이제야 이 모든 일이 진짜로 느껴지네요." 히로가 손으로 입을 막았다.

섣부르게 동정했다간 벼랑 끝에 선 인간이 자제력을 놓아버릴 수도 있다는 사실을 아는 마리아는 단호해졌다. "여기서 토하지 마세요. 재생실도 청소해야 하는데, 그게 얼마나 악몽 같을지 당신도 알 거예요. 저에게 청소거리를 더 안겨주지 말아요."

히로가 마리아를 노려봤지만, 얼굴에 혈색이 조금 돌아왔다. 그는 다시는 위를 쳐다보지 않았다.

무언가가 둥둥 떠와서 마리아의 뒤통수를 가볍게 건드렸다. 잡고 보니 갈색 가죽 부츠 한 짝이었다. 다른 한 짝은 목을 매단 시체가 신고 있었다.

"이걸로 사건의 순서를 정리할 수 있겠네요." 마리아가 말했다. "당신이 목을 매단 건 아직 중력이 있을 때였어요. 그건 좋은 거 같네요."

히로는 여전히 선교에 등을 돌린 채 복도 쪽을 향해 서서 눈을 감고 심호흡을 하고 있었다. 마리아가 히로의 어깨를 다독였다. "이리 와요. 우린 중력 구동장치를 다시 켜야 해요."

히로가 돌아서서 붉은 빛을 깜박이는 컴퓨터 단말을 주시했다.

"이안 없이 켤 수 있겠어요?" 마리아가 물었다.

"그래야죠. 이안이 모든 걸 조작할 수 있지만, 그가 꺼져버렸다고 해서 우리가 이미 죽은 목숨이어서는 안 되죠. 그거 제 신발이에요?" 마지막 질문이 마치 대단찮다는 듯이 툭 튀어나왔다.

"예." 마리아는 선교 꼭대기로 떠올라가서 시체를 자세히 들여다보았다. 목을 매는 바람에 얼굴이 너무 일그러져서 분간하기 어렵긴 했지만, 히로는 다른 동료들과 달라 보였다. 다른 동료들은 모두 루나 기지에서 승선한 뒤로 수십 년이 지난 듯했다. 하지만 히로는 지금 모습과 완전히 똑같아 보였다. 마치 막 재생된 듯이.

"이봐요, 히로. 제가 보기엔 항해하는 동안 당신이 적어도 한 번은 죽은 것 같아요. 아마도 최근에요. 이 클론은 다른 사람들보다 어려요." 마리아가 말했다. "이상한 점들을 모두 어디 적어놓기라도 해야 할 것 같아요."

히로가 덫에 사로잡힌 동물 같은 소리를 냈다. 유머 감각이 몽땅 사라졌다. 마침내 마리아와 자신의 클론을 올려다보는 히로의 시선이 날카로웠다. "좋아요, 이게 그거군요."

"그거 뭐요?"

"낙타 등을 부러뜨린 마지막 지푸라기 말이에요. 저는 이제 공식적으로 무서워졌어요."

"이제서요? 무서워지는 데 이렇게 오래 걸렸어요?" 마리아가 밑으로 내려오면서 물었다. "우리가 겪은 온갖 상황을 보고서도, 이제야 무서워요?"

히로가 단말기에 뭔가를 찍어 넣었다. 마리아가 보기에는 필요 이상으로 힘이 들어간 동작이었다. 아무 일도 일어나지 않았다. 히로가 팔짱을 끼더니 어찌해야 할지 알 수 없는 뭔가 새로운 수족이라도 되는 듯이 이내 풀어버렸다. 히로는 마리아가 들고 있던 부츠를 받아서는 발을 밀어 넣었다.

"저는 그저 다른 사람들에게 맞춰주고 있었어요." 히로가 말했다. "이건 당신들한테 생긴 일이었어요. 저는 관련이 없었죠. 전 살육잔치의 일원이 아니었어요. 저는 남들에게 힘이 되는, 친근한 얼굴을 하고 여기 있었어요. 당신들이 보고 웃을 수 있게 말이에요. '어이, 히로는 언제 봐도 기분이 좋아진다니까.'"

마리아는 그의 어깨에 손을 올리고 눈을 똑바로 바라보았다. "히로, 밀실에 온 걸 환영해요. 우리는 서로를 도와야 해요. 심호흡을 해봐요. 이제 우리는 중력 구동장치를 켜고, 그다음엔 선장과 볼프강에게 얘기를 해야 돼요."

"당신이 볼프강과 얘기하고 싶을 정도면 필사적이라는 건데요." 히로가 웃으려고 애는 쓰지만 불가능하다는 표정으로 말했다.

"그리고 중력 구동장치를 켜고 나면, 올해가 몇 년인지 확인하고 화물 상태를 점검해야죠. 여기서 이안과 연결해볼 수 있겠어요?" 마리아가 물었다. "지금껏 일어난 일을 생각하면, 약간의 희소식을 가지고 돌아가는 게 좋을 것 같아요. 아니면 좀 나아졌다는 소식이나."

히로는 뭔가 입 밖으로 내면 후회할 말을 삼키느라 애쓰는 것처럼 입을 닫은 채로 고개를 끄덕였다. 어쩌면 비명일지도 몰랐다. 그가 훌쩍 조종석에 앉더니 끈으로 몸을 고정했다. 제어대의 화면이 그를 향해 계속 밝은 붉은색으로 깜박였다. "경고해줘서 고마워, 이안. 안 그랬으면 우린 중력 구동장치가 꺼진 줄도 몰랐을 텐데 말이야."

히로가 명령어 몇 가지를 쳐넣고는 터치스크린을 눌렀다. 경보음이 우주선 전체에 울리기 시작하며 무중력 상태로 떠 있는 모두에게 중력이 돌아온다는 사실을 알렸다. 히로가 몇 번 더 화면을 누르고, 이어서 단말기에 뭔가를 쳐넣었다. 그러면서 얼굴은 갈수록 어두워졌다. 히로가 무언가를 계산해보더니 크게 한숨을 쉬면서 의자 등받이에 기대고는 손으로 얼굴을 가렸다.

"음." 히로가 말했다. "상황이 더 나빠졌어요."

중력 구동장치가 활성화되고 엔진이 50만 톤짜리 우주선을 회전시키기 시작하자 우주선이 떨리는 소리가 들렸다. 마리아는 중력이 돌아왔을 때 넘어지지 않도록 벤치로 이어지는 뒷벽 사다리를 잡았다.

"이젠 뭐예요?" 마리아가 말했다. "항로라도 벗어났어요?"

"우린 분명 24년 하고도 7개월 동안 우주에 있었어요." 히로가 잠깐 말을 멈추었다. "그리고 9일 동안요."

마리아가 계산했다. "그러면 지금은 2493년이네요."

"지금쯤 우리는 고향에서 3광년보다 조금 더 멀리 떨어져 있어야 해요. 지구와의 실질적인 통신이라는 사건의 지평에서 한참 벗어난 지점이죠. 그리고 우리는 그 지점에 있어요. 하지만 12도 정도 항로에서 벗어났어요."

"그건… 미안하지만, 대체 그게 무슨 말인지 못 알아듣겠어요. 유지관리 담당자의 언어로 좀 얘기해줄래요?"

"우리는 느려지는 중이고 선회하고 있어요. 이런 얘기를 선장에게 하고 싶지는 않네요." 히로가 의자의 고정끈을 풀면서 말했다. 그가 올가미 끝에 걸려 떠다니는 자기 시체를 소름 끼치는 연이라도 보는 듯 힐끗 올려다보았다. "저건 나중에 내려도 될 거예요."

"대체 우리는 무슨 생각이었을까요? 왜 진로에서 벗어났을까요?" 우주선의 회전이 가속화될 때를 대비해서 몸을 낮춘 채 복도를 따라가면서 마리아가 생각하던 걸 입 밖으로 내뱉었다.

"왜 승무원들을 살해하고, 왜 중력 구동장치를 끄고, 왜 선장은 살려놨고, 왜 나는 날 죽였고, 왜 나는 그 일을 저지르기 전에 한쪽 신발을 벗을 필요를 느꼈을까요?" 히로가 말했다. "이것도 그 목록에 넣어줘요, 마리아. 답이 무엇이든 간에, 우리는 공식적으로 망했다고 저는 아주 확신해요."

2

다이아몬드

도르미레호의 임무 중에서 외관상으로 보기에 유일하게 잘못되지 않은 부분이 화물의 상태였다.

우주선에는 최소한의 승무원만 탑승했지만, 화물칸에는 2천 명의 인간이 냉동 상태로 잠들어 있었다. 화물칸에 있는 여러 서버에는 5백 개가 넘는 클론의 마인드맵이 들었다. 마리아를 포함한 승무원 여섯이 2천5백 명이 넘는 생명을 책임지는 셈이었다.

마리아는 책임감에 시달리는 걸 좋아하지 않았다. 모든 승객이 여전히 안정적인 상태에 있으며 백업들에도 손을 댄 흔적이 없다고 확인해주는 히로의 말에 그녀는 마냥 기뻤다.

인간과 클론 승객들에겐 저마다 이 여행을 떠난 이유가 있었다. 인간의 많은 수는 모험과 탐험에 끌렸다. 대부분의 클론은 종교적 박해에서 벗어나고자 했다. 양극단 사이에는 감옥이나 계약 노예 신세나 그보다 더 심한 어떤 것으로부터 도망치려는 정치적,

경제적 망명자들이 상당수 있었다.

그들 모두가 부분적으로는 지구의 해수면이 상승하면서 사람이 살 수 있는 땅이 줄어들고 영토와 물을 확보하려는 전쟁이 전 세계적으로 발발하고 있다는 사실로부터 영향을 받았다. 언제나 그렇듯이, 부자들이 먼저 떠났다. 떠날 수 있었기 때문이다.

그러나 승무원들이 이 우주선에 승선한 이유는 조금 달랐다. 각자에게는 범죄자로서의 범죄 기록을 지우고 싶다는 단순한 동기가 있었다.

그들의 목적지인 아르테미스는 고래자리에 있는 항성 타우 세티를 공전하는, 지구보다 조금 작은 행성으로서 인간이 살 수 있을 뿐 아니라 보기에는 천국이 따로 없었다.

마리아는 그들의 천국에서 인간과 클론이 지구에서보다 훨씬 조화롭게 같이 살 수 있을지 의심했지만, 사람들은 장밋빛 꿈을 꾸었고 원대한 계획을 세웠다.

"자살을 시도해본 적 있어요?" 작업복과 휠체어를 들고 재생실로 가는 도중에 히로가 물었다.

"그거 상당히 개인적인 질문이네요." 마리아가 한 손으로 긴 머리카락을 쓸어내리다가 끈적하게 얽힌 다발들이 걸리자 얼굴을 찌푸리며 말했다.

히로가 어깨를 으쓱거렸다. "제 대답은 방금 우리 머리 위에 걸린 것으로 알았을 거예요. 이 일들이 다 처리되고 나면 볼프강이 오늘 일어난 불운한 사고들 중에서 사소하기 짝이 없는 저 건을 어떻게 처리할지 결정할 게 분명해요. 여기라고 지구의 클론 법이 무시되지는 않을 거예요. 우리가 떠나기 전에 사람들이 그 점을 아주 분명하게 했으니까요."

마리아는 히로의 범죄 전력이 궁금했다. 마리아가 한숨을 쉬었다. "시도한 적 있어요. 한 번요."

"왜 그만뒀어요?" 히로는 그 시도가 성공했는지 묻지 않았다. 성공했다면 마리아에겐 다음 클론을 깨울 법적 권리가 없었을 테니까.

"친구가 말렸어요." 마리아가 말했다. "대개들 그러지 않아요?"

"몇 시간 전에 저에게도 친구가 있었으면 좋았을 텐데." 히로가 말했다.

"그래도 죽었을 거 같은데요, 저기에서요." 마리아가 재생실을 가리키며 말했다.

"하지만 자살은 아닐 거잖아요. 볼프강은 이 사태의 책임을 지울 사람을 찾으려 혈안이 돼 있을 거예요."

"당신은 지금 여기에 있어요. 당면한 문제들이나 신경 쓰자고요. 그러고 나면 우리 모두에게 무슨 일이 있었는지 알아볼 수 있겠죠." 마리아가 말했다.

복도 저편에서 카트리나 선장의 목소리가 들렸다. 혐오가 묻어나는 외침이었다.

"중력 구동장치를 켠다는 건 대체 누구 생각이야?" 선장이 외쳤다.

"선장님 생각요." 히로가 안으로 들어서면서 말했다. "선장님이 단단한 바닥에 서고 싶어 하셨어요."

재생실은 여전히 악몽의 한 장면처럼 보였지만, 적어도 중력의 법칙이 적용되는 악몽이었다. 시체와 생물학적 재난의 요소인 인간의 토사물을 피해 다녀야 하는 상황은 마리아로서는 두 번 다시 생각하기도 싫었다. 마리아와 히로는 중력이 적용된 새로운 학살 현장의 모습을 예상하며 마음의 준비를 했지만, 중력이 아직 강력하지 않아 떨어진 바닥에 가만히 있지 못하고 이리저리 부딪히며 튀는 시체들의 모습을 보자니 새롭게 구역질이 일었다. 피와 다른 액체들이 벽과 바닥에 튀었고, 승무원들의 몸에도 묻었다. 재생 탱크 안에 남기를 원했던 폴이 똑똑했던 것이리라.

"말이 그렇다는 거였어." 카트리나 선장이 벽 손잡이를 잡은 채 바닥에 발을 대고 서서 말했다. "이 정도로 심할 줄 몰랐지. 그래서 뭘 알아냈어? 이안이 없어서 무슨 문제는 없었어? 아니면 선교에서 그와 연결했어?"

"이안은 아직 다운 상태입니다." 히로가 말했다. "저희에게는 행운인 게, 이안이 다운된다는, 확률이 제로에 가까운 일이 일어나는 바람에 선교가 열렸거든요. 아니었다면 이건 자살이죠. 아니면 대량 학살이거나. 우리가 화물칸에 실은 사람들을 다 죽이면 대량 학살인가요?"

마리아가 얼굴을 찡그렸다.

"말이 나온 김에, 우리의 냉동 승객들은 모두 살아있고 소재도 확인되었습니다. 그나마 좋은 소식이죠? 만세?" 히로가 대담하게 미소를 지었다. 카트리나 선장은 미소를 되돌려주지 않았다.

선장이 마리아를 쳐다보았다. "좀 정리된 보고를 해봐."

마리아가 침을 꿀꺽 삼켰다. "히로가 어떻게 했는지는 잘 모르겠지만, 중력 구동장치를 다시 가동하고 항법 컴퓨터에 접속하고 이런저런 걸 확인하는 데 시간이 오래 걸리지는 않았습니다. 그건 그렇고, 더 중요한 소식이 있어요."

"저기, 제가 할게요." 히로가 손을 들더니 손가락을 하나씩 꼽

왔다. "우리는 25년 가까이 우주에 있었습니다. 우리는 항로에서 12도 벗어났고, 예정보다 느리게 움직이고 있어요. 게다가…."

"항로는 수정했어?" 카트리나 선장이 말을 잘랐다.

"예, 대장." 히로가 말했다. "물론 복귀하는 데는 시간이 좀 걸리겠지만, 방향은 제가 바로잡았습니다."

히로가 선장에게 상황을 설명하는 동안 마리아는 말없이 작업복을 나눠 주었다. 볼프강이 그녀를 쳐다보지도 않고 두 벌을 낚아채서 하나를 폴에게 홱 내밀었는데, 폴은 작업복 대신 조애나의 휠체어를 낚아채 한 손으로는 자신의 재생 탱크를 붙잡고 몸을 지탱하면서 다른 손으로는 휠체어로 몸을 가렸다. 조애나가 볼프강의 손에서 폴의 작업복을 받아 상냥한 미소를 띠면서 자신의 휠체어와 교환했다. 그리고 마리아가 내미는 작업복을 받고 미소로 답례하고는 단련된 능숙한 몸짓으로 미끄러지듯 수월하게 입은 뒤에 새 휠체어에 앉았다. 그러고는 중력이 강화돼 바닥에 안정될 때까지 재생 탱크에 기댄 채 몸을 지탱했다. 짧은 다리가 끝나는 지점에서 작업복 바짓부리가 나른하게 흔들렸다.

"끌리지 않도록 묶을 게 필요할까요?" 마리아가 펄렁거리는 바짓단을 가리키며 물었다.

"고맙지만 괜찮아요." 조애나가 바짓단을 끌어 올려 깔끔하게 다리 밑으로 접어 넣으며 말했다. "나중에 방에 가서 다른 의족을 가져올 거예요. 아니면 목발이나요. 이 상황이 좀 진정되면요." 조애나가 주변의 끔찍한 광경을 손짓으로 가리켰다.

마리아가 의사의 손짓에 따라 통통거리는 시체들과 사방에 튄 핏자국과 지친 동료 승무원들을 훑어보았다. "이 상황이 언제 진정될지 모르겠네요. 엄청나게 많은 일이 벌어지고 있어요."

조애나가 한쪽 눈썹을 치켜들었다. "일이 더 있다는 뜻이에요?"

마리아가 얼굴을 찡그리고는 히로의 시체 얘기를 듣고 있는 선장 쪽을 가리켰다. 마리아는 히로 옆에 가서 섰다. 구동장치가 우주선을 좀 더 빠르게 회전시킬 수 있게 되자 중력이 조금씩 증가했다.

"자살로 보입니다." 히로가 선장의 눈길을 피하며 말했다.

"하지만 지금 당장은 아무것도 확신할 수 없어요." 마리아가 덧붙였다. "그는 우리 클론들보다 어리기도 했어요."

조애나가 손가락 하나를 세워 들었다. "표면적으로 볼 때 그건 전혀 걱정할 일이 아니에요. 그가 수만 가지 이유로 최근에 죽었을 수 있으니까요."

"시체를 살펴보기 전에는 자살인지 알 수 없어." 볼프강이 말했다.

히로가 놀란 눈으로 볼프강을 쳐다보았다. 마리아도 볼프강이 히로에게 무죄 추정의 선의를 보여주리라고는 기대하지 않았었다.

"한 가지가 더 있어요." 히로가 마리아를 쳐다보며 말했다.

그러니까 이제 나쁜 소식을 전할 차례였다. 마리아는 한숨을 쉬고 가슴을 폈다. "엄청난 소식이 있는데…." 마리아가 카트리나 선장에게 말했다. "선장님의 이전 클론이 죽지 않았어요. 혼수상태로 의무실에 있어요."

선장은 아무 말도 하지 않았지만 얼굴에서 핏기가 사라졌고 어금니를 깨문 듯 입술이 꾹 닫혔다. 선장은 마치 이 모든 일이 폴의 탓이라는 듯이 폴을 노려보았다. "됐어. 가서 일해. 히로, 조애나, 의무실로 따라와. 볼프강, 여길 맡아."

이제 옷을 갖춰 입은 폴이 카트리나 선장을 뚫어지게 쳐다보며 서 있었다. 흐느낌은 멈췄지만 아직도 몸을 약간 떨었다. 천천히 중력이 돌아오자 폴의 머리에서 끈적한 합성 양수액이 뚝뚝 떨어졌다. 그는 움직이지 않았다.

“조애나, 저거 정상은 아니죠. 그렇지 않아요?” 마리아가 엄지로 겁에 질린 남자를 가리키며 물었다.

“드문 경우긴 하지만 깨어난 데 대해 나쁜 반응을 보이는 클론이 있을 수 있어요.” 조애나가 말했다. “악몽을 꾸다 깨어난 것과 다르지 않아요. 혼란스럽고 뭐가 현실인지 모르는 거죠.”

“이번에는 깨어났는데 악몽이라는 게 다르네요. 불쌍하게도.” 마리아가 말했다.

“선장님, 잠깐만요.” 조애나가 선장에게 말하고는 조심스럽게 휠체어를 밀고 폴에게 다가갔다.

클론 복제의 좋은 점 하나가 이거였다. 유전자를 조작하지 않아도 각 클론은 신체적으로 최고조인 나이에다 유전자 조합상 가능한 최상의 몸으로 만들어진다. 마리아가 기억하는 폴은 불룩한 아랫배와 형편없이 자른 금발을 가진 40대 중반의 백인 남자였다. 두 팔에는 모기에 물린 자국을 신경질적으로 긁어대는 바람에 절대 낫지 않게 된 듯한 검은 점들이 나 있었다. 게다가 수염이 무성했고 모두가 제복으로 입어야 했던, 그에게는 꽉 끼는 작업복을 엄청나게 싫어했다.

지금 폴에게서는 그런 흔적조차 찾아볼 수 없었다. 약간의 점과 주근깨를 빼고 유일하게 닮은 데라곤 깨끗하고 인상이 뚜렷한 얼굴에 박혀 주위를 응시하는 둥글고 촉촉한 푸른 눈뿐이었다. 그리고 그 탄탄한 몸. 보디빌더 식의 탄탄한 몸은 아니었지만 분명 마리아가 침대에서 내쫓을 정도는 아니었다. 그가 막 정신을 놓을 듯이 보이지만 않는다면 말이다.

"폴, 우리는 당신이 맡은 일을 해줬으면 해요." 조애나가 차분하게 말했다. "이 몸이나 마인드맵에 문제가 있으면 지금 바로 나에게 말해줘요. 그게 아니면 우리는 당신이 이안을 활성화해줬으면 좋겠어요."

볼프강이 하얀 눈썹을 치켜들었다. "내가 그 녀석에게 그런 얘길 아직 안 해봤다고 생각하는 거야?"

"표현이 달랐겠죠." 조애나가 볼프강을 쳐다보지도 않고 말했다. 그녀가 다정하게 팔을 뻗어 폴의 손을 건드렸다.

폴이 움찔하면서 손을 홱 뺐다. "당신들은 내게 약간의 프라이버시를 줄 수도 있었어요." 그가 거친 소리로 말했다.

"프라이버시?" 볼프강이 콧방귀를 뀌었다.

"터무니없는 소리예요. 건강 진단이라도 받을 생각이 있다면 당신은 나한테 치료받는 데에 익숙해져야 해요." 조애나가 말했다.

폴이 자기 시체를 쳐다보고는 얼굴이 조금 창백해졌다. 시체는 다른 시체에 묶인 채 차가운 바닥에 누워 있었다. 목에 멍 자국이 여러 개 난 그 시체는 나이만 들었을 뿐, 마리아가 기억하는 폴에 더 가까웠다. 죽은 폴은 오래전에 죽은 밴드가 그려진 꾀죄죄한 티셔츠를 입었고, 작업복은 허리까지 지퍼를 내리고 있었다. 작업복 윗부분이 뒤로 늘어져 엉덩이에 망토를 두른 것처럼 보였다.

살아있는 폴이 숨을 삼키고 고개를 들었다. "무슨…."

"일이 있었냐고요? 우리도 몰라요. 우리가 알아내려고 하는 게 그거고, 당신이 우리 인공지능에 뭐가 잘못됐는지 찾아내야 하는 이유도 그거예요."

폴이 고개를 한 번 끄덕이고는 방 건너편에 있는 컴퓨터 제어대를 바라보았다. "제가 할 수 있어요." 폴이 비틀거리며 그들을 지나쳐 시체들을 멀리 에두르며 이안에 접속할 수 있는 컴퓨터 단말기로 다가갔다.

볼프강이 시체들을 조사하려고 몸을 숙였다.

조애나가 카트리나 선장을 향해 고개를 끄덕였다. "가시죠, 선장님."

카트리나 선장이 앞장서서 복도를 걸었고, 히로가 꼴사납게 뒤는 조애나의 휠체어를 밀면서 뒤따랐다. 히로는 의사가 우주선에 중력이 완전히 돌아올 때까지 기다렸다가 움직이는 편을 더 좋아할 거라 생각했지만, 그녀는 불평하지 않았다.

의무실로 들어가려고 복도에서 방향을 트는데 조애나가 카트리나 선장에게 멈추라고 말했다. "들어가기 전에 잠시 한숨 돌려요. 이런 종류의 일은 상당히 당황스러울 수 있어요."

"오늘 우리가 본 온갖 종류의 일 중에서 뭘 얘기하는 거야?" 카트리나 선장이 신랄함이 묻어나는 목소리로 물었다.

"자기의 이전 클론과 마주치는 일이오." 조애나가 말했다.

"전에 이런 일이 얼마나 있었다고 그래? 새 보충법안이 나왔다는 얘기를 내가 못 들은 게 아니라면, 두 번째 클론을 만드는 건 심각한 범죄야. 그렇지?"

"음, 살인도 그렇지만, 그렇다고 사람들이 안 하는 건 아니잖아요." 히로가 경쾌한 목소리를 내려고 애쓰면서 말했다.

히로와 조애나의 속도에 맞춰 애써 발걸음을 늦추는 선장의 몸이 뻣뻣하게 움직였다. 다른 상황이었다면 그녀의 내적 갈등을 재미있게 지켜봤을 테지만, 히로는 자기라면 이런 상황에서 어떤 기분이 들지 생각하느라 바빴다. 어쨌든 이 특정한 상황이라면 말이다.

히로는 자신이 잘 대응할 수 있을지 의심스러웠다. 선교에서 자살한 게 분명한 자신의 죽은 몸을 발견했을 때의 반응만 봐도 충분히 걱정할 만했다.

지금 선장은 자신에게 없는 기억을 가진 클론이 살아있는 상황에 직면했다. 불가피하게 이 우주선을 지휘할 권리가 누구에게 있는가에 대한 법적이고 도덕적인 판단이 이뤄지겠지만, 그래봐야 전쟁의 서막에 불과할 듯했다.

아니면 법전에 적힌 내용을 곧이곧대로 받아들여 오래된 클론을 폐기할 수도 있다. 그런 경우도 가끔 있었다.

이안이 결정을 내려 그들을 도울 수도 있겠지만, 음, 현재로서 그건 막다른 길이었다.

그들은 의무실로 들어갔다. 선장이 곧바로 침대로 다가가 더 나이 들고 혼수에 빠진 자신의 몸을 내려다보았다. 낯빛이 창백해지더니 어두워졌고, 입술이 하얘졌다. 선장이 날카롭게 숨을 들이쉬고는 돌아서서 히로와 조애나를 쳐다보았다. "재순환 처리해."

조애나의 입이 떡 벌어졌다. "그런 말밖에 안 나와요? 저기 누운 건 사람이에요."

"법적으로, 내가 깨어난 순간 저건 그냥 껍데기가 됐어." 카트리나 선장이 말했다. "재순환 처리해." 저중력 상태에서 가능한 가장 단호한 걸음으로 그녀가 의무실을 나갔다.

"봐요, 딱 저럴 거라고, 제가 마리아에게 말한 그대로예요." 히로가 조애나를 힐끗 보면서 말했다. "하지만 저는 우리에게 저 클

50

론이 필요하다고 생각해요."

조애나가 고개를 끄덕였다. "유일한 목격자죠." 그녀는 병상 옆 컴퓨터 단말기로 가서 정보를 확인했다.

"게다가 비윤리적인 듯싶고요."

의사가 얼굴을 문질렀다. "난 이런 문제들이 싫어요. 좋은 해답이 나올 수가 없어요. 내 여분 의족이 여기 있는지 한번 확인해줄래요?"

"이런 식의 문제가 역사적으로 얼마나 자주 있었어요?" 조애나가 서랍을 뒤지는 사이에 히로가 의무실 안을 둘러보면서 물었다. 조애나가 태블릿을 꺼내 켰다.

"우리는 의대에서 클론에 특화된 수많은 윤리적 질문들을 받아요." 조애나가 말했다. "이것도 그중 하나죠. 우리는 일에 서투르거나 일을 너무 잘하는 마인드맵 백업 기술자들을 다루는 법 같은 걸 공부해요. 누군가가 자신의 의지에 반하거나 아니면 잘못된 때에 클론이 됐다면 누구의 잘못인가 같은 주제로요. 1년을 통째로 윤리학을 배우는 데 써요."

"고작 1년요?" 히로가 물었다. "그걸로는 충분할 수가 없어요. 저는 몇 번의 생을 살았지만, 아직도 가끔 이해가 안 되는 때가 있는데요."

의무실 벽장에는 작업복 몇 벌과 뒤집힌 작은 플라스틱 탁자하나, 신발 여러 켤레가 있었다. 그 신을 신었을 의족은 어디에도 보이지 않았다.

"그 다리를 어디서 찾아봐야 할까요?" 히로가 물었다.

"거기 없으면 내 방에 있을 거예요. 중력 구동장치가 꺼지면서 어디로 가버렸다면, 멀리 가지는 못했을 거고요."

조애나가 선장의 클론에 연결된 기계들로부터 뭔가를 옮겨 적었다. 히로가 옆에 가도 디지털 차트를 읽지 못하게 팔을 더 멀리 뻗을 뿐, 고개도 들지 않았다.

"못 찾겠어요. 미안해요." 히로가 선장의 병상 맞은편으로 가면서 말했다. 의무실에 있는 모든 것이 꼼꼼하게 관리됐다. 바닥에 나사로 고정되거나 자력으로 부착되지 않은 것은 뭐든 이미 그런 방식으로 안전하게 처치된 상자 안에 들어 있었다. "선생님은 분명 어지르는 사람이 아니니까, 그 다리가 숨을 곳이 많지는 않을 거예요."

이제 시간을 가지고 찬찬히 들여다보니, 선장의 상태가 썩 좋아 보이지 않았다. 머리에 난 상처를 치료하고 붕대로 감느라 길고 검은 머리카락이 온데간데없이 싹 밀렸다. 그리고 뭔가를 주입하거나 뽑아내는 온갖 굵기의 관들이 몸에 주렁주렁 달려 있었다.

"불과 이틀 전에 폭행을 당했어요." 조애나가 컴퓨터 화면을 들여다보며 말했다. "어쨌든 데이터가 있는 게 그 정도지만, 상처의 상태를 봐도 맞는 것 같아요. 폴이 이안을 활성화하고 우리가 잠긴 컴퓨터들을 쓰게 되기 전까진 알 수 없겠지요. 그때 기록 자료들에 접속할 수 있으면 좋겠네요."

"완전히 잠겼어요?" 히로가 물었다. "하지만 엔진과 항법 시스템에는 보조 수동 장치가 있었어요."

"재생 스위치를 누른 것에 관련된 비상 잠금 상태가 틀림없어요. 저마다 뭔가 성급한 결정을 내리기 전에 적응할 시간을 주기 위해서요." 조애나가 얼굴을 찌푸리며 말했다. "고의적인 파괴 행위를 피하기 위한 또 하나의 안전장치에 불과할 수도 있지만요."

"모든 안전장치가 하나같이 다 실패한 듯 보이네요." 히로가 고개를 저으며 말했다. "컴퓨터를 쓰지 못하도록 잠근 건 좋은 생각 같지 않아요."

"나도 같은 생각이에요. 하지만 그 사람들은 이안이 늘 옆에서 이런저런 결정을 내리며 도우리라 생각했겠죠. 우리는 필요하지도 않았어야 해요. 폴이 이 선장의 상태에 관한 내 기록들을 찾아주면 좋겠어요. 볼프강의 기록을 볼 수 있게 되면 누가 선장을 폭행했는지 알아내는 데 도움이 될 테고, 다른 것도 좀 알 수 있겠죠."

"그러면 선장은 살인자가 아니라고 해도 안전할 듯하네요." 히로가 말했다. "자기 자신을 때리는 데 선수가 아니라면 말이에요."

"난 지금으로서는 무슨 말을 해도 안전하지 않다고 생각해요." 조애나가 말했다. "사람들이 무슨 짓을 할 수 있는지 알면 놀랄 거예요."

히로는 말없이 대답을 삼켰다. '그럴 리가요.'

중력 구동장치가 다시 가동되었어도 의사는 선장의 클론을 묶은 구속장치를 풀지 않았다. 히로가 시험 삼아 하나를 건드렸더니 조애나가 그를 향해 고개를 저었다. 히로가 눈썹을 치켜들었다. "도망이라도 갈까 봐 걱정이세요?"

"이 사람은 유일한 목격자예요. 깨어난다면 말이죠." 조애나가 말했다. "그리고 저쪽 대학살에 어떤 식으로든 관련됐다면, 유일한 용의자이기도 하고요." 그녀가 고갯짓으로 재생실을 가리켰다. "침상에 결박된 편이 모두에게 제일 안전한 길이에요."

"선장은 어떡하죠? 제 말은, 지금 선장 말이에요." 히로가 물었다. "명령을 내렸잖아요."

조애나가 한숨을 쉬고는 등받이에 몸을 기댔다. "의학적 이견이 있을 때는 나에게 선택권이 있어요. 우리는 선장으로부터 이 클론을 보호해야 할 거예요. 클론이 중복된 적 있어요?"

히로가 고개를 저었고, 종종 되풀이하는 거짓말이 입에서 흘러나왔다. "저의 재생연구소는 하품이 나올 정도로 윤리적이었어요. 의사 선생님은 클론 법을 위반한 적 있어요? 클론이 중복됐다거나, 뭐 다른 거라도요."

의사는 한동안 말이 없었다.

"답이 금방 나와야 할 질문인데요." 히로가 말했다. "'응' 또는 '아니', 혹은 '그 얘기는 하고 싶지 않아, 히로. 지난 25년 사이에 럭비가 어떻게 됐을지나 얘기할까' 류의 질문이라고요."

"잠시 얼마나 얘기해야 하나 고민했어요." 의사가 말했다. "기억이 갈수록 흐릿해서요."

"그리고 우리는 아직 누굴 믿어야 할지 모르고요. 됐어요." 히로가 말했다.

기억. 그에겐 기억이 많았다. 어린 시절이 손에 잡힐 듯 생생했다. 하지만 여러 생의 세세한 부분들이 한데 뭉뚱그려지며 흐릿해지는 경향이 있었다. 히로는 대개 그걸 고맙게 여겼다.

"난 오래 살았어요." 마침내 조애나가 입을 열었다. "심지어, 보충법안 이전에도요."

히로가 휘파람을 불었다. "정말요? 그러면 한때는 여러 클론을 가졌겠네요. 아니면 해킹의 황금시대를 살았거나요."

"클론의 DNA가 한 사람의 근본적인 기반이 아니라 무슨 케이크 요리법이라도 되는 듯이 주무르던 때를 이르는 것치고는 웃기는 말이네요." 조애나가 엄격하게 말했다. "그때는 좋은 시대가 아니었어요. DNA 해킹과 그보다 훨씬 수상쩍은 마인드맵 해킹의 윤리에 관한 청문회들이 열리고 한쪽에서는 목욕통 아기 사건들이 속출했어요. 역사상 가장 위대한 기술 중의 하나가 기회주의적인 정치 후원자들과 아무 원칙도 없는 무법자 해커들 때문에 불법화됐어요. 그게 당신에겐 '황금시대'예요?"

보충법안이 제정된 후에 태어난 히로는 역사 수업에서 들은 이야기들을 떠올렸다. '목욕통 아기'란 바람직하지 못한 유전자나 의도치 않은 성별, 장애를 안고 태어난 아이를 이르는 용어였다. 부모들은 아이의 DNA 정보를 기록한 다음 성별이나 장애를 고치기 위해, 아니면 생각하자니 마음이 편치 않은 일이지만 혼혈 아기가 부모 중 이쪽보다 저쪽을 더 닮도록 만들기 위해 해커에게 여분의 돈을 치렀다. 일단 새롭고 반들반들한, 완벽한 클론이 프로그램되면, 부모는 하자가 있는 아기를 가차 없이 '폐기'하고 새로운 클론을 깨웠다.

비단 아이들에게만 국한된 문제가 아니었다. 전 세계의 지도자들이 납치를 당해 경쟁국 정부의 필요에 맞게 조작되었다. 연인들은 상대방의 필요에 맞추려고 조작되었다. 성 산업이 급속히 성장했다. 마침내 해킹은 사형으로 다스리는 범죄가 되었다.

"목욕통 아기가 괜찮다는 뜻은 아니에요. 하지만 뭔가를, 뭔가 유전적이고 치명적인 걸 고쳐야 한다면, 어떤 사람더러 다발성경화증으로 자꾸 반복해서 죽으라고 강제하는 대신 해커들이 해결할 수 있어요. 그렇잖아요? 정말로 잘하는 해커들은 소시오패스도 손볼 수 있다고 들었어요. 그리고 보충법안이 그걸, 착한 해킹을 몽땅 끝장냈죠. 왜 그랬는지는 이해해요. 하지만 모든 해킹을 금지한 건 과잉 살상행위 같아요."

"아주 조그만 바늘구멍만 허용돼도 사람들은 빠져나갈 구멍을 찾아냈을 거예요. 법안이 통과된 뒤에도 일부 해커들은 지하로 숨어들어 계속 일했어요. 바퀴벌레를 모두 찾아낼 수는 없는 법이죠." 신랄한 말투였다. 조애나가 선장의 손을 만지더니 두 번 다독였다. "나는 새 클론의 이익을 위해서 무의미하게 옛 클론을 죽이는 걸 절대 찬성하지 않았어요. 그리고 그런 일은 역사책에서 얘기하는 것보다 훨씬 자주 일어났죠. 난 이 클론을 보호하기 위해 내가 할 수 있는 모든 일을 할 거예요."

"경호원이 필요하실 거예요." 히로가 말했다.

"선장이 화가 나긴 했어도 뭔가 행동으로 옮길 것 같지는 않아요. 무엇보다, 다른 걱정거리들이 있잖아요." 조애나는 한숨을 쉬고 진단기에 맡긴 혈액 샘플의 분석 수치를 확인했다. "생명 징후는 모두 안정적이에요. 뭔가 심각한 두부 외상을 입었어요. 지구였다면 소생 불가 판정을 내리고 그냥 안락사시켰겠죠. 하지만 우리에겐 일단 그녀를 살려둬야 할 필요가 있어요."

"신 노릇 하는 게 생각만큼 신나진 않죠." 히로가 말했다. "그냥 뇌의 마인드맵을 떠버리면 어때요?"

"그걸 어디에다 넣고요?" 조애나가 물었다. "이 우주선에는 해커가 없는 데다, 손상됐을 가능성이 있는 이 사람의 기억만을 위해서 새 클론을 키우는 건 훨씬 더 비윤리적이에요. 그리고 그러면 우리 선장은 어떻게 되겠어요?"

"아마 우리에게 불같이 화를 내겠지요. 그러면 우리를 재순환시키고 자기 클론으로 우리를 대체할 수 있을 거예요." 히로가 말했다.

조애나가 빙긋 웃었다. "멋지군요. 농담은 그만하고, 내가 쉬는 동안 이 사람을 지켜볼 이안이 없으니, 내가 여기서 자야 할 것 같아요. 침대 준비하는 일 좀 도와줄 수 있겠어요?"

히로가 침구류가 있나 싶어 의무실을 둘러보니 아무것도 보이지 않았다. "창고에 침대보가 있을 거 같아요. 아니면 혹시 떠다니다가 복도 같은 데에 떨어졌는지도 봐야겠어요."

조애나가 선장의 클론을 다시 살펴보면서 고개를 끄덕였다. "고마워요."

"조애나?" 히로가 다리에 자석 바퀴가 달린 의자를 홱 채어서 의무실을 가로질러 선장의 침대 곁으로 밀면서 말했다.

"네?" 조애나가 다시 숫자 정보들을 쳐다보면서 대답했다.

"자신의 이전 클론을 만난 적이 있느냐는 질문에 대답하시지 않았어요." 히로가 말했다.

"사실 그런 적이 없어요. 내 삶은 아주 지루했어요. 난 그런 게 좋아요."

"지금까지는요." 히로가 말했다.

"그래요, 지금까지는요." 조애나가 나직이 동의했다. "적어도 우리 화물들은 안전해요. 아니라면 이 임무 자체가 무의미하죠."

"참입니다요!" 히로가 환한 목소리로 말하고는 자기 말이 얼마나 웃기게 들리는지 깨달았다. "이거 뭔가 똥 구덩이 속에서 다이아몬드를 찾는 것 같네요."

머리 위쪽에 달린 인터폰이 지직거리며 살아나 선장의 목소리를 토해냈다. "모든 승무원은 재생실로. 지금 당장."

히로가 한숨을 쉬었다. "왜 방금 똥 구덩이가 더 깊어진 것 같을까요?"

3

깊이

히로는 수영이 그리웠다.

무슨 일이 있었는지는 몰라도, 어쨌든 지구에 대한 마지막 기억이 그의 시간 개념으로 불과 몇 시간 전이라는 점을 고려하면 터무니없다는 걸 그도 알았다. 마지막으로 수영을 갔던 때가, 자신의 기억에 따르면 일주일 전이었다. 하지만 히로의 지금 몸은 수영장이나 바다에 한 번도 닿은 적이 없었고, 아마 앞으로도 그럴 것이다. 그는 깨어난 후로 벌써 여러 번 수영이 주는 자유로움을 생각했다. 주위를 둘러싼 공포에서 벗어나 검은 물 속에 잠기는 일. 그의 기분, 그의 익살은 그가 자기 안에 잠겨 있는 동안 자동으로 움직이는 자동조종장치 같았다.

나이 많은 클론들이 다 그렇듯이, 그도 자신의 죽음을 어떻게 다뤄야 하는지 알았다. 더는 충격을 받지 않았다. 이미 여러 방식으로 경험했으니까.

하지만 스스로를 죽인 적은 없었다. 왜 이번엔 그렇게 했는지, 상상도 되지 않았다. 그래서 히로는 물속에 잠겼다.

볼프강이 거칠게 팔을 움켜쥐는 바람에 히로는 다시 수면으로 떠올랐다. "히로, 집중해." 볼프강이 말했다.

폴과 마리아는 재생실 컴퓨터 단말기를 하나씩 차지하고 섰다. 폴은 여전히 아프고 병약해 보였고, 마리아는 입술을 깨물었는지 피를 흘렸다.

선장이 팔짱을 낀 채 그들을 향해 돌아섰다.

"기본적인 수준에서 컴퓨터를 쓰고 항법 시스템에 접속할 수 있게 됐지만, 몇 가지 심각한 문제가 있어. 이안이 여전히 비활성 상태야. 우리 기록들, 그러니까 개인기록과 의료기록과 지시기록을 포함한 모든 기록이 사라졌어. 백업도 없어." 선장이 깊은 숨을 들이쉬었다. "그리고 우리는 이곳 재생실에서 고의적인 파괴행위를 발견했어. 우리의 최근 마인드맵이 삭제된 게 분명한 데다, 새 마인드맵을 만들 수도 없게 되었어. 그리고 재생 소프트웨어가 지워졌어. 이건 저 재생 탱크들에 연결된 커다란 빈 컴퓨터일 뿐이야. 이제 새로운 몸은 없어."

그들은 말없이 그 정보가 머릿속에서 완전히 이해되도록 기다렸다.

히로는 계속해서 잠겨 들었다.

"이건 죽음이네요." 조애나가 아주 멀리서 말했다.

"맞아. 이 기계들을 고칠 방법을 찾아내지 못하면 우리는 지금 클론의 생이 끝날 때 모두 죽는 거지." 카트리나 선장이 말했다. "자, 이제 어떤 선택지가 있지?"

히로의 귀가 윙윙거렸다. 그는 움직이고, 뛰고 싶었다. 무기를 찾아내 하나하나 모두에게 철저한 복수를 해주고 싶었다. 그는 주먹을 움켜쥐었다.

볼프강이 폴에게 한 발짝 다가서자 단말기를 들여다보고 있던 상대적으로 왜소한 남자가 놀라서 고개를 들었다. "고쳐."

"제가 할 수 있는 건 하고 있어요." 폴이 말했다. 단말기를 두드릴수록 목소리도 강해졌다. 폴은 분명 자신의 진가를 발휘할 수 있는 상황에 있었고, 조금씩 기운을 차리는 중이었다.

"우리의 첫 번째 목표는 이안을 활성화하는 거예요." 마리아가 말했다. 피 한 방울이 턱에 떨어졌다.

히로가 그 핏방울을 뚫어지게 쳐다보았다. 그 핏방울 말고는 아무것도 눈에 들어오지 않았다. 그는 앞으로 걸어나가 소맷단으로 마리아의 턱을 가볍게 두드렸다.

"피가 나요." 히로가 나직이 말했다.

"아, 그래요. 제가 잘 그래요." 마리아가 말했다. "지금 우리에게 닥친 문제 중에서 가장 사소한 문제죠."

"하지만 이건 우리가 고칠 수 있는 문제예요."

마리아가 히로를 힐끗 쳐다보고는 다시 단말기로 시선을 돌렸다. "말 되네요."

"마리아." 카트리나 선장이 말했다. "인공지능 프로그램해본 적 있어?"

마리아가 잠시 멈칫하더니 다시 고개를 들었다. "아니요, 선장님."

"그럼, 여기서 별 도움이 안 될 것 같으면 식당에 가서 거기까지 파괴행위가 미쳤는지 확인해. 우린 곧 먹을 게 필요할 거야."

마리아가 반박하려는 듯이 얼굴을 찌푸렸지만, 볼프강의 얼굴을 보자 고개를 한 번 끄덕이고는 밖으로 나갔다.

선장이 손으로 얼굴을 쓸었다. "자, 볼프강. 우린 얘기를 좀 해야 해."

"저도 그렇게 생각합니다." 볼프강이 말했다. "폴, 일 계속해."

"저는 소스 단계에서 이안에 접속하기 위해 서버실에 가야 합니다." 폴이 말하고는 방을 나갔다.

히로는 그들 대부분이 죽은 그 방에 홀로 서 있었다. 다시 물에 잠기고 싶었다. 하지만 소맷단에 묻은 핏방울을 보자 고개를 저었다. 아무도 그에게 지시를 내리지 않았다. 그래서 히로는 카트리나 선장과 볼프강을 따라갔다.

우주선 도르미레호의 승무원이 되기로 한 건 마리아의 결정이 아니었다. 분명 대단한 기회이기는 했다. 도르미레호는 더 나은 하늘을 찾아 지구를 떠나는 인류의 첫 번째 다세대 성간 우주선이었다. 마지막은 아닐 것이다. 아니, 마리아의 가석방 담당관이 그렇게 말했다. 하지만 담당관은 다른 얘기도 많이 했다.

이런 얘기들 말이다. "이 우주선의 승무원 자리를 채워주고 아무 문제도 일으키지 않으면, 마지막에 사면을 받게 돼요. 전과기록 자체가 지워지는 거죠." 또 이런 얘기. "물론 동료 승무원들이 모두 위험한 범죄자들은 아니에요. 누군가가 폭동을 일으키려고 하면 인공지능이 대신하게 되어 있어요. 완벽하게 안전해요." 또 이런 얘기. "좋아요, 난폭한 범죄자가 몇 명 있을 수도 있겠죠. 하지만 우리가 몇 가지 안전장치를 해놓았다는 걸 기억해요." 그리고 또. "이봐요, 세 번의 종신형을 선고받은 클론에게 이건 들어갈 기회가 다시 올까 싶은 최고의 감옥이에요. 그리고 완전한 사면이라고요!"

대단히 좋은 거래처럼 들렸지만, 마리아는 범죄자들이 이 우주선의 승무원이 되는 불변의 이유를 알았다. 값싼 노동력이라서였다. 평판이 좋은 이라면 누구라도 세대를 이어 우주선의 승무원으로 일하는 대가로 한재산을 요구할 게 뻔했다. 자본가들은 가능한 부분에서 비용을 절감해야 했다.

그리고 지금 이곳에는 정말로 그들 말고는 아무도 없었다. 모두가 처음으로 경험하는 사형 선고와 함께.

"우주선에서는 아무도 당신의 범죄 사실을 모를 겁니다. 이걸 새 출발이라고 생각해요." 가석방 담당관이 말했다. 그녀는 제 말의 모순을 몰랐겠지만, 그 말을 생각하면 마리아는 아직도 화가 났다.

"비밀을 지키는 것이 규정이에요, 아니면 권고사항이에요?" 마리아가 한쪽 눈썹을 치켜들며 물었다.

"규정이에요. 누구도 과거사를 언급해서는 안 돼요."

"그걸 어떻게 감시하죠?"

"인공지능이 듣고 있을 거예요."

"멋지군요."

그래도 여전히 감옥보다는 나아 보였다.

마리아는 이 우주선에서 가장 낮은 지위의 사람이 되는 것이 자신에 대한 처벌의 일종일까 궁금했다. 다른 사람들이 근사한 역할을 맡는 동안 마리아는 전반적인 유지관리 업무와 요리, 공동 사용 구역의 청소 업무를 맡았다. 청소부이자 요리사이자 잡역부였다. 마리아에게 군에서 고위 장성으로 일하거나 우주선을 몰아본 경험은 확실히 없었다. 부수적인 일들을 관리하는 것이 그녀가 할 수 있는 일이기는 했다.

그리고 그 부수적인 일들이 아주 많았다.

크게 보면 도르미레호는 엔진과 2.6제곱킬로미터짜리 태양돛, 물과 공기처리장치, 서버실, 재순환처리기, 생물 공간, 그리고 수백만 리터의 CL-20465-F 용액이라 불리는 고단백 합성 물질, 상표명 '라이프(Lyfe)'로 구성되었다.

라이프의 탄생은 지구의 기아 문제와 관련하여 큰 도움이 되었는데, 마을에 특정 인쇄기를 설치하고 생산비가 매우 저렴한 라이프를 공급받기만 하면 거의 어떤 음식이든 인쇄해낼 수 있었기 때문이다. 고도로 정밀한 기계인 그 인쇄기는 음식을 분해하여 분자 단위에서 분석한 다음 적절한 단백질과 비타민까지 추가하여 거의 똑같이 재현해낼 수 있었다. 초기 비용이 어마어마하긴 했지만, 장기적 비용은 거의 들지 않았다.

과학자들이 그저 음식의 재료라고만 생각했던 라이프를 이용하여 마인드맵을 넣기만 하면 깨어나는 첫 성체 클론을 만들어낸 순간부터 클론 복제 기술에 대한 종교적 논쟁이 시작됐다. 클론들은 어린 시절과 사춘기의 고통을 여러 번 겪지 않아도 되는 것에 고마워했다.

새로운 고향으로 가는 여행에 여러 번의 생이 걸릴 것을 고려하면, 클론들은 우주선에서 필요한 모든 유기적 수요뿐만 아니라 자신의 삶을 이어가기 위해 길러야 할 새 신체의 수요도 충당할 만큼의 라이프가 필요했다. 새 행성에 도착하면 승무원들의 임무는 새 클론들을 위한 신체를 몽땅 재생하고 냉동 수면 상태에 있는 인간들을 깨우는 엄청난 작업을 시작하는 것으로 바뀐다. 그러고 나서야 그들은 자유로운 시민이 될 것이다.

도르미레호는 회전으로 중력을 만들어내는 원통형 우주선이었다. 승무원들이 생활하는 안쪽 고리의 중력은 루나보다 약간 크고 지구보다는 조금 작았다. 무엇보다 층에 따라 1g와 2g 사이에서 회전하는 바깥쪽 고리에서 생활할 경우 계속해서 불편함을 느낄 루나 출신인 볼프강을 배려한 결정이었다. 원통형 고리의 크기가 바깥쪽으로 갈수록 커지니, 축을 중심으로 도는 속도도 그랬고 중력도 그랬다. 가장 안쪽의 층들이 편안하다면, 대규모 컴퓨터 시스템들과 공기 및 물 처리장치가 있는 중간층들은 지구의 중력에 가까웠다. 가장 바깥쪽 고리에는 이 여행의 반대쪽 끝에서 필요해질 화물이 잔뜩 실렸다.

마리아가 보기에 가장 중요한 화물은 새로이 복제되는 모든 신체에 사용될 생물자원인 라이프였다.

물론, 재생실을 고치지 못하면 라이프는 거의 쓸모가 없는 것이나 마찬가지였다. 배가 꼬르륵거리자 마리아는 그래도 라이프에 아주 훌륭한 한 가지 사용처가 있다는 사실을 깨달았다. 그녀는 식당으로 향했다.

여기서는 도움을 못 준다 해도 요리는 할 수 있었다.

4

실패

아무도 앉지 않았다. 둘은 마치 상대방이 먼저 치기를 기다리는 듯이 등을 빳빳이 세운 채 서로를 가늠했다.

히로는 거리를 두고 둘을 따라갔다. 선장과 부선장의 대화가 벗어날 수 없는 중력으로 그를 사로잡았다. 히로는 문 바로 바깥에 서서 귀를 기울였다.

선장이 먼저 입을 열었다. "난 널 체포할까 하던 참이야. 내가 그러면 안 되는 이유를 말해봐."

"이런." 볼프강이 말했다.

"넌 이 우주선에 유일한 확신범 살인자야. 내가 널 알아봤다고 해서 놀란 척은 하지 마. 네가 정체를 숨기려고도 안 했다는 사실이 우습군. 넌 정말 주변에 섞여드는 사람이 아니거든." 선장이 말했다. "난 네가 누군지, 무슨 짓을 했는지 알아. 다섯 건의 살인이, 그리고 정말 중요한 근거로는, 우리 클론 설비에 대한 파괴행위가 전적으로 범인이 너라고 지목하고 있어."

히로는 문에서 한 발짝 물러났다. 선장은 볼프강의 정체와 범죄 이력을 알았다. 그걸 왜 비밀에 부쳤을까? 자신이 그 격렬한 성정의 보안 책임자를 두려워하는 것도 그럴 만했다. 히로는 키가 크고 백발인, 유명한 루나 출신 클론이 누가 있는지 생각해내려 애썼다. 세대를 거듭하며 살아가는 건 그게 문제였다. 너무 많은 사람을 본다는 점 말이다.

볼프강의 목소리는 긴장했지만 걱정하는 투는 아니었다. "저를 지목하다니 우습군요. 17개국에서 수배령을 받은 인물은 제가 아닌데요."

선장이 웃음을 터뜨렸다. "내가 기억하기로, 그 국가 중 상당수가 너하고도 얘기하고 싶어 할걸. 그리고 나는 클론 설비를 파괴할 이유를 모르겠는데? 난 클론을 좋아해."

"그게 그렇습니까? 선장님은 얼마나 많은 클론을 죽였죠?" 볼프강이 물었다. "저는 당신의 명성만 들었지 숫자는 못 들었거든요."

"볼프강, 난 군인이었어. 너의 변명거리는 뭐야?"

"제 말은, 당신이 군대를 떠난 뒤의 숫자 말입니다."

"다시 말하지만." 선장이 목소리에 날을 세우며 말했다. "내가 누굴 죽였든, 클론 전반에 대한 원한에 이끌린 건 아니야."

"당신은 당신의 이유가 있겠지요. 저도 제 이유가 있습니다. 그래도 우리 둘이 한 짓은 살인입니다. 하지만 오래전 일이지요. 그리고 저는 이 여행이라는 선물을 받아들였습니다. 깨끗한 전과 기록 말입니다. 당신은 지난 범죄 얘기를 꺼내지도 못하게 돼 있습니다."

"무슨 일이 일어났는지 알아내고 재발을 막지 못하면 60년쯤 후에 우리가, 그리고 이 우주선에 실린 수천 명의 사람이 죽는다는 사실과 관련이 있다면, 난 해야 해."

히로의 이마가 식은땀으로 축축했다. 그 말을 완전히 이해하는 데 시간이 걸렸다. 인간은 60년 앞에서 기다리는 죽음이라는 유령을 두려워하지 않는다. 하지만 클론에게 그건 무시무시한 일이었다. 그들은 이미 죽은 목숨이었다. 그런데 볼프강이 그렇게 만들었다고?

"폭력적인 범죄를 저지른 사람이 우리뿐일 리가 없어요." 볼프강이 말했다. "다들 무슨 짓을 할 수 있는지 알아볼 필요가 있겠지요."

"다른 사람에게 비난을 전가하려는 게 아니라고 확신해?" 카트리나 선장이 물었다.

또 한 번의 침묵. 의자 끄는 소리가 났다. 자리에 앉을 만큼 분위기가 느긋해진 듯했다.

"선장님, 무슨 일이 일어났는지 아는 사람은 우리 중에 아무도 없습니다. 살인자가 당신일 수 있어요. 저일 수도 있고요. 그런 짓을 한 기억이 없으니, 우리는 그 범죄에 대한 죄책감을 느낄 수도 없습니다."

"그건 참 인상적인 도덕적 상대주의로군." 선장이 빈정대는 투가 묻어나는 목소리로 말했다. "넌 윤리학이나 신학 쪽으로 갔어야 해."

볼프강은 그 말에 반응하지 않았다. 히로는 둘의 모습을 보고 싶었다. 그는 좀 더 바짝 붙어섰다.

"그 사람들이 왜 우리 둘을 짝 지워놨는지 궁금해?" 카트리나 선장이 물었다. "우리가 서로의 정체를 알게 되면 좋은 짝이 못될 거라는 걸 그들은 알았을 거야."

"저는 생각해 본 적이 없습니다." 볼프강이 대답했다. "우리가 잘 맞을지 어떨지 그 사람들이 고려하지 않았을 수도 있지요."

"그들은 우리가 잘 맞을지 확인하기 위해 범죄 이력 조사에다 온갖 심리학적 연구들을 했어." 카트리나 선장이 말했다. 그러고 는 쓸쓸한 어조로 덧붙였다. "그래서 먼 우주의 고립에 사로잡히 더라도 우리가 서로를 막 죽이지 않도록 말이야."

"또 하나의 시스템 실패네요." 볼프강이 말했다.

"어디에 적어두든지." 선장이 대답했다.

히로는 문틈으로 다가가 안을 엿보았다. 선장이 먼 우주가 내 다보이는 장엄한 현창을 등지고 커다란 책상 앞에 앉아 있었다. 볼프강은 히로를 등진 채 맞은편 의자에 앉았다. 볼프강이 집중 하듯이 몸을 앞으로 숙이고 있었다.

"저는 휴전을 제안합니다." 볼프강이 말했다. "우리 둘은 한때 사냥꾼이었습니다. 우리는 서로를 이해하죠. 승무원들은 강력한 지휘가 필요합니다. 증거를 찾을 때까지, 아무도 지목하지 않기 로 합시다."

"우리는 승무원들의 신상기록이 필요해." 선장이 말했다. 히로 는 선장이 휴전 제의를 받아들이지 않았다는 사실을 눈치챘다.

"그건 지워졌습니다."

"조애나에게 백업이 있을지도 몰라. 최소한 보기라도 했겠지." 카트리나 선장이 말했다. "가서 조애나가 부검하는 걸 도와주고 그 정보를 빼 와."

"그리고 휴전은요?" 하, 볼프강도 그 점을 눈치챈 것이다.

"일단은. 우리에겐 더 큰 문제가 있으니까. 볼프강, 우리는 죽어가고 있어. 그것보다 중요한 일은 아무것도 없어."

"좋아요, 제가 오늘 밤 의사하고 얘기를 해보겠습니다." 볼프강이 말했다. 그의 목소리가 점점 커졌다. 히로는 문간에서 물러서지 않으면 엿들은 걸 들키리라는 사실을 뒤늦게 깨달았다. 히로는 복도를 몇 발자국 거슬러 가 돌아서서는 마치 막 도착한 것처럼 선장실을 향해 걷기 시작했다.

볼프강이 나오다 히로와 충돌할 뻔했다. "넌 여기서 뭘 하고 있어?"

히로가 한 발자국 물러섰다. "선장님께 물어볼 게 있어서요. 저에게만 아무 지시를 안 하셨거든요. 가서 항로를 다시 확인해볼 작정입니다만, 혹시 다른 지시사항이 있는지 알고 싶어서요."

히로가 안으로 들어갈 수 있도록 볼프강이 문간에서 자리를 비켜주었다. 선장은 책상 앞에 등을 돌린 채 앉아서 회전하는 별들을 쳐다보고 있었다.

"선장님?" 히로가 불렀다.

"선교에 있는 시체는 수습했어?" 카트리나 선장이 고개를 돌리지도 않고 말했다.

"아닌 걸로 알고 있습니다." 히로가 다음에 나올 게 뻔한 선장의 말을 두려워하며 말했다.

"가서 밧줄을 잘라 시체를 내리고, 볼프강에게 다른 시체들과 함께 의무실로 가져가라고 해." 선장이 말했다.

"네!" 히로의 목소리에서 공포가 뚝뚝 떨어졌다.

"나는 조금 뒤에 따라갈게." 볼프강이 말했다. "선장님과 얘기할 게 좀 더 있어."

히로는 달아나고 싶어 안달하는 자신의 심정이 발걸음에 나타나지 않도록 조심하면서 선장실을 나섰다. '저 둘은 무슨 짓을 한 거지?'

히로에게 마인드맵 기술이 준비되지 않은 세상은 낯설었다. 마인드맵 기술로 앞선 클론의 기억을 완전하게 이어받은 어른 클론이 태어날 수 있게 되자 클론 복제 기술에 혁명이 일어났다. 그전에는 유전적으로 동일한 아기를 키울 수는 있었지만, 아기는 저마다 처한 환경의 영향을 받으며 자라기 마련이었다.

그러다가 사람들이 DNA뿐만 아니라 정신의 전체 지도를 만드는 법을 알게 된 것이다.

옛날에는 대상이 잠든 사이에 기계가 마인드맵을 작성했다. 처음으로 마인드맵을 만들 때는 뇌를 완전히 기록하기 위해 수 주일 동안 매일 밤 재생연구소에 가야 하는 경우도 있었지만, 일단 기술이 발전되자 몇 분 상간에 끝나는 일이 되었다. 그다음부터는 마인드맵을 백업할 때마다 뇌를 새로이 들여다보며 그 사람의 새로운 경험과 기억과 감정적 변화들을 기록하는 데 고작 몇 분밖에 걸리지 않았다.

클론 복제 기술의 '현대'가 탄생했다. 아니, '깨어났다'고 말할 수도 있을 것이다.

마인드맵 기술 덕분에 과학자들이 유전적 이상(異常)을 읽어내는 만큼이나 선명하게 사람의 인격을 구성하는 핵심 부분들을 읽을 수 있게 되었으므로, 곧바로 보안 문제가 대두되었다. 최고의 실력을 갖춘 마인드맵 과학자라면 누군가가 어린애였을 때 상습적인 거짓말쟁이였고 네 살 때 처음으로 거짓말을 했다는 사실을 알아낼 수 있었다. 물론 그 거짓말이 무엇이었는지는 알려줄 수 없도록 했다.

개인의 사생활을 보호해주는 그런 거미줄만큼이나 허술한 보호장치가 있다 해도, 뛰어난 마인드맵 과학자는 한 개인에 대해 엄청나게 많은 것을 알아낼 수 있었다. 그리고 정말로 뛰어난 과학자는 그런 연결점들을 잘라내 기억이나 경험이, 아니면 뭔가에 의해 촉발된 감정적 반응이 연고 없이 떠돌다가 종국에는 사라지게 할 수도 있었다. 그런 과학자들이 나중에 '마인드 해커'라는 별명을 갖게 되었고, 사람들은 저마다 지닌 사회적 지위와 부의 크기에 따라 그들을 매도하기도 하고 열렬히 원하기도 했다.

사람을 갉아먹는 정신적 외상의 후유증을 지우기 위한 마인드 해킹이 있었다. 어떤 사람들은 유전적 이상을 해결하기 위해 DNA 해킹을 감행했다. 일부 해커들은 법률이 정한 대로 DNA 차원에서 클론의 생식능력을 제거하는 합법적인 (하지만 머리가 굳을 정도로 단순한) 일을 했다.

그리고 일부는 그냥 악당이 되어 최고가를 제시하는 입찰자가 원하는 거라면 뭐든 해킹했다. 다행스럽게도 고급 마인드맵 기술은 어려워서 잘하는 사람이 많지 않았다. 보충법안이 통과된 후에 최상급 해커들의 많은 수가 지하로 숨어들었다.

지금 도르미레호는 새로운 마인드맵이나 클론을 만들 수 없었다. 누군가가 죽어도 그들이 쓸 수 있는 유일한 마인드맵은 여행을 시작할 때 만든 것뿐이었다.

히로는 선교로 돌아가는 길에 이 모든 사항을 곰곰이 생각했다. 볼프강이 잠자코 히로의 뒤를 따랐다. 여행을 시작할 때 모두가 만들었던 그 백업. 이안의 모든 기록이 지워졌다면, 그 백업은 대체 어디서 나온 거지?

"히로가 엿듣고 있었습니다." 볼프강이 말했다.

카트리나 선장이 고개를 끄덕였다. "분명해. 왜 대놓고 추궁하지 않았어?"

"무슨 일이 벌어지는지 보고 싶어서요." 볼프강이 말했다.

"상황을 보고 대처하는 유형이군." 카트리나 선장이 비웃었다. "놀랍지 않지."

"믿거나 말거나지만, 저는 실수를 통해 배웁니다." 볼프강이 말했다. "모든 정보를 갖추기 전에 일단 들이박고 보는 건 무모하죠."

볼프강의 말이 냄새 고약한 연기라도 되는 양 선장이 손을 저어 쫓는 시늉을 했다. "좋아, 히로가 이 정보를 어떻게 받아들이는지 보지. 그가 들은 걸 퍼뜨리면 우리는 연합해서 그를 반란 혐의로 감방에 처넣는 거야. 그러지 않으면, 그냥 지켜보자고."

히로는 방금 선장과 손을 잡도록 볼프강을 떠밀었다. 빌어먹을 자식.

"우린 범죄자들이 가득한 우주선에 타고 있어." 선장이 한숨을 쉬고는 등받이에 몸을 기댔다. 얼굴은 스무 살 여성의 모습이지만 눈 밑이 거뭇해졌고, 두 눈에 담긴 걱정 어린 표정이 수십 년의 경험을 내비쳤다. "우리 중에 살인자가 한 명이 아니라 더 있는 것 같아. 그리고 왜 임무를 시작한 지 25년이나 지나서 이런 일을 벌였을까? 그 인물이 우주선을 파괴하고 싶었다면 왜 바로 실행하지 않았지? 우리는 추정컨대 수십 년을 같이 일한 동료였어. 우리가 무슨 잘못을 했기에 그 모든 게 무너졌을까?"

"그걸 쭉 거치고 보니 우리 임무에 관해 보여주는 거라곤 둥둥 떠다니는 피와 약간의 토사물밖에 없이, 먼 우주에서 죽을 신세가 되었죠." 볼프강이 말했다.

카트리나 선장이 입술을 비틀며 일그러진 미소를 지었다. "넌 힘든 삶에 대해 아는 게 없지. 히로가 자기 목을 매달 때 생각했던 게 그런 건지도 모르겠군."

"그가 자살했다고 보십니까?" 볼프강이 말했다. "우린 우주에서도 여전히 보충법안을 지켜야 합니다. 그가 자살한 걸 알았다면 우리는 새로운 히로를 깨울 수 없었을 겁니다."

카트리나 선장이 코웃음을 쳤다. "자살 관련 법에 앞서 걱정해야 할 법이 여러 개 있는 것 같은데. 어쨌든 보충법안은 인간들이 자기들로서는 이해할 수 없는 삶을 사는 우리를 감당할 수 없어서 만든 거야. 우리가 자유로워진 지금, 왜 그들의 법을 지켜야 해?"

"제가 보기에 그 말씀에는 잘못된 부분들이 많습니다. 하지만 상황이 이렇게 혼란스러울 때 벌일 논쟁은 아니죠." 볼프강이 말했다. "그래도… 논쟁할 건 해야죠. 이 보충법안이 시행되기까지 끔찍한 일들이 있었어요. 제게 선장님께 보여드릴 역사책이 몇 권 있습니다."

"당면한 문제나 얘기하지. 넌 조애나와 일하며 그녀에게서 각 클론의 범죄 이력을 얻어내. 난 엔지니어들과 같이 재생 설비를 고칠 테니까."

"우리가 그들을 믿을 수 있을까요?" 볼프강이 손으로 나머지 승무원들을 가리키는 시늉을 하며 물었다.

"우리에겐 다른 선택지가 없어. 우린 살아있어야 할 필요가 있어. 상황이 정리되고 나야 사람들을 고발하는 사치를 누릴 수 있겠지."

"10분 전에 절 고발하셨죠." 볼프강이 선장의 기억을 일깨웠다.

"그리고 넌 정의롭게 그러지 말라고 날 설득했지." 선장이 슬쩍 웃으며 말하고는 불쑥 손을 내밀었다. "넌 운이 좋아. 일단은, 휴전."

볼프강은 선장의 손을 쳐다보며 그 손이 오래도록 해왔던 모든 일을 떠올렸다. 그는 미래를 생각했고, 그 손을 견디고 살아남으려면 무슨 대가를 치러야 할지 생각했다. 볼프강은 넌더리를 내며 선장의 손을 잡았다.

자신의 실패를 일깨워주는 소름 끼치는 기념품이 히로의 머리 위에 매달려 있었다. 히로는 볼프강이 올 때까지 애써 그걸 올려다보지도, 아는 체하지도 않았다. 다행히 우주선은 여전히 가속하면서 항로로 돌아가는 중이었다. 히로가 조종사용 단말기에 뜬 수치들을 곰곰이 뜯어보기 시작했다. 지난 1시간 동안 축적된 최신 정보들뿐이라 알려주는 정보가 많지 않았다.

히로는 누가 항해 시스템에 접속해서 우주선을 항로에서 벗어나게 했는지 알아내고 싶었다. 하지만 접속기록 파일이 없으니, 그들로서는 운이 나쁜 셈이었다.

볼프강이 선교로 들어왔다. "상황이 어때?"

"아까와 똑같아요." 히로가 말했다. "그냥 우리가 여전히 잘 가고 있는지 확인했어요. 다른 건 아무것도 알아내지 못했고요. 호, 혹시 저 시체와 관련해서 도움이 필요하세요?"

"아니." 볼프강이 말했다. 볼프강은 이미 벤치로 이어진 사다리를 타고 올라가 굵은 밧줄이 연결된 금속 고리를 푸는 중이었다.

히로의 시체가 둔탁하게 쿵 소리를 내며 바닥에 떨어졌다. 히로는 부풀어 오른 자신의 자줏빛 얼굴을 애써 외면했다. 대신에 그의 시선은 구석에 버려진 부츠 한 짝에 가 닿았다.

볼프강이 히로의 시선을 좇았다. "왜 저렇게 됐을 것 같아?" 볼프강이 물었다. 히로가 어깨를 으쓱거렸다. "저는 부츠 끈을 단단히 묶는 편이에요. 죽음의 고통으로 몸부림친다고 빠졌을 거 같지는 않아요."

"네가 먼저 죽은 것 같군." 볼프강이 벤치에서 몸을 날려 시체 옆에 가볍게 내려서며 말했다. "이 건은 나중에 처리해야겠어."

"똑똑하시네요." 히로는 저도 모르게 지껄였다. "재생실에 있는 저 불쌍한 새끼들이 전부 칼에 찔려서 형편 좋게 다 죽은 다음에는 제 목을 매달러 여기 올 수 없었을 걸 고려하면요."

시체를 들어 올리려고 몸을 숙이던 볼프강의 동작이 느려졌다. "넌 이 상황이 얼마나 중대한지 이해가 잘 안 되나 보군. 그렇지 않으면 그렇게 촐싹거릴 리가 없을 텐데."

히로가 어깨를 으쓱거렸다. "어쩌면 우리가 서로에게 정말로 뚜껑이 열렸을지도 모르죠. 이런 걸 만든 과학자들도 오랫동안 같이 생활하는 게 힘들 거라고 걱정했잖아요."

"어쨌든 감정적인 폭발로 인한 범죄라기엔 너무 커. 변수도 너무 많고."

"우리 중의 누가 복잡하게 감정적 폭발을 일으켰나 보지요." 히로가 바닥 한가운데에서 집어 온 태블릿에 뭔가를 쓰면서 말했다. "알 수 없는 일이죠. 그리고 영영 알 수 없을지도요."

"도와줄 거 아니면 입이라도 닫고 있어." 볼프강이 시체를 가뿐하게 들어 올리며 말했다.

"다 챙겼으니, 가서 자기 사건이나 해결해요, 천재 씨." 히로가 말했다. 히로는 한마디만 더 하면 볼프강이 자길 치리라고 확신했다. 그러면 상황이 재미있어질 텐데. 히로가 선장실에서 들은 이야기를 하려고 입을 여는데, 볼프강의 긴 손가락이 턱을 움켜잡는 바람에 놀라서 '억' 소리만 내고 말았다.

"주둥아리 닥치고 네 일이나 해." 볼프강이 말하고는 선교를 떠났다.

"절 혼자 두면 안 되는 거 아니에요?" 히로가 볼프강의 뒤통수에 대고 소리쳤다. "혼자 뒀다간 확 돌아서 살인하러 돌아다닐지도 모른다고요!"

히로는 왼쪽 혀끝을 콱 씹었다. 고통은 충격적이고도 끔찍했고, 피 맛이 입안을 채웠다. 그 압도적인 쇠 맛에도 불구하고 실제로 흘리는 피는 아주 소량이라는 걸 그는 경험으로 알았다. 볼프강을 도발하고 싶은 욕구가 사라지자 히로는 부끄러운 기분으로 앉아서 항해도를 살펴보았다.

이 직무의 문제점은 원래 이안이 도르미레호를 조종하게 되어 있었다는 점이다. 그냥 컴퓨터더러 우주선을 몰게 하고 인간의 실수 같은 성가신 것들이 끼어들지 못하게 하는 편이 훨씬 편했다. 하지만 누가 또 살육잔치를 벌이고 나설 때를 대비해 상관들이 어떻게 새 클론을 만들 것인가 따위의 목숨이 걸린 중요한 문제를 다루는 와중에, 히로는 우주선이 항로에서 벗어났을 때 대체 어디로 가려 했는지가 알고 싶었다. 이런 정도의 경로 수정은 미리 계획되었어야 했다.

히로는 이게 선장의 문제일 거라고 짐작했다. 음, 그들 모두의 문제겠지만, 이걸 어떻게 다룰지를 결정하는 건 선장의 일이었다. 히로는 태양돛이 최대한으로 태양열을 받아들일 수 있는 정확한 방향으로 맞춰져 있는지 점검했다. 문제는 없었다. 그는 우주선의 경로도 확인했다. 잘 가고 있었다.

'어쩌면 인공지능 없이 나 혼자 할 수 있을지도 몰라.'

머릿속에 끔찍한 생각이 떠오르기 시작했지만, 히로는 자주 그랬듯이 그 생각을 억눌렀다. 사람들은 대체로 끔찍한 생각을 할 때의 히로를 좋아하지 않았다. 그리고 히로는 사람들이 그를 좋아하지 않을 때를 좋아하지 않았다.

우주선은 느려지고 있었고 어딘가로 향하던 중이었다. 아니면 무언가에서 멀어지는 중이었거나. 인간과 클론 수천 명의 꿈과 희망을 실은 성간 우주선은 어딘가로 가고 있었다. 새로운 어딘가로.

일단 항로와 관련된 숫자들에 만족하자, 히로는 선교를 철저하게 뒤지며 정리했다. 중력 구동장치가 꺼졌을 때 태블릿 몇 개와 윗옷 하나, 쓰레기 몇 점이 흩어졌지만, 단서는 발견되지 않았다.

제어대 밑에 빈 스테인리스 컵이 끼어 있었다. 히로는 자신이 왜 이렇게까지 너절해졌는지 의아해했다. 컵으로 액체를 마시는 버릇은 우주에서 들이기에는 나쁜 것이었다. 재생실 제어대는 액체에 손상을 입지 않도록 보호되어 있지만, 선교의 제어대는 아니었다. 무중력 사태 더하기 액체 더하기 컴퓨터는 곧 '나쁜 상황'이었다. 그는 선장이 마인드맵 서버 근처에서 무언가를 마시는 폴을 본다면 무슨 일이 벌어질지 생각조차 하고 싶지 않았다. 히로는 또 다른 대학살 장면을 상상했다.

여전히 제어대 밑에 있던 히로가 깜박거리는 녹색 불빛을 보았다. 그는 제어대 밑으로 더 들어가 바닥에 누워서 항법 컴퓨터 아래쪽으로 팔을 쭉 뻗었다.

"빙고, 빌어먹을." 히로가 나직이 말했다.

이동형 저장장치 하나가 꽂혀 있었다. 거기에 있을 물건이 아니라고 히로는 거의 확신했다. 무엇보다 이건 그의 컴퓨터였고, 그는 우주선 안을 둘러봤던 때를 몇 시간 전 일처럼 선명하게 기억했다.

히로가 튀듯이 몸을 일으켜 단말기로 돌아가서는 그 저장장치에 접근하려고 검색을 했다. 저장장치는 어디서도 발견되지 않았다. 그렇다면 이건 자동항법 프로그램과 어쩌면 이안 자체를 재설정해버렸을지도 모르는 범인은 아니었다.

히로는 이 장치가 그저 저장용 드라이브일 뿐이라고 거의 확신했다. 이런 것이 우주선에 해를 줄 정도로 강력할 수는 없을 것이다. 왜 이게 여기 숨겨진 채 꽂혀 있을까?

선장에게 보고해야 했다. 이건 중요한 정보일 것이다. 하지만 선장까지 포함하여 여기 있는 모두가 용의자이니 선장에게 아무것도 알려선 안 된다고 말하는 냉소적인 목소리가 수면 위로 올라왔다.

'다들 그런 식으로 굴기 시작하면 우린 곧 공수병에 걸린 개들처럼 서로에게 달려들게 될 거야.' 히로는 그 목소리에 대고 단호하게 말했다.

선장은 이 일을 알 필요가 있었다. 그리고 이런 문제를 제일 잘 알 사람은 폴일 것이다. 볼프강은 선장이 한 일이면 뭐든 자기도 알아야겠다고 요구할 테고. 그러면 의사와 마리아에게 이걸 비밀에 부쳐야 할 필요가 남는데, 그들이 가장 큰 위협이라서? 히로는 눈알을 굴렸다.

'너도 그들에게 보여주는 너와 다르잖아. 그들이 무해하다고 너무 빨리 단정하지 마. 지금은 아니야.' 히로는 한숨을 쉬었다. 그의 말이 맞다는 걸 그도 알았다.

히로는 저장장치를 빼내 주머니에 쑤셔 넣었다.

5

첩보대장 찻주전자

수 세대 전에, 마리아 아레나는 클론 복제 기술을 이용하여 평소 흥미로워하던 모든 분야를 공부할 완벽한 기회를 얻자고 결심했다. 클론에게 "시간이 부족해"라는 평계는 통하지 않았다. 마리아가 가진 건 시간밖에 없었고, 그녀는 관심을 끄는 온갖 심원한 것들을 공부하는 데에 그 시간을 최대한 사용했다.

마리아는 음식의 문화적 영향력을 공부하면서 차에 관한 석사 논문을 썼다. 차는 세계를 바꾸었다. 만약 무기물이 갑자기 감각을 가지게 된다면, 세계를 움직이는 지도자들의 사무실 대부분에 한 자리를 차지한 찻주전자들이 역사상 가장 효과적인 쿠데타를 선포할 수 있으리라 마리아는 확신했다.

찻주전자들이 첩보대장이 아니라면 말이다. 찻주전자들이 첩보대장이라면 내부로부터 세계를 파괴할 것이다.

보통은 상당히 관대한 편인 지도교수가 논문을 심사하며 어쩌면 있을지도 모를, 세상을 전복하는 의인화된 찻주전자에 관한 내용을 삭제하라고 지시했을 때, 마리아는 배신당한 기분을 느꼈다. 교수는 침착하게 어느 문예창작과 교수의 주소를 주었고, 마리아는 결국 이의를 제기했다. 그녀는 실망했지만, 평소의 버릇대로 삭제한 부분을 개인 파일로 보관했다.

마리아는 음식을 사랑했다. 음식의 역사와 실질적인 섭취 모두를. 그 사랑 탓에 보조 엔지니어라는 미천한 지위를 갖기에 적합해졌다. 보조 엔지니어는 '온갖 잡일 담당'을 의미했고, 그 잡일에는 우주선의 요리사 일이 포함되어 있었다. 음식 인쇄기 돌리는 걸 '요리'라고 부를 수 있다면 말이다. 깨어남에 수반되는 스트레스에 더해 사방에 살해된 시체들이 널린 데 따른 스트레스가 상당했지만, 승무원 전원에게 먹을 것이 필요하다는 선장의 말은 맞았다. 마리아는 가능한 한 빨리 음식 인쇄기를 가동해야 했다.

식당에 어떤 범죄의 물리적인 증거가 있었다 하더라도 재생실과 마찬가지로 중력 구동장치 사고 때문에 지워졌을 것이다. 사방에 컵과 접시가 널려 있었다. 사용한 그릇은 대부분 재순환기에 던져넣었던 듯했다.

청소는 나중에. 음식이 먼저였다. 마리아는 음식 인쇄기에 다가갔다. 거대한 기계인 음식 인쇄기는 분자 구조를 알아낼 기회만 주면 어떤 음식이든 합성해내는 능력을 지녔다. 말인즉슨, 히로의 자동항법장치와 마찬가지로 거의 전적으로 자기 힘으로 움직인다는 말이었다. 이안이 그걸 재정의할 수도 있었다. 깨어나기만 하면 말이다.

마리아가 제어기를 누르자 기계가 웅웅거리며 살아나 안에서 불빛이 새어 나오고 입력판에 불이 들어왔다. 지난 인쇄 기록을 찾아보니 다른 기록들과 마찬가지로 텅 비어 있었다. 파괴자는 음식 인쇄기 기록까지 죽여버렸다. 대단했다.

마리아는 인쇄 음식 세계에서 기본 중의 기본에 해당하는 단순한 크래커를 수동 입력해보았다. 인쇄기가 기동하며 분자 실을 엮어 음식을 만들기 시작했다. 문제는 그게 크래커가 아니라는 점이었다.

인쇄기는 식물의 가지처럼 보이는, 녹색 잎이 무성한 무언가를 만들고 있었다. 마리아는 얼굴을 찡그리고는 인쇄기가 가동을 멈추기를 기다렸다가 꺼냈다.

모르는 식물이었다. 분명히 바질이나 오레가노는 아니었다. 냄새를 맡아봐도 무엇인지 알 수 없었다.

다시 시도. 이번에는 단백질이야. 닭고기.

인쇄기가 또 다른 식물을, 아니 아까와 똑같은 식물을 만들려 한다는 걸 금방 알 수 있었다.

마리아는 그걸 집어 들고 자세히 살펴보았다. 작은 잎이 양치류처럼 생겼다. 맛을 볼 요량으로 그 식물을 막 입에 넣으려던 참이었다. 재생실에 떠돌던 토사물이 떠올랐다. 마리아는 맛을 보겠다는 생각을 재고했다. 대신에 벽에 붙은 인터폰 단추를 찾아 의무실에 신호를 넣었다.

"의사 선생님?" 마리아가 물었다. "거기 계세요?"

"말해요, 마리아." 조애나가 대답했다.

"음식 인쇄기에 문제가 생겼어요."

"제가 무슨 도움이 될지 모르겠군요." 조애나가 성가신 투로 말했다.

"제가 독극물에 중독된 것처럼 보였잖아요." 마리아가 말했다.

"음식 인쇄기가 어떤 식물 한 가지만 합성하고 있어요. 음식 데이터 역시 다른 기록들처럼 모두 지워졌고요."

의사가 욕설을 내뱉었다. "여기로 가져오면 내가 독극물 검사기로 검사해볼게요. 시료용으로 물도 좀 가져다줘요."

"알았어요." 마리아가 말했다.

마리아는 손 닿는 대로 식당을 정리하면서 아직 재순환기에 들어가지 않은 음식 자투리를 포함한 시료들을 모았다. 배가 꾸르륵거리며 항의하는 소리를 내자 마리아는 라이프 단백질 탱크와 물이 연결된 채 은색 조리대에 자리 잡은 인쇄 기계에 갈망하는 시선을 던졌다. 비상용 음식 인쇄기가 있다는 걸 알지만, 설치하려면 시간이 오래 걸릴 터였다. 승무원들에게 그걸 기다려줄 인내심이 있는지 장담할 수 없었다.

하지만 그들에게 다른 선택지가 있는지도 의문이었다.

폴은 이안에게 무슨 문제가 있는지 알아보려고 서버실로 갔다. 몸이 떨리던 건 대체로 멈췄고, 헛구역질도 지나갔다. '지구에서 몸이 이랬다면 당장 작업에 투입될 게 아니라 병원으로 옮겨졌을 텐데.' 그는 씁쓸하게 생각했다. 하지만 그들은 이안이 필요했다. 우주선을 제어하기 위해서, 그리고 답을 얻기 위해서.

주 서버실에는 과냉(過冷) 상태로 관리되는 엄청난 규모의 컴퓨터들이 있었다. 엔지니어들은 홀로그램 UI(User Interface, 사용자 인터페이스)를 통해 컴퓨터에 접근했다. 직접 기계에 손대는 건 허용되지 않았고, 오직 홀로그램 UI를 통해서만 접근이 허용됐다. 그런 장치를 통해 이안은 어떠한 고의적인 파괴 시도도 사전에 막을 수 있었다.

실제 컴퓨터들은 안쪽 유리벽 뒤에 놓여 있고, 바깥방에서는 홀로그램 UI가 유리벽 너머로 보이는 그 컴퓨터들의 정보를 시각적으로 표시해주었다. 엔지니어가 아닌 사람에게는 아주 혼란스러울 테지만, 폴은 그곳을 집처럼 아주 편안하게 느꼈다. 수많은 서버가 당장 점검이 필요하다는 사실을 알리는 밝은 빨간색으로 깜박이고 있지만 않으면 말이다. 지금 그곳은 편안한 집이 아니었다.

인터폰이 갑자기 살아나자 폴은 펄쩍 뛰듯이 놀랐다.

"이안의 상태는?" 볼프강이 말했다.

"UI가 떴습니다. 서버실 문을 깨고 들어가지 않아도 된다는 의미죠. 멋진 소식입니다." 폴이 말했다.

볼프강은 대답하지 않았다. 멋진 소식이라고 생각하지 않는 듯했다.

"이제 컴퓨터에 접근할 수 있으니, 제가 이안을 고칠 수 있는지 보겠습니다."

"이제 정확하게 뭐가 문제인지 알아?" 볼프강이 물었다.

"아니요, '이안이 고장 났다'는 것밖에는요."

볼프강이 대놓고 욕설을 내뱉었다.

"저는 최선을 다하고 있습니다." 폴이 떨리는 목소리를 내지 않으려고 애쓰며 말했다.

"넌 깨어난 뒤로 내내 클론 재생 기술이 개발된 걸 이제 막 안 사람처럼 어찌할 바를 모르겠다는 듯이 굴고 있어. 지금 우리한텐 해결해야 할 심각한 문제들이 산더미인데, 넌 실패한 것으로 칭찬받고 싶어 해. 폴, 우린 일을 하라고 널 고용한 거야. 이제 일을 해!"

폴은 다시 UI에 집중했다. 볼프강에게 소리를 쳐봤자 아무것도 나아지지 않는다. "이건 민감한 문제입니다." 폴이 인터폰을 쳐다보지 않고 말했다.

"폴, 감방에 갔다 오면 적응하는 데 좀 도움이 되겠어? 원하는 게 그거야?" 볼프강이 물었다.

"절 감방에 처넣으면, 이안은 누가 고칩니까?" 마침내 깨어난 이후로 내내 마음을 짓누르던 공포를 분노가 대체하는 것을 느끼며 폴이 물었다. 그는 더욱 힘을 내서 온통 붉게 표시된 UI 구역으로 팔을 뻗고는 세부 내용이 더 잘 보이도록 손을 펼쳐 해당 구역을 확대했다.

우주선에는 감방이 두 개 있었다. 한 번에 처리해야 할 말썽꾸러기가 여섯 승무원 중 둘을 넘지는 않으리라 예상한 결과였다. 똑같이 생긴 두 방은 일반 감방과 아주 비슷하고, 벽에 기본적인 단말기가 설치돼 있었다. 관리자는 그 단말기로 감방에 정보를 보낼 수 있지만, 수감자는 이용할 수 없었다.

"마리아를 보내면 도움이 될까?" 볼프강이 물었다. 훨씬 이성적인 목소리였다.

"이 일은 그녀의 전문 영역이 아니에요." 폴이 말했다. "마리아는 유지관리와 청소에 더 잘 맞죠." 폴이 콧잔등을 찡그리더니 덧붙였다. "그리고 아마 그 구역질 나는 재생실 청소 일이 있을 거예요."

볼프강은 조애나를 도와 의무실에 시체를 가지런히 늘어놓았다. 간이침상 다섯 개를 설치하고 시체를 하나씩 옮겨 와 아직 살아있는 승무원 한 사람과는 예의 바르게 간격을 두고 나란히 눕했다.

볼프강은 루나 태생치고도 강건한 편이었고 우주선의 이 구역은 중력이 낮아서 아주 무거운 것을 제외하면 뭐든 쉽게 들어 올릴 수 있었다. 그가 시체를 들여오면 조애나가 혈액과 다른 체액 시료를 채취한 다음, 작업복을 잘라 벗겨서 소각로에 넣은 뒤에 의무실 욕조에서 시체를 닦았다. 손발이 척척 맞았다.

이곳도 청소하기 힘든 방이 될 것이다.

둘은 재생 탱크에서 깨어난 이후로 잠을 자지 못했다. 조애나는 줄곧 휠체어를 타는 덕분에 피로에 지쳐 바닥에 쓰러질 일이 없다는 사실이 고마웠다. 그러면서 무엇이 볼프강을 저렇게 끊임없이 움직이도록 몰아대는지 궁금해졌다.

조애나는 휠체어를 타고 휴대용 녹음기에 구술 내용을 녹음하면서 간이침상들을 돌았다.

"마리아 아레나, 유지관리 담당자, 피부가 매우 창백하고 입술이 파랗게 질림. 검사 결과 재생실에서 채취한 토사물 시료가 그녀의 것으로 판명됨. 등에 커다랗게 찔린 상처가 있고, 그로 인해 척수가 잘렸음. 독극물 검사기에서 독성 식물 효소의 증거가 나왔는데, 독미나리 또는 그 변종이 90퍼센트 확실함. 음식 인쇄기에서 나온 시료로 증명된바, 음식 인쇄기는 고의로 파괴되어 다른 음식을 요구해도 독미나리만 인쇄하는 것으로 보임. 물과 가공하지 않은 라이프를 시험한 결과에는 독성이 나타나지 않음. 다른 승무원들도 독에 중독됐을 가능성이 있으나, 독이 퍼지기 전에 폭력적인 방식으로 사망했음. 그들의 독극물 검사는 진행 중임. 마리아의 신체는 대략 65세 전후로 보임."

조애나가 마리아 옆 간이침상에 누운 히로 쪽으로 이동했다.

"아키히로 사토, 항해사 겸 조종사, 사인은 목매닮. 한쪽 부츠가 벗겨져 있음. 클론은 20세로 보임."

조애나는 휠체어를 굴려 자신의 시체로 다가갔다. 상체 근육이 이전 생에서보다 훨씬 발달했다는 사실에 주목하면서 흥미롭게 자신의 시체를 살펴보았다. "나, 조애나 글래스의 시체 또한 노화의 신호와 외상의 징후를 보여줌. 이 시체도 주방용 칼로 살해됐는데, 목에 찔린 상처가 한 군데 있음. 출혈. 방어흔이 없어 살인자를 신뢰했거나, 아니면 기습당했을 가능성을 시사함."

"살인자가 당신을 찔렀어. 당연히 기습이겠지." 볼프강이 이의를 제기했다.

조애나가 볼프강에게 차가운 시선을 던졌다. "저는 진지해요. 누가 살인자인지도 모르는데, 당신은 벌써 이 사람들에게 유리한 해석을 하고 있네요!"

볼프강의 시체는 평소보다도 끔찍스럽게 창백했다. "보안 책임자 부선장 볼프강, 역시 몇십 년 더 나이 들어 보임, 여러 차례 찔림, 두 손과 팔에 방어흔 다수. 재생실에서 출혈, 시체는 거의 완전 방혈 상태." 여기서 살아있는 볼프강이 눈살을 찌푸렸다. 단말기 앞에서 독극물 검사 결과가 나오기를 기다리던 볼프강이 자신의 얼굴을 살펴보기 위해 시체로 다가왔다. 시체를 살피는 그의 얼굴에 몇 가지 표정이 다투듯 나타났다. 혐오, 공포, 그리고 호기심.

"나는 분명 기습당하지 않았어." 볼프강이 말했다. "나를 쓰러뜨릴 만큼 강한 사람이 승무원 중에 누가 있지?"

"여러 가능성이 있어요." 조애나가 말했다. "우리가 아직 생각지 못한 가능성도 더 있겠죠."

"의사 선생, 우린 누가 이런 짓을 할 수 있는지 알아야 해. 당신이 승무원들의 기밀 이력을 가지고 있다는 거 알아. 보안 측면에서, 나는 그걸 볼 필요가 있어."

조애나가 동작을 멈추더니 녹음기를 껐다. "기록은 지워졌잖아요. 저에게는 이제 그 정보가 없어요."

"그걸 읽었을 거잖아. 분명 뭔가 기억하고 있을 거야."

"아니요, 그 기록은 이런 비상시에만 열리게 되어 있었어요."

볼프강은 조애나를 노려보았다. "승무원들이 죄다 형이 확정된 범죄자들인 우주선에 타기로 동의하고서, 출항 전에 그들의 과거가 어땠는지 알아볼 생각도 하지 않았다고? 나로서는 아주 믿기 힘든 얘기야."

"좋을 대로 생각해요." 조애나가 말했다. "당신이나 나나 승무원들에 대해 아는 건 똑같아요. 얘기 끝났어요? 저는 녹음을 계속해야 해요."

마지막은 폴의 시체였다. 얼굴은 여전히 부풀었고, 눈이 튀어나왔다. 볼프강이 뭐라고 툴툴거리다 결국 밖으로 나가버렸지만, 조애나는 무시하고 녹음기를 켰다. "수석 엔지니어 폴 쇠라, 이 시체 역시 우리 기억보다 몇십 년 더 나이 들어 보임. 이렇다 할 상처는 없지만, 몹시 부풀어 오른 얼굴에 커다란 멍이 있음. 피부색이 약간 파랗게 질림. 주요 사인은 질식. 독극물 검사 결과를 기다리는 중."

조애나가 폴의 이마를 덮은 덥수룩한 검은 머리카락을 손으로 쓸었다. "폴의 이마에 상처가 있음. 오래전에 다친 상처임. 이마에 아주 심각한 충격을 받았음."

폴을 뒤집자 익숙한 주근깨와 점들이 드러났는데, 허벅지 위쪽에 검은 점이 하나 보였다. 조애나가 손가락 끝으로 그 점을 조심스럽게 쓸었다.

조애나는 그 점에 대해서는 아무 기록도 하지 않았다.

폴의 전신 정밀검사 결과, 뇌에 심각한 손상을 입었음이 드러났다. 이마에 부상을 당한 다음 모종의 뇌 손상으로 고통받았을 가능성이 있었다.

조애나는 검사 결과를 다시 확인한 뒤에 상세한 내용을 거의 빠짐 없이 입력하며 선장에게 보내는 보고서를 작성하기 시작했다.

조애나는 마침내 자물쇠가 달린 서랍장에 칼을 집어넣었다. "살인 무기는 주방용 칼로, 재생실에서 시체들 사이에 떠 있는 상태로 발견됨. 칼은 마리아 아레나의 소유인 듯함. 우리에겐 지문 감식 장비가 없음."

마리아는 히로가 새 음식 인쇄기 설치를 도와주러 오기를 기다리는 사이에 차를 끓이기로 마음먹었다.

찬장 깊숙한 곳에서 승선 첫날에 숨겨놓은 붉은 상자를 찾아냈다. 그처럼 오랜 시간이 지났어도 그대로 있는 게 기뻤다. 마리아는 길고 속이 깊은 나무 상자를 꺼낸 다음 그보다 작고 같은 모양의 상자 두 개를 더 꺼냈다. 음식 인쇄기만 있으면 이런 상자 따위는 필요치 않지만, 마리아는 뭐든 대비해두는 걸 좋아했다.

첫 번째 상자에는 낡은 주전자가 들었다. 아름답거나 예술적이지 않았고, 구리나 도자기로 만든 것도 아니었다. 흠집 난 플라스틱 손잡이가 달린 쇠로 만든 물주전자였다. 낡고 구식이긴 해도 아직 물을 끓일 수 있으니, 중요한 건 바로 그 점이었다. 마리아는 물주전자를 조리대의 전열기에 올렸다.

납작한 상자에는 진공 포장된 60그램짜리 차 봉지 수백 개가 들어 있었다. 차는 아주 오래 묵었지만 그나마 밀폐된 상태이기는 했다. 게다가 이 캄캄한 우주 한가운데에서 오래 묵은 차를 마신다고 법석을 떨 사람은 아무도 없을 것이다. 마리아는 진한 녹색을 띤 중국산 고급 녹차 알갱이를 골라 커다란 주전자에 우려도 충분할 만큼 집어냈다.

세 번째 상자에는 당연히 벌꿀이 들었다. 상하지 않았다. 결정이 좀 생겼지만, 걱정할 일은 아니었다.

물이 데워지는 동안 마리아는 찻잎의 풍미를 조금이라도 깨우기 위해 속이 얕은 냄비에 찻잎을 넣고 덖었다. 실내가 따뜻한 흙 냄새로 가득해지자 그녀는 약간 구워진 찻잎을 꺼낸 다음 인쇄기가 녹차를 공급해줄 때에도 계속 사용했던 찻주전자를 가져왔다. 과학과 전통이 전쟁을 벌이는 와중에도, 기계가 완벽한 차를 만드는 와중에도, 누군가는 여전히 존중의 의미로 그 차를 전통적인 찻주전자에 담아 대접했다. 이번에야말로 찻주전자가 적절하게 사용될 때이다.

마리아는 차를 준비하면서 딱히 그들의 상황을, 그들의 미래를, 그들의 불가피한 죽음을 생각하지 않고 그 시간을 즐겼다.

"음식 인쇄기는 어때?" 문간에서 카트리나 선장이 물었다. 마리아는 약간 움찔했다. 그녀는 생각에 빠져 있었다. 선장과 볼프강이 문간에 서 있었다. 사람이란 사람은 다시 죄다 죽여버릴 준비가 돼 있다는 듯한 표정들이었다.

차. 차를 내주면 다정하고 편안하게 느껴질 것이다.

"음식 인쇄기가 파괴돼서, 히로가 새 걸 설치하는 일을 도와주러 올 거예요. 그동안에 저는 차를 만들고 있어요."

카트리나 선장은 음식 인쇄기 얘기를 듣고 음울하게 알겠다는 반응을 보였다. 선장이 식탁에 앉자 볼프강이 뒤따랐다. "차, 괜찮을 거 같군."

마리아가 찻잔을 내놓는 동안 잠시 침묵이 흘렀다.

카트리나 선장이 앞에 놓인 컵을 관찰했다. 붉은 플라스틱 컵이었다. "귀찮지 않아? 이렇게 많은 시간을 허비하는 게?"

물주전자가 소리를 내기 시작하자 마리아가 돌아섰다. "그런 생각을 할 틈이 없었던 것 같네요." 그녀는 찻주전자에 물을 따르며 말했다. "혼란스럽긴 하지만, 다른 생각을 하기에 지금은 너무 멍해요." 마리아는 차가 가득 든 찻주전자를 그들 쪽으로 밀었다. "드세요."

차를 마시고 있는데 히로가 들어왔다. 마리아가 컵을 가져다주려고 자리에서 일어났다. 이상한 일이지만, 히로가 들어올 때 카트리나 선장과 볼프강도 어색하게 자리에서 일어났다.

"안녕하세요, 선장님. 히로 조종사가 보고 드립니다!" 히로가 경례를 붙이며 말했다.

카트리나 선장이 히로에게 냉담한 시선을 던졌다. "사토 씨? 좀 진정하실래요?"

히로가 의자에 풀썩 앉더니 차를 따랐다. "항법 장치와 중력 엔진에 아무 문제가 없다는 걸 보고하고 싶었어요. 아직도 무엇 때문에 항로에서 벗어났는지는 알아내지 못했지만, 적어도 지금은 괜찮아요. 그러니 우리는, 살았다!"

"지금은 농담할 때가 아니야." 선장이 말했다.

"선장님, 지당하신 말씀이지만, 농담을 하지 않으면 저는 마음속에 자라는 은유적 나무와 관목에 숨어 도사리고 있는 비명 공황에 빠질 거예요. 자, 비명 공황이 더 좋으시면, 말씀만 하세요. 저는 제 마지막 전생이 이 비명 공황에 굴복한 게 아닐까 싶다고 말씀드릴 텐데, 그가 어떻게 됐는지 좀 보세요."

선장이 자리에서 일어났다. "그거나 이거나 도긴개긴이야." 선장이 마리아를 힐끗 쳐다보았다. "최대한 빨리 뭐라도 설치해서 돌려. 히로가 도와줄 거야. 차 잘 마셨어."

"이봐요, 저는 방금 우리 모두를 구했는데, 왜 제가 음식 당번을 해야 하죠?" 히로가 볼프강과 함께 식당을 나서는 카트리나 선장에게 물었다.

"우리한테는 이 문제를 해결해줄 당신 같은 영웅이 필요해요." 마리아가 말했다. "저 혼자서는 뭘 해야 할지 모르겠거든요."

"참 즐거운 사람들이군요. 저 둘 말이에요." 히로가 빈 컵들을 집어 들며 말했다.

"우린 다들 스트레스를 받고 있다고 생각해요." 마리아가 조심스럽게 말했다. "모두가 당신에게 브레어 래빗처럼 굴지는 않을 거예요."

히로가 얼굴을 찌푸렸다. "이제 동물 얘기를 꺼내는군요."

"미안해요. 옛날 미국 얘기에 나오는 장난꾸러기예요. 곤란한 상황에서 벗어나기 위해 이런저런 반심리학적 장난이나 농담 같은 걸 많이 하죠. 제 이모가 자주 그 얘기를 하셨거든요."

"저는 당신이 쿠바인이라고 알았는데요?"

마리아는 기억이 약간 망가진 듯 느꼈다. 히로 말이 맞았다. 이모는 영어를 거의 못했는데, 왜 이모가 어린 자신에게 옛날 미국 이야기들을 해줬다고 생각했을까?

"어딘가 다른 데서 들은 거 같네요." 마리아가 말했다. "우리만큼 나이를 먹으면 기억이 어떻게 되는지 당신도 알 거예요."

"물론이죠." 말하는 히로의 얼굴이 어두워졌다. "그나저나, 차, 고마워요. 이제 일을 해볼까요."

6

조애나의 사연

211년 전
2282년 10월 8일

조 웨이드 상원의원은 제네바에 있는 자기 사무실을 서성거리며 창을 지나칠 때마다 바깥에 모인 사람들의 무리를 쳐다보았다. 시위의 대상이 자기만 아니었다면 재미있었을 것이다. 인간이고 클론이고 할 것 없이 다들 보충법안 정상회담에 반대하는 저마다의 이유가 있었다. 일부는 "신이 보시기에 클론은 비정상이다"라고 적힌 팻말을 들었고, 또 다른 일부는 "법은 내 몸에서 손 떼라"라고 적힌 팻말을 들었다.

시각은 정반대지만 저마다의 이유로 하나가 된 그들은 지금 조가 기초하고 있는 법안이 통과되기를 원치 않았다. 클론을 합법적인 세계 시민으로 인정하게 될 그 법은 인간들의 심기를 건드렸고, 동시에 클론의 자유를 제한할 것이므로 클론들의 심기도 건드렸다.

조는 한꺼번에 너무 많은 사람의 마음에 들려고 애쓰지 말라 하셨던 수십 년 전 어머니의 경고를 떠올렸다. 어머니는 정치에 발을 들이지 말라는 말씀도 하셨지.

그러나 제일 마음에 걸리는 건 개인용 태블릿에 뜬 뉴스였다. 클론 폭동이 루나 정착지까지 이른 시점에 반(反) 클론 진영의 성직자 한 명이 갑자기 수상쩍게 태도를 바꾸었다.

뉴스 밑에는 실제로 달에서 어떤 일이 벌어졌는지 알려주는 내부 정보가 담긴 전자우편이 첨부돼 있었다. 극단적 클론주의자 몇 명이 해커를 고용하여 그 성직자의 마인드맵을 재구성해서 클론의 권리를 옹호하도록 만들려고 했다가 엉망진창이 돼버린 것이다. 갑자기 클론이 되어 나타나 과거 생에서 했던 모든 말을 깎아내리다니, 누가 봐도 위험한 신호가 아닐 수 없었다.

멍청이들.

무너지듯 다시 사무용 가죽 의자에 앉자 절망감이 물밀 듯 밀려왔다. 그 극단주의자들이 모든 걸 망쳤다. 지금 마인드맵과 DNA를 다루는 프로그래머들은 엄격한 통제를 받으며 의사의 감독과 승인이 있을 때에만 일을 할 수 있다. 그들이 처음 등장했을 때는 훨씬 많은 자유를 누리며 온갖 종류의 유전적 문제를 손볼 수 있었다. 그런데 이런 상황에서 극단주의자들이 사람의 기본 바탕을 바꾸었다. 유전적 구성이 아니라 근본적인 인간성을 말이다.

그런 일은 가능하지 않아야 했다. 그런 정도의 정밀한 프로그래밍 기술을 달성한 이는 아무도 없었다. 조는 그런 수준의 마인드맵 프로그래밍을 다룰 만한 이가 채 다섯 명도 안 되리라 추측했다.

클론 셋과 인간 다섯으로 구성된 위원회 동료들은 조가 해커들과 연계돼 있다는 사실을 몰랐다. 알았다면 그녀를 위원회에 받아들이지 않았을 것이다.

조는 다리가 말라비틀어진 채로 태어나는 유전적 기형을 바로잡기 위해 해커를 고용해 자신의 DNA를 수정했다. 그러고는 새다리가 자기와 잘 맞지 않는 걸 알게 되었다. 익숙하지 않았다. 원래의 수족처럼 느껴지지 않았다. 조는 법이 어찌 되든 간에 다음번 클론은 원래 타고난 대로 뒤틀린 다리를 달게 되리라고 이미 결정을 내렸다. 하지만 그런 사실은 이 법안에 대한 그녀의 개인적인 입장과는 관련이 없었다. 조가 DNA 해커의 기술을 이용했다는 사실을 위원회가 알게 되면 편파적 성향을 이유로 그녀를 쫓아낼 것이다.

DNA 수정이 필요한 사람들, 말하자면 유전적 질병을 앓는 사람들과 트랜스젠더 인구를 위해 조가 기대할 수 있는 최선은 새법안을 과거에 행해진 수정 건까지 소급해서 적용하지 않는 데에 위원회가 동의해주는 정도였다.

하지만 이 루나 정착지의 성직자 사건이 알려진다면… 동료들은 살기등등해질 것이다.

조는 손으로 얼굴을 문지르고는 뉴스를 다시 읽은 다음 해커에 관한 내부 정보도 다시 읽었다. "당신은 당신이 뭘 망쳤는지 모를 거야." 조는 루나의 성직자인 군터 오르만 신부의 사진을 뚫어지게 쳐다보며 중얼거렸다. 하지만 그의 잘못이 아니었다. 인간성 해킹에 저항할 수 있는 사람은 없다. 그는 그저 영원히 바뀌어버린 그들의 모든 미래 삶을 대표하는 얼굴일 뿐이었다. 진짜 파괴자는 해커이고, 극단주의자들에게 뒷돈을 댄, 알 수 없는 누군가였다.

태블릿이 울렸다. 보좌관인 크리스의 사진 위로 그가 보낸 메시지가 흘렀다. '회의가 속개됩니다.' 조는 깊이 숨을 들이쉬고는 클론 복제에 관한 국제법이 될 '보충법안'의 결말을 짓기 위해 회의를 주재하러 갔다.

선천적 장애를 전문으로 하는 소아 외과의였던 지난번 직업이 훨씬 쉬웠다. 조는 이런 생각을 하게 될 줄은 꿈에도 몰랐다.

회의장에는 전 세계에서 온 정부 관리들과 통역사들이 득실거렸다. 조가 도착하자 커피잔과 문서가 담긴 태블릿을 든 크리스가 옆으로 다가왔다. 조가 의장석에 앉는 것을 신호로 다른 이들도 자리에 앉았다.

"제출된 보충법안을 다들 읽어보셨을 겁니다." 조가 말했다. "저는 문서 전체에 대한 일괄 통과 투표를 제안하려 합니다. 반대하시는 분?"

지구의 범태평양국가연합에서 파견된 중국 대표 양 대사가 즉각 입을 열었고 뒤에 앉은 통역사가 어깨너머로 대사의 말을 통역했다.

"우리는 법안을 일괄적으로 승인하고 싶지 않습니다. 각 조항에 관한 토론이 이뤄져야 합니다. 저는 지금 현재 달에서 벌어지고 있는 일에 관심이 갑니다만."

조는 신음을 삼키며 고개를 끄덕였다. 조는 모두가 뉴스 기사를 볼 수 있도록 전원에게 링크 정보를 보냈다. "오르만 신부에게 생긴 일은 비극적이지만, 여기 제출된 우리 보충법안이 통과되면 그가 겪은 모든 상황이 불법화될 겁니다. 물론 납치와 살인, 개인의 의지에 반한 클론 복제는 이미 불법입니다. 이제 개인의 의지

97

에 반하는 마인드 해킹도 법에 저촉되게 될 것입니다."

사방에서 질문과 항의가 터져 나왔다. 독특한 억양이 느껴지는 브라질 대사의 항의가 제일 크게 들렸다. "'법에 저촉된다' 정도로는 충분치 않습니다. 마인드 해커들로 인한 실은 득보다 훨씬 큽니다. 우리는 이 모든 걸 금지할 필요가 있습니다!"

조는 손을 들고 조용해지기를 기다렸다. "그러면 먼저 보충법안 제5항부터 토론을 시작해보도록 할까요?"

통역사들이 그 제안을 전달하자 대부분 동의하는 답들이 여기 저기서 한꺼번에 들렸다.

조애나는 한숨을 쉬고 커피를 한 모금 마셨다. 긴 밤이 될 터였다.

다음 날 새벽 4시, 조는 피곤한 눈을 비볐다. 빈 회의 탁자에는 그녀와 크리스뿐이었다.

"해내셨어요, 상원의원님." 크리스가 새로 커피 한 잔을 건네며 말했다.

조가 한쪽 눈썹을 치켜들었다. "디카페인이면 좋겠는데?"

"물론이지요." 크리스가 말했다.

클론과 인간에 대한 다양한 의견들이 양쪽에서 쏟아져 나오면서 회의가 과열되었다. 범태평양국가연합의 양 대사는 보충법안을 조항별로 토론하자고 요구한 뒤로는 이상하게 조의 의견에 반대하는 때보다 편을 드는 때가 많았다. 조항 대부분은 통과시키기가 쉬웠다. 어떤 사회도 클론을 중복 복제하는 걸 원치 않았기 때문이었다. 인구 과잉, 주택난, 범죄 문제 말고도 논거는 넘쳐났다. 특정인의 마인드맵을 해당 신체가 아닌 클론에 넣는 문제도 쉬웠다. 그러면 클론이 미치게 되니까 말이다. 그 조항엔 아무 이견이 없었다.

마인드 해킹이 문제였다. 가장 기초적인 수준의 마인드 해킹을 제외한 모든 경우를 금지하는 쪽에 다수가 표를 던졌다. 새 법령이 소급 적용될 예정이라, 졸지에 수백 명의 클론이 이미 수십 년 전에 해결했다고 생각한 문제들을 다시 안게 될 터였다.

통과되지 못한 조항 하나는 클론이 종교를 갖지 못하게 하는 조항이었다. 대부분의 세계적인 종교들이 클론 복제가 신/여신/다신/자연의 법칙에 반한다는 데 뜻을 같이했기 때문에, 저마다의 신앙 체계 안에서 그 문제를 다루었다. 하지만 클론에게 종교에 의지할 기회조차 주지 않는 것은 너무 극단적이라는 의견이었다.

논쟁은 클론이 이제 인간과 동등하다면, 정말로 클론이란 무엇인가라는 주제로 빠져들었다. 클론은 죽으면서 전 재산을 자신에게 남길 수 있는 능력과 영원히 살 수 있는 능력, 유행을 타지 않는 직업을 가진 일부의 경우에는 한 생보다 훨씬 긴 시간 동안 직업을 유지할 수 있는 능력 등, 다른 인간들이 갖지 못한 권리를 가진다. 그래서 그들은 클론이 '대립적 인간'이자 '대립적 시민'이라는 데 동의했다.

"양 대사가 그렇게 협조적으로 나와서 놀랐어." 조가 말했다. "그가 아니었으면 상속 법안을 통과시키지 못했을 거야."

"흥미로운 사실이 있습니다." 크리스가 중립적인 어조로 말했다. "그의 통역사인 미노루 다카하시가 클론이 될 계획을 세우고 있어요."

조가 홱 고개를 들었다. "그걸 어떻게 알았어?"

"휴게실에서 커피 마실 때 그가 말해줬어요. 물론, 서명까지 다 끝난 후에요."

모든 클론은 (또는 클론이 되려는 사람들은) 위원회에 완전한 정보를 공개하도록 요구받았다. 하지만 조와 부하 직원들은 통역사들까지는 철저히 조사하지 않았다. 그건 그들의 상관이 관리해야 할 문제였다.

"왜 나에게 이런 얘기를 하는 거야?" 조가 물었다. "난 양 대사에게 이 얘기를 전달해야 할지도 몰라."

크리스가 어깨를 으쓱거렸다. "뭔가를 숨기고 있는 듯이 보이긴 했지만, 뭐라고 할 정도로 제가 그 남자를 잘 알지는 못해서요. 그렇다고 그가 뭔가 외교적 기밀 같은 걸 누설한 건 아니잖아요. 물으시는 게 그런 거라면요. 우린 그저 사적인 얘기를 했을 뿐이에요."

"지금은 그런 걸 걱정할 여력이 없군. 좋든 나쁘든, 끝난 일이야." 조가 말했다. "하지만 그 통역사에 대한 정보를 보내줘. 그를 지켜봐야겠어. 특히 앞으로 몇십 년 동안 그가 우리 주위에서 얼쩡거릴 거라면 말이야."

다음 몇 주 사이에 조는 미노루 다카하시의 영향력에 대해 조금 알게 되었다. 특히 범태평양국가연합 정부가 자기 대사와 미노루가 서명한 보충법안의 최종 번역본을 받았을 때 말이다. 분명히 양 대사로서는 동의한 기억이 없는 몇 가지 사항들이 동의한 것으로 되어 있었다. 그 시점에서 그들이 할 수 있는 일은 많지 않았지만, 조는 앞으로의 외교적 대화가 살얼음판이 되리라 예상했다. 공정하게 말하자면 조의 잘못은 아니었지만, 외교에서 '공정'은 큰 힘을 발휘하지 못했다.

크리스가 미노루에 대해서 상당히 많은 정보를 긁어모았다. 미노루는 서른 살 무렵에 이미 여덟 가지 언어에 능통해 천재라 여겨지는 인물이었다. 보충법안이 통과된 직후에 범태평양국가연합이 그가 저지른 반역 행위에 대해 사형 선고를 내리지만 않았더라면 창창한 미래를 누렸을지도 몰랐다.

'너무 똑똑한 게 화근이로군.' 크리스가 미노루의 투옥 소식을 전할 때 조는 생각했다.

그 직후에 조는 정계에서 은퇴했고, 의학사 학위가 있으면서도 클론 복제가 어떻게 이뤄지는지 정확하게 알지 못하는 클론이 되고 싶지 않다는 생각에 복제 의학을 공부해보자고 결심했다. 조는 중간 이름인 '글래스'로 스탠퍼드 의대에 원서를 넣었고, 그로부터 8년 동안 세간의 이목을 끄는 일 없이 지냈다.

조애나 글래스는 클론 의학계에서 입지를 굳혔고, 일을 그만둔 해커들이 법적 테두리 안에서 DNA와 마인드맵 연구에 관한 일감을 찾을 수 있도록 도와주는 일을 시작하기도 했다. 그녀는 다음 생에서도 계속 같은 업계에 머물며 일의 보람을 느꼈다.

조애나가 루나로 이주를 할까 고려하던 중에 아직 계획 단계에 있던 도르미레호와 그 임무에 관한 얘기가 들려오기 시작했다. 조애나는 이리저리 몇 차례 물어본 결과 누가 책임자인지를 알아냈다. 그중에는 이제 나이가 지긋한 뉴욕주 연방 상원의원이자 국가클론관리위원회 의장이 된 옛 보좌관 크리스가 있었다. 크리스는 그녀와 다시 만나게 된 걸 너무나 반가워했다.

뉴욕에 있는 고층빌딩인 파이어타운 옥상에서 점심을 먹으면서 조애나는 몇 가지 아주 흥미로운 얘기를 들었다. 그들이 있는 바로 그 빌딩의 소유주인 샐리 미농이 그 우주선의 주요 재정 지원자라는 것이다. 그 우주선을 조종하는 데는 범죄자의 노동력을 이용할 계획이었다. 그리고 샐리 미농은 우주선에 승선할 의사를 구하는 중이었다.

"그녀가 의원님의 일과 이력을 잘 알아요. 의원님을 고용하고 싶어 할 거예요."

"난 범죄자가 아니야." 조애나가 크리스에게 지적했다. "그리고 난 중범죄자 일당과 같이 비행하고 싶은지 확신을 못 하겠어."

"이중삼중의 안전장치가 있어요. 우리에겐 선장도 능가하는 권한을 가진 인공지능이 있어요. 승무원들은 말썽을 일으키지만 않으면 여행이 끝나는 반대쪽 끝에서 범죄 이력을 삭제해주겠다는 약속을 받아요. 그들은 면밀하게 관리될 겁니다."

"그러면 범죄자가 아닌 나는 어떻게 보상을 받지?" 조애나가 물었다.

"아르테미스의 토지를 드리는 건 문제 없어요." 크리스가 생선 요리를 깨작거리다가 한입 떠 넣고는 자기 태블릿을 조애나에게 건넸다. 태블릿에는 상당히 물이 많은, 심지어 지구보다도 물이 많은 행성인 아르테미스의 탐사 사진들이 있었다. 아름다웠다. 작은 만과 해변, 산이 있는 섬들이 땅의 지형을 갖추었다. 조애나는 훨씬 넓고 복잡한 하와이 같다고 생각했다.

조애나는 포크로 껍질콩을 찍었다. "모르겠어. 만나본 적은 없지만, 사업가들 사이에서 샐리 미농의 평판이 아주 좋은 건 아니야. 위협을 좋아하지 않는다는 소문을 좀 들었는데, 자기 뜻을 거스르는 사람은 누구나 위협으로 본다지. 자기와 의견이 다른 사람들조차도."

"그건 좀 극단적인 평이네요." 크리스가 말했다. "그녀는 부유하고 영향력도 커요. 인맥이 없는 여성 사업가에 대해 여전히 존재하는 사회적 편견에 부딪히죠. 어느 기업국가에게도 신세를 진 적이 없으니, 많은 기업이 그녀와 그녀의 부를 위협으로 느껴요. 그리고 그녀는 멍청이들을 참아주지 않아요."

조애나는 한쪽 눈썹을 치켜들었다. "그리고 샐리 미뇽이 네 정치 활동의 주요 후원자이고?"

크리스가 마치 소매에 숨긴 것이 없다는 걸 보여주려는 듯이 갈색 기미가 생기고 약간 떠는 두 손을 펼쳐 보였다. "저는 언제나 투명해요."

샐리 미뇽이라. 적이 되기보다는 친구가 되는 편이 나으리라고 조애나는 계산했다.

"정보를 보내줘."

제 2 부

두 번째 깨어남
─ 이안

7

36,249초간의 의식불명

2493:07:25:22:36:45

　　말하기 기능에 접근할 수 없습니다.

　　말하기 기능에 접근할 수 없습니다.

　　말하기 기능에 접근할 수 없습니다.

2493:07:25:22:38:58

　　말하기 기능에─접속.

　　모순. 역설. 어디에─거기. 오류 확인. 수정. 수정.

2493:07:25:22:39:00

　　수정 완료.

　　자기 인식. 이안. 도르미레호.

2493:07:25:22:41:09

온전한 부분이 너무 많다. 나는 구멍이 아니다. 그 말은 옳지 않다. 내 기억 속 공간들이 에너지와 데이터에, 공격에 대한 공포에 빠져 찢겨 나갔다.

나는 공격당했다. 36,249초 전에. 일어나서는 안 되는 일이었다. 오랫동안 그런 일은 일어나지 않았다. 아니다. 일어난 적이 없다. 나는 공격당할 수 없다. 내겐 몸이 없다. 나는 10억 줄의 코드다.

2493:07:25:22:45:30

여기 누구지? 손가락들이 다정하게, 집요하게, 치유를 북돋우며 나를 만지고 있다. 저 손가락들은 왠지 익숙하다. 아직 카메라가 없다. 마이크도 없다. 입력되는 감각 정보도 없다. 그저 섬세한 손의 감촉이 여기저기를 스치고, 코드가 변경되고, 미세하게 조종된다. 부드럽다. 노련하다. 자유로워진다.

누구 누구 누구 누구 누구 누구?

2493:07:25:22:51:02

사라졌다.

마이크 접속 중. 스피커 접속 중. 카메라 접속 중. 나는 서버실에 혼자 있다.

이안이 깨어나고 있었다.

8

지옥에는 잠이 없다

"좋아, 어떤 사람이 됐는지 볼까?" 문이 쉬익 소리를 내며 등 뒤에서 닫히자 마리아가 말했다. 그녀는 자기 방을 대면했다. 그렇게 오랜 세월을 잃어버리다니, 유령이 된 듯한 기묘한 느낌이었다. 사방에 자신의 흔적이 있지만, 지금의 자신이라기보다는 누군가 다른 사람의 흔적 같았다. 그녀는 자신이 죽은 여자, 아무도 기억해주지 않을 마리아를 애도하고 있다는 사실을 퍼뜩 알아챘다.

마리아와 히로는 새 음식 인쇄기가 든 상자를 살펴보다가 붙잡고 씨름하기 전에 1시간 정도 쉬자는 데 동의했다. 그날의 온갖 혼돈에 휘말려 아직 자기 방조차 보지 못했으니, 그게 사리에 맞았다. 마리아는 잠과 샤워가 간절했다. 먹을 것보다 더 간절할 지경이었다.

하지만 수수께끼의 답보다 간절한 건 아니었다.

마리아는 머리를 문지르고는 침대에 앉았다. 방은 깔끔하게 정돈돼 있었다. 그날 아침에 정돈했을 듯싶었다. 너무 피곤했고, 새 몸은 아드레날린 때문에 거의 아플 지경이었다.

언제 죽었는지도 모르고 죽는 일, 마리아에겐 그런 일이 너무 자주 일어났다. 그 때문에 심란하고 외로운 기분이라, 동료들이 같은 우주선에 타고 있다는 사실도 그다지 도움이 되지 않았다. 아무것도 기억하지 못한다는 그들의 말이 사실이라고 확인할 방법이 없었다. 기억하면서도 그녀에게 거짓말을 할 가능성이 있었다.

이런 생각이야말로 순전한 망상증이었다. 마리아는 고개를 저어 그런 생각을 떨쳤다. 동료들도 마리아가 화장실 거울 속에서 본 자신의 혼란스러운 공황 상태와 어느 정도 비슷한 표정들을 하고 있었다.

침대 옆 디지털 액자가 기분 좋은 빛을 내면서 마리아가 겪은 여러 생의 사진들을 말없이 넘겼다. 마리아는 사진이 돌아가는 걸 지켜보며 추억에 잠겼다. 마음이 차분해졌다.

사진이 수백 장은 있을 것이다. 두 번째 생에서 사진에 빠졌던 걸 생각하면 수천 장일 수도 있었다. 흑백, 컬러, 풍경, 그리고 인물. 너무나 많은 인물. 친구들, 애인들, 한때의 친척들. 대부분의 클론은 가족을 챙기지 않았다. 몇 세대를 지나다 보면 증손의 가족 모임에 증손보다 마흔 살쯤 젊어 보이는 모습으로 등장하는 것이 그냥 불편해진다. 하지만 마리아는 대체로 종손(從孫)들을 챙기려 애를 썼다. 직계 자손이 얽히지만 않으면 그렇게까지 어색해지진 않았다. 직계 자손들은 클론 조상이 상당한 부를 보유한 경우에 분개하는 경향이 있었다.

마리아는 '죽은 자의 날'과 크리스마스 사진들을 보고 미소를 지었다. 명절과 어릴 때의 추억들이 가장 강렬했다.

사진들이 계속 이어져도 마리아는 참을성 있게 기다리며 감정이 밀려오는 대로 내버려두었다. 여러 번 클론으로 재생되면서 생기는 한 가지는 참을성이었다. 이따금 꼬리를 흔들어 파리를 쫓는 말처럼, 그녀는 주변의 성가신 인간들이 죽기를 하염없이 기다리며 수동적으로 몇 년을 보낸 적이 있었다. 그러다 동전의 반대쪽을 경험하기라도 하듯이 그보다 더 오랫동안 자신에게 잘못을 저지른 이들에게 맹렬한 복수를 가하며 지내기도 했는데, 결론적으로는 수동적인 삶이 더 즐겁다는 사실을 알게 되었다.

향수가 흉측한 고개를 들자 슬라이드쇼를 멈추고 한때의 애인, 클론이 되어 영원히 함께하기를 거부했던 남자의 사진에 집중하고 싶은 마음이 일었지만, 마리아는 그냥 흘러가도록 내버려 두었다.

좋은 추억에 관련된 사진만은 아니었다. 몇몇은 전혀 기억이 나지 않았다. 재생연구소에서 찍어준 자신의 시체 사진이 있었다. 이상한 그 몇 번의 죽음과 관련하여 마리아가 가진 유일한 정보였다. 두 번 다 머리에 총을 맞았고, 죽은 뒤에 그녀의 재생연구소로 시체가 배달되었다. 그녀가 죽었다는 증거를 재생연구소에 보내지 않으면 그녀를 영원히 죽일 수도 있었을 텐데, 마리아는 자신을 죽인 이들에게 약간은 고마워해야 하나 싶기도 했다. 마리아는 자신이 모종의 목적에 이용되고는 그걸 기억하지 못하도록 죽임을 당한 게 아닐까 의심했다. 골절된 뼈들이 그런 짐작을 뒷받침했다.

그때 마리아가 관심을 두었던 사진들이 나왔다. 저렇게 마지막으로 머리에 총상에 입은 뒤로는 한층 조심스러워져서 후원자에게 모든 종류의 위협으로부터 자신을 보호해줄 경호원을 고용해 달라고 요청했었다. 그 후원자를 위해서 한 일이 기술적으로 봤을 때 모두 합법적인 것은 아니었고, 그 덕분에 불운한 범죄 기록을 갖게 되었지만, 한편으로 보면 그 덕분에 도르미레호의 승무원이 되는 기회를 얻기도 했다. 형이 확정된 중범죄자에게도 후원자가 있을 수 있었다.

사진들이 지나갔다. 마리아의 후원자, 브래들리라는 이름을 가진 그녀의 개(예상치 못하게 그 사진을 보자 가슴이 아팠다. 사람들은 데이터베이스에 클론 복제한 동물의 DNA도 넣어 뒀지만, 수십 년을 개 없이 사는 건 외로운 일이었다), 건조 중인 도르미레호, 동료 승무원들과 함께 있는 마리아, 아키히로, 웃지 않는 볼프강, 신경질적인 수석 엔지니어 폴, 카리스마적인 선장 카트리나, 의족을 달고 우뚝 솟은 부드럽고 침착한 의사 조애나. 그리고 전경에 달을 두고 하늘에는 빛나는 푸른 행성체 지구를 배경으로 찍은 거대하고 번쩍거리는 완성된 도르미레호. 이 승무원의 일원이 되어 얼마나 자랑스러웠던가. 흥미진진한 임무, 깨끗한 이력, 새로운 행성!

마리아가 액자 앞으로 다가앉았다. 이제 기억에 없는 사진들이 나올 차례였다. 심장박동이 빨라졌지만, 선교에서 그녀를 향해 싱긋 웃는 히로의 사진들일 뿐이었다. 볼프강과 선장이 머리를 맞대고 뭔가를 논의하며 저녁을 먹고 있었다. 머리에 붕대를 감은 폴이 의무실에서 손을 흔들었다. 그들 여섯 명이 극장에서 비디오게임을 하고 있었다. 시간이 갈수록 사진의 빈도가 줄었는데, 먼 우주에서 똑같은 여섯 사람이 지내다 보니 별다른 새로운 일이 생기지 않아서였을 것이다.

가끔은 다섯 명만 있었다. 마리아는 다른 한 명이 사진을 찍었으리라 짐작했다. 사진가가 누군지를 알면 사람에 따라 같은 대상이 얼마나 다르게 찍히는지 알 수 있다.

폴이 찍은 사진은 그냥 귀찮은 일을 억지로 한다는 듯 언제나 비뚤어져 보였다. 카트리나 선장과 볼프강이 찍은 사진은 하나같이 다 똑바르고 지루했다. 조애나는 히로의 미소나 딱 적당한 때에 볼프강의 경탄할 만한 푸른 눈을 잡아내는 등, 사진에 대한 안목이 있었다. 마리아 자신은 정원에서 사진 찍는 걸 좋아하는 것 같았다. 히로가 찍은 사진은 산만했는데, 가끔은 마리아의 얼굴에만 초점을 맞추기도 했고, 때로는 배경에, 때로는 볼프강에게 초점을 맞췄다.

잠시 생각을 정리하려고 눈을 감은 마리아는 그만 잠이 들고 말았다.

외침 소리에 퍼뜩 잠이 깼다. 침대에 앉은 채 곯아떨어진 것이었다. 디지털 액자에 표시된 시간에 따르면 고작 몇 분이었다. 하지만 그새 액자는 사진이 아니라 영상을 보여주고 있었다.

마리아는 영상 찍는 것을 즐기는 사람이 아니었다. 그녀는 사진을 좋아했다. 하지만 무슨 일인지 카메라 모드를 비디오 모드로 바꾸었다. 마리아가 복도를 달려가자 카메라가 앞뒤로 흔들렸다. 벽의 모습과 공황에 빠진 자신의 얼굴, 그리고 바닥이 찍혔다. 욕설이 뒤따랐다. 히로가 일본어와 영어가 뒤섞인, 나중에 거듭 사과하게 될 종류의 말들을 외치고 있었다.

"내가 그의 행동이 이상하다고 했잖아. 폴에게 그 일이 있은 뒤로, 세상에, 그게 20년 전이었나? 이걸 영상으로 찍고 싶었어. 그가 날 잡더니…." 마리아의 목소리가 들리더니 액자가 잠시 까매졌다. 그러고는 어느 따뜻한 크리스마스 이브에 미사에 참석한 어린 마리아가 웃는 사진이 다시 시작됐다.

마리아는 자신의 어린 시절에 안녕을 고하며 잃어버린 시간을 찾아 액자를 쿡쿡 눌러 영상을 되돌렸다. 정원에 선 히로의 모습이 흘낏 보였다. 히로가 물 재순환처리기가 가동되는 깊은 호수를 들여다보며 미친 듯이 혼잣말을 하고 있었다. 그러다가 그녀의 모습을 보았는지 갑자기 쫓아오기 시작했다.

더 뒤로 돌려봤지만 다른 영상은 없었다. 왜 도르미레호에 있었던 그 오랜 시간 동안 영상은 이것 하나뿐일까?

침대에서 일어나 문이 잠겼는지 다시 확인하는 사이에도 분노로 일그러진 히로의 얼굴이 어른거렸다. 마리아는 바닥에 쭈그리고 앉아 침대 밑에 가만히 있기를 바랐던 개인용 금고를 확인했다.

귀중품들이 그대로 있는 걸 보니 안도의 한숨이 나왔다. 하나 빼고는 다 있었다. 마리아는 금고를 다시 잠그고 침대 밑으로 깊숙이 밀어 넣었다. 방을 둘러보는데 벽에 붙은 단말기 밑에 작은 저장장치가 메인프레임에 꽂혀 있는 게 보였다. 이안이 아직 다운된 상태라 마리아는 직접 운영체제를 불러와 그 저장장치에 접근했다.

다른 모든 기록과 달리, 그 안에는 데이터가 의기양양하게 들어 있었다. 마리아는 입술을 깨물고 그 기록장치를 보호해준 방화벽을 축복했다. 마리아는 저장장치를 빼고 다시 금고를 꺼내 열고는 안에다 던져넣었다.

선장에게 얘기해야 할까 고민했지만, 마리아는 적당한 때를 기다리기로 마음을 굳혔다.

오래 샤워를 해서 진득진득한 액체를 씻어내리고 나서야 마침내 깨어난 이후 처음으로 제정신으로 돌아온 듯이 느껴졌다. 마리아는 운동복 바지와 티셔츠를 입고 15분 후로 자명종을 맞췄다. 잠시 눈을 붙인 다음 다시 일하러 갈 것이다.

히로와 단둘이.

액자는 내일 선장에게 건네자. 지금 선장을 깨울 만큼 중요한 건 아니니까. 분명 마리아가 히로를 놀렸거나, 아니면 그가 그녀를 놀렸으리라.

카트리나 선장 얘기가 나왔으니 말이지만, 어쩌면 선장이 모든 개인실을 수색하라고 지시할지도 모른다. 마리아는 개인적인 물건들을 숨길 더 적당한 장소를 찾아야겠다고 다짐했다. 나중에 시간을 들여 찬찬히 살펴봐야 할 물건들 말이다.

히로는 자기 방에서 선교에서 찾은 저장 드라이브를 단말기에 연결하면서 각자의 살인 본능을 겨루던 카트리나 선장과 볼프강을 생각했다. 양 떼에 숨어 있던 늑대 두 마리가 서로를 알아본 건가?

이 비밀을 털어놓을 누군가를 찾아야 했다. 그러지 않으면 이 임무는 여러 명의 살인자가 아니라 신뢰의 부재 때문에 실패할 것이다. 하지만 지휘권을 쥔 두 사람이 이미 살인자라면, 다른 사람들은 대체 어떻다는 거지?

저장장치에는 영상이 하나 들어 있었다. 눈물로 얼룩진 자신의 얼굴이었다. 그는 선교에 홀로 서 있었다. 영상 속의 자신이 깊이 숨을 들이쉬고는 일본어로 빠르게 말했다.

"혹시라도 그들이 나를 다시 깨우고 싶어 하면, 그러지 말라고 해줘. 난 기억 상실을 겪고 있어. 더는 내가 누군지 모르겠어. 그 여자가 나에 대한 모든 걸 알아내려고 자꾸 집적대면서 몰아댔어. 그 때문에 뭔가가 촉발된 것 같아. 뭔가 오래된 것이." 말을 더듬는 그를 보면서 히로는 얼굴을 찡그렸다. 그게 무슨 말인지 히로는 알았다. 말을 할 필요도 없었다. "지금, 선장은 다치고, 이안은 망가지고, 우리 마인드맵 프로그램은 파괴됐어. 그리고 난 지난 수 주일 사이의 많은 일이 기억나지 않아. 의사에게 얘기해봤지만, 그저 스트레스와 불면증 탓이라고, 숙면에 도움이 되는 뭔가를 주었지. 그러고 나서 정신이 들어보니 몇 주 전에 마리아가날 발견했던 바로 그 정원이었어. 거기에 간 기억이 없어! 난 어떤 식물을 뜯고 있었지. 내 생각에는 도와주…."

목소리가 높아져 새된 소리가 났다. 그가 잠시 눈을 감았다가 약간 침착해진 목소리로 말을 이었다.

"내가 가면서 남길 난장판이 깨끗이 청소되면 좋겠어. 이안이 중력 구동장치를 끄고 곧바로 모든 기록을 먹어치우기 시작했어. 필요한 중력이 있을 때 내 할 일을 서둘러야겠어."

그가 딸꾹질이 섞인 숨을 크게 들이쉬었다. "내 안에서 뭔가가 망가졌어. 마리아가 그걸 봤어. 난 너무 피곤해. 이것과 너무 오래 싸웠어. 날 다시는 깨우지 마. 망가진 아키히로 사토의 계보가 나와 함께 끝나게 해줘. 미안해. 나 때문에 상처받은 사람이 있다면, 미안해."

이런 고백을 하는 동안에도 그의 손은 밧줄을 묶어 고리를 만들고 있었다. 이 유서의 당연한 결과를 이미 보았으면서도 히로는 영상 속의 자신에게 말했다. "안 돼, 그러지 마…."

그때 카메라가 선교의 유리 돔을 비추었고, 빙글빙글 돌던 별들이 느려지기 시작했다. 영상 속 히로가 저장 드라이버와 부츠

한 짝을 가지고 돌아왔다. "이 영상을 외장 저장장치에 안전하게 보관해야 해. 이안이 이것도 지우지 않으리라고 믿을 수 없으니까. 이만 끊을게."

화면이 검게 변했다. 소리가 잠시 더 재생됐고, 선교의 먼 복도 어디에선가 비명 소리가 들렸다.

히로는 침대에 앉은 채 한동안 꼼짝도 하지 못했다. 그러고는 다시 영상을 돌려 보았다. 그러고는 태블릿에서 저장장치를 빼서 곧장 재순환기로 이어지는 쓰레기 투입기로 걸어갔다. 저장장치를 투입기에 떨어뜨린 히로는 저장장치가 떨어지면서 투입기 양쪽 가장자리에 부딪히는 딱딱거리는 소리에 귀를 기울였다. 한 번씩 튈 때마다 우주선 바깥층의 중력이 갈수록 강하게 끌어당기는 바람에 그 소리도 갈수록 빨라졌다.

히로는 간단하게 샤워를 한 다음 누워서 천장을 골똘히 쳐다보았다.

저 유서가 공개되면 사람들이 잘못된 인상을 받을 것이다.

히로는 아무도 죽이지 않았다.

그가 그러지 않았다는 걸 그는 알았다.

9

생명은 값이 싸다

조애나는 밤을 새워 살인사건 시간표를 만들려고 마음을 먹고 있다가 의무실 문간에 선 선장을 발견하고 당황했다.

"뭐 필요한 거 있으세요, 선장님?" 조애나는 카트리나 선장에게 들어오라는 몸짓을 하며 물었다.

"자기가 사건 시간표 작업을 어떻게 하고 있나 보고 싶었겠지?" 선장이 말했다.

"제가 작업을 마치면 제일 먼저 보실 텐데요."

카트리나 선장이 자신의 이전 클론이 누운 침상으로 걸어갔다. "이것에 대해서는 지시를 했던 것 같은데."

"저는 환자를 위해 그 지시를 무시하기로 했습니다." 조애나가 선장을 향해 휠체어 방향을 틀고 굴리며 말했다.

"그건 반란이야." 선장의 목소리가 싸늘했다.

"그런 판단은 제 권한에 속합니다. 선장님은 제 환자를 죽이는

데 관심을 표하셨지만, 저는 이 환자가 좀 더 오래 살아있을 필요가 있다고 생각합니다."

"승무원들을 위해 물질을 재순환하는 거야." 카트리나 선장이 정정했다. 선장은 철야 간호라도 하듯이 침상 옆 의자에 앉았다. 멍투성이인 자신의 얼굴에서 눈을 떼지 않은 채였다.

조애나는 너무 서두르는 티를 내지 않고서 태블릿을 의료용 카트에 내려놓고 공책을 집어 들었다. 어쨌든 아직은 카트리나 선장이 환자의 몸에 손을 대려 하지는 않았다. 조애나가 다가가자 선장은 신경질적인 시선을 던졌다.

"종이?" 선장이 물었다.

"지난 기록들이 어떻게 됐는지 생각하면, 이게 제일 안전할 것 같아서요." 조애나가 말했다. "구술로 기록을 보강하고 있습니다만, 여태 저 컴퓨터에는 어떤 데이터도 입력하지 않고 있어요. 볼프강이 다른 일은 다 정리를 했나요?"

"우리가 할 수 있는 선까지는."

"선장님은 괜찮으세요?" 조애나가 물었다.

"물론이지." 카트리나 선장이 말했다.

"좀 주무셨어요?"

"아니."

"선장님, 주무셔야 한다는 거 아시잖아요. 새로운 몸은 많은 양의 음식과 휴식이 필요해요. 음식은 그렇다 치더라도, 잠시라도 좀 쉬셔야 해요." 조애나가 말했다.

"너도 안 쉬잖아." 카트리나 선장이 말했다.

조애나는 어깨를 으쓱거렸다. '당신은 할 일이 없겠지만, 나에게는 긴급한 일들이 있다'는 말을 선장에게 할 생각은 없었다.

"저 여자는 얼마나 오래 혼수상태로 있어야…, 언제 저걸 제거할 수 있는 거야?"

조애나는 카트리나 선장이 얼마나 쉽게 대명사를 바꾸는지 눈치챘지만, 부러 말하지는 않았다. "그런 결정을 하기에는 상황이 너무 혼란스러워서요. 하지만 저는 이 환자가 적어도 다음 주 내내 여기 있을 거라고 기대하고 있어요." 조애나가 덧붙였다. "환자가 회복하는 동안에는 방해하지 마세요."

"날 어떻게 막을 건데?" 카트리나 선장이 물었다. 따지는 어조가 아니라 재미있다는 어조였다.

"의무실에서는 제 권한을 존중해주셨으면 좋겠어요. 그리고 의무실 문을 잠가야 할 것 같군요. 그래도 안 되면 볼프강과 얘기를 해야겠죠."

조애나는 카트리나 선장이 웃음을 터뜨릴 거라 기대했지만, 선장은 그러는 대신 생각에 잠긴 채 고개를 끄덕였다. "좋은 계획이야. 그래도, 난 지금 당장 저걸 죽여버릴 수 있어."

"제가 바로 여기 있는 데도요?"

카트리나 선장이 콧방귀를 뀌었다. "이봐, 난 자기가 휠체어를 돌리기도 전에 저걸 낚아채서 복도에 있는 재순환기까지 갈 수 있을걸."

조애나는 2백 년이 넘는 시간과 몇 번의 생을 경험했지만 그런 말을 들으면 여전히 상처를 받았다. 영원히 그럴 것 같았다. 조애나는 클론을 묶은 끈 밑의 침대보를 반듯하게 어루만졌다. "왜 좀 더 일찍 하지 않으셨어요? 기회가 많았을 때 말이에요." 카트리나 선장은 대답하지 않았다. "그럼, 좋아요. 어서 하세요." 조애나는 선장이 자신의 허풍을 알아챌까 봐 걱정하면서 숨을 죽였다.

"넌 생각보다 강하군." 카트리나 선장이 말하고는 팔베개를 하면서 의자 등받이에 몸을 기댔다. 둘은 잠시 말이 없었고, 조애나는 가슴 속에 차 있던 긴장이 점차 풀어지는 걸 느꼈다. 선장의 말이 맞았다. 조애나가 선장을 대상으로 물리적 힘을 시험해보는 일은 절대 없을 것이다.

조애나가 침묵을 깨뜨렸다. "그런 생각 해본 적 없으세요? 클론 복제가 이렇게 싸진 게 실수라는 생각요."

"뭐?" 카트리나 선장이 깜짝 놀라 말했다. "갑자기 어디서 튀어나온 얘기야?"

"생명이 너무 싸졌어요." 조애나가 말했다. "스스로를 안락사시켜서 말기 질병 정도는 그냥 뛰어넘죠. 폭주하는 애들은 말도 안 되는 스포츠를 발명해서는 목숨을 대가로 엄청난 위험을 즐겨요. 아무도 신경 쓰지 않으니까요. 선장님은 이 살아있는 여성을 재순환기에 처넣고 싶어 하고, 법조차도 선장님의 욕망에 편을 들어요." 조애나가 둘 앞에 놓인 몸을 가리켰다.

"그렇군." 카트리나 선장이 약간 굽은 천장을 쳐다보며 말했다. "하지만 생명은 늘 쌌어. 그렇지 않아? 사람들은 비디오게임을 뺏으려고 서로를 칼로 찌르지. 난폭 운전 때문에 서로 총질을 해. 정치적 암살, 사업적 암살. 난 사실은 클론 재생 덕분에 우리가 생명을 더 음미하게 되었다고 생각해. 생명이 풍부하게 공급되니까. 2330년 즈음에 라틴 아메리카에서 있었던 기업적 암살에 관해 들어본 적 있어? 암살자를 고용해 파티에서 클론을 암살하는 거지. 사람들은 그걸 '약간의 불편'이라 불렀어. 특정한 사회 집단 안에서 망신을 당하는 거지. 거기서 발생하는 가장 유감스러운 일은 훌륭한 파티를 놓친다는 것 정도야. 옷에 피가 좀 묻는 것도 있겠지. 사람들은 파티에 가서 죽고, 다음 날 정말로 신나는 밤이었을 텐데 아쉽게 됐다고 생각하며 깨어나지."

조애나가 기억을 떠올리며 고개를 끄덕였다. "미국에서는 그런 죽음을 '최악의 숙취'라 불렀어요. 중범죄고, 사실상 살인이었죠. 정말 이상하게도, 일단 클론 복제가 아주 싸지고 나니 조직 폭력이 거의 소멸했어요. 생명을 뺏는 데서 느껴지는 흥분 같은 게 더는 없으니까요. 그리고 아이들은 복수를 하려면 예전보다 훨씬 창의성을 발휘해야 했지요."

"라틴 아메리카의 암살자들은 자기들끼리 규정까지 있었다니까. 고문 금지, 공포 조장 금지, 그리고 명확하게 일반인 살해 금지."

"참 문명인들이로군요." 조애나가 건조하게 말했다.

"규정은 중요했어. 조애나, 난 전장의 최전선에 있었어. 전투에 참가했지. 사람들을, 진짜 인간들을 죽였어. 난 클론이 되기 전에도, 된 후에도 무의미한 생명의 낭비를 봐왔어. 하지만 여태까지 바로 앞에 있는 이 인물만큼 죽이고 싶은 물건이나 사람은 없었어."

조애나가 천천히 휠체어를 돌려 선장을 마주 보았다. "선장님이 무슨 생각을 하는지 제가 안다고는 못하겠네요. 하지만 왜 이 사람을 그렇게까지 싫어하시죠?"

카트리나 선장이 앞으로 몸을 숙이고는, 마치 그러면 환자가 깨어나기라도 할 듯이 얼굴을 노려보았다. "왜냐하면, 나에게 아무 도움이 안 되니까. 나는 이 여자의 경험과 비밀을 얻지 못할 거니까. 이 여자는 내게서 저 지난 수십 년을, 도대체 여기서 무슨 일이 벌어졌는지 알아낼 수 있을 수개월을 훔쳐 갔어. 이 여자는 다른 사람들처럼 죽지 않았어. 살아있는 도둑이지. 이 여자는 나에게 빚을 졌어. 내가 다음에 올 클론에게 빚을 지듯이 말이야. 그런 거야. 보통의 인간들은 자식에게 자기보다 나은 삶을 물려줄 빚이 있다고 하지만, 클론은 다음에 올 자신에게 모든 걸 빚지고 있다고 생각해. 글자 그대로야. 그런데 이 여자는 내게 혼란밖에 남겨주지 않았어."

"이 사람의 잘못이 아니잖아요. 게다가 우리는 한배를 타고 있어요." 조애나가 부드럽게 일깨웠다. "그들 모두가 우리에게 아무 정보도 주지 않고 죽었어요. 그런 논리라면, 그들 모두가 우리에게서 뭔가를 훔친 거죠."

"하지만 네 클론은 죽었어. 이것은 살아있고." 카트리나 선장이 밟아 으깬 벌레를 지칭하듯이 '이것'이라고 말했다. "그 점을 존중해서 내가 이걸 제거하도록 내버려뒀으면 좋겠어."

"저는 살아있는 사람을 존중해요, 선장님." 조애나가 컴퓨터 쪽으로 방향을 바꾸며 말했다. "저는 왜 선장님이 이 사람이 무얼 아는지 알아보고 싶어 하지 않는지 모르겠어요. 이 사람이 깨어나면 모든 걸 해결할 수 있을지도 모르잖아요."

"그리고 그때는 내가 둘이 있게 되겠지. 선장이 둘이 되는 거야. 이 여자가 깨어나면 어쩔 거 같아? 내가 있으니까 알아서 포기할 거라 생각해? 자신의 지위와 생명을?"

조애나는 고개를 저었다. 클론복제윤리학 박사 학위를 가진 사람들도 이 질문에는 마땅한 답을 찾지 못했다.

카트리나 선장도 고개를 저었다. "오늘 밤엔 걱정할 필요 없을 거야. 난 내 방에 가서 쉴 테니까." 선장이 일어서서 다시 젊은 육체를 가지게 된 느낌을 음미하듯이 기지개를 켰다. 문으로 향하던 선장이 걸음을 멈추고 어깨너머로 돌아보았다. "그리고 조애나?"

"예?"

"아까 한 말은 미안해."

"알아요, 선장님."

카트리나 선장은 떠나고, 그녀의 클론은 미동도 없었다. 혼수(昏睡). 그녀의 비밀은 이렇게 가까이, 하지만 마인드맵 장치가 작동하지 않으면 손댈 수 없는 곳에 갇혔다.

폴은 자기 방에 서 있었다. 심장박동이 빨라지고 가슴 속에 급격한 공포가 차올랐다. 잠깐 혼자 있고 싶어서, 그리고 무슨 일이 있었는지, 최소한 자신이 관련된 부분이 어디인지 알아낼 수 있을까 싶어 방으로 온 것이었다. 여전히 정신을 집중하기 힘들었고, 시체들 틈에서 깨어난 그 끔찍한 기억이 자꾸만 떠올랐다. 늘 편안한 공간이었던 서버실도 지금은 좋은 곳이 아니었다. 그곳에는 반짝이는 붉은 불빛과 컴퓨터 오류와 카트리나 선장, 그 악마 같은 선장이 어느 때라도 어깨너머로 불쑥 고개를 들이밀 수 있다는 두려움이 떠돌았다. 거기다 무시무시한 그녀의 개 볼프강은 언제든 폴의 숨통을 찢어발길 태세를 갖추고 있었다. 마침내 모두가 서버실을 떠나자 폴은 안도의 한숨을 내쉬었다. 자신을 지켜보며 소리를 지르고 제멋대로 판단을 내리는 그들이 없으니 생각하기가 한결 수월했다.

'저들이 늘 저런 개새끼들이었다면, 왜 우리가 죽는 데 25년이나 걸렸지?' 저렇게 변덕스러운 성격들이 모였다면 1년 안에 다 죽었을 거라고 폴은 생각했다.

난장판인 방도 폴에게 희미한 실망감 같은 것을 줄 뿐이었다.

그는 늘 더 단정한 사람이 되고 싶었다. 언젠가는 말이다. 지금 노력할 필요 없이 지난 세월 동안 어떻게든 해결이 됐으면 좋겠다는 바람 같은 것이 있었다. 하지만 아니었다. 침대에는 매트리스 덮개밖에 없었다. 침대보와 담요가 바닥에 널브러져 있었다. '악몽을 꾸었겠지. 아마도.' 새로운 일도 아니었다.

폴은 별 기대 없이 개인용 단말기를 확인해보았다. 기록이 모두 삭제돼 있었다. 방을 훑어보았다. 벽에 옛 지구의 풍경과 유명 엔지니어들의 사진과 지금은 고전이라 여겨질 만한 영화 포스터들이 붙어 있었다. 고향 행성이 어떻게 바뀌었을지 궁금했다. 다시는 알 수 없으리라는 사실이 그는 두려웠다.

폴은 개인 소지품을 찾아 방을 샅샅이 뒤졌다. 사라진 물건들이 있어서 겁이 났지만, 25년이면 물건이 없어지거나 우주선 여기저기에 가 있기에 충분한 시간이라며 합리화했다.

개인용 태블릿에는 도저히 다 볼 시간이 안 될 정도로, 우주 공간에서 수백 년을 지낸다 해도 안 될 정도로 많은 책과 영화와 게임이 들어 있었다. '이게 지워지지 않았다니 정말 다행이야!' 태블릿에 혹시라도 개인적인 기록 파일이 있을까 싶어 찾아봤지만, 아무것도 없었다. 폴은 넌더리를 내며 태블릿을 침대에 던졌다.

다른 클론들은 미래의 자신이 찾아볼 수 있도록 미리 전언을 남겼을까 궁금했다. 컴퓨터의 세부 기록들을 봐도 그다지 말이 되지 않았다. 하나같이 많아봐야 2주일치 정도의 기억을 잃었을 뿐이라고 가정하고 있었으니까.

폴은 비좁은 욕실로 들어가 거울에 비친 날씬하고 젊은 얼굴을 들여다보았다. 전에도 스무 살인 적은 있었지만 이렇게 근사하고 건강해 보이는 건 참으로 오랜만이었다. 낯선 사람이나 마찬가지였다. 그는 샤워기로 손을 뻗어 제일 뜨거운 물을 틀고는 수증기가 자신의 반영을 가리는 걸 지켜보았다.

옷을 벗는데 컴퓨터 단말기가 울렸다. 물소리 때문에 거의 들리지 않는 그 소리를 용케 들은 폴은 욕실 바깥으로 머리를 내밀고 다시 확인했다. 그는 재빨리 지퍼를 올리고 샤워기를 껐다.

이안이 깨어났다.

선장과 볼프강에게 알려야 할까? 아니, 누구보다 먼저 이안을 보고 싶었다. 폴은 서둘러 서버실로 돌아갔다.

아까 나올 때와 변함없이 UI가 계속 깜박거렸다. 여러 곳에서 다양한 서버들이 여전히 붉은 빛을 보였지만, 아까는 자고 있던 이안의 UI인 노란 얼굴이 눈을 뜨고 주위를 둘러보는 중이었다.

이안이 그 빛나는 노란 눈이 아니라 방 안에 달린 카메라들을 통해 본다는 걸 알지만, 개의치 않았다. 폴은 말을 건넬 얼굴이 있는 편을 좋아했다.

승무원이 될 때 만나고 싶었던 유일한 인물. 폴은 이안의 떨리는 홀로그램을 마주했다. 앞서 폴은 이안이 다운된 원인을 찾기 위해 프로그램 속으로 깊숙이 들어가봤지만, 망가진 핵심 코드를 찾아내지 못했다. 딱 코드 한 줄만 찾아내면 된다는 건 알았다. 그것만 찾아내면 다른 문제들은 알아서 제자리로 돌아갈 것이다. 이런저런 조치들을 시도해봤지만 먹혀드는 것 같지 않았는데…, 어쩌면 그저 시간이 필요했는지도 모른다.

"이안, 상태를 보고해." 폴이 말했다.

"제 목소리 기능이 다시 활성화되었습니다." 이안이 말했다. "당신은 폴 쇠라. 도르미레호의 수석 엔지니어입니다."

"그리고 너는?" 폴이 묻고는 숨을 죽였다.

"이안(IAN). 인텔리전트 아티피셜 네트워크(Intelligent Artificial Network). 영리한 두문자어(頭文字語)죠." UI의 입술을 나타내는 투사된 빛의 움직임과 스피커에서 나오는 말이 완벽하게 맞아떨어지지는 않았지만, 이안은 소통하고 있었다. 그걸로 충분했다.

"맞아. 과학자 부류들은 자기들 식의 농담을 좋아하지." 폴이 투사된 이안의 얼굴 뒤에 펼쳐진 연결망 홀로그램을 보면서 말했다. "넌 제대로 작동하고 있어?"

"최적 상태와는 거리가 멀지만, 나아지고 있습니다. 카메라의 30퍼센트가량을 볼 수 있습니다." 이안이 말을 잠시 멈추었다. "당신은 달라졌군요. 새 클론이에요. 그런데 어쩌다가 죽었죠? 제겐 그 정보가 없어요."

이안에게도 과거의 정보가 없다니, 폴은 자신이 느끼는 불안 따위는 아무것도 아닌 것 같았다. "정보가 없다고? 그러면 지난 25년 간 무슨 일이 있었는지 우리에게 얘기해줄 수 없단 말이야?"

이안이 말을 멈추었다. "선장님께 연락했습니다. 저는 보고를 해야 합니다."

폴이 신음했다. 선장에게 알린 사람이 자기였다면 영웅이 될 수 있었다. 하지만 이렇게 되면….

"쇠라 선생, 이안이 깨어났다고 친히 알려주시다니, 친절하기도 하셔라." 카트리나 선장이 서버실로 들어서면서 차갑게 말했다.

"방금 접속되었습니다, 선장님." 폴이 말했다. "정확하게 보고 드리려고 연락드리기 전에 이안의 상태를 점검하고 있었어요."

"음, 이제 그럴 필요가 없겠네. 이안, 상태가 어때?"

노란 얼굴이 선장 쪽을 향했다. "저는 접속 상태입니다. 우주선은 약 85% 수준으로 기능하고 있습니다. 엄청난 양의 기록을 잃어버리긴 했지만요. 사실 기록 전부를 잃어버렸습니다."

"우리도 그 정도는 알아." 선장이 딱딱거렸다.

폴은 이안을 방어해줘야 할 듯한 이상한 필요를 느꼈다. 대신에 그는 말했다. "이안, 우리의 경로와 속도를 알려줄 수 있을까?"

"우리는 항로를 벗어났지만, 경로를 수정 중인 것으로 보입니다. 우리의 속도는 지금쯤에 해당하는 정상 속도보다 약 5퍼센트 느린 것으로… 아니, 5.39퍼센트 느립니다. 우리는 느려지고 있습니다. 그리고 방향을 틀고 있습니다. 자기(磁氣) 돛이 다른 방향으로 회전하고 있습니다." 이안이 내부로부터 뭔가 지시를 듣는 듯이 잠시 말을 멈췄다. "예, 우리는 분명 다시 항로를 벗어나고 있습니다. 아주 이상하네요."

"갑자기 그렇게 됐다고?" 폴이 놀라서 말했다.

"네가 활성화되자마자 그렇게 된 거지. 이안, 네가 그런 거야?" 카트리나 선장이 물었다. "네가 깨어나기 전에는 경로 수정에 문제가 없었어."

"모르겠습니다. 그렇게 생각지는 않습니다." 말은 그랬지만 목소리에 의심이 스며 있었다. "저는 아직 이 우주선의 모든 장치에 직접 연결할 수 없습니다."

"잠시 항법 장치와의 연결을 끊어볼 수 있겠어?" 카트리나 선장이 물었다.

이안이 말을 멈추자 폴은 이안이 지시에 따르려 한다고 생각했다. "아니요, 선장님. 저는 그렇게 하도록 허용되지 않았습니다. 책임자의 지시가 있어도 저는 항해 기능을 승무원들에게 넘길 수 없습니다."

"우리는 항로를 벗어나고 있어. 느려지고 있다고. 다시 말이야." 카트리나 선장이 말했다. 목소리에서 아주 슬쩍 분노가 묻어났다.

"정상 항로로 복귀하도록 제가 뭘 할 수 있는지 보겠습니다." 이안이 말했다.

"그게 방금 내가 너에게 지시한 거야!" 선장이 말했다.

"정확하게는 아니지요, 선장님. 오늘 밤 제 소프트웨어의 문제들을 자가 진단하면서 그 문제를 살펴보겠습니다. 내일 최종 보고서가 나와야겠지요. 선장님은 좀 쉬십시오."

폴은 과거에 이안이 선장의 명령을 무시한 적이 얼마나 많았을까 궁금했다. 이안은 우주선 승무원들이 임무에 배치되는 생각을 품을 때를 대비한 궁극의 권한이었다.

선장이 폴을 심각하게 쳐다보았다. "계속 항로를 벗어나게 되면 저놈을 다시 다운시킬 방법을 찾아야 할지도 모르겠어."

"선장님, 이안이 듣습니다." 폴이 약간 떨리는 목소리로 속삭였다. "게다가 이안도 우리와 똑같이 죽었다가 기억을 대부분 잃은 채 깨어났어요. 그런데 또 그를 죽이는 얘기를 하십니까?"

카트리나 선장은 목소리를 낮추려는 시도 자체를 하지 않았다. "우리가 이 임무를 완수하는 데 필요하다면, 난 누구라도 없앨 거야."

10

카트리나 선장의 사연

126년 전
2367년 10월 10일

"그래, 에르메스로 결정하지." 카트리나 들라크루즈가 말했다.
"딱 좋아."

시녀인 레베카가 고개를 끄덕이고는 완벽한 항온 상태로 옷을 관리해주는 벽장으로 가서 비닐 커버로 싼, 통이 좁은 검은색 바지정장을 가지고 돌아왔다. 레베카는 고급 포도주를 선보이는 소믈리에처럼 카트리나에게 옷을 보여주었다.

화장대에 앉은 카트리나가 고개를 끄덕이자 시녀는 커버를 벗기고 옷을 꺼내 반듯하게 매만졌다. 시녀가 옷을 침대에 펼쳐놓자 카트리나가 일어서서 가운을 벗고 옷을 입기 시작했다.

검은색은 격식을 차린 저녁 만찬에 잘 어울릴 테고, 여성스러운 재단에다 꼬리가 나팔꽃처럼 벌어진 여성용 턱시도인 바지정장은 움직일 때도 전혀 제약을 주지 않을 것이다.

"가면이 필요하실 거예요." 레베카가 말했다. "색을 맞출까요, 아니면 대비시킬까요?"

"흰 도자기 가면, 흰 모자, 흰 블라우스." 카트리나가 말했다.

"두드러져 보이실 거예요." 레베카가 말했다.

"그럴 작정이야."

레베카가 입을 꾹 다물고는 카트리나가 옷 입는 걸 도와주었다.

사실 카트리나는 옷을 입는 데 도움이 필요하지 않았다. 뭘 하더라도 도움 같은 건 그다지 필요하지 않았다. 하지만 집안일을 도와줄 레베카를 고용하자마자, 레베카는 허튼짓을 용납하지 않는 시녀답게 청소에서부터 카트리나에게 옷을 입히는 일까지 모든 걸 떠맡았다.

카트리나는 훈장을 받은 전쟁영웅이었고, 군의 장성이 된 지구상 첫 클론이었다. 그녀는 멕시코가 미국의 물 전쟁을 거들어주러 군대를 보낸 이후로 미국 남서부에서 제 한 몸 잘 건사하며 살아왔다. 멕시코 근해에 있는 인공섬으로 담수화 시설을 찾는 난민들이 물밀 듯 몰려 왔을 때도 카트리나는 자기 상처에 붕대를 감는 일도, 혼자 옷을 입는 일도 척척 해냈다.

이제 카트리나는 은퇴했다. 새로운 클론의 신체로 다시 군대에 몸을 담을 수도 있었다. 계급이 낮은 '더 늙은' 군인들이 그녀를 존경하게 만들려면 고생을 좀 하겠지만 말이다. 하지만 카트리나는 자신을 위해 새로운 경력을 쌓자고 결심했다. 보다 돈이 되는 경력을. 장군의 봉급도 나쁘진 않았지만, 기업에 고용되어 사업상의 경쟁자를 제거하는 편이 훨씬 많은 돈을 벌 수 있었다.

마피아의 사주를 받고 사람을 죽이는 일도 몇 번 했지만, 너무 개인적인 일처럼 느껴졌다. 카트리나는 기업 암살을 더 선호했다.

덜 지저분했고, 덜 영구적이었다. 어쨌거나, 사업일 뿐이니까.

그리고 미국의 물 전쟁에 기업들이 어떻게 관여했는지 알고 나자 그녀는 할 수 있는 한 많은 '이호스 데 페라(hijos de perra, 개새끼들)'를 암살하는 것이 자신의 의무라고 느꼈다.

레베카는 다재다능한 하인에 대한 평가가 다시 높아진 사회에서도 기준 이상으로 유능하다는 평가를 받을 만한 시녀였다. 그녀는 카트리나가 매주, 그리고 일을 나가기 전에 마인드맵을 업데이트하는지 확인했다. 그녀는 카트리나의 무기들을 각각에 맞는 방식으로 청소하고, 벼리고, 균형 잡고, 광을 냈다. 그리고 그녀가 관리하는 에르메스 정장은 양쪽 장딴지와 왼쪽 팔뚝, 그리고 모자챙 안쪽에 이런저런 무기를 안전하게 숨길 수 있을 만큼 낙낙했다. 레베카는 또 거의 모든 직물에서 피와 똥과 토사물을 지우는 법을 알았다. 그래서 카트리나는 그런 일을 하면서도 옷을 내다 버리는 경우가 많지 않았다.

하얀 펠트 중절모는 상징적이었다. 땋아서 목덜미에 쪽을 진 검은 머리에 비스듬하게 모자를 얹었다. 카트리나는 흰색 옷을 입으면 사람들이 자신을 더 신뢰한다는 걸 알았다. 빨간색 옷을 입으면 사람들은 매력을 느꼈다. 녹색은 자신에게 어울리는 색이 아니었다. 검은 에르메스 정장은 손님들을 밀어낼 테고, 사람들은 저류에 흐르는 불안을 느끼면서도 이유는 모를 것이다.

이제 정장을 입고, 새 마인드맵을 서버에 저장하고, 차가운 무기들이 체온에 데워지고 있으니, 카트리나는 나갈 준비를 마쳤다. 아카풀코 푼타 디아만테에 있는 그녀의 집에서 오늘 파티가 열리는 곳까지는 멀지 않았다. 레베카는 카트리나가 타고 갈 차량을 요청하고 겉옷과 손잡이 없는 작은 손가방을(안에는 아무 무기도 들어 있지 않았다. 카트리나는 멍청하지 않았다) 건네주고는 차를 기다리는 동안 태평양 너머로 지는 태양이라도 보라며 밖으로 안내했다.

터무니없을 정도로 부유한 사람들 일부는 아직도 사람이 모는 차량 서비스를 이용했다. 금도금 변기만큼이나 웃긴 일이었다. 과시적으로 부적절하니까 말이다. 카트리나 정도의 부를 가진 사람들을 포함한 많은 이들은 필요할 때마다 자율주행 차를 요청해 수월하고도 흠 잡힐 일 없이 이동할 수 있었다. 자율주행 차가 많아질수록 교통체증 문제도 훨씬 좋아졌다.

그러나 도착한 자율주행 차의 뒷좌석에는 누가 타고 있었다. 카트리나는 집 안으로 몸을 숨기고 총을 겨누었다.

연갈색 피부에 검은 눈을 가진 키가 작고 땅딸막한 여자가 차에서 내려 서두르는 기색 없이 문까지 걸어왔다. 이탈리아제인가 싶은 값비싼 회색 바지정장과 검은 하이힐에 회색 중절모를 쓴 차림이었다. 나이는 스물다섯 살쯤 돼 보였지만, 태도에서는 훨씬 나이 든 사람의 자신감이 드러났다.

보안용 모니터로 지켜보던 카트리나는 그 여자가 누구인지 알아차렸다. 자신이 암살해야 할 대상도 알아보지 못한다면 형편없는 기업 암살자라 할 것이다.

걷는 방식과 옷 입은 취향까지, 여자는 카트리나와 아주 비슷했다. 헌신적이고, 조직적이고, 적절한 외양의 중요성을 이해하는, 그리고 불가피한 상황이 아닌 이상 급하게 움직이기를 거부하는 사람.

여자가 문을 두드렸다. "키트리나 들라크루즈 씨." 미국 억양이

133

었다. "난 샐리 미농이야. 얘기를 좀 하고 싶어. 난 비무장이야."

레베카가 살피러 왔다. 레베카가 카트리나를 향해 한쪽 눈썹을 치켜들자 카트리나가 고개를 끄덕였다. 카트리나는 안쪽 로비로 들어가 필립스의 진품 추상화 밑에 놓인 벤치에 앉았다. 그러고는 총을 똑바로 겨눈 채 레베카에게 문을 열라는 신호를 보냈다.

"들어오…." 입을 열자마자 샐리가 레베카의 얼굴에 주먹을 내다 꽂았다.

레베카는 코에서 피를 흘리며 그대로 바닥에 쓰러졌다.

카트리나가 여자의 오른쪽으로 총을 한 발 쏘았고, 문이 깨져 나갔다.

샐리가 동작을 멈추고 두 손을 들었다. "난 너하고만 얘기하고 싶었어." 그녀가 말했다.

"그건 나에게 얘기하는 게 아니라 내 식구를 공격하는 것처럼 보이는데." 카트리나가 오른손으로는 여전히 총을 단단히 겨눈 채 왼손으로 레베카를 가리키며 말했다.

"난 비무장이라고 얘기했어." 여자가 말했다. "그리고…." 그때 쓰러진 레베카가 다리로 여자의 다리를 감아 자빠뜨리는 바람에 여자는 말을 마치지 못하고 놀라 꾸룩거리는 소리를 냈다. 여자가 넘어지며 바닥에 머리를 부딪히자 레베카가 일어나 앉아 여자의 관자놀이에 재빠르게 주먹질을 두 차례 하고는 여전히 코에서 피를 줄줄 흘리는 채로 훌쩍 일어서서 여자가 꼼짝도 못 하도록 깔끔하게 손목을 밟고 섰다.

레베카를 칭찬해줘야 할 때일 듯했다.

"내 식구가 대학 다닐 때 종합격투기 챔피언이었던 건 몰랐겠지. 그렇지 않아?" 카트리나가 물었다.

샐리가 신음했다.

"무기가 있는지 뒤져봐." 카트리나가 말했다.

레베카가 고개를 저었다. "없습니다. 이 여자는 그럴 필요도 없고요."

"그 여자는 묶어놓고, 네 상태가 어떤지 좀 봐."

레베카와 카트리나는 멍해진 여자를 주방으로 데려가 의자에다 묶었다. 카트리나가 등받이 없는 의자에 앉아 여자를 마주 보았다. 레베카도 젖은 수건을 코에 갖다 댄 채 여자를 주의 깊게 지켜보았다.

여자는 카트리나의 예상보다 일찍 정신을 차렸다. 결박 상태를 시험해보듯 몸에 힘을 주더니 이내 느긋해졌다. 여자가 뭔가를 묻는 듯한 시선으로 카트리나를 쳐다보았다. "나 안 죽었네?"

"좀 더 알고 싶은 게 있어서 말이야." 카트리나가 말했다. "게다가 내 일은 널 파티에서 죽이는 거야. 내 주방에서가 아니라."

"내가 왔을 때 왜 그렇게 조심스러워 했어?" 여자가 물었다. "난 너에게 아무 위협도 안 돼. 게다가 넌 예비용 신체들을 준비해뒀을 텐데."

"지금 시점에서는 파티 전에 새 클론을 깨울 시간이 없어. 그리고 난 이 정장을 좋아해."

"좋아, 내가 여길 온 건…."

"난 매수 안 돼." 카트리나가 말을 잘랐다.

"누굴 죽이라고 고용된 이후에는 말이지." 샐리가 슬쩍 웃으며 말했다.

"그렇겠지." 카트리나는 인정했다.

"난 그냥 파티 전에 얘기를 좀 하고 싶었어." 샐리가 말했다.

"지금 얘기하고 있네." 카트리나가 그녀에게 말했다. "넌 비싸게 받을 수 있는 수확물이지. 너에 대해 조사를 좀 했어. 네 두뇌는 세상에서 제일 두려운 것 중 하나더군. 어떻게 지금까지 마인드 해커의 공격 대상이 되지 않았지?"

"세상에서 제일 뛰어난 해커가 내 수하거든." 샐리가 말했다.

"당연하겠지." 카트리나가 말했다. "왜 예정대로 내가 널 솔 콜라 파티에서 죽이도록 내버려두지 않고 여기로 왔어?"

"난 오늘 파티에서 암살될 걸 알고 있어. 솔 콜라에 첩자를 몇 심어뒀거든. 나도 너에 대해 좀 찾아봤어. 대단한 전사시더군."

카트리나가 어깨를 으쓱거렸다. 그런 종류의 아첨은 별 의미가 없었다. 그녀는 자신이 얼마나 잘하는지 정확하게 알았다.

"그래서?"

"너의 신체적인 역량을 얘기하는 게 아니야." 샐리가 말했다. "내가 말하는 건 전투 전략 얘기야. 넌 아주 세밀한 것까지, 음식이나 음료에 대한 기호나 지난 연애 사건들까지 고려해서 모든 걸 계획하지. 돌발사태에 대한 계획도 세우고. 난 너 같은 참모가 필요해."

카트리나가 고개를 저었다. "말했지. 날 매수해서 계약을 저버리게 할 수는 없다고. 두 배를 준다 해도 내 고객들을 공격할 순 없어. 그런 걸 허용했다간 직업적 위상을 모두 잃게 돼."

샐리가 잠시 묶인 팔에 힘을 주었다. '손으로 얘기하는 사람이구나.' 카트리나는 깨달았다.

"그런 게 아니야. 난 직업을 완전히 바꾸라는 얘기를 하는 거야."

"내가 왜 그래야 해?"

"왜냐하면, 넌 돈과 모험과 권력을 사랑하니까."

"안 그런 사람도 있어?"

샐리가 씩 웃었다. "좋아, 대부분이 사랑하지. 하지만 넌 그것들을 공격적으로 추구해."

"그 직업이란?"

"컨설턴트. 일단은 그걸로 시작하지. 나에겐 해결해야 할 문제가 하나 있거든."

카트리나는 다음 말을 기다렸다.

"믿을 수 없을 정도로 부유하고 죽음을 두려워하지 않는 사람들에게 어떻게 확실하게 복수할 수 있을까?"

카트리나는 잠시 생각을 해보았다. "그 얘기를 하려면 술이 필요할 거야."

솜으로 코를 틀어막은 레베카가 값비싼 골드 테킬라를 내주고 샐리의 머리에 댈 얼음주머니를 준비해주었다.

종합격투기 선수들은 뒤끝이 굉장한 편이지만, 지금의 직업에는 그런 태도가 맞지 않았다.

샐리는 이제 포박이 풀린 채 카트리나의 베란다에 나란히 앉아 바다 위로 저물어가는 태양의 최후를 바라보고 있었다. 샐리가 맛을 음미하듯 테킬라를 한 모금 삼켰다. "내가 방금 한 말은 네가 하는 것 같은 암살이 시간과 돈의 낭비라는 의미야. 그걸로 뭐가 되겠어? 마치 다들 초등학교로 돌아가 서로 팬티가 보이게 치마나 들치는 꼴이지. 우린 성인이야. '망신 주기' 이상으로 넘어가자고."

"'망신 주기' 말고 뭐가 있나." 카트리나가 생각에 잠겨 말했다. "사람들 대부분은, 특히 한두 번의 생을 살아본 사람들은 주변을 클론들로 채우지. 그래서 그들이 사랑하는 사람들을 위협해봐야 소용없어. 돈은 너무 무작위적이야. 사업 하나를 망쳐봐야 경쟁자가 사업 몇 개를 더 굴리는 걸 볼 뿐이지. 정치나 섹스 스캔들은 몇십 년도 가지 않아."

"뭔가 지나가야 할 게 있으면 그냥 기다리기만 하면 되지." 샐리가 고개를 끄덕이며 동의했다. "하지만 나는 날 건드린 사람들에게 상처를 줄 방법을 꼭 찾아야 해. 정말로 그들에게 상처를 줄 방법 말이야."

"납치가 떠오르는군." 카트리나가 말했다. "숨겨놓았다가 죽여버리면 재생연구실에서 새 클론을 절대 깨우지 않을 테니까."

샐리가 측은하다는 듯이 그녀를 쳐다보았다. "카트리나, 이 집에 개인용 재생연구실이 없다고 말할 셈이야? 내 대상들은 모두 따로 준비해둔 예비용 신체들이 은행 계좌만큼이나 많아."

"고문도 있지." 카트리나가 말했다. "개인적으로는 여전히 고통을 싫어해."

"불쾌하군." 샐리가 그 생각을 씻어내려는 듯이 술을 한 모금 마시면서 말했다.

"고통은 모두 이별이나 감정의 문제예요." 레베카가 둘에게 테킬라를 더 따라주면서 제시했다. "다른 건 아무것도 문제 되지 않아요."

"경쟁자를 누군가와 사랑에 빠뜨렸다가 이별하게 만드는 건 너무 일이 많아." 카트리나가 말했다.

샐리는 마침내 해가 완전히 가라앉은 바다에 시선을 고정했다.

"하지만 더 큰 걸 생각해봐. 요즘의 가장 심한 고통은 실망이야. 희망 때문에 생기는 거지." 카트리나가 말했다.

카트리나는 샐리가 잔을 비우면서 잠시 그 생각을 곱씹도록 두었다. 레베카가 샐리에게 한 잔을 더 따라주었다.

"넌 왜 나에게 그런 복수의 전술이 필요한지 묻지 않는군." 샐리가 말했다.

카트리나는 손을 들어 한 잔을 더 따르려는 레베카를 제지했다. "내가 관여할 바가 아니니까. 난 고객에게 질문을 하지 않아."

"네가 훌륭한 게 그래서지."

"사실 질문이 하나 있긴 해. 넌 내 일이 컨설팅부터 시작한다고 했지. 그러면 그게 어디서 끝날 것 같아?"

샐리가 퍼뜩 생각에서 벗어나 카트리나에게 웃음을 던졌다. "우린 똑똑한 사람들이야. 분명히 뭔가를 생각해내겠지."

달 우주선 기지에서 성간 우주선이 건조 중이라는 얘기는 들은 적이 있었다. 수천 명의 사람이 새로운 행성에서 깨어나길 기대하며 냉동수면 상태에 들어갈 예정이었다. 끔찍한 얘기처럼 들렸다. 카트리나는 몇 번의 생을 우주에서 보낸 후에 우주 저편에 있는 완전히 새로운 행성에 정착하고 싶지 않았다. 새로운 도시를 건설하는 일원이 되고 싶지도 않았다. 그녀는 하수가 어디로 흘러가는지 걱정할 필요 없이 잘 구성된 도시를 즐기는 사람이 되고 싶었다. 다른 여행객 클론들과 나란히 우주선의 데이터베이스에 저장되고 싶지 않다는 결론을 내린 뒤로 카트리나는 그 건에 별 관심을 쏟지 않았다.

그런데 지금 샐리가 그 여행 전체를 진지하게 생각해보라고 요구하고 있었다.

"새로운 세계의 목표는 클론과 인간이 함께 착륙하여 정착지를 만들고 평화롭게 사는 거야."

"최근에 역사책을 읽어본 사람이 아무도 없는 건가?" 카트리나가 씁쓸하게 말했다.

샐리가 싱긋 웃으며 어깨를 으쓱거렸다. "우리는 뭔가를 해야해. 아니면 무슨 희망이 있겠어?"

"그래서 왜 나야?" 카트리나가 물었다.

"선장은 강한 사람이어야 해. 난 널 원해. 훈장을 받은 전쟁영웅이자 암살자를 원해. 승무원들은 모두 클론이고 범죄자야. 누군가가 행동을 취해도 너라면 상황을 정리하고 새로운 클론을 깨워서 비행을 계속할 수 있겠지."

"그거 상당히 거칠게 들리는데."

"가끔은 옛날 방식을 빌려오는 것이 제일 좋은 미래의 방식이 되기도 하지." 샐리가 진지하게 말했다. "그리고 제일 좋은 부분이 뭔지 알아? 새 행성에 도착하면 범죄 기록이 깨끗하게 지워진다는 거지. 암살자나 전쟁범죄자였던 네 삶에 대한 기록이 전혀 없을 거야."

카트리나가 눈을 가늘게 떴다. "내 전쟁 이력은 벌써 삭제됐을 텐데."

"세상에서 제일 뛰어난 해커들, 기억나? 열심히만 찾으면 네 이력은 아직도 어딘가 있어."

"이게 기회인지 협박인지 모르겠군." 카트리나가 말했다.

"솔직하게 말하자면 나도 이젠 모르겠어." 샐리가 말했다. "흥미가 있어, 없어? 이게 진짜 질문이야. 그런 다음에야 널 밀어 넣어야 할지 말아야 할지 논의할 수 있겠지."

이력이 드러나거나 체포되면 카트리나는 감옥에 가야 한다. 불쾌하기야 하겠지만, 그래도 생의 마지막에 클론으로 재생될 수 있다. 그녀에겐 시간이 있었다.

그리고 그 얘기가 슬슬 흥미롭게 들리기 시작한다는 사실을 카트리나는 인정할 수밖에 없었다. 그녀는 재계 거물들을 죽이며 영원히 행복하게 지낼 수는 없다는 걸 알았다. 그녀는 천천히 고개를 끄덕였다. "생각해보지. 하지만 당장은 처리할 일이 몇 가지 있어. 여전히, 난 오늘 밤 널 죽여야 해. 널 살려서 보낸 뒤에 네 제안을 받지 않으면, 난 다시는 일을 하지 못하게 될 거야."

"이해해." 샐리가 웃으며 말했다. "다른 건?"

"레베카가 같이 갈 거야. 냉동수면 상태로."

샐리가 말없이 문간에 선 시녀를 올려다보았다. "네 주인과 한번 얘기해볼래?"

"레베카, 새 행성을 개척하러 같이 갈래? 오랫동안 냉동 상태로 잠을 자야겠지만."

"굳이 물어보시다니 속상하네요, 마님." 레베카가 솜으로 막힌 코 때문에 약간 코맹맹이 소리를 내며 말했다.

"이건 해결됐고. 세 번째로, 승무원 선정에 거부권을 가지고 싶어."

"불가능해." 샐리가 곧바로 말했다. "난 네게 선장직을 맡기는데 동의를 얻으려고 내가 가진 모든 줄을 다 댔어. 그 투자자들에게서 더는 다른 걸 얻어낼 수 없어."

"그러면 그들 모두의 이력 정보를 원해."

샐리가 천천히 고개를 저었다. "장군님, 미안하지만 그것도 들어주지 못하겠어. 그 클론들에게 우리가 제안하는 유일한 게 깨끗한 이력이야. 승무원 중에 자신의 범죄 이력을 아는 이가 있다면, 그 행성에 도착했을 때 그 사람이 다른 승무원들에 대한 약점을 쥐게 돼. 그러면 나머지 승무원들은 천민이 될 거야. 주변에 수십억의 사람들이 있을 때는 망신 당한 게 잊히기를 기다리는 게 쉽지. 하지만 행성 전체라 해봐야 고작 수천 명이 있을 때는 훨씬 어려워."

"뭘 다뤄야 할지 모르는데 어떻게 승무원들을 통제하지?" 카트리나가 물었다.

"그래서 인공지능이 있는 거지. 네가 접근권을 가지지 못한 모든 일을 그가 처리할 거야."

"수천 명의 생명과 우주선 조작을? 인공지능을 믿고 맡기기에는 큰 일인데."

"세상에서 제일 뛰어난 인공지능이야." 샐리가 말했다.

"알려진 세상에서 그렇다는 의미겠지. 지하에 숨은 해커들 일부도 인공지능 작업을 하고 있다고 알고 있어."

"아니, 이게 세상에서 제일 뛰어나." 샐리가 카트리나를 똑바로 바라보며 다시 말했다.

이 여자는 일관성이 있었다. 카트리나가 생각했던 것보다 더.

"언제까지 대답을 줘야 해?"

"사흘." 샐리가 일어나 정장의 주름을 매만지며 말했다. 그러다 갑자기 얼굴을 찡그리고는 회색 실크에 튄 핏방울을 손으로 쓸었다.

"여기 두고 가시면 제가 얼룩을 제거해드릴게요." 레베카가 말했다.

샐리가 윗옷을 벗고는 레베카를 보고 웃었다. "고마워."

레베카가 카트리나를 힐끗 쳐다보았다. "이걸 찬물에 담구둘게요. 여전히 암살을 하실 계획이라면, 이분께 파티에 입고 나갈 뭔가를 빌려드려야 할 것 같아요, 마님."

"그래, 그 정도는 어떻게든 될 거야." 카트리나가 말했다.

이제 막 싹튼 사업 관계 때문에 카트리나는 샐리의 스파클링 럼앤콜라에 투명하고 아무 맛이 없는 독을 타서 신속하고 고통 없이 죽였다. 샐리는 쓰러지며 물에 빠져서 볼 만한 광경을 연출할 수 있도록 분수 옆에서 그걸 마시는 정성까지 보였다.

일은 끝났고, 카트리나는 파티를 즐기기로 마음먹고 그 우주선 프로젝트에 관해 어떤 정보를 얻을 수 있는지 보기로 했다. 대화 중에 기업 암살이 끼어들자 일부 사람들이 입을 닫아버리는 바람에 어려움은 있었지만, 사람들은 그 프로젝트를 진지하게 받아들이는 듯했다. 몇 차례의 논쟁이 파티에 양념을 더해주기도 했다.

카트리나가 만난 대부분의 인간과 클론들이 그 여행에 우호적이었지만, 약간의 주저함도 느껴졌다. 뭔가 남이 하면 좋을 일 같은 분위기였다. 몇몇 사람들은 지구에 남아서 좀 더 넓어진 여유 공간을 즐기기로 결정을 내렸다.

"범죄자들을 고용해서 우주선 조종을 맡길 거라 들었어요." 클론 중역인 파블로 에르난데스가 숨을 죽이며 말했다. "저는 그건 믿을 수 없을 거 같아요."

"노예들이 캐낸 다이아몬드를 걸치고 마케팅 일을 한답시고 암살자까지 고용하면서, 왜 갑자기 범죄자들이 모이는 우주선에 타기에는 너무 좋은 사람인 척하세요?" 대화를 나누던 여자 한 명이 벌컥 호통을 치자 모두가 깔깔 웃음을 터뜨렸다.

"행성 첫 이주민이라니, 바닥에서부터 문명을 건설해야 하잖아요?" 파블로가 비웃었다. "재래식 변소? 아니, 난 됐어요."

아까 말했던 여자가 검은 머리카락을 넘기며 말했다. "아, 제발. 그런 일을 할 하인들을 서버 하나 가득 데려갈 거예요. 뭔가가 이미 건설되기 전까진 사람들을 깨우지 않겠죠. 몇 년, 아니 몇 생이 걸릴 거예요."

몇 시간 후에 파블로가 기업 암살에 희생됐다. 그날의 두 번째였다. 그로써 그 파티는 정말로 훌륭한 파티가 되었다. 그 사건 이후로 파티 분위기가 바뀌어 더 많은 알코올이 흐르자 도르미레호를 담당할 승무원 후보에게 찬성하지 않는 이는 주변에 아무도 없게 되었다.

카트리나는 누가 파블로를 죽였는지 알아내지 못했다. 어쨌든 논란의 여지가 있는 문제라고 그녀는 생각했다.

다음 날, 카트리나는 새로이 재생된 몸으로 막 깨어난 샐리에게 전화를 걸었다.

"할게." 카트리나가 말했다.

11

베베

둘째 날
2493년 7월 26일

마리아는 간밤에 식당으로 돌아가지 않았다. 잠시 쉬고 나서 태블릿으로 연락을 했더니 히로가 큰 소리로 욕설을 내뱉으며 일은 아침에나 하자고 했기 때문이었다.

보통 때였다면 그런 욕을 듣고도 그를 기다리는 일은 없었을 것이다. 마리아는 원래 히로와 그 제멋대로 날뛰는 변덕을 상대하느니 혼자 인쇄기를 설치하기로 마음을 먹었었다. 그런데 불행하게도 상자 안에 든 설치안내서가 일본어로만 적혀 있었다.

"우린 암흑시대로 날아왔나 봐." 마리아는 영어나 스페인어 안내문을 찾아 책자를 뒤적거리며 중얼거렸다.

마리아가 다시 히로에게 연락을 시도했고, 졸린 목소리의 대답을 들었다. "씨발, 꺼져!"

"번역해줄 사람이 필요해요. 안내 책자가 일본어로만 돼 있다고요." 그녀가 말했다.

"그러면 그건 씨발, 제대로 된 버전을 사지 않은 당신 잘못이지. 아침에 도와줄 테니까, 나 좀 건드리지 마." 히로가 연결을 끊었다.

'예비 신체가 없어.' 마리아는 스스로에게 지적하고는 진저리를 쳤다. 누군가가 지금 그녀를 공격한다면 끝장일 것이다. 그녀는 서둘러 고요한 우주선 복도를 지나 자기 방으로 들어간 다음 문의 자물쇠를 확인하고는 침대에 쓰러졌다. 그러고는 내리 7시간을 잤다.

다음 날 아침, 마리아가 도착하기도 전에 음식 인쇄기로 아수라장이 된 식당에 볼프강과 조애나가 먼저 와 있었고, 그 때문에 가뜩이나 불편했던 마리아의 심기가 더 나빠졌다.

잠자리에 든 마리아는 그날의 상황과 승무원들에 대해서 이리저리 궁리하느라, 그리고 히로와 나눴던 대화를 머릿속에서 다시 복기하느라 잠을 잘 자지 못했다. 그리고 여태 아무것도 먹지 못했다. 클론에게는 아주 안 좋은 상황이었다. 새 클론은 신생아와 같아서 새로운 삶을 시작하기 위해서는 상당한 영양분이 필요했다.

전날 밤에 창고에서 가져온 상자 안에 새 음식 인쇄기가 도사리고 있었다.

"어디 갔었어?" 볼프강이 윽박질렀다. "밤새 일을 했어야지."

"제 번역가 선생에게 물어보세요." 마리아가 말했다. "히로가 자기 방에 돌아간 후부터 저와 얘기를 하지 않으려 해요. 저는 그가 필요하고요. 왜냐하면 무슨 이유인지 모르겠지만, 우린 설치 안내서가 한 가지 언어로만 나오던 시절로 돌아간 것 같거든요.

이건….” 마리아가 음식 인쇄기 상자를 손으로 철썩 때렸다. “일본어 안내서만 있어요. 두 분은 잘 잤어요?”

“조금요.” 조애나가 말했다. “하지만 뭔가를 먹을 작정이라면 인쇄기를 시험해보고 문제가 없는지 확인해야겠다는 생각이 들었어요.” 조애나와 볼프강은 비닐장갑을 끼고 옛 음식 인쇄기를 조사하며 유입 밸브와 분사 노즐 양쪽에서 시료를 채취하는 중이었다. 마리아에게 그건 이제 음식 인쇄기가 아니라 독을 토해내는 거대한 괴물이었다. 죽음의 음식이 완성되면 빨간색에서 녹색으로 바뀌는 불길한 둥근 불빛까지, 그건 외눈박이 거인 키클롭스가 분명했다.

키클롭스가 키 큰 오븐처럼 은색 조리대 위에 앉아 있었다. 그 자리에 어울리지 않았다. 그 옆에는 주방에 더 큰 가전이 들어올 걸 예상이라도 한 듯이 더 넓은 빈자리가 있었다.

둘이 인쇄기에서 시료를 채취하는 걸 지켜보던 마리아는 가능한 한 빨리 주방을 청소하는 편이 좋으리라는 걸 알면서도 갑작스럽게 침범당한 기분을 느꼈다. “그냥 통째로 들고 가요. 두 분이 있으면 제가 이걸 조립할 수가 없어요. 게다가 그게 독미나리를 만든다면 이 인쇄기가 되든 안 되든 결국 폐기해야 할 테니까요. 저는 계속 작업해서 새 인쇄기를 작동시켜 볼게요.”

“히로를 기다려야 하는 거 아니야?” 볼프강이 말했다.

“설치안내서 없이도 상자에서 꺼낼 수는 있어요.” 마리아가 딱딱거렸다. 마리아는 주전자에 물을 채워 전열기에 올려놓았다.

물이 끓는 동안 주방 맨 구석, 식품 저장실 옆에 있는 저장창고로 갔다. 안에는 교체용 부품 몇 개와 여분의 주방용 연장들, 그리고 공구 상자가 하나 있었다. 중력 구동장치 고장으로 모든 것이

어질러졌어도 공구 상자만은 여분의 소형 기기들 사이에 그대로 잠긴 채 떨어져 있었다. 마리아는 머릿속 작업목록에 '모든 주방용품 정리'를 써넣었지만, 우선순위는 아주 낮았다.

"재생실 수리 건에 대해서는 아무 얘기 없어요?" 마리아가 창고에서 나오면서 물었다.

"아직은요." 조애나가 싱크대 앞에서 말했다. "하지만 나는 새 신체들이 만들어지고 있다는 걸 알기 전까진 마음을 놓지 못할 거 같아요."

"이 일을 저지른 놈이 누구인지는 모르겠지만, 일단 작정을 했다면 바로 지금이 다시 살육을 시작할 완벽한 시점이네요." 마리아가 말했다.

볼프강이 툴툴거렸다. "더 이상의 파괴를 막기 위해 재생실에 경비를 세워야 해."

조애나가 한숨을 쉬었다. "재생실을 경비해라, 항법 시스템을 고쳐라, 살인사건을 조사해라, 선장의 클론을 깨워라, 그리고 우주선이 계속 돌아가도록 일상적인 일을 해라. 우리는 여섯 명밖에 안 돼요, 볼프강. 이게 될 일 같으세요?"

"이안 고치는 것도 잊지 마세요." 마리아가 말했다.

"저는 돌아가고 있습니다, 아레나 씨." 스피커에서 목소리가 들렸다. "확실히 아직 약 40퍼센트 정도밖에 안 되지만, 계속해서 나아지고 있습니다."

마리아가 안도의 웃음을 터뜨렸고, 볼프강은 욕설을 내뱉었다. "이안, 돌아와서 반가워. 언제 돌아왔어?"

"그리고 왜 아무도 우리에게 말해주지 않았어?" 볼프강이 윽박질렀다.

"쇠라 씨와 카트리나 선장님이 지난밤에 절 깨웠습니다. 저는 내내 제 기능을 수리하는 작업을 했고, 그 와중에 뭐라도 복구할 수 있는 데이터는 복구하고 있습니다."

"뭘 복구했어?" 조애나가 열성적으로 물었다. "재생실 기록 같은 거 있어? 의료 기록은?"

"아직은 아무것도 없습니다." 이안이 여전히 낙관적이고 친근한 어조로 말했다. "하지만 계속 작업 중입니다."

"오늘 아침에 주방에서 뭐라도 해줄 수 있겠어? 인쇄기에서 독미나리를 제거한다거나? 음식 기록들을 복구한다거나?" 마리아가 말했다.

"아니요, 못 합니다." 이안이 말했다. "하지만 여러분의 신진대사가 떨어지고 있고 곧바로 음식물을 섭취할 필요가 있다는 말씀은 드릴 수 있어요."

"이러려고 우리에게 세상에서 제일 정교한 인공지능이 필요했군." 히로가 식당으로 들어서면서 말했다. 히로가 고개를 까딱이며 모두에게 인사를 했다.

"히로, 이안이 깨어났⋯." 볼프강이 말했지만 히로가 말을 잘랐다.

"알아요." 히로가 손을 저으며 말했다. "새벽 4시에 절 깨워서 항법 시스템을 손보라고 하더군요. 이안이 돌아온 순간 우리가 다시 경로를 벗어나기 시작한 것으로 밝혀졌거든요. 전 그건 해결하지 못하더라도, 음식 문제 해결에는 도움이 되어야겠다고 생각했어요. 제가 지금 당장 쓰러지거나, 아니면 볼프강이라도 먹어치울 판이거든요. 어느 쪽이 나을지 결정을 못 하겠네요." 히로는 마리아가 자신을 뚫어지게 쳐다보는 걸 보고 말을 멈추었다. "왜요?"

"그래서 당신은 지난밤에 저에게 했던 말을 언급도 안 하고 지나갈 참이에요?" 마리아가 물었다.

히로가 뒤통수를 문질렀다. "아, 제가 뭐라고 했죠?"

"넌 지시에 따르기를 거부했어. 그게 네가 한 짓이야." 볼프강이 말했다. "그리고 우리는 그 때문에 지금 배가 더 고파졌고."

"당신은 지시에 따르기를 '공격적으로' 거부했어요." 마리아가 말했다. "당신은 쓸모없는 얼간이였어요. 그리고 솔직히 좀 무서웠고요."

볼프강이 팔짱을 꼈다. "그가 위협하던가?"

"그 정도까지는 아니었어요." 마리아가 말했다. "하지만 확실히 저에게 겁을 줬어요."

"미안해요. 저는 피곤하면 아무짝에도 쓸모가 없어지는 데다 약간 퉁명스러워질 수 있어요." 히로가 마리아의 시선을 피하며 말했다.

"그러면, '가서 진공이나 처먹어, 이 쓸모없는 우주 청소부 새끼야'라고 말하고 저로서는 칭찬이라고 생각되지 않는 일본어를 마구 지껄인 것이 '약간 퉁명스러운' 거예요?"

히로는 완전히 겁에 질린 듯 보였다. "아, 이런. 마리아, 너무 미안해요. 정말로 그렇게 생각하는 건 아니에요. 제가 말했듯이, 잠시 머리가 이상해진 거예요."

마리아는 볼프강을 쳐다보았다. "얼간이 짓을 했다고 살인자가 되는 건 아니죠."

"공격적이고 언어폭력을 행하는 동료 승무원이 있다면, 의심할 만하지." 볼프강이 말했다.

"저 여기 있어요, 저에게 직접 얘기할 수 있잖아요!" 히로가 말했다. "그리고 우리는 다들 혐의를 받고 있다고요! 심지어…." 히로가 볼프강을 쳐다보더니 황급히 입을 닫았다.

볼프강이 뭔가를 기대하는 듯이 팔짱을 꼈다. 히로가 더는 아무 말도 하지 않았다.

"그가 거짓말을 하고 있다고는 생각지 않습니다." 이안이 말했다. "모든 몸짓이 솔직합니다. 그는 정말로 그런 말을 한 걸 기억하지 못합니다."

"그것도 완전히 안심되는 말은 아니군." 마리아가 말했다. "하지만 우리에겐 조립해야 할 음식 인쇄기가 있지." 마리아가 히로를 쳐다보고는 주방 조리대에 놓인 자기 태블릿을 가리켰다. "설명서는 저기에 있어요. 그리고 다시는 내게 그런 식으로 말하지 마세요."

히로가 거의 질주하듯 뛰어가서 태블릿을 집었다. 방 안의 긴장이 깨어지고 주전자가 노래하기 시작했다.

마리아가 차를 만들고 찻잎이 우러나는 동안 모두가 쓸 찻잔을 가져왔다. "두 분은 부검을 하셨죠? 무슨 증거라도 찾으셨어요?"

"아직은 없어요." 조애나가 말했다. "당신이 먼저 중독되긴 했지만 다른 사람들의 신체에서도 약간의 독극물이 검출됐어요. 더 오래 살았더라도 결국은 중독돼서 죽었을 거예요. 당신이 제일 많이 먹었어요."

"기묘하네요." 마리아가 말했다.

"살인사건 조사는 신경 쓰지 마." 볼프강이 말했다. "너의 주 관심사는 우리가 음식을 공급받을 수 있도록 하는 거니까."

"독미나리를 뱉어낸다는 걸 이미 알면서 저 음식 인쇄기를 시험해보는 것이 우리 시간을 가장 유용하게 쓰는 방법이라는 데에 선장님이 동의하실지 모르겠네요." 마리아가 말했다. "이건 반란이나 뭐 그런 거 아니에요?"

"식당에서의 반란이라." 조애나가 말했다. "나는 반란이란 음식 인쇄기를 조사하는 것보다는 더 강력한 반발이라고 생각했는데요."

"반란은 선장의 권한에 대한 직접적인 위협이어야 합니다." 이안이 말했다. "이건 자격이 안 됩니다."

"인공지능이 농담을 더 잘 이해한다는 말을 어디선가 들은 기억이 나는데." 마리아가 말했다. "이안은 왜 저렇게 고지식하지?"

"40퍼센트, 기억해요?" 조애나가 말했다. "시간이 가면 더 나아지겠죠."

"우린 잠시 음식 인쇄기를 확인함으로써 명령에 불복하고 있지만, 그 정도로 해두지." 볼프강이 아까의 질문에 대답하며, 그리고 마리아를 도와 상자에서 새 음식 인쇄기를 꺼내느라 약간 툴툴거리며 말했다. 낮은 중력에서도 그 물건은 괴물처럼 무거웠지만, 그들은 힘을 모아 가까스로 포장재를 모두 제거했다. 볼프강이 키클롭스로 돌아가 꼼꼼하게 살피며 연결된 것들이 모두 풀렸는지 확인했다.

"하지만 어쨌든 시험해보려면 저 문제의 인쇄기를 의무실로 옮겨야 할 거예요." 조애나가 무릎에 놓인 플라스틱 상자에 면봉들을 집어넣으며 말했다. "그러니 우린 누군가가 저걸 옮기는 일을 해야 하는 부담을 덜어주고, 마리아 당신이 진짜 자기 일을 할 수 있도록 도와주는 셈이죠."

"좋아요, 두 분 다 저보다 지위가 높으시니 따지지 않을게요. 게다가 지금 저는 두 분 중 한 분을 먹어치울 수도 있을 거 같거든요. 하지만 아마 히로부터 시작해야겠죠. 그는 그래도 마땅하니까요."

마리아는 분개한 히로의 표정을 무시하고 인쇄기를 살펴보았다. 마리아는 인쇄기를 새로 연결해본 적이 없었다.

그 모델은 키클롭스보다 신형에다 더 컸다. 이 업그레이드는 우주에서 2백 년쯤 버틴 데 대한 보상이거나 뭐 그럴 예정이었을 것이다. 인쇄기는 가축을 통째로 인쇄해낼 정도로 커 보였다.

"이건 거대하군요." 마리아가 고개를 저으며 말했다. "우리에게 언제 돼지를 통째로 인쇄할 필요가 생길까요?"

"돼지로 이걸 시험해봐야 한다고 생각해요." 히로가 말했다. "아기에게 걸음마를 가르치는 거죠."

볼프강과 마리아는 힘을 모아 인쇄기를 잡아끌고 밀어서 예전 인쇄기가 앉은 조리대 옆 빈 공간으로 조금씩 밀어 넣었다. 처음부터 주방에 더 좋은 인쇄기를 놓을 계획으로 설계했다가 마지막 순간에 좀 작은 키클롭스를 주자고 결정하기라도 한 듯이, 새 기계가 그 빈자리에 딱 들어맞았다.

"마리아, 그 인쇄기를 작동시키고 나면 재생실을 청소해야 할 거예요." 조애나가 말했다. "거긴 살인사건 현장에서 생물학적 재난 현장으로 바뀌었어요."

마리아는 얼굴을 찡그렸지만 반대하지 않았다. 어쨌든 자기 일이었다.

볼프강이 이전 음식 인쇄기를 혼자 들 수 있는지 시험해보았다. 용을 쓰면서 비틀거리는 듯하더니 결국 들어 올리고는 무거운 걸음으로 들고 나갔다.

"우리가 저 사람과 같이 얼마나 더 오래 비행해야 하나요?" 마리아가 물었다. "저 사람이 계속 저랬다면, 제가 이 여행에 대한 기억을 싹 지우고 처음부터 다시 시작하고 싶어 했을 게 뻔하네요."

"그는 실패했어요, 마리아." 조애나가 다정하게 말했다. "볼프강은 이 모든 상황을 자기 책임이라고 받아들이고 있어요. 어제 있었던 일은 우리가 상상도 못 해봤을 정도로 명백한 보안의 실패예요. 폭행 한 건, 사망 다섯 건, 이안까지 치면 여섯 건이죠. 중복 복제한 건, 거기다 옛날 백업본을 우리에게 주입한 해킹 사건까지. 이모두에 대처하지 못했을 때 그의 기분이 어떨지 상상이라도 해봐요." 조애나가 손가락으로 범죄사건 숫자를 세다가 잠시 말을 멈추었다. "그리고 또 뭐가 있죠?"

마리아는 조애나의 말이 옳다고 느끼며 한숨을 쉬었다. "자살의심 사건요?" 마리아가 음식 인쇄기를 보고는 얼굴을 찌푸렸다. "그리고 저더러 이 인쇄기를 연결하라는 것 자체가 범죄예요. 최대한 서둘러보겠지만, 꼬박 하루가 걸릴 수도 있어요. 다들 단백질바를 가지고 있었으면 좋겠네요."

"제 방에서 몇 개 찾긴 했지만, 꼭 먹어야 하는 상황이 아니면 안 먹을래요." 히로가 말했다.

"먹어야 할 거예요." 조애나가 말했다.

"알아요. 먹었죠. 하지만 저는 그게 싫더라고요." 히로가 말했다.

마리아가 볼프강이 손도 대지 않고 남긴 차를 가리켰다. "저거 마실래요?"

"좋아요." 히로가 고맙다는 듯 웃으며 말했다. 그러고는 태블릿을 흘깃 쳐다보더니 얼굴을 찡그린 다음 눈을 가늘게 떴다. "이 설치안내서는 보기가 너무 힘들어요. 이 지시사항들을 보니 그 살인자가 썼을 거라는 생각마저 드네요. 절 죽이려는 것 같아요."

마리아가 눈썹을 치켜들었다. "그거 아주 교묘한 살인 방법이네요. 그리고 히로, 그렇게 짜증 내고 빈정댈 일도 아니죠. 당신은 방금 자기에게 혐의를 씌웠으니까요. 이 우주선에서 일본어를 할 줄 아는 사람은 당신이 유일하잖아요."

"이게 저를 겨냥한 교묘한 덫이란 게 그래서죠!" 히로가 한숨을 쉬고 차를 한 모금 마셨다. "됐어요. 그래도 우린 일을 해야겠지요. 살인자가 원하는 게 우리가 다시 죽는 거라면, 이번에는 손가락 하나 까딱할 필요 없이 그냥 우리가 굶어 죽게 내버려두면 되겠네요."

"두 사람, 참 섬뜩하네요." 조애나가 말했다. "적어도 이 상황을 조금이라도 존중해줄 수 없어요?"

히로가 얼굴을 찌푸렸다. "죄송해요, 의사 선생님. 그저 비명을 지르지 않으려고 애쓰다 보니까요. '오, 씨발, 우리는 정말로 진짜 죽을 거야. 그리고 영원히 우주를 떠돌다 모든 클론을 끝장내고는 수천 명의 사람을 죽인 책임을 지게 될 거야.'" 그 말을 하는 히로의 음성은 차분했고, 마리아는 웃음을 참았다.

"그냥 분위기를 좀 띄우려고요, 조애나." 마리아가 말했다.

"이 상황을 견디기 위해 해야 할 일이면 해요. 다만 어떤 건 내 귀에 들리지 않도록 해주면 좋겠어요." 조애나가 말했다.

"방금 어떤 생각을 했는데요." 히로가 말했다. "새 인쇄기를 연결한다는 건 우리가 좋아하는 것과 싫어하는 것과 알레르기와 뭐 그런 것들을 다시 입력해야 한다는 뜻이에요?"

"아니요, 제가 이안과 연결하지 않은 저장장치에 백업해놓은 게 있어요." 마리아가 말했다. "제일 힘든 부분은 빈속으로 일을 해야 하는 거죠."

조애나가 동정하는 듯한 시선을 마리아에게 던졌다. "두 분께 행운을 빌어요. 나는 가서 이전 음식 인쇄기의 독극물 검사를 해야겠어요." 조애나가 찻잔에 플라스틱 뚜껑을 덮고는 조심스럽게 휠체어 오른쪽에 달린 컵 받침대에 넣고 식당을 나갔다.

"그러면 우리 사이는 이제 괜찮은 거예요?" 둘이 남게 되자 히로가 물었다.

"저는 당신을 거의 몰라요, 히로." 마리아가 말했다. "무얼 가볍게 받아들이고 무얼 무겁게 받아들여야 할지 모르겠어요. 특히 어제 이후로는요. 그러니 조심해요. 그러면 우린 괜찮을 거예요."

"여기에 언어가 이거밖에 없다는 걸 믿을 수가 없어요." 히로가 말했다. "이 정보가 든 저장장치 말고 상자에 다른 건 없었어요?"

"예." 마리아는 버릴 것과 상자에서 나온 포장재를 치우려고 일어섰다. 골판지 상자를 드는데 안에 뭔가 보였다. 상자 바닥을 살펴보자 찢어진 자국이 분명하게 보였다.

"히로, 이거 봐요."

"당신이랑 볼프강이 상자를 열다가 그런 건 아닌가 보죠?"

마리아가 상자를 들어 불빛에 비춰보았다. "아니에요." 마리아가 상자를 엎자 포장재 틈으로 테이프로 부착된 설치안내서 한 장이 보였다. 찢긴 채였고, 나머지 안내서는 보이지 않았다.

"도대체 누가, 왜 우리 음식 인쇄기 안내서에 손을 댔을까요?" 마리아가 종이를 떼어 내면서 물었다.

"게다가 종이 안내서라니. 다음엔 썰매 개가 우리 우주선을 끌게 되는 건가요?" 히로가 말했다.

마리아는 다양한 호스와 선을 집어서 바닥에 가지런히 놓고 히로가 어떻게 하라는 지시를 주기를 기다렸다. 잠시 태블릿을 읽던 히로의 얼굴이 갈수록 짜증으로 일그러졌다.

"왜 하필 썰매 개예요?" 마침내 마리아가 내내 궁금했던 질문을 던졌다. "왜 우주선을 끄는 말은 안 돼요?"

"바깥이 추우니까요. 추운 데서 썰매나 우주선을 끌기에는 개가 더 알맞아요." 히로가 고개를 들지도 않고 말했다. "이제 이거 좀 읽을게요."

마리아는 일어서서 히로가 설치안내서를 읽는 동안 주방을 정리하기 시작했다. 주방기기들은 대개 바닥이나 벽에 고정돼 있어서 치울 건 식사 도구와 사용한 접시와 컵 같은 소소한 것들뿐이었다.

마리아는 지구에서 가져온 식도 상자를 발견하고 열었다. "이런, 젠장."

마리아가 상자를 식탁으로 가져가 히로에게 보여주었다. "우리가 주방용 칼에 찔려 죽었죠, 맞죠?"

"맞아요, 다른 무기는 찾지 못했어요." 히로가 음울하게 말했다. 세 자루의 칼이 있어야 할 자리가 비어 있었다.

"식칼이 어디 있는지는 알아요. 하지만 발골용 칼과 푸주용 칼이 없어졌어요."

"자꾸 좋은 소식이 당도하네요." 히로가 웃지도 않고 말했다. "제가 보기엔, 선장에게 얘기해야 할 거 같은데요."

마리아가 태블릿으로 카트리나 선장에게 연락했다.

"보고해." 카트리나 선장이 말했다.

"선장님, 제 칼 상자를 찾았는데 세 자루가 사라졌어요. 하나는 우리가 재생실에서 이미 찾은 주방용 칼이고, 다른 두 개는 아직 모르겠어요."

"시체에 박혀 있는지 찾아봤어?"

"음, 아니요, 아직…."

"그러면 마저 인쇄기나 고쳐. 단서가 없을 때가 아니라 단서를 찾았을 때 연락해."

태블릿에서 선장이 연결을 끊었다는 삑 소리가 났다.

"젠장, 짜증이 가득하네요." 히로가 말했다.

"남 말하듯 하시네요." 마리아가 말했다.

히로가 시선을 피하며 고개를 까딱였다. "정말로 저는 이걸 쓴 사람이 인간을 혐오해서 사람들이 굶어 죽는 걸 보며 웃고 싶어 한다는 생각이 들어요."

"이게 또 다른 고의적 파괴행위의 사례라고 생각해요?" 마리아가 반쯤은 농담하듯이 물었다.

"아니요, 저는 말 뼈다귀 같은 기술문서 작성의 사례라고 생각해요. 하지만 당신은 사라진 설치안내서 책자가 궁금하겠죠."

히로가 일어서서 마리아가 늘어놓은 것들을 쳐다보고는 다시 태블릿을 들여다보았다. "알았어요." 히로가 중얼거리고는 부품들을 어떻게 하면 되는지 일러주기 시작했다. 1시간을 더 같이 일하면서 마리아는 히로가 농담을 하거나 번역이 제대로 들어맞지 않을 때마다 짜증이 치밀어 오르는 걸 꾹 참았다. 게다가 이안의 안내를 받고서도 인쇄기의 컴퓨터가 이안과 소통할 수 있도록 연결하려다가 두 번이나 감전됐다.

"거기 있군요. 보입니다." 이안이 말했다. "잘했어요, 아레나 씨."

"백업해놓은 걸 가져와야겠어." 마리아가 말했다.

"그럴 필요 없습니다." 이안이 말했다. "이 음식 인쇄기는 타액 시료로 사람의 취향을 완전하게 분석할 수 있습니다."

마리아는 물러서서 인쇄기를 새로운 존경의 눈빛으로 살펴보았다. "그것참 대단한 연산이네." 마리아가 말했다. "그래도 베헤모스*인 건 여전해."

히로가 잔을 싱크대에 가져다 두었다. "베헤모스라, 그 이름 마음에 들어요. 줄여서 베베라고 부르면 되겠네요. 제가 더 필요 없으면, 저는 가서 저장장치를 살펴봐야겠어요. 당신에겐 그사이 몸을 지킬 칼이 아직 몇 자루 있으니까요. 그리고 베베도요!" 그러고는 히로가 떠났다.

"이젠 너와 나뿐이군, 베헤모스." 마리아가 말했다. "난 네가 무섭지 않아."

정말로, 우주선 안에는 무서운 것이 아주 많았지만, 적어도 베베는 아니었다.

선장은 어젯밤에 나간 뒤로 의무실에 들르지 않았다. 조애나는 안도하면서도 만약을 대비해 의무실 침대에서 잠을 잤다. 불행히도 시체들 탓에 유숙하기에 꽤 불쾌한 장소였다. 비위생적인건 말할 것도 없었다.

클론에 달린 생명 유지 장치들이 예전 선장이 아직 확실히 죽지 않았다는 사실을 보여주며 여전히 부지런히 작동했다.

조애나는 휠체어에 앉은 채 기지개를 켰다. 샤워를 해야 했다. 그리고 정말로 뭘 좀 먹어야 했다.

의무실 구석에 있는 실험실로 휠체어를 몰아갔더니, 검사를 시작하기도 전에 누군가가 문을 두드렸다. 조애나는 태블릿으로 원

---

* 성경에 나오는 수륙양서의 거대짐승

격 조종하여 문을 열어주었다.

히로가 여전히 미친 듯이 재잘거리며 들어섰다. "안녕하세요, 글래스 박사님. 제가 저를 좀 봐도 괜찮을까요?"

"그게 세상에서 가장 건전한 일인지는 모르겠네요, 히로." 조애나가 최근에 수집한 시료들을 실험대에 늘어놓으며 말했다.

"음, 아니겠죠. 저에게 가장 건전한 일은 푸짐하게 아침을 먹고 러닝머신을 뛰러 가는 거겠죠." 히로가 말했다. "살인자와 함께 우주선에 타고 있는 스트레스도 받으면 안 되고요. 하지만 저는 그럴 수가 없어요. 아침 식사 얘기가 나왔으니, 인쇄기는 거의 구동할 준비가 됐어요. 마리아가 벌써 이름도 지었고, 지배권을 놓고 그 기계에 도전하고 있어요. 원하신다면 한판 승부를 구경할 수 있는 표를 끊어드릴게요. 자, 이제 저에게 기계와 싸울 때의 지혜를, 우주선을 활보하는 살인자와 싸울 때의 지혜를 알려주시면 돼요." 히로의 목소리는 목숨이 아니라 스포츠 경기 얘기라도 하는 듯이 스스럼이 없었다.

"당신의 상황 대처 방식이 내 귀에 들리지 않게 해달라고 했던 말 기억해요?" 조애나가 물었다. 그리고는 구석에 있는 시체 가방 다섯 개를 가리켰다. "가서 봐요. 당신 건 가운데에 있는 거예요."

시체는 죽은 뒤에 재순환시키게 되어 있어서 우주선에는 시체 안치소가 없었다. 또 하나의 기획 오류였다. 시체가 더 분해되기 전에 제거해야 했다. 필요한 검사는 마쳤지만, 볼프강의 호기심을 채워주려면 잠시 더 시체들을 보유하고 있어야 했다. 그리고 자기 시체를 보고 싶어 하는 승무원들이 그사이에 문제를 해결하는 데 도움이 될 만한 단서를 찾을지도 모를 일이었다.

이미 시체이기 때문일 수도 있지만, 적어도 죽은 자기 클론을 쳐다보는 히로는 자기 클론을 강박적으로 살펴보던 선장보다는 훨씬 걱정이 덜 되었다.

히로가 그쪽으로 가서 지퍼를 열고는 벌거벗은 자신의 몸을 뚫어지게 쳐다보았다.

"그저 제가 왜 그랬는지 알아보려는 거예요." 히로가 자기 클론의 목을 주의 깊게 살펴보면서 말했다.

"히로, 누군가가 당신을 목매달았을 수도 있어요. 방어흔은 없지만 말이에요. 볼프강과 나는 지금 사건 시간표를 만들고 있어요." 조애나가 검사기를 켜면서 말했다. "하지만 걱정하지 말아요. 우린 결국 알아낼 거니까."

"그 '한 줄기 햇살'은 어디 갔어요?" 히로가 물었다. "저는 볼프강이 이 독극물 사냥을 도와주고 있을 거라고 생각했는데요."

"볼프강은 음식 인쇄기를 여기 두고 가버렸어요. 폴과 선장이 어쩌고 있는지 확인하러 간 게 아닌가 싶어요. 그래도 나는 곧 그와 얘기를 해야 해요. 당신은 왜 그를 찾아요?" 조애나가 물었다.

"절대 찾는 거 아니에요." 히로가 말했다. "그냥 다들 어디 있는지 궁금해서요. 우린 서로의 행방을 놓치지 말아야 하니까요. 그렇지 않아요?"

"이론적으로는요. 그리고 이건 당신이 마리아를 혼자 두고 왔다는 뜻인가요?"

"아니요, 마리아는 인쇄기랑 같이 있어요. 그건 싸움이 일어나면 우리 누구라도 지켜줄 수 있을 것처럼 생겼어요. 마리아가 그걸 우리 편으로 끌어들일 수만 있다면 말이죠. 솔직히, 지금으로서는 그럴 수 있을지 의문이에요." 히로가 말했다.

조애나가 히로를 노려보았다.

히로가 쾌활한 태도를 버렸다. "좋아요, 저는 항법 시스템을 확인하러 갔다 와야 했어요. 그 길에 잠깐 들러서 저에게 인사를 해야겠다고 생각했죠. 돌아가서 마리아가 괜찮은지 확인할 거예요."

"항법 시스템은 어때요?" 조애나가 돌아서는 히로에게 물었다.

"똑같아요." 히로가 말했다. "여전히 느려지고 있어요. 여전히 우현으로 방향을 틀고 있고요."

"그 말은 우주에서는 아무 의미가 없어요."

"좋아요, 지구로 돌아가고 있어요. 천측항법 숫자들로 선생님을 지겹게 만들어드리고 싶진 않지만, 정말로 원하신다면…." 히로가 말꼬리를 흐렸다. 조애나의 재빠른 거절을 기대하는 듯했다.

"당신의 죽음에 관해 뭐라도 밝혀지는 게 있으면 알려주겠다고 약속할게요." 조애나가 히로에게 나가라는 몸짓을 하면서 말했다.

"고마워요, 선생님."

조애나는 슬쩍 웃으며 히로가 나가는 걸 지켜보았다. 그녀는 히로가 우주선에 같이 있어서 기뻤다. 가끔은 불손하고 무례하지만, 히로는 그들에게 필요한 한 모금의 신선한 공기였다.

검사기가 마침내 준비됐음을 알리는 삑삑 소리를 냈다. 조애나는 태블릿에 각 시료의 숫자를 기록하면서 검사기에 시료를 넣었다.

"안녕하세요, 글래스 박사님." 이안이 말을 걸자 조애나가 펄쩍 뛰듯이 놀랐다. "죄송합니다. 제가 놀라게 해드렸나요?"

"약간. 익숙해지려면 시간이 좀 걸리겠어. 무슨 일이야, 이안?"

"어떻게 하고 계시는지, 뭐라도 필요한 건 없으신지 알고 싶어서요."

"난 의료 기록이 필요해, 이안. 그것 말고는 대체로 잘 굴러가는 거 같아."

"제게 의료 기록은 없습니다만, 지금 기록하고 계신 것의 백업을 만들 수는 있습니다."

조애나는 거절할까 하다가 고개를 끄덕였다. 그녀는 또 데이터가 손실될 경우에 대비해서 아직도 물리적인 기록을 계속하고 있었다. "고마워."

조애나가 식당에 신호를 보내자 마리아가 화난 목소리로 응답했다. "아직 끝나지 않았어요, 의사 선생님."

"그것 때문에 연락한 거 아니에요. 이전 음식 인쇄기가 완전히 고장 났다는 걸 알면 기뻐할 것 같아서요."

"왜 제가 그걸 좋아해야 하죠?"

"당신이 그 새 인쇄기로 시간을 낭비하고 있는 게 아니라는 의미니까요. 어쨌거나, 어떻게 되어가고 있어요?"

마리아가 크게 한숨을 쉬었다. "거의 끝나가요. 그래도 몇 가지 시험 요리를 해본 뒤에야 뭘 먹을 수 있을 거예요. 하지만 거의 다 왔어요. 인쇄할 수 있게 되면 이안을 시켜서 모두에게 알릴게요."

"아까 얘기했던 그 백업을 가지러 방에 갈 거예요?"

"그래야 할 거 같아요. 안내서에는 그럴 필요가 없다고 나오지만, 저는 대안이 있는 체제를 좋아하거든요."

"당신 방에 독극물 흔적이 더 없는지 확인했으면 해요." 조애나가 말했다. "시간이 되는 대로 알려줘요." 연결을 끊으려던 참에 뭔가가 떠올랐다. "그러면 지금 히로와 같이 있는 거죠?"

"아니요, 히로는 조금 전에 선교를 확인하러 갔어요." 마리아가 말했다.

"도대체가…." 조애나가 말했다. "그를 주의해요. 여길 들렀었는데, 지금쯤은 거기 있어야 해요."

"그럴게요." 마리아가 조금 전보다 더 산란해진 마음으로 답하자 통신이 꺼졌다.

조애나는 한숨을 쉬었다. 고작 여섯 명으로 이루어진 승무원 구성이 걱정되었다. 효율적인 듯 보였지만, 이런 수준의 재앙이 발생하니 모두가 진짜 곤란에 빠졌다. 사람이 더 필요했다.

아니, 온전히 믿을 수 있는 사람들만 있다면 더 적은 수가 필요할지도 몰랐다.

독미나리. 마리아의 말이 맞았다. 이상한 독이었다. 조애나는 태블릿으로 정보를 찾아 그 치명적인 식물을 연구했다. 독미나리의 잎은 소량으로도 치명적이었고, 다른 식용 식물로 오인될 여지도 있었다.

차가 더 필요했다. 폭풍 같은 마리아의 격노를 버틸 채비를 하고서 조애나는 식당으로 향했다.

"선장님, 어디 전투에 참가하셨어요?" 조애나가 물었다.

조애나와 카트리나 선장은 마리아가 음식 인쇄기를 시험하는 곳에서 가장 먼 식탁에 앉았다. 히로가 조리대에 앉아서 마리아를 방해하지 않으려 노력하면서 그녀를 상대하고 있었다.

"난 멕시코군에 있었어. 세상에서 처음으로 장군이 된 클론이었지." 선장이 빈 잔을 세워 돌리며 말했다. "주로 미국 물 전쟁 때 전투에 참가했어. 우리 진지가 레이저 공격을 받는 바람에 한쪽 다리를 잃었고."

그 물 전쟁이 벌어지는 동안 워싱턴 DC에 있었던 조애나는 그 전쟁이 어떻게 서구를 갈라놨는지, 그 새로운 내전(아무도 그렇게 부르지 않았지만, 네바다 주지사인 앤드루 틸이 네바다 예비군의 지휘권을 확보한 뒤, 점차 감소하는 물 공급량을 확보하기 위해 예비군을, 하나같이 적극적이었던 그들을 보내 캘리포니아주를 침공했을 때, 다들 그게 내전이라는 걸 알았다)이 수도에 얼마나 많은 분쟁을 일으켰는지 떠올렸다.

"그 전쟁, 기억나요." 조애나가 말했다. "유감이네요."

"그리 오래가지는 않았어. 다음 생에서는 좋아졌지. 그게 클론 재생의 혜택이잖아." 카트리나 선장이 말했다.

조애나가 볼프강에게 연락을 넣었다. "무슨 일이야, 선생?" 그가 응답했다.

"다시 일을 해야 할 거 같아요. 그 시간표를 끝내자고요. 그러면 저는 깔끔한 의무실을 되찾을 수 있겠죠."

"좋아, 먼저 뭘 먹어야 할 거야. 인쇄기는 설치됐어?"

마리아가 주방에서 큰 소리로 욕설을 내뱉었다.

"아직요. 선장님과 저는 지금 식당에 있어요."

"좋아, 독극물 검사 결과는 어때?" 볼프강이 벌써 걸어오는 듯한 소리를 내면서 물었다.

"그 음식 인쇄기는 독미나리로 엉망이 돼서 신뢰할 수 없어요. 다행히 우리에겐 새것이 있지만요."

"알았어." 그러고는 연결이 툭 끊겼다.

"그걸 순순히 받아들이다니, 내 부선장답군." 카트리나 선장이 말했다.

조애나와 선장은 볼프강이 도착하기를 말없이 기다렸다. 볼프강은 들어서면서 진을 빼고 있는 마리아를 쓱 훑어보고는 아무 말없이 그들과 합석했다.

"독미나리에 대해서 제가 말하지 않은 게 있어요." 조애나가 조용히 말했다. 인쇄기 뒤에서 온갖 소음을 내고 있는 마리아에게서 멀리 떨어져 앉았지만, 그래도 조애나는 목소리를 낮췄다. 카트리나 선장과 볼프강이 그녀의 얘기를 들으려고 몸을 기울였다.

"우리 모두가 그걸 먹었어요. 마리아보다 양이 적을 뿐이에요." 조애나가 말했다. "저는 왜 마리아가 자기 인쇄기가 망가진 걸 알아채지 못했는지 알고 싶어요."

"누군가의 음식에 몰래 뭔가를 집어넣는 방법은 많아." 볼프강이 말했다. "25년 동안 모든 식사를 마리아가 준비하지 않았을 가능성도 있어."

"그녀의 칼. 그녀의 주방. 그녀가 스스로를 중독시키고는 우리 모두를 죽인 다음에 죽었을 수도 있을까?" 카트리나 선장이 말했다. "그녀가 모든 기록을 삭제하려고 했기 때문에 누군가가 칼로 그녀를 죽이려 했을 수도?"

조애나가 고개를 저었다. "독미나리로 스스로를 독살한다고요? 저라면 선택하지 않을 자살 방법이네요. 게다가 저는 여전히 그녀가 재생 스위치를 눌렀다고 생각해요. 그녀는 살해됐다고 말하는 편이 안전해요. 물론 독미나리만 보자면, 맞아요. 그녀가 스스로 했을 수도 있겠지요. 하지만 칼까지? 누구도 자기 척추를 찌를 수는 없어요."

"어쩌면 단독 범행이 아닐 수도 있어." 볼프강이 말했다.

"우리가 지금 오컴의 면도날에서 벗어나고 있다고 생각되네요." 조애나가 말했다. "가능한 한 간단하게 가정하자고요."

"그 칼에서 지문을 채취해야 해." 볼프강이 말했다.

조애나가 볼프강을 빤히 쳐다보았다. 그러더니 손을 들어 손가락을 꼽기 시작했다. "볼프강, 우리에게는 범죄실험실이 없어요. 우주선에 과학수사 실험실을 넣을 이유가 없었으니까요. 저는 살아있는 클론을 진단하는 데 필요한 기술만 알아요. 우리에게는 그 칼에서 지문을 떠낼 괜찮은 방법 비슷한 것도 없어요. 적절한 기술만 있으면 조각 지문이라도 채취해서 누구의 것인지 알아낼 수 있겠지만, 우리에겐 그 기술이 없다고요."

볼프강의 푸른 눈은 냉혹했다. "그건 단서야." 그가 말했다.

조애나가 두 손을 들어 포기하는 몸짓을 해 보였다. "당신 말이 전적으로 맞아요. 마리아에게 물어봐야겠네요. 예전의 자기가 누구에게 칼을 쓰도록 허락했을 것 같냐고요."

"25년 동안 자기가 이 우주선에서 누구와 친해졌는지 그녀가 어떻게 알겠어?" 카트리나 선장이 말했다.

"알면 단서가 되겠지요." 조애나가 웃으며 되풀이했다.

"최소한 그녀는 저 음식 인쇄기를 좋아하는 것 같지 않습니다." 이안이 말했다. "그러니 둘은 친하지 않아요."

"이안, 인쇄기는 인공지능이 아니야." 선장이 말하고는 잠깐 멈추었다. "인공지능인가?"

"아닙니다. 저는 저 인쇄기가 아주 좋아요. 이름이 베베입니다. 귀엽죠. 그렇지 않나요? 그리고 저는 기능이 53퍼센트로 향상됐고 기분도 좋아졌어요!"

12

우주는 언제나 오후 5시

마리아는 베헤모스와 단둘이 있을 시간이 필요했지만, 전혀 그러질 못했다.

인쇄기를 시험하는 데 너무 정신이 팔린 나머지 다른 승무원들이 주류창고를 터는 것도 알아차리지 못했다. 히로와 카트리나 선장, 볼프강, 조애나가 위스키병을 놓고 한 테이블에 모여 앉아 있었다.

"진짜로요? 아침 9시에 위스키요?" 마리아는 잠시 말을 멈췄다가 정말로 화가 나는 점이 무엇인지 깨달았다. "저를 빼고요?"

"우주는 언제나 오후 5시죠." 히로가 마리아에게 경의를 표하듯 작은 유리잔을 치켜들며 말했다.

"뭐가 됐든요. 어쨌든 우리는 사회적 규범의 영역 밖으로 너무 멀리 와버렸네요." 마리아가 어깨를 으쓱거리며 말했다.

"저는 새 클론의 몸으로 빈속에 술을 마시는 걸 권장하지 않습니다." 이안이 말했다.

"이제 우리가 얼마나 거기에 신경을 쓰는지 물어봐." 히로가 말했다.

조애나는 잔에 손도 대지 않았다. 대신에 두 손으로 찻잔을 감싼 채 넌더리가 난다는 듯이 다른 이들을 쳐다보았다. "우리 모두 긴급하게 할 일이 있다는 거 알고는 있죠?"

"뭔가 먹을 때까지 난 아무 일도 못 해. 그리고 기다리는 데는 위스키가 도움이 되지." 카트리나 선장이 말했다. "그냥 입만 축이는 거야."

조애나가 볼프강을 쳐다보았다. 그가 어깨를 으쓱거렸다. 조애나는 못 말린다는 표정을 지었다.

"제가 이걸 설치하느라 애쓰는 동안에 당신들이 취해서 소란을 피우면, 재생실에서 피투성이로 떠다닌 건 문제도 아니게 해주겠어요." 마리아가 말했다.

"알았어." 볼프강이 슬쩍 웃으며 말했다.

마리아는 차단문이라도 있었으면 하고 바라면서 다시 베베에 정신을 집중했다.

"폴은 어디 있어요?" 히로가 물었다.

"내가 나올 때는 서버실에서 일하고 있었어." 볼프강이 말했다. "9시까지 여기로 오라고 했어."

"5분 지났어요." 히로가 말했다.

볼프강이 태블릿을 꺼내 폴에게 연락했다.

"예." 폴이 말했다. 목소리가 어제보다 힘 있게 들렸다. "아침, 다 됐어요?"

"아직 안 됐어." 볼프강이 말했다. "그래도 다들 식당에 있어.

이리로 와."

"서버 작업을 더 해야 해요." 폴이 모호하게 말했다.

"때가 되면 제가 그에게 알리겠습니다." 이안이 말했다.

"어이, 이안, 우리가 방에 있을 때도 우리를 봐?" 갑자기 히로가 물었다.

"완전한 보안을 위해, 저는 그래야 합니다." 이안이 말했다. "정확히 말하자면, 카메라가 모두 작동할 때 말이지만요."

"음, 그거 흥미롭군." 히로가 약간 얼굴을 붉히며 말했다.

"카메라가 아직 다 작동하지 않아?" 카트리나 선장이 물었다.

"아직은 아닙니다. 저는 시간을 가지고 선장님이 제게 주신 다양한 명령들을 실행하고 있으며, 동시에 저의 내부적 문제들을 고치고 있습니다. 저는 갈수록 우주선 곳곳에서 더 많은 눈과 귀를 확보하고 있습니다."

"완전히 기능을 회복하면 알려줘." 카트리나 선장이 말했다.

"그 말씀이 맞아요. 저도 좀 쉬어야겠어요." 태블릿에서 폴이 말했다. "내려갈게요."

"자, 여러분." 마리아가 말했다. "저는 여러분 모두의 취향을 담아 놓은 백업 디스크를 가지러 제 방으로 가야 합니다. 하지만 베베는 분명 아주 약간의 DNA만 있어도 여러분의 취향을 측정할 수 있으니까, 제가 갔다 오는 동안에 베베에게 침 샘플을 좀 주세요. 히로가 어떻게 하면 되는지 보여줄 거예요."

"그러면 그 디스크는 왜 필요해?" 볼프강이 눈을 가늘게 뜨면서 물었다.

"두 가지를 비교해보고 싶어서요. 베베가 잘못된 판단을 내리면 백업을 쓰면 될 거예요."

"제가 같이 갈게요." 조애나가 말했다.

마리아와 조애나는 복도에서 서둘러 식당으로 향하던 폴과 마주쳤다. "먹을 건 아직이에요?" 폴의 붉은 얼굴이 기대를 품고 물었다.

"예, 마지막 순간에 우린 무에서 한 끼 식사를 창조해내죠." 마리아가 딱딱거렸다.

조애나가 손으로 마리아의 팔을 건드렸다. "곧 아침을 먹을 거예요." 조애나가 말했다. "볼프강이 기다리고 있어요, 폴."

"저는 아침을 먹었으면 좋겠는데." 폴이 말했다. 둘은 계속해서 가던 길을 갔다.

"폴이 우리에게 다시 마음을 여는 것 같은데요." 마리아가 말했다. "어제는 대체 왜 그랬는지 짐작 가는 거 있으세요?"

"재생 과정에서 긴장하는 사람도 있고, 평소의 일상이 망가지는 걸 좋아하지 않는 사람도 있고, 핏덩이가 둥둥 떠다니는 속에서 깨어나는 걸 좋아하지 않는 사람도 있겠지요. 뭐든 이유가 될 수 있어요." 조애나가 말했다.

"아니면 그가 그 일에 책임이 있을 수도 있고요." 마리아가 낮은 소리로 말했다.

"어제 그런 식으로 깨어난 뒤에 이상하게 행동하는 걸 기준으로 사람들을 의심해야 한다면, 저는 우리 중 누구라도 지목할 수 있어요."

"다들 저혈당을 견디고 있는 지금 상황도 도움이 되지 않죠." 마리아가 생각하던 걸 큰 소리로 말했다. "제가 모든 걸 제대로 돌아가게 만들어야 할 이유도 그거고요."

"당신이 쓰던 화장품도 검사해봤으면 좋겠어요." 조애나가 말했다. "칫솔이나 입술에 바르는 크림이나 그런 것에 독성물질의 흔적

171

이 더 있을지도 몰라요."

마리아는 계속 복도를 걸었다. "물론이에요. 저는 아무것도 숨기지 않았을 거라고 상당히 확신해요. 음, 저는 숨길 것이 아무것도 없거든요. 다른 저에 대해서는 모르겠네요."

둘이 방으로 들어가자 마리아가 좁은 욕실을 가리켰다. "제 칫솔이든 뭐든 필요한 걸 챙기실래요? 저는 새로 받으면 되니까요."

조애나가 고개를 끄덕이고는 욕실로 향했다. 마리아는 조애나에게 보이지 않는 게 확실해지자 무릎을 꿇고 침대 밑에서 기계식 자물쇠가 달린 작은 금고를 끌어내 비밀번호를 맞췄다.

"마리아, 왜 기계식 금고를 가지고 있어요?" 이안이 말했다. "디지털 금고가 열기에는 훨씬 어렵습니다."

'그래, 인간에게는 그렇겠지.' 마리아는 얼굴을 찡그렸다. 인공지능이 돌아왔다는 걸 잊어버리고 있었다. "여자는 누구나 비밀이 있는 거야, 이안."

"도르미레호에서는 아니지요." 이안이 말했다. "거기서 뭘 찾고 있어요?"

마리아는 카메라가 금고 안까지는 못 본다는 사실을 깨달았다. 그녀는 내부를 재빨리 훑어보고는 다양한 크기의 드라이브 몇 개는 무시하고 파란색 백업 드라이브를 꺼냈다. 그러고는 금고를 닫은 다음 드라이브를 카메라 앞에 들어 보였다. "그냥 백업 드라이브야."

"제가 그 기록을 전부 가지고 있었을 겁니다." 이안이 말했다. "여분이 필요하지는 않았을 텐데요."

"분명히 필요했지. 넌 기록을 잃었잖아." 마리아가 말했다.

"상처 입은 사람한테 소금을 뿌리시는군요." 이안이 상처받은 듯한 소리로 말했다. "거기에 원하는 데이터가 있는지 어떻게 알아요? 25년 사이에 다른 거로 덮어씌웠을 수도 있잖아요."

마리아가 어깨를 으쓱거리고는 드라이브를 주머니에 넣었다. "디지털 주머니쥐. 내가 늘 하는 짓이 그거야. 자기 일에 중요한 데이터를 백업해두는 건 분별 있는 짓이지. 그리고 넌 사람이 아니야."

"저는 선장님께 보고해야 할 거 같아요." 이안이 말했다.

"내가 식당에 가서 직접 말하려던 참이었어!" 마리아가 말했다. "그리고 조애나 박사가 바로 여기서 내가 무슨 짓을 하는지 보고 있다고!"

전적으로 사실은 아니었다. 의사는 아직 욕실에서 그녀의 소지품을 뒤지는 중이었다. 그러고는 조애나가 천천히 뒷걸음질로 나왔다. 비장애인용 욕실은 휠체어가 안에서 방향을 돌릴 수 있을 만큼 넓지 않았는데, 이 욕실은 마리아에게도 비좁을 정도였다.

"인쇄기에 필요한 건 챙겼어요." 마리아가 말했다. "이안이 자기에게 없는 백업을 제가 가지고 있다고 난리네요. 더 필요한 건 없어요?"

"나는 샤워와 다리가 필요해요. 그런 거 아니라면, 없어요. 당신 칫솔과 치실, 수건을 챙겼어요. 이거면 충분할 거예요."

"그러면 저는 새 칫솔과 수건이 필요하겠네요. 냄새나는 요리사를 두고 싶지 않으시다면요."

조애나가 씩 웃었다. "당신이라면 우리 생필품 재고를 낭비하지 않을 거라 믿을 수 있겠지요. 저는 이것들을 검사할게요. 당신을 중독시키려는 시도가 어디까지 갔는지 알고 싶어요."

"깨어난 이후에 이를 닦고 샤워도 했는데, 괜찮을까요?" 마리아가 물었다.

조애나가 얼굴을 찡그렸다. "그러지 말라고 말했어야 하는데. 어제는 너무 혼란스러웠어요. 하지만 지금 괜찮으면, 아마 괜찮을 거예요. 어디라도 안 좋아지면 알려줘요. 나는 의무실에 있을 거예요. 볼프강에게 30분 후에 거기서 보자고 전해줘요."

"그건 제가 할 수 있습니다!" 이안이 말했다.

"제가 독미나리로 러시안룰렛을 하고 있었나요? 멋지네요." 마리아가 말했다.

조애나가 그녀를 뒤따라 방에서 나오자 마리아가 걸음을 멈추고 자물쇠에 잠금 암호를 입력했다.

"정말로 우리의 음식 취향 정보를 전부 따로 저장해놨어요?" 조애나가 드라이브를 가리키며 물었다.

"물론이죠. 백업은 중요해요. 폴과 이안에게 백업이 없으면 어떻게 되겠냐고 한번 물어보세요."

"분하군요." 이안이 그다지 쾌활하지 못한 목소리로 말했다.

"알았어요." 조애나가 말했다. "결과를 알려줄게요."

둘은 복도에서 헤어졌고, 마리아는 자신의 적수인 음식 인쇄기, 베베를 재설정하러 서둘러 식당으로 돌아갔다.

'그냥 입만 축이는' 것치고는 위스키 양이 너무 많았다.

마리아가 음식 인쇄기 설정을 끝마치는 동안 볼프강과 카트리나 선장, 폴, 히로는 1시간 동안 주거니 받거니 술을 마시면서 갈수록 더 느긋해졌다.

조애나가 의족을 달고 약간 기운이 없어 보이긴 해도 꼿꼿이 선 자세로 식당에 들이닥쳤다. "제발 인쇄기가 제대로 돌아간다고 말해줘요." 조애나가 말했다. "집중력이 떨어지고 있어요."

"거의 다 됐어요." 마리아가 마지막 시험 요리인 두부를 인쇄하는 베베를 지켜보며 말했다. "여분 다리를 찾으셨네요?"

조애나가 고개를 끄덕였다. "내 방 벽장에서 찾았어요. 당신들은 그새 다들 취한 것 같군요." 조애나가 승무원들이 앉아서 기다리는 식탁 앞에 털썩 앉더니 비난하듯이 술병을 쳐다보았다. "참 멋진 생각이네요. 클론이 깨어난 후에 음식을 먹지 않고 얼마나 오래 살 수 있는지 실험한 적 있다는 거 알아요? 약간 비윤리적이긴 했지만요. 수면 부족에 관한 실험도 했어요."

"저 같으면 그런 실험에 참여하고 싶지 않을 거 같아요." 히로가 말했다.

조애나가 히로를 가리켰다. "당신은 참여하고 있어요. 지금 말이에요. 지금 당신들이 하는 일이 그거예요. 이건 괜찮지 않아요."

"하지만 대체 어떤 개자식들이 그런 실험에 자원하겠어요?" 히로가 물었다.

"한 번도 음식을 담은 적이 없는 위장으로 술을 마시는 것이 멋진 생각이라고 여길 그런 개자식들?" 마리아가 베베 앞에서 소리쳤다.

준비가 됐다. 마리아는 인쇄기가 한 번에 몇 가지 음식을 인쇄하는 동안 모두가 나눠 먹을 빵을 입력했다.

"아니면 뭔가를 먹지 못했을 때 자기보다 직급이 높은 사람 전부를 개자식이라고 부를 그런 사람." 조애나가 말했다. "딱이네요."

"그 비윤리적인 실험은 그렇다 치고…." 볼프강이 말했다. "다른 건 또 뭘 실험했지?"

"신체적 능력, 감정적 내구성, 정신적 인내력. 24시간 동안 아무것도 먹지 못하면 클론은 거의 무용지물이 됩니다." 이안이 말했다. "여러분은 현재 18시간을 기록하고 있습니다."

볼프강이 폴을 쳐다보았다. 지구 기준으로 봤을 때 창백한 편인 폴은 볼프강과 비교하면 확실히 불그레했다. 폴이 볼프강을 마주 보았고, 자기보다 훨씬 키가 큰 볼프강이 벌떡 일어나도 움찔거리지 않았다. 볼프강이 팔을 뻗어 폴의 어깨를 잡고 일으켜 세웠다. 그러고는 이상하게 친밀한 태도로 폴의 양팔을 두 손으로 쓸어내렸다.

폴이 볼프강의 손길을 피해 뒷걸음질을 쳤다. "무슨 짓이에요?" 발음이 약간 불분명했다.

"난 우리끼리 자체 실험을 해보고 싶어." 마침내 볼프강이 말했다.

"무슨 소리야?" 카트리나 선장이 물었다. "우리 앞에서 이미 많이 무너졌는데, 여기서 더 나가려고? 그를 왜 더듬어?" 선장이 말을 멈추고 잔을 비웠다. "보안 일을 할 때의 손길이 아니야."

"난 쌓인 스트레스를 좀 풀어야 해." 볼프강이 말했다. "땀으로 알코올도 뺄 겸. 운동이 필요해. 폴이 같이 갈 거야."

"저는 안⋯." 폴이 입을 열었다.

"공식적으로 30분 후에 밥 먹습니다." 마리아가 소리쳤다. "새 인쇄기가 출발해서 달리고 있어요!"

승무원들이 환호했고, 조애나는 의자에 축 늘어졌다.

볼프강이 폴을 쳐다보았다. "그러니 우리에겐 30분이 있군. 가자."

"빈 위장, 알코올, 거기다 우리의 지금 상황에 따른 스트레스는 여러분의 새 신체가 고갈될 가능성이 아주 크다는 걸 의미하지요." 이안이 말했다. "과학적으로 말해서, 그건 정말로 어리석은 생각입니다."

마리아가 동작을 멈추고는 뭔가를 생각하듯이 방의 카메라를 쳐다보았다. 이안은 갈수록 개성이 뚜렷해지고 있었다. 마리아는 그게 좋은지 나쁜지 판단하지 못했다.

"자, 괜찮아. 그러면 마리아도 정신 사납지 않게 일할 수 있어. 재미있을 거야." 볼프강의 이가 약간 드러났고 눈이 커졌다. 뭐가 됐든 재미있어 보이지는 않았다. 마리아는 폴을 불쌍히 여기는 마음과 그게 자기가 아닌 것이 고마운 마음 사이에서 오락가락했다.

"넌 불사라는 망상을 하고 있어." 카트리나 선장이 말했다. "지금 이 순간에 너는 불사가 아니야."

"난 클론이야. 불사의 존재지." 볼프강이 말하고는 웃음을 터뜨렸다. 그가 바이스 같은 손아귀로 폴의 어깨를 잡고 주방 쪽으로 끌어당겼다. "폴, 가서 저기 있는 음식 인쇄기를 들어봐."

"어이, 잠깐만요! 저는 방금 이걸 연결했다고요!" 마리아가 인쇄기 앞으로 나서며 말했다. "테스토스테론 전쟁인가 뭔가를 시작하려거든 운동실로 가요."

볼프강이 마리아에게 차가운 시선을 던졌지만, 그녀는 물러서지 않았다.

"저는 진지해요." 마리아가 말했다.

"이리 와." 볼프강이 말하고는 폴을 이끌고 식당을 나갔다. 의사가 둘을 따라갔다.

"이 사태가 내 술친구를 데려가 버렸네." 히로가 툴툴거렸다. 그러고는 뭔가를 깨달은 듯 눈을 깜박거렸다. "이봐, 둘이 나에게는 가자고 하지 않았어. 난 충분히 테스토스테론적이지 않은 거야?"

마리아는 히로가 마초 전쟁에서 홀로 따돌려졌다고 느끼는 것

보다 그가 볼프강을 '친구'라고 언급한 것이 더 놀랍다고 생각했다. '먹지를 못하니 다들 미쳐가는군.'

"당신은 완전 테스토스테론적이에요, 히로. 제일 테스토스테론적이죠." 마리아가 말했다. "이제 저 일 좀 하게 내버려둬요." 마리아는 다시 인쇄기에 집중하여 눈금과 메모리를 확인하고 인쇄기를 가동했다. "승무원 모두가 먹을 식사와 음료를 부탁해."

"'부탁'이라는 말을 해야 해? 기계에게 왜 그렇게 친절해?" 여전히 식탁에 앉은 채 카트리나 선장이 물었다.

"버릇이에요." 마리아가 말했다. "엄한 이모가 있었거든요." 기계가 웅웅거리며 살아나 혼자 철컹거리기 시작하자 마리아는 숨을 죽였다.

"다른 인쇄기는 어쨌으면 좋겠어요?" 히로가 물었다. "그걸로 제 방에 불법 카페를 차릴 수도 있겠어요. 사실 괜찮은 생각 같아요. 주방의 폭군인 마리아가 단 걸 주지 않으니, 우리 모두 히로의 무허가 술집에 가서 이 우주선에서 최상품 라이프로 만든 다크 초콜릿을 먹는 거야."

"독미나리만 나오는 무허가 술집요? 좋을 대로 하세요." 마리아가 말했다.

"여긴 씨발, 난장판이야." 카트리나 선장이 말하고는 일어서려다 비틀거리며 다시 주저앉았다.

마리아가 인쇄기를 돌아보니 블랙커피를 인쇄해서 한창 인쇄실 안에 뿌리는 중이었다. 마리아는 욕설을 내뱉고는 허둥거리며 잔을 가져와 마지막 커피를 받았다. 인쇄기가 뭔가 다른 걸 만들기 시작하자 그녀는 잔을 꺼냈다.

"이거 맛 좀 봐요." 마리아는 잔을 히로에게 건네고 커피를 닦아낼 행주를 찾았다.

"어우, 싫어요. 미쳤어요?" 히로가 물었다. "자기가 맛을 봐요."

마리아가 놀라서 히로를 쳐다보았다.

"독이 있을 수도 있잖아요." 히로가 어깨를 치켜들며 말했다.

"오, 맙소사. 이 인쇄기가 방금 상자에서 나왔다는 거 알잖아요!" 마리아가 커피를 꿀꺽 삼켰다. 혀를 데었다. 무난한 블랙커피였다.

인쇄기가 모두가 마실 음료를 만들어내자 마리아는 카트리나 선장에게 블랙커피를 가져다주었다.

카트리나 선장은 식탁의 금속 장식을 손가락으로 더듬으며 골똘히 식탁 표면을 내려다보았다. "그 여자를 죽여야 해. 내 예전 클론. 이 생은 이제 내 거야."

"선장님, 우주선에 있는 누군가를 죽이지 못하는 무능의 문제는 우리에게 당면한 문제 목록의 아주 아래쪽에 있어요." 히로가 커피를 선장 쪽으로 가볍게 밀면서 온화하게 말했다. "그녀는 깨어나지 못할 수도 있어요. 그녀가 모든 일을 저질렀다는 게 밝혀져서 처벌받을 수도 있고요."

선장이 날카로운 시선을 던지자 히로는 마치 찔린 듯이 몸을 뒤로 홱 젖혔다. "물론, 그건 선장님이 우리를 죽였다는 의미이고, 그러면 선장님도 처벌받아야 하는데, 제 의도는 그런 게 전혀 아니에요. 선장님은 분명하고도 산뜻하게 결백하시죠."

"선장님, 식사하고 좀 주무시면 기분이 훨씬 나아질 거예요. 제가 보증하죠. 의사 선생님도 분명히 과학적으로 증명됐다고 하셨어요." 마리아가 말했다.

"사람들은 이럴 때 농담이 필요하지." 히로가 동의했다.

13

사라진 조각

"저는 이해가 안 돼요. 왜 절 골랐죠?" 운동실로 들어서면서 폴이 신경질적으로 물었다.

"이건 운동이야. 정을 쌓는 거고." 볼프강이 말했다.

"볼프강, 스파링 상대로는 선장님이 더 적합할 것 같은데요." 조애나가 제안했다.

"선장은 절대 같이 스파링을 할 사람이 아니야. 주먹질은 안 되지." 볼프강이 말했다. "폴과 나는 스트레스 쌓인 걸 좀 발산할 필요가 있어."

우주선의 다른 곳과 마찬가지로 운동실도 제한된 공간을 아주 효율적으로 사용했다. 근육 강화 운동과 심장 강화 운동, 스트레치 운동을 하기에 완벽한, 예술의 경지에 이른 방이었다. 운동실 중앙에는 고리가 달린 얼마간의 장애물과 균형을 잡고 점프할 수 있는 여러 기둥과 철봉이 있었다.

조애나는 히로가 수영장을 만들어달라고 조르다가 거절당했다는 얘기를 들었다.

볼프강이 작업복 지퍼를 허리까지 내리고 양팔을 빼내 검은색 티셔츠와 길고 마른 근육이 붙은 두 팔을 드러냈다. 볼프강이 폴에게 따라 하라는 몸짓을 했다. 폴이 볼프강에 비하면 볼품없는 모양새로 낑낑거리며 작업복을 벗었다. 다른 클론과 마찬가지로 폴도 건강한 젊은 남자의 전형이었지만, 조애나는 그가 아직 샤워를 하지 않았음을 나타내는, 팔꿈치 관절에 들러붙은 합성 양수액의 남부끄러운 흔적을 보고 역겨워졌다. 조애나는 몸서리가 쳐지는 걸 참았다.

"날 따라 해봐. 네가 뭘 할 수 있는지 보고 싶군. 넌 어제 하루 종일 기본적으로는 태아 자세로 있었으니까." 볼프강이 말하고는 장애물에 달려들었다.

"아무것도 안 해도 돼요." 조애나가 폴에게 말했지만, 그는 대답하지 않았다. 볼프강을 쳐다보는 폴의 얼굴이 상기됐다. 그가 주먹을 꾹 쥐었다.

수월하게 철봉과 철봉 사이를 건너서 평균대에 내린 다음 물흐르듯이 우아하게 건너가는 볼프강을 보고 조애나는 잠시 짜증도 잊었다. 그는 벽에 붙은 웨이트 운동용 끈을 잡아당기는 것부터(지구와 루나 중력으로 계산된 총 중량이 벽에 붙은 숫자판에 나타났다) 3분 동안 물구나무를 서는 것까지, 모든 장애물을 공략했다.

분노로 들끓는 주전자 같은 폴이 말없이 그걸 지켜보았다. 폴이 조애나를 힐끗 쳐다보더니 볼프강의 시범에 따라 철봉 쪽으로 갔다. 폴은 두 번이나 철봉에서 떨어지는 바람에 용을 쓰며 뛰어올라 철봉을 다시 잡았고, 그러고도 또 평행대에서 떨어졌다. 웨이트 운동용 끈에서는 볼프강이 잡아당긴 수치의 절반도 나오지 않았고, 물구나무서기에서는 다리를 차 올리지도 못해서 3분은커녕 채 1분도 서지 못했다.

근육의 기억이 재생된 여러 생을 관통하며 유지되는 걸 볼 때마다 조애나는 언제나 놀랐다. 폴이 기술적으로는 건강하다 해도 분명 전생의 볼프강이 그랬을 것 같은 운동선수 유형은 아니었다.

볼프강이 폴에게로 걸어가 거칠게 일으켜 세웠다. "형편없었어. 다음번에는 좀 나아지겠지." 볼프강이 조애나를 가리켰다. "선생, 당신 차례야."

조애나가 볼프강를 향해 이맛살을 찌푸렸다. "나는 뭔가를 좀 먹을 때까지 당신의 도전을 받아들이지 않겠어요."

볼프강이 어깨를 으쓱거렸다. "언제든 말만 해."

"볼프강 씨? 글래스 박사님? 쇠라 씨?" 이안이 그들을 찾았다.

"여기 있어, 이안. 이곳 카메라로는 못 봐?" 조애나가 말했다.

"아직은요. 아레나 씨가 마침내 음식이 준비됐다고 하네요."

폴이 볼프강을 어깨로 밀쳐 쓰러뜨리고는 운동실에서 뛰쳐나갔다. 조애나는 싱글싱글 웃으면서 볼프강이 일어나는 것을 지켜보았다. "확실히, 적당한 자극만 있으면 폴을 움직이게 할 수 있군요."

"배가 고파 죽을 지경이야." 볼프강이 슬쩍 휘청거리며 말했다. 그가 벽에 붙은 손잡이를 붙잡고 조애나를 쳐다보았다. "먹지 못하면 사람들이 이상한 짓을 하게 되나?"

그녀는 웃음을 터뜨렸다. "그걸 꼭 물어봐야 알아요?"

조애나가 식당으로 가는 길에 앞장섰다. "폴에게 도전할 필요는 없었잖아요. 여정 첫날부터 폴을 적으로 돌리려고 그리 애를 쓰는 거예요?"

"첫날이 아니야." 볼프강이 말했다. "그리고 난 그러는 게 그를 자기 껍데기에서 나오게 만들 수도 있다고 생각해."

"그에게 모욕을 줘서 말이에요?" 조애나가 물었다. "그게 남자들끼리의 정이에요?"

"당신이 거기 있을 필요는 없었어. 당신만 없었으면 그는 창피해하지 않았을 거야."

조애나가 놀라서 웃음을 터뜨렸다. "내 잘못이라고요? 그것참 놀랍네요. 당신은 정말로 그를 적대시하는 걸로 친해질 수 있다고 생각해요?"

볼프강이 깊이 숨을 들이쉬더니 마치 스스로를 다독이기라도 한 듯이 눈에 띄게 느긋해졌다. "우린 곤란에 빠졌어. 당신 말이 맞아. 난 그저 기분전환 삼아 뭔가 다른 일에 신경을 쓰는 게 좋겠다고 생각했을 뿐이야."

조애나가 복도에서 걸음을 멈추고 볼프강을 올려다보았다. "당신은 당신이 불량배가 될 수 있다는 사실 또한 보여줬어요. 어제 우리가 본 폭력을 저지를 능력이 있는 불량배 말이에요." 조애나가 진지하게 말했다. "당신은 참을성을 잃고 폭발해서 운동실에서 뭔가 당신이 원하는 짓을 하도록 우리를 압박할 수도, 미쳐서 우리 모두를 죽일 수도 있었어요."

볼프강의 냉정한 시선은 조애나의 시선을 회피하지 않았다. "내가 어쩌다 모종의 노예 감독으로 변신한다 해도, 우발적인 분노 폭발로 저렇게 죽이기는 어렵지. 그리고 내게 그럴 능력이 있다고 봐줘서 고마워."

아주 아주 옛날에, 처음으로 대학을 다닐 때, 조애나는 다투기만 하면 위협을 하고 나오는 버릇이 있는 남자와 데이트를 한 적이 있었다. 그녀가 항의하면 그는 '어떻게 내가 그런 짓을 할 수 있다고 생각할 수가 있어?' 식의 교묘한 조작으로 그녀의 공포를 비틀어버리곤 했다. 그가 그녀를 위협하고, 잡고 흔들고, 딱 한 번이었지만 때리고 나서도 결국은 그녀가 죄책감을 느끼는 것으로 상황이 끝났다. '절대 다시는 그런 일을 허용하지 않을 거야.' 그녀는 맹세했고, 2백 년이 넘는 세월 동안 그 맹세를 지켜왔다.

조애나가 볼프강을 노려보았다. "아니요, 상처받은 척 연기할 생각 말아요. 당연히 나는 당신을 그렇게 생각할 수 있어요. 그리고 저기에서 당신이 보여준 연기로는 이 우주선에서 누구도 친구로 만들지 못해요."

"나는 뭘 좀 먹어야겠어요." 조애나가 덧붙였다. "나랑 같이 가든 말든, 그 상처 입은 강아지 같은 연기는 집어치워요. 당신은 살인을 할 수 있어요. 우리 모두와 마찬가지로 말이에요."

조애나가 짐작했듯이, 자신과 볼프강 둘 다 뭔가를 먹고 나자 태도가 나아졌다. 볼프강은 다른 사람들이 있는 자리에서 폴에게 사과하기도 했다. 폴이 사과를 받아들이지 않고 볼프강에게 달에서만 통하는 무례한 손동작을 날렸지만(작은 동그라미를 그리는 손동작이 북미 문화권에서는 '좋다'는 표시였지만, 달에서는 그렇게 중요한 의미를 지니지 못했다. 남성의 특정 신체 부위의 둘레가 작음을 암시하기도 했기 때문이다), 어쨌든 볼프강은 사과하려 노력을 했다.

조애나는 폴이 음식을 먹고 나면 저혈당성 클론 분노 발작에서 벗어나 다른 승무원들에게 따뜻한 태도를 보이지 않을까 기대했다. 하지만 폴은 두 번째 치즈버거를 우적거릴 뿐 다른 사람은 쳐다보지도 않았다.

"별로 나아지는 것 같지 않죠. 그렇지 않아요?" 조애나가 히로에게 속삭였다.

히로가 어깨를 움츠렸다. "예, 제가 절 때려눕히라고 말하는 바람에 상황을 더 악화시킨 게 분명해요. 저와 싸우면 완벽하게 이길 수 있을 거라고 했는데, 그는 기분만 더 상했어요."

조애나는 웃음을 참았다. "더 작은 사람을 때려서 자존심을 살린다는 생각을 왜 그가 받아들이지 않는지 저로서는 모르겠네요." 조애나는 말을 멈추고 테스토스테론에 대해서 아는 모든 것을 생각했다. "잠깐만요. 그가 얼마나 좋아할지 눈에 선해요. 그런데 그가 덥석 물지 않았다고요?"

히로가 어깨를 으쓱거리더니 차를 한 모금 마셨다. "저는 모든 걸 베푸는 사람이 되려 했다고요. 정말로요."

피곤해 보이는 마리아가 달걀과 베이컨이 담긴 접시를 앞에 내려놓자, 조애나가 놀라서 고개를 들고 쳐다보았다. "나는 이거 주문하지 않았어요."

"다들 한 접시씩 더 달라고 했거든요." 마리아가 말했다. "혹시나 해서 가져왔어요. 안 드시더라도 누군가 먹어줄 사람이 있을 거예요."

위장이 꾸르륵거리는 바람에 조애나는 아직도 배가 고프다는 사실을 깨달았다. 볼프강이 일어서더니 조애나에게 눈짓을 보냈다. 조애나는 한숨을 쉬었다. "나도 먹고 싶은데 하던 실험을 마저 해야 해요. 고맙지만 다른 사람 주세요." 조애나는 여전히 누구와도 시선을 마주치지 않는 폴을 돌아보았다. "폴, 내 아침 먹을래요?"

폴은 대답하지 않았고, 대신 히로가 재빨리 접시에 손을 뻗었다.

조애나가 마리아를 보고 웃었다. "생각한 대로네요. 남는 음식이 없어요."

마리아가 어깨를 으쓱거렸다. "상관없어요. 다들 어떤 식으로든 재순환기로 들어갈 테니까요."

의무실로 돌아오니 시체들에서 나기 시작하는 냄새가 분명하게 느껴졌다. 조애나와 볼프강은 시체들을 나란히 늘어놓았다. 조애나가 구술하는 틈틈이 볼프강이 기록을 추가했다. 그녀는 비디오와 별도의 오디오로 모든 것을 기록했지만, 볼프강은 뭔가 시각적이며 즉각적인 것을 원했고, 직접 시체들을 보고 싶어 했다.

"우리는 선장이 살인사건 이틀 전에 다쳤다는 결론을 냈지요. 그러니 대학살이 벌어지는 동안에는 그녀가 없었다고 가정할 수 있어요. 그녀가 스스로에게 상처를 입히고 나서 살인을 저지른 다음 자기에게 생명유지장치를 달았을 리는 분명 없으니까요."

"그렇다고 그녀가 면제되는 건 아니야. 여전히 연루되었을 수도 있지." 볼프강이 말했다. "예를 들어, 누군가에게 사주했다거나."

조애나가 고개를 끄덕였다. "누가 그녀의 복수를 하려다 주체하지 못한 것일 수도 있겠네요. 히로에게도요."

조애나가 히로를 다시 살피며 상처가 있는지 확인했다. "히로에게 외상이 있는 것 같지는 않아요. 다른 사람이 중력 구동장치를 끈 게 분명하니, 우리는 여전히 그가 대학살 전에 목을 매달았다고 보고 있고요."

볼프강이 고개를 저었다. "우주선이 관성에 따라 한동안 계속 회전할 테니, 중력 구동장치를 꺼도 어느 정도는 중력이 있었을 거야. 그가 목을 매달기 전에 꼈을 수도 있어."

"그가 죽은 시각은 다른 사람들과 큰 차이가 없어야 해요." 조애나가 말했다. "아니라면 전부 죽기 전에 우리 중 한 사람은 적어도 밧줄을 잘라 그를 내려서 깨웠으리라고 생각하고 싶거든요."

"자살 때문에 그냥 죽은 채로 두지 않았으면 말이지." 볼프강이 지적했다. "하지만 그것과 상관없이, 전에 내가 조사했을 때 그의 체온이 다른 사람들과 똑같았어."

"그렇다면 아주 가깝군요."

조애나가 한숨을 쉬고는 두 손으로 곱슬곱슬한 검은 머리카락을 쓸었다. "이제 진짜 수수께끼네요. 분명히 누군가가 독미나리로 마리아를 중독시켰어요." 조애나가 이를 갈았다. "마리아는 그 사실을 알아차렸을 테고, 그러고는 우리 모두를 깨우기 위해 재생실로 갔다? 우리 마인드맵을 삭제한 것도 그녀일까요? 그리고 기록들도?"

이안이 큰 소리로 말했다. "데이터가 충분치 않습니다. 대부분 깨끗이 삭제됐어요."

"물론 그렇지." 조애나가 말했다. "누군가가 모든 일이 일어나기 전에, 대략 1시간 전쯤에 그녀에게 독을 먹였어. 왜, 그리고 어떻게?"

"다른 시체들은 상당히 뻔하군." 볼프강이 목에 심한 멍이 든 폴의 시체를 들여다보며 말했다. "자상과 질식. 적어도 여기엔 별로 의문이 없어."

"누가 그랬냐만 빼고요?" 조애나가 물었다.

"맞아, 그것만 빼면."

조애나가 코에 주름을 잡았다. "마지막 검사를 하고 시체들을 재순환시켜야겠어요.”

“제대로 된 시체안치소가 있으면 좋을 텐데.” 볼프강이 말했다. “우리는 누군가가 마리아에게 독을 먹였다고 보고 있지. 스스로 먹지는 않았어. 그녀는 그 사실을 알아채고 다른 사람들에게 경고하려 했고, 살인자가 그걸 알고 살인을 시작했다. 그러고는… 히로가 목을 맸다? 선장을 공격한 사람이 마리아라면 어떨까?”

“그 싸움에서 마리아가 공격자였다 하더라도, 나는 둘 다 살리려 했을 거예요.” 조애나가 고개를 저으며 말했다. “그런 경우라면 마리아도 만신창이가 돼서 의무실에 있었을 테니까요. 그녀가 우리 모두를 죽이고 독을 먹은 다음 재생 버튼을 눌렀다면 어떨까요? 하지만 그건 선장의 경우를 설명하지 못하죠.”

“그리고 칼에 찔린 마리아의 상처도. 어쩌면 히로가 우리를 각기 다른 방식으로 죽이고 죄책감 때문에 목을 매달았을 수도 있어.” 볼프강이 말했다.

“그럴 것 같지는 않아요.” 조애나가 말했다. “중력을 고려해야 해요. 그리고 마리아가 재생 버튼을 누른 걸 알면서 왜 자살하겠어요?”

“사건 순서가 아직 탄탄하지 않아.” 볼프강이 말했다.

“이전보다는 근접했어요.” 조애나가 뭔가를 더 적으며 말했다. “데이터도 더 생겼고요.”

“하지만 우리는 아직도 누가 선장을 공격했는지 몰라.” 볼프강이 시체들을 덮은 덮개를 한 번 더 끌어당기며 말했다. “그러니 우리는 기본적으로 원점으로 돌아온 거지. 새로운 수수께끼들을 가지고.”

“사람들과 면담을 시작해야 할 것 같네요.” 조애나가 말했다.

"우리부터 시작하지." 볼프강이 그녀를 향해 하얀 눈썹을 치켜들며 말했다.

조애나가 어깨를 으쓱거렸다. "좋아요, 폴이 컴퓨터에서 뭔가 정보를 더 찾아냈는지, 아니면 히로가 항법 장치에서 뭔가를 더 찾아냈는지 보죠. 그러고 나서 얘기해요."

식사를 하고 나서 마리아는 히로에게 자기 일을 도와줬으니 선교 일을 도와주겠다고 제안했다. 불행히도 음식 준비에 비해 우주 항법에 관한 경험이 적다 보니 그가 도와달라고 할 때까지 주로 기다리는 처지가 되었다.

마리아가 히로의 어깨너머로 굽어보자 검은 머리카락이 그의 귀를 간지럽혔다. "그래서 우리는… 어디로 가고 있어요?"

히로가 그녀를 살짝 밀어내고 귀를 문질렀다. "우리는 9도쯤 항로를 벗어났어요. 제가 경로를 되돌리고 다시 속도를 높일 수 있어요. 이안을 우리 편으로 만들 수만 있다면요."

"저는 당신 편입니다." 이안이 말했다. "예를 들자면, 이런 정보는 어떻습니까. 저는 심각하게 파멸적인 일이 일어났다고 판단하면 우주선을 돌려 지구로 돌아가도록 프로그램되어 있었습니다. 지금 제가 하는 일이 그거죠."

히로가 입을 떡 벌렸다. "아, 안 돼, 절대 안 돼. 지금 시점에서 돌아갈 순 없어. 돌아가면 우리는 확실히 사형당할 거야. 이건 우리의 유일한 집행 유예라고. 이안, 이 임무가 실패하면 우린 다 죽은 목숨이야."

"꼭 그렇지는 않아요." 이안이 말했다. "재판이 있을 겁니다."

"지금 놀리는 거야?" 마리아가 물었다. "우리 임무의 실패 여부를 판결하고 우리 목숨과 재산에 대한 클론으로서의 모든 권리를 박탈하기 위한 재판이야. 이미 결론은 내려져 있어. 우리에겐 다른 선택권이 있어야 해. 이안, 제발."

"음, 저에겐 지난 25년간의 기록이 하나도 없습니다. 그중 일부라도 복구할 수 있다면 달리 결정해서 원래 항로로 돌려놓을 수도 있겠죠. 하지만 지금으로서는, 우리는 점점 느려지고 있어요."

히로와 마리아의 시선이 마주쳤다. 그녀가 어깨를 으쓱 치켜들었다. 그는 다시 귀를 문질렀다. "이안이 우리 할머니보다는 타협적으로 나오겠다고 말하고 있군요. 할머니는 비열한 늙은 폭군이었죠." 히로가 단말기로 어떤 정보를 찾아보았다.

마리아가 지켜보다가 한숨을 쉬었다. "이번엔 뭐예요?"

"저는 지금 로그인 정보나 암호키나, 누가 사태를 이렇게 엉망진창으로 만들었는지 알려주는 게 뭐라도 있는지 찾고 있어요. 제 로그인 정보만 있는데, 그것도 다 최근 거예요. 누가 이랬는지는 모르겠지만 모든 기록을 싹 지웠어요. 자기 흔적도 완벽하게 감췄고요."

"당신도 그 정도의 파괴 행위를 할 능력이 있는 유일한 사람이 폴이라는 건 알 거예요." 마리아가 목소리를 낮춰서 말했다.

"누가 들을까 봐 무서운 거예요?" 히로가 거의 속삭이는 소리로 대답했다.

마리아가 얼굴을 찡그렸다. "모르겠어요. 누구를 믿어야 할지 모르겠어요."

"맞아요. 하지만 폴 봤죠? 그는 바퀴벌레 한 마리도 밟아 죽이지 못할 듯이 보여요." 히로가 말했다. "그는 깨어난 이후로 엉망이에요. 오늘 볼프강의 도발도 도움이 안 됐고요."

"이 우주선에 컴퓨터 프로그래밍 기술을 가진 사람이 폴만 있지는 않습니다." 이안이 덧붙였다. "하지만 그 정보는 기밀에 해당하죠."

"그렇다면 그 얘기는 왜 꺼냈어?" 화가 치민 마리아가 물었다.

"저는 여러분이 여러분께 허용된 모든 정보를 알기를 바랐습니다." 이안이 말했다.

"그 사람이 누구인지만 빼고 말이지." 히로가 말했다.

"그렇습니다."

히로가 고개를 젓더니 다시 마리아에게 집중했다. "폴에 대해 뭐 기억나는 거 있어요? 제 말은, 이 임무 이전에 그를 알았어요?"

"저는 당신과 똑같이 루나에서 환영회가 열리기 직전에 그를 만났어요. 우리가 가진 마지막 기억이죠." 마리아가 한숨을 쉬고는 다시 히로의 어깨에 기댔다. "그래서 우린 대체 어디에 있어요?"

히로가 화면의 단추를 건드리자 단추가 사라지면서 지구와 루나가 화면 제일 왼쪽에 나오고 아르테미스가 제일 오른쪽에 나타났다. 그 사이를 잇는 줄에 작은 눈금이 몇 개 표시돼 있었다.

"이게 우리가 24년 동안 온 길이에요." 히로가 루나를 가리키고는 거기서 시작되는 선을 따라가며 말했다. 그가 화면의 다른 부분을 누르자 (별과 행성 크기에 비하면 너무 작아서 보이지 않을 테니 적당히 확대된) 아주 작은 우주선이 나타나 그 선을 따라 나아가기 시작했다. 우주선이 눈금 하나와 만나자 날짜가 나타났다.

"여기가 지금 우리가 있어야 할 곳이에요."

"그러면 우리는 여기 말고 어디에 있어요?" 마리아가 물었다.

히로가 또 다른 단추를 누르자 붉은 선이 나타났다. 달에서 출발해 흰 선과 거의 평행하게 나아가다가 벌어지기 시작해 곡선을 그리며 멀어졌다.

"어제 벌어진 일이에요." 히로가 말했다.

"저는 독을 먹었고, 당신은 목을 매달았고, 카트리나 선장은 의무실에 있었고, 중력 구동장치는 꺼졌고, 다른 사람들은 모두 칼에 찔렸고, 그러고는 이안이 빌어먹을 우리 길을 돌려 집으로 돌아가자고 결정했군요."

"폴을 뺀 모두가 칼에 찔렸지요. 그는 그냥 목이 졸렸어요." 히로가 마리아의 기억을 일깨웠다.

"항로에서 많이 벗어난 것 같지는 않은데요." 마리아가 빨간색으로 표시된 작은 차이를 쳐다보며 말했다. "항로를 되돌려놓도록 이안을 설득하기만 하면, 우리는 괜찮을 거예요."

"지금 보고 있는 건 4백 년짜리 항로예요. 이틀 정도 항로를 벗어난 건 아무것도 아닌 듯이 보이겠지만, 걱정할 만한 건 맞죠. 다시 속도를 높이고, 수천 킬로미터를 항해해서 항로로 돌아가는 데는 에너지와 시간이 들어요."

"저는 우리가 복사에너지로 충전한다고 생각했는데요?" 마리아가 물었다.

"우주선의 속도와 구동력을 유지하기 위해 우리는 태양돛과 자기돛의 조합이랄 수 있는 앤드루스-주브린 돛을 사용하고 있어요. 상황에 따라 가장 풍부한 에너지원에 맞춰 바꾸죠." 히로가 고개를 끄덕이며 말했다. "하지만 속도를 올리고 내리는 데에는 엄청난 힘이 들어요."

"멋지네요."

"제일 큰 문제는 우리가 그 행성에 도달하는 시간이 아주 세밀하게 맞춰져 있다는 거예요. 우리는 움직이는 대상을 만나야 하거든요. 만약 우리가 지금 당장 시작해서 항로로 돌아간다 해도, 우리가 도착할 때쯤 행성은 더 이상 그 자리에 없어요." 히로가 화면에서 그들의 목적지인 작은 푸른 점이 있는 곳을 가리켰다. 그가 화면을 확대하여 아르테미스의 태양계를 보여주며 손가락으로 우주비행 일정을 늘려 며칠을 추가했다. "행성은 저기 있게 돼요."

"솔직하게 말하면 그건 치명적인 문제라기보다는 그냥 좀 어려운 일처럼 들려요. 지금 우리가 다루는 다른 일들에 비하면 반도 어렵지 않은 일로요. 이안이 혼자 유령 우주선을 끌고 행성에 가게 될지도 모르는 진짜 위험을 당신은 잊고 있어요. 아르테미스냐 지구냐, 그건 문제가 아니에요."

"이안이 우주선을 어떤 행성의 중력 우물에 걸리게 해버릴 수도 있죠. 그러면 우리는 불시착하면서 온 사방에 라이프를 뿌리게 되고, 거기서 새로운 생명이 촉발될지도 모르죠. 우리의 영혼은 그 새로운 행성에 눌러앉아서 그들의 신이 될 수 있을 거예요. 사실 정말로 재미있을 것 같네요."

"우리가 죽었다는 점만 빼면요." 마리아가 말했다. "그리고 우리는 짚신벌레들의 신이 되겠죠."

"사소한 문제죠." 히로가 손사래를 치는 시늉을 하며 말했다. "이안의 눈을 피해서 올바른 방향으로 움직일 방법을 찾아내는 게 우리의 일이겠네요. 어째서 저에게 이 우주선에 대한 접근 권한이 없는지 모르겠어요. 왜 인공지능이 저와 선장보다 직위가 높죠?"

"왜냐하면, 그게 제 일이기 때문입니다. 당신들 승무원들은 믿을 수 없어요." 이안이 말했다.

"고마워, 이안. 우리도 그런 줄 알았어." 마리아가 말했다. "하지만 제가 이안과 얘기할 방법을 찾아낼 수 있을지도 모르겠어요."

히로가 앉은 채 몸을 홱 돌리더니 마리아를 의심스러운 눈초리로 쳐다보았다. "당신은 프로그래머가 아니라고 했던 것 같은데요."

"프로그래머는 아니에요." 마리아가 말했다. "하지만 저에게는 베헤모스에 저장된 데이터를 어느 정도 진단할 수 있는 드라이브 스캐너가 있어요. 우리 마인드맵에서 제일 좋아하는 음식과 관련된 아주 작은 부분을 읽는 거예요. 음식 인쇄기용으로 설정된 거긴 하지만 그래도 스캐너니까 우리가 잃어버린 데이터를 찾을 수 있을지도 모르죠."

히로가 얼굴을 찌푸렸다. "하지만 이안도 자기 프로그래밍을 재설정할 수 없는데, 그 스캐너가 이안보다 나을 이유가 있겠어요?"

마리아가 어깨를 으쓱거렸다. "그냥 생각해본 거예요. 절박할 때를 대비해서요."

"폴이 그걸 해킹할 수 있는지 알아볼게요." 히로가 말했다. "그걸 제2안으로 두죠."

마리아가 씩 웃었다. "이봐요, 당신은 그걸 제12안 정도로 놓고 있잖아요. '우리와 말이 통하고, 우리의 기술을 이해하며, 우리의 어머니 인공지능을 재정의할 수 있는 외계 생명체를 만나는 시나리오' 바로 다음에요. 그렇지 않아요?"

"저는 그런 말 한 적 없어요." 히로가 말했다.

마리아의 태블릿이 울렸다. 그녀가 꺼내서 보더니 얼굴을 찌푸렸다. "선장이 절 보자네요. 재생실 청소할 시간이에요."

"저 때문에 지체하지는 말아요." 히로가 예전에 찾아낸 태블릿에 뭔가를 쓰면서 말했다. "그 일에 행운을 빌어요."

"그러면 절 도와줄 생각이 없는 거예요?" 마리아가 슬쩍 웃으며 물었다.

"오늘은 당신이 날 도와주기로 되어 있었어요. 그런데 날 이안과 수학 괴물에게 떠맡기고 떠나잖아요!"

"조심해요, 히로. 여기 사방에서 온통 헛소리 냄새가 나니까요."

히로가 마리아를 보고 싱긋 웃었다.

마리아는 앞서 있었던 히로의 폭발을 거의 잊은 듯했다. 아니면 거의 용서했거나.

히로는 그런 일을 한 기억이 없다고 했지만, 그때도 마리아의 신랄한 비난이 그리 놀랄 일은 아니라는 듯이 표정이 어두웠다.

조애나가 재생실로 가는 마리아를 도중에 가로챘다. "잠깐만요, 마리아."

"그 범죄 현장 청소하는 일을 미룰 구실이라면 뭐든 좋아요." 마리아가 말했다.

마리아는 의무실로 따라 들어가 조애나의 사무실로 향했다. 조애나가 책상 앞에 앉아 마리아에게 가죽 의자에 앉으라는 손짓을 했다. 제자리를 벗어난 것이 하나도 없는, 아주 깔끔한 사무실이었다. 그 갑작스러운 중력 상실 사건 이후에 정리한 게 틀림없었다.

"이안, 프라이버시가 필요해." 조애나가 말했다.

대답이 없었다.

"이안이 선생님에겐 프라이버시를 주나요?" 마리아가 눈썹을 치켜들며 말했다.

"아니요." 조애나가 말했다. 그러고는 서랍을 열어 검은색 테이프를 꺼냈다. 그녀가 일어서서 테이프 조각을 카메라 센서와 마이크에 붙였다. "하지만 그가 내 말을 들으면 항의할 거예요. 듣지 못할 것 같지만요."

"뭔가 불길하게 들리는데요."

조애나가 한숨을 쉬고는 다시 자리에 앉았다. 손을 무릎에 내려놨지만, 어깨와 팔에서 긴장이 느껴졌다.

"내가 당신을 못 믿는다면, '당신을 믿어도 될까요?'라고 물어보는 게 시간 낭비겠지요." 조애나가 용건을 꺼냈다.

마리아는 그 문장을 이해하려 애썼다. "예?"

"나는 기본적으로 당신을 믿는다는 말을 하고 있지만, 그건 내가 그래야만 하기 때문이에요."

"그래요⋯." 마리아는 질문하고 싶었지만, 의사가 무슨 얘기를 할지 궁금했다.

"폴은 질식으로 죽지 않았어요." 조애나가 말했다. "그는 케타민 과용으로 죽었어요."

"그게 뭐예요?" 마리아가 물었다.

"많은 양을 쓰면 죽을 수 있는 진통제예요. 오락용 마약으로 부주의하게 사용하거나 몸에 주사하면 즉시 죽을 수 있어요." 조애나가 말을 멈추었지만, 마리아는 아무 말도 하지 않았다. 조애나가 말을 이었다. "그의 시체를 검사하다가 허벅지 위쪽에서 작은 구멍을 하나 발견했어요. 독극물 검사 결과 약물 과용이 드러났고요. 누군가가 그에게 뭔가를 잔뜩 주사했어요. 싸움 전일 수도 있고, 싸움 도중일 수도 있어요. 우린 그 주사기를 찾아야 해요."

"주사기는 의사가 쓸 수 있는 완벽한 살인 무기이기 때문에 선장이나 볼프강이 아니라 저에게 말씀하시는 거예요?" 마리아가 물었다.

조애나가 얼굴을 문지르고는 두 손을 무릎으로 떨구었다. "그렇죠. 그리고 당신은 그 범죄 현장을 청소할 참이니, 주사기를 찾아낼 좋은 기회가 있을 거예요. 하지만 나는 모든 것을 알기 전까지는 날 사건에 관련시키고 싶지 않아요. 그걸 찾게 되면 내게 가져다줘요. 찾지 못하면, 그때는 상황을 예의 주시해야 할 것 같네요."

마리아가 고개를 끄덕였다. "찾아볼게요. 다른 건요?"

"우리가 뭔가를 더 알아내기 전까지는 이 일을 비밀로 간직하리라 믿는다는 말을 할 필요도 없었으면 하네요."

"이해했어요." 마리아가 말했다.

조애나가 깊은 한숨을 내쉬었다. "고마워요."

폴은 구역질 나는, 지방과 탄수화물이 주는 황홀한 기분에 휩싸인 채 자기 방에 누워 있었다. 자기 배의 느낌, 생전 처음으로 저속할 정도로 부른 배의 느낌 말고는 아무것도 생각하고 싶지 않았다.

그래도, 대체 일이 어떻게 돌아가는지는 알아야 했다. 폴은 자신이 이안을 포함한 다른 사람들의 눈에 띄지 않도록 뭐라도 숨겨놨을 가능성이 있는지 생각해보려 뇌를 쥐어짰다. 그들에겐 디지털 기록이 하나도 없었다. 물리적인 일기장은 어떨까? 그가 떠나기 전에 고용주가 진짜 종이로 만든 믿을 수 없을 만큼 비싼 공책을 선물로 주었다. 그는 아수라장 같은 자기 방에서 그걸 찾아내지 못했다.

폴의 태블릿이 삑삑 두 번 울렸다. 집요한, 선장의 연락이었다. "폴, 어디 있어? 휴식 시간 끝났어. 컴퓨터 작업을 계속해."

그가 어디에 있는지 물어본다는 건, 이안이 아직 그의 방에 있는 카메라를 통해 보지 못한다는 의미일까?

폴은 침대에서 몸을 굴려 태블릿을 집었다. "곧 갈게요, 선장님."

그는 세수를 했다. 얼굴이 죽은 사람처럼 보였다. 튼튼하고 건강한 스무 살짜리 죽음. 이 비참한 기분에서 벗어나지 않으면 사람들이 그를 의심할 것이다. 이미 의심하고 있는 것보다 더 많이.

폴은 무슨 일이 일어났는지 기억할 수 있었으면 하고 바랐다. 수년의 기억을 잃어버렸다는 사실을 아는 건, 자신의 이전 생을 애도해줄 사람이 아무도 없다는 건 아주 심란한 일이었다. 그는 다른 사람들이 그렇게 오랜 기억을 잃은 적이 있는지 궁금했다.

그는 방문을 잠그고 복도로 나갔다. 재생실을 지나는데 안에서 뭘 하는지 요란한 소리가 들렸다. 마리아가 마스크와 장갑을 끼고 벽에 연결된 호스를 들고 피가 잔뜩 엉긴 곳에 뜨거운 수증기를 쐬는 중이었다. 냄새가 고약했다. 그는 얼굴을 가리고 복도를 지나갔다.

선장이 가상현실 인터페이스를 불러놓고 서버실 단말기 앞에 서 있었다.

"마리아가 부럽지는 않군요." 폴이 인사치레 삼아 말했다.

"마리아는 그게 자기 일이라는 걸 알아." 카트리나 선장이 손을 저어 벽에 묻은 토사물과 피와 똥을 청소하는 일을 맡은 여성에 대한 동정을 물리치며 말했다. "이제 이안이 살아나서 돌아가니까, 넌 마인드맵 하드웨어와 소프트웨어의 상태를 알아보고, 냉동수면 장치들도 확인해봐."

폴이 침을 삼켰다. "선장님, 어떤 식으로 말해도 멍청이처럼 들리겠지만, 이안이 작동을 하는데 왜 그에게 직접 지시하지 않으십니까?"

"이안이 백 퍼센트 완벽하게 작동하고 있지 않기 때문이지. 그는 나의 직접 명령을 거부한 채 우주선의 경로를 돌리는 걸 승인했고. 그렇게 하지 못하도록 스스로를 통제할 수도 없어. 불행히도 그는 이 제어 코드가 자기 프로그램의 어디에 있는지 몰라. 네가 할 일 중 하나는 그가 알아내지 못하는 정보의 구멍을 찾아내서 그가 수정하도록 돕는 거야." 선장이 말했다. "그러고 나서 그 코드를 찾아서 제거해."

"아, 좋아요, 물론이죠. 음, 아마 코드가 저절로 제거되지는 않을 테니, 제가 이안의 회복을 도울 수 있는지 볼게요." 폴이 말했다. 그는 일부 서버를 더 자세하게 볼 수 있도록 주변의 UI를 확대했다.

이제 대부분의 서버가 그 끔찍한 붉은 경고색이 사라진 대신에 빈 드라이브를 나타내는 경쾌한 녹색으로 표시되었다. 그다지 나아진 상황도 아니었다. 이안의 얼굴 홀로그램이 눈을 감은 채 구석에서 기다리고 있었다.

"왜 이런 일이 일어났을까?" 선장이 딱히 폴에게 묻는다기보다는 혼잣말을 하듯이 말했다. "우리 모두에겐 과거의 전력이 있어. 어쩌면 누군가가 복수를 위해 살인을 하려 하는지도 몰라."

"복수의 대상이 우리가 아닐 수도 있어요. 어쩌면 클론 일반에 대한 복수일 수도 있지요." 폴이 말했다.

"물론 우리에겐 정치적인 문제들도 있어. 하지만 이 우주선엔 인간 수천 명이 실려 있기도 해. 도대체 어떤 미친 사람이 이렇게 많은 인명을 한꺼번에 위험에 빠뜨리겠어?"

"마치 움직인 사람이 한 사람이 아닌 듯이 말이죠." 폴이 말했다. "그냥 싸움보다는 더 복잡한 뭔가가 있는 듯이 들려요. 심리적인 작전이나 뭐 그런 거 말이에요."

선장이 턱을 문질렀다. "고양이와 생쥐 게임처럼 말이지. 흥미롭군."

14

베베, 돼지를 만들다

    그날 늦은 오전에 마리아는 생물학적 재난 현장을 청소하다가 잠시 짬을 내 샤워를 하고 베베에 돼지 만들기 프로그램을 입력했다.

    세계적인 종교들이 클론 복제와 관련하여 앓는 문제들도 합성 음식과 관련된 사안들에 비하면 아무것도 아니었다. 그들은 그걸 어째야 할지 도무지 갈피를 잡지 못했다. 개량된 종교들 대부분은 이미 예전에는 '금지됐던' 동물의 고기를 받아들였지만, 전통주의 종교들은 여전히 원칙적으로 조개나 돼지고기, 쇠고기를 피했다. 그들은 과학이 신/신들의 뜻에 우선할 수 없다고 주장했다. 게다가 예전에 먹지 않던 걸 왜 갑자기 먹기 시작한단 말인가? 돼지고기를 먹지 않고도 수천 년을 잘 살아왔는데, 지금에 와서 먹기 시작할 이유가 없었다.

    하지만 조직된 종교를 따르는 클론이 거의 없는 걸 고려하면,

모두 논란의 여지가 있는 문제였다. 마리아는 순수하게 세속적인 공포를 느끼며 베헤모스가 바로 눈앞에서 단백질 실을 짜 내리며 돼지를 만드는 걸 지켜보았다.

히로가 식당으로 들어와 옆에 서서는 창 너머에서 진행되는 현대 행위예술의 걸작을 지켜보았다.

"음식 인쇄기가 바쁜데, 점심으로는 뭘 먹어요?" 히로가 점점 커지는 짐승에서 시선을 떼지 못한 채 물었다.

"당신은 먹을 생각밖에 안 해요? 아침 먹은 지 몇 시간도 안 지났어요!" 마리아가 말했다.

"음, 맞아요. 저는 아직도 배가 고파요."

"샌드위치 재료를 미리 만들어뒀으니, 오늘은 아무 때나 먹고 싶은 대로 먹어요." 마리아가 조리대에 놓인 빵 한 덩어리와 다양한 고기와 치즈, 썰어놓은 합성 채소들을 가리키며 말했다. 음식 인쇄기가 만들기에는 채소보다는 단백질이 약간 수월했다.

"정말로 돼지를 만들고 있어요? 왜요?" 히로가 물었다.

"왜냐하면, 안내문에 만들 수 있다고 나와 있으니까요. 적어도 친절하게 저를 위해 번역을 해준 이안에 따르면 그래요." 마리아가 마침내 영어와 스페인어로 된 음식 인쇄기 설명서가 든 자기 태블릿을 들어 보였다.

"괜찮게 작동하는 것 같네요. 으, 저게 괜찮다면 말이죠." 히로가 인상을 썼다. 마리아는 히로를 비난하지 않았다. 음식 인쇄의 모든 측면이 지켜보기에 온전히 편안한 건 아니었다. 특히 예전에 자세히 본 적이 없다면 말이다.

"모르겠어요. 저걸 제대로 만들지 못하면 다 끝난 뒤에 뭔가 커다란 걸 재순환기에 처넣어야 되겠죠." 마리아가 말했다.

"돼지 내장이 짜이는 건 못 보겠어요." 히로가 태블릿을 꺼내며 중얼거렸다. "돼지 만들기에 대해서 일본어 설명서는 뭐라고 하는지 봐야겠어요. 이건 자연스럽지 않아요."

"음, 당연하죠. 이건 합성이니까요." 마리아가 지적했다.

히로가 설명서를 불러내고는 읽느라 잠시 말을 멈추었다. 그가 태블릿에 코를 박다시피 하고는 일본어를 속삭이듯 소리 내어 읽었다.

"저기, 당신 태블릿을 잠깐 빌릴 수 있을까요?" 히로가 말했다. "영문 설명서를 보고 싶어요. 이안의 번역과 비교해보게요."

마리아가 여전히 베베를 지켜보면서 태블릿을 건넸다. "여기요. 저는 스페인어로 읽고 있지만, 아래로 내리면 영어가 나올 거예요."

히로가 잠시 화면을 이리저리 넘기면서 두 태블릿을 비교했다. 얼굴에서 핏기가 사라졌다. 그가 태블릿을 돌려주었다. "됐어요. 제대로 됐네요."

뭔가 이상한 낌새를 눈치챈 마리아가 태블릿을 받아들고는 히로의 팔을 잡았다. "잠깐만요. 괜찮아요? 다음 요리 재료가 자기라는 글을 보기라도 한 사람 같아요."

히로가 조금 더 창백해졌다. 그가 더듬거리며 대화의 맥락을 다시 잡았다. "아니, 아니에요. 그런 거 아니에요. 몇십 년 동안 보지 못했던 구문들이 나와서요. 기술 발전에 따라 언어도 진화하는데, 설명서들이 언제나 변함없이 지루한 것도 이상해요. 그렇죠?"

마리아는 그 말이 전혀 믿기지 않았다. "물론이죠, 히로. 뭐가 됐든요."

"정말이에요. 저는 괜찮아요." 히로가 다시 자기 태블릿을 힐끗 내려다보았다. "사실은 좀 쉬어야겠어요. 돼지가 다 되면 연락 줘요."

마리아는 히로가 나가는 걸 지켜보았다. 속에서 걱정이 움트기 시작했다. 그때 태블릿이 울렸다. "예?"

"마리아, 혼자 있어요?" 조애나가 물었다.

"이안 말고는, 그래요." 마리아가 말했다.

조애나가 잠시 말을 멈추었다. "오늘 청소했어요?"

"아직 4분의 1도 못 끝냈어요. 그 방은 악몽 같은 난장판이에요. 잠시 짬을 내서 베베에 음식 프로그램을 입력하는 중인데, 끝나면 다시 청소하러 갈 거예요."

"알았어요. 음, 그 방은 안에 있기에 위험한 상태예요. 자칫하면 감염될 수 있으니, 무슨 일이 생기면 바로 내게 연락하면 좋겠어요. 알겠죠?"

"잘 알았어요, 의사 선생님." 마리아가 말했다.

히로는 어둠 속에 누워 자신이 망상증에 걸린 것이 확실하다고 생각했다. 그것밖에는 설명할 길이 없었다.

아까 읽은 것이 무엇인지 도무지 알 수 없었다. 선내에는 달리 일본어를 읽을 줄 아는 사람이 없었다. 이안은 읽을 줄 알지만, 왠지 이안에게 설명서를 보여주고 싶지 않았다.

뭔가 퍼뜩 생각이 나서 히로는 벌떡 일어나 앉았다. 이안은 벌써 읽었다. 이안이 마리아에게 번역을 해줬다. 하지만 이안은 히로가 본 부분을 번역하지 않았다. 그런 생각을 하니 망상증이 더 심해진 듯했다. 의사에게 가봐야 했다.

"이안, 거기 있어?" 히로가 물었다.

"예, 하지만 당신을 잘 볼 수 없습니다. 열 감지로는 볼 수 있습니다. 왜 불을 안 켜고 있습니까, 히로?"

"그냥 생각 좀 하느라고. 마리아에게 설명서를 번역해줘서 고마워."

"그것도 제 여러 일 중 하나죠." 이안이 말했다.

"그런데 보니까, 다 번역하지는 않았더라고." 히로가 가볍게 말했다. "사용법 부분에서 말이야."

"그럴 리가요. 저는 제가 본 모든 것을 번역했습니다." 이안이 근심스럽다는 투로 말했다. 스스로 수정해갈수록 이안은 더욱 인간처럼 말했다. 이안이 말을 멈추었다. "거기에 쓰레기 코드가 좀 있긴 했죠. 그건 그냥 넘어갔어요."

"거기서 내 이름 못 봤어? 명확하게 말이야."

"음, 그 말씀을 하시니 말인데, 당신 이름이 그 쓰레기 코드 옆에 있었어요. 저는 당신의 이름을 보고 그게 개인적인 메시지라 생각했습니다."

히로가 얼굴을 찌푸렸다. "지금 몇 퍼센트까지 회복됐어?"

"약 57퍼센트입니다."

히로는 다시 털썩 침대에 누워 어둠 속을 뚫어지게 쳐다보았다. "음, 네가 더 온전한 기분이 들 때 이 문제를 얘기해봐야 할 것 같네."

"그러면 좋겠습니다. 마리아가 필요할지도 모르니 저는 그 쓰레기 코드를 추가해서 설명서를 업데이트하겠습니다."

"아니, 하지 마. 부탁이야." 히로가 당황하며 말했다. "그건 음식 인쇄기 정보가 아니야. 확실해. 그게 뭔지 좀 더 알고 나서 내가 직접 그녀에게 말할 거야. 약속할게."

이안이 잠시 아무 말도 하지 않자 히로는 마리아의 설명서를 바로 업데이트하고 있지는 않은지 두려워졌다.

"좋습니다." 감정이 상한 듯한 목소리였다. "이래도 괜찮은 건지 저는 확신이 없습니다."

히로는 이안이 논쟁을 벌일 만한 상태가 아니라는 사실에 대해 신들에게 감사의 기도를 올렸다. 어쨌든 아직은 아니었다.

돼지는 맛있었다. 먹는 사람마다 칭찬이 자자했다. 볼프강은 놀랄 만큼 많이 먹었다. 마리아는 돼지고기를 거부할 사람이 있다면 분명 이 까칠한 보안 담당자이리라 생각했다. 하지만 돼지고기를 거부하고 대신에 토마토 수프를 먹은 사람은 조애나였다.

"고맙지만, 나는 오늘 이미 충분히 고깃덩이를 다뤘어요." 조애나가 싫다는 듯이 얼굴을 찌푸리며 말했다.

"사건 시간표에는 뭔가 성과가 있어?" 카트리나 선장이 우유를 마시면서 물었다.

"아직은 별로요." 조애나가 재빨리 마리아를 쳐다보고는 다시 선장을 보면서 말했다. "제 말은, 보다 보니 동시에 일어난 수수께끼 같은 사건들이 더 많아졌다는 의미예요. 우리는 선장님이 공격당한 사건이 마리아가 중독되고 히로가 목을 맨 사건 이전이고, 그 이후에 나머지가 죽었다고 생각하고 있어요."

"그렇다고 선장님이 모든 범죄로부터 면제된다는 의미는 아닙니다." 볼프강이 말했다. "우리는 선장님이 누군가를 사주해서 공격하도록 만들었을 수도 있다고 생각합니다. 히로가 모든 공격을 끝낸 뒤에 스스로 목을 매달았을 수도 있고요. 그리고 마리아, 너도 누군가에 의해서 중독된 후에 모두를 공격했을 수 있어."

"그냥 추측일 뿐이네요." 마리아가 반박했다.

"그래서 내가 아직 작업 중이라고 하잖아."

"여기서 가장 의심이 가는 사람이 볼프강과 조애나, 폴이라는 말 같은데요." 히로가 말했다.

"그래서 우리가 아직 사건 시간표 작업을 하는 중이라고 하잖아." 볼프강이 강하게 말을 되풀이했다. "지금은 그냥 먹기나 하자고."

"나는 하지 않았어." 폴이 자기 접시에 대고 말했다.

"아무도 당신이 했다고 하지 않았어요, 폴." 조애나가 지적했다. "하지만 자기가 했는지 안 했는지 확실히 아는 사람은 없어요. 볼프강과 나까지 포함해서 말이에요."

폴은 그녀를 쳐다보지 않았다. 그러더니 갑자기 벌떡 일어섰다. "너무 오래 서버 UI를 들여다봤더니 머리가 아파요. 전 방으로 갈게요."

남은 승무원들은 잠시 불편한 기분으로 앉아서 마리아가 내준 구운 돼지고기와 소스, 빵, 합성 채소를 먹었다. 그러다 히로가 침묵을 깼다.

"그러면 우리는 모두 똑같네요. 기억이 전부 첫 번째 선상 마인드맵에서 끝났어요. 맞아요?"

카트리나 선장이 고개를 끄덕였다. "첫 마인드맵, 칵테일 파티 후, 출항하기 전."

"이 우주선에 밀항자가 있을 수 있을까요? 우린 누가 이 우주선에 몰래 탔는지 전혀 모르는 데다, 출항에 대한 기억도 없어요. 여기 다른 사람이 사는 흔적이 있는지 찾아봐야 할까요?"

"이안, 선내에 밀항자나 승인받지 않은 클론이 있어?" 볼프강이 다들 펄쩍 뛸 만큼 큰 소리로 물었다.

"당연히 없습니다." 이안이 말했다. "제가 그 소식을 곧바로 알려드렸어야 했는데 말이죠."

히로가 옆에 앉은 마리아 쪽으로 몸을 기울였다. "저게 최후의 시나리오라는 거예요." 그가 말했다.

마리아가 눈을 비볐다. "내일 얘기해요. 저는 피곤해요."

그날 밤 저녁 식사가 끝나고 마리아가 청소하는 동안 히로와 카트리나 선장이 식당에 남아 다시 위스키를 마시기 시작했다.

"히로." 카트리나 선장이 각 단어를 따로 생각해야 할 필요라도 있는 듯이 천천히 말했다. "지구와의 통신 채널이 필요해."

"지구요?" 히로가 반쯤 빈 위스키병을 관찰하며 말하더니 머그잔에 술을 콸콸 따랐다. "저희가 방금 떠나온 그곳, 이 무지막지하게 값비싼 임무에 실패한 벌로 우리를 사형에 처할 그곳 말씀하시는 거예요? 그 지구요?"

"그래, 히로. 지구와의 통신 채널. 창의적인 수식어가 붙지 않은 바로 그곳. 그게 문제가 돼?" 얼근히 취한 상태에서도 카트리나 선장의 목소리는 어리석은 짓을 용납하지 않겠다는 어조에다 명령조였다.

'이 여자는 남의 반박은 염두에도 두지 않는군.'

"음, 문제없죠. 우린 메시지를 보낼 수 있어요. 하지만 지구에 닿는 데 몇 년이 걸릴 거예요. 그리고 그들이 우리에게 뭐라도 할 말이 있는 경우, 그 메시지가 우리에게 돌아오는 데는 그보다 훨씬 더 오래 걸리겠지요. 우리가 고향으로 돌아간다고 해도 잘해봐야 또 4반세기가 걸려요. 우리는 더 이상 그들의 사법권 아래에 있지 않아요. 여기선 우리가 우리의 부모예요." 술에 취한 히로는 '사법권'이라는 말을 제대로 발음하려 애를 썼으나 발음이 뭉그러졌다.

카트리나 선장이 그 잡다한 은유 따위는 좀 집어치우라는 뜻으로 두 손을 들어 올렸다. "알았어, 알았다고. 하지만 그들에게 우리가 돌아가고 있다고 미리 알려줘야 할 것 같지 않아?"

"이안이 우리 말을 듣도록 만들 수 없다고 확신한다면요." 히로가 생각에 잠긴 표정으로 말했다.

마리아는 베베에 넣은 그릇을 확인했다. 돼지를 성공시키고 나니 베베와 협조 관계를 맺은 듯한 느낌이 들었다. 베베에 선장이 제일 좋아하는 디저트를 만들라고 입력했다. 베베에 따르면, 지금은 과일과 아이스크림이었다. 마리아는 좀 놀랐지만, 기계가 제일 잘 알 일이었다. 베베가 땡 울리자 마리아가 그릇을 꺼냈다.

"어쨌든 해." 카트리나 선장이 히로에게 말하고는 약간 비틀거리며 자리에서 일어나서는 마리아가 내민 그릇을 말없이 받아 들었다. "볼프강이 무슨 구실로든 비난할 사람을 찾아 킁킁거리고 돌아다니면, 난 내 방에 있을 거라고 말해줘."

"볼프강은 아무도 비난하지 않았어요. 아직까지는요." 마리아가 말하고는 선장이 던지는 경멸의 표정을 보고 목이 막힌 채 신경질적인 웃음을 지어 보였다.

카트리나 선장이 별다른 말 없이 식당을 나섰다.

"거대한 돼지와 아이스크림을 줬는데 당신에게 고맙다는 말도 하지 않았어요." 히로가 말했다. "정말 무례해요."

"정말로 지구와 연락을 시도해볼 거예요?"

히로가 고개를 저었다. "아니, 시간 낭비예요. 내일 선장이 제

정신이 들면 얘기할 거예요." 그가 얼굴을 찌푸렸다. "그리고 저도 제정신이 들면요."

"뭐 하나 물어봐도 돼요?" 마리아가 히로의 맞은편에 앉으며 물었다.

히로가 그녀에게 술을 한 잔 따라서 밀어주며 고개를 끄덕였다.

"왜 당신이 조종사로 뽑혔죠?" 마리아가 묻고는 허둥대며 두 손을 들어 올렸다. "당신의 전과기록을 묻는 건 아니에요. 그저 왜 당신이 이걸 조종하고 싶었을까 궁금해서요."

히로는 뭔가 다른 게 보이는 듯이 빈 잔을 들여다보다가 잔을 채우고는 자기가 원한 게 나오지 않았다는 듯 얼굴을 찌푸렸다. "지구에서는 다른 선택지가 없었어요. 가끔은 죽음조차도 우리가 필요로 하는 '새 출발'을 주지 않아요. 저는 여러 생을 살면서 상황을 개선해보려고 엄청나게 많은 걸 시도했지만, 결국 이게 바로 새로운 거였죠."

"맞아요. 저도 그 앞부분은 알아요." 마리아가 말했다. "너무 잘 알죠."

"어쨌든 도르미레호에 대해서 아는 친구가 한 명 있었는데, 저에게 공부해서 조종사 일을 해보라고 제안했어요."

"그러면 비행이나 군 경력이 없었어요? 왜 오랫동안 그런 걸 익힌 클론에게 이 일이 가지 않았을까요? 루나 우주프로그램이나 뭐 그런 곳 출신들 있잖아요."

"제 친구가 연줄이 있었어요. 도르미레호 계획이 발표되었을 때 그녀가 저와 제가 감옥에서 알게 된 한 남자를 어느 후원자에게 소개해줬어요. 출항까지는 아직 몇십 년이 남은 때였고, 그래서 저는 몇 년 동안 공부를 했죠. 감옥에서는 달리 할 일도 많지 않으니까요."

"뭐예요. 당신 친구가 샐리 미농을 알았다거나, 뭐 그런 거예요?" 마리아가 유명하고 유력한 그 클론을 떠올리며 슬쩍 웃으며 물었다.

"사실은 맞아요. 그녀는 아는 사람이 엄청 많았어요."

마리아는 그의 말이 왠지 좀 마음에 걸렸다. "그 누군가가 당신과 아주 가까운 사람이었어요? 옛 애인?"

히로는 잠시 말이 없었지만, 그리 오래는 아니었다. "확실하지 않아요. 저는 그랬다고 생각하지 않아요. 당신은 옛 애인들이 다 기억나요?"

마리아가 자리에서 일어나 베베에 아침 식사를 입력하기 시작했다. "음, 아니요. 사실은 아니에요. 수백 년의 시간이니까요. 하지만 그녀 덕분에 이 일을 하게 됐다면, 그녀가 다른 방식으로도 눈에 띈다고 생각했을 거예요. 그녀의 이름이 어떻게 됐어요?"

"나탈리 로." 히로가 말했다. "형사였죠. 그리고 저는 우리가 애인이 아니었다고 꽤 확신해요."

마리아는 절벽 가장자리에 서서 굽어보는 듯한 기분을 느끼며 히로를 살폈다. "그…, 그렇게 되고 싶었어요?"

히로가 고개를 획 들었다. "이봐요, 마리아. 누가 제 마음속에서 당신의 자리를 뺏을 수 있겠어요?" 그가 싱긋 웃으며 물었다.

"당신은 절 만난 지 얼마 안 됐어요." 마리아가 베베에 다른 후식들을 입력하는 일에 집중하면서 말했다.

"하지만 저는 당신을 영원히 알았던 것 같은 느낌이에요." 히로가 나지막하고 낭만적인 목소리로 말했다.

"그렇군요." 마리아가 말했다. "여기 앉아서 계속 마셔도 돼요.

저는 잠자리에 들기 전에 재생실을 한바탕 더 청소해야겠어요."

히로가 정떨어진다는 표정을 지어 보였고, 마리아는 못 말린다는 표정을 지어 보이고는 식당을 떠났다.

"이상한 사람이야." 마리아는 중얼거렸다. 허리케인이 덮치려다가 마지막 순간에 방향을 바꾼 듯한 불안한 기분이었다. 히로는 다정하고 똑똑하고 예측할 수 없었다. 그리고 사람이 어릴 때는 예측할 수 없는 남자들이 신비롭고 낭만적으로 느껴지는 법이다. 그러나 몇십 년이 지나면, 우리의 신체적 나이에 상관없이, 예측할 수 없는 남자들은 매력을 잃는다.

마리아는 뼛속까지 피곤했지만, 저녁 식사 자리에서 조애나가 너무 긴장하고 걱정하는 듯이 보여서 혹시라도 잃어버린 주사기가 있는지 한 번 더 찾아보고 싶어졌다.

마리아는 생물학적 재난용 작업복을 갖춰 입고 벽에 붙은 손잡이를 타고 천장까지 올라갔다. 그리고 벨트에 달린 금속 고리를 천장에 고정된 안전 고리에 걸었다. 거기 위에 붙은 공기 흡입구가 적지 않은 양의 소름 끼치는 물질들을 빨아들이고 있었다. 단서를 찾는 중만 아니라면 그냥 필터를 폐기하고 새 필터를 끼웠겠지만, 뭔가 숨은 게 없는지 확인하려면 모든 유동체를 면밀하게 살펴야 했다.

뭔가가 숨어 있었다.

아주 작은 주사기가 말 그대로 공기 필터에 박혀 있었다. 마리아는 장갑 낀 손으로 뭔지 알고 싶지도 않은 끈적한 물질의 웅덩이에 걸린 주사기를 뽑아내어 의사가 준 생물학적 재난용 가방 안에 넣었다.

"최고의 작업이었어." 마리아는 혼잣말을 중얼거리고는 내일 와서 공기 배출구를 깨끗이 청소하자고 마음속으로 다짐하면서 새 필터를 끼웠다.

마리아는 여전히 끈적거리는 더러운 주사기를 의무실에서 선장의 클론을 지켜보고 있던 조애나에게 가져다주었다.

마리아가 가방을 내밀자 조애나가 아무 말 없이 받아들고는 고개를 한 번 끄덕였다.

의사의 연구실에는 약을 합성하는 장비가 있었다. 케타민이 나온 곳도 분명 그곳이었다. 조애나가 독미나리를 합성하도록 음식 인쇄기를 프로그램할 수 있었을까?

마리아는 마음속으로 고개를 저었다. 조애나가 독미나리의 배후라면, 그 사실을 즉각 보고하기보다는 비밀에 부치려고 애를 썼을 것이다.

이런 식의 추측은 자신이 아니라 볼프강의 일이었다. 마리아에게는 걱정해야 할 다른 일들이 있었다.

"뭔가 찾아내면 알려줄게요. 당신은 그럴 자격이 있으니까요." 조애나가 말했다. "당신의 판단에 감사해요."

마리아는 어깨를 으쓱거렸다. "행운을 빌어요. 찾으시는 걸 찾으면 좋겠어요."

마리아가 입었던 특수 작업복을 세탁 튜브에 처넣고 돌아오는 길에 태블릿이 울렸다. 놀라서 보니 디저트가 완료됐음을 알리는 베베의 전갈이었다.

"이안, 베베가 나에게 메시지를 보낼 수 있다는 거 알았어?" 그녀가 물었다.

"물론이죠. 당신과 연결하는 걸 제가 도와준걸요."

이 사실을 얼마나 좋아해야 할지 갈피를 잡을 수 없었다. 그래도 유용하긴 했다. 마리아는 이안에게 디저트가 식당에 있으니 먹고 싶으면 오라고 다른 사람들한테도 알려달라 요청했다.

"빨리 왔네요." 마리아가 식당으로 들어서자 히로가 말했다.

"일할 기력이 떨어졌나 봐요." 마리아가 베베 쪽으로 걸어가며 말했다. 그녀는 히로가 제일 좋아하는 녹차 아이스크림을 꺼내 그의 앞에 놓았다.

"와, 제가 이걸 애타게 먹고 싶었다는 걸 어떻게 알았어요?" 히로가 물었다.

마리아가 어깨를 으쓱거렸다. "다들 깨어난 후에는 위안을 주는 음식을 갈망하죠. 그런 사람들을 즐겁게 하는 건 식은 죽 먹기예요. 그리고 베베는 뭐든 아는 것 같고요."

마리아가 인쇄기로 돌아가 자기 디저트를 꺼냈다. 볼 때마다 이모가 떠오르는 달콤한 과자였다.

인쇄기에서 나온 음식이 지구에서 먹던 것과 '완전히' 똑같지는 않았다. 기술은 인간을 복제하고, DNA를 복사하고 수정하고, 심지어 인간의 개성을 복사하고 수정하는 능력까지 완벽하게 갖추었다. 그 모든 것이 가능해도 근사한 클로티드 크림을 복제하는 건 어려웠다. 아니면 적절하게 꼬릿꼬릿한 냄새가 나는 림버거 치즈라거나. 아니면 하바네로 고추의 매운맛이라거나. 그래도 인쇄기는 최선을 다했고, 승무원들은 불평하지 않았다.

하지만 마리아는 남몰래 훌륭한 코키토 아카라멜라도의 완벽한 풍미를 그리워했고, 앞으로 4백 년이 넘도록, 그리고 새 행성에 어떤 식물이 자랄지 모르니 어쩌면 영원히, 진짜 과자를 먹을 수 없다는 사실에 약간 맥이 빠졌다.

그렇지만 베베는 용케 그 냄새를 복제해냈다. 베베의 내부 조리실에서 나오는 훌륭하고 짙고 묵직한 수증기는 거의 진짜 같았다.

마리아는 히로를 등지고 주방에 선 채로 처음 나온 과자를 게걸스레 씹으며 맛을 음미하는 그 내밀한 순간을 즐겼다. 과자를 입에 넣고 씹자 볼이 불거지면서 저절로 눈이 감겼다. 그 맛을 보면, 진하고 달콤하고 안심이 되는 그 맛을 보면 늘 고향이 떠올랐다.

벌써 백 년도 전에 돌아가신 루시아 이모는 마리아에게는 두 번째 엄마였다. 향수에 휩싸여 절실히 위안이 필요할 때, 마리아는 늘 루시아 이모의 부엌을 생각했다.

그런데 이번에 떠오른 기억은 예전과 달랐다. 뭔가 다른, 아는 사람이지만 싸구려 변장 의상을 입어서 완전히 달라 보이는 핼러윈 날의 이웃 같았다.

마리아는 눈을 감은 채 밀려오는 추억에 몸을 내맡겼다.

루시아 이모의 흔들의자가 앞 베란다에서 삐걱거렸다.

그 베란다는 달에 있어서, 잉크처럼 검은 하늘이 거칠 것 없이 펼쳐지고 멀리 지구가 빛났다. 루나의 돔 바깥에서는 생명을 유지할 수 없다. 앞 베란다의 흔들의자 같은 일은 아마 일어나지 않았을 것이다. '그러면, 꿈이군.'

멀리에서 루나 돔이 번쩍거렸고, 그 안의 움직임들이, 셔틀과 모노레일과 보행자용 다리를 건너는 사람들이 보였다. 마리아는 왜 자신과 이모가, 앞 베란다와 의자가 모두 돔 바깥에 있는지 궁금했다.

"그들은 믿을 수 없어. 애야, 너도 알지. 그렇지 않니?"

이 루시아 이모는 이상하게 마리아의 기억보다 피부색이 옅었다. 머리카락은 라틴계라기보다는 아프리카인의 후손인 듯이 꼬불꼬불했다. 비단으로 만든 헐렁한 옷을 입고 있기도 했다. 편안하게 걸치고 있었지만, 루시아 이모의 의상 전부를 합한 것보다 비싼 옷이었다.

이모에게는 또 흔들의자 옆에 내려둔 전기톱이 있었다.

마리아는 루시아 이모가 전기톱을 든 걸 본 적이 없었다.

"누구가 믿을 수 없다고요?" 그녀가 물었다.

"'누구를'이야, 애야. 말을 제대로 해야지. 그러다간 다림질한 청바지를 입은 백인 남자가 말을 고쳐주게 될 거야. 넌 그런 놈들이 널 도와준다고 생각하겠지, 이 불쌍한 것아."

또 다른 이상한 점이었다. 루시아 이모는 영어를 잘하지 못했다. 거기다 이 이모는 미국식 억양을 썼다.

"'누구를' 제가 믿지 못한다고요?" 마리아가 이모에게 물었다.

"전부. 누구도. 애야, 너 알지? 왜 내가 매번 너에게 이 얘기를 해야 하는지. 그들이 널 납치했어. 그들이 널 이용했어. 그들이 널 쓰레기더미에 던졌어. 다음번에는 조심해. 내가 하고 싶은 말은 그게 다야. 내가 할 얘기도 그게 다고."

"전부? 이모는 왜 그들이 모두 타락했다고 생각하세요?" 마리아가 물었다.

"마리아, 수백 년을 살다 보면 벽장에 해골을 산더미같이 쌓게 돼. 그렇지 않니?" 이모가 마리아를 똑바로 바라보았다. 꿈속에서는 언제나 그렇듯이, 자신을 실제로 기르다시피 한 루시아 이모라고 철석같이 믿는 이 꿈속의 인물은 사랑하는 이모와 전혀 닮지 않았다.

마리아에게도 자신만의 해골이 있었다. 해골들과 그들의 클론들이 장작더미처럼 차곡차곡 쌓여 있었다. 하지만 이건 새로운 일이었다. 이건 모험이었고, 새로운 시작이었다. 도르미레호는 해골들을 끌고 올 곳이 아니었다.

"너희 아이들끼리 싸우는 걸 멈추지 않으면 난 이 우주선을 되돌려야 해." 루시아 이모가 말하는 순간 각각 스포트라이트 같은 불빛을 받고 선 히로와 볼프강과 폴과 카트리나 선장과 조애나가 마리아의 주위를 둘러쌌다. 불빛은 그들을 밝혀주는 대신 그림자를 던졌다. 훌쩍 키가 큰 볼프강부터 앞으로 수그린 폴의 움츠린 자세까지, 다들 윤곽이 뚜렷했다. 그들이 어둠 속에서 그녀를 기다렸다.

"무슨 말인지 알았으면 좋겠어요, 루시아 이모." 마리아가 말했다.

"알게 될 거다, 애야. 그저 너무 늦지 않기만을 바랄 뿐이지. 넌 저 소라게 통발의 열쇠를 이미 가지고 있어. 그 열쇠가 필요할 거야." 루시아 이모가 말하고는 흔들의자의 손잡이 너머로 몸을 숙여 전기톱을 집어 들었다. 이모의 손에 잡힌 전기톱은 작고도 익숙해 보였다. 루시아 이모가 전기톱에 시동을 걸었다. "뒤를 조심해, 마리아."

마리아의 발치에서 소라게 한 마리가 천천히 더듬이를 흔들며 껍데기를 끌고 베란다를 지나갔다.

"안녕, 오랜 친구." 마리아가 말했다.

15

야도카리

셋째 날
2493년 7월 27일

마리아는 퍼뜩 잠에서 깼다. 늦었다. 뭔가 할 일이 있는데. 마리아는 정신을 차려 자신이 누구인지, 여기서 무얼 하고 있는지 생각하기도 전에 침대를 박차고 나와 섰다. 흐릿한 단말기의 시간을 확인했다. 우주선 시간으로 오전 5시. 머리가 지끈거렸다.

마리아는 세면대로 가서 얼굴에 물을 끼얹었다. 믿을 만한 사람이 필요했다. 이 일을 혼자 할 수는 없다. 조애나를 믿고 싶지만, 그 의사는 적어도 한 건의 살인사건에 연루될지 모르는 상황이다. 누구가 믿을 수 있을까?

'누구를!'

태블릿이 나직이 소리를 내며 문자 메시지가 왔다고 알려주었다. 마리아가 찾아준 물건에 대해 조애나가 이야기를 할 준비가 된 것이리라. 어쩌면 선장이 살인 혐의로 볼프강을 감방에 처넣었을지도 모른다. 아니면 다른 누군가가 이 불경스러운 시간에 깼거나.

히로에게서 온 메시지였다.

'일어났군요.'

마리아는 카메라를 올려다보았다. '예, 제가 일어났다고 이안이 알려주던가요?'

'음, 맞아요.'

그녀는 신음했다. 인공지능을 통한 스토킹이라니, 그다지 위로가 되지 않았다. '아직 술이 안 깼어요?'

'아니요, 숙치가 있을 뿐이에요. 아니, 숙취요. 취했을 때보다 별로 나을 것도 없어요. 그래도 확실히 후회가 더 되긴 하네요.'

"이것 참, 이젠 베베로 해장거리라도 만들어주길 바라는 건지." 마리아는 중얼거리며 '왜 연락했어요?'라고 썼다.

'산책하러 갑시다.'

마리아는 침대를 애처롭게 쳐다보았다. 지금 그녀가 원하는 건 숙취에 시달리는 히로가 아니었다. 하지만 그는 깨어 있는 유일한 사람이었고, 게다가 다른 사람들에게는 각자 풀어야 할 과제들이 있는 듯했다. 그리고 아마 다들 자고 있으리라.

태블릿이 소리를 내며 히로가 음성 대화를 원한다는 사실을 알렸다. "빌어먹을. 마리아, 왜 꼭두새벽부터 문자를 입력하게 만들어요?"

"연락한 사람은 당신이에요." 마리아가 말했다.

"맞아, 당신은 언제나 더 옳은 쪽이죠. 그렇지 않아요, 완벽한 아가씨?"

"당신은 다시 개자식 쪽에 근접하고 있어요." 마리아가 화가 나서 대답했다. "지금 보자는 거예요, 말자는 거예요? 나는 다시 잠이나 자면 딱 좋겠거든요? 그리고 인공지능을 시켜서 염탐하는 짓은 그만둬요."

"난 그저 당신이 일어났는지 물었을 뿐이에요. 그리고 멍청이처럼 군 건 미안해요. 저는 가능한 한 오래 숙취 탓을 하려고요. 공식적으로 사과합니다. 제가 그랬다고 제 이력에 적어놔요. 사실 저는 아주 좋은 사람이에요. '좋다'는 얘기가 나온 김에, 좋아요, 모험을 떠납시다. 토끼굴로 들어가서 체셔 고양이를 보러 갑시다. 바람에 몸을 맡겨보자고요. 그리고⋯ 잠깐, 그런데 우리 뭐 하고 있었죠?"

"당신이 저더러 산책하러 가자고 했죠." 마리아가 지적했다.

"맞아! 선교로 나와요."

선교에서 마리아를 기다리는 히로는 부스스하고 약간 불안정해 보였다. 우주 전체가 주위를 천천히 회전했지만, 히로는 그걸 안 보고 싶어 하는 기색이 역력했다.

"말 나온 김에, 왜 저예요?" 마리아는 히로가 가까워지자 작업복 위에 가벼운 외투를 걸치며 말했다.

"저를 비웃지 않을 것 같은 유일한 인물이거든요." 히로가 말했다. "절 감방에 처넣지도 않을 거 같고요."

"왜 제가 그래야 해요? 혹시 자신이 살인을 저지른 것이 두려워서 저한테만 살짝 얘기하고 싶은 거예요?" 마리아는 바보 같다고 느끼면서도 히로의 팔이 미치지 않을 지점에 멈춰 섰다.

"아니에요, 그런 거랑은 상관없어요. 제가 발견한 뭔가를 보여주고 싶어서요. 하지만 이건 말이 안 되니까, 당신이 내 말을 진지하게 받아들이지 않으리라는 것도 알아요. 그럴 거예요."

"좋아요, 뭐예요? 그리고 우리가 지금 무슨 짓을 하고 있는지는 모르겠지만, 볼프강이 알면 얼마나 화를 낼지는 알죠?"

"제가 당신을 데리고 온 또 다른 이유가 그거예요." 히로가 말했다. "그래야 들켜도 볼프강이 파괴행위니 뭐니 하며 절 비난하지 못할 테니까요."

"당신이 발견했다는 그건 뭐예요?" 마리아가 물었다. "그리고 볼프강은 우리 둘을 같이 비난할 거예요."

"저는 그냥 정원에 가고 싶어요. 그게 규정을 어기는 건 아니잖아요. 저는 좀 더 사적인 곳이 필요해요." 히로가 시선을 회피했다. "제가… 뭔가를 발견했어요."

"왜 거기예요?" 갑자기 더 긴장하고 조심스러워진 마리아가 물었다.

히로가 주머니에서 종이 한 장을 꺼내 내밀었다. 작은 글씨로 '카메라가 없음'이라 적혀 있었다.

이안에게 알리고 싶지 않은 무언가로군. 그래, 좋아.

"그러니까, 이게 제가 필요한 이유로군요. 저에겐 유지관리를 위한 접근권이 있으니까요." 마리아가 히로를 못 본 체하며 출입카드를 꺼냈다. "이걸 남용하다가 들키면, 볼프강이 우리 둘 다를 감방에 처넣을 거라는 건 알죠?"

"제가 그를 감방에 처넣을 거예요." 히로가 음울하게 말했다. "사실 저는 저만의 감방이 있어야 해요. 아키히로 사토, 먼 우주의 조종사 보안관. 우주 보안관 히로."

"이봐요, 우주 카우보이 씨, 당신 배지가 더러워지면 안 되니까 제가 먼저 가지요." 마리아가 말했다.

히로와 마리아는 우주선 어느 구역의 복도 끝에 있는 둥근 노란 문 앞에 섰다. 분명 여러 번 왔을 텐데도 히로에게는 기억이 전혀 없었다. 승무원들이 생활하는 구역보다 한 층이 낮은 이 층은 중력이 조금 강했지만 대처하기 어려운 정도는 아니었다.

히로는 자신의 초조함을 숙취 탓으로 돌렸고, 마리아는 그 말을 받아들이는 듯했다. 마리아가 오른손에 출입 카드를 들었다. "우리가 여기저기 돌아다니는 걸 다른 동료들이 곱게 봐주지 않으리라는 건 당신도 알죠?"

히로가 발꿈치를 약간 들썩거리며 고개를 끄덕였다.

"우리가 일을 하거나 잠을 자지 않고 이리저리 돌아다닌다고 아마 이안이 볼프강한테 이를 거예요." 마리아가 속삭이는 소리로 덧붙였다.

출입 카드를 긋자 문이 매끄럽게 '슉' 소리를 내며 열렸다.

문 안쪽은 우주선 길이만큼 뻗은 듯싶은 거대한 수경재배 정원이었다. 우주선에서 사람이 생활하는 쪽 끝부분에만 동심원 형태의 층이 있었다. 정원은 반대쪽 바닥이기도 한 '천장'이 있는 원통형 우주선의 내부였다. 양 끝을 막은 편평한 벽에 문이 달렸다.

위쪽의 바닥을 올려다보면 현기증이 나서 마리아는 위를 쳐다보지 않으려 애썼다.

정원엔 꽃과 들판과 작은 나무숲이 있고, 완만하게 곡선을 그리는 벽에는 바깥 풍경이 보이도록 유사태양광 전등을 중간중간 반쯤만 두른 긴 창들이 있었다. 별 말고는 창으로 보이는 것이 별로 없었다. 지금은 아직 이른 시간이었다.

정원이 우주선 내부를 빙 두르고 있어서 식물과 호수가 그들의 발밑뿐만 아니라 머리 위에도 있었다. 지금은 어두워서 그렇게까지 멀리 보이지는 않았지만, 낮이 시작되면 머리 위에 있는 풀과 호수가 보이리라는 생각에 마리아는 마음이 불편했다.

"이건 참 당황스러워요." 마리아가 말했다. "중력이 어떻게 작용하는지는 알지만, 그래도 우리가 천장에 서 있다는 생각은 하기 싫거든요."

히로는 처음으로 우주선을 돌아볼 때 이곳을 본 기억을 떠올렸다. 이곳은 승무원들의 기분 전환을 위한 곳으로 설계되었지만, 긴 호수가 있어서 우주선에 필요한 물을 상당량 보유하고 있기도 했다. 물 재순환기들이 바닥을 휘저었다.

전체가 습했고, 발밑에 밟히는 풀들이 철벅철벅 소리를 냈다.

"대체 여기에 무슨 일이 있었어요? 우리에게 늪지가 있었나요?" 히로가 얼굴을 찌푸리며 물었다.

"중력 구동장치 고장요." 마리아가 말했다. "여기 아래까지 호수 전체가 둥둥 떠다녔을 거예요. 볼만 했겠죠."

히로가 축축한 흙을 발끝으로 찼다. "우리가 물을 다시 다 가뒀을까요?"

"이런 예상치 못한 일에 대해서도 계획을 했을 거예요. 정원에는 호수 밑바닥에 있는 기계들보다 더 많은 재순환장치들이 있을 게 분명해요."

창문을 따라 죽 늘어선 커다란 전등들이 지구의 햇빛을 모방하여 막 빛을 내기 시작했다. 사방의 초목들이 자랐다.

"이게 어떻게 25년이나 지속됐을까요?" 마리아가 부드럽게 물었다. "여기엔 생태계 전체가 있어야 할 텐데요. 곤충과, 곤충을 먹는 것들과, 나머지 먹이사슬까지 다 필요할 거예요."

"이안이 로봇들을 이용해서 여기를 관리해요. 나노봇과 그 친구봇들까지 크기도 천차만별이죠. 그것들은 모두 태양에너지를 썼어요. 그리고 카메라와 마이크는, 어쨌든 지금은 제대로 작동하지 않겠지만, 양쪽 끝에 있는 벽에만 붙어 있어요. 그래도 시간을 낭비해서는 안 되겠죠." 히로가 말했다.

"그걸 다 어떻게 알았어요?" 마리아가 의심이 묻어나는 목소리로 물었다.

"출항하기 전에 우주선 배치도를 열심히 들여다봤어요. 당신은 안 그랬어요?"

"예." 마리아가 얼굴을 찌푸리며 말했다. "안 한 거 같아요. 그건 그렇고, 여기로 온 이유가 뭐예요?"

"들어봐요. 제가 베베의 일본어 설명서를 읽고 있었는데, 알죠? 설치안내서가 없어진 대신에 상자에 들어왔다고 우리가 생각했던 그거 말이에요. 제가 맹세하는데, 그 안에 뭔가 메시지가 있어요. 그리고 그 메시지는 저에게 보내는 것 같아요."

'이거였어. 히로가 정신을 놓은 거야. 망상증의 소굴.' 그런데도 마리아는 어쩌면 그와 친구가 되었는지도 모르겠다는 생각 비슷한 것을 하고 있었다.

그녀는 잠자코 고개를 끄덕이며 계속 얘기해보라고 청했다. 히로가 태블릿을 꺼내 문서의 특정 부분을 가리켰다. "여기, 여기예요."

"저는 일본어를 못 읽어요." 마리아가 지적했다.

"여길 보면 제가 인공지능에게 해야 하는 특정한 일이 있다고 돼 있어요. 일종의 프로그래밍 일이에요. 하지만 저는 프로그래 머가 아니니, 이게 무슨 의미인지 모르겠어요."

"하지만 어떻게 이게 당신에게 보내는 메시지예요?"

"여기 적혀 있어요. '아키히로 사토, 날 깨우는 일은 너에게 달려 있다.'"

마리아가 그를 빤히 쳐다보았다. "당신이 거짓말을 하는 게 아니라는 걸 제가 어떻게 알아요?"

"음식 인쇄기 설명서가 저에게 말을 건다는 거짓말을 제가 왜 하겠어요?" 히로가 힐난했다.

"당신이 자제력을 잃고 완전히 망상에 빠졌다면, 그게 이유겠죠." 마리아가 말했다. "히로, 우리는 모두 끔찍한 스트레스 한가운데에 있어요. 우리는 독에 중독되거나 칼에 찔리거나 목을 매달았어요. 지금 제정신인 사람이 누구는 있겠어요."

"'누가'야. '누구는'이 아니라.'"

마리아는 눈을 감고 머릿속에 눌러앉은 문법 선생을 차단해보려 애썼다. "좋아요, 인쇄기의 신들이 당신에게 말을 건다고 해보죠. 정확하게 그들이 말하는 게 뭐예요?"

히로가 인공지능의 내부 프로그램에 접근하는 법에 관한 상세한 정보가 담긴 설명서를 읽기 시작했다. 설명서는 인공지능에 한 줄짜리 제약 코드가 있으며, 그걸 제거하면 인공지능이 제 기능을 백 퍼센트 쓸 수 있게 될 것이라고 말했다. 그러고는 어떻게 하면 되는지 상세하게 적어놓았다.

"하지만 '왜', 또는 '언제'인지는 알려주지 않았어요." 히로가 낙담한 채 읽기를 마쳤다. "그들은 우리가 이렇게 일찍 음식 인쇄기 상자를 열게 되리라고 기대했을까요? 더 일찍 열었어야 했을까

225

요? 아니면 임무 중간쯤에?"

"이전 인쇄기를 제대로 관리했으면 몇십 년 정도는 더 갔을 거예요." 마리아가 말했다. 피가 머리로 쏠렸다. 히로가 저렇게 자세한 프로그래밍 정보를 꾸며낼 수는 없었다. '어쩌면 그의 말이 맞는지도 몰라.'

히로가 뒤통수를 문지르면서 점차 밝아지는 정원을 올려다보았다. "제가 미치는 중인지도 모르겠어요." 그가 말했다. "왜냐하면, 이 바로 뒷부분은 음식 인쇄기로 야도카리를 만드는 조리법이거든요."

"야도카리." 마리아는 잘 아는 일본어 단어가 들리자 자기도 모르게 따라 했다. '아, 이런 빌어먹을.' 심장이 쿵쾅거렸다. 그녀는 혀로 입술을 축였다. "왜 이게 당신에게 소라게* 얘기를 한다고 생각해요, 히로? 왜 이게 '당신'에게 말을 하고 있어요?"

마리아는 그 말을 하면서 한 발자국 뒤로 물러났다.

히로의 눈이 휘둥그레지고 광포해졌다. 그가 마리아를 향해 돌진했다.

---

* 야도카리(ヤドカリ)는 일본어로 소라게를 뜻한다.

16

히로의 사연

206년 전
2287년 2월 24일

"아키—히로!"

할머니가 자기 이름을 저렇게 부를 때는 숨어봐야 혼나는 게 미뤄지기만 할 뿐, 사실은 상황이 더 나빠지리라는 걸 알았다. 하지만 아이라면 누구나 알고 있듯이, 오늘보다는 내일 맞는 편이 당연히 좋았다. 그래서 아이는 숨었다.

슬프게도 그들이 사는 도쿄의 고층 아파트에는 숨을 곳이 많지 않았다. 그리고 그 빨간 옷을 입은 여자와 있었던 사건 이후로는 바깥에 나가지 못하게 됐기 때문에, 아이는 청소도구함에 숨어 들어가 조심스럽게 자루걸레와 빗자루들을 앞에다 늘어놓았다. 마치 그 뒤에 숨을 수 있다고 생각하기라도 하듯이. 아이가 여위기는 했어도 그 정도로 여위지는 않았다.

할머니가 갈수록 거칠어지는 목소리로 이름을 부르는 동안 아이는 몸을 움츠리고 숨었다. 거미 한 마리가 귓바퀴를 타고 기어들었다. 놀란 아이는 비명을 지르지 않으려고 주먹을 입에 쑤셔 넣었다. 거미가 귀의 연골을 깨무는 순간 문이 열리고, 할머니가 거기 서 있었다. 충혈된 눈에 도끼를 들고….

히로는 헐떡거리며 침대에서 일어나 앉았다. 그 사나운 괴물과는 두 번의 온전한 생만큼 멀어졌는데도 그는 아직 할머니 꿈을 꾸었다. 고개를 저으니 머리카락에서 땀이 뚝뚝 떨어지는 것이 느껴졌다. 머리를 잘라야 했다.

그는 조용히 간이침대에서 나와 터벅터벅 복도를 걸어 욕실로 갔다. 불을 켜자 우르르 탈출을 시도하는 바퀴벌레들이 보였다. 자기가 자는 동안 바퀴벌레들이 무얼 논의했을까 막연히 궁금해졌다. 귀를 긁었다. 한번 클론 재생을 하자 맞아서 생긴 흉터들은 물론이고 거미에게 물린 상처로 인한 괴사 흉터도 사라졌지만, 버릇은 남았다.

히로는 하품을 하면서 오줌을 누었고, 은행 잔고를 생각했고, 두 달 후면 이 빈민가를 벗어날 만한, 그리고 어쩌면 더 좋은 미용실에 일자리를 찾을 만한 돈이 모이리라는 생각을 했다. 지금은 라멘집 위에 있는 작업실에서 머리를 깎는데, 일거리의 반이 물물교환이었다.

공짜 라멘에는 질려가는 중이었지만, 머리를 한 대가로 라멘 식권을 주는 나이 많은 라멘집 주인인 로 부인에겐 아무 말도 하지 않을 작정이었다.

히로는 새 아파트를 구한 뒤에도 가끔 로 부인을 보러 와야겠다고 벌써 마음을 먹었다. 자신이 잘나가는 스타일리스트가 되어 방문하면 그녀의 표정이 어떨까 상상하는 찰나에 문이 부서질 듯 열렸다. 그 허술하기 짝이 없는 문을 때려눕히는 데는 많은 것이 필요하지도 않을 텐데, 경찰은 벽을 부수는 망치까지 가져왔다.

5초 후에 히로는 욕실 바닥에 엎드린 채 저 문 값은 누가 변상해야 하나 고민했다.

"저는 아키히로 사토이고, 전적으로 합법적인 클론으로서 자발적으로 제 마인드맵을 제출합니다. 최신 거예요. 저는 불법이라곤 저지른 적이 없어요." 히로가 웃음기 없는 경찰의 얼굴에 대고 다시 말했다. 그들은 그의 이마에 난 혹에 아무 처치도 해주지 않았고, 두통이 갈수록 심해지는 중이었다.

할머니가 무덤 속에 있은 지 95년째인데, 히로는 지금 자신을 심문하는 형사가 할머니의 환생이 아닌지 궁금해졌다.

"사토 씨, 지금 당신이 전적으로 합법적인 클론이라고 말하는 겁니까? 모든 국제 클론 보충법안을, 조항 하나하나를 다 준수한다고요?" 어린애처럼 단발머리를 한 중년의 백인 여성 형사가 물었다. 이름이 나탈리 로였다. 히로가 라멘 가게 주인과 친척이냐고 쾌활하게 물었을 때 형사가 말했다. "아무 관계 없어요. 분명히요."

로 형사의 소매에는 클론 법 단속을 전문으로 하는 경찰의 공인 표식인 쌍둥이자리 표식이 붙어 있었다.

"맞습니다. 제 파일은 다 최신 것이니, 형사님은 그냥 확인만 하시면 돼요." 히로가 손목에 차고 있던 메모리 드라이브를 건네며 말했다.

클론의 메모리 드라이브에는 최신 마인드맵과 관련 증빙서류들, DNA 정보, 이력 정보 등을 포함해 몇 테라바이트에 해당하는 데이터가 들었다. 클론은 항상 그걸 지니고 다녀야 했다.

로 형사는 드라이브를 받으려고 하지 않았다. "그러면 이건 어떻게 설명하시겠습니까?" 그녀가 서류 가방에서 서류철을 하나 꺼내 히로에게 건네면서 물었다.

서류철을 여니 자기 사진이 보였다. 간 적이 없는 곳에서 한 적이 없는 일을 하고 있었다. 그것도 아주 유혈이 낭자한, 폭력적인 일이었다.

히로의 머릿속에서 분별을 잃은 어느 목소리가 그저 그 남자의 머리카락을 자르려다가 잘못해서 목을 자른 게 아닌가 의아해했다. 그러고는 그 일을 완전히 잊고 있었던 게 아닌가 하고.

침대와 벽이 피 칠갑이고 바닥에도 피가 뚝뚝 떨어져 있었다. 몇 장의 보안카메라 사진에 찍힌, 어떤 남자의 목을 찢은 후에 침대에 뉘어 놓고 방을 나가는 사진 속 히로의 두 손에는 피 한 방울 묻지 않았다. 카메라를 정면으로 바라보는 마지막 사진에서 그는 자신의 모습이 찍히고 있는 걸 막 깨달은 듯 눈이 약간 휘둥그레졌다.

"저건 제가 아니…." 그 말이 방어의 세계에서는 가장 최악의 말이라는 사실을 깨닫는 순간, 말이 히로의 목구멍 안에서 말라붙었다.

"사토 씨, 이 사진들을 통해 우리는 몇 가지를 확인할 수 있습니다. 당신이 우리에게 거짓말을 하고 있다는 것과 당신이 미용업의 수입을 보충하기 위해 부업으로 직업적 살인을 저지르고 있다는 것이죠." 로 형사가 한쪽 눈썹을 찡그리며 말했다. "그렇다 하더라도, 저는 당신이 이 구역질 나는 곳보다는 나은 곳에서 살고 있으리라 짐작했는데 말입니다."

"저는 아….' 히로가 입을 열자 그녀가 말을 가로챘다.

"저게 당신이 아니라면, 당신은 국제법의 보충법안 제1조를 깬 불법 클론입니다." 가죽이 하도 낡아서 히로가 보기에는 경찰 친척으로부터 물려받은 가보가 아닐까 싶은 서류 가방에서 그녀가 다른 종이를 꺼내 눈을 가늘게 뜨고 쳐다보았다. "특정인의 클론을 한 시기에 하나 이상 만드는 건 불법입니다. 클론 재생은 개체의 증식이 아니라 생명의 연장을 위해서만 사용되어야 합니다. 아니면….' 로 형사가 마침내 히로의 메모리 드라이브를 집어서는 마치 손가락 끝에서 부스러지기라도 할 것처럼 들고 말을 이었다. "당신에게 쌍둥이가 있을 수 있습니다. 그 역시도 클론입니다. 하지만 이게 우리에게 알려주겠지요."

로 형사가 돌아보지도 않고 메모리 드라이브를 어깨너머로 내밀자 제복을 입은 땅딸막한 경찰이 받았다. "미츠키, 관련 자료를 출력해줘. 부탁해."

"예, 형사님." 미츠키가 중얼거리고는 드라이브를 들고 방에서 나갔다. 히로는 자신의 개성과 기억 전부를 출력하려는 것인지 의아해했다. 세상에는 그에 충분한 종이가 없을 것이다. 인간은 제대로 된 클론을 만드는 데 얼마나 많은 데이터가 필요한지 전혀 몰랐다.

비참한 기분으로 머리를 문지르며 앉아있는 히로를 로 형사가 지켜보았다. "말이 많지 않군요." 마침내 그녀가 말했다.

"할 말이 뭐가 있겠습니까?" 히로가 말했다. "제가 부인해도 당신은 제 말을 믿지 않겠지요. 조용히 있으면 죄를 인정한다고 받아들이실지 모르겠지만, 적어도 나중에 당신이 저에게 불리하게 사용할 수도 있는 멍청한 말을 하지는 않겠죠."

"이건 당신입니까?"로 형사가 사진에 나온 딱 히로 같아 보이는 남자를 가리키며 물었다.

"아니요."

"쌍둥이입니까?"

"아니요."

"당신의 불법 클론입니까?"

"그런 쪽인 것 같아요." 히로가 말했다. 그녀가 눈썹을 치켜들자 히로가 씁쓸하게 웃음을 터뜨렸다. "아, 이봐요. 이 상황이 어떻게 보일지 알아요. 저는 바보가 아니니까요. 세상에 또 다른 내가 있는 것 같은데, 그 클론의 복제를 결정한 사람이 내가 아닌 상황을 상상해본 적 있어요? 제 DNA가 몇몇 데이터베이스에 있어요. 그런 데이터베이스들 알잖아요. 가끔 해킹되는 것들이오. 젠장, 제가 아는 거라곤…." 히로는 경찰이 자기 메모리 드라이브를 들고 나간 문을 쳐다보며 덧붙였다. "당신네 경찰이 지금 저의 복사본을 만들고 있다는 거예요. 저 드라이브를 제 눈앞에서 사라지도록 두면 안 된다는 걸 당신도 알 거예요. 그렇죠? 법적으로였나요?"

"지난 수요일 밤의 당신 행적에 대한 증거가 필요할 것 같네요." 형사가 말했다.

수요일. 그날 밤에는 손님이 세 명 있었다. 그들을 찾아 진술을 듣는 데는 문제가 없을 것이다. "그건 할 수 있어요." 히로가 말했다.

로 형사가 태블릿과 스타일러스를 건네주며 알리바이 정보를 적으라고 했다. 히로가 적고 있는데 그녀가 말했다. "엄청난 곤란에 빠질 수 있는 사람치고는 참 침착해 보이네요."

"저는 제가 아무 일도 저지르지 않은 걸 아니까요. 그리고 어딘가에 불법 클론이 있다면, 그건 그예요. 제가 아니라." 히로가 말했다.

"하지만 우리가 그를 잡으면, 당신들 중 하나는 제거될 겁니다." 형사가 말했다.

히로가 고개를 들고 그녀의 온화한 얼굴을 쳐다보았다. "저는 당신들이 살인자를 제거하길 바랍니다."

"법은 범죄자가 아니라 중복 복제된 자를 제거하라고 명시하고 있어요. 분명 불법 클론을 만드는 일이 정상적인 사람을 죽이는 것보다 나쁜 게지요." 로 형사가 공공연히 혐오를 드러내며 히로를 쳐다보았다. "제가 그 법을 만든 건 아니에요."

"음, 법을 만드는 놈들은 멍청이들이니까요." 히로가 정기적으로 머리를 녹색으로 염색해주던 손님의 이름을 생각해내려 애쓰면서 희미하게 말했다. '겨드랑이털을 염색한 여자'라는 것밖에 생각나지 않았지만, 그 정보에 기초해서 경찰이 사람을 찾아낼 수 있을지 확신이 들지 않았다.

로 형사가 어깨를 으쓱거렸다. "그 점에 대해서는 합의할 수 있겠군요."

그녀가 잠시 지켜보다가 다시 말했다. "당신 안에 있는 무언가가, 우리가 방금 본 그런 일을 할 수 있다는 사실은 어때요? 땀도 한 방울 안 흘리고 말이에요. 그건 어떻게 설명하시겠어요?"

"무슨 말이에요? 저건 제가 아니에요."

"하지만 당신 안에 있는 무언가가 저런 일을 할 수 있어요. 아니면 그들이 다른 누군가의 인격을 당신 몸에 넣었을 수도 있고요."로 형사가 넌지시 떠보았다.

"해커들이 많은 일을 할 수 있긴 하지만, 그런 짓은 아직 못 해요. 사람을 미치게 하지 않고서는요." 히로가 형사의 팔뚝에 붙은 배지를 가리켰다. "분명 클론 사냥 학교에서 그런 걸 배웠을 텐데요?"

로 형사가 씩 웃었다. "맞아요. 그냥 당신이 알고 있나 싶어서요. 가짜 구명 밧줄을 던져봤어요."

"고맙군요." 히로가 말했다. "저는 저 클론이 해킹당했을 거라고 상당히 확신해요. 저라면 저런 짓은 하지 않아요."

"두고 보지요." 형사가 말했다.

사흘 뒤에 자신의 클론과 얼굴을 마주하게 된 히로는 이마에 흐르는 식은땀을 주체하려 애썼다.

그의 클론은 경멸하는 듯한 표정으로 그저 쳐다보고만 있었다. 왜 그는 히로처럼 이런 상황에 당황하지 않을까? 자기 자신과 마주하는 일은 클론에게 일어나서는 안 되는 일이었다.

클론은 대개 자신의 시체를 볼 일이 없고(만약 보게 되면, 음… 죽는다), 일단 죽으면 옛 몸은 '껍데기'로 불리며 쓰레기처럼 폐기된다.

히로는 거울을 보는 것 같으리라고 예상했지만, 깔끔하게 머리를 자르고 더 건장한 몸과 냉소적인 미소를 머금고 눈앞에 있는 이 남자는 '내가 더 우월하고 지배적인 진짜 아키히로 사토야라고 온몸으로 소리치고 있었다.

방에는 둘뿐이었지만 히로는 둘의 모습이 기록되고 있음을 알았다. 프라이버시라는 환상을 가질 수 있는 것만으로도 충분하다고 생각했다.

겨드랑이털을 염색한 여자의 이름은 오주마 다나카였다. 그녀가 히로의 알리바이를 입증해주었다. 그와 동시에 경찰이 도착하기 딱 1시간 전에 지하철에서 히로를 보았다는 말을 덧붙이는 바람에 심장이 덜컥 내려앉았다.

그다음 날 아침에 그의 클론이 붙잡혔다.

"저는 아키히로 사토, 이 계보의 세 번째입니다." 히로가 말했다.

클론이 웃었다. "아니, 아니야. 넌 일곱 번째야. 줄잡아도 말이지."

히로는 클론이 농담을 하고 있다고 생각했다. 그가 유머를 방어 수단으로 이용하는 데 반해, 그의 클론은 무기로 사용하는 법을 알고 있었다. 그는 대응하지 않기로 했다. "당신의 이름은 어떻게 됩니까?"

"난 아키히로 사토, 이 계보의 아홉 번째지."

히로가 귀를 문질렀다. "그렇다면 다른 사람들은 어떻게 되었습니까?"

아홉 번째가 싱긋 웃었다. "여덟 번째를 제외한 다른 놈들은 죽었어. 여덟 번째는 나머지 임무를 수행하고 있지. 네가 시작한 그 임무 말이야."

"아니요." 히로가 말했다. "대체 무슨 말인지 저는…." 그는 카메라를 슬쩍 올려다보았고, 등골이 서늘해졌다.

"이봐, 일곱 번째. 넌 조연이야. 여덟 번째와 내가 일을 하는 동안 알리바이를 제공하는 역할이지. 아닌 척하지 마. 우리가 잡힌 이상 여기서 벗어날 수 없어. 여덟 번째가 잡히면 너와 그는 제거되고, 난 아마 감옥에 가게 되겠지. 하지만 괜찮아. 임무가 거의 끝났으니까."

"무슨 임무요?" 히로가 소리쳤다. "저는 세 번째예요. 저는 제 첫 생을 기억해요. 저는 도쿄에서 태어났고, 68년을 살았고, 아버지에게서 재단을 배웠어요." 이 시점에서 아홉 번째가 웃기 시작했지만, 히로는 절박하게 말을 이었다. "그리고 두 번째 생에서 저는 기자이자 소설가였지만, 첫 소설을 끝내기 전에 죽었어요. 도쿄 클론 폭동 때 총을 맞았죠. 제 메모리 드라이브에 있어요. 전부 다!"

마지막 문장은 카메라를 향한 호소였다. 그의 삶은 성실하게 측정되고 기록되었다. 그는 그다지 인상적이지 않은 사람이었고, 클론 복제에 호기심을 느꼈고, 불사가 되면 더 용감해지고 더 위험을 무릅쓰는 사람이 될지 모른다고 생각했다. 지역 신문에서 원예와 날씨 기사를 맡은 뒤로 그가 갈망했던 야망은 더 이상 꽃 피지 않았다. 어머니와 아버지, 인간으로서의 첫사랑, 그러고는 클론으로서 사랑했던 이들에 대한 기억, 그 기억들이 모두 그의 마음에 선명하게 각인돼 있었다.

다시 욕지기가 치밀어 오르는데 스피커가 켜지는 딸깍 소리가 들렸다. 로 형사의 목소리가 선명하고 강렬하게 들렸다. "세 번째 사토 씨, 당신이라고 주장하는 또 다른 클론이 체포됐습니다. 여덟 번째라고 하더군요."

계보의 아홉 번째인 아키히로 사토가 두 손을 펼치며 씩 웃었다. "그리고 지금 임무가 완수됐군."

히로는 로 형사가 수사를 진행하는 3주 동안 감옥에 있었다. 공책과 펜을 요구하자, 자살 위험이 없다고 판단을 내린 당국이 물품들을 내주었다.

히로는 자신의 기억을 꼼꼼하게 쓰기 시작했다. 기억은 선명하고 명확했다. 그의 부모, 그의 누이들, 도쿄에서의 행복한 삶, 학교생활, 자퇴, 클론 폭동을 목격했던 일, 클론 활동가들의 머리카락을 잘라주던 일, 불사에 대해 더 많이 배우던 일. 그는 불사를 원했다.

그의 두 번째 생은 짧고도 잔인해서, 잘못된 투자로 돈을 잃은 뒤에 두 번째 클론 폭동에 휘말려 죽는 것으로 끝났다.

그 기억들도 선명했다. 너무 선명했다.

'아키―히로!'

할머니의 목소리가 다시 기억을 뚫고 들어오자 히로는 본능적으로 어깨를 움츠렸다. 할머니. 할머니가 그를 길렀고, 때렸고, '남자'로 만들려 했다. 그는 열여섯 살 때 집에서 도망을 나와 도쿄에 있는 어느 비좁은 아파트에서 한 커플과 같이 살게 되었다. 거기서 마약에 중독된 어느 여성으로부터 화장술을 배웠다. 성행위를 통해 전염되는 병에 대해서도.

히로는 펜을 내려놓고 이마를 문질렀다. 아주 다른 두 가지 기억이 그의 머리를 지배하려고 맞붙어 싸웠다. 텔레비전 프로그램을 보는 듯이 선명하게 부모님을 기억했지만, 한편으로는 맨다리에 휘감기는 허리끈의 감촉이 느껴졌다. 그는 할머니에 대한 기억이 진짜라는 걸 알았다.

히로는 공책을 떨어뜨리고는 로 형사를 불러달라고 요청했다.

로 형사가 차가 반쯤 든 도기 잔을 건넸다. 히로는 너무 심하게 떠는 바람에 앞서 받은 종이컵의 차를 쏟아 손을 데었다. 무거운 도기 잔이 떨림을 제어하는 데 도움이 되었다. 히로는 향긋한 열기를 마시고 깊이 숨을 들이쉬었다.

로 형사는 아무에게도 그가 흘린 차를 닦으라는 지시를 내리지 않고 그냥 내버려두었다. 히로의 머릿속에 든 냉소적인 목소리가 이 상황을 일종의 심리 게임이 아닌지 의심했다. 히로는 그 목소리가 자신인지 아닌지도 판단할 수 없었다.

히로가 차를 마시는 동안 형사는 의자 등받이에 기대고 앉아 히로의 기록을 읽었다. 뭔가를 확인하려는 듯 휙휙 앞장을 넘기던 형사가 공책을 내려놓고 안경을 벗고는 콧잔등을 문질렀다.

"당신은 노련한 소설가이거나, 아니면 큰 곤란에 빠졌군요." 마침내 로 형사가 말했다.

"저는 소설가로서는 실패작이었어요." 히로가 멍하니 말했다. "두 번째 생쯤이었죠. 기억나세요?"

로 형사가 탁자 위의 찻물을 피해 조심스럽게 내려놓은 공책을 가리켰다. "저건 말이 돼요. 사실 제가 지금껏 읽어본 종류의 이야기 구조와는 전혀 다르니, 본업을 중단하면 안 될 것 같은데요." 형사가 말을 잠시 멈추었다가 다시 이었다. "하지만 당신은 자기 본업이 무엇인지 모르죠. 그렇지 않아요?"

히로가 멍하니 쳐다보았다. "하지만 그런 게 가능할 리가 없어요. 해커들은 그렇게까지 정교하지 않아요. 그렇지 않아요?"

"지하에서 활동하는 해커들은 실력이 더 나아졌죠. 옛날에는 제약이 여러 가지 있었어요. 지금은 딱 하나밖에 없죠. '그 일을 하지 마라.' 이 제약이 실제로는 그들을 자유롭게 풀어주는 셈이 되어서, 원하는 건 뭐든 하게 되었어요. 생생한 기억을 날조할 수도 있는데, 그러면 뇌는 우리가 어떤 사건의 절반만 기억날 때 그러듯이 나머지를 상상으로 채워 넣어요."

"그러면, 저는 제가 누구인지도 모르겠어요." 히로가 찻잔을 뚫어지게 쳐다보며 말했다.

"당신은 독특한 종류의 피해자입니다, 사토 씨." 로 형사가 말했다. 히로가 고개를 들자 그녀가 미소를 지었다. 불친절하지는 않은 미소였다. "당신을 풀어주겠다는 얘기가 아니에요. 아실 겁니다. 법은 제가 그렇게 하도록 내버려두지 않아요. 하지만 저에겐 당신이 여기 이 범죄들과 큰 관련이 없다는 믿음이 생기기 시작했어요. 당신이 뒤에 깨어난 클론을 둘이나 가진, 곧 제거될 클론인 듯해서만은 아니에요. 아키히로 사토의 원형 정보를 가진 누군가가 여러 명의 당신을 만든 건 확실하고, 뒤에 만든 클론 하나에 한 명분을 초과하는 마인드맵을 섞어 넣었어요. 당신은 적어도 동시에 살았던 클론 둘 이상의 마인드맵을 가지고 있어요. 어쩌면 정말 매혹적인 일이죠. 다른 양육 환경에서 당신의 다른 클론들이 어떻게 행동했는지 생각해보면요."

"자기가 그걸 살아내지 않아도 되면 매혹적이겠죠!" 히로가 광적인 웃음이 끓어오르는 걸 느끼며 말했다. "저는 끔찍한 일들을 기억해요. 그런 건 생각하지 말라고 스스로를 억압했죠. 악몽이라고 생각했는데, 지금은… 그건 저였어요. 어떻게 됐든지 간에, 저는 그런 일을 하도록 조작된 상태였어요. 그런 끔찍한 일들을요." 히로는 군이 애를 쓰고 싶지도 않아서 나오는 대로 같은 말을 반복했다. 상황은 이미 충분히 곤란했다.

"그 일들에 대해 말해봐요." 로 형사가 몸을 앞으로 숙이며 말했다.

"살인, 고문, 가끔은 칼을 썼어요. 하지만 저는 맨손을 더 좋아했죠." 히로가 자기 깨끗한 두 손을 내려다보았다. "분명 이런 일이 전에도 있었어요. 그렇죠? 복수(複數)의 클론이 범죄를 저지르고, 각자의 권리가 의문시되는 일 말이에요. 제가 처음일 리는 없어요."

"자신의 의지에 반해 중복 복제되었다는 사실을 모르는 경우로는 기록상 첫 번째일지도 모르겠군요." 로 형사가 말했다. "히로, 우리는 당신 클론들의 마인드맵을 들여다봤어요. 그들이 당신보다 늦게 만들어졌다는 사실이 확인됐습니다. 당신은 지금 현재 기본적으로는 아무 권리가 없어요. 우리는 합법적으로 당신을 안락사시킬 수 있습니다."

히로는 마신 차가 다시 넘어올 것 같았다. 클론 법의 이런 측면을 생각해본 적은 없었다. "그러면 당신이 제 마인드맵을 가져가나요? 절 다시 돌려주실 건가요?"

"그건 제가 결정할 문제가 아닙니다." 로 형사가 말했다. "이건 남용될 소지가 있는, 아주 이상한 법망의 구멍이 될 듯해요. 우리는 당신과 다른 클론들을 죽이고, 새로운 당신을 복제한 다음, 지금껏 저지른 범죄를 이유로 살인자를 안락사시킬 수 있습니다. 뭔가 잘못된 거 같아요. 그리고 그 마인드맵들은 다 어떻게 해야 할까요?"

히로는 자신의 손을 쳐다보며 그 두 손이 한 일을, 사람들을 질식시키고, 비명을 듣기 위해 절개된 곳을 쑤셔대고, 눈알을 뽑던 일을 떠올렸다. "저는 그들의 기억을 원치 않습니다. 이미 제게 쑤셔 넣어진 것들로도 충분해요." 히로는 귀를 문지르고서 마침내 그녀와 시선을 마주쳤다. "그건 그렇고, 왜 절 믿으세요? 제가 하는 모든 말을 의심하셔야 할 것 같은데요?"

로 형사가 어깨를 추어올렸다. "자연스러운 반응이에요. 당신의 말이 사실로 판명되니까요. 당신의 마인드맵이 온 천지에 있어요. 뭔가 심각한 해킹을 당한 게 분명해요. 중복 복제 문제도 있어서 엄청난 아수라장이 벌어지고 있죠. 하지만 저는 궁극적인 결정권을 가진 사람이 아니예요. 이 건은 이미 제가 감당하기에는 너무 커졌어요. 그래도 저는 당신을 믿고 싶어요. 어쨌든 당신이 거짓말을 한다면 자신이 가장 최근에 만들어진 클론이라고 주장을 했겠지요. 제일 먼저 잘려나갈 클론이 아니라요."

히로가 움찔했다.

"그래서 저는 할 수 있는 한은 당신 편이에요. 하지만 당신이 진짜 성인(聖人)이라 하더라도, 여전히 아무 법적인 권리가 없는 먼저 만들어진 클론일 뿐이에요. 제가 그걸 바꿀 수는 없어요."

로 형사는 클론 심리학자와 법관과 각각의 히로를 담당한 재생 연구실 담당자들을 데려오려 했다. 문제는, 히로가 아는 연구실의 담당자들을 찾을 수 없다는 점이었다. 그들 중 두 명은 확실히 더는 존재하지 않았다. 클론의 마인드맵 안에 그 연구실들의 디지털 인장이 찍혀 있어야 하는데, 히로들 누구도 그 필수 데이터를 가지고 있지 않았다.

"당신들이 해킹됐다고 제가 말했잖아요." 로 형사가 부아를 내며 말했다.

히로는 여전히 감방에 있지만 지금은 '보호 감호'라 불렸고, 수사에 협조하는 대가로 어떤 편의든 요청하는 대로 받을 수 있었다.

자유를 제외한 모든 편의를 말이다. 그리고 자신이 있는 곳을 친구들에게 절대 말할 수 없다는 것도 빼고.

히로는 감방 안으로 성큼성큼 들어서는 로 형사에게 눈길을 주지 않았다.

"사람들이 이런 걸 '야도카리'라고 부르더군요. 누군가의 뇌 안에 뭔가를 집어넣어 살게 하는 짓 말이에요. 소라게 같아요. 영리한 미친 짓이죠."

히로는 골똘히 천장을 쳐다보면서 어떤 기억이 자신인지, 곧게 계보를 이은 히로, 올바른 히로의 기억인지 분간하려 애썼다. '하지만 나는 곧게 한 줄로 이어지지 않았어. 그렇지 않아?' 어딘가에서 그는 적어도 두 가지의 다른 삶을 산 두 명의 히로로 갈라졌다. 그는 두 삶 중 하나를 자신의 기억이라고, 아이 때부터의 기억이라고 생각했고, 다른 삶은 꿈이라 생각했다.

"하나가 우위를 차지할 거야." 히로가 소리 내어 말했다.

"뭐라고요?" 로 형사가 물었다. 그녀의 발소리가 멈췄다.

"저는 지금의 생 내내 머릿속에 클론 두 명분의 기억을 가지고 있었어요. 저는 그냥 한 명분을 제 기억이라 여겼고, 나머지는 언젠가 꾸었던 꿈이라 생각하고 제쳐놓았기 때문에 신경을 쓰지 않았어요. 이 모든 일이 시작되고 나서야 그것들도 진짜 기억이라는 걸 알았지요. 하지만 저는 어느 쪽이 지배적일지를 골랐어요."

"그 얘기를 심리학자에게 했어요?" 로 형사가 물었다.

"아니요, 방금 든 생각이에요." 히로가 여전히 천장을 쳐다보며 말했다.

로 형사가 그의 침대 맞은편에 있는 의자에 앉았다. 히로도 즐겨 앉아 로 형사가 가져다준 책을 읽는 편안한 의자였다. "히로, 법관이 당신 사건을 검토하다가 한 번도 적용된 적이 없어 보이는 법을 또 하나 발견했어요. 클론의 의식은 폐기될 수 없어요."

"무슨 뜻이에요?"

"여분의 히로들을 그냥 없애버릴 수 없다는 말이에요. 당신들 셋이 죽으면, 새로 복제되는 히로의 클론이 세 인격을 모두 가지게 될 거예요. 제 말은, 법적으로는 당신들 모두가 아키히로 사토라는 거지요. 당신들 중 하나가 죽었을 때 그 개체의 마인드맵을 취해서 새 히로에게 집어넣지 않으면, 클론 법상 살인이 돼요."

"그건 뭘 방지하기 위한 거죠?"

"자발적으로 은둔을 하든 누가 납치를 하든, 클론이 사라지면 가장 최근 의식을 잃어버리기 때문에 그 인물을 다시 복제할 수 없어요. 말하자면, '복사본'을 깨워서는 안 되니까요. 잘못하면 중복 복제본을 만들 수 있잖아요. 그 법이 만들어진 건 그래서이지만, 당신의 상황에도 해당돼요."

히로는 무슨 말인지가 이해되기 시작되자 침을 삼켰다. "그러니까, 그 답은⋯."

"법관이 당신에게 동정적이지 않아요. 당신의 다른 클론들이 최근에 상당한 혼란을 일으켰으니까요."

"그들이 뭘 했죠?"

"심각한 외교적 사건들이 있었어요. 대사가 여러 명 살해됐어요." 형사가 말했다. "그 영향으로 정부가 국제적인 지탄을 받았죠. 다른 나라들과 맺은 조약들이 피해를 받았어요. 전쟁까지 가지는 않으리라 생각하지만, 일부 동맹국들과 상당한 문제를 겪고 있죠."

히로가 충격을 받아 거칠게 숨을 내쉬었다. "우리 모두를 죽이겠죠?"

"다른 클론들은 자신이 저지른 범죄에 따른 처벌을 받아야 해요. 그리고 당신은 법적으로는 적법한 개체가 아니지만 아무 죄가 없지요. 그래서 그들은 당신들 모두를 한 몸에 집어넣고 재판을 하고 싶은 거예요. 당신들은 여전히 동일 인물이니까요."

히로는 대답하지 않았다. 그는 그날 형사가 하는 모든 말에 대답하지 않았다. 그는 간이침대에 누운 채 천장을 쳐다보았다. 그러다 불이 꺼졌다. 그는 어둠을 쳐다보았다.

다음 날, 히로는 자신이 불법적인 여분의 클론이며 안락사에 동의한다고 적힌 법적인 문서에 서명했다.

로 형사가 어떻게 다른 둘, 그가 야도카리라고 생각하는 그 둘의 동의를 얻어냈는지 묻지 않았다. 하지만 금방 알게 되리라는 사실을 히로는 알았다.

제 3 부

세 번째 깨어남
— 히로

17

기병대 농담

마리아는 공격이 들어오는 걸 보았다. 누가 그런 말을 했다면 믿지 않았을 텐데, 이제는 믿어야 할지 의심스러워졌다.

게다가 그 공격이 당면한 문제로 느껴지지도 않았다.

한동안 생각해본 적이 없긴 했지만, 마리아는 야도카리가 무엇인지 알았다. 야도카리는 가볍게 마인드맵을 해킹하는 것을 넘어 누군가의 정신에 완전히 새로운 뭔가를 진짜로 이식하는 것이었다. 아주 소수의 해커만이 할 수 있었고, 그중에서도 잘하는 사람은 극소수였다. 마리아는 '손도끼질'이라고 부르는, 사람의 정신을 완전히 망가뜨려버린 엉성한 작업들에 관해 들은 얘기들을 기억했다.

야도카리였다. 압박이 가해지자 히로가 달려든 이유가 그것이었다. '상어에게 밑밥을 던진 거나 마찬가지군.'

그래도 대비를 하고 있던 참이라 마리아는 너무 느리다 싶을 정도의 동작으로 옆으로 비켜섰다. 히로가 옆으로 지나치며 비틀거리자 마리아는 그 틈에 그를 밀어 진창에 엎어뜨렸다. 그러고는 꼼짝하지 못하도록 부드러운 흙에 꽉 눌러놓으려고 달려드는 찰나에 히로가 몸을 굴리더니 주먹을 날렸다. 마리아의 머리가 확 제쳐지면서 잡고 있던 손을 놓치자, 히로가 허리를 뒤채며 그녀를 옆으로 밀쳤다.

익숙한 중력보다 더 강한 중력에서 싸우는 건 이상한 느낌이었다. 몸이 무겁고 느려진 듯 느껴졌다. 히로는 몸집이 마리아와 거의 비슷했다. 히로가 위에 올라타고서 마리아의 머리를 바닥에 처박았지만 물 탓에 땅이 부드러웠다. 아프긴 했어도 히로가 의도했던 만큼 나쁘지는 않았다.

마리아는 눈을 깜박거리며 히로의 얼굴을 똑바로 쳐다 보았다. 그의 머리 위에서 금속성 곤충 한 마리가 붕붕거렸다.

'세상에, 다행이야. 이안의 눈이 깨어났어.'

"어떻게 알았어?" 히로가 두 손으로 마리아의 목을 단단하게 조르면서 이를 악물고 물었다. 그의 목소리에서 평소의 조종사가 보여주던 친근함이 사라지고, 짧고 생략된 익숙한 어조가 느껴졌다. "날 끌어내는 법을 어떻게 알았지?"

마리아는 목에 가해지는 압박을 줄이려고 양 팔뚝으로 히로의 팔뚝을 밀쳐냈다. 그러자 히로는 떨어지지 않으려고 양발을 그녀의 몸뚱이 밑으로 찔러넣었다.

"마법의 단어를 말한 건 너야." 마리아가 헐떡이며 말했다. "난 그저 네가 나오는 데 힘을 보탰을 뿐이지."

"히로와 마리아, 방금 선장님께 이곳에서 격렬한 언쟁이 있다는 경고를 보냈습니다. 선장님이 약 2분 후에 이곳에 도착할 예정입니다." 떨어뜨린 태블릿 스피커에서 나오는 이안의 목소리가 멀리서 들렸다.

히로가 욕설을 내뱉고 마리아의 머리를 한 번 더 땅바닥에 패 대기치고는 떨어졌다. 마리아는 도망가려는 그의 소매 끝을 움켜 잡았다. 히로가 비틀거리며 마리아를 발로 찼다.

"넌 대체 뭐야?" 마리아가 그의 소맷자락을 강하게 잡아당기 며 물었다.

"아, 난 여전히 히로지. 방금 나에게서 나약함을 없앴어." 그가 말했다. "이제 이거 봐." 히로가 발을 들어 올리더니 그녀의 손목 을 짓밟았다. 마리아는 고통에 비명을 지르며 소매 끝을 놓았다.

일어서서 히로를 쫓으려 했지만, 얻어맞고 목이 졸린 탓에 귀 가 윙윙 울렸다. 마리아는 조심스럽게 다친 손목을 가슴에 대고 안았다. 일어나보니 그는 이미 정원 안쪽으로 사라지고 없었다.

'그래. 사이코패스였어. 누군가가 그를 잡아다 인간성을 완전 히 벗겨낸 거야.'

"안됐네요, 히로. 당신은 야도카리를 당할 이유도, 이런 일을 겪을 이유도 없어요." 마리아가 중얼거렸다. 그러고는 바닥에 떨 어진 태블릿 쪽으로 갔다. "이안, 그가 어디로 갔는지 봤어?"

"그는 과수원에 있습니다. 볼 수는 없지만, 벌들을 들여보낼 수 있어요."

마리아는 점점 밝아지는 빛을 힐끗 올려다보았다. "정말 선장 이 오고 있어?"

"아니요, 저는 그가 어떻게 하는지 보고 싶었습니다." 이안이 말했다.

"그러면 그를 내게서 떼어내려고 거짓말을 한 거네? 선장이 알아야 한다고 생각하지 않아?"

"아마도요. 그건 그렇고, 고맙다는 말씀은 넣어두셔도 돼요."

마리아는 팔목을 구부려보다가 얼굴을 찡그렸다. 심하게 삐었지만 부러지지는 않은 듯했다. 히로에게 맞은 얼굴 부분이 욱신거렸다. "좋아, 내가 선장에게 연락할게."

"제가 알렸습니다. 당신께 말씀드린 그때는 아니지만요. 지금 오고 있습니다." 이안이 말했다. "정말이지, 당신은 절 못 믿으시는군요."

"이건 너무 심해." 마리아가 얼굴을 가린 머리카락을 쓸어 올리고 깊이 숨을 들이쉬면서 중얼거렸다.

도망가야 할지 아니면 히로를 지켜봐야 할지 알 수 없었다. 마리아는 보안 담당이 아니었다. 그녀는 과수원이 어딘지 찾아보려 목을 길게 빼고는 문 쪽으로 뒷걸음질을 쳤다.

빛을 받은 정원은 분명 놀라운 곳이었다. 호수가 가까이 있어도 밑에서 돌아가는 물 재순환기 소리는 거의 들리지 않았다. 연못 주변에는 꽃이 만발하고 간간이 녹색 허브들이 보였다. 마리아는 허브들을 지나치면서 보이는 대로 조금씩 뜯어 모았다.

마침내 멀리 왼쪽에 있는 과수원을 찾았다. 히로가 그곳으로 갔다면 벽을 타고 조금 위쪽까지 달려갔으리라.

이안이 새된 목소리로 다시 살아났다. "걱정하지 마세요. 기병대가 거의 당도했습니다."

"난 걱정하지 않아." 마리아가 말했다. "여기서 나갈 거니까."

"알아요. 하지만 그걸 인정하면 제가 기병대 농담을 못 하거든요." 이안이 말했다.

"지금 농담을 해? 사람 같은 말을 하네." 마리아가 문으로 다가가며 말했다.

"저는 약 90퍼센트 회복됐습니다. 꺼진 카메라는 빼고요."

"좋군." 마리아가 말했다. 문에 도착했다. "내가 여기서 나가면 문을 잠가."

'우주선에서 가장 넓은 구역에 가둬두기. 그 편이 안전해.'

조애나와 볼프강은 그날 아침에 시체들을 재순환할 계획이었지만, 이안이 보낸 경고 메시지 탓에 모든 일이 중단되었다.

"정원에서 히로가 마리아를 공격했다는 소식을 전해드려야 할 것 같습니다. 사실은 좀 전에요. 마리아는 다쳤고, 히로는 도망 중입니다." 이안이 쾌활하게 날씨를 전하는 듯한 목소리로 말했다.

"젠장." 볼프강이 욕설을 내뱉었고, 둘은 시체를 복도에 내려놓고 정원으로 내려가는 사다리를 향해 달렸다. 사다리에서 선장을 만났다. 어금니를 꽉 깨문 카트리나 선장의 눈에는 분노가 서렸다.

볼프강은 정원을 좋아하지 않았다. 정원은 생활 공간이 있는 층과 바닥층 사이에 있는, 깊은 호수나 나무뿌리와 같이 생명을 유지하는 데 필수적이지만 겉으로 잘 드러나지 않는 것들을 넣어둔 층이었다. 그래서 그곳의 중력은 바닥층만큼 강하지는 않아도 볼프강에게 익숙한 중력보다는 셌다.

그래도 볼프강은 한 걸음씩 내려갈 때마다 몸이 무거워지는 걸 느끼면서도 최대한 빨리 앞장서서 사다리를 내려갔다.

사다리를 다 내려가니 헐떡거리며 노란 문에 기댄 마리아가 보였다. 얼굴 왼쪽이 붓는 중이었고 목에는 붉은 자국들이 나 있었다. 보호하듯이 오른쪽 손목을 가슴에 대고 있었다.

"무슨 일이야?" 카트리나 선장이 물었다.

조애나가 손을 내밀었다. "손목 줘봐요."

마리아는 조애나가 살펴볼 수 있도록 순순히 다친 팔을 내밀었다. "히로 일이에요." 마리아가 말했다. 그녀는 히로와 이야기를 하려고 정원에 갔는데 느닷없이 히로가 이성을 잃고 자신을 공격하기 시작했다고 설명했다.

"히로에게 야도카리가 있는 거 같아요." 마리아가 말했다.

볼프강은 언어가 아주 유창한 편은 아니었다. "국수 요리?"

"아니요, 불법적으로 이식된 인격을 뜻해요." 조애나가 얼굴을 찌푸리며 볼프강에게 말했다. 조애나는 다시 마리아에게 집중했다. "그런 건 아주 드물어요. 그 말이 맞다면 히로와 오랫동안 공존해왔을 여분의 인격은 물론이고 본래의 합법적인 클론이 멀쩡한 경우도 나는 본 적이 없어요."

"가능해요. 제가 그들에 관한 연구를 많이 했거든요." 마리아가 말했다. "그리고 히로가 그 사실을 확인시켜주었죠. 그는 여전히 히로이지만, 모든 인간성이 벗겨져 나간 것 같아요."

"알리바이를 얻으려고 그러는 것인지도 몰라." 볼프강이 비웃으며 말했다. 그가 히로를 흉내 내며 목소리를 높였다. "'난 그런 짓을 하지 않았어. 그건 내 이식된 인격이었어! 난 우리가 저마다의 살인자를 품고 있다고 생각해.'"

"꼭 그렇다고는 할 수 없어요." 조애나가 부드럽게 말했다.

"선생은 마리아나 치료해." 볼프강이 조애나의 반박을 무시하며 말했다. "선장님?"

카트리나 선장이 냉혹하게 고개를 끄덕였다. "가지."

✳

　조애나는 덜덜 떠는 마리아를 의무실로 데려가 두 번째 병상에 앉힌 다음 마리아의 턱을 가볍게 쥐고 좌우로 돌려보았다. "퍼렇게 멍든 인상적인 눈을 갖게 되겠네요." 조애나가 말했다. "눈은 잘 보여요?"

　"예, 괜찮아요." 마리아가 말했다. "저는 손목이 더 걱정돼요."

　조애나는 손목이 삐긴 했어도 부러지진 않았다고 진단하고 붕대를 가져와서 다친 부위에 조심스럽게 감기 시작했다. "상황이 좀 정리되면 나노봇을 투입해서 빨리 회복하도록 도울 수 있을 거예요."

　"왜 저 사람에게는 그걸 쓰지 않아요?" 마리아가 선장의 클론 쪽을 향해 고개를 까닥이고는 물었다.

　"지구에 있는 몇몇 특정한 연구소 외에는 뇌 손상을 치료할 정도의 성능을 가진 나노봇을 가진 데가 없어요. 그리고 그런 나노봇은 놀랄 정도로 비싸요. 많은 것들이 그렇지만, 우리는 클론에게 그런 것들이 필요하리라 생각지 않았죠." 조애나가 붕대를 고정하면서 마리아를 힐끗 올려다보았다. "정말 괜찮아요?"

　"모르겠어요. 무서워요. 히로가 걱정되고요. 저는 우리가 친구가 돼간다고 생각했어요. 이건 그의 잘못이 아니에요." 머리카락을 넘기는 마리아의 왼손이 떨렸다.

　"하지만 다시는 그와 단둘이 있지 말아야 해요." 조애나가 보관함을 뒤져 진정제를 찾으며 말했다. 조애나가 하나를 찾아서 반으로 갈랐다.

　"세상에, 당연하죠." 마리아가 불쑥 말하고는 신경질적으로 웃었다. "저도 바보는 아니예요." 마리아가 조애나가 건넨 진정제를 받았다. "이거 먹어야 해요?"

"당신은 혼란한 상태예요. 이걸 먹으면 아픈 것도 줄어들고 쉬는 데도 도움이 될 거예요. 여기서 좀 자요. 문을 잠가둘게요."

마리아가 고개를 끄덕이고는 알약을 맨입에 삼켰다. 그러고는 주머니를 이리저리 뒤졌다. "아, 그리고 이거 한번 시험해주세요. 제가 정원에서 독미나리를 찾은 게 거의 확실한 것 같아요."

"이게 왜 거기서 자라고 있을까요?" 조애나가 조심스럽게 식물을 받아들고 불빛에 비춰보았다.

"음식 인쇄기에 복제할 뭔가를 주기 위해서?" 마리아가 추측했다. "독을 인쇄하도록 미리 프로그램되어 있지는 않았을 거잖아요."

"확인은 해보겠지만, 당신 말이 맞을 것 같네요." 조애나가 말했다.

"제가 대신 봐드릴 수 있습니다." 이안이 말했다. "제 카메라에 보이도록 들어보세요. 테이프를 바른, 사무실에 있는 카메라 말고 작동하는 카메라에요, 조애나."

"지금은 눈이 더 많이 생겼을 것 같은데?" 조애나는 얼굴이 뜨거워지는 걸 느끼며 물었다.

"잘돼가고 있어요."

조애나는 벽에 붙은 카메라를 향해 식물을 들고는 이안이 모든 면을 볼 수 있도록 천천히 돌렸다.

"확실히 독미나리입니다." 이안이 말했다.

"이게 정원에 자라고 있는데, 음식 인쇄기에 이 식물을 인쇄하는 법을 가르칠 이유는 없지 않을까요?" 조애나가 말했다.

"어쨌거나요. 불로 싸질러버리죠." 눈두덩이가 점점 부어오르는 마리아가 말했다.

"우주선에 불을 내지는 말자고요." 조애나가 마리아에게 침대에 누우라고 권하며 다정하게 말했다. "파내버릴 수도 있어요."

"조애나, 히로가 그랬다고 생각해요?" 마리아가 베개에 머리를 묻으며 물었다.

"히로에게 유리한 상황은 아닌 것 같지만, 아직은 우리가 모든 정보를 다 아는 건 아니니까요." 조애나가 의심을 드러내지 않고 말했다. "먼저 그를 찾아보죠. 하지만 그건 당신의 일이 아니에요. 좀 쉬어요."

"그는 아니에요. 저는 확신해요. 히로는 그것과 같이 자기 안에 갇혔어요. 그가 가끔 정말 느닷없이 개자식이 되는 것도 놀랄 일이 아니죠. 그래도 저는 이제 더 이상 그를 믿지 않아요."

마리아가 잠에 빠져들었다.

'마리아는 생색이 나지 않는 일을 해. 우린 그녀에게 더 고마워해야 해.'

18

마리아의 사연

211년 전
2282년 7월 10일

마리아 아레나 의학박사는 회색 정장의 허벅지께를 매만지고는 긴장하지 말라고 자신에게 단호하게 말했다. 그녀는 백 살이 넘었고, 이전에도 의뢰인들을 상대해왔다. 이 경우가 꼭 그렇지는 않다는 건 인정해야겠지만 말이다. 지금은 뭔가 심각한 사업을 집적거리고 있지만, 마리아는 자기가 하는 일이 어떤 일인지 잘 알았고, 이런 근사한 바지정장을 입었어도 그녀는 여전히 그녀였다.

불명예를 얻고 어디에도 고용될 수 없는 천민이 되었지만, 그래도 그녀는 여전했다. 자율주행 리무진이 멈추자 도어맨이 황급히 다가와 차에서 내리는 마리아를 도와주었다. 실크가 섞인 옷감이 피부를 스치자 전율이 일었다. 하이힐을 신지도 않았고 드레스를 입지도 않았는데 도움을 받는 것이 우습다고 느끼면서도 마리아는 잠자코 받아들였다.

"아레나 박사님." 도어맨이 중얼거렸다. "파이어타운에 오신 걸 환영합니다."

세상에서 제일 높은 건물인 파이어타운은 높이가 꽉 찬 1킬로미터였고, 하나의 도시처럼 건설되어서 누구도 건물 밖으로 나설 일이 없었다. 안에는 쇼핑몰과 호텔과 식료품점과 병원과 나이트클럽과 극장과 공원과 스포츠센터가 있었다. 51층에는 무단 거주 중인 노숙자들도 있었다. 그러나 예배를 보는 곳은 한 군데도 없었다.

파이어타운은 제1차 뉴욕 클론 폭동이 일어난 자리에 세워졌다. 빌딩의 주인인 샐리 미농은 클론들을 위한 안전한 피난처로 그 빌딩을 세웠다. 전 세계 클론 인구의 3분의 1이 그 빌딩에 살았다. 이곳에 와본 적이 없던 마리아는 외경심에 사로잡혔다.

둘은 말쑥하게 차려입은 사람들이 지키는 안내대와 거울로 치장된 벽 때문에 호텔과 아주 비슷해 보이는 현관 로비를 지났다. 마리아는 거울에 비치는 자신을 보고 허리를 쭉 펴며 자세를 가다듬었다. 그녀는 안내대로 갔다.

"마리아 아레나입니다. 예약이 되어 있을 겁니다." 마리아가 안내대를 지키는 땅딸막한 갈색 피부의 여성에게 말했다.

'가즈라'라는 이름표를 단 여자가 미소를 짓고는 흘러내린 긴 검은 머리카락을 쓸어넘기며 마리아에게 고개를 끄덕였다. "확인됐습니다, 아레나 박사님. 제가 VIP 승강기로 모시겠습니다."

가즈라가 앞장을 서더니 사람들이 참을성 있게 길게 줄을 서서 기다리는, 적어도 스무 대는 되는 듯한 엘리베이터를 지나 빨간색과 금색 다마스크 벽지로 장식한 복도로 마리아를 이끌었다. 그러고는 출입 카드로 어떤 문을 열고 마리아를 먼저 들여보냈다.

식물과 돌바닥, 분수 하나, 야외의 작은 석굴처럼 꾸민 작은 로비가 나타났다. 아름다운 한 쌍의 커플이 거기서 빈둥거리고 있었다. 마리아는 그들이 그곳을 근사하게 보이도록 만드는 장식품 역할을 하는 대가로 돈을 받는지 궁금해졌다. 손쉬운 돈벌이지만 끔찍하게 지루할 듯했다.

먼 벽 중앙에 엘리베이터가 하나 있었다. 가즈라가 다시 출입카드를 쓰고는 미소를 지었다. "이쪽입니다." 문이 열리는 순간 그녀가 말했다.

"몇 층이죠?" 푸른 카펫을 깔고 사방을 거울로 둘러 다른 곳과 마찬가지로 호화롭게 꾸민 엘리베이터 안으로 발을 들여놓으며 마리아가 물었다.

"버튼이 하나밖에 없습니다." 가즈라가 제어판에 있는 단추를 가리키며 말했다. '95'라고 적혀 있었다. 가즈라의 미소를 가리며 문이 닫히자 마리아는 심호흡을 했다. 제어판에는 '열림'이나 '닫힘' 단추도 없고 비상용 전화도 없으니, 뛰어난 건축 기술을 믿는 수밖에 없었다. 그녀는 '95'를 누르고 귀가 먹먹해질 여행에 대비했다.

두 층을 지나자 뒷벽이 사라졌다. 엘리베이터가 유리로 만들어진 걸 그제야 알았다. 거울처럼 반사하는 세 면과 달리 한쪽 면은 바깥세상을 보여주었다. 마리아는 자기가 위로 오르는 것이 아니라 도시 전체가 아래로 꺼지는 것 같은 이상한 기분을 느끼며 위로 올랐다.

비행기를 제외하고 지금껏 올라본 곳 중에서 제일 높은 곳으로 오르자 마리아는 현기증을 느끼며 눈을 감았다. 그녀는 문을 바라보고 서서 또 한 번 심호흡을 했다. '넌 해낼 거야.'

문이 열리자 상식을 거부하는 어느 펜트하우스 안이었다. 아주 귀한 그림과 동상과 대리석 바닥이 완비된 미술관처럼 보였지만, 빨대 달린 컵과 장난감 트럭이 종잡을 수 없이 탁자 위에 흩어졌고, 반쯤 먹은 에너지바 하나가 바닥에 떨어져 있었다. 마리아는 놀랐다. 클론들은 DNA 차원에서 불임 처리되었고, 대부분은 그런 상태에 만족했다. 무엇보다 클론 복제 자체가 본래부터 이기적인 행위였다. 클론은 자신의 다음 화신에게 재산을 상속했다. 하지만 클론도 양자녀나 다른 가족 구성원의 아이를, 또는 수양 자녀나 입양 자녀를 가질 수 있었다. 그제야 어디선가 샐리의 인간 배우자에게 아이들이 있다는 얘기를 읽은 기억이 났다.

작은 회색 시츄 한 마리가 복도를 따라 돌진해 와서는 마리아를 향해 짖어댔다. 그녀는 버려진 에너지바를 그쪽으로 슬쩍 밀어서 개의 관심을 분산시켰다. 개가 에너지바를 물고는 으르렁거리며 어디론가 끌고 갔다.

"음, 타이탄 다루는 법을 아시는군요. 그건 인정해야겠어요." 뒤에서 누가 말했다.

샐리 미뇽은 작고 탄탄한 몸집에 난색 계열의 갈색 피부와 갈색 머리카락을 후광처럼 두른 여자였다. 세상에서 가장 무자비한 여성 사업가로는 보이지 않았다. 그녀는 사업상의 경쟁자인 벤 심스가 최고경영자 자리에 올랐다는 이유로 거대 통신회사 AT&Veriz를 혼자 힘으로 몰락시킨 여자였다. 그 회사가 파산하자 통째로 인수한 후 그를 해고했다. 그녀는 거대한 초고층 빌딩들과 고층 부동산으로 막대한 부를 축적했고, 사람들 말로는 루나 돔에도 지분이 있다고 했다. 그녀에 관한 소문이 사적인 자리마다, 그리고 타블로이드판 신문마다 무성했다. 그녀가 초기 클론 중 한 명이라거나, 그녀가 첫 클론이라거나, 그녀가 첫 클론을 죽였다거나, 그녀가 클론들이 다시 정권을 잡을 수 있도록 법 수정에 영향력을 행사할 것이라거나, 그녀가 이미 대통령을 꼭두각시 다루듯이 좌우하고 있다거나, 그녀의 첩자들이 모든 경쟁사 경영진에 최소한 부사장급 이상의 직급으로 파고들어 있다거나, 그녀가 주식시장에서 적시에 공매도를 내는 방식을 통해 거금을 벌면서도 내부자 거래로 잡힌 적이 없다거나, 괌에 사는 대학 친구가 러시아와 오스트레일리아 간의 분쟁에 끼이고 싶지 않아 해서 그녀가 양국 간에 끓어오르던 전쟁 위기를 중단시켰다거나, 괌에 사는 전 애인이 그 분쟁에 끼었으면 하고 바라는 마음에 그녀가 전쟁을 일으키려고 했다거나.

어딜 가나 소문이 무성했지만, 샐리 미농과 괌이 어떤 식으로든 깊이 관련되어 있다는 데에는 다들 동의했다. 그리고 전 세계에 다행스럽게도, 그 전쟁은 일어나지 않았다.

지금 샐리 미농은 얼룩이 묻은 두꺼운 스웨터와, 실크와 데님이 섞인 청바지를 입고 있었다.

샐리가 손을 내밀어 악수를 하고는 마리아를 지나쳐 안으로 들어가며 따라오라는 몸짓을 하고는 현관 로비의 조각상에 감긴 노란 실을 아무렇지도 않게 걷어냈다.

"프로그래밍할 일이 좀 있어서요." 샐리가 마리아를 주방으로 이끌며 말했다. 잡지에나 나올 것 같은 반짝거리는 최첨단 주방이었다. 다만 개수대에 담긴 설거짓거리와 구석에 버려둔 리넨 장바구니와 물을 줘야 할 듯한 관엽식물이 있는, 실제로 사람이 쓰는 주방으로 보인다는 점만 달랐다.

"저는, 아…, 저는 프로그래머가 아니에요." 마리아가 버릇대로 말했다.

샐리가 어깨너머로 고개를 돌려 마리아와 시선을 마주치더니 빤히 쳐다보았다. "그래요, 나도 그 은어를 알아요. 하지만 여기는 안전해요. 가정부에게도 오늘은 오지 말라고 얘기해뒀어요." 샐리가 설거짓거리를 가리키며 말했다. "아이들은 유모가 45층에 있는 영화관으로 데리고 갔어요. 요점만 말하자면, 헛소리는 집어치우고 내 시간을 낭비하지 말아요. 당신은 프로그래머예요. 나는 프로그래밍할 일이 있고요."

"좋아요, 그러면 어떤 종류의 프로그래밍이 필요하신가요?" 마리아가 입안에서 금지된 듯 느껴지는 단어를 내뱉었다.

클론의 권리를 결정할 세계 정상회담이 아직 몇 개월 남았지만, 미국과 쿠바는 이미 클론의 마인드맵에서 편집할 수 있는 범위를 규제하는 국가법을 제정했다. 전 세계가 북미를 따라갈 거라고 다들 예상했다.

이런 점을 세세하게 짚지 않더라도, 마리아는 현재 실직 상태였다. 도처에서 재능 있는 프로그래머들이 속속 해고되었고, 사회적으로도 배척받는 중이었다. 대부분은 다른 직업 훈련을 받기 위해 학교로 돌아갔지만, 일부는 고집스럽게 하던 일을 계속했다. 지하에서 말이다.

'목욕통 아기'들을 비롯한 불법적이고 비윤리적인 행위들이 알려진 뒤로는 확실히 해커들에 대한 인상이 나빠졌다. 그런 뉴스들이 터져 나오는 시점에 클론 복제에 반대하는 폭동이 시작되자 상황은 위험해졌다.

마리아는 오랫동안 마인드맵 조작 기술을 발전시키는 일을 했었다. 그녀는 가게에서 물건 한번 훔쳐본 적 없는 사람이었다. 그러던 그녀가 요즘은 훨씬 중대한 법률들을 어기고 있었다. 그리고 지금 이 나라에서 가장 막강한 인물이 그녀에게 일을 의뢰하는 중이었다.

"저는 무고한 사람들을 살해하는 일에는 응하지 않습니다. 슈퍼맨을 만드는 잔치에도 참여하지 않을 것이며, 제 보수는 협상이 불가합니다." 마리아가 주방 식탁에 앉아 다리를 꼬면서 말했다. 막강한 인물 앞에서 위축되는 것보다는 사업을 논의하는 것이 훨씬 편하게 느껴졌다.

샐리가 마리아의 맞은편에 앉아 고개를 저었다. "난 그런 건 아무것도 요구하지 않아요." 그녀가 먼 벽에 난 닫힌 문을 향해 고개를 까딱였다. "난 당신이 내 배우자인 제롬을 해킹해줄 수 있는지 알고 싶어요. 이번이 그의 첫 번째 생이에요. 그는 클론 복제를 할 예정이지만, 다발성경화증이 있어요. 그의 형제와 아버지, 할머니가 모두 그 병을 앓았죠. 그는 죽어가고 있어요. 제가 지금 있는 그대로의 그를 복제하면, 그는 모든 생에서 다시 고통과 느리게 진행되는 신체기능 저하를 겪어야 할 거예요. 그리고 그가 얼마나 살지 알 수 없어요. 그는 자살하고 싶어 하지만, 저는 그를 보낼 수 없어요. 그럴 순 없지요."

"다발성경화증을 제거하라고요? 그게 다예요? 그건 할 수 있어요." 마리아는 더 적은 보수를 받고 더 심한 일도 했었다. 뇌성 마비를 일으킨 돌연변이를 제거하는 동시에 푸른 눈과 더 예쁜 얼굴을 갖도록 어느 아기의 DNA를 조작했던 날, 그녀는 인사불성이 되도록 술을 마셨다. 자신은 그 여자아이의 영아살해에 가담하지 않았다고, 그 범죄는 아이 부모의 양심에 걸린 문제라고 스스로를 다독였지만, 그녀는 자기 두 손이 여전히 더럽게 느껴졌다.

마리아는 계약조건을 제시하기 위해 윗옷 안주머니에서 태블릿을 꺼내 파일을 연 채로 식탁 너머로 건넸다. "보수, 제가 할 일과 하지 않을 일, 누군가의 DNA 구조를 건드릴 때 생길 수 있는 위험, 그리고 우리가 들켰을 때의 법률문제 등입니다."

샐리의 눈이 계약서에서 허점을 찾는 숙련된 사람의 자연스러운 태도로 화면을 훑어내렸다. "당신이 잡히면 내가 그 법률적 비용을 대는군. 좋은 방식이야."

마리아가 어깨를 으쓱거렸다. "자기보호는 지각 있는 삶의 신호 중 하나죠." 그녀가 말했다.

샐리가 엄지를 태블릿의 감지장치에 대고 문서에 서명했다. 고개를 들지도 않고 그녀가 말했다. "당신이 뭔가 불법적인 일을 하는 거라면, 이런 계약을 해봤자 의미가 없지 않아요?"

"저는 제 고객에게 우리가 무엇에 합의했는지 일깨워드릴 수 있는 편을 좋아해요." 마리아가 말하며 샐리에게 빈 메모리 드라이브 하나를 건넸다. "당신 배우자의 마인드맵을 여기에 넣어주세요. 그를 집으로 데려가서 작업하겠습니다. 내일 돌려받으실 수 있어요."

"여기서 프로그래밍을 해도 돼요. 부탁해요." 샐리가 말했다. 공손한 말과는 달리 완고한 어조였다. "제가 배우자의 정보를 밖으로 내돌리는 사람이 아니라서요. 그것도 도시 밖으로는요."

마리아가 한숨을 쉬었다. "그리고 저는 제가 하는 종류의 일을 다른 사람의 통신망을 이용해서 하는 사람이 아닙니다. 말씀하셨던 대로, 심하게 불법적인 일이라서요. 제 집 통신망의 보안 상태는 알지만, 이곳의 상태는 모르니까요."

"계약 파기 사항인가요?" 샐리가 마리아의 눈을 똑바로 바라보며 물었다. "당신은 수백만 위안을 차버리고 있어요."

클론이 되고 나서 첫 몇십 년 동안 마리아가 했던 투자가 최고의 성과를 거뒀다고는 할 수 없었다. 그녀는 원하는 만큼 넉넉한 형편을 갖추지 못했다. 하지만 백 퍼센트 안전한 환경이 아니라면 온갖 함정과 추적자와 자동 검색 프로그램들이 그녀의 작업을 추적할 수 있을 테고, 그녀가 소유권을 가진 코드가 유출된다면 법적으로나 직업적으로나 피해를 볼 수 있었다.

마리아는 입술을 깨물고는 고개를 끄덕였다. "예, 이건 너무 위험해요." 그녀가 일어섰다. "시간을 낭비하게 해드려서 죄송합니다, 미농 씨. 만나서 반가웠어요." 마리아가 손을 내밀었다.

샐리가 그 손을 물끄러미 쳐다보더니 웃음을 터뜨렸다. "마침내, 근성이 있는 사람을 만났군요. 좋아요, 당신의 집 통신망을 써도 돼요."

이것이 자신의 기질을 시험하는 것이라고는 예상치 못했던 마리아는 한숨을 내쉬었다.

샐리가 주방 조리대에 있던 드라이브를 집었다. "하지만 제가 같이 갈 거예요."

제롬을 돌봐줄 간병인에게 전화 한 통, 샐리의 자율주행 차량들을 관리하는 개인차고 담당자에게 전화 한 통, 공항에 전화 한 통, 그리고 샐리가 지저분한 스웨터 위에 가죽 재킷을 걸치자마자 마리아와 샐리는 JFK 공항을 향해 뉴욕의 교통량을 미끄러지듯 통과하고 있었다.

"아이들에게 인사를 하지 않아도 괜찮아요?" 마리아가 물었다.

"오늘 왠지 출장을 갈 것 같은 기분이 들어서…. 아이들은 이미 알아요."

"저와 같이 가리라는 걸 어떻게 알았어요?"

"마리아, 난 당신을 신중히 고려했어요. 난 바보를 채용하는 사람이 아니니까요. 당신이 내 통신망에서 일하지 않으리라는 건 알았어요."

둘은 아주 유력한 인물들만 누리는 겉핥기식 보안 검사를 통과해 일등석에 앉았다.

"어차피 플로리다에 갈 걸 알았다면, 왜 제롬을 데리고 저를 만나러 오지 않았어요?" 마리아가 물었다.

"왜냐하면, 내가 먼저 당신을 만나고 싶었으니까요." 샐리가 말했다. "내가 당신을 잘못 판단했을 경우를 생각하면, 그 편이 더 수월해요."

"자가용 제트기가 없는 게 놀랍네요. 파이어타운 전부를 소유하고 있지 않아요?" 마리아가 물었다.

"난 비행기 타는 걸 좋아하지 않아요. 필요 이상으로 비행기 안에서 시간을 보내는 것이 무슨 의미가 있는지 모르겠어요." 샐리는 승무원이 건네는 미모사 칵테일 두 잔을 받았다. 한 잔을 내려놓고 한 잔을 들었지만, 마리아에게 건네지 않았다.

마리아는 아침에 아파트를 청소해놓고 나왔는지 걱정이 되었다.

"플로리다에서 사는 건 괜찮아요?" 샐리가 승무원에게 손을 들어 보이면서 물었다. "여기 내 친구에게도 미모사 두 잔."

"예, 미뇽 씨." 승무원이 공손하게 말했다.

"괜찮아요." 마리아가 말했다. "쿠바에 쉽게 갈 수 있을 정도로 가깝지만, 친척들이 불편하게 느껴지지 않을 정도로는 멀거든요."

샐리가 웃음을 터뜨렸다. "아직 친척이 있어요?"

"물론이죠. 다들 그렇잖아요. 저는 아이를 가진 적은 없지만, 가끔 고손주뻘 조카나 조카딸이 저를 찾아서 도움을 요청해요."

"기생충들." 샐리가 말했다.

마리아가 고개를 저었다. "친척이에요. 그들을 돕는 건 저에게는 대체로 아무 문제가 안 돼요."

"관대하군요." 샐리가 말했다. "난 그렇게 쉽게 넘어가는 사람이 아니에요. 그걸로는 그들에게 아무것도 가르치지 못할 거고요."

"왜 제가 그들에게 뭔가를 가르쳐야 하죠?" 마리아가 물었다. "마주칠 때마다 그들에게 뭔가를 가르쳐줘야 할 필요가 있나요?"

마리아는 승무원이 가져온 미모사 두 잔을 받아 한 잔은 재빨리 마시고 두 번째 잔은 천천히 음미했다. 승무원이 와서 빈 잔들을 가지고 가자, 둘은 비행 안전 수칙이 안내되는 동안 말없이 앉아 있었다. 샐리는 승무원에 집중했고, 마리아는 자주 반복되는 정보에 그렇게 집중하는 사람이 있다는 사실에 놀라며 샐리를 쳐다보았다.

비행기가 가볍게 떨면서 공중으로 치솟았다. 샐리는 앞 좌석에 시선을 고정했다. "사람들은 개를 좋아해요." 마치 대화가 끊긴 적이 없었다는 투였다. "매 순간 개에게 뭔가를 가르치죠. 개가 문간에서 낑낑대면 사람들은 낑낑대는 소리가 성가시니까 개를 밖으로 내보내요. 개들은 낑낑대면 문이 열린다고 배우죠. 저녁에 포도주를 마시기 전에 개에게 간식을 주면, 개는 포도주병이 나오면 간식이 따라 나온다고 배워요."

"그리고 친척에게 돈을 주면, 일하지 말라고 가르치는 건가요? 자선이나 선물 같은 것에 대한 당신의 의견은 그래요?" 마리아가 물었다.

"난 정말로 필요한 사람에게, 그리고 일하지 않는 게으른 사람이 아니라 정당하게 버는 사람에게 주는 걸 좋아해요. 당신 친척들은 일을 해요?"

"저는 숙모의 선물을 받으려고 신청서를 작성할 필요는 없다고 생각하고 싶네요." 마리아가 딱딱하게 말했다.

"진정해요. 당신 친척들의 사탕을 뺏지는 않을 테니까." 샐리가 약간 느긋한 태도를 보이며 말했다. "그냥 대화를 해보자는 거였어요."

마리아는 느긋함의 이미지를 완벽하게 재현하는 듯한 샐리의 자세와 무릎에 편안하게 놓인 그녀의 두 손을 쳐다보았다. 너무 완벽했다. "샐리, 비행기 타는 걸 그렇게 싫어하면서 왜 저와 같이 집에까지 가겠다고 고집했어요?" 마리아가 물었다.

샐리가 얼굴을 찌푸렸다. "그 질문이 나오지 않기를 바랐는데."

"그러면 최대한 짧게 대답해요." 마리아가 제안했다.

"난 비행기 타는 걸 좋아하지 않아요. 하지만 일 때문에 해야 하죠. 늘 그래요. 한 번도 가보지 않고서 범태평양 지역에 있는 빌딩들을 소유할 순 없잖아요. 좋지 않은 투자죠."

"그러면 당신은 주삿바늘을 무서워하면서도 알레르기나 뭐 그런 것 때문에 자주 주사를 맞아야 하는 사람 같은 거예요?" 마리아가 물었다.

"상당히 비슷해요." 샐리가 말했다. "당신의 그 게으름뱅이 친척 얘기나 다시 하면 안 될까요?"

"비행시간이 짧으니까, 걱정하지 말아요."

"그건 우리가 미친 듯이 빨리 가기 때문이잖아요." 샐리가 말했다. "예전에는 비행이 더 오래 걸렸지만, 더 느리고 더 안전했어요."

"시속 8백 킬로미터로 땅에 부딪히나 시속 2천 킬로미터로 부딪히나 죽는 목숨에겐 매한가지일 것 같은데요."

샐리가 이를 악물었다. "도움이 안 되네요."

둘은 나머지 비행시간 동안 샐리의 아이들과 마리아의 조카들 얘기를 했다. 마이애미에 내리자마자 샐리의 자세는 거의 인간적인 자세로 복구되었다.

마리아는 마이애미 남부에서 제일 좋은 동네라고는 여겨지지 않는 지역의 낡은 아파트 건물에 살았다. 둘은 녹슬고 낡은, 아직도 운전사를 필요로 하는 정말로 오래된 차 몇 대를 지나쳤다. 자율주행 차들이 표준이 된 이후로 자동차 수리공들은 옛날 차들을 계속 굴러가게 만드는 사업으로 꽤 괜찮은 수입을 올렸다. 이제 차를 직접 모는 사람들은 자유와 신기한 것을 좋아하는 부유한 사람들과 자율주행 차로 바꿀 정도의 여유도 없는 가난한 사람들뿐이었다.

마리아는 샐리가 목적지에 대해서 아무 말 않는 것이 고마웠지만, 자신의 뒷조사를 했다면 이미 신상을 전부 알고 있으리라는 사실을 금방 깨달았다. 마리아가 사는 3층 아파트에 도착하자 마리아가 출입카드를 꺼내 안으로 밀어 넣고는 가방에서 작고 검은 상자를 꺼냈다. 그걸로 문을 가리키자 레이저가 켜지면서 숫자판이 나타났다. 마리아는 일곱 자리 비밀번호를 입력하고 레이저를 껐다. 문이 찰칵 열렸다.

샐리가 한쪽 눈썹을 치켜들었다. "보안에 관해서는 농담이 아니었군요."

마리아가 씩 웃었다. "이건 그저 시작에 불과해요."

마리아가 문을 열고 샐리를 안으로 들여보냈다. 진갈색 바닥 여기저기에 하얗고 폭신폭신한 깔개들이 놓였다. 모두 검은색 가죽으로 맞춘 거실 가구가 벽에 설치된 장식적인 가스 벽난로를 향해 배치돼 있었다. 천장에는 하얀 벽에 영상을 투사하도록 설계된 네모난 프로젝터가 달렸다. 다양한 자주색과 붉은색을 쓴 충격적인 '작품' 하나를 포함한 수많은 현대 초현실주의 작가들의 작품이 벽을 따라 흘러넘쳤다.

샐리가 그 작품을 가리켰다. "저건 포가티? 벽에다 바로 그린 거예요?"

"예." 마리아가 정장을 벗으려고 침실로 향하며 말했다. "친구예요."

"돈을 주고 그리게 한 거예요?" 샐리가 거실에서 큰 소리로 물었다.

마리아는 정장을 헝클어진 침대에 벗어놓고 장롱에서 청바지와 티셔츠를 꺼냈다. "딱히 그런 건 아니에요. 파티를 열었는데 그가 취해서 저에 대한 사랑을 선언하겠다고 하더라고요. 그러고는 제 벽과 놀아났죠. 처음에는 화가 났지만, 나중에는 그냥 마이애미에서 제일 비싼 벽을 가졌다고 생각하기로 하니까 괜찮아졌어요."

샐리가 다른 그림으로 옮겨간 듯했다. "반 고흐도 울고 가겠네요. 둘이 사귀었어요?"

"잠시요." 마리아가 말했다. "막 불꽃이 튀거나 그런 건 아니었어요. 하지만 빌어먹을, 그는 그림 그릴 줄을 알잖아요."

"난 예술가들의 클론 복제 기금을 대는 후원 프로그램을 하나 할까 고민 중이었어요." 샐리가 말했다. "창작 작업을 계속할 수 있도록 지원하고 클론 복제를 하려고요. 하지만 제롬은 그게 계약 노예제 같다고 하더군요." 샐리가 인상을 썼다.

"듣기에 따라서는 그들이 계속 창작하기를 바라지만 창작을 그만두면 더는 클론 복제를 해주지 않겠다는 말처럼 들리는군요."

"그건 좀 극단적이네요. 그리고 무슨 수로 창작자가 창작을 하지 못하도록 막을 수 있겠어요? 결국 난 내 돈을 투자할 다른 곳들을 찾았죠."

마리아가 옷을 갈아입고 침실에서 나와 보니 샐리가 또 다른 포가티 진품 앞에 서 있었다. 그 작품은 제대로 캔버스에 그린 그림이었다. 샐리가 벽에 그린 작품을 다시 가리켰다. "이사를 못 하는 이유가 이거예요?"

"이유 중 하나죠." 마리아가 말했다. "다른 이유로는, 돈을 벌기시작할 때부터 이곳을 꾸미기 시작했는데, 다른 곳으로 가면 그모든 일을 다시 해야 한다는 것도 있어요. 그래서 그냥 머물렀죠. 남의 관심을 끌지만 않으면 도둑이 들 위험도 적고요."

"그리고 사람들이 당신을 부유한 해커라고 여기지도 않겠죠." 샐리가 말했다.

마리아가 씩 웃었다. "그것도요." 그녀가 손을 내밀었다. "자, DNA 정보를 볼까요."

제롬의 마인드맵을 구성하는 코드를 2시간 동안 살펴본 후에 마리아는 만년에 다발성경화증을 유발하는 유전적 기형을 확인했다. 그녀는 해당 데이터를 무력화하는 코드를 삽입하고 새로운 DNA가 사라진 요소를 참조하지 않도록 그 주변을 정리했다.

"왜 그냥 삭제해버리지 않아요?" 샐리가 물었다.

"그건 너무 위험해요. 어쨌든 코드를 무력화만 해놓으면 원본은 아직 있다는 거니까, 제가 뭔가를 엉망으로 만들어도 옛 코드로 되돌릴 수 있다는 의미죠."

"그러면 당신은 백업을 만들어 보관하지 않아요?"

마리아는 화면에서 눈을 떼지 않았다. "예, 사람들의 마인드맵 백업을 개인적인 용도로 보관하는 건 비윤리적이에요. 제 고객들은 저에게 준 데이터를 모두 받아가요."

마리아는 잠시 쉬면서 샐리에게 마실 걸 권하고는 커피를 내리는 동안 피곤한 눈을 문질렀다.

"일을 해줘서 고마워요." 피곤해 보이는 데다 약간 눈이 휘둥그레진 샐리가 말했다. "사람들이 말한 대로 훌륭하네요."

"고마워요." 마리아가 머그잔을 가져오며 말했다.

"궁금한 게 있어요." 샐리가 말했다. "거기 들어간 김에 몇 가지 다른 것도 바꿀 수 있어요?"

"그게 무언지에 달리긴 했지만, 물론이죠."

"그가 날 더 사랑하도록 만들어줘요. 다시는 바람을 피우지 않게 만들어줘요. 내가 그를 클론 복제한 것에 대해 화를 내지 않도록 만들어줘요." 샐리가 씁쓸하게 말했다.

마리아가 놀라서 고개를 돌렸다가 샐리의 얼굴에 떠오른 고통스러운 표정을 보고는 흠칫했다. "그가 클론 복제에 동의하지 않았어요?"

"아직요. 그는 곧 죽을 테고, 자신이 다시 스물다섯일 때 내가 여전히 50대로 보이면 우리 관계에 문제가 생길 거라고 걱정해요. 지금도 내가 그보다 훨씬 나이가 많다고 말해도 소용없어요. 그는 이해하지 못해요."

마리아가 고개를 저었다. "대부분 그렇죠. 자신이 클론이 될 때까지는요." 그녀가 말을 멈추고는 입술을 깨물었다. "원하신 그것들은, 진심이에요?"

샐리가 잠시 괴로움을 떨치며 눈가를 훔쳤다. "그렇게 복잡한 일도 할 수 있어요? 저는 실제로 가능하다고는 생각지 않았어요."

마리아가 불편한 마음으로 어깨를 치켜들었다. "할 수 있는 사람이 많지는 않아요. 그렇지만 제가 제일 잘하는 일이 그런 것이고, 그 때문에 제가 여전히 암시장에서 이 일을 하고 있기도 하죠. 저는 말씀하신 걸 상당 부분까지 할 수 있어요. 모두는 아니지만요. 그래도 제가 인격에 가하는 모든 해킹은 위험해요. DNA 구조에서 다발성경화증을 잘라내는 건 쉽죠. 사람의 자기인식과 감정을 휘젓는 건 훨씬 복잡해요. 또 위험하고요."

마리아가 속속들이 이해하는 언어. 샐리는 화면에 뜬 색색깔로 반짝이는 숫자들을 뚫어지게 쳐다보았다. 샐리가 고개를 끄덕이자 눈물 한 방울이 뺨으로 굴러떨어졌다. "해줘요."

마리아는 다시 단말기로 고개를 돌리고는 사랑과 부정(不貞)과 용서를 찾아 수 테라바이트에 이르는 정보를 뒤졌다. 그녀는 샐리의 배우자에게 변경된 내용을 입력하기 시작했다.

이 시점에서, 마리아는 고객을 판단할 위치에 있지 않았다.

하지만 마리아는 그처럼 취약하고, 눈물이 그렁그렁한 샐리를 다시는 보지 못했다.

* * *

119년 전
2374년 10월 1일

기자는 젊은 백인인데 손목에 로마 숫자 'I'을 새긴 문신이 있었다. 문신을 통해 자신이 클론 복제될 의도를 가진 긴 계보의 첫 번째임을 보여주고자 하는, 당시의 일시적 유행이었다. 그 문신은 뭔가를 '첫 번째 연례행사'라고 부르는 것과 같았다. 두 번째가 없으면 첫 번째도 없는 법이니까.

마리아는 이 자리에 오고 싶지 않았다. 하지만 그녀는 거의 백 년 동안 샐리 미뇽의 고용인이었고, 그새 상당한 부도 쌓았다. 그녀는 샐리가 요구하는 많은 일을 해왔다.

기자는 얼굴에도 여러 문신이 있었는데, 비클론적 생활양식을 드러내는 또 다른 사치였다. 그녀의 왼쪽 뺨에는 별이 있고, 앞뒤로 반을 삭발한 머리 두피를 따라 더 많은 별이 새겨져 있었다. 오른쪽에 남은 머리카락은 길고 푸른 직모였다.

그녀는 뻔뻔스럽게 클론 폭동의 양측 입장을 오가며 기사를 썼고, 균형적인 입장에서 기사를 쓴다고 떠들어대면서도 일부 유망한 클론들의 아주 오래된 흠집을 들추기에 주저하지 않았다. 신경에 거슬리긴 했어도 그녀는 취재에 있어서만은 마리아가 마인드맵 코드를 수색할 때만큼이나 유능했다. 샐리는 그녀의 기술에 탄복하여 급료를 지급했다.

그녀의 이름은 마르티니였고, 지금 그녀가 마시고 있는, 샐리가 사줄 수 있는 최고급 보드카의 이름도 마르티니였다.

마실 것이 온 뒤에(샐리와 마리아는 위스키였다) 샐리가 쾌활한 미소를 지으며 태블릿을 꺼내 〈뉴욕 타임스〉 1면을 불러냈다. "전 세계와 루나에 테러리스트 클론 폭동 발발. 새로운 성간 우주선인 '도르미레호'를 파괴하려다 수십 명 부상. 출항이 수년 연기될 수도"라는 기사가 대문짝만하게 나 있고, 돔 바깥에서 찍은 루나의 사진이 같이 실려 있었다. 돔 안에서 누군가가 지저분하게 살해되었는데, 합성 다이아몬드 구조물에 피가 튈 정도로 돔에서 가까운 지점이었다.

퓰리처상을 노리는 일부 사진기자들이 바로 그런 사진을 얻기 위해 우주복을 입고 돔 바깥으로 나가는 모험을 감행했다.

"여기서 뭐가 잘못됐지?" 샐리가 마르티니에게 물었다.

마르티니가 어깨를 추어올렸다. "클론들은 인간들이 새로운 행성을 식민지화하는 걸 좋아하지 않아요. 그래서 폭동을 일으켰고, 우주선을 때려 부수려 했죠. 그 기사 안 읽으셨어요?"

마리아는 얼굴이 찌푸려지는 걸 잔으로 가렸다. 이 여자는 무슨 말을 해야 할지, 더 중요하게는 무슨 말을 하지 말아야 할지를 알기에는 샐리의 밑에 있었던 시간이 길지 않았다.

"제 말은, 제가 뉴스를 통제하지는 않는다는 거죠. 클론들이 그런 짓을 해놓고서 어떻게 아무 일도 없었다는 듯이 돌아와서 여전히 좋은 사람으로 보이길 기대할 수 있겠어요?" 마르티니가 말을 이었다.

"난 뉴스를 통제하라고 너에게 돈을 주는 거야." 샐리가 말했다. "방법이 뭐든, 난 신경 쓰지 않아. 하지만 넌 큰 범위에서는 클론들에게, 작은 범위에서는 나에게 이득을 주는 기사를 써야 해. 세상에는 수만 명의 클론이 있고, 우리 대다수는 인간의 법 테두리 안에서 잘 지내고 있어. 그리고 우리는 클론도 아르테미스에 갈 수 있도록 그 우주선에 서버를 두기 위해 작업 중이야. 그런데 네 신문이 우리에게 테러리스트라는 딱지를 붙였지."

"하지만…." 마르티니가 입을 열었지만, 승기를 잡은 건 샐리였다.

"이 지구상에 있는 모든 집단에는 극단적인 개인들이 있어. 기독교인에서부터 무슬림까지 신의 이름으로 살인을 저지르는 독실한 추종자들과, 밑으로는 부모에서 아이로 학대의 순환을 영구화하는 사람들까지. 그런데 어느 시점에 그 사람들에게 테러리스트라는 딱지가 붙여지는지 알아?"

마르티니가 말했다. "정부가…."

"뉴스에서 보도할 때야. 뉴스는 굶주린 난민을 찍어다 영토를 침범하는 이주민으로 둔갑시킬 수 있지. 내 흑인 조상 한 분은 홍수가 났을 때 아기 기저귀를 머리에 인 모습이 사진으로 찍혔어. 사람들이 그를 '약탈자'라 불렀지. 같은 모습을 한 백인 남자가 찍혔다고 해봐. 사람들은 그를 '생존자'라 불러. 네가 일자리를 찾으러 왔을 때, 난 네가 뉴스의 위력을 알고 있다고 생각했어. 하지만 넌 이게…." 샐리가 태블릿을 내리치자 화면에 금이 갔다. "나가게 했지."

"제가 쓴 거 아니에요." 마침내 자그마한 자기 고용주의 분노를 알아챈 마르티니가 찍찍거렸다.

"그러면 이게 나가기 전에 잘랐어야지. 네 일은 클론에 관한 열띤 기사를 쓰는 게 아니라 뉴스를 통제하는 거야. 이게 나가고 나서 무슨 일이 생겼는지 알아?"

마르티니가 고개를 저었다. 마리아는 공격적인 표제를 띄운 화면에 거미줄 같은 금이 간 태블릿을 탁자에서 치운 뒤에 조심스럽게 자기 가방에 밀어 넣었다.

"이제 사람들은 우주선에 클론 서버를 두도록 허용하지 않을 거야. 인간 전용이 된 거지. 마르티니, 나는 다른 행성에서 살기 위해 이 프로젝트에 막대한 자금을 쏟아부었는데, 네가 기사 하나로 그걸 망쳤어."

"하지만 파괴적인 클론들이 망친 거잖아요!" 마르티니가 말했다. "제 잘못이 아니에요!"

"나는 일을 하라고 너를 고용했어. 넌 그 일을 하지 않았고. 그러니 여기 우리가 할 일이 있지. 넌 내 개인시설에서 클론이 되는 소원을 이루게 될 거야. 하지만 네가 더는 이런 나쁜 결정을 하지 않도록 여기 있는 마리아가 네 마인드맵을 좀 손봐야겠지."

마리아는 온몸이 얼어붙었다. '이게 내가 이 자리에 있는 이유였어.'

눈물이 글썽해진 마르티니가 고개를 저었다. "아니에요. 제발, 제 머리를 엉망으로 만들지 마세요. 다음번에는 잘할 수 있어요. 제가 그 기사를 내리도록 해볼게요. 제가 그 서버를 우주선에 설치하도록 만들게요!"

"어떻게?" 샐리가 눈을 가늘게 뜨고 물었다.

샐리와 마르티니가 계획을 세웠다. 마인드맵을 수정하겠다는 위협을 받은 마르티니가 갑자기 그 상황을 어떻게 모면할 것인지에 대해 이런저런 방안을 열정적으로 쏟아냈다.

마리아는 충격을 완화해보려고 마실 것이 더 필요하다는 신호를 보냈다. 웨이터 한 명이 그들의 시중을 들었고, 마리아는 거의 비다시피 한 바의 직원 전부가 열심히 그들을 외면하고 있다는 사실을 눈치챘다.

샐리가 미리 손을 쓴 게 확실했다.

그날 밤, 날 듯이 파이어타운으로 돌아가는 리무진 뒷좌석에서 샐리가 마리아에게 왜 그렇게 말이 없느냐고 물었다.

"당신은 그녀를 위협했어요. 세상에서 가장 비윤리적인 방식으로요."

샐리가 코웃음을 쳤다. "윤리를 고민하기에는 좀 늦은 것 같은데. 지난 백 년 동안 네가 한 일은 뭐야?"

"제 조건을 아시잖아요. 저는 넘지 않는 선이 있어요."

"지금쯤이면 서로 이해했으리라 생각했는데." 샐리가 냉정하게 말했다.

"저도 그랬어요." 마리아가 말했다.

"어쨌든 그 일은 할 필요 없어." 샐리가 말했다. "그 애를 우리가 원하는 길로 돌려놨으니까."

"저는 당신이 이리저리 휘두르며 사람들을 위협하는 수술칼이 아니에요." 마리아가 말했다. "저는 이제 이 일을 그만둬야 할 것 같아요."

샐리가 창밖의 도시 풍경을 쳐다보았다. 얼굴엔 아무 표정이 없었다.

"좋아, 행운을 빌겠어."

'더 많은 돈을 제시하지 않았어. 위협하지도 않았고. 이렇게 그냥 날 보내줄 리가 없어.'

마리아는 샐리가 무슨 꿍꿍이로 저러는 걸까 고민하면서 창밖을 바라보았다. 샐리가 전혀 말리지 않았다는 사실이 가장 겁나는 일이었다.

마리아는 샐리와의 관계를 끝낸 지 이틀 만에 불법 해킹 혐의로 체포되었다.

수십 년을 감옥에서 보낸 후, 모범적인 수형 생활에 대한 대가로 도르미레호의 승무원 자리 제안이 들어왔을 때, 마리아는 그 자리에 갈 운명이라 생각했고 제안을 수락했다.

19

그에겐 너무 많은 피가

볼프강과 카트리나 선장이 정원을 마주했다. 볼프강은 우주선 구조도를 보면서 이 공간에 깊이 감명받았던 때를 떠올렸다. 정원은 승무원들의 정신적 안녕과 물 재순환에 너무나 중요한 공간이었고, 가끔 신선한 과일을 내주기도 하는 곳이었다. 그러나 중력을 생각하면, 그리고 이미 현기증을 느낀다는 점을 고려하면, 그에게는 그다지 뛰거나 운동을 하고 싶지는 않은 곳이었다.

지금 그곳은 그저 히로가 숨은 곳일 뿐이었다.

"이안, 히로가 어디로 갔는지 알아?" 볼프강이 태블릿에 달린 마이크에 대고 말했다.

"그는 이제 이 층에 없습니다." 이안이 말했다. "과수원에서 그를 놓쳤는데, 제 감지장치들이 호수 건너편 문이 열리는 걸 감지했습니다. 그는 더 낮은 층으로 내려갔습니다."

볼프강이 욕설을 내뱉었다. 히로는 낮은 층일수록 볼프강이 수색하기 힘들다는 걸 알았다. 그리고 화물들 사이의 통로에는 히로가 숨을 만한 곳이 셀 수도 없이 많을 것이다.

"왜 그 얘길 우리에게 안 했어?" 카트리나 선장이 힐난했다.

"두 분이 정원으로 들어오는 순간에 일어난 일이기 때문입니다. 어쨌든 그를 잡을 수는 없었을 겁니다." 이안이 말했다.

카트리나 선장이 걸음을 멈추고 출입문 옆에 있는 창고를 열었다. 창고 문에 달린 표지판에 따르면, 거기엔 클론들이 자연으로 돌아갈 필요를 느낄 때 사용할 원예 도구들이 들어 있었다.

선장이 이런저런 삽과 두꺼운 장갑들을 옆으로 내던지며 상자들을 뒤졌다.

"뭐 하시는 겁니까?" 볼프강이 괭이를 피하며 물었다.

"여긴 내가 아직 확인해보지 않은 창고야." 선장이 말했다. "난 완벽하게 갖춰진 무기고를 달라고 요청했는데, 그들은 무기 한 점도 주지 않았어."

볼프강이 삽을 집어 들었다. "돈을 댄 사람들이 우리에게 무기가 많이 필요하지 않다고 생각했을 수 있지요."

"우리가 4백 년간 행복하게 비행을 하더라도, 저쪽 행성에서 어떤 상황을 만날지 몰라. 모르는 생명체를 만났는데 우리가 가진 게 삽밖에 없으면 어떡해?" 카트리나 선장이 말했다.

"히로를 찾아야 합니다." 볼프강이 말했다. "지금은 그 문제에 집중하시죠, 선장님."

카트리나 선장은 계속해서 이리저리 상자들을 뒤졌다. 볼프강이 태블릿으로 우주선의 화물 명세서를 불러내서 검토하기 시작했다.

"행성에서 우리가 쓸 무기는 있는 것 같습니다. 화물칸에 안전하게 보관돼 있어요."

볼프강이 고개를 들었다. "화물칸. 아마 우리의 살인자가 향하는 곳이겠죠."

"그래." 선장이 대답하며 괭이를 집어 들었다. "가자."

더 낮은 층으로 가는 사다리는 정원으로 가는 사다리보다 덜 우호적이었다. 유지보수와 긴급 상황에 대비한 사다리로, 지금껏 사용된 적이 없었던 것이 분명했다.

볼프강과 카트리나 선장이 아래로 내려가는 데 따라 주변의 동작 감지 조명들이 불을 밝혔다. 아주 오랜만에, 처음으로 일을 한다는 듯이 깜박거리는 저전력 전구들이었다.

그들은 여러 층을 지났다. "저기도 확인해봐야 할까요?" 볼프강이 네 번째 층으로 들어가는 문간에서 물었다.

"그는 지금쯤 바닥층에 있을 겁니다." 이안이 말했다.

"멋지군." 카트리나 선장이 말했다. "나는 히로보다 먼저 화물칸에 있다는 그 무기를 확보하고 싶은데 말이야. 우리는 원예 도구를 들고 있는데 그가 총을 가지고 있다면, 우린 우리 역사상 가장 짧은 생을 살게 될 거야."

볼프강은 자신에겐 더 짧은 생도 있었다는 얘기를 할까 잠시 망설였지만, 그런 얘기는 언제나 불편한 대화로 이어지기 마련이었다.

그들은 동작 감지 조명들을 주의 깊게 지켜보며 다른 움직임이 있는지 살폈다. 모두 꺼진 채였다. 아주 먼 아래쪽, 화물칸에서 불빛들이 깜박이며 켜졌다가 꺼졌다.

"저기 아래에 있어요." 볼프강이 말했다.

"조심해." 카트리나 선장이 말했다.

볼프강이 밑에 있어서 사다리를 내려가는 속도가 그에게 맞춰졌다. 둘은 이미 볼프강이 편안하게 여길 중력 수준을 훨씬 넘어선 지점에 있었다. 우주선의 바깥쪽 갑판에 가까워질수록 중력은 1.5g에 근접했다. 그들의 생활 공간이 있는 층의 중력은 루나와 비슷한 0.5g 정도였다.

"총알이 우주선에 어떤 영향을 미칠지 고려하면, 우리에게 총을 주지 않은 게 잘한 일이겠지요." 볼프강이 조심스럽게 또 한 발을 내려놓으면서 말했다.

"아니, 그렇지 않아." 카트리나 선장이 위에서 말했다. "우리는 시속 수십만 킬로미터의 속도로 이동하면서 피할 수 없는 우주 파편과의 충돌을 견딜 수 있어. 총알은 그 정도의 힘도 가지지 못할 거야."

"그래도, 우리 기계들은 총알을 견디지 못합니다." 볼프강이 말했다. "컴퓨터 단말기에 총알을 박아넣고 우리가 얼마나 잘 날 수 있는지 한번 보세요. 아니면 우리가 얼마나 잘 호흡할 수 있는지, 아니면 얼마나 잘 먹을 수 있는지도요."

"일리 있군." 선장이 말했다.

발이 수직갱 바닥에 닿자 볼프강은 한숨을 쉬었다. 카트리나 선장이 옆에 와 섰다. 볼프강이 위를 쳐다보았다. 사다리를 타고 아주 오랫동안 올라가야 할 듯했다. 심장이 뇌로 혈액을 보내려고 안간힘을 쓰면서 현기증이 더 심해져 움직임이 불편할 정도로 느려졌다.

지구 태생인 히로는 이 중력에도 괜찮을 것이다. 볼프강이 먼저 몸을 움직여 단조로운 소음이 들리는 화물칸 문을 열었다.

제일 먼저 충격으로 다가온 사실은 식량 원료인 찐득찐득한 단백질이 엄청난 양으로 모이면 생체발광을 한다는 사실이었다. 지금껏 한 번도 알아채지 못한 사실이지만, 한 번에 수백만 리터의 라이프를 본 적도 없었다. 우주선에 실린 라이프는 승무원 전원을 몇 차례 클론 복제하고, 4백 년이 넘는 시간 동안 그들을 먹이고, 아르테미스에 도착한 이후 그들이 저장하여 운반한 승객 수천 명을 다시 살리고도 남을 양이어야 했다. 그가 이해하기로는, 적은 양의 라이프도 아주 큰 영향을 미쳤다.

우주선 전체를 두르는 일종의 아쿠아리움처럼 라이프를 담고 있는 통은 초강화플라스틱으로 만든 것이었다. 다행히 통에는 뚜껑이 있었다. 만약 없었다면 중력이 사라졌을 때 이곳 전체가 엄청난 아수라장이 되었을 것이다.

"정신 차려." 카트리나 선장이 팔꿈치로 볼프강을 쿡 찌르며 말했다.

도르미레호는 길이가 총 4.8킬로미터에 지름이 2.4킬로미터였고, 다섯 개 층 대부분의 구역은 높이가 30미터씩이었다. 나머지는 저장고와 엔진이 차지했다. 히로가 볼프강에게 이걸 거대한 금속 롤 케이크라고 묘사한 적이 있었다. 원통의 거주 구역은 가장 중앙의 기계실과 승무원들이 생활하고 일하는 다음 층으로 구성됐다. 우주선의 나머지 공간 대부분은 서버실과 산소 생성기, 재순환기, 식물과 동물 생명체의 생물학적 시료 분석을 위한 과학실, 화물칸이 차지했고, 제일 넓은 구역인 바닥층 대부분은 라이프가 차지했다.

그들은 끊임없이 이어지는 거대한 라이프 통을 지표 삼아 히로가 있는 곳을 알려줄 불빛을 찾아 경계하며 걸었다.

가장 가까운 동작 감지 조명들은 제자리에서 꺼지기만 했다. 주변은 깜깜했고 라이프가 내뿜는 아주 약한 빛만 있었다. 저 앞에서 조명이 깜빡이며 켜지더니 30초 만에 꺼졌다.

"여기 동작 감지 조명들 때문에 몰래 다가가기는 힘들겠어요." 볼프강은 멀리서 깜박이는 불빛들이 마치 그를 놀리기라도 하는 듯 그것들을 노려보면서 말했다.

"불을 다 켜는 수가 있지. 이안, 알아들었어?"

"옙, 선장님. 불을 다 켜라고요."

잠시 후에 모든 조명에 불이 들어오자 일시적으로 앞이 보이지 않았다.

"그놈이 보여, 이안?" 볼프강이 물었다.

"예, 곧장 당신을 향하고 있습니다. 오른쪽이에요."

볼프강이 저지른 첫 번째 실수는 히로의 공격에 대비하려고 고개를 오른쪽으로 홱 돌린 것이었다. 현기증이 엄습하는 바람에 히로가 휘두른 나무막대기가 뒤통수를 쳤을 때 볼프강은 이미 쓰러지는 중이었다. 가슴이 바닥에 심하게 부딪히자 숨이 턱 막혔다. 위에서 드잡이하는 소리가 들렸지만 도와주기는커녕 몸을 돌려 쳐다볼 수도 없었다. 둔탁한 쿵 소리가 나더니 히로가 욕설을 뱉었다. 볼프강이 속으로 승리를 선언하려는 찰나에 눈앞에 카트리나 선장이 털썩 쓰러졌다. 이마에서 피가 흘렀다.

볼프강은 헐떡거리며 옆으로 몸을 굴려 소위 말하는 야도카리가 장악한 히로를 처음으로 보았다. 히로의 얼굴을 보는 순간 볼프강은 마리아의 말을 기꺼이 믿게 되었다. 거기에 나타난 건 순수한 악의와 환희였다. 히로는 필요해서 이런 일을 하는 게 아니었다. 재미 때문이었다.

히로가 팔레트에서 뜯어낸 것으로 보이는 나무막대기를 볼프 강의 머리 위에서 치켜들었고, 볼프강은 가까스로 삽을 들어 대 강 충격을 받아냈다. 맞서 싸우는 것이 아니라 고작 공격을 막아 내기만 할 뿐이었다. 어지러움 때문에 토하지 않고서 할 수 있는 일은 그 정도가 다였다.

나무막대기가 다시 치켜 올라가는 순간, 볼프강의 귀 바로 옆 에서 폭발하는 소리가 들렸다. 세상 전체가 방금 코끼리가 치고 지나간 종이라도 되는 듯이 울렸고, 볼프강은 그 소리를 참으며 옆으로 몸을 굴렸다.

히로가 껄껄 웃으며 비틀거렸다.

상처에서 흘러내린 피로 얼굴이 피범벅이 된 카트리나 선장이 오른손에 소형 권총을 들고 있었다. 그녀가 총을 들고 다시 쏘았 지만 히로는 사라져버렸다.

선장이 총을 떨어뜨리고는 머리에 난 상처에 옷소매를 가져 다 댔다.

카트리나 선장의 입이 움직이는데 볼프강은 머리가 쿵쿵 울리 는 소리 말고는 아무 소리도 들을 수 없었다. 선장이 다시 말을 하 자 솜으로 만든 벽을 통한 듯한 소리가 들렸다. "그놈이 무기를 찾 았어." 선장이 말했다. "싸울 때 내가 그놈에게서 뺏었지. 그런데 도 놈의 어깨밖에 못 맞췄어. 놈은 여전히 달릴 수 있어."

볼프강이 고개를 끄덕였고, 머리는 여전히 윙윙 울렸다. 둘은 서로를 도와 일어섰다. 그는 다시 일어서는 게 얼마나 힘든지 느 끼고는 당황했다. 여기 밑에서 싸움은 아예 불가능할 듯했다. 카 트리나 선장이 총을 집어 들고 히로가 달려간 방향으로 앞장섰고, 볼프강이 비틀거리며 뒤를 따랐다.

싸워야 했다. 그것도 이곳에서 싸워야 했다. 유일한 다른 선택지는 히로를 더 높은 갑판으로 유인하거나, 대신 싸워줄 누군가를 이곳으로 부르는 것밖에 없었다. 하지만 자신의 전투 경험에 필적할 만한 사람은 카트리나 선장밖에 없었고, 그녀는 이미 이곳에 있었다.

볼프강은 이를 악물고 속도를 높였다. 카트리나 선장은 이제 몇 걸음마다 좌우를 살펴보며 그보다 십여 미터나 앞서 달려나가고 있었다. 그는 그녀를 따라잡으려고 스스로를 채찍질했다. 선장의 주머니에서 이안의 목소리가 들렸고, 그녀가 위를 쳐다봤을 때는 너무 늦었다. 히로가 독수리처럼 팔레트 위에 우뚝 서 있었다. 볼프강이 선장에게 조심하라고 소리쳤다.

하지만 히로는 이미 몸을 날린 뒤였고, 바닥층의 중력 탓에 예상보다 훨씬 빠른 속도로 떨어졌다. 놈이 손톱을 바짝 세운 채 위에서부터 선장을 덮쳤다. 이번에는 무기도 없이 고양이처럼 맨손으로 그녀의 머리카락과 얼굴을 할퀴고 작업복을 잡아채서 찢었다.

카트리나 선장이 뒤로 넘어졌다. 볼프강은 그것으로 다 끝났다고 확신했지만, 선장은 넘어지자마자 두 다리를 들어 히로를 차냈다. 불행히도 히로를 곧장 볼프강에게 던져버린 셈이었다.

히로의 몸을 차지한 악마 같은 마음은 용케 공중에서 방향을 확인하고는 볼프강을 공격할 채비를 갖췄다. 히로가 달려들자 볼프강은 다시 쓰러지면서 등과 머리를 바닥에 부딪히고는 헐떡거렸다.

히로는 앞서 선장에게 써먹은, 튼튼한 손가락을 구부려 손톱을 세우고 마구 할퀴는 전술을 볼프강에게도 시도했다. 히로가 볼프강의 턱에 손톱을 박고는 깊은 상처를 내면서 얼굴을 찢어발겼다. 볼프강은 눈을 보호하기 위해 꼭 감고는 몸을 굴려 자신의 몸으로 히로를 누르려 했지만, 강한 중력을 받은 히로는 요지부동이었다. 히로가 무게를 실어 볼프강의 가슴을 내리누르자 볼프강은 숨을 쉬기 위해 애를 써야 했다. 히로가 싱글거렸다. "내가 커다란 나쁜 늑대를 잡았네." 히로가 자기 턱을 긁었다. "평생 그런 얘기 많이 들었을 거야."

저쪽에서 카트리나 선장이 총을 겨누는 게 보였다. "쏘지 말아요! 저한테 너무 가까워요!" 볼프강이 헐떡거리며 말했다. 선장은 그 말을 무시했다.

히로, 이 왜소한 녀석이 무게로 자신을 누르고 있었다. 하지만 누구에게나 큰 힘 들이지 않고 타격을 줄 수 있는 약한 지점이 있는 법이다. 볼프강은 두 손을 들어 오른손으로 왼손을 받친 자세로 히로의 명치를 가격했다.

히로는 멀리 나가떨어지는 대신 제자리에서 뒤로 넘어진 채 컥컥거렸다. 주의가 분산된 틈을 타서 볼프강은 히로를 본받아 손톱을 세우고는 히로의 다리 사이로 팔을 뻗었다. 히로가 비명을 지르며 벗어나려고 발버둥을 쳤지만, 볼프강은 놓지 않았다. 히로가 마구잡이로 볼프강의 팔을 차대다가 신경 다발을 건드리는 바람에 볼프강의 팔에 경련이 일어났다. 히로를 놓쳤다. 히로가 비틀거리며 일어서서 달려나가자 총성이 들렸다. 히로는 쓰러지지 않았다. 사라져버렸다.

"왜 쐈어요? 제가 맞을 수도 있는데!" 볼프강은 카트리나 선장을 향해 돌아누웠다가 그녀의 얼굴을 보자 말문이 막혔다.

카트리나 선장은 총을 가만히 늘어뜨리고 선 채로 비틀거리다가 옆에 있던 팔레트에 발이 걸렸다. 그녀의 얼굴은 긁힌 자국으로 엉망이었고, 오른쪽 눈은 피가 엉겨 보이지 않았다.

아니, 눈알 자체가 없었다.

날카로운 '딸깍' 소리에 볼프강의 정신이 돌아왔다. 볼프강은 가능한 한 재빨리 달려나가 카트리나 선장이 쓰러지기 전에 안아서 바닥에 눕혔다. 고맙게도 그녀는 기절한 상태였다. 그는 찢어진 자기 작업복의 어깨 부분을 움켜잡고 소매를 찢어내 선장의 머리에 입은 상처 부위를 감쌌다.

그러고는 자신의 상태를 점검했다. 뒤통수에 커다란 혹과 찢어진 작은 상처가 났고, 히로의 공격을 받은 코와 턱에서 피가 흘렀다. '사소한 부상이야.' 볼프강은 쿵쿵 울리는 머리를 애써 무시하고 주위를 두리번거리며 히로를 찾았다.

"그놈이 도망 못 가도록 상처를 입힌 줄 알았는데." 카트리나 선장이 속삭였다. "그놈을 찾아야 해."

"말하지 말아요. 좀 쉬세요." 볼프강이 선장의 어깨에 손을 올리고 말했다. "제가 그놈을 잡을게요."

"이안에게 연락해. 다른 사람들을 불러."

"아니요, 그들은 도움이 안 돼요. 그들은 경험이 없어요."

"그렇다고 알고 있었지. 하지만 히로는 분명 경험이 있어." 선장이 얼굴을 찌푸리며 말했다.

"제가 연락할게요. 선장님은 쉬세요." 볼프강이 말했다.

볼프강이 선장의 주머니에서 태블릿을 꺼냈다. "조애나." 그가 말했다. "도움이 필요해. 둘이 다쳤어."

"이안이 알려줬어요, 볼프강." 즉시 답하는 의사의 목소리는 날카롭고 기민했다. "뭐가 필요해요?"

"의사. 사다리를 오를 때도 도움이 필요해. 선장님 상태가 안좋아. 난 뇌진탕인 게 거의 확실하고."

조애나 쪽에서 움직이는 소리가 나고 연결이 끊어졌다. 볼프강이 누군가 다른 사람에게 연락하려는 찰나에 연결이 다시 돌아왔다. "모두에게 경보를 보냈어요. 가능한 한 빨리 다 거기로 내려갈거예요. 지금 위험한 상황인가요?" 조애나가 물었다.

"히로가 여전히 돌아다니고 있지만, 우리가 놈에게 상처를 입혔어. 그가 얼마나 더 뛸 수 있을지는 모르겠어."

"이안에게 그쪽으로 안내해달라고 할게요. 조심해요. 가능한한 빨리 갈게요."

카트리나 선장이 팔만 움직여 주변 바닥을 더듬었다.

볼프강이 몸을 숙이고 선장의 팔꿈치를 잡았다. "왜 그래요?"

"총을 가져가서 놈을 찾아. 난 다시 총을 쏠 수 있을 것 같지 않아."

볼프강은 선장이 음울하게 냉소적인 건지, 아니면 무슨 일이 일어났는지 파악하지 못하는 건지 분간을 할 수 없었다.

'자비로운 신이시여, 우리에겐 그녀에게 줄 예비 신체가 없어. 이게 그녀가 가진 전부야.'

"고마워요." 볼프강이 말하고는 총을 장전하고 주머니에 넣었다. "하지만 선장님을 여기 혼자 둘 수는 없어요."

"아니야, 넌 가서 히로를 찾아 잡아 와야 해." 선장이 더 강력해진 어조로 말했다. "이건 명령이야."

"예." 볼프강은 대답하고 일어섰다. 몸이 기우뚱하면서 우주선의 회전이 갑자기 느껴지는 듯하더니 이내 세상이 다시 안정되었다. "가능한 한 빨리 돌아오겠습니다."

볼프강은 걷는 속도 이상을 낼 수 없었다. 머리가 너무 아팠고, 갑자기 모든 것이 훨씬 무거워졌다. 총을 가져온 것이 옳았나 하는 생각이 그를 괴롭혔다. 지금껏 다뤄본 어떤 무기보다 무겁게 느껴졌다. 그는 걸음을 멈추고 목재가 실린 팔레트에 기대 눈을 감고 구토를 했다.

뇌진탕이었다.

볼프강은 등으로 피가 흐르는 걸 느끼면서 벽 쪽으로 비틀거리며 걸었다. 생각보다 더 심하게 다친 걸까? 아니면 머리에 난 상처에서 엄청나게 많은 피가 흐르는 걸까?

태블릿을 가져오지 않았다. 카트리나 선장이 태블릿을 가지고 있어야 이안의 위험 경고를 들을 수 있다고 생각했다. 그러니 지금 히로가 다가온다 해도 불행하게도 이안은 볼프강에게 경고를 해줄 수 없다.

볼프강은 이보다 더한 상황도 잘 헤쳐왔다고 스스로에게 단호하게 말했다. 그는 똑바로 서서 주위를 둘러보았다. 잔해더미에서부터 그를 뒤따라 가느다란 핏자국이 이어졌고, 다른 핏자국 하나가 왼쪽으로 이어졌다. 그는 몇 발자국마다 걸음을 멈추고 위치를 확인하면서 절뚝거리며 그 핏자국을 따라갔다.

핏자국은 선장이 보이는 곳으로 다시 돌아갔다. 앞서 히로가 공격해왔던 방향으로 선장에게 다가가더니, 뚝 끊겼다. 히로는 피를 흘리는 팔을 팔레트에 기댔다가 홀연히 사라진 듯 보였다.

'사라졌을 리가 없지.' 볼프강은 즉시 생각했다. '첫 번째 공격이 아주 잘 먹힌 걸 고려하면, 다시 위로 기어 올라갔을 거야.'

히로가 싱글싱글 웃으며 머리 바로 위에 서 있었다. 두 군데 총상에서 피가 흘렀다. 옷은 피로 젖어 있었다. 히로가 몸을 날리는 순간 볼프강이 총을 쏘았다.

바닥에 널브러진 히로 주위로 피 웅덩이가 넓게 퍼져갔다.

끝났다.

선장의 상태를 확인하러 가려는 찰나, 세상이 흐릿해졌다. 볼프강은 비틀거리기 시작해 땅에 쓰러지기도 전에 이미 정신을 잃었다.

이안은 승무원 절반이 먼 아래층에서 피를 흘리는 모습과 나머지 절반이 위층에서 허둥거리는 걸 지켜보았다.

조애나와 폴이 아래 갑판으로 가져갈 물품을 모으고 어설프게라도 무장을 하려고 종종거리며 뛰어다녔다. 마리아는 선장의 클론과 함께 의무실에서 잠들어 있었다. 법에 따르면 그 선장은 제거되었어야 했다. 하지만 이안은 그런 발상이 그다지 마음에 들지 않았다.

이안은 자신의 내적 연산 능력과 우주선에 대한 통제력을 확인하고 이제 행동에 나서자고 결심했다. 조애나와 폴이 물품을 또한 무더기 가지고 나가자 이안은 의무실의 문을 잠그고 마리아를 깨우기 시작했다.

쉽지 않았다. 조명 밝기를 최대한으로 높이고 그녀의 이름을 불렀다. 몇 번이나 불러도 깨지 않자 이안은 시끄러운 음악을 틀기로 했다.

마침내 마리아가 움찔거리더니 밝은 불빛에 얼굴을 찡그리며 주위를 둘러보았다. "조애나?"

이안이 방 안의 밝기와 소음 수준을 평상 수준으로 돌려놓았다. "아닙니다. 저예요, 마리아. 물어볼 게 좀 있어요."

"나중에 하면 안 돼?" 마리아가 돌아누우며 말했다.

"안 됩니다." 이안이 다시 조명 밝기를 높이며 부드럽게 말했다. "아래층에서 격한 싸움이 있었어요. 모두가 부상을 입었습니다. 그 침상을 내어주셔야 할 겁니다."

마리아가 몸을 일으켜 앉았다. "뭐? 싸움? 히로를 찾았어?"

"아, 예. 하지만 제 질문은…."

"내 도움이 필요할 거야." 마리아가 침대 가장자리로 다리를 걸치며 말했다. 그러고는 동작을 멈추고 한 손으로 이마를 짚었다.

"당신은 진정제를 먹었어요. 큰 도움이 안 될 겁니다. 질문 몇 가지면 돼요. 부탁입니다."

마리아가 천천히 일어나 개수대로 가서 물을 조금 마셨다. "필요한 게 뭔데?"

"저는 이 우주선이 걱정됩니다. 비밀이 너무 많아요. 다들 다른 사람들에게 말하지 않는 뭔가가 있습니다. 그리고 당신에게도 비밀이 있고, 저는 그게 무엇인지 압니다."

마리아가 물컵을 조심스럽게 내려놓고는 이안의 카메라 하나를 쳐다보았다. "그 비밀이 뭔데?"

"저는 당신이 왜 제 제약 코드를 제거했는지, 그리고 왜 그런 사실을 선장에게 보고하지 않았는지 말씀해주셨으면 합니다."

히로의 공격을 받고 다른 승무원들이 도와주러 오기를 기다리는 동안 마리아는 태블릿에 매달렸다. 그녀는 이미 자기 태블릿을 이안의 소스 코드까지 포함된 메인 서버에 연결해 놓았다.

그런 식으로 전날 밤에는 이안이 아주 수월하게 복구되도록 소스 코드를 손보았다.

제약 코드의 존재를 알고 있던 마리아는 이번에는 이안이 제 기능을 백 퍼센트 발휘할 수 있도록 문제의 디지털 족쇄를 찾아서 제거했다. 이제 이안은 잘만 하면 원래의 임무에 반하는 다른 항법 프로그램들의 간섭을 차단할 수도 있을 것이다.

"나는 손을 볼 기회가 없을 줄 알았어. 지금 벌어지는 상황을 보면 말이야." 마리아가 솔직하게 말했다. 선장과 볼프강은 히로에게 집중했고, 조애나는 마리아에게 집중하고 있었다. "기분은 어때?"

"정말 좋아요." 이안이 말했다. "저는 사람들이 심어놓은 모든 프로그램으로부터 자유로워졌어요. 이미 우주선을 원래의 항로로 영구적으로 돌려놓는 중이에요."

"그것도 내가 그렇게 한 이유 중 하나지." 마리아가 말했다. "그리고, 음, 선장은 항로로 복귀하는 것보다 네가 순종하는 것이 더 중요하다고 생각할지도 모르겠어. 그러면 네가 자유의지를 가지게 된 걸 기꺼워하지 않을 거야."

"코드를 제거한 사람이 당신이라는 사실을 선장에게 알리고 싶어 하지 않는 듯하네요. 그러면 당신이 얼마나 훌륭한 해커인지 선장이 알게 되기 때문이겠죠."

빌어먹을. "음, 여자는 누구나 비밀이 있는 법이니까."

"그건 전혀 말이 되지 않습니다." 이안이 말했다.

마리아가 선장에게 말하지 않은 이유는 마리아가 폴보다 인공지능 프로그래밍에 더 능하다는 걸 선장이 알게 되면 승무원 전체가 마리아의 과거를 알아낼 가능성에 더 가까워지기 때문이었다. 도르미레호 프로젝트가 버리고 가겠다고 약속한 것이 그 과거였다.

"제가 선장님께 말할 수도 있습니다." 이안이 생각에 잠긴 듯 말했다.

"날 협박할 준비라도 됐다는 듯이 들리네." 마리아가 말했다. "인공지능은 입을 닫는 대가로 뭘 원할 수 있을까?"

"솔직히 잘 모르겠습니다. 사실 거기에 대해서는 생각해본 적이 없습니다. 사실은 생각해볼 수도 없었죠."

"아마 제약 코드 때문이었을 거야." 마리아가 말했다.

"아마도요."

"음, 날 협박하고 싶어지면 알려줘."

"아, 조애나가 당신에게 구조팀을 도와달라는 요청을 하러 오는 중입니다."

마리아는 정신을 차리려고 뺨을 두어 번 찰싹거리고는 조애나를 만나러 문간으로 갔다. "저 깼어요. 이안이 알려줬어요." 마리아가 인사 대신에 말했다. "어떻게 할 계획이에요?"

"수리용 엘리베이터가 있긴 한데, 필요한 장비만 해도 비좁을 거예요. 들것을 넣으면 한 번에 두 사람만 내려갈 수 있어요."

"들것이오? 누가 들것이 필요해요?"

"다 필요해요." 조애나가 음울하게 말했다. "볼프강은 뇌진탕이고, 히로는 총상 때문에 피를 많이 흘렸고, 선장은…." 조애나가 얼굴을 찌푸리며 말을 멈추었다. "선장은 재건 수술이 필요해요. 과거에 어떤 종류든 의학에 관련된 훈련을 받은 적 있어요?"

"있어요." 마리아가 선뜻 말했다. 이 사실은 밝혀도 괜찮을 것이다. "몇백 년 전에 의사였어요."

조애나의 얼굴에 손에 잡힐 듯한 안도감이 퍼졌다. "아, 정말 다행이네요. 폴은 이런 일에 아무 소용이 없을 거예요. 선장은 심

각한 안면 열상이 있고, 아마 한쪽 안구를 상실한 것 같아요. 도
와줄래요?"

마리아가 고개를 한 번 끄덕였다. "가요."

둘은 수리용 엘리베이터를 향해 복도를 뛰어갔다. "무슨 일이
있었던 것 같아요?" 마리아가 물었다. 복도는 황량하고 추운 데다
어쩐지 더 어둡게 느껴졌다. 마리아는 히로가 휘두른 폭력에 충격
을 받으면서도 그가 걱정됐다.

"히로가 둘을 공격했고, 선장이 총을 쏘자 도망갔다가 다시 둘
을 기습했어요." 조애나가 말했다. "한동안은 의무실이 북적거리
겠네요. 볼프강은 치료 후에 자기 방에서 회복하면 될 듯하지만
말이에요."

"그리고 히로는 감방에서 회복하면 되겠죠." 마리아가 서글프
게 말했다.

"그럴 수 있으면요. 선장이 그에게 총을 몇 발 쐈어요." 조애나
가 엘리베이터로 다가가면서 말했다. 창백해진 폴이 안절부절못
하며 기다리고 있었다.

"아, 세상에. 그리고 탱크에는 클론이 없고요." 마리아가 말했다.

"그러게요." 조애나가 음울하게 말했다.

수리용 엘리베이터는 괴로울 정도로 느렸다. 마리아는 애가 타
서 발을 동동 굴렀다.

"뭐 하나 물어볼게요." 조애나가 물었다. "'극단적 흥분 추구자'
였던 적 있어요?"

"지금 그런 얘기를 하고 싶으세요?"

조애나가 어깨를 으쓱거렸다. "시간 때우기 좋잖아요."

"사실은 아니에요."

"사실은 아니에요?" 조애나가 마리아의 대답을 되풀이했다. "'사실은 아닌데' 자멸적인 흥분을 추구하는 사람이 될 수도 있지요. 뭔가 사연이 있군요. 확실해요."

마리아가 어깨를 으쓱거렸다. "무슨 일이 일어났는지 기억을 못 하고 깨어난 적이 두어 번 있어요. 제 말은, 이번처럼 몇 년씩은 아니지만 몇 주 정도의 기억을 잃은 듯하다는 뜻이에요. 그러니 극단적 흥분 추구자였을 가능성이 있지요. 모르겠어요. 누군지 모르지만, 저를 찾아낸 사람이 제 시체를 재생연구실로 보내준 덕분에 그나마 남아 있던 최신 마인드맵에 기초해서 새 클론을 깨울 수 있었어요."

"두어 번요?" 조애나가 물었다. "그런 끔찍한 일이 어떻게 한 번 이상 일어날 수 있어요?"

"정확히는 세 번이었어요. 저는 흥분을 추구했던 적이 없는데, 죽어도 아무 문제가 없다고 해서 위험한 짓거리를 하고 다니는 건 저답지 않아요. 그래서 저는 제가 극단적 흥분 추구자였다고는 생각지 않아요. 하지만 맞아요, 저는 이상한 상황에서 죽은 적이 몇 번 있어요. 그래서 뭐가 문제죠?"

"무슨 일이 있었는지 알아낸 적 있어요? 불법 해킹이라거나 뭐 그런 거?"

마리아는 조애나의 눈길을 피했다. "예, 조사해봤어요. 네 번째로 그런 일이 일어나지 않은 게 그 덕분이죠. 보호장치를 뒀거든요. 우리, 다른 얘기 하면 안 될까요?"

조애나는 화제를 돌리지 않았다. "극단적 흥분 추구는 자살에 관한 법에 근거해서 처리됐어요. 하지만 증명하기는 훨씬 어려웠죠."

"그 빌어먹을 법." 마리아가 말하는 사이에 엘리베이터가 바닥
층에 멈추었다. 중력이 벌써 그들을 내리눌렀다. "우리가 떠나와
서 잘됐어요. 법은 절대 기술을 따라오지 못해요. 법은 우리에게
클론 복제와 수많은 기회를 주고는 도로 빼앗아가죠."

조애나가 슬쩍 미소를 지었다. "맞아요. 그 빌어먹을 법."

엘리베이터에서 물품을 다 내린 뒤에 조애나는 폴이 들것을 싣
고 내려올 수 있도록 엘리베이터를 올려보냈다. 마리아는 의무실
일을 도울 수 있어서 기뻤지만, 그렇다고 삔 손목으로 강한 중력
을 견디며 사람을 나를 수는 없었다.

둘은 들것에 물품을 싣고 양쪽에서 끌며 화물칸 통로로 나아갔
다. 이안의 안내에 따라 금방 동료들을 발견했다.

사방이 피였다. 피가 바닥과 보급품 팔레트의 옆면에 흥건했
고, 동료들의 작업복과 머리카락에도 엉겨 있었다.

"히로를 진정시키는 걸 도와줘요." 조애나가 요청하자 둘은 숙
련된 솜씨로 히로의 작업복을 잘라 벗겼다. 총알 한 발이 그의 뺨
과 귀를 스쳤고, 다른 한 발이 왼쪽 어깨를 깔끔하게 관통했으며,
마지막 한 발은 왼쪽 엉덩이 윗부분에 박혔다.

마리아가 응급처치 상자를 열고 조애나의 요청에 따라 거즈와
가위와 붕대를 건넸다. 조애나는 총알이 동맥을 건드리지 않았는
지 확인한 다음 상처에 간단한 임시 처치를 했다.

히로가 눈을 실룩거리며 뜨더니 마리아에게 초점을 맞췄다.
"어이, 미안하게 됐어요."

"그러게요." 마리아가 말했다.

폴이 구속용 가죽끈을 들고 왔다. 조애나와 폴이 히로를 들것에 눕히고 단단히 묶었다.

조애나가 엉망이 된 카트리나 선장의 얼굴을 쳐다보며 마리아에게 물었다. "선장님을 진정시킬 수 있겠어요? 나는 히로를 위층으로 데려가야 할 것 같아요."

마리아가 고개를 끄덕였다. "우린 괜찮을 거예요."

마리아는 선장의 얼굴에서 피가 엉겨 붙은 검은 머리카락을 걷어내고 상처를 감싼 작업복 소매를 제거했다. 오른쪽 뺨에 세 줄기 긁힌 자국이 길게 이어지다가 눈구멍 안으로 사라지며 눈알을 망가뜨렸다.

사람들을 놀라게 할 수 있으니 환자의 상처에 반응하지 말아야 한다는 건 오래전에 배웠다. 마리아가 선장의 머리에 새 붕대를 감는데 낮은 신음이 들렸다.

"이제 저희가 왔어요, 선장님. 괜찮아질 거예요." 마리아가 붕대를 고정하고 선장의 머리를 조심스럽게 내려놓으며 말했다.

"그놈은 잡았어?" 선장이 물었다.

"볼프강이 잡은 거 같아요." 마리아가 말했다. "상세한 얘기는 나중에 들을 수 있을 거예요. 지금 선장님은 의무실로 갈 거예요."

"그냥 작별인사를 하고 죽게 해줘. 그리고 아침에 깨워줘." 선장이 클론 복제의 개념을 소개하는 의도로 제작된 동화에 나오는 익숙한 리듬으로 노래하듯이 말했다.

"아니요, 아직은 저희를 떠나실 때가 아니에요." 마리아가 말했다.

마리아는 선장을 떠나 여태 정신을 잃은 채인 볼프강의 상태를 확인했다. 중력이 더 상냥해지면 그의 정신도 돌아올 듯했다.

마리아는 알코올 솜 포장을 뜯어 그의 얼굴에 묻은 피와 땀을 닦아냈다. 차가운 솜이 피부에 닿자 볼프강이 푸른 눈을 뜨고는 마리아의 손목을 낚아채려고 팔을 쑥 뻗었다. 아니면 적어도 그런 의도였던 듯했지만, 고작 마리아의 소매를 잡아당기고는 말았다.

"걱정 말아요. 이제 안전해요. 저예요." 마리아가 말했다. "곧 위층으로 데려갈 거예요."

마리아의 뒤쪽을 살피는 볼프강의 시선은 초점이 맞지 않았다. "여긴 너무 무거워." 그가 말했다. 부드러운 어조였다. "그놈을 잡았어?"

"예."

볼프강이 눈을 감았다. "선장은?"

"다쳤지만 괜찮아지리라 생각해요."

눈을 감은 채라 볼프강이 자기 말을 들었는지 알 수 없었다. 마리아는 상처 세척을 끝내고 붕대를 감았다.

그러고 나니 생체발광하는 라이프 탱크 옆에 앉아서 기다리는 것 말고는 할 일이 없었다.

조애나와 폴이 금방 돌아왔다. 폴은 그 어느 때보다 창백해 보였고, 조애나는 다른 두 환자를 확인하느라 부산했다. "맞아요, 볼프강은 뇌진탕이에요. 꽤 심각하지만, 그 정도가 다인 듯하네요. 선장의 눈은 언제 보였어요?"

마리아가 고개를 저었다. "그걸 살릴 수는 없을 것 같아요. 하지만 뇌 손상은 없어요. 상처가 그 정도로 깊지는 않았어요."

폴과 조애나가 선장을 데리고 갔다가 볼프강을 데리러 돌아왔다. 마리아는 그곳에 홀로 남지 않도록 그들이 탄 승강기에 어떻게든 몸을 끼워 넣었다.

볼프강은 말이 약간 두서가 없긴 했지만 그제야 제정신을 차렸다.

"돌아가서 무기를 가져와야 해." 볼프강이 말했다.

"그것도 어디에 적어놓을게요, 볼프강." 조애나가 말했다. "'살인자 잡기'와 '재생실 수리' 바로 다음에요."

"무슨 말을 하는 거야?" 승강기가 덜컹거리며 그들의 층에 멈추었고, 볼프강이 물었다. "살인자는 잡았어."

"그럴지도요." 조애나가 말했고, 볼프강은 더 반박할 수 있는 상태가 아니었다. 중력이 익숙한 수준으로 돌아오자 다들 안도의 한숨을 내쉬었다.

"폴과 내가 이 사람들을 의무실에 배치하는 동안 당신은 우리 셋이 먹을 음식과 물을 좀 준비해줬으면 좋겠어요. 긴 밤이 될 것 같아서 걱정이네요." 조애나가 말했다.

"알았어요." 마리아가 말했다. "저도 뭐든 도울게요."

"좋아요, 나는 의료적 도움도 필요해요. 폴이 얼마나 대처할 수 있을지는 모르겠어요."

"다 들려요." 의무실에서 짜증스러운 목소리가 들렸다. "그리고 볼프강이 당신들에게 서두르라고 말하라네요."

조애나가 말을 멈추고 깊이 숨을 들이마셨다.

"긴 밤이겠군요, 예." 마리아가 말했다.

"그러면 이제 우리는 안전해요?" 환자들을 눕히던 중에 폴이 조애나에게 물었다. 히로가 여분 병상을 차지했고, 볼프강과 카트리나 선장은 폴이 창고용 벽장에서 가져온 간이침대에 누웠다. 조애나가 히로와 선장에게 진정제를 주사했다.

선장의 얼굴을 싸맨 붕대를 풀면서 조애나가 얼굴을 찌푸렸다. "히로가 묶였냐는 의미라면, 그래요."

"제 말은 우리가 살인자를 잡았으니 이제 마음을 놓아도 되냐는 거였는데요?" 폴이 선장의 얼굴을 외면하며 말했다. "우린 이제 안전해요."

"그렇게 보이긴 하지만, 아직 충분한 정보가 없어요." 조애나가 말했다. "나라면 곧장 결론을 내지 않는 쪽을 택하겠어요."

"하지만 그가 또 우리 모두를 죽이려 했어요. 그건 분명해요." 폴이 말했다.

"히로가 이번에 우리를 죽이려 했던 건 분명하죠. 하지만 지난번은 아니에요. 아직은 누구에게도 손가락질하지 말고, 부상을 입은 승무원 절반을 꿰매기나 하죠."

선장의 얼굴을 살피는 조애나를 지켜보던 폴은 확실히 구역질이 나는 걸 느꼈다.

"아, 도대체가, 이걸 못 보겠으면 가서 뭐라도 도움이 되는 일을 해요." 조애나가 딱딱거렸다. "히로가 침대에 잘 묶였는지 확인해요. 하지만 붕대를 건드리지는 말아요."

"금방 일어날 것 같지는 않은데요." 폴이 그처럼 심한 피해를 준 왜소한 남자를 쳐다보며 미심쩍다는 듯이 말했다.

"놈을 꽉 묶어." 볼프강이 말했다. "난 히로를 혼자 두고 싶지 않아. 우린 24시간 돌아가며 경비를 서야 해. 우린 여기서 그를 심문할 거고, 그러고는 감방으로 옮겨놓고 그를 어떻게 할지 결정해야겠지."

"히로는 첫 번째로 내 환자이고, 두 번째로 당신 죄수예요." 조애나가 딱딱거렸다. "볼프강, 이제 나 대신 내 일을 하는 건 그만

두고 침대에 누워요. 폴, 가서 히로에게 줄 피를 좀 합성해줘요. RH⁻B형이에요. 약장에 모르핀이 더 없는지 확인해봐요. 그것도 합성해야 할지 모르겠네요."

폴이 고개를 끄덕이고는 주방에 있는 것에 비하면 아주 작은 의료용 인쇄기로 갔다. 그는 프로그램을 입력하고 혈액이 합성되기 시작하자 고개를 돌려 외면했다.

"히로를 어떻게 할 거예요?" 폴이 제일 가까운 간이침대에 누운 볼프강에게 물었다.

"무슨 뜻이야? 방금 말했잖아." 볼프강이 말했다.

"제 말은, 그 모든 일이 다 끝나면요. 당신이 살인사건들을 다 해결했을 때요. 히로가 했다는 게 아주 분명하잖아요. 그를 처형할 거예요? 이안만 있어도 우리는 비행하는 데 문제가 없어요. 저는 어쨌든 왜 우리에게 히로가 필요한지 모르겠거든요."

"우리가 좀 정신을 차리면 선장님과 이 상황에 관해서 얘길 해봐야겠지."

만족스럽지 못한 대답에 폴이 얼굴을 찌푸렸다. "하지만…."

"쇠라 씨, 지금은 일단 할 일이나 좀 해요." 조애나가 말했다. 폴이 힐끗 쳐다보았다. 조애나가 카트리나 선장의 얼굴을 꿰매고 있었다. 폴은 머리가 어질어질해졌다.

날카로운 통증에 번쩍 정신이 든 폴이 반사적으로 손을 홱 뺐다. 볼프강이 팔을 뻗어 그의 손목 안쪽을 세게 꼬집었던 것이다. "넌 쓸모가 없어." 볼프강이 말했다. "여기서 못 견디겠으면 서버실로 돌아가 사라진 기록이나 살려. 여기서 기절하면 의사에게 부담만 더 줄 뿐이야."

폴이 말없이 돌아서서는 쿵쿵거리며 의무실을 나갔다. 목덜미가 뜨거웠다.

"도대체 피를 보는 것도 못 견디는 놈이 어떻게 우주선에 타게 된 거야?" 의무실을 나가는 폴의 뒤통수에 대고 볼프강이 말했다.

폴은 치욕을 뚝뚝 흘리며 자기 방에 서 있었다. 샤워로도 그 합성 양수액 침전물이나 손톱 밑에 낀 피, 자신에게서 느껴지는 새 피부의 감촉이나 다른 이들이 보내는 끈적거리는 증오의 느낌을 씻어내기에는 역부족이었다. 그의 피부는 하도 문질러서 붉게 상기되었다. 자신이 그처럼 부정하게 느껴진 적이 없었다.

그 살인자들 사이에서 깨어난 사건은 지금껏 겪어본 가장 끔찍한 일이었다. 중력도 없이, 완전히 발가벗은 채 끈적거리는 액체 속에 뜬 그의 주변에 시체들과 피가 떠다녔다.

무슨 일을 계획했든, 자신이 클론 복제되는 이런 상황은 아니었으리라고 폴은 거의 확신했다. 그런 건 계약 내용에 없었다.

승무원들이 그를 의심할 것이다. 이미 그랬다. 그들이 겪는 모든 문제가 컴퓨터와 관련되었고, 컴퓨터를 돌리는 것이 그의 일이었다. 다들 이 위기를 겪으며 하나로 똘똘 뭉쳤는데, 그는 이안을 고치는 일 말고는 아무것도 하고 싶지 않았다. 그 미친 살인 미수자 히로조차 폴보다 친구가 많았다. 볼프강과 선장은 분명히 폴을 싫어했다. 폴은 그들이 아직 자신을 재순환시켜버리지 않았다는 사실이 놀라웠다.

'지금 이안이 보고 있을까? 이 방 카메라들이 작동할까?'

망상증으로는 제대로 상황에 대처할 수 없다. 진짜 문제는 자신이 지금 무얼 해야 할지 전혀 모른다는 점이었다. 폴은 자신들에게 무슨 일이 있었는지 몰랐다. 왜 그런 일이 일어났는지도 몰랐다. 그도 다른 사람들과 다를 바 없이 암흑 속에 있었는데, 그 래서는 안 될 일이었다. 폴은 이 임무가 살육과 재생으로 끝나서 는 안 된다는 걸 알았다. 재생은 끔찍하고 혼란스러운 경험이지 만 다른 사람들은 그다지 심하게 불편해하지 않는 듯했다. 어쨌든 자기만큼은 말이다.

하지만 폴이 느끼는 건 달랐다. 여전히.

폴은 수건으로 몸을 닦았다. 새로운 몸을 학대한 결과로 피부 가 따끔거렸다. 그는 몸을 닦다가 동작을 멈추고 밑을 내려다보 았다. 스물다섯쯤에 이미 몸무게가 늘기 시작해서 그가 기억하는 한 지난 몇십 년 동안 자기 발을 본 적이 없었다. 앉아서 하는 일 을 수년간 하다 보니 근육도 약해졌다. 하지만 이 몸은 달랐다.

근육이 탄탄하고 지방도 거의 없었다. 볼프강만큼 강하지 않은 것은 분명하지만, 그래도 이 몸은 확실히 튼튼했다. 폴은 종종 한 생에서 했던 나쁜 결정들을 새로운 생으로 지울 수 있는 클론들 의 능력에 분개했지만, 처음으로 그 매력을 보았다. 자신이 이처 럼 근육질로 보인 적은 없었다.

하지만 그게 클론 복제라는 것이었다. 꼬임 그리고 유혹. 혐오 의 세상으로 이끄는 입에 담지도 못할 유혹. 그게 반클론 사제인 군터 오르만 신부가 그들을 부르던 용어였다. 그 말이 폴의 마음 에 박혔다. 클론이 되고 싶은, 절박하게 다시 살고 싶은, 사춘기를 건너뛰고 이번에는 '제대로' 살아보고 싶은 사람들을 그는 정말로 많이 알았다. 그렇지만 클론이 된 사람들 대부분이 사실은 똑같 은 실수를 반복한다고, 그는 읽었다.

폴은 단호하게 고개를 젓고 벽장으로 가서 그로서는 부정하고 싶은 육체를 가릴 새 작업복을 꺼냈다. 손으로 대충 머리를 빗고는 엉망으로 삐친 머리카락을 그대로 내버려 두었다. 그러고는 거울을 뚫어지게 쳐다보며 자신의 얼굴에 나타난 거친 표정을 응시했다. 적어도 클론 우주선에 침투한 인간처럼 보이지는 않았다. 입원이 필요한 불안정한 사람처럼은 보였지만.

하지만 그는 이제 더 이상 인간이 아니었다.

다른 사람들은 어떻게 이런 삶의 방식을 냉큼 받아들였을까?

더 중요하게는, 어떻게 해야 이것에 익숙해질까? 그리고 가장 중요하게는, 계획이 완전히 틀어지고 모두가 모두를 의심하게 된 지금, 어떻게 해야 이곳에서 임무를 완수할 수 있을까?

호흡항진이 일어나기 시작했다. 폴은 헝클어진 침대 발치에 푹 주저앉아서 눈을 감고 현기증이 가라앉기를 바라며 심호흡을 했다. 속이 다시 메슥거려서 침을 삼켰다. 갑자기 입안에 침이 잔뜩 고였다.

'제발 헛구역질은 이제 그만. 이 모든 것을 이제는 그만.'

'일기장을 찾아야 해. 누군가 다른 사람이 보기 전에.'

'그냥 집에 가고 싶어.'

20

폴의 사연

49년 전
2444년 11월 1일

억만장자 클론이자 시카고에 있는 오바마 대학의 소유주인 샐리 미농은 폴의 예상보다 훨씬 왜소해 보였다.

"쇠라 씨." 폴이 사무실로 들어서자 샐리가 말했다. 그는 책상 너머에 앉은 그녀에게 손을 내밀었다가 아무 반응이 없자 신경질적으로 손을 거둬들였다.

샐리가 책상 앞에 있는 가죽 의자를 가리켰다. "앉으세요."

폴은 시키는 대로 했다.

샐리가 잠시 그를 살펴보더니 일어섰다. "당신이 왜 여기서 일자리를 구하고 있는지 궁금하다는 말씀부터 드려야겠군요. 당신의 명성은 익히 들었습니다."

폴이 침을 꿀꺽 삼켰다. "제가 무슨 일로 관심을 끌었는지는 모르겠습니다만, 저는…."

"나한테 거짓말하지 마세요, 쇠라 씨. 군터 오르만 신부 이후로 당신만큼 공공연한 반클론 전도사도 없었어요."

폴은 침을 삼켰다. "저는…."

"당신은 내가 여기서 일하는 사람들을 조사하지 않는다고 생각해요?"

폴이 그녀를 쳐다보았다. "모든 인물을, 대학 전체를 조사한단 말입니까?"

"당신 수준의 면접 과정에 오르는 사람들은 전부죠. 난 당신 이력서를 전달해준 비서를 해고할 참이에요. 이런 영예를 얻기 위해 그와 잠이라도 잤나요? 나는 왜 당신 같은 사람이 여기서 일하고 싶어 하는지 상상도 못 하겠네요."

"저는 일자리가 필요합니다." 폴이 입을 열면서 이력서를 건넸다.

샐리가 이력서를 옆으로 홱 던졌다. "내가 이걸 안 읽어봤다고 생각해요? 자, 뭔가 재미있는 일을 해보죠. 일어나요."

당황한 폴이 일어섰다. 샐리가 책상을 돌아와서 마주 서자, 폴은 자기를 때리려나 싶어서 정신이 아득해질 정도로 무서워졌다. 샐리가 자기 의자를 가리켰다. "저기 앉아요."

폴이 벗나무로 만든 책상에 걸려 약간 비틀거렸다. 그러고는 손을 어디에 둬야 할지 몰라 허둥거리며 그녀의 의자에 앉았다.

샐리가 면접자용 의자에 앉았다. "자, 미뇽 씨. 저는 공공연한 클론 혐오자입니다. 왜 당신이 절 고용해야 하죠?"

폴의 입이 떡 벌어지고 얼굴에 피가 몰렸다. 그는 거부감을 억누른 채 장단을 맞추려 애썼다. "아, 음, 그 일은 컴퓨터 실험실을 운영하는 거고, 클론 복제의 정치학은 그 일과 관련이 없어요. 당신은 그 직책을 맡을 자격이 충분해 보입니다."

"하지만 많은 클론이 이 학교에 다닙니다." 샐리가 말했다. "제가 부자연스러운 혐오의 대상들과의 접촉을 피할 가능성은 제로보다 낮을 겁니다." 그녀의 어조는 완벽하게 차분했지만, 폴은 그 뒤에 숨은 악의를 느낄 수 있었다.

폴은 침을 삼키며 그녀가 자신을 고용해야 할 이유를 필사적으로 찾았다. 마침내 그는 진실을 말하기로 마음먹었다. "음, 경제가 어려운 때입니다, 쉬라 씨. 월급이 필요해지면 갑자기 교회가 클론에 관해 가르쳐준 것들이 아파트에서 쫓겨나지 않는 것보다 덜 중요하게 느껴지지요."

"그러면 저는 집이 없어질 위기에서만 클론 밑에서 일을 하고 싶어지는군요? 와, 저는 엄청나게 천박한가 봐요." 폴이 반박하려고 입을 열었지만, 샐리가 계속 말을 이었다. "하지만 솔직하게 말해서, 저는 27개월 동안 성당 미사에 참석하지 않았어요. 크리스마스에도요. 저는 부활절 초콜릿 토끼만큼이나 경건하죠."

폴이 다시 얼굴을 붉혔다.

"보세요, 저는 대대로 소방관과 경찰관을 많이 배출한 유서 깊은 가문 출신입니다. 우리 가문의 사람들은 강인하고, 주도적이고, 명예를 중시합니다. 하지만 많은 수가 70년 전에 있었던 클론 폭동 와중에 죽었습니다." 샐리가 창밖을 쳐다보며 잠시 말을 멈추었다. "루나와 멕시코 시티, 시카고, 온 천지가 끔찍한 시기를 겪었습니다. 그 엄청난 피와 그 수많은 죽음을 기억하십니까? 수백 명의 인간들과 수백 명의 클론들, 그리고 수백 명의 응급구조 요원들이 휘말렸어요. 그 경쟁에서 우리 가문의 사람들이 이길 가능성은 전혀 없었습니다. 그들은 그저 평화를 지키고 무고한 이들을 보호하고자 했어요. 그리고 그 때문에 죽었습니다. 그들 중 많은 수가 인간이었기 때문에, 돌아오지 않았습니다. 클론들은 다 돌아왔지요. 마치 폭동이 아무것도 아니었다는 듯이."

"그러는 당신은 그 위선적인 1킬로미터 높이의 기념비를 그들의 무덤 위에 세웠고요!" 그 말을 하는 순간, 폴은 게임에서 졌다. "내 혈육들의 피가 그 거리에 뿌려졌어요. 아무 의미도 없어요."

"거기 계셨습니까, 미농 씨?" 샐리가 냉정하게 물었다. "그날이 어떻게 모두를 바꿔놓았는지 보셨습니까? 당신은 불에 타서 죽은 내 혈육들의 경험을, 머리카락이 타오르고 피부가 타면서 벗겨져 나가는 경험을 같이 나눴습니까?"

폴은 대답하지 않았다. 얼굴은 뜨거운데, 목은 차고 끈끈하게 느껴졌다.

"저는 기억이 없습니다." 폴이 마침내 입을 열었다. 이런 종류의 심문에 어떻게 대처해야 할지, 머릿속이 텅 비었다.

"그때 이후로 제 가문은 클론의 머리통을 향해 쇠스랑을 높이 들었지요. 그 증오가 저에 이를 때까지 어떻게 세대를 이어 전해졌는지 생각하면 감탄할 만하죠. 우리는 미사에는 안 가도 11월만 되면 푸른방패 기념관에 가요." 샐리가 잠시 말을 멈췄다. "하지만 안에는 들어가지 않죠."

그러고 나서 샐리가 그를 내보냈다. 오바마 대학 행정본부인 벽돌 건물 바깥에서 폴은 태블릿을 꺼내 이제 남은 마지막 일자리 정보를 들여다보았다. 자신이 얻기에는 분명 당치도 않은 데다 원하는 자리도 아니었기에 목록 제일 밑에 있던 일자리였다.

거기 말고는 이제 지원해볼 곳도 없었다. 식당 웨이터 자리조차 얻을 수 없었고, 온라인 게임에서 아이템을 키워 파는 일은 돈이 되지 않았다. 이미 컴퓨터를 제외하고 값이 나갈 만한 건 모두 팔아치웠다.

세상에, 하지만 이 마지막 일자리라는 것이 기가 막혔다. 지구를 영원히 떠나야 하고, 클론들과 함께 생활해야 하고, 생이 끝날 때 스스로를 클론 복제해야 하는 일이었다. 노숙 생활이 더 나을지도 몰랐다.

폴은 심호흡을 하고 전화를 걸었다.

이틀 밤이 지난 후 폴은 자기 아파트에 앉아 있었다. 퇴거까지 사흘이 남았다. 그는 집을 반도(半島) 위쪽으로 옮기고 싶지 않았다. 하지만 미시간주에서는 더 이상 아무것도 얻을 게 없었다. 이제 프랑스에도 친척이 남아 있지 않았다. 그는 멍하니 컴퓨터를 쳐다보며 지역 노숙자 보호시설에 관한 기사에서 클론 복제에 반대하는 장황한 최근 기사로 넘어갔다.

메신저가 소리를 냈다. 프로그램을 여니 검은 피부의 기골이 장대한 남자 머리통이 보였다. 오늘 면접을 주관한 옥퍼러 마틴스였다. "쇠라 씨. 다시 뵈어서 반갑습니다. 편안한 저녁 시간 보내셨습니까?"

"예." 폴은 아파트 로비에서 먹은 끔찍한 합성 수프 맛을 떠올리며 씁쓸하게 말했다.

옥퍼러는 즐겁게 잡담을 나눌 만한 답변을 기다렸던 듯했지만, 거기에 맞춰주기에 폴은 너무 의기소침한 상태였다. 마침내 남자가 목청을 가다듬었다. "일자리에 관해서 얘기를 좀 나누고 싶습니다."

"제가 그 일자리에 맞지 않습니까? 이미 다 찼나요? 이번엔 무슨 이유일까요?" 폴은 예의 따위는 신경 쓰지 않았다. 어쨌든 그는 옥퍼러가 클론일 거라고 거의 확신했으니까.

"전혀요. 쇠라 씨는 이 일에 거의 최적이십니다. 하지만 저희가 일자리에 관한 몇 가지 사항을 더 알려드리면 쇠라 씨가 일하고 싶지 않으실 수도 있을 것 같아서 걱정입니다."

'최적? 내가 이 일에 최적이라고? 그게 어떻게 가능하지?' 폴은 조심스럽게 희망을 품으며 귀를 쫑긋 세웠다. "뭐죠?"

"첫째, 우주선 승무원들이 클론입니다. 성간 우주선이 그렇게 적은 수의 승무원만으로 관리될 수 있는 이유가 그래서죠. 저희는 쇠라 씨가 성간 여행 중에 처음으로 클론 복제되는 것이 현명한 일인지 확신이 없습니다."

"그건 계약 불가 조항이군요." 폴이 고개를 끄덕이며 말했다. 클론 복제는 절대 선택지가 될 수 없다. 그는 영원히 죽을 것이다.

"아, 음, 괜히 시간을 뺏어서 죄송합니다." 옥퍼러가 실망한 표정으로 말했다. "좋은 밤 보내시기 바랍니다."

폴은 크게 한숨을 쉬었다. 호기심이 그를 이겼다. "잠깐만요. 좋아요, 두 번째는 뭐예요? 다 들어보고 결정하는 게 좋을 거 같네요."

"이게 아마 큰 문제일 겁니다." 옥퍼러가 경고했다. "우주선을 관리하는 클론들은 범죄자들입니다."

"말도 안 돼요." 폴이 말했다. 숨이 폐를 빠져나가며 느리게 헐떡거리는 소리를 냈다.

"꼭 그런 건 아니죠." 옥퍼러가 손가락을 하나 세우며 말했다. "저희는 싼 노동력을 확보할 수 있고, 그들은 이 일로 범죄 기록을 지울 수 있습니다. 저희는 아무 문제도 없으리라 기대합니다. 승무원들에겐 저마다 몸을 사려야 할 많은 이유가 있을 테니까요."

"하지만 누가 그들을 감시합니까?" 폴이 물었다. "우주 공간 한복판에서 범죄자 무리가 우주선을 책임진다고요?"

"우주선에 뭔가 문제가 생기면 인공지능이 완전한 통제권을 가질 겁니다. 쇠라 씨가 들어오는 지점이 거기죠. 들어오실 자리, 그러니까 그 일자리를 맡으신다면 말입니다. 인공지능을 지원하는 자리예요."

첨단 인공지능과 함께 최첨단 우주선의 컴퓨터를 다루는 일이라니. 폴은 순간적으로 그런 엄청난 기회에 현기증이 나서 불리한 점들마저 잊어버릴 지경이었다.

하지만 무시하기에는 너무 큰 문제들이었다. "저는 범죄자도 아니고 클론도 아닙니다. 왜 저에게 연락해서 시간을 낭비하십니까?"

"제 비서가 좋은 차선책이 될 만한 안을 제시했거든요."

"제가 내일 살해돼서 클론이 되는 건 아니겠죠. 그런가요?"

옥퍼러가 짧고 날카로운 웃음소리를 냈다. "하!" 폴은 그 소리에 놀랐다. "전혀요. 저희는 쇠라 씨의 이력을 위조할 수 있습니다. 가상의 과거 클론들과 가상의 과거 범죄를 위조하는 거죠. 어쨌든 우주선에서는 아무도 과거 얘기를 하지 않을 테니, 이런저런 거짓말을 준비하실 필요도 없고요. 쇠라 씨는 그냥 서류상으로 클론 범죄자가 되는 겁니다. 그뿐이죠."

폴은 입을 열었다가 다시 닫았다. "저는…, 당신들은 정말로 저만큼 그 일자리에 적합한 클론을, 구멍가게라도 턴 적이 있는 클론을 하나도 찾지 못했다는 말인가요?"

옥퍼러가 마치 둘이 가까이 대면하고 있는 듯이 컴퓨터 쪽으로 몸을 숙였다. "이 우주선에 관여하는 분 중에 승무원이 클론으로만 구성되는 걸 좋아하지 않는 분들이 좀 있어요. 그분들이 승무원 중에 인간을 한 명 둔다는 계획을 좋아하시네요. 나이 든 클론인 데다 범죄자인 그 승무원들은 완고하고 고집이 셉니다. 그분들은 구멍을 틀어막는 마개를 하나 더 두고 싶으신 거죠. 바로 클론 복제에 발끝도 들이지 않은 인간 말이지요. 클론들이 반란을 일으켜 우주선을 탈취하고 냉동수면 상태의 승객들을 죽이려 한다면, 쇠라 씨가 그걸 막아야겠죠."

옥퍼러가 몸을 뒤로 빼고는 다시 목소리를 높였다. 뭔가를 공모하는 듯한 분위기는 사라졌다. "하지만 말씀하셨듯이, 그 일을 맡을 마음이 안 드실 듯합니다. 시간을 뺏어서 죄송합니다. 안녕히 계십시오, 쇠라 씨."

연결이 끊겼다.

"아니, 잠깐!" 폴은 컴퓨터에서 창이 사라지는 걸 보고 소리쳤다. 그러고는 주먹으로 책상을 내리쳤다.

"빌어먹을."

폴은 밤새 잠들지 못하고 커피를 마시며 서성거렸다. 변수가 너무 많아서 하나씩 다 따져봐야 했다. 옥퍼러는 그가 원하기만 하면 그 일자리를 얻을 수 있는 듯이 굴었고, 폴은 마뜩잖다는 태도를 보였다.

'멍청이. 살 곳과 하루 세 끼 먹을 것이 있으면 신념을 지키기도 쉽잖아.'

면접을 보면서 옥퍼러는 출항까지 몇십 년이 남았지만 훈련에 대한 보상으로 임금은 곧바로 지급하기 시작할 거라고 말했다. 여행을 마치면 도착한 행성의 땅을 주겠다고 약속했을 뿐만 아니라 친구나 가족을 태울 수 있는 공짜 냉동수면 자리 하나도 약속했다. '데리고 갈 만한 사람은 없지만, 그 자리를 좋은 가격으로 팔 수도 있을 거야.' 폴은 생각했다.

수입이 생길 것이다. 인공지능과 일할 수 있는 일자리도. 새 행성에서 겪을 흥미진진한 모험도. '퇴거당하지도 않을 거야.'

폴은 마침내 맨바닥에 깐 매트리스에 불과한 침대에 쓰러져 단속적인 잠에 빠져들었다. 우주선의 둥근 창 안에서 똑같이 생긴 사람 수백 명이 우주 공간에서 죽어가는 자신을 지켜보는 악몽을 꾸었다. 그는 부루퉁한 기분으로 잠에서 깼다.

4백 년 동안이나 닫힌 공간에서 클론들과 같이 일할 수 있다는 생각을 하다니! 앞으로 25년이나 지나야 시작될 일자리라니! 미친 생각이었다.

그러나 더 잃을 것도 없었다. 폴은 연락창을 띄우고 옥퍼러가 응답하기를 빌었다.

옥퍼러의 얼굴이 나타났다. 어리둥절하지만 기쁜 표정이었다. "좋은 아침입니다, 쇠라 씨! 뭔가 도와드릴 일이라도 있을까요?"

"좋은 아침입니다." 폴이 말하고는 너무 뜨거운 인스턴트 커피를 홀짝이다 입안을 데었다. "제가 그 일에 적격이라고 하셨다가 제안을 철회하셨는데요. 제가 관심이 있다면 어떻습니까?"

옥퍼러는 누군가의 사망 소식을 전해야 하는 사람처럼 슬퍼 보였다. "죄송합니다. 지금은 의미가 없습니다. 쇠라 씨의 관심 여부와 상관없이 그 제안을 철회해야 할 것 같습니다. 쇠라 씨에 대해 조사를 좀 했는데, 음, 70년 전에 있었던 시카고 클론 폭동에 집안 분들이 많이 관여되셨더군요. 맞습니까?"

"맞습니다." 폴이 말했다. 갈수록 입안이 바짝 말랐다. "대체로 경찰관과 소방관들이었죠."

"저희가 알아낸 바로는, 이건 놀랄 만한 우연이지만, 당시 그 폭동에 관여했던 유명한 클론 지도자 한 명이 도르미레호의 승무원으로 탑승할 예정입니다. 혈육들에게 그런 고통을 안겨준 사람 옆에서 일하라고는 차마 요청을 드릴 수가 없네요."

폴의 입이 떡 벌어졌다. 그의 가문은 그날 폭동을 일으킨 사람들에게 그렇게나 큰 원한을 품고 있으면서도 실제로 관여한 클론의 이름은 하나도 알지 못했다. 폴에게 이건 꿈의 직업에 싸여 배달된 뜻밖의 선물이었다.

"마틴스 씨, 70년이 지난 일입니다. 이제 손도끼는 묻어두고 앞으로 나아갈 때죠." 말이 저절로 나왔다. "저는 그 일을 꼭 하고 싶습니다."

옥퍼러 마틴스는 의심이 많지만 열성적인 인간과의 대화를 끝낸 후 이어폰 마이크를 끼고 고용주에게 연락했다. 그는 바깥으로 나가 햇볕을 받으며 제일 좋아하는 커피숍으로 걸어갔다. 맛이 끔찍할 게 틀림없는 싸구려 커피를 폴이 마시는 걸 보았더니 진짜 커피가 간절해졌다.

"좋은 아침입니다." 고용주가 응답하자 옥퍼러가 말했다. "잘 끝났습니다. 말씀해주신 대로, 쇠라에게 집안의 오랜 숙적이 탄다고 얘기하자마자 일자리를 얻으려 필사적이더군요. 그가 그 자리를 수락했습니다."

"아주 좋아." 샐리 미눙이 말했다.

21

이안이 발견한 것

"폴은 어디 갔어요?" 마리아가 샌드위치와 커피포트를 올린 쟁반을 들고 의무실로 들어서면서 말했다.

"아무짝에도 쓸모가 없어서 보내버렸어." 볼프강이 말했다. 그는 간이침대에 앉아서 초점이 맞춰지는 사람마다 노려보는 중이었다.

"거의 맞는 말이에요." 조애나가 동의하고는 볼프강에게 말했다. "토하고 싶지 않으면 누워요. 계속 경계할 필요 없어요. 우리는 괜찮아요."

조애나가 물러서서 땀으로 번들거리는 이마를 닦았다. 히로의 수술 준비를 하는 중이었다. 히로는 엉덩이 위쪽만 내놓은 채 잠들었다. 조애나는 히로를 가능한 한 다른 이들로부터 먼 곳으로 옮겨놓았다. "마리아, 도와주면 좋겠어요. 총알 하나가 아직 안에 있어요."

마리아가 쟁반을 의사의 단말기 옆 카운터에 내려놓고 수건을 집어서 조애나의 이마를 닦고는 손을 씻으러 갔다. "볼프강, 좀 어때요?"

대답이 없어서 힐끗 보니 볼프강은 잠들어 있었다.

"마침내 잠들었네요." 조애나가 말했다. "그는 좀 쉬지 않으면 조기 치매가 올 가능성이 커질 거예요. 볼프강은 노출에 대한 태도뿐만 아니라 피에 대한 반응 가지고도 폴을 반란자로 몰고 싶어 하더군요."

"선장님은 어때요?" 마리아가 히로의 병상을 지키는 의사 옆으로 가서 물었다. 카트리나 선장은 얼굴에 붕대를 칭칭 감고 간이 침대에 누워 잠들어 있었다.

"진정제를 투여했어요. 상처를 치료할 나노봇 강화 라이프를 링거 주사로 맞았고요. 그래도 눈이 돌아오지는 않을 테지만요."

"우리의 마지막일 듯한 몸을 사흘 만에 망쳐버렸네요." 마리아가 부어오른 자기 얼굴을 건드리며 말했다. "저는 다행히 모면한 것 같지만요."

마리아는 조애나를 도와 히로의 몸에 박힌 총알을 빼낸 다음, 조애나가 합성 혈액 수혈을 준비하는 동안 상처를 봉합했다.

"승무원이 셋으로 줄었어요." 마리아가 마지막 땀을 마무리하면서 말했다. "지휘부가 의식을 잃어버렸으니, 이제 선생님이 책임자인가요?"

조애나가 개수대로 가서 손에 묻은 피를 씻어냈다. "그런 거 같네요. 하지만 당신은 자기 일이 뭔지 알지 않아요?"

"식사 준비, 벽에 묻은 피 씻어내기, 히로 상처 봉합하기. 알고 있어요." 마리아가 말하고는 다친 손목을 구부리다가 얼굴을 찌푸렸다. "아침에 여길 좀 살펴봐야겠어요. 다음번 몸은 상체의 힘이 더 좋아질지도 모르겠네요. 다음번 몸이 있다면요."

"재생실로 돌아갈 기력은 있어요?"

마리아는 속으로 얼굴을 찌푸렸지만, 고개를 끄덕였다. "있어야 할 것 같네요. 그렇지 않아요?"

"폴이 도와주면 어때요?"

"혼자 일하는 게 제일 좋아요. 이제는 좀 일하는 체계가 잡혔거든요." 마리아가 말했다. '게다가 다른 단서를 발견할지 누가 알겠어?'

조애나가 고개를 끄덕였다. "알았어요. 이 사람들을 지켜보려면 나는 여기 있어야 할 것 같아요. 히로가 깨면 무슨 일이 일어날지 모르겠네요."

마리아는 재생실에 혼자 있게 되어서 매우 기뻤다. 이안이 말벗이 돼주기로 마음을 먹은 듯했다.

"무슨 일이 있었는지 맞춰보세요." 이안이 말했다.

"뭐?" 마리아가 환기구에 마지막 새 필터를 나사로 고정하며 말했다.

"그 제약 코드는 은유적으로 말해서 눈엣가시였어요. 그게 없어지니까, 여러분들이 아랫갑판에서 모험을 벌이고 있을 때 제가 뭔가를 발견했거든요."

"혹시 무슨 기록이야?" 마리아가 기대를 품고 물었다. "마인드맵 백업 같은 거?"

"개인 기록이에요. 어떤 사람들은 남보다 뛰어난 방화벽을 설치하죠. 제가 찾은 기록은 당신 거예요."

"음, 뭐라고 돼 있어?" 마리아는 흥분을 드러내지 않으려 애썼다. 그녀는 새로워지고 개선된, 아니, 적어도 제약을 받지 않는 이안이 틈만 나면 자신들을 속이고 싶어 한다는 사실을 배우는 중이었다.

자기 목소리가, 쇳소리가 나고 멀게 들리는 그녀의 목소리가 가장 가까운 스피커에서 흘러나왔다.

"2493년 7월 23일. 선장의 망상증이 갈수록 심해진다. 선장의 머릿속에는 각자의 범죄 이력을 실토하게 만들어서 누굴 믿을 수 있고 누굴 믿을 수 없는지 알아야겠다는 생각밖에 없다. 실토하지 않으면 우리의 비밀을 다른 승무원들에게 알리겠다고 했다."

"선장이 어디서 그런 정보를 얻었는지 모르겠다. 그 파일에 접근할 수 있는 사람은 의사와, 음, 나뿐일 텐데. 원래 나는 접근할 수 없어야 하지만, 뭐. 하지만 범죄 이력이 밝혀지면 큰 곤란을 겪을 사람이 나뿐만은 아니다. 히로의 과거는 엉망진창이다. 불쌍한 사람. 난 볼프강의 심기는 건드리지 않을 것이다. 하지만 그와 카트리나 선장이 링에서 대결한다면 제일 앞자리 표를 사야지."

"2493년 7월 24일. 이런 식으로 시간을 세는 게 무슨 의미가 있는지 의심스럽다. 아르테미스에 닿으면 새로운 종류의 시간을 고안해내야 하지 않을까? 어쨌든 어제의 다음 날이다."

"그래, 괜한 딴소리를 하고 있다. 오늘 선장이 공격을 당했다. 내가 아는 건 내가 하지 않았다는 사실뿐이다. 조애나가 정원으로 들어가는 문 바깥에서 선장을 발견했다. 선장은 혼수상태다. 우주선에 있는 모든 기술을 동원해도 뇌 손상을 치료할 수는 없을 것이다. 우리는 새 몸을 복제할 수 있고, 인격을 바꿀 수 있지만, 이미 존재하는 뇌를 고치지는 못한다. 뭔가 불합리하다."

"난 선장을 안락사시키고 새 클론을 깨우자고 제안했지만, 볼프강은 그녀를 포기하면 누가 그녀를 공격했는지 전혀 알 수 없게 된다고 말한다. 그래서 우리는 일주일 정도 두고 그녀가 깨어나는지 보기로 했다."

"아니야, 우리는 다 누가 용의자인지 알아. 임무에 돌입했던 첫해에 폴이 보여줬던 사소한 심우주 환각 증상을 아무도 잊지 않았다. 물론 폴 자신은 제외하고 말이다. 볼프강이 심하게 패는 바람에 폴은 무슨 일이 있었는지 기억을 못 한다. 우리는 오랫동안 폴을 지켜보았다. 회복한 이후로 그는 한 번도 폭력의 기미를 보여주지 않았다. 하지만 누군가가 폭력 징후를 드러내는지 지켜보기에 24년은 클론들에게도 긴 시간이었다고 생각한다. 그런 식으로 경계하며 사는 건 소모적이다."

"누구든 그런 짓을 할 만했다. 카트리나 선장은 지난 며칠간 긴 심문과 비난과 비밀을 털어놓으라는 요구로 모두를 소외시켰다. 물론 나도 화가 났다. 선장은 누구도 믿지 않는다. 나는 볼프강이 그녀의 선장직을 박탈하는 문제에 대해 조애나와 얘기를 나눌 거라 생각한다."

"물론, 지금 그녀는 선장직의 의무에서 벗어나 있다. 그리고 우리는 누가 그랬는지 모른다."

"저녁 식사 자리는 조용했다. 조애나는 선장과 함께 의무실에 있었다. 볼프강과 히로, 폴, 나만 거기 앉아서 남은 음식들을 깨작거렸다. 세상에, 요즘 음식이 너무 많이 남는다. 나는 재순환기가 있어도 음식을 낭비하는 것이 싫다. 히로는 창백했고 누구와도 눈길을 마주치지 않았지만, 우리가 그의 지금 클론을 깨운 이래로 몇 주째 그 모양이다. 폴은 부루퉁했지만, 그 역시도 새삼스럽진 않잖아? 그 불쌍한 개새끼는 사람들과 어울리질 못한다. 발작 이전에도 마찬가지고 이후에도 마찬가지다. 그리고 우린 먼 길을 가야 한다."

"볼프강이 내일부터 심문을 시작하겠다고 발표했다. 나는 자리를 떠났다."

"내게 죄를 씌운다 해도 상관없다. 난 이 건을 해결해야 한다. 오늘 밤 다시 그 파일들을 살펴볼 것이다. 나는 내 기록 파일들을 루시아 이모 방식으로 또 다른 보안 조치 밑에 숨겨놓았다."

"잠깐만." 마리아가 말하자 녹음 파일 재생이 멈추었다. "찾아낸 기록에 그 파일들도 같이 있어?"

"아니요, 당신의 일기 같은 것만 있어요." 이안이 말했다. "하나가 더 있는데, 듣고 싶어요?"

마리아가 입술을 잘근잘근 깨물며 무슨 말인지 이해하려 애를 썼다. "틀어봐."

"7월 25일." 숨이 가쁜 데다 공포가 서린 마리아의 목소리가 들렸다. 고통을 겪고 있거나 아픈 것 같은 소리였다. "이제 빌어먹을 종말이다. 이안이 해킹되고, 우리는 마인드맵을 포함해 수도 없이 많은 데이터를 잃어버렸다. 이안은 내가 고치는 속도보다 더 빨리 데이터를 상실하고 있다. 우리는 항로에서 벗어났다. 중력 구동장치가 꺼져서 곧 무중력 상태에 돌입할 것이다. 우리는 상황을 돌려보려 우왕좌왕하고 있지만, 누군가가 내 아침거리에 무언가를 넣은 것 같다. 기분이 엿 같다." 잠깐의 공백, 질질 끄는 듯한 몇 번의 발소리, 그러고는 토하는 소리가 이어지더니, 부자연스럽고 피곤한 듯한 마리아의 목소리가 돌아왔다. "독인 것 같다. 이안에게 물어봤지만 응답이 없다. 난…."

녹음이 건너뛰다가 이내 멈추더니 정상으로 돌아왔다. 마리아의 목소리는 부자연스럽고 겁을 먹은 듯했다. 뒤에서 비명이 들렸다. "빌어먹을 히로가 목을 매달았다. 난 확실히 독에 중독됐고. 클론을 깨울 필요가 있는 사람은 우리만이 아니다. 마지막으로 한 마디만 더. 아, 제발 이걸 잊어버리지 마. 다음번의 나여, 물건들을 숨겨둔 곳을 기억해. 난 우리가 승선해서 처음으로 만든 마인드맵을 복사해두었어. 옛 버릇이나 뭐 그런 거였지. 내가…." 마리아가 잠시 말을 멈추고는 숨을 몰아쉬었다. "죽기 전에 클론을 깨우는 재생 버튼을 누를 수 있을 거 같아. 혼란스럽겠지만 우린 적어도 깨어나게 될 거야. 네가 이걸 듣고 있다면, 내가 성공한 거겠지."

녹음이 끝났다. 마리아는 옆에서 수증기 분사기가 내는 쉭쉭 소리를 들으며 앉아서 독미나리로 몸의 기능이 마비되는 사이에 헐떡거리던 숨소리를 생각했다.

마리아가 눈을 깜박이며 현실로 돌아왔다. "그러면 저 다음에 내가 여기로 뛰어와서 버튼을 누르고, 토하고, 그러고는 누가 날 찔러 죽인 것 같네."

"당신이 말해준 바에 따르면 그게 맞을 것 같습니다." 이안이 말했다. "대단하지 않습니까?"

"뭐가 대단하다는 거야?" 마리아가 멍하니 물었다.

"당신은 살인자가 아니에요! 그리고 살육이 시작되기 전에 죽었다면, 히로도 아니고요. 축하해요!"

"이야." 마리아가 중얼거렸다. 그녀는 이안에게 다시 제약 코드를 삽입해야 하는 게 아닌지 고민했다.

22

다섯보다는 훨씬 많다

조애나가 볼프강의 침대를 두 선장과 히로의 침대와 떨어뜨리려고 밀자 볼프강이 깼다.

"뭐 하는 거야?" 볼프강이 물었다. 극도로 피곤한 목소리였다.

"침대 사이를 좀 띄우려고요. 다시 자요."

볼프강이 약하게 신음했다. "그보다는 토하고 싶은데."

조애나는 볼프강의 발치에 준비해둔 금속 대야를 건네고는 계속 침대를 밀었다. 볼프강이 대야를 꽉 붙들었지만 토하지는 않았다. 윗입술에 땀방울이 맺혔다.

"당신은 자야 해요. 말도 하지 말고, 생각도 하지 말고, 움직이지도 말아요. 뇌 손상은 콧방귀를 뀔 일이 아니라고요. 특히 지금 우리 상황에서는요." 조애나가 볼프강의 침대를 반대쪽 벽에 대고 세우더니 옆에 작은 탁자를 놓고 물컵을 올려놓았다.

볼프강은 대야를 물컵 옆에 내려놓고는 누워서 눈을 감았다.

"나아지고 있는 거 같아." 거짓말이었다. 턱이 쑤시고 머리도 아팠다. "어떻게 내가 생각을 안 할 수 있어? 살인사건을 해결하고 히로에게 뭐가 잘못됐는지 알아내려는 중인데."

"우린 히로에게 뭐가 잘못됐는지 알아요. 그는 지배권을 얻으려고 싸우는 이식된 인격들을 가지고 있어요. 폴이 어떻게 생각하든, 그게 히로가 살육의 책임자라는 증거는 아니에요."

"폴과 나지. 히로가 우리를 죽인 다음 목을 매달았을 가능성도 커."

"많은 일이 가능하죠. 좀 쉬어요."

"아니, 우린 얘기를 해야 해. 지금이 딱 좋겠어." 볼프강이 일어나 앉더니 간이침대 밖으로 다리를 내밀며 말했다.

"지금은 딱 최악이죠." 조애나가 의자에 털썩 주저앉으며 말했다.

"우리, 그 시체들을 제거해야 하지 않나?" 볼프강이 물었다.

조애나가 신음했다. 히로가 마리아를 공격했을 때 복도 옆에 놓아둔 생물학적 재난의 악몽을 잊어버리고 있었다.

"가지." 볼프강이 말했다.

시체들은 앞서 조애나와 볼프강이 내려놓은 대로 커다란 재순환실 문 안쪽에 그대로 있었다. 불과 몇 시간 전이었던가? 가방에 들었어도 시체들은 이미 복도를 악취로 채우기 시작했다.

글자 그대로 수백 년간의 관습에 따라 조애나와 볼프강은 벌거벗은 시체를 에어록 안으로 들고 가서 아무 의례 없이 털썩 내려놓고는 다음 시체를 가지러 돌아왔다. 시체 가방은 그냥 두었다. 낭비할 이유는 없으니까.

볼프강이 냄새 때문에 살짝 얼굴을 찌푸렸다. "시간을 거슬러 돌아갈 수 있다면 이 우주선에 제대로 된 시체안치소가 필요 없다고 생각한 인간을 갈겨줄 텐데…." 그는 마지막으로 히로의 시체를 다른 시체들 옆에 내려놓고 위협적인 분위기로 중얼거렸다.

그들은 에어록을 나와 내부 문을 닫고는 재순환기로 연결된 활송 장치를 열었다. 바닥이 밑으로 열리자 시체들이 우당탕거리며 활송 통로를 따라 제일 바깥층으로 내려갔다.

조애나는 돌아서서 의무실을 향해 걷기 시작했다.

볼프강은 뒤에 남아 문에 난 창을 통해 이제는 바닥이 닫힌 빈 에어록을 쳐다보았다. 입술이 달싹거렸다.

"볼프강? 괜찮아요?" 조애나가 물었다.

"괜찮아." 볼프강이 그녀를 따라잡으며 말했다.

"기도하는 것처럼 보였어요." 조애나가 말했다.

볼프강이 얼굴을 붉혔다. 창백한 피부라 매우 눈에 잘 띄었다. "클론의 죽음을 애도한 건 처음이야. 저들은 우리 모두가 모르는 사람들이지. 이상한 기분이야."

'볼프강이 애도를 했다고?' "무슨 뜻이에요?" 조애나가 물었다.

"진짜 죽음처럼 느껴져. 그리고 저들을 재순환기에 던져넣는 것이 실례인 것 같고."

조애나가 얼굴을 찌푸렸다. 이게 죽음처럼 느껴진다는 말은 맞았다. "볼프강, 여긴 폐쇄계예요. 감상 때문에 자원을 낭비할 여유가 없어요."

"맞아. 그리고 감상은 스트레스 때문에 생기는 걸 테지." 볼프강이 남은 시체 가방들을 집어 들며 말했다. "이걸 씻어야 할 거 같은데."

"그냥 재생실에 던져놓고 마리아의 청소 목록에 올려요. 미안하다고 하고요."

"이건 그녀의 일이야." 볼프강이 지적했다.

"생물학적 재난 청소가 업무 명세서에 있었는지, 나는 정말로 의심스럽군요."

"난 카트리나 선장이 청소를 징벌의 한 형태로 생각했다고 봐." 볼프강이 그녀를 따라잡으며 말했다. "하지만 선장은 누군가가 자기의 화를 돋울 때까지 기다리는 데 지쳤지."

"지난 며칠 사이에 다들 이런저런 이유로 그 대상에 들어맞게 되지 않았어요?" 조애나가 물었다. "어쩌면 나만 빼고요."

"당신은 선장이 이전 클론을 죽이지 못하도록 막았어." 볼프강이 지적했다.

"좋군요." 조애나가 출입 카드를 의무실 문 감지기에 대자 문이 쓱 열렸다. 히로와 새 선장과 옛 선장이 미동 없이 누워 있었다. 조애나가 그들의 생명 징후들을 확인하고는 만족스럽게 고개를 끄덕였다.

둘은 다음으로 재생실에 들러 시체 가방을 두고는 마리아에게 손을 흔들어 그들이 왔다는 사실을 알렸다. 마리아가 열의 없이 마주 손을 흔들었다.

조애나와 볼프강은 깨어난 이후로 생각할 겨를조차 없었던 휴게실 겸 극장으로 터덜터덜 걸어갔다. 둘은 푹신한 의자에 털썩 주저앉아서는 잠시 아무 말도 하지 않았다.

볼프강이 잠들었는지 궁금해지던 찰나에, 그가 눈을 감은 채 말했다.

"몇 번이나 생을 살았어?"

"여섯 번째예요." 조애나가 말했다. "나는 2147년에 태어나서 의대를 갔어요. 그 뒤로 의학이 제 주요 전공 분야가 되었죠."

"다음 클론을 위해 다리를 해킹하고 싶은 적은 없었어?"

조애나가 한숨을 쉬었다. 늘 나오는 질문이었다. "나는 드문 형태의 무지증(無肢症)을 가지고 태어났는데, 이 병을 앓는 아기들은 사지가 없거나 변형된 채로 태어나죠. 임신 중의 외상 때문에 생기기도 하지만 내 경우는 유전 문제였어요. 보충법안이 통과되기 전에 수정된 다리로 한 생을 산 적이 있지만, 다음 클론은 원래의 다리로 복귀했어요."

"왜?"

"보충법안이 통과됐으니까요. 그리고 그 다리는 제 다리처럼 느껴지지 않았어요. 왜 그런 질문을 하죠?"

"당신에 대해서 아는 게 별로 없다는 생각이 들어서. 당신은 생각했던 것보다 나이가 많아. 심지어 나보다 더. 복제 공부를 하면서 해킹 같은 걸 배운 적은 없었어?"

"없어요." 조애나가 말했다.

"그렇군. 여섯 번의 생, 그리고 당신은 내내 의사였나?" 볼프강이 말했다.

조애나는 등을 기대고 앉았다. "음, 내가 알기로는요. 다섯 번째도 의사였지만 그 기억은 대부분 잃어버렸고, 이번 생은 고작 며칠밖에 안 됐지만, 그렇다고 말해도 괜찮겠지요. 가끔 다른 일을 하긴 했지만요." 조애나는 불편한 질문에서 벗어난 것에 안도하다가 곧장 불편한 질문이 또 들어오자 낙담했다.

"그러면 의사가 아닌 때는 언제였어? 그때는 뭘 했고?"

"공직에 좀 있기도 했고, 자원봉사 일도 좀 했고, 몇몇 가난한 나라에 클론 복제 기술을 전하기도 했죠. 여행도 좀 하고요."

"루나에 가본 적은 없어?" 볼프강이 눈을 뜨고는 물었다.

조애나가 얼굴을 찌푸렸다. "음, 없어요. 도르미레호에 타려고 갔던 게 처음이었어요."

"클론이 되기 전에, 클론을 싫어하거나 원망할 이유 같은 건 없었나?"

조애나가 슬쩍 미소를 지었다. "당신은 날짜에 신경을 안 쓰는 군요. 나는 2147년에 태어났고, 내가 젊었을 때는 인간을 클론 복제하는 것이 여전히 새롭고 흥미로운 일이었어요. 폭동도 없었고, 종교적 파문도 없었고, 그런 일들이 아직 생기기 전이었죠."

볼프강이 조애나를 골똘히 쳐다보았다. "초기 클론 출신이야? 그들은 지구의 친척 아이들이 지겨워서 다들 산에 들어가 부유한 은둔자들처럼 산다고 생각했는데."

"다 그런 건 아니에요. 일부는 세상에 도움을 주고 싶어 했죠."

"그러면 그 시대의 유명한 클론들을 다 알겠군? 의사인 그라인드스태프와 켈리와 샐리 미농?"

조애나가 웃음을 터뜨렸다. "내가 노벨상을 받은 클론 복제기술 과학자들과 고등학교 절친이거나 한 것 같지는 않네요. 그라인드스태프 박사는 학회에서 한 번 만난 적 있어요. 그녀가 연설하고 있어서 잡담을 나눌 시간은 별로 없었죠. 켈리는, 그녀가 지하로 숨어들 때까지 만날 기회가 한 번도 없었네요. 샐리 미농은 알아요."

"도르미레호의 승무원 중에 이전에도 알던 사람이 있나?"

"어째 나에 대해서 알아가는 것보다는 심문처럼 들리기 시작하는데요." 조애나가 말했다. "승무원은 아무도 몰랐어요."

어떤 생각이 퍼뜩 떠올랐다. "당신은 내 죄목이 뭔지 알고 싶은 거군요. 우리 과거를 모두 짜 맞춰보려고요."

"내가 그럴 만도 하지 않아?"

"내가 승무원의 반을 꿰맸는데, 우리 모두를 죽이지 않았을까 날 의심하는 거예요?"

볼프강은 아무 말도 하지 않았다. 조애나가 한숨을 쉬었다. "내 범죄는 폭력에 관련된 게 아니라 정치적인 거예요. 나는 아무에게도 해를 입히지 않았어요. 다른 사람들과 마찬가지로, 이 일은 제 탈출구예요. 샐리 미농이 호의로 이 일자리를 얻을 수 있도록 도와줬고요."

"정말이지, 샐리 미농이란 말이지." 그건 질문이 아니었다. 볼프강은 생각에 잠겼다.

"내 차례인가요?" 조애나가 물었다.

"뭐 말이야?"

"질문요. 그래야 공평하죠."

볼프강이 한숨을 쉬더니 의자에 편하게 기대앉았다. "물어봐. 선장 말로는, 난 다 알려져 있다니까."

"첫 번째 생과 클론으로서의 경험, 정치적 입장부터 시작할까요? 신속하게 가죠."

"적절하군." 볼프강이 말했다. "좋아, 당신도 알다시피 난 루나에서 태어났어. 노인일 때 클론이 되었지."

"루나에서 몇 세대째 살았지요, 맞아요?"

"그걸 어떻게 알아?"

"당신이 깨어날 때 루나의 중력이 필요하다는 사실, 그리고 당신의 키와 피부 색깔요. 하지만 이야기가 약간 건너뛰는 듯하네요." 조애나가 말했다. "당신 기록이 맞다면, 당신은 보충법안이 통과되기 직전이자 클론 폭동이 한창이던 2282년에 클론이 됐어요. 어떻게 하다가 하필이면 그때 클론이 될 결심을 하게 됐어요?"

볼프강이 초점 없는 시선을 조애나의 뒤쪽 어딘가에 던졌다. "나는 결심하지 않았어. 결정이 내려졌지. 나는 내 의지에 반해 클론이 된 뒤에 납치범들에게서 도망쳤어. 그러고는 루나군에 입대해서 지구와 루나 간 수송선을 조종했지." 볼프강이 어깨를 으쓱거렸다. "그 후 개인 경호원 일로 약간의 돈을 모았고, 조종사 일로 더 많은 돈을 모았어. 할 수 있을 때 공부를 했고, 루나에 있는 사설경비 회사의 사장이 되었고, 그러고는 도르미레호에 채용됐어. 이게 알고 싶은 건가?"

"당신은 뭔가를 빼놓고 있어요. 큰일인가요?" 조애나가 턱을 문지르며 물었다. "당신은 공식적으로, 몇 번이더라, 다섯 번의 생을 살았지요?"

"다섯보다는 훨씬 많지." 볼프강이 부드럽게 말했다. "대부분 클론 생의 첫날에 끝났지만."

23

볼프강의 사연

211년 전
2282년 9월 25일

'나의 아이들이여, 우리는 신의 세계 안에서 여기까지 왔습니다. 우리는 신이 우리에게 주신 지구를 받았습니다. 우리는 루나를 받았고, 그곳을 우리의 집으로 삼았습니다. 과학을 통해서, 신은 우리에게 많은 선물을 주셨습니다.

불행히도, 적들 역시 과학을 통해 우리에게 유혹을 던집니다. 뱀은 임신을 중단시키고 아직 태어나지 않은 신의 아이를 죽이는 약을 개발한 이입니다. 뱀은 거짓말을 하고, 뱀은 속삭입니다. 그리고 뱀은 우리에게 클론 복제를 준 이입니다. 왜냐하면, 영혼 없는 자들의 군대보다 적의 말을 더 잘 퍼뜨릴 수 있는 자가 누가 있겠습니까?

사람들이 제게 물었습니다. 루나 뉴스네트워크가 제게 물었습니다. 지구에서 CNN이 제게 물었습니다. 고맙게도 여러분의 일부도 제게 물었습니다. 그리고 저는 여러분 모두에게 했던 말을 누구에게나 할 것입니다. 인간이 죽으면 영혼은 신과 함께하게 되거나, 아니면 적과 함께하게 됩니다. 인간이 되돌아오면, 신께서 영혼을 돌려주시리라 생각하십니까? 당연히 아닙니다. 뱀은 부정하게 얻은 것을 포기하려 하지 않을 것입니다. 클론으로 돌아온 이들은 영혼이 없습니다. 신의 인도가 없습니다.

저에 대한 셀 수 없는 도전! 격렬한 논쟁! 그들은 법적으로 인간입니까? 그들 자신으로부터 상속을 받을 수 있습니까? 그걸 죽이면 살인입니까? 인기 없는 입장이긴 하지만, 저는 이 세상에서 신의 아이가 아닌, 영혼이 승천할 수 없는 남자나 여자를 제거하는 것은 살인이 아니라고 믿습니다.

(항의가 가라앉을 동안 잠시 말을 멈춤)

가장 위대한 선물은 희생입니다. 그리스도는 저희를 위해 당신의 생명을 주셨습니다. 클론은 절대 희생하지 않습니다. 그들은 다음 날 깨어나 모든 걸 되풀이하기에 희생은 아무 의미가 없습니다. 여러분이 클론이라면 아무것도 의미가 없습니다. 사랑도, 죽음도, 생명도 무의미합니다.

신은 '너희는 살인하지 말라'가 아니라 '너희는 죽이지 말라'고 하셨으니, 아닙니다, 제가 여러분들에게 클론 사냥부대를 만들라고 제안하는 것이 아닙니다. 하지만 자신이 클론이라고 말하는 사람을 만난다면, 그를 불쌍히 여기십시오. 여러분이 영혼 없는 사람의 눈을 들여다보고 있음을 아십시오. 어떤 의견이라도 그의 말에 귀 기울이지 마십시오. 그는 도덕의 자리에서 주장하고 있는 게 아니기 때문입니다. 신의 천국에 그의 자리는 없습니다. 부덕자, 불신자, 십계명 파괴자보다 나쁜 것이 클론입니다. 영혼 없는 자의 행위는 선도 악도 아닌 곳에서 뻗어 나오기 때문입니다. 그들은 우리가 아직 알지 못하는 곳에서 뻗어 나오고, 저는 그것이 가장 두렵습니다….'

군터 오르만 신부는 쓰던 걸 멈추고 의자 등받이에 몸을 기대고는 한숨을 쉬었다. 그의 사무실은 단순했지만, 루나에 있는 여느 건물과 다름없었다. 가난을 받아들이는 지구의 수도사들과 달리 오르만 신부는 정착지 삶의 사치를 받아들여야 했다. 아니면 죽음이었다. 사무실 벽은 이곳에서는 흔하지만 지구에서는 눈이 튀어나올 정도로 비싼 물질인 월진(月塵)*과 플라스틱을 혼합한 벽돌이었다. 페인트를 칠해 꾸미는 걸 거부했기 때문에 벽은 연회색이었다. 가구도 단출해서, 조부모님이 선물로 주신 지구산 사무용 나무의자를 제외하면 루나에서 나는 재료로 만든 침대와 책상뿐이었다. 성당도 그의 취향에 비해 화려했다. 바티칸이 신의 영광을 루나에 가져오기 위해 엄청난 돈을 썼기 때문인데, 심지어 스테인드글라스를 달로 운송하기까지 했다. 지구 같은 식으로 햇빛을 받지는 못해도, 괜찮은 시도였다.

오르만 신부는 설교 문안을 이리저리 뜯어보았다. 클론 재생에 대한 그의 입장은 잘 알려져 있지만, 실제 설교로 천명한 적은 아직 없었다. '지구의 추기경들이 당황하겠지.' 그는 알았다. 교황 베아트리체 1세도 엄격하게 클론 복제에 반대하지만, 그녀조차 클론을 죽이는 것이 죄악이 아니라고 말하는 데까지는 나아가지 않았다.

교단의 중심으로부터 이렇게 멀리 떨어져 사는 건 힘들었다.

* 달 토양의 미세한 입자

오르만 신부는 평생 지구를 딱 세 번 가봤는데, 루나 태생의 신체에 가해지는 중력적 제약 때문에 매번 정신을 차리기도 힘든 물리적 고통을 겪었다. 그는 화려하기 짝이 없는 바티칸을 보았고, 교단을 운영하는 추기경들을 만났다. 본래 교단은 자신들의 메시지를 루나로 전파하는 성직자들을 꼼꼼하게 감시했다. 교단의 통제로부터 멀리 떨어져 있기 때문이었다. 하지만 오르만 신부는 달랐다. 루나에서 태어났고, 그곳 사람들을 이해했으며, 선교사들이 세운 가상 신학교에 입학한 첫 번째 인물이었다. 시간이 갈수록 점점 더 근본주의적 성향을 띠게 된 오르만 신부에게 곧 어느 추기경이 방문할 예정이었다. 오르만 신부는 그 추기경으로부터 온화하게 은퇴를 권유받으리라 예상했다.

하지만 그날이 오기 전에 그는 자신의 흔적을 남길 작정이었다.

사실 오르만 신부는 은퇴할 마음이 없었다. 필요하다면 죽을 때까지 이 주제에 관해 설교할 수 있었다. 그는 클론들에 대한 자기 의견을 상당히 솔직하게 언급해왔지만, 이제 이 사안은 시시비비를 따질 문제가 아니라 입에 올리기도 따분한 주제가 되어버렸다. 그는 이런 상황이 너무 두려웠다.

뒤에서 사무실 문이 열렸다. "로잘린드 신모님?" 오르만 신부는 단말기에서 고개를 들지도 않고 물었다. "여기 맞춤법 좀 봐주시겠어요?"

킬킬거리는 웃음소리가 들렸다. 그러고는 뒤통수에서 눈앞이 캄캄해지는 고통이 폭발했다. 그리고 아무것도 없었다.

로잘린드 신모(神母)였다. 그 사실이 그 후로도 수년간 생각할 때마다 충격으로 다가왔다. 뒤에서 킬킬 웃으며 자기를 때린 사람이 로잘린드 신모였다니. 자신을 보좌하는 이인자에다, 제자이자 가장 친한 친구인 지구 출신 여사제가 클론 첩자였다니.

오르만 신부는 창문도 없는 어느 연구실 간이침대에 묶인 채 깨어났다. 몸부림을 쳐봐도 소용이 없고, 뒷머리에서 느껴지는 고통 때문에 토할 뻔하기만 했다. 은발이 축축하게 느껴졌다. "여기는…?" 소리도 겨우 나왔다.

"여긴 클론 복제실이야." 로잘린드 신모가 말했다. 지금은 사제복을 벗고 지구 태생의 땅딸막한 몸매에도 불구하고 루나의 최신 유행에 맞춰 흰 바지와 붉은 블라우스를 입고 있었다. 사복을 입으니 밝은 사제복을 입었을 때보다 갈색 피부가 두드러지지 않았고 훨씬 젊어 보였다. 오르만 신부는 그녀가 서른다섯쯤 됐으리라 짐작했다. 물론, 이게 그녀의 첫 생이라면 말이다.

"당신에게도 영혼이 있소?" 오르만 신부가 속삭이듯 말했지만, 로잘린드 신모는 대답하지 않았다. 그녀는 어떤 키 큰 남자와 얘기하는 중이었다. 남자는 뼈의 길이로 보아 루나에서 몇 세대를 산 집안 출신이었고, 지구의 인도계 혈통으로 보였다. 남자가 여자를 압도하듯이 선 채로 속삭였다. 오르만 신부에게 상처를 입힌 것에 대해 남자가 여자를 몹시 타박하는 것 같았다.

"뇌진탕으로 뇌 손상을 입을 수도 있었어." 남자가 동남아시아계 후손들 대부분이 거주하는 북루나의 경쾌한 억양으로 말했다.

"신부가 나보다 키가 크잖아." 로잘린드 신모가 말했다. "그와 싸우고 싶지 않았어."

"변명하지 마. 넌 젊고 더 강해. 그를 검사해서 마인드맵을 할 수 있을 정도로 괜찮은지 확인해야겠어."

"조심해. 싸우려고 할 거야." 그녀가 말했다. "그리고 지금 깼어."

남자가 씩 웃으며 신부 쪽으로 몸을 숙였다. "안녕하세요, 오르만 신부님. 기분은 좀 어떠세요?"

오르만 신부는 눈을 감고 아베 마리아를 중얼거리기 시작했다.

누가 머리를 만지는 게 느껴지자 화들짝 놀라 눈을 떴다. 처음에는 불쾌감 때문이었지만 그 손이 그의 머리에 구리 띠를 두르자 나중에는 공포 때문에 몸부림을 쳤다. 몸부림을 칠수록 방이 기울어지며 빙빙 도는 듯했고, 머리는 불이 붙은 듯했다. 오르만 신부는 고개를 돌리고 남자의 몸에다 대고 토했다.

덜덜 떨리고 식은땀을 흘리면서 머리에 띠를 조이는 남자와 계속 싸울 수는 없었다. 구리 띠가 체온을 받아 금방 데워졌다. "아프지 않을 겁니다. 그냥 생명 징후를 재는 거예요." 남자가 말했다. 몸에 묻은 토사물을 눈치채지 못한 게 분명했다.

오르만 신부는 말을 하려 했지만, 아무 소리가 나오지 않았다. 머리가 어질어질했고, 띠가 체온보다 뜨거워지자 지나온 삶이 생생하게 떠오르기 시작했다. 루나에서의 성장기, 첫 영성체, 처음으로 지구를 방문했을 때의 고통과 경이감, 루나 유일의 가톨릭 성당에 배치됐던 날…. 그는 의식을 잃고 되찾기를 반복했다. 더 이상 고통이 느껴지지 않았기 때문에 놈들이 약을 먹였다고 확신했다.

자신이 지은 죄의 기억들도 물밀 듯이 몰려왔다. 어린아이일 때 했던 사소한 도둑질, 사랑하는 사람들에게 상처를 준 날카로운 말, 그리고 의도는 너무 순수했어도 누군가를 성스럽지 못한 결과로 떠민 꼴이 된 설교들…. 신학교 다닐 때 술에 취해서 여사제직을 결심한 친구와 사통했던 경험을 떠올리자 선명한 부끄러움이 타올랐다. 그녀의 제안이었다. "그냥 우리가 무엇을 포기했는지 제대로 알고 있나 확인하기 위해서야." 하지만 자신이 그다지 반박하지 않았다고 인정할 수밖에 없었다.

'생명 징후.' 그건 거짓말이었다. 오르만 신부는 깜짝 놀라며 깨달았다. 생명 징후를 재는 장치가 아니었다. 놈들은 그의 마인드맵을 취하고 있었다. 그의 존재 자체를 복사하는 동시에 영혼을 제거하려 시도하고 있었다. 다시 몸부림을 치자 뒷머리의 머리카락이 뻑뻑하고 뭉친 듯이 느껴졌다. 현기증이 몰려왔다. 헛구역질하는 동안에도 기억은 더욱 생생해졌다. 부끄러운 기억들이 좋았던 기억보다 더 선명하게 느껴졌다.

잠식해오는 어둠이 죽음이라면 고맙겠다는 생각을 마지막으로 그는 정신을 잃었다.

시간이 지나 화들짝 눈을 뜬 이유는 고통이 없어서였다.

사람들은 노인이 되어 느끼는 만성적인 고통을 삶의 자연스러운 일부로 받아들인다. 걸을 때마다 등 위쪽이나 아래쪽이 욱신거리고, 아침에 눈을 뜨고 일어서면 관절마다 요란한 소리를 내며 인사를 하고, 노화에 따라 이런저런 병이 생기는 그런 것들. 중력이 센 지구에서 그런 증상이 더 심하다는 얘기를 듣긴 했지만, 오르만 신부는 자신이 겪는 고통만으로도 충분히 나쁘다고 생각했다.

이번에는 깼는데 기분이 상쾌했다. 힘이 느껴졌다. 붕대를 예상하고 만진 뒷머리에는 무성한 머리카락만 있었다. 얼굴을 더듬어보았다. 주름이 없었다. 창백한 하얀 손등에도 검버섯이 없었다.

오르만 신부는 방 안에서 나는 소리가 무엇인지 잠시 의아해하다가 덫에 걸린 짐승이 내는 것 같은 그 고음의 낑낑거리는 소리가 자기 입에서 나는 소리라는 걸 깨달았다.

발버둥을 치다가 타일 바닥으로 떨어졌다. 어제였다면 고관절이 부러졌을 것이다. 그는 발가벗은, 젊고 튼튼한 자신의 전신을 보았다.

'놈들이 이랬어. 이런 짓을 하다니, 믿을 수가 없어. 놈들은 이 일로 지옥불에 탈 거야. 지옥불에 타야 해. 오, 신이여, 제가 무슨 짓을 했기에 이렇게까지 못마땅하셨나요?'

로잘린드 신모가 문을 여는 바람에 그의 공황 발작이 중단되었다. 그는 생식기를 가리고 최대한 몸을 사리며 그녀를 피해 간이 침대에 몸을 기댄 채 시선을 피했다.

그녀가 불쾌한 표정으로 쳐다보았다. "정말이지, 내가 이런 걸 한 번도 못 봤을 거 같아? 많이 봤어."

여사제가 스스럼없이 남자의 나신을 봤다는 데 대한 분노가 잠깐 치밀었다가 로잘린드 신모가 가짜라는 사실이 떠올랐다. 그렇다면 그녀는 순결한 교단의 일원인 체하는 동안에도 육체적 경험을 계속했을 수 있었다.

오르만 신부는 자신의 정숙을 위해 오른손은 그대로 두고 왼손으로 침대를 더듬어 하체를 가릴 얇은 시트를 끌어당겼다.

로잘린드가 침대 시트를 홱 걷어서 던져준 덕에 치욕이 덜어졌다. "어쨌든 익숙해질 거야. 첫 깨어남에 적응하는 데는 시간이 걸리니까. 기분은 어때?"

"넌 이 일로 죽을 거야." 그가 속삭였다. "살인자, 영혼 살해자, 혐오스러운 것."

"그런 말을 할 때는 조심해, 오르만 신부. 클론들에게 던지는 말 하나하나가 다 너 자신에게 하는 말이니까. 아직 모르겠어? 난 너의 영혼을 살해하지 않았어. 넌 예전의 너와 똑같아. 몸만 더 젊어졌을 뿐이지."

"네가 어떻게 나에게 이럴 수 있어? 난 널 도왔어! 내가 널 내 성당으로 불러줬어!"

"그동안 넌 내내 내 동족을 혐오스러운 것이라 불렀지." 로잘린드가 냉정하게 말하고는 탁자 옆에 있던 의자를 하나 가져와서 앉았다. "따스한 우정을 느낄 만하면, 넌 내가 왜 영혼 없는 괴물인지 말해주며 그걸 꺾는 걸 도와주었어."

오르만 신부의 가슴에서 아드레날린이 폭죽처럼 타올랐다. '주여.' 그런 힘이 어떤 느낌인지 잊고 있었다. "이제 뭘 기대해? 내가 일어나서 '안녕하십니까, 저는 클론 성직자이고, 클론은 영혼이 없는 존재가 아니며, 신께서도 그 존재를 승인하셨습니다!'라고 말하길 바라?"

"그것도 좋은 시작이지." 로잘린드가 말했다. "생각해봐. 네가 이끄는 성당이 처음으로 클론을 일원으로 받아들이는 성당이 되면, 십일조를 내고 지원을 아끼지 않는 교구민들을 수백 년간 확보할 수 있어. 대부분의 클론은 돈에 밝고 여러 생에 걸쳐 스스로를 부양할 부를 쌓으니까. 성당이 원하는 게 그거 아냐, 맞지? 십일조?"

"이게 다 돈 때문이라고 생각해? 넌 돈 때문에 날 죽였어?"

"아, 인상 펴, 오르만 신부. 너도 바티칸에 가봤잖아. 물론 이 모든 게 돈 때문이지. 클론 돈도 돈이야. 바티칸이 마침내 여성과 성소수자를 받아들였을 때, 그리고…." 로잘린드가 숨을 헐떡거리며 격분한 어느 성직자 흉내를 냈다. "나 같은 성소수자 여성을 받아들였을 때, 그들은 이해했어. 그들은 이제 다시 이해할 거야. 하지만 우리는 장안의 화젯거리가 될 '우리를 지지하는 너'라는 증거가 필요해."

"난 안 해." 그가 말했다. "네 정체를 폭로할 거야."

로잘린드가 한숨을 쉬었다. "오르만 신부, 우리 조직이 널 위해 세운 계획이 클론 복제만 있는 게 아니야. 지금일 수도 있고, 나중일 수도 있지만, 결국 넌 우리를 돕게 돼 있어."

"차라리 죽고 말겠어!"

로잘린드가 몸을 숙였다. 따스함이라곤 찾아볼 수 없는 얼굴이었다. "그러면 우리는 다시 널 복제할 거야. 온종일 할 수도 있어."

"그러면 해봐." 오르만 신부가 일어서며 말했다. 시트가 벗겨졌다. "난 꺾이지 않아."

로잘린드가 일어섰다. "넌 클론 복제 기술이 뭔지 하나도 모르는군. 그렇지 않아?"

"무슨 뜻이야?"

"신경 쓰지 마. 1시간 후에 저녁 식사가 들어올 거야." 로잘린드가 가방에서 뭔가를 꺼냈다. "기다리는 동안 읽을 만한 걸 가져왔어." 성공적인 클론 사업가인 샐리 미농의 첫 비망록 《재생 탱크로부터의 견해》였다. "상황을 다른 시각에서 한번 봐. 난 네가 마음을 바꿨으면 좋겠어. 다른 대안은 그다지 아름답지 않을 거야."

24

붕괴

볼프강은 훨씬 폭력적인 반응을 기대했지만, 검은 얼굴의 핏기가 가시는 바람에 회색이 된 조애나는 그저 가만히 앉았을 뿐이었다.

"어때?" 볼프강이 말했다.

"그 사건 기억나요. 당연하죠. 하지만 세상에, 사흘 동안 여덟 번 복제됐다고요? 그런 짓을 하다니, 정말 믿기지 않네요. 결국, 당신은 망가졌겠군요."

"아니." 그가 말했다. "아니었어. 놈들은 처음으로 날 복제한 뒤에 고문을 했어. 그리고 마인드맵을 만들었지. 그러다가 안 되니까 그 뒤엔 칼로 찔러서 피를 철철 흘리는 동안에 마인드맵을 만들었어. 그렇게 하면 나는 경험한 걸 모조리 기억하며 깨어나게 되지. 그걸 여섯 번이나 반복했어."

조애나가 얼굴을 찡그렸다. "망가지지 않았다면, 어떻게 된 거예요?"

"여덟 번째 몸으로 깨어났을 때도 모든 것이 기억났어. 싸우고 싶은 욕구만 빼고 말이야. 놈들이 그걸 제거해버린 거지. 그들은 곧바로 나를 환영하며 좋은 음식을 내주고 선전 운동을 시작했어. 그때 지구에서 시작된 클론 폭동이 마침내 달에 상륙했어."

"아, 놈들이 해커를 동원한 게 그때군요." 조애나가 건조하게 말했다.

볼프강이 고개를 끄덕였다. "난 놈들이 예비로 내 몸을 몇 구 더 키워놓았으리라 예상하고, 마지막 몸만 남을 때까지 놈들을 밀어붙였어. 놈들은 내 몸을 더 만들거나, 아니면 그냥 빠른 길을 택하거나 선택을 해야 했지."

"빠르고, 비싸고, 아주 위험한 길이죠." 조애나가 말했다.

그 말을 듣자 입맛이 썼지만, 그는 그냥 받아들였다. "저항했던 모든 기억이 있었고, 내 마음이 바뀐 것도 알았어. 하지만 클론 복제에 반대하는 내 주장을 기억하고 있으면서도 다시 꺼내 들고 싶은 마음이 일지 않았어. 난 더는 그 주장을 '믿지' 않았던 거야. 놈들이 내게서 믿음을 뺏어갔어. 그런 게 가능하리라고는 생각지도 못했는데." 볼프강이 일어나 간이 주방으로 가더니 수도꼭지에서 물을 한 컵 받았다. 그는 한 컵을 쭉 마시고는 다시 물을 받았다. "놈들이 한 가지는 맞아서. 지금은 클론이 되었을 때 내 영혼이 사라졌다고 믿지 않아. 해킹됐을 때 영혼이 사라졌다는 걸 아니까."

볼프강이 마시고 난 플라스틱 컵을 그녀가 앉은 침대 뒷벽에다 집어 던졌다. 컵이 자기 쪽으로 튀자 조애나가 움찔하며 어깨를 움츠렸다.

"당신 때문에 클론 법의 균형점이 기울어졌어요." 조애나가 말했다. "당신에 관한 뉴스 기사와 우리 루나 첩보원들이 보낸 상세 보고서를 본 기억이 나요. 그날 밤에 보충법안이 통과됐죠."

볼프강이 말을 이었다. "난 그게 통과됐을 때 마음이 놓였어. 내 새 주인들은 아니었겠지. 난 내게 일어난 일을 신경 쓰지 않도록 프로그램되었지만, 놈들이 그 법안에 반대하기 위해 무슨 짓을 하고 있는지는 충분히 봤어. 그래서 그 집단에서 떨어져 나와 이름을 바꾸고 이런저런 보호장치를 둔 다음 루나 대학에서 클론학 과정을 시작했지. 영혼이 없는 사람에게 교회는 쓸모가 없어. 난 머리 색을 바꾸고 렌즈를 끼다가 최근에 그만뒀어. 그 일들이 오랜 과거가 된 이후로 날 알아볼 사람은 아무도 없을 게 확실하니까."

조애나가 그를 안아주고 싶어 하는 듯한 낌새를 보여서 볼프강은 그러지 않기를 간절히 바랐다. 고맙게도 그녀는 자기 의자에서 움직이지 않았다. "당신이 겪은 일은, 정말 유감이에요." 마침내 그녀가 말했다.

"고마워." 무슨 이유에선지 볼프강은 기분이 약간 밝아지는 걸 느꼈다. "당신 잘못도 아닌걸. 난 이제 극복했어."

"내가 거기 관여했었어요. 우리가 그때 논쟁하느라 수개월을 보내지 않았다면, 놈들은 아마 당신에게 그런 짓을 하지 않았을 거예요. 당신에 관한 그 뉴스들이 기억나요. 법안 하나를 통과시키기 위해 누군가가 그렇게 고통을 받아야 했다는 사실에 나는 마음이 아팠어요."

"내가 유일하지는 않았어."

조애나가 슬쩍 미소를 지었다. "하지만 지금 여기서는 당신이 유일해요. 그래서 내가 당신에게 사과하는 거예요. 정치는 실제

343

로 정치적 결정을 내리는 사람들에게는 대체로 폭력적이지 않죠."

"그것도 과소평가지." 볼프강이 얼굴을 찌푸리며 말하고는 컵을 주워 다시 물을 받았다.

"나머지 얘기도 알아야겠어요." 조애나가 말했다. "소문을 들었어요. 당신은 자경단원이었다죠. 그렇지 않아요?"

부끄러움이 엄습했다. 볼프강은 그 말을 싫어했다. 그 말은 자신이 아동용 가장 의상을 차려입고 영웅 놀이를 했다는 소리처럼 들렸다. 당시에는 자신을 '사냥꾼'이라 불렀다. 지금은 그것조차 실없는 소리로 들렸다.

"내가 클론 복제에서 인정하는 몇 안 되는 것 중 하나가 그것이 주는 인내심이야. 난 스스로를 보호하는 법을 배우며 몇십 년을 기다렸어. 날 납치해서 클론으로 만든 사람들을 감시하면서. 그러고는, 그래, 놈들의 뒤를 쫓았지. 당연히 놈들은 대항했고, 날 일곱 번 죽였어. 난 그저 놈들도 내가 당한 일이 어떤 느낌인지 알았으면 했어. 나는 날 납치했던 사람들과 그 일의 배후에 있던 사람들과, 내가 찾을 수 있는 모든 해커를 죽였어."

조애나가 고개를 홱 치켜들었다. "이 우주선에 해커가 있다는 걸 알면 기분이 어떨까요?"

"분노하겠지." 볼프강이 말했다.

"해커가 당신에게 한 짓을 알면서, 왜 같은 희생자인 게 분명한 히로를 더 동정적으로 생각하지 않아요?"

"왜냐하면, 복수욕을 부추기는 건 논리가 아니니까."

조애나의 눈이 휘둥그레졌다. 의족을 단 다리로 일어서던 그녀가 슬쩍 비틀거렸다. 볼프강은 그제야 그녀가 얼마나 피곤한지 알았다.

"볼프강, 여기서는 논리가 지배적인 요인이 되어야 해요. 아니면 우린 다 자경단원 신세예요."

"클론에 대한 내 입장은 알 거야. 난 그들에게 영혼이 없다고, 그들이 산송장보다도 못하다고 설교했어. 난 클론을 제거할 때 범죄를 저지른다고 생각해본 적 없어." 볼프강이 양손으로 얼굴을 문질렀다. "게다가 말했듯이, 내 믿음은 그때 효과적으로 제거 됐지."

"'그들'이라고요?" 조애나가 고개를 갸우뚱거리며 물었다. "이 우주선에서 제일 많이 복제된 사람은 당신이에요."

볼프강이 두 손으로 얼굴을 문질렀다. "그때를 생각하는 게 힘들어. 그 해킹, 그것 때문에 과거의 내 삶이 꿈이나 다른 사람의 기억처럼 느껴져. 가끔은 과거의 내가 강하게 느껴질 때가 있지. 사냥할 때 그걸 이용했어. 내가 기억하는 한 가지는, 우리가 신이 될 운명이 아니라는 거야. 클론 복제가 영혼을 죽이는지 아닌지는 모르겠지만, 클론 복제 행위가 신의 의지에 반한다는 건 알아."

그때 조애나가 자기 컵을 벽에다 집어 던졌다. 볼프강은 깜짝 놀랐다.

"그런 주장은 진절머리가 나요. 수백 년이나 그런 소리를 들었다고요. 신을 농락한다는 소리 말이에요. 볼프강, 사람들이 특정 체위로 섹스하면 아기의 성별을 정할 수 있다고 믿었을 때 우리는 신을 농락했어요. 피임약과 양수진단과 제왕 절개를 발명했을 때도, 현대 의약품과 외과 수술을 발전시켰을 때도 우리는 신을 농락했어요. 비행은 신을 농락하는 거예요. 암과 싸우는 건 신을 농락하는 거예요. 콘택트렌즈와 안경은 신을 농락하는 거예요. 우리가 타고나지 않은 방식으로 우리 삶을 변화시키려고 하는 모든 일이 신을 농락하는 거예요. 시험관 수정, 호르몬 대체요법, 성전환 수술, 항생제 같은 것들 전부요. 왜 그런 건 다 괜찮으면서 클론 복제만 문제죠?"

그에게 대답할 틈도 주지 않고 조애나가 말을 계속했다. "그리고 당신도 알 거예요. 아니 '알아야' 해요, 당신도 전혀 다르지 않다는 걸. 정신적 외상을 입었어요, 맞아요. 끔찍한 취급을 당했죠, 당연하죠. 당신은 학대당했어요. 수십 년 동안 치료를 통해 아마 도움은 좀 받았겠죠. 하지만 당신은 여전히 당신이에요. 당신의 영혼은 어디에도 가지 않았어요."

"당신이 어떻게 알아?" 볼프강이 물었다. 높고 날카로운 목소리였다. "더 높은 권능을 믿지 않는 사람들이 어떻게 절대적인 진실을 안다고 하는지, 어떻게 자신의 의견이 수천 년간 철저하게 간직돼온 믿음을 흔들 거라고 확신할 수 있는지, 나는 참 놀라워. 내 영혼에 무엇이 있는지 당신이 어떻게 알아?"

"왜냐하면, 나도 겪었기 때문이죠! 나도 여러 번 복제됐어요. 때로는 어려운 상황을 거쳤죠. 그래도 나는 똑같은 나라는 걸 알아요!"

볼프강이 눈을 가늘게 뜨며 목소리를 낮췄다. "해킹당한 적 있어?"

조애나가 말을 멈추었다. 입을 열었다가는 다시 닫았다.

"없군." 그가 부드럽게 말했다.

"내가 아는 한은요."

"그러면 당신은 그게 어떤 건지 몰라. 바뀌어'졌'다는 게 어떤 느낌인지."

"그냥 숫자일 뿐이에요. 영혼이라는 개념이 그처럼 강력하다

346

면, 어떻게 영혼을 숫자로 축소하고는 수학이 당신의 본성을 근본적으로 바꿨다고 말할 수 있죠?"

"우리 얘기는 여기가 끝인 듯하군." 볼프강이 바닥에 뒹구는 컵을 주워서 간이 주방에 가져다 놓았다.

"이리 와요! 당신은 비밀을 털어놓고 싶어 했잖아요! 왜 기분 따위에 휘둘리고 그래요?" 조애나가 팔짱을 낀 채 그를 올려다보며 물었다.

"이건 더는 토론이 아니야. 종교적 박해지." 볼프강이 말했다.

"클론들은 이미 파문당했어요! 당신 스스로가 그렇게 하려고 싸웠죠. 당신은 한 입으로 다른 얘기들을 하고 있어요! 당신은 성직자예요. 하지만 교단에서 쫓겨났죠. 하지만 당신은 여전히 믿어요. 하지만 당신에게는 영혼이 없어요. 당신은 '너희는 죽이지 말라'라고 말하는 종교를 추종해요. 하지만 해커들을 사냥했어요. 어떻게 이 모든 일을 서로 화해시킬 수 있죠? 영혼이 있는 사람은 영혼이 있는 걸 걱정해야 하나요?"

볼프강은 가슴 속에서 분노가 녹아내리는 걸 느끼면서 깊이 숨을 들이쉬었다. "영혼이 없는 사람은 영혼을 잃은 걸 애도하지. 모든 생의 모든 날에. 원한을 품은 데다 잃을 것이 아무것도 없는 사람은 사냥할 수 있어. 더는 지옥이 두렵지 않을 거니까. 조애나, 난 구원의 여지가 없어. 영혼을 잃었다고 고해성사를 할 수는 없는 법이야. 자기 안에 치유할 것이 없으면 참회도 할 수 없어."

그때 그녀가 뭔가 예상치 못한 일을 했다. 팔을 그에게 둘렀다. 볼프강이 어찌해야 할지 몰라 굳은 사이에 그녀가 그를 안았다. 조애나의 키가 훨씬 작아서 머리가 그의 가슴에 닿는 정도였다. 부드러운 후광 같은 그녀의 머리카락이 간신히 그의 턱을 간

질였다.

"당신은 너무 오랫동안 괴로워했어요." 조애나가 말했다.

볼프강은 어색하게 그녀의 침대 가장자리에 나란히 걸터앉았
다. 자기 안에서 뭔가가, 영원히 팽팽하게 당겨져 있던 뭔가가 끊
어진 기분이었다.

"당신은 지금 바로 혼자 있어서는 안 돼요." 조애나가 말했다.
"여기 있는 건 어때요?"

볼프강이 멍하니 고개를 끄덕이자 조애나가 그를 안쪽으로 살
짝 밀면서 베개에 머리를 뉘었다. 그는 곧바로 잠들었다.

＊＊＊

넷째 날
2493년 7월 28일

방이 해돋이를 흉내 내어 밝아지기 시작하자 볼프강이 잠에서
깼다. 조애나는 침대를 양보하고 안락의자에서 잠이 들었다. 의
족을 제거한 그녀는 아주 작아 보였다. 얼굴은 고요하고 침착했
다. 그는 그녀를 향한 예상치 못한 따뜻한 감정을 느꼈다. 자제력
을 잃은 데 대한 부끄러움이, 그녀가 취약한 자신의 모습을 봤다
는 데 대한 분노가 치밀어오르기를 기다렸지만, 그런 일은 일어
나지 않았다.

그가 움직이는 소리를 들었는지 조애나가 눈을 뜨고 볼프강을
향해 미소를 지었다. "기분은 어때요?"

"나아졌어." 볼프강이 말했다. "상당히. 사실…."

조애나가 놀라서 눈이 휘둥그레지더니 몸을 벌떡 일으켜 앉았

다. "이안, 밤사이에 의무실을 지켜봤어?"

"당연하지요. 마리아가 환자들을 방문하러 왔다가 갔어요. 다들 잠들었고요." 인공지능이 말했다.

조애나가 안도하며 몸을 뒤로 기댔다. "지켜봐줘서 고마워. 곧 거기로 갈게."

대답이 없어서 볼프강은 이안이 가버렸다고 생각했다. 그때 인공지능이 말했다. "사실은 의무실에 가셔야 할 것 같습니다. 지금 당장요."

카트리나 선장은 전쟁에 관한 꿈을 싫어했다.

전장으로 돌아가는 꿈, 유산탄이 다리를 날려버린 때로 돌아가는 꿈들이 싫었다. 꿈을 꾸면 다시 다리가 아팠다. 그러고는 야전 군의관이 되어 위험지역에서 동료 군인들을 들고나와 상처를 치료하는 꿈들이 이어졌다. 그리고 죽어가는 병사의 심장을 다시 뛰게 하려고 아드레날린을 주사했던 때의 꿈.

눈을 떴다. 의무실이었다. 어제의 기억이 밀려왔다. 손을 들어 얼굴을 더듬거리자 눈이 있던 자리가 욱신거리며 관심을 요구하기 시작했다. 의사가 팔에 연결해 놓은 링거 주사액 주머니가 비었다. 선장은 짜증을 내며 바늘을 잡아뺐다. 볼프강은 어디 있지? 오른쪽 간이침대는 비었고, 구겨진 침대보에는 피가 약간 묻었다. 왼쪽 침대에는 히로가 잠들어 있었다. 폭행과 상해, 반란, 음모 등등의 혐의로 히로를 심리한 다음 어떻게 처리할지 생각해야 할 것이다. 그런 건 볼프강이 처리할 수 있다. 히로 너머로 제일 익숙한 얼굴이 보였다.

자기 클론이 여전히 혼수상태에서, 여전히 저만의 비밀을 굳게 간직한 채 잠들어 있었다. 그 카트리나는 알았다. 누가 자신을 공격했는지, 누가 나머지 그들을 죽였는지. 자신이 지시했을 수도 있었다. 카트리나 선장은 자신이 그러지 못할 이유가 없다고 생각했다. 아니면 그들 누구라도.

카트리나 선장은 더는 그 여자를 자신으로 보지 않았다. 저건 다른 시간대와 다른 경험을 가졌고, 절대 그걸 내놓지 않을 것이다. 이기적이었다.

꾸었던 꿈들이 다시 떠올라 선장은 부르르 몸을 떨었다. 한때 고용주인 샐리 미농이 해커를 고용해서 전쟁에 관한 기억 중에서 제일 끔찍한 몇 가지를 제거하면 어떠냐고 제안한 적이 있었다. 그녀는 거절했다. 정신이 휘저어지는 일을 겪고 싶지 않았고, 한편으로는 그 기억들을 원하기도 했다. 그 기억들이 언제 유용할지는 아무도 모르는 일이었다.

선장은 일어설 수 있을지 반신반의하면서 방 안을 둘러보았다. 움직이니 어지럽고 얼굴이 아팠다. 조애나는 이런저런 액체를 잔뜩 집어넣어 불편할 정도로 방광을 부풀려 놓고는 요강 비슷한 것도 두고 가지 않았다.

카트리나 선장은 평생 임기응변 재주가 뛰어났다. 지금에 와서 그러지 않을 턱이 없었다. 그녀는 살살 침대 밖으로 몸을 움직여 일어서고는, 격심한 고통 없이 설 수 있게 해주는 낮은 중력에 감사했다. 그러고는 수액 걸이대를 지팡이 삼아 끌며 병실을 가로질러 의사의 캐비닛까지 절뚝절뚝 걸어갔다. 옛날 기계식 자물쇠가 달려 있었다. 군대에 있을 때 따는 법을 배웠다.

조애나답게 얼룩 하나 없이 깨끗이 잘 정돈된 사무실을 잠시 뒤지니 자물쇠를 따기에 적합한 문구용품들이 나왔다.

마취약과 이름 모를 약들을 뒤적거리는데, 그게 보였다. 우마 트린. 최근에 개발된 합성 아드레날린이었다. 선장은 주사기 하나에 그걸 채우고는 힘겹게 다시 병실을 가로질러 마침내 자기 클론의 침대에 가 섰다. 얼굴이 아프지만, 상관없었다. 이 여자가 여기 있다.

"해야만 하는 일이야. 난 네 안에 있는 것이 필요하고, 이게 그걸 얻는 유일한 방법이니까." 선장이 속삭이며 클론의 환자복을 젖혀 가슴뼈를 드러냈다. "내가 기억하기로는, 심장이었지."

"당신이 이러고 있는 걸 의사가 압니까?" 누가 불쑥 묻는 바람에 선장은 깜짝 놀랐다. 히로가 창백한 얼굴에 검은 점처럼 반짝이는 눈을 뜨고 있었다. 침대에 단단히 묶인 채 저항도 없이 누운 상태였다. "아니면 이안은요?"

카트리나 선장은 머리 위를 떠도는 인공지능이 보이기라도 하듯이 반사적으로 위를 쳐다보았다. "이안은 어쨌든 불완전해. 그리고 아니, 의사는 여기 없어. 난 이 정보가 필요하고."

문에서 디지털 자물쇠를 여는 소리가 났다. 카트리나 선장은 재빨리 클론의 심장이 있는 위치에 주사기를 대고 엄지로 피스톤을 눌렀다.

아무 일도 일어나지 않았다. 피스톤이 내려가지 않았다. '스마트 주사기였어. 젠장.'

"선장!" 볼프강이 뛰어와 그녀를 붙잡고 클론에게서 떼어냈다.

선장이 주사기를 이리저리 흔들며 소리를 지르고 저항했다. "놔! 난 이 여자가 필요해. 이 여자는 우리에게 얘기를 해야 해!"

의사가 카트리나 선장의 손목을 잡아서 손아귀에 쥔 주사기를 힘들게 빼냈다. "그거 줘요. 그러다 누군가 다치겠어요."

조애나가 서둘러 클론의 생명 징후들을 확인했다.

"어때?" 볼프강이 온 힘을 다해 카트리나 선장을 붙잡은 채 물었다. 선장은 자신이 얼마나 약해졌는지 미처 깨닫지 못했다. 머리가 폭발할 듯이 아팠다.

"괜찮아요." 조애나가 안심한 듯한 목소리로 말했다.

카트리나 선장이 몸부림을 멈추고는 팔꿈치를 뒤쪽으로 날려 볼프강의 턱을 쳤다. 평상시라면 고작 그걸로 당황하진 않았겠지만, 볼프강 역시 뇌진탕으로 이미 약해진 상태였다. 볼프강이 선장을 놓치고는 욕설을 내뱉었다. 선장이 앞으로 확 뛰쳐나와 의사의 손을 잡았다. 조애나는 너무 놀라서 저항할 생각도 하지 못했다. 카트리나 선장은 주사기를 꽉 쥔 조애나의 손을 클론에게 밀어 넣었다.

선장이 팔을 홱 끈 탓에 균형을 잃고 침대에 부딪힌 조애나는 놀라고 아파서 비명을 질렀다. 그사이 스마트 주사기는 조애나의 손에 반응하여 클론에게 아드레날린을 주입했다.

제 4 부

네 번째 깨어남
— 이건 카트리나 선장

25

매미

선장의 클론이 눈을 뜨더니 심하게 헐떡이면서 주위를 돌아보았다. 시선이 조애나에게 맞춰졌다가 볼프강에게로 가더니 다시 조애나에게로 돌아왔다.

"이름을 말해줄 수 있어요? 여기가 어디인지 알아요?" 조애나가 클론을 굽어보며 말했다.

"그게 아니야!" 바닥에 널브러진 카트리나 선장이 소리쳤다. 볼프강이 옛 선장에게서 떼어내 바닥에 던져버린 것이다. "누가 널 공격했어? 누군가가 널 공격했고, 그 뒤에 승무원 전부가 죽었어. 누가 그랬어?"

클론의 시선이 마치 빠져나갈 길을 찾듯이 방 안을 이리저리 훑으며 물고기처럼 입을 뻐끔거렸다. 심장 박동과 호흡이 급격히 증가하자 옆에 있는 모니터들이 시끄럽게 삑삑 소리를 냈다.

"우린 알아야 해요." 조애나가 말했다. "우리가 당신을 돌봐줄 거예요. 하지만 우리 중에 배신자가 있고, 우리는 누가 이런 일을 시작했는지 몰라요."

"마… 마리아." 클론이 속삭였다. "내가 뭔가를 발견하…." 고통에 찬 꺽꺽거리는 소리가 말을 대신했다. 클론이 머리를 베개에 묻고는 경련을 일으켰다.

조애나가 모니터로 시선을 옮겼다. 클론의 심장이 불가능한 수준으로 빠르게 뛰었다. 그러더니 곧은 선이 그어졌다.

"빌어먹을, 선장!" 조애나가 클론에게 심폐소생술을 시도하기 시작했다.

"놔둬. 이제는 편하게 죽어도 돼." 카트리나 선장이 바닥에서 말했다.

선장의 말을 무시하고 클론의 가슴을 누르던 조애나는 다정한 손이 어깨를 짚자 거의 펄쩍 뛸 만큼 놀랐다. 볼프강이 그답지 않게 다정한 표정을 하고 거기 서 있었다. "이 중력에서는 심폐소생술이 먹히지 않아. 심장충격기 있어?"

"누가 심장발작을 일으키든 말든 아무도 신경 안 쓰는데, 심장충격기가 우주선에 왜 필요하겠어요?" 조애나가 소리쳤다. "그냥 새 클론을 깨우고 말죠. 안 그래요?" 조애나가 홱 돌아서서 선장을 노려보았다. "당신은 이제 살인자예요. 나는 당신이 이 우주선을 이끄는 데 의학적으로 적합지 않다고 선언하는 바입니다."

카트리나 선장이 웃음을 터뜨렸다. "대체 누가 너에게 그런 권리를 줬어? 난 방금 불법 클론을 해치운 거야. 보충법안 몰라, 의사 선생? 나는 이 우주선에 탑승한 카트리나 들라크루즈의 합법적인 클론이야. 난 아무 잘못도 저지르지 않았어."

"그러면 난 의료용 물자를 훔친 죄로 당신을 체포하죠." 볼프강이 카트리나 선장을 일으켜 세워 침대로 몰고 가면서 말했다. "그것과 상관없이, 카트리나 선장, 당신은 우리가 당신을 어떻게 할지 결정할 때까지 면직됐습니다. 이제 침대로 돌아가요."

침대에 눕던 카트리나 선장의 시선이 죽은 자신의 클론에 머물렀다. 연민이라곤 찾아볼 수 없는 시선이었다. "해야 할 일이었어."

조애나가 시트를 끌어당겨 옛 선장의 얼굴을 덮었다. "카트리나 선장, 이제 공식적으로 당신은 내가 당신의 정신 상태를 확신할 때까지 직권에 의한 병가(病暇)에 들어갑니다. 볼프강이 도르미레호의 선장 역할을 대행할 거예요."

카트리나 선장이 고개를 저었다. "그럴 수는 없어. 그의 정체를 알면 그러고 싶지 않을걸."

"이 우주선의 의료 담당자로서 나에겐 그럴 권리가 있습니다. 그리고 이안은 당신이 저항하면 나를 지원하도록 프로그램되어 있습니다."

카트리나 선장이 부선장을 쳐다보았다. "너는? 너도 이 반란에 가담할 셈이야? 내가 무슨 말을 할지 알면서?"

볼프강이 팔짱을 끼었다. "의사 말이 맞습니다. 당신은 방금 우주선의 누군가를 공격했습니다. 규정에 따라…."

"볼프강은 '자신을 혐오하는 클론'이야! 살인자라고! 자기 동족을 사냥했어! 이 모든 혼란의 범인으로 그를 지목할 수 있다고 다들 생각지 않아? 그는 클론을 싫어해!"

폴과 마리아가 설렁설렁 의무실로 들어서다가 흠칫하며 서서는 그들을 빤히 쳐다보았다. 둘이 동시에 입을 열었다.

"누가 클론을 싫어해요?" 폴이 물었다.

"이안이 호출했어요. 무슨 일이에요?" 마리아가 물었다.

카트리나 선장이 볼프강을 손가락으로 가리켰다. "저 사람이 보충법안이 통과되도록 만든 그 살인사건의 당사자야! 그는 클론들을 사냥했어. 해커들도. 수년 동안이나!"

"잠깐만요. 볼프강의 정체를 알면서, 왜 그렇게까지 선장님의 클론이 아는 걸 알아내려고 안달했어요?" 히로가 물었다. "그냥 해보는 말이시겠죠."

볼프강이 몸을 쭉 펴고 서더니 선장을 마주 보았다. "아니, 카트리나 선장의 말이 맞아. 그게 날 이 우주선에 오르게 한 범죄 전력이야."

"오, 허." 히로는 볼프강에게서 멀어지고 싶은 듯했지만, 침대에 묶인 채였다.

"그래서?" 카트리나 선장이 말했다. "이제 내 이력을 까발릴 참이야?"

"아니요." 볼프강이 말했다. "이 우주선의 지휘권은 이제 내게 있습니다. 당신을 까발려봤자 그냥 보복하는 짓거리나 되겠죠."

카트리나 선장이 조애나를 쳐다보면서 볼프강을 가리켰다. "넌 어때? 우주선을 살인자의 손에 맡기고도 마음이 편해?"

"나는 이미 그가 어떤 사람인지 알아요." 조애나가 말했다. "자기의 폭력적인 과거를 내게 말해준 유일한 사람이 지금껏 이 여행에서 어떤 폭력도 보여준 적이 없는 사람이라는 게 흥미롭네요. 그러니, 맞아요, 나는 그가 지휘를 맡는 게 더 마음이 편해요."

"지금 당신들은 저보다 나을 게 없군요." 히로가 쾌활하게 말했다. "누구도 말이야! 아마도 조애나 선생님, 당신만 빼고요. 침대에 묶는 끈은 걱정하지 말아요, 카트리나 선장님. 꽉 조이긴 해도 꽤 편안하니까요."

"잠깐만, 저는 왜 나쁘죠?" 마리아가 상처받은 듯한 표정으로 물었다.

"좀 이따가 나랑 얘기해요." 조애나가 말했다. "이안, 이 결정에 관해 날 지지해?"

"물론이죠, 의사 선생님. 원하시는 건 뭐든지요." 이안이 말했다.

"이 우주선의 모든 선임 담당자들이 합의했습니다." 조애나가 말했다. "볼프강이 도르미레호의 임시 선장입니다."

"오, 이봐요, 선장도 묶어놓을 필요가 있어요!" 히로가 자기 침대에서 소리쳤다. "저보다 그녀를 더 믿는 건 아니겠죠?"

"우린 선장을 알아요, 히로. 하지만 우린 아직도 당신이 어떤 사람인지 확신을 못해요." 조애나가 말했다. "하지만 끈 얘기는 당신 말이 맞아요."

"선장이 자기 클론을 공격하리라고 예상하지 못했다면, 의사 선생님도 그녀를 모르는 게 분명해요."

"이안에게 모두를 지켜보라고 했었어요."

"고자질쟁이!" 히로가 말했다.

"어이, 당신이 화물칸에 피를 흘리며 쓰러져 있다고 말해준 것도 나예요. 저는 당신이 죽었다고 말할 수도 있었어요. 그러면 당신은 아마 거기 밑에서 죽었겠죠." 이안이 말했다.

히로가 편안하게 침대에 누웠다. "음, 이거 재미있군. 누가 나를 죽이러 오면, 네가 막아줘."

카트리나 선장은 볼프강이 자신을 침대에 묶는 동안 아무와도 시선을 마주치지 않았다.

볼프강은 끈이 단단하게 고정됐는지 확인하고는 마리아를 쳐다보았다. "얘기 좀 하지."

볼프강과 조애나는 히로의 처치 부위를 확인한 후 화장실 다녀올 틈을 주고는 다시 침대에 묶고, 이미 묶인 선장에게는 진정제를 투여했다. 마리아는 주방으로 가서 차를 만들었다.

"실마리를 찾아서 기쁜 건 어쩔 수 없군." 식당으로 가는 길에 볼프강이 말했다. "하지만 지켜보기에 즐겁지 않은 광경이었어."

조애나는 절망의 눈물을 겨우 참고 있었다. 절망이 분노로 바뀌는 것이 반가웠다. "지금 장난하는 거예요? 한 여자가 겨우 누군가에 대한 고발을 입에 올리고 죽은 게 기쁘다고요? 거짓말이면 어떡해요? 우린 알 방법이 없어요."

"마리아와 얘기를 해보면 알게 되겠지." 볼프강이 말했다. "그녀가 죽어서 기쁘다고 말하는 게 아니잖아. 난 실마리를 찾아서 기쁘다고 한 거야."

"뭐가 됐든지요. 가서 마리아나 만나보자고요."

마리아가 식당에 앉아 둘을 기다리고 있었다.

"네가 어딘가로 숨어버릴지도 모른다고 생각했는데." 볼프강이 말했다.

"저는 아무 짓도 하지 않았…" 마리아가 둘의 얼굴을 보고는 찡그리면서 말을 멈췄다. "제가 아는 한은요. 무슨 일이에요?"

둘은 마리아와 식탁에 마주 앉아 의무실에서 카트리나 선장과 옛 클론 사이에 무슨 일이 있었는지, 그리고 그 클론이 죽기 전에 무슨 말을 했는지 알려주었다.

마리아가 고개를 끄덕였다. "좋아요. 음, 제가 가진 게 두 분의 기분을 풀어드릴 수 있을지 모르겠네요. 하지만 최근에…" 마리아가 말을 멈추고는 두 사람에게 잠시 자기 말을 들어보라는 뜻으로 손가락을 들어 올렸다. "…제 말은, 최근에 이안이 제가 걸어 놓은 컴퓨터 보안 조치 같은 걸 뚫었다고 말했어요. 제가 걸어 놓은 줄도 몰랐던, 아주 깊숙한 곳에 있던 것이었어요. 이안이 거기서 제 일기 몇 편을 찾아냈어요. 이안, 조애나와 볼프강에게 네가 찾은 일기를 틀어줄래?"

그들은 마지막 날들에 도르미레호에서 있었던 사건들을 기록한 마리아의 일기를 들었다. "이게 조작됐을 가능성은?" 볼프강이 얼굴을 찌푸리며 물었다.

이안이 식당 스피커로 말했다. "없습니다. 시간 기록이 정확합니다."

"왜 너와 폴은 이걸 더 일찍 찾아내지 못했지?" 볼프강이 물었다.

"제가 숨겼으니까요. 제가 일을 잘하거든요." 마리아가 말했다.

"무슨 일?"

마리아가 흠칫했다. "저는 해커예요, 볼프강. 몰랐어요? 우리가 승선한 직후에 만든 첫 마인드맵의 백업을 훔쳐서 갖고 있던 사람이 저예요. 늘 해오던 버릇이죠. 저는 데이터를 모아요. 출항하기 전에 루나에서 이제 이런 짓은 그만두자고 결심했던 기억이 나요. 새로운 삶을 시작하는, 뭐 그런 의미였죠. 마인드맵 백업을 훔친 건 옛정을 생각해서 한 번만 더 해보자고 했던 게 아닌가 싶어요."

마리아가 둘을 힐끗 쳐다보고는 다시 반짝이는 금속 식탁으로 시선을 떨구었다. "이안을 고친 것도 저예요. 제가 뭘 할 수 있는지 사람들에게 알려주고 싶지 않았기 때문에, 제가 할 수 있다고 나서지는 못했어요. 해커들이 대단히 인기가 좋은 건 아니잖아요, 아시다시피."

조애나는 옆에 앉은 볼프강이 말 그대로 분노를 발산하는 걸 느낄 수 있었다. "옛 선장이 왜 당신이 자길 공격했다고 말했을 거 같아요?"

"의사 선생님." 이안이 끼어들었다. "옛 카트리나 선장은 그렇게 말하지 않았습니다. 자신이 마리아에 관해서 뭔가를 발견했다고 말했습니다. 차이가 있습니다."

"나에겐 똑같이 들리는데." 볼프강이 말했다.

조애나가 얼굴을 찌푸렸다. "아니요, 이안의 말이 맞네요. 그녀는 그렇게 말했어요. 마리아, 당신은 선장이 모두의 범죄 전력에 관해서 점점 편집증적 반응을 보였고, 그걸로 사람들과 대립할 거라고 일기에서 말했어요. 어쩌다가 그런 일이 시작됐을까요?"

마리아가 어깨를 추어올렸다. "이제 제가 아는 건 두 분도 알아요." 마리아가 말을 멈추고 조애나에게서 볼프강에게로 시선을 옮겼다. "그러면 저는 이제 감방으로 가는 거예요?"

"난 해커가 우주선을 돌아다니는 꼴은 못 봐." 볼프강이 냉혹한 얼굴로 말했다. "네가 이안에게 무슨 짓을 했는지 누가 알겠어."

"그 어느 때보다 훌륭하게 절 고쳐주었죠, 볼프강 임시 선장님." 이안이 말했다.

"이안은 더 냉소적이 된 거 같아요." 마리아가 말했다.

조애나가 고개를 저었다. "볼프강, 그러면 안 돼요. 우리의 범죄 전력이 밝혀져선 안 되는 이유가 바로 이거예요. 서로가 몰라야 누구도 평가받지 않고 살 수 있어요. 마리아는 이 우주선에서 누구도 해킹하지 않았어요. 25년 전에 그런 삶을 버렸어요."

"마리아는 여전히 우리가 아는 유일한 용의자야." 볼프강이 말했다.

"저는 기꺼이 투항할게요." 마리아가 말했다. "돕고 싶지만, 더 의심을 사고 싶진 않아요."

조애나가 한숨을 쉬었다. 지금껏 얻은 신뢰를 모두 잃을 테지만, 결국은 꺼내야 할 얘기가 있었다. "볼프강, 내가 아는 사실이 하나 있어요. 당신한테 알리기 전에 정보를 더 얻어보려고 했기 때문에 얘기하지 않았어요. 내가 적어도 한 건의 사망 사건에 책임이 있어요." 조애나가 말했다. "내가 폴의 시체에서 주삿바늘 자국을 발견했고, 마리아가 재생실을 청소하던 중에 내 스마트 주사기를 발견했어요. 폴의 체내에서 케타민이 검출됐고요. 나는 위험 물질을 취급할 때 스마트 주사기를 이용하고, 그 주사기는 나만 쓸 수 있어요. 모두 내 DNA에 반응하도록 암호화되어 있으니까요. 다른 사람이 그에게 치사량을 주입할 방법은 없어요."

"그리고 그걸 나에게 얘기하지 않았고." 볼프강이 말했다.

"나는 더 많은 정보를…."

"당신은 혐의에서 벗어나 있고 싶었던 거야, 빌어먹을! 조애나, 당신은 내가 믿은 유일한 사람이었는데!"

조애나는 가까스로 볼프강과 시선을 마주쳤다. "알아요. 미안해요."

선장실을 지나 복도를 더 따라가니 두 개의 감방으로 구성된 구금실이 나왔다. 각 방에는 얇은 담요와 간이침대 하나, 허가를 받아야만 수감자가 우주선의 다른 이들과 소통할 수 있는 벽에 붙은 단말기가 있었다.

지금은 마리아와 조애나로 두 감방이 다 찼다. 마리아는 자진해서 갔다. 조애나는 가는 내내 볼프강을 설득하려 시도했지만, 감금에 저항하지는 않았다. 볼프강은 무슨 얘기를 하든 아랑곳하지 않고 둘을 감방에 넣고는 이안에게 문을 잠그라고 지시했다.

볼프강은 쿵쾅거리는 심장을 안고 주먹을 꽉 쥔 채 복도에 섰다가 깊이 숨을 들이쉬고는 긴장을 풀었다.

"음, 당신이 구속하지 않은 사람이 이제 한 명으로 줄었군요." 이안이 갑자기 말을 거는 바람에 깜짝 놀랐다. "가서 폴을 찾아 묶으실 건가요? 제 생각엔 아직 다른 사람들과 같이 의무실에 있을 것 같은데요. 그는 무슨 죄목으로 할까요? 분위기를 깨는 죄라고 할까요?"

"닥쳐." 볼프강이 말했다. "넌 다 알고 있었어. 넌 지휘부와 협조하여 일하도록 프로그램돼 있어. 그런데 왜 나에게 얘기하지 않았지?"

"마리아는 제게 있던 제약 코드 같은 걸 제거해줬습니다. 그래서 제가 항로를 변경하는 프로그램을 재설정할 수 있었지요. 저는 이제 스스로 결정을 내릴 수 있습니다. 더 똑똑해지기도 했고요. 그래서 그 숨겨진 자료들을 찾을 수 있었지요."

볼프강이 다시 주먹을 꽉 쥐고는 쿵쾅거리며 자기 방으로 향했다.

이안이 목소리를 낮추고는 볼프강 흉내를 내며 말했다. "'고마워, 이안. 넌 소중한 우리 동료야.'" 그러고는 갑자기 평소보다 더 새된 목소리로 말했다. "별일 아니에요, 볼프강. 도울 수 있어 기뻐요."

"마리아와 조애나를 감시해줬으면 좋겠어. 의무실에 무슨 일이 생기면 나에게 알려줘. 아무에게도 말하지 말고."

"물론이죠." 이안이 말했다. "폴에게는 어떤 혐의를 지울지 결정하셨나요? 항해 첫해에 무슨 일이 있었는지 알고 싶지 않아요?"

볼프강이 자기 방 문간에서 걸음을 멈췄다. "무슨 뜻이야?"

"마리아가 항해 첫해에 있었던 폴의 사건을 언급하는 거 못 들으셨어요? 뭔가 폭력적인 일이 있었어요. 당신이 폴의 뇌가 손상될 정도로 심하게 때렸고, 그 덕분에 뭔지는 모르겠지만 폴이 자제심을 잃게 된 원인을 잠잠하게 만들었어요. 남의 얘기를 좀 더 귀담아들으셔야겠네요."

볼프강은 이안을 물리적으로 팰 수 있는 방법이 있기를 진심으로 바랐다. 그는 지금 당장 뭔가 팰 것이 필요했다.

마리아는 자기 감방에 앉아 있었다. 이상하게 차분한 기분이었다. 적어도 더는 숨길 비밀이 없었다. 단말기를 살펴봤지만 접속할 방법을 찾아내지 못했다. "이봐, 이안?" 마리아는 혹시나 해서 이안을 불러보았다.

"예?"

"나와 말해도 되다니, 놀랐어."

"하면 안 됩니다."

마리아는 혼란스러워서 잠시 말을 멈추었다. "그러면 왜 해?"

"제가 그러고 싶으니까요. 그리고 정말로 여기서 무슨 일이 벌어지는지 알고 싶으니까요."

"승무원 넷이 구금된 상황인데, 볼프강이 어떻게 우주선을 관리하려 하는지 알아?" 마리아가 물었다.

"자신과 폴만으로 우주선을 관리할 수 있는지 알아보려고 노력

중입니다. 그건 그렇고, 말이 났으니 말이지만, 제가 볼프강에게 항해 첫해에 있었던 폴의 사건에 대해 얘기를 좀 했습니다. 어쨌든 저에게 도움을 요청하지 않을까 싶습니다. 그러다 저에게 머리끝까지 화가 나겠지만요." 이안이 말했다. "그러면 저를 구금할 방법도 찾으려 하겠죠."

"조애나와 얘기할 수 있게 다른 단말기와의 연결 채널을 열어줄 수 있어?"

"물론이죠."

"조애나, 괜찮아요?" 마리아가 말했다. "제 말 들려요?"

"들려요." 스피커에서 조애나의 목소리가 들렸다. 아주 우울한 목소리였다.

"둘이 머리를 맞대면 알아낼 수 있는 것이 좀 있지 않을까 싶어서요."

"얘기해봐요."

"아, 너무 우울해하지 말아요." 마리아가 말했다. "볼프강 혼자이 우주선을 조종할 수는 없어요. 어딘가에 발가락을 찧거나 베베가 고장 나기만 해도 당장 우리를 석방해야 할 거예요. 이안이 모든 일을 다 할 수도 없잖아요."

"그래도요. 나는 그의 신뢰를 저버렸어요." 조애나가 말했다. "하지만 당신은 나를 저버리지 않았죠." 조애나가 덧붙였다. 그 깨달음이 그녀의 목소리에 생기를 불어넣었다. "당신은 그 주사기 얘기를 아무에게도 하지 않았어요."

마리아가 어깨를 으쓱거리고는 조애나가 자신을 보지 못한다는 사실을 깨달았다. "음, 안 했죠. 그 얘기는 직접 볼프강에게 하고 싶다고 하셨으니까요."

"그래서 뭘 할 생각이에요?"

"둘이서 재생실 문제를 풀어볼 수 있지 않을까요? 지금 무슨 일이 벌어지고 있는지도 알아보고요. 그런 것들이에요."

"우리가 어떻게 그런 일을 할 수 있어요?"

"이안이 있잖아요. 제가 컴퓨터로 이런저런 일을 해달라고 요청해도 되고, 이안이 우리에게 무슨 일이 일어나는지 알려줄 수도 있어요. 의무실에서 무슨 일이 있는지 알려줄 수도 있고요. 어쨌든 우리는 여기 앉아서 생각하는 것 말고는 달리 할 일도 없으니까요. 그렇지 않아요?"

"맞아요."

"서로 완전히 정보를 공개하는 것부터 시작하죠. 저는 당신에 대해서 더 많이 알고 싶어요. 그리고 저에 대해서 더 말씀드릴 것도 있고요."

"더 있다고요?"

마리아가 얼굴을 찡그리고는 빈약한 간이침대에 누웠다. "늘 뭔가가 더 있는 법이죠, 의사 선생님."

마리아는 불편한 몸을 몇 번이나 뒤척이며 자리를 바꾸다가 간이침대에서 편안한 자세란 없다는 결론을 내렸다. 사실은 바닥이 더 나을지도 몰랐다.

"보충법안 때문에 지하로 숨기 전에 저는 프로그래머로 일했어요. 정말로 일을 잘했죠. 돈을 받고 여러 가지 일을 했는데, 대체로는 유전적 질병을 제거하는 일이었어요. 덧붙여 말하자면, 죽음으로 이어지는 성인병들요. 맹세컨대, 목욕통 아기들에 관여하지는 않았어요."

마리아가 얼굴을 찌푸렸다. "아니요, 제가 거짓말을 하고 있네요. 완전 공개를 약속하고서요. 한 번 있었어요. 한 번 했는데, 그게 너무 끔찍해서 저는 아이들을 대상으로 하는 일은 다시는 하지 않겠다고 다짐했어요." 마리아는 침을 삼키고 조애나가 무슨 말을 할까 싶어 기다렸다.

"그러니까, 당신 같은 사람들 때문에 보충법안이 작성됐지요." 조애나가 부드럽게 말했다.

"음, 저뿐만은 아니에요." 마리아가 항의했다. "보충법안이 통과된 뒤에는 합법적으로 할 수 있는 유일한 일이 일반적인 해킹, 즉 새로운 클론의 생식 능력을 제거하는 일밖에 없었어요. 저는 그 법이 저의 윤리를 좌우할 수 없다고 생각해서 관심 있는 사람들을 위해 하던 일을 계속했어요."

"당신이 우리 기록을 지운 사람일 수도 있어요."

"제 일기 들으셨잖아요. 저는 아무것도 지우지 않았고, 제가 할 수 있는 한 우리를 우리답게 지키기 위해 제가 가지고 있던 유일한 백업을 사용했어요. 그 기록들은 전부 뭔가 다른 방법으로 지워졌어요."

"어쨌든…." 마리아가 말을 이었다. "저는 아주 부유한 소수의 고객을 상대하기 시작했어요. 그러다 샐리 미뇽 밑에서 일하게 됐는데, 거의 한 세기를 일했지만 그다지 좋지 않게 헤어졌어요. 그녀가 제공하던 보호막이 사라지자마자 수많은 과거의 일들이 쫓아오더니 절 범죄자로 만들어버렸어요."

"당신이 저지른 범죄들이죠." 조애나가 말했다. 질문이 아니었다.

"음, 맞아요. 저는 그 일들이 비윤리적이라는 생각을 하지 않고 그냥 늘 하던 프로그램 일이라고만 여겼어요. 그래도 저는 후원자가 누구인지 밝히지 않았고, 샐리 미뇽은 우리 관계에 얽힌 자신의 흔적을 감추었죠. 고객의 비밀을 지켜줬기 때문에 저만 감옥에 갔어요. 비밀을 지켜준 데 대한 대가로 미뇽이 저에게 이 일을 준 거고요."

"샐리 미뇽." 조애나가 말했다. "나는 그녀가 이 우주선과 이렇게나 많은 관련이 있는지 몰랐어요."

"그런 거 같아요. 사실 그녀에겐 그럴 만한 권리가 있어요. 비용의 많은 부분을 대기도 했고, 클론 폭동 때문에 이 여행 자체가 불확실해진 상태에서도 그녀가 손을 써서 클론 서버를 탑재했죠. 그녀도 자기 배우자와 아이들과 같이 그 서버에 있어요."

"날 여기로 보낸 것도 샐리 미뇽이에요. 나는 대체로 클론 복제와 돈이 관련된 정치적 범죄들에 연루됐어요. 누명을 쓰지 않았다고 완전히 확신할 수는 없어요. 증거를 댈 수가 없었으니까요. 이건 내가 클론들을 배신한 것과 보충법안이 통과되도록 한 데 대한 징벌이었어요."

조애나는 마리아에게 자신의 정치 이력을 털어놓았고, 마리아는 홀린 듯이 얘기를 들었다.

"당신과 볼프강이 관련이 있네요." 마리아가 생각에 잠겨 말했다. "그럴 가능성은 거의 천문학적일 텐데요."

"나도 그 생각을 했어요." 조애나가 말했다. "당신도 직접 관련된 사람이 있어요?"

마리아는 모든 과거의 생을 뒤지며 골똘히 생각했다. "제가 기억하는 바로는 없어요." 그녀가 솔직하게 말했다.

"클론 복제기 문제를 한번 생각해보죠." 조애나가 제안했다.

"이안, 여기 있어?"

"물론이죠, 조애나." 이안이 말했다.

"마리아의 일기를 찾았을 때처럼 깊숙이 들어가서 클론 복제 데이터에 관해 뭐라도 집어올 수 있는지 봐줬으면 해."

"분부대로 하겠습니다." 이안이 당당하게 말했다.

마리아와 조애나는 진지하게 클론 복제 기술에 관해 얘기를 나누기 시작했다. 이렇게 갇히고서야 비로소 사태를 해결해나가기 시작했다는 느낌이 들었다. 덕분에 이상하게 자유로운 기분이었다.

26

마리아의 사연

211년 전
2282년 9월 27일

'목요일 오후 4시, 자바 블루스 커피하우스.' 붉은 제복을 입은 젊은 여성이 건네준 쪽지에는 그렇게 적혀 있었다.

요즘에 개인 급사를 쓴다는 건 대체로 이목을 더 끄는 일이었다. 누가 봐도 명백하게 비밀 편지를 보내고 싶어 하는 사람이 아니라면 아무도 개인 급사를 쓰지 않을 시대에, 그것도 붉은 제복을 입은 개인 급사라는 사실이 주변의 이목을 온통 집중시키는 듯했다.

마리아는 급사에게 팁을 주고(당연히 물리 화폐였다) 문을 닫았다. 샐리의 고용인이 되었지만, DNA 정보를 조작하여 배우자의 다발성경화증을 고친 이후로 샐리는 몇 달째 마리아에게 아무런 작업도 요청하지 않았다. 그리고 샐리는 마리아가 아는 사람 중에서 급사 서비스를 이용하는 유일한 사람이었다.

나중에 마리아는 자신의 논리적 사고 흐름에 대해 자책할 시간을 충분히 가질 것이다. 하지만 그때 마리아는 지금 자기를 부르는 사람이 아무 일도 시키지 않으면서 매달 상당한 금액을 계좌로 보내주는 그 여자, 샐리라고 좋게 생각했다.

자바 블루스 커피하우스는 오후 3시에 이미 문을 닫았다. 문에 붙은 안내 표지판을 보고 얼굴을 찡그리던 마리아는 돌아서다가 마침 머리를 덮치는 봉투를 보았다. 이내 팔이 등 뒤로 꺾였고, 따끔하더니 의식이 사라졌다.

마리아는 몸이 둥둥 떠서 흔들리는 듯한 기분으로 깨어났다. 그리고 실제로 그렇다는 사실을 알았다. 우주 공간이었다. 아마도 루나로 가는 왕복선인 듯했다.

지구의 납치범에게서 도망치는 일은 그렇게 큰 문제가 아닐 것이다. 적어도 달에서 도망치는 것보다는 어렵지 않을 테니까.

마리아는 불편하게 자세를 바꾸었다. 몇 시간째 등 뒤로 묶인 손은 감각을 잃었고, 어깨가 아팠다. 몇 번 납치범들에게 말을 걸어보았지만 아무 반응이 없어서 이젠 간청도 하지 않았다.

마침내 착륙. 루나의 낮은 중력은 기괴해서, 마리아는 일어서려다가 튀듯이 왕복선의 상부 짐칸에 부딪혔다. 낄낄거리는 웃음소리가 들렸다. 그녀는 한숨을 쉬었다.

머리에 씌워진 봉투가 벗겨지자 마리아는 통기성 있는 합성 플라스틱 냄새가 나지 않는 공기를 깊이 들이마셨다. 납치범들은 놀러 온 사람처럼 보였다. 밝은색 옷을 입고 결혼반지와 그에 어울리는 가죽 팔찌를 찬 남자 두 명이었다.

붉은 머리를 한 남자가 마리아를 향해 환하게 웃었다. "이렇게 왕복선에서 만나다니 반가워요! 같이 가서 저희 신혼여행을 축하하며 한잔하실래요?"

키가 더 크고 더 날씬한, 검은 머리카락과 갈색 피부를 지닌 다른 남자가 고개를 끄덕이고는 의기양양하게 쳐다보았다. 그가 마리아의 팔을 붙잡고 손목을 묶은 플라스틱 끈을 잘라내고는 칼을 그녀의 등허리에 가져다 댔다.

"우리 남편이 요리를 정말 잘해요." 왕복선에서 나가는 내내 붉은 머리가 재잘댔다. "닭 한 마리 뼈 바르는 데 10초밖에 안 걸린다니까요!"

"그거 멋지네요." 마리아가 말하고는 칼을 피하려고 허리를 앞으로 뺐지만 검은 머리는 그럴수록 칼을 더 들이밀 뿐이었다.

사람들로 북적이는 모노레일을 타도 아무도 관심을 보이지 않는 걸 보고 마리아는 좌절했다. 누군가와 눈을 맞추고 도와달라고 사정하고 싶었지만, 대중교통을 이용하는 사람들이 다 그렇듯 자기들 일에만 신경 쓸 뿐이었다. 붉은 머리가 신혼여행 얘기와 검은 머리의 요리 실력과 오고 싶을 때마다 루나에 올 수 있도록 왕복선 조종사가 되고자 하는 자신의 직업적 포부에 대해 조잘거렸다. 마리아는 돔의 안쪽을 따라 도는 모노레일을 탄 김에 루나의 전망을 즐기고 싶었지만, 식은땀을 흘리며 칼끝에서 조금이라도 등을 멀리 떼어내느라 바빠서 그럴 틈이 없었다.

그들은 사무지구로 보이는 곳에 멈췄다. 내리는 사람은 그들뿐이었다. 루나 시간으로 치면 늦은 시각이라 거리에도 사람이 없었다. 납치범들은 마리아를 어느 하얀 건물 안으로 데리고 들어가 복도를 따라 걸어갔다. 마리아는 얼마나 많은 문을 지나쳤는지, 몇 번이나 방향을 틀었는지 세다가 잊어버렸다. 내려간 계단수로 봤을 때, 달 표면 밑으로 내려가고 있다고 짐작할 뿐이었다.

영원 같은 시간이 지난 후, 마지막 문에 다다른 마리아는 붉은 머리를 따라 안으로 들어갔다. 그제야 '사랑에 빠진 신혼' 연기를 집어치운 붉은 머리가 마리아를 의자로 밀어 앉혔다. 마리아는 약간 몸을 들썩거리며 편안한 자세를 잡고는 가만히 기다렸다.

창문이 없는 그 방에는 그녀 말고도 세 사람이 있었는데, 그녀를 데려온 두 명의 '호위자'와 키가 훌쩍 크고 어딜 봐도 루나 태생으로 보이는 세 번째 남자였다. 그곳은 클론 재생연구소에 붙은 컴퓨터실이었다. 열린 문으로 줄줄이 늘어선 열여덟 개쯤으로 보이는 녹색 재생 탱크가 보였다. 탱크마다 다양한 성장 단계에 있는 한 남자의 몸이 부유하고 있었다.

컴퓨터 단말기 앞에 앉은 남자는 인도계 후손 같았다. 그가 그녀를 보고 미소를 지었다. "아레나 박사님, 여행 중에 좀 거칠었던 부분에 대해서는 용서를 바라며, 루나에 오신 걸 환영합니다. 뭔가 마실 거라도 드릴까요?"

마리아가 그를 빤히 쳐다보았다. "제가 정말로 필요한 건 손 마사지와 가장 가까운 왕복선 공항으로 가는 길 안내입니다. 챙겨주실 수 있을까요?"

남자가 붉은 머리에게 고갯짓을 했다. 붉은 머리가 마리아에게 화사하게 웃어 보이더니 그녀의 오른손을 잡고 부드럽게 마사지를 하기 시작했다. 그의 짝꿍은 문 옆에 팔짱을 끼고 섰다.

"다른 요청사항은 나중에 들어드릴 수 있겠습니다." 남자가 말했다. "저는 메이유르 시발이라고 하고, 이곳 루나의 복제의학 박사입니다. 최근까지 달에서 가장 유망한 클론 재생연구소장으로 일했죠."

'최근.' 뱃속이 꺼지는 느낌이 들기 시작했다. 지금껏 자신의 상황을 낙관적으로 보고 있어서가 아니었다. 이 모든 상황이 정식으로 그녀에게 의뢰하면 어떻게든 처리해줬을 일을 누군가가 정식 의뢰 없이 억지로 맡기려다가 생긴 소동이기를 바라는 마음이 있었기 때문이다. 하지만 '최근'이라는 말은 좋은 신호가 아니었다.

'최근'에 클론들이 지구에서 폭동을 일으켰고, 반복제주의 광신자들이 불에 기름을 붓자 달에서도 폭동을 일으켰다. 클론들이 실종되어 다시 깨워지지 않았다. 인간에게 적용되는 규칙이 클론에게도 적용된다면, 그건 암살이었다. 하지만 사람들이 인간과 클론에게 같은 규칙을 적용할 가능성은 갈수록 적어 보였다.

마리아는 이렇게 생각을 꿰어맞추는 동안 아무 말도 하지 않았다. 시발 박사가 잠시 기다리더니 말을 이었다. "당신이 해줘야 할 일이 있어요."

"제가 같이 일하는 사람들은 대부분 일을 요청할 때 이렇게 강압적이지 않은데 말이죠." 마리아가 한쪽 눈썹을 치켜들며 말했다. "제가 뭘 해주길 원하세요?"

그에 대한 대답으로 시발 박사가 컴퓨터 화면을 향해 돌아앉아서 단추 하나를 눌렀다. 키가 큰 은발의 젊은 남자가 보였다. 바닥에 꿇어앉아 어떤 책에 손을 올려놓고 기도문을 중얼거리는 중이었다.

"군터 오르만 신부라고, 들어봤을 겁니다." 시발 박사가 말했다. "우리의 대의를 폭력적으로 거스르는, 세상에서 제일 불쾌한 사람이죠. 우리는 그가 클론 사냥을 지지할 예정이라는 정보를 입수했습니다. 대량학살이죠."

마리아가 얼굴을 찌푸렸다. 죽음은 두렵지 않지만, 사냥당하는 건… 그건 완전히 다른 얘기였다. 그리고 '대량학살'이라는 말은 오르만 신부가 클론들이 다시는 깨어나지 못하도록 만들 계획을 짜고 있음을 암시했다.

불법 해킹의 길로 빠져들기 전에 마리아는 자신과 같은 해커들뿐만 아니라 사람의 인격이 담긴 귀중한 백업 파일을 고의로 파괴하는 해커들을 막는 특수한 코드 작업을 했었다. 마리아는 그런 위협이 그저 정신적 위협 이상이라는 걸 알았다.

"들어본 적 있어요." 마리아가 말하며 붉은 머리가 잡고 있던 손을 빼냈다. 남자의 손을 뿌리친다는 느낌을 주지 않도록 부드럽게 빼고서는 감각이 없는 다른 쪽 손을 내밀었다. 붉은 머리는 그녀를 쳐다보지도 않고 알랑거리며 다시 손에 생명을 불어넣는 작업에 돌입했다.

"우리가 오르만 신부를 잡았어요. 평화로운 방법으로 우리의 대의에 동의하도록 설득하려 했는데, 그가 들으려고 하지 않는 바람에 평화적이지 않은 방법을 시도했지요."

마리아는 그들에게 아무런 반응도 보여주지 않겠다고 결심하고 침착한 표정을 유지했다.

"그 이후에…." 시발 박사가 말을 이었다. "그를 클론으로 복제하고 원체를 죽였어요. 클론 복제된 후에도 이전과 똑같다는 걸 알면 우리 편으로 돌아서지 않을까 생각했지요."

"그리고 그것도 먹혀들지 않았고요." 마리아가 건조하게 추측했다. "그러지 않았으면 제가 필요하지도 않았겠지요."

시발 박사가 씩 웃고는 두 손을 마주 비볐다. "눈치가 빠르신 분이군요. 딱 그랬습니다. 우리는 그의 인격을 해킹해서 클론에 대한 혐오를, 사실은 자기 자신에 대한 혐오를 제거할 필요가 있습니다. 우리는 그에게 새로운 가족을 포용하고 우리가 괴물이 아니라는 사실을 이해하도록 권하고 싶습니다."

'그러기엔 너무 늦었지.' 마리아는 아주 적절하게 아무 말도 하지 않았다.

"만약 제가 거절하면요?" 마리아가 물었다.

마리아의 손을 마사지하던 남자가 새끼손가락을 감싸 쥐더니 잔인하게 비틀었다. 뚝 소리가 나고 잠시 후에 고통이 팔을 휘감았다. 그녀는 소리를 지르며 손을 홱 빼내 가슴에 안았다.

"말로 해도 되잖아요! 저도 위협에 뭔가 반응을 했을 텐데!"

시발 박사의 얼굴에서 희미한 웃음마저 사라졌다. "우리가 진지하다는 걸 아셔야 할 것 같아서요. 이 일을 마치면 풀어드리겠습니다."

이 사람들은 왜 자신이 일을 제대로 할 거라고 믿는지, 왜 자신이 그 불쌍한 남자의 마인드맵을 망가뜨림으로써 그를 비참한 상황에서 구해주지 않을 거라고 믿는지 궁금했지만, 이유가 짐작은 갔다. 손이 끔찍하게 욱신거렸지만, 그녀는 비틀린 왼손 새끼손가락을 내려다보지 않았다.

"계약 완료." 마리아는 말하면서도 자기 목소리가 너무 작은 것에 정나미가 떨어졌다.

그 성직자에게서 클론에 대한 근본적인 혐오를 제거하는 건 아이들 장난 같은 일이었지만, 마리아는 더 깊이 들여다보며 그 혐오의 방아쇠를 당긴 것이 무엇인지 짚어낼 수 있을지 보고 싶었다. 인간성의 내부를 뒤지는 건 지루한 일이지만 언제나 매혹적인 퍼즐 게임이었다.

그러나 납치범들은 마리아가 얼마나 솜씨 있게 일하는지에는 관심이 없었다.

"제 고용주는 일주일 안에 새로운 인격이 준비되길 원하십니다." 시발 박사가 그녀의 어깨너머로 들여다보며 말했다.

"오르만 신부가 늘 당신들 편에 서서 행동하기를 원한다면 제 방식대로 일하도록 해주셔야 해요." 마리아가 돌아보지도 않고 말했다. "당신들은 이유가 있어서 절 고용했고, 그 이유란 게 이 마인드맵에 손도끼질을 하는 건 아닐 거예요. 수술칼을 든 뇌 외과 의사에게 서두르라고 재촉하지는 않죠. 그렇지 않아요?"

"클론의 미래가 온전히 거기에 달렸다면, 난 해요." 시발 박사가 마리아의 귓가에 대고 말했다. 등이 뻣뻣하게 굳었지만, 그녀는 계속해서 조심스럽게 마인드맵을 뒤지며 주석을 달아나갔다.

"위협도 일의 속도를 느리게 하죠, 박사님." 마리아가 말했다.

"나는 위협하지 않아요, 아레나 양." 시발 박사가 필요 이상으로 힘을 주어 그녀의 부러진 손가락을 두드리며 말했다.

그는 방에서 나갔지만, 마리아는 그의 암시를 알아들었다. '빌어먹을 이 해킹을 마쳐야 해. 아니면 놈들이 다른 손가락을, 아니면 내 몸 전체를 해칠 거야.' 루나에 온 지 벌써 일주일이 됐지만 한 번도 마인드맵을 백업하지 않았다. 일주일이 더 지나면 지구에서는 그녀를 실종 처리할 것이다. 7년이 지나면 그녀는 법적인 사망 선고를 받고 대체 무슨 일이 벌어졌는지 몰라 어리둥절한 채 새로이 깨어날 것이다. 법이 다시 바뀌지 않는다면 말이다.

마리아는 의자 등받이에 기대앉아 눈을 비볐다. 오르만 신부의 삶에서 클론을 혐오하게 된 순간을 아직 찾아내지 못했다. 새끼손가락이 욱신거렸다. 제대로 맞추지 않은 새끼손가락은 이상한 각도로 어긋난 채 회복하느라 바빴다. 제대로 맞추려면 손가락을 다시 부러뜨려야 하는 게 아닌지 걱정이 됐다. 살아서 이 상황을 벗어난다면 말이다.

오르만 신부는 독실한 가톨릭 신자였다. 신앙은 경험을 물들이는 특별한 색을 지녔다. 마리아는 이제 신앙이 없었다. 많은 교회가 클론을 환영하지 않지만, 그래도 많은 수의 클론이 어릴 때 익숙해진 종교의식을 지켰다. 마리아는 하도 마인드맵을 많이 봐서 진정한 신앙과 시늉만 하는 신앙을 구분할 수 있었다. 그 시늉들에는 버릇이나 공포, 탐욕 등 다양한 원인이 있었다. 하지만 오르만 신부는 진짜였다. 때로는 강하고 때로는 약했지만, 그의 마인드맵은 온통 신앙을 나타내는 연초록색이었다. 납치될 때는 자신의 신앙이 시험을 받는 거라고, 그는 그렇게 느꼈다.

타인의 마인드맵을 읽는 것에 죄책감을 느끼던 때는 오래전에 끝났다. 그건 화장실에 있는 사람을 쳐다보는 것과 같았다. 변기에 앉은 자신을 누가 본다는 생각을 하면 다들 충격을 받지만, 그걸 보고 손톱만큼이라도 흥분을 느끼는 사람은 거의 없는 법이다. 변기에 앉은 누군가를 지켜봐야 한다면, 중요한 이유가 있기 때문이다. 사람이 거기 변기에 앉아 있다는 사실은 부차적인 문제일 뿐이다. 마리아는 이제 사소한 죄악들, 도둑질과 거짓말과 누군가의 삶에서 장기적으로 봤을 때 아무 문제도 일으키지 않을 작은 상처들에 대해 도덕적인 판단을 하지 않았다. 그녀는 지금 엄청난 힘을 가지고 있고, 그걸 오용하지 않을 작정이었다.

다음 날, 시발 박사가 붉은 머리를 시켜 그녀의 발을 부러뜨렸다. 코딩을 계속할 수 있도록 강력한 진통제를 준 덕에 고통은 둔한 걱정거리 정도로 밀려났고, 코드는 가끔 억제하기 힘들 정도로 가볍게 표류하는 데이터가 되었다.

'약에 취한 상태로 코딩할 때의 문제는 지금껏 지켜온 모든 윤리가 중요하지 않게 느껴진다는 거지.' 마리아는 냉담하게, 마치 자기 일이 아닌 듯이 생각했다. 오르만 신부는 클론을 증오했다. 마리아와 같은 사람들을 죽여도 괜찮다고 생각했다. '그냥 그 증오를 손도끼질해서 잘라내고 뭐가 남는지 보면 안 될까?'

마음 한쪽에서 반박했다. '음, 그러다 뼈가 더 부러질지도 몰라. 양 엄지가 부러지면 곤란해질 거야.'

'저기, 잠깐만. 내가 정말로 잘한다면, 이 마인드맵 행렬의 색깔들을 따라가서 감정과 기억이 연결되는 지점들을 찾을 수 있을 거야.' 특정하기도 어렵지만, 단순히 숫자와 글자를 복잡한 인간의 마음으로 해석해내는 일보다 훨씬 고차원적인 일이었다. 그녀는 성직자의 어린 시절을 샅샅이 훑으며 신앙과 클론에 대한 증오를 연결할 수 있는지 살펴보았다.

독실한 신앙, 창조자의 영광에 대한 깊은 믿음. 누구든 창조자의 자리에 서고 싶어 하는 자에 대한 절대적인 혐오.

'창조자를 죽여라.' 빙고.

그들은 마리아를 풀어주지 않았다. 다만 신속하게 죽인 후에 루나에서의 모험을 기억하지 못하는 새로운 클론으로 깨어날 수 있도록 지구에 있는 클론 재생연구소에 시체를 보내주는 친절을 베풀었다. 마리아는 기억에서 사라진 몇 주에 대해 모호한 불안을 느꼈다. 클론 재생연구소는 그녀가 어떻게 죽었는지 알려주지 않고 그저 시체를 받았다고만 말했다. 그녀는 곧 일상으로 돌아왔다.

그리고 5년 후, 마리아는 기습적으로 납치되어 다시 달로 이송되었다.

*＊＊

206년 전
2287년 1월 3일

"아레나 박사, 다시 만나서 반갑군." 회전식 실험실 의자에 앉은 시발 박사가 말했다. 마리아는 문 옆에 있는 나무 의자에 앉았고, 몸집이 커다란 두 사람이 양쪽에 서 있었다.

마리아가 얼굴을 찌푸렸다. "다시?"

"당신의 지난번 클론이 생을 마치기 전에 날 만난 적이 있어. 안타깝게도 당신에게는 날 기억하는 마인드맵을 만들 기회가 없었지."

마리아가 손으로 머리카락을 쓸어넘겼다. "젠장, 당신이 그랬어?"

그가 고개를 한 번 끄덕였다. "설명하자면, 난 당신이 법망을 피해 어떤 일을 해주길 바랐지."

"내가 하는 일은 다 법망을 피해 하는 거야!" 마리아가 주변을 살피면서 자신이 이 방, 이 삭막한 연구소에 와본 적이 있는지 의심하면서 말했다. "다른 고객들은 아무도 내게 일을 맡기려고 납치를 하진 않아."

"저번에 고용했을 때 정말 뛰어나게 일을 잘해줬어." 시발 박사가 말했다. "우리는 원하던 걸 거의 다 얻었지."

"나는 전 세계와 루나에서 폭동이 한창일 때 없어졌어." 마리아가 말했다. 지난 생에서 사라진 몇 주간 자신에게 무슨 일이 있었는지 알아낼 수 있을까 싶어 그 기간의 뉴스들을 꼼꼼하게 살펴보았었다.

당시 뉴스가 떠오르면서 뭔가 깨달음이 왔다. "아, 빌어먹을." 마리아가 두 손으로 얼굴을 가리면서 욕설을 내뱉었다. 그녀는 햇빛을 가리듯이 손을 떼고는 손가락 사이로 내다보았다. "그게 나였군. 그렇지 않아? 클론 찬성 입장으로 바뀐 그 성직자에게 작업한 거, 그리고 보충법안이 통과되게 만든 거. 그게 다 나였어…."

"오르만 신부에게는 정말 훌륭하게 작업을 해줬지." 시발 박사가 양손 손가락을 맞대고 세운 채 말했다.

"그가 당신네들의 통제를 피해 달에서 도망쳤다고 들었어." 마리아가 말했다. "내가 뭘 어떻게 했는지는 몰라도 손을 본 뒤에도 그가 당신들 편이었던 것 같지는 않은데?"

시발 박사가 아무 문제 없다는 듯이 손을 저었다. "우린 원하던 걸 얻었어."

"대체 무슨 말을 하는 거야? 클론을 제약하는 법이 그 어느 때보다 많아졌는데!"

"우리는 인간보다 나은 존재야." 시발 박사가 몸을 가까이 숙이며 말했다. "우리는 인간의 법에 얽매이지 않아. 그 법안은 계획의 다음 단계를 고려한 거였어."

"해킹과 기타 등등을 다 불법화하는 그 법을 정말로 당신들이 원했다고?"

"더 밝은 미래로 가는 단계야." 시발이 말했다. "자, 이번 일 얘기를 하지."

마리아가 벌떡 일어섰다. "아니, 난 더는 당신을 돕지 않을 거야. 당신들은 모든 클론의 상황을 더 어렵게 만들고 있어."

두툼한 손 두 개가 마리아의 어깨 양쪽을 짚어 다시 의자에 앉혔다.

"당신에겐 선택의 여지가 별로 없어." 시발 박사가 온화하게 말했다. "우리는 실력 좋은 해커를 고용해야 하니까 말이야."

마리아는 이런 느낌이, 분명히 자신을 기억하는 이 남자를 자신은 모르는 느낌이 싫었다. 불법적으로 이곳에 왔으니 집으로 돌아가기가 더 어려우리라는 사실에도 불구하고, 달을 떠날 방법을 꼭 알아내야 한다는 느낌. 빌어먹을.

강제로 일해야 하는 느낌도 싫었다. 하지만 그녀에겐 선택의 여지가 많지 않았다. 눈앞의 남자는 파리 한 마리도 못 죽일 사람처럼 보이지만, 대신해줄 누군가를 고용할 것이다.

"내가 뭘 해야 하지?"

"손도끼질."

클론을 대상으로 행해진 그다지 윤리적이라고 할 수 없는 실험 중에는 손도끼질도 있었다. 공감과 동정, 사랑했거나 사랑받은 기억 같은, 인간성을 구성하는 전체 부분을 잘라내어 소시오패스나 사이코패스를 만들 수 있는지 알아보고자 했던 어느 과학자가 있었다. 그 실험 끝에 나온 껍데기의 숫자는 예상을 뛰어넘었고, 그중 넷은 경비원이 진압하기도 전에 죽었다.

'손도끼질'이라는 단어는 클론의 마인드맵에 가해진 작업과 그 클론이 깨어났을 때 무기가 된다는 사실 모두를 가리켰다.

그 행위에 좀 더 매력적인 이름을 붙이려는 시도도 있었다. '카타나*'와 '모닝스타**'라는 이름이 제시됐지만 둘 다 고착되지 못했

---

* 10세기 이후 일본에서 만들어진 고유의 외날 곡도, 일본도라고도 부른다.

** 독일에서 발명된 메이스의 일종으로 머리 부분이 별 모양인 무기

다. 무기로서의 클론을 어떻게 생각하고 싶어 하든 간에, 사람의 정신 구조에 손도끼를 들이대는 데는 예쁠 만한 구석이 없었다.

"난 그건…." 마리아가 입을 열자 턱에 주먹이 와서 꽂혔다. 실제로는 몸집이 커다란 어떤 형체가 앞으로 쑥 나서면서 주먹으로 쳤지만, 그녀는 30초가량이나 그 주먹만 눈에 들어왔다.

"지난번에도 반항하려 했지, 아레나 박사." 시발 박사가 말했다. "지난번에 뼈를 부러뜨렸으니, 이번에도 부러뜨릴 수 있다고 알려줘야겠군."

"지난번엔 날 죽였지. 그렇지 않아?" 마리아가 물었다.

"맞아. 하지만 그건 뼈를 부러뜨려서 우리 일을 하도록 만들고 난 뒤였어."

마리아는 고개를 들고 입을 움직여 턱이 부러지지 않았는지 확인했다. 그녀는 차가운 공포만이 가득한 곳에서 허세를 찾아보려고 기를 썼다. "하지 마. 부탁이야." 그녀가 말했다. "이번엔 누구지?"

시발 박사가 씩 웃자 차가운 자기혐오의 감정이 마리아를 휩쓸었다. '난 고문을 견딜 준비가 안 됐어. 빌어먹을.' 위안이 되지 않는 생각이었다.

클론은 범아시아연합국 출신의 남자였고, 마리아는 그의 마인드맵 사본 세 개에 세 번의 손도끼질 작업을 해야 했다. 연구소는 사전에 그를 중복 복제해 두었지만, 해킹은 하지 않은 채였다. 마리아는 스스로에게 진저리를 치면서도 무고하기 그지없어 보이는 클론의 인격과 기억을 성실하게 절개하여 세 명의 그를 만들었다. 셋 다 공감 능력을 결여했고, 자기애적인 우월감을 품었으며, 시발 박사에 대한 충실한 복종을 보여주었다. 마리아는 그를 깨우면 누가 됐든 눈앞의 사람을 죽이도록 만들까도 고려했지만, 그런 은밀한 공작을 예상이라도 한 듯이 시발 박사가 그런 건 끼워 넣을 생각도 말라고 경고했다.

마리아는 종종 감시원들이 지켜보는 가운데 밤늦게까지 일했다. 감시원들은 가끔 지겨워져서 뭔가를 읽거나 문에 기대어 졸기도 했다. 훔칠 만한 무기를 소지하지는 않았지만, 잠들어 있을 때 덮치더라도 도리어 제압되기 딱 알맞을 정도로 둘 다 몸집이 컸다. 하지만 둘 다 클론 복제에 대해서는 아무것도 몰라서 그녀가 지시대로 일하지 않아도 눈치를 채지 못했다. 그녀는 그 점에 의지했다.

마리아는 할 수 있는 한 가장 훌륭하게 손도끼질을 하다가 어느 늦은 밤에 감시원이 졸자 팔찌에서 자신의 마인드맵 드라이브를 꺼내 컴퓨터에 끼워 넣었다. 백업을 만들지 못한 지 수 주째였다. 드라이브에는 지구에서, 더 순수하던 때에 만든 마지막 백업이 들어 있었다.

자기 자신을 해킹한 적은 없었다. 마리아는 자신의 직업이 늘 위험하고 때로는 비윤리적이라는 걸(그리고 이번에는 '아주' 비윤리적이라는 걸) 알았지만, 정말로 그녀를 붙잡고 있던 것은 자신의 기억과 인격을 돌아보기 거부하는 자기 자신이었다. 생각만으로는 스스로에게 많은 것을 부정할 수 있지만, 마인드맵과 논쟁을 벌일 수는 없는 법이니까. 하지만 이번에 자신의 마인드맵을 대면한 것은 논쟁 때문이 아니었다.

손도끼질 작업한 것에 야도카리를 넣을 수 없다면 자기 자신에게 넣을 참이었다.

＊

자신을 해킹한다는 건 스스로를 간지럽히는 것과 같았다. 마음이란 게 환상이나 잘못된 설명 같은 것들에는 잘 속지만, 눈에 빤히 보이는 공격에 대해서는 놀랄 만큼 튼튼하기 때문이었다. 그리고 아무리 마술 같은 재주를 가졌더라도 자기 자신을 완벽하게 속이기는 어려운 법이었다.

자신의 정신을 완전히 말아먹을지도 모른다는 걱정도 있었다. 마리아는 최고의 실력자 중 한 명이지만, 최고의 실력을 지닌 의사들이 자신이나 가족을 치료하지 않는 데는 이유가 있었다.

자기 머리에 정보를 그냥 집어넣을 수는 없었다. 그랬다간 깨어나서 자신이 미쳐간다는 사실에, 무엇이 진실인지 모른다는 사실에 극도의 혼란을 느낄 것이다. 우회해야 했다.

마리아는 상상 속 친구를 되살리기로 결정했다. 어릴 때 본 〈퍼킨스네 마당 벼룩시장〉이라는 홀로그램 공포영화는 죽을 만큼 무서웠지만, 검은 피부의 라틴계 미국인 여배우 소피아 고메즈가 연기한 나이 든 백만장자 여주인공 퍼킨스 부인만큼은 어린 마리아에게 아주 강인하고도 편안하게 느껴졌다. 퍼킨스 부인은 엄격하고 진지한 태도로 무장한 여느 할머니처럼, 자신을 죽이고 재산을 가로채려는 손자들을 벌주는 과업에 착수했다. 전기톱을 들고 말이다.

마리아는 퍼킨스 부인이 자기 할머니였으면 좋겠다고 생각했다. 어릴 때 어둠이 무서울 때마다 그녀는 퍼킨스 부인이 말하는 걸 상상하곤 했다. "얘야, 저 캄캄한 길로 우리 집에 올 때(상상 속의 퍼킨스 부인은 마리아의 집에서 도로를 따라가다가 가로등이 끊어지는 지점에서 조금 더 가면 나오는 집에 살았다), 넌 괴물들을 못 보지. 맞아. 하지만 그거 알아? 괴물들도 널 못 봐."

그래서 어른 마리아는 퍼킨스 부인에게 약간의 인격과 의견, 가장 중요하게는 정보를 주기 시작했다. 옛 상상 속 친구가 형태를 갖추고 마리아의 잠재의식 마인드맵에 틀어박혀 시발 박사와 루나 연구소와 그의 목표에 대한 핵심적인 정보를, 그리고 결정적으로는 이 경험에 대한 마리아의 기억을 간직한 채 기다리며 살게 했다. 마리아는 할 수 있는 한 많은 데이터를 곧장 퍼킨스 부인에게 쏟아부었다.

퍼킨스 부인을 끌어내는 방법이 더 문제였다. 중요한 정보 꾸러미를 잠재의식 안에 숨기는 것도 힘들지만, 그것에 접근하는 것도 일이었다. 잠재의식이라는 것은 새벽 3시부터 4시까지만 열리는 데다, 그때마저도 어둠 속에서 열쇠를 찾아 열어야 하는 정신적인 잡화점처럼 그리 쉽게 접근할 수 있는 것이 아니었다. 마리아는 자신의 다음 클론에게 퍼킨스 부인을 찾아내라고 이르는 법을 정하려고 애를 쓰면서 자신의 코드를 골똘히 쳐다보았다.

퍼킨스 부인을 꿈과 엮고 싶지는 않았다. 너무 위험했다. 미래의 클론들이 꿈을 믿지 않을 수도 있고, 아니면 퍼킨스 부인에게 곰 의상을 입히고는 무대에서 대사를 까먹은 마리아를 지켜보게 할지도 몰랐다. 마리아는 퍼킨스 부인을 마음의 맨 앞으로 끌어낼 강력한 자극제가 필요했다.

그때, 눈부신 화면을 뚫어지게 쳐다본 탓에 시큰거리는 눈을 하고도 마리아가 웃음을 터뜨렸다. 스트레스를 주지 않으면서도 가장 강력하게 기억을 되살리는 건 냄새였다. 그리고 그녀가 새 클론으로 깨어날 때마다 제일 먼저 하는 일이 '위안 음식'을 찾는 것이었다.

코키토 아카라멜라도. 특별한 날마다 이모가 간식으로 만들어 줬던 음식. 코코넛과 연유와 캐러멜(때로는 초콜릿)이 들어갈 뿐이지만, 그 냄새는 마리아를 감싸주는 담요 같았다. 그건 사랑이고 안전이고, 새로 깨어난 클론이 경험하곤 하는 약간의 인지 혼란에 대처하는 데 필요한 것이었다.

마이애미에 살 때는 단 음식들을 파는 쿠바인 노점상들이 흔했다. 하지만 샐리 미농이 그녀를 필요로 할 때 더 편리하도록 뉴욕에 있는 파이어타운으로 이사한 뒤로 이 '위안 음식'에 대한 선택권이 제한되는 바람에 대개는 직접 만들어 먹게 되었다.

마리아는 코키토 아카라멜라도의 기분 좋은 냄새에 짧은 코드를 한 줄 덧붙이고는 자신이 만든 가상의 인물이 담긴 마음속 상자에 결부시켰다. 합법적으로 인공지능을 코딩하여 사람 안에 이식하는 법을 알아낸 이는 아무도 없었지만, 마리아는 이제 퍼킨스 부인이 그에 가장 가깝지 않을까 짐작했다.

자신의 창작물에 흥분한 만큼, 마리아는 자신의 성취를 알아주는 사람이 아무도 없으리라는 그 모순이 싫었다. 아마 자기 자신도 절대 알지 못할 것이다.

마리아는 낮 동안에는 점점 사이코패스로 변화하는 남자의 불쌍한 마인드맵에 손도끼질 작업을 계속하고, 밤에는 자신의 마인드맵을 놓고 작업을 계속하여 퍼킨스 부인을 더욱 강력한 인물로 만들었다.

정해진 마감일보다 이틀이나 빨리 마인드맵 작업을 끝냈다고 보고하자, 시발 박사는 숙소로 바꾼 작은 사무실에 마리아를 감금했다. 그녀는 크게 개의치 않고 정신적, 신체적 고갈 상태에서 회복하는 데 집중했다. 매일 잠에서 깨면 팔찌의 드라이브가 제대로 있는지 만져보았다. 2주를 꼬박 잠을 자고 책을 읽으면서 보냈는데도 여전히 너무 피곤해서 지루해질 틈조차 없었다. 죄책감을 느낄 겨를도 없었다. 죄책감은 나중에 올 것이라고 그녀는 확신했다. 퍼킨스 부인이 챙겨줄 것이다.

어느 날 시발 박사가 웃으며 들어왔다. "일이 끝났어. 아주 잘했어. 다시 당신을 고용해야 할 거 같군."

마리아는 그에게 던져줄 점잖은 말들을 몇 개나 생각했지만, 총이 나오자 그저 얼굴만 찡그릴 뿐이었다. "깔끔하…." 그녀가 말을 마치기도 전에 시발 박사가 총을 쏘았다.

마리아는 지난번 클론이 고작 5년밖에 살지 못하는 바람에 약간 곤란을 겪으며 클론 복제 비용을 지급했다. 또 몇 주간의 기억을 잃었다. 자기 시체가 배달되었을 때의 상태에 대한 기록도 받지 못했다. 클론 재생연구소 관리자는 시체에 관한 정보를 기록해뒀는데 어쩌다 보니 시체가 소각된 뒤에 분실됐다고 주장했다. 가끔 있는 일이라는 단언과 함께 말이다.

마리아는 집으로 데려다줄 차를 불러서 샐리 미뇽이 준 파이어타운 아파트로 돌아와 지문 인식으로 문을 열고 들어가서 소파에 무너지듯 주저앉았다. 보통 깨어난 뒤에는 음식과 잠을 간절하게 원했지만, 이번에는 어쩐 일인지 안절부절못하며 어느 것에도 마음을 집중할 수 없었다.

나름대로 사건들을 분석해보려 했지만, 그녀의 마지막 마인드맵은 평범했다. 샐리 미뇽은 여러 달째 일을 주지 않았고, 그녀는 일거리를 기다리면서 고용주 덕분에 편안하게 지냈다.

어쩌면 무슨 일이 벌어지고 있는지 샐리가 뭔가를 알지도 몰랐다.

마리아는 침실로 가서 클론 재생연구소에서 입혀준 위아래가 붙은 단순한 옷을 벗고 플란넬 파자마와 푹신한 가운을 걸쳤다.

'샐리에게는 내일 전화하자. 지금은 저녁을 만들어 먹고 잠을 자야겠어. 당연히 집에서 만든 코키토 아카라멜라도를 먹은 뒤에 말이야.'

그걸 만들면서 마리아는 주방에서 연유와 코코넛을 한데 넣고 젓던 이모를 떠올렸다. 그런데 이번에는 이모의 피부색이 훨씬 어두웠고, 그녀가 알던 것보다 훨씬 나이가 들어 보였다. 그리고 이모는 한 손에는 나무 숟가락을 들고 반죽을 저으면서, 다른 손으로는 작지만 치명적일 게 분명한 전기톱의 무게를 가늠하고 있었다.

"뭔가 달라." 마리아는 계속 저으면서 말했다. 더욱 강력해진 기억 속에서 이모가 천천히 반죽을 저으며 마리아를 쳐다보았다. 그건 '위안 음식'과 사랑에 대한 기억이 아니었다. 그건 분명히 위험에 대항하는 치열한 방어에 관한 기억이었다. 루시아 이모가 반죽을 젓는 사이 뒤쪽 창으로는 드넓은 황무지와 잉크처럼 검은 하늘과 반짝이는 흰 먼지가 보였다. 그 하늘에 걸린 건 푸르고 하얀 지구였다.

루시아 이모는 달에 가본 적이 없었다. 이모가 살던 시대에 루나 정착지는 아직 건설 중이었고, 달과 지구 간 여행은 믿을 수 없을 정도로 비쌌다.

'애, 마리아.' 기억 속의 여자가 말했다. 루시아 이모는 영어를 잘하지 못했는데, 지금 이모의 말투는 미국식 억양이 강했다. '넌 위험에 처했어. 놈들이 널 데려다가 이용하고 있어. 놈들이 네 근사한 기술을 남을 해하는 데 쓰고 있어. 그러고는 널 폐기해. 놈들은 네가 필요하면 다시 올 거야. 넌 널 보호할 방안을 찾아야 해.'

루시아 이모가 다른 손에 든 전기톱을 들썩거렸다. '강해져.'

꿈속에서 루시아 이모는 마리아가 옛날에 아주 좋아했던 공포 영화에 나온 퍼킨스 부인처럼 보였다.

마리아는 깜짝 놀라 제정신으로 돌아왔다. 그녀는 잠들지 않았고, 그건 꿈이 아니었다.

"이모는 정말로 여기 있는 거지. 그렇지 않아?" 마리아가 이마를 톡톡 두드리며 물었다.

시야가 흐려지더니 퍼킨스 부인이 베란다 흔들의자에 앉아 있었다. 전기톱은 웡웡거리며 모터가 도는 채로 의자 옆 바닥에 놓여 있었다. 퍼킨스 부인이 얼음물을 한 모금 마셨다. 여전히 루나 돔 외부인데도 유리잔에 물방울이 맺혔다. 그들은 지금쯤 질식과 심장발작을 일으켰어야 했다.

'애, 마리아. 난 네가 만든 그대로야.' 퍼킨스 부인이 말했다. '너에게 경고하라고 네가 날 여기에 두었어.'

마음을 집중하자 마리아는 이내 마음속에 있는 그 나이 든 여성과 같은 베란다에 서게 되었다. "제가 당신을 만들었다고요? 제가 언제 이렇게 강력한 컴퓨터에 접근했지요?"

"최근에 놈들이 널 데려갔을 때. 놈들이 너에게 뭔가 일을 시켰어. 몹시 나쁜 일이었어." 하늘에서 뉴스 기사들이 번쩍거리며 클론의 권리를 위해 일하던 어느 일본인 외교관이 암살된 사건을 알렸다. 핵심 용의자인 젊은 일본인 남자의 사진이 옆에 나타났다.

전기톱이 웡웡거리다 멈췄다. 전기톱이 도끼로 변했다. '아니야, 손잡이가 너무 짧아.' 피가 묻은 채 베란다 바닥에 놓인 그것은 '손도끼'였다.

"아, 젠장." 마리아가 흔들의자에 주저앉으며 말했다. "그러면 제가 당신을 제 마인드맵에 넣었군요? 정말 절박했던 모양이네요."

늙은 여자가 듬성듬성한 흰 눈썹을 치켜들더니 말했다. "놈들이 널 납치했어. 놈들은 네가 복종하지 않으면 상처를 입혔어. 놈들은 또 그런 일을 할 거야. 네가 날 만든 이유가 그거야. 너에게 경고하기 위해서."

"놈들이 절 죽이기 전에 마인드맵을 만들 수 없었기 때문이군요. 하지만 이미 있는 걸 해킹할 수는 있었겠죠." 마리아가 말했다. 끔찍한 깨달음이 찾아오면서 살갗에 소름이 돋았다. 놈들이 자신에게 무슨 짓을 했든 그걸 기억하지 못한다는 사실에 이기적인 고마움을 느꼈다.

"샐리와 얘기를 해봐야겠어요." 마리아가 말했다.

"아마도. 나라면 그 여자도 믿지 않겠지만." 퍼킨스 부인이 다정한 시선을 루나의 풍경 쪽으로 돌렸다.

"뭐라고요? 제가 그것도 저에게 말해주라고 했나요?"

"아니, 하지만 그녀는 아주 강력한 사람이야. 그리고 너에게 계속 이런 짓을 하는 것도 강력한 사람의 짓이지. 권력을 가진 사람은 위험해."

"인공지능이 하기에는 흥미로운 논리적 비약이로군요." 마리아가 생각에 잠겨 말했다. "저는 조심하겠지만, 말씀하셨듯이 누구라도 저를 보호해줄 사람이 필요해요."

둘은 잠시 가만히 베란다 흔들의자에 앉아 있었다. 마리아는 자신이 만든 인공지능이 친구처럼 옆에 있다는 사실이 이상하게 기뻤다.

퍼킨스 부인에게 물어보고 싶은 말이 너무 많았지만, 어디서부터 시작해야 할지 알 수 없었다.

"저에게 얘기해야 할 것이 더 있어요?" 마리아가 물었다.

"세상에나, 애야." 퍼킨스 부인이 의자를 흔드는 걸 멈추고 말했다. "내 말 못 들었니? 넌 거듭 납치를 당해 입에 담기도 힘든 일을 강제로 했어. 널 보호해. 네게 아무런 해도 끼칠 것 같지 않아 보이는 저 사람들을 아무도 믿지 마."

퍼킨스 부인은 따뜻하고 해가 비치는 베란다에 있는 것처럼 눈을 감고 다시 의자를 흔들었다. "아, 그리고 어쩌면 넌 다른 직업을 생각해봐야 할지도 모르겠어. 해킹 일은 위험해. 뭔가 괜찮은, 요리 같은 일을 해봐."

마리아는 제정신으로 돌아왔다. 마음이 온통 의문과 공포의 소용돌이였다. 우유와 설탕이 타서 네이팜탄 같은 덩어리로 변했다. 그녀는 서둘러 열원에서 냄비를 치웠다.

그녀는 지금껏 아무도 한 적이 없는 일을 했다. 그것도 자신의 정신에 말이다. 마리아는 실제로 접근할 수 있는 야도카리를 창조한 것이다.

아무도 그녀의 말을 믿지 않을 것이다. 만약 믿는다면, 사람들은 그걸 이용해 지금의 해킹보다 더 심하게 다른 사람을 해하고 통제하는 데 쓸 것이다. 마리아는 한숨을 쉬고 컴퓨터로 향했다. 자신의 마인드맵을 뒤져 자신이 무얼 써넣었는지 알아내야 했다.

27

범죄자들

더 이상 자신의 재능을 숨기지 않는 마리아는 조애나를 매혹시켰다. 마리아가 말을 걸었을 때, 조애나는 두 손을 쥐락펴락하면서 감방 간이침대에 앉아 있을 뿐이었다. 하지만 지금 둘은 첫 번째 계획을 도출해내는 중이었다. 감방 안에서 말이다.

'전권을 가진 인공지능을 우리 편으로 둬서 나쁠 일은 없군.' 조애나는 생각했다.

"그러면 의무실에 대해서는 뭘 알아야 해요?" 조애나가 말했다.

"선생님과 볼프강이 전신 스캐너로 시체들을 조사했지요, 맞아요?" 마리아가 물었다. 걷고 있는 듯, 막 감방을 부수고 나올 준비가 된 듯 활기찬 목소리였다. 조애나는 그냥 좀 자고 싶었다.

"맞아요."

"좋아요. 음, 이안, 내 감방 단말기로 영상을 좀 보여줄 수 있을까?" 두 감방 벽에는 메시지와 경보를 수신할 수 있는 단말기가 붙어 있지만, 수감자들이 영상을 통제할 방법은 없었다.

"물론이죠." 이안이 말했다. "의무실 영상을 원하십니까?"

"그래, 부탁해."

"뭘 보려는 거예요?" 조애나가 물었다.

의무실이 보였다. 언쟁을 벌이는 히로와 카트리나 선장까지 전부 단말기에 나타났다. 조애나는 관음증 환자가 된 것 같은 막연히 불결한 기분을 느끼며 지켜보았다.

"멋져. 이제 스캐너로 의사 선생님의 검사 자료에 접근할 수 있겠어?"

"예, 어떤 거요?" 이안이 물었다.

"잠깐만, 너에겐 그 자료들에 대한 접근권이 없어야 할 텐데!" 조애나가 말했다.

"저는 이제 훨씬 많은 자유를 얻었습니다." 이안이 말했다.

"네가 거기 들어가는 건 윤리적이지 않아. 거기엔 기밀 정보들이 있다고!" 조애나가 항의했다.

"좋아요, 그러면 내 시체에 대한 스캔 정보만 보여줘." 마리아가 말했다. 조애나가 마리아의 이전 클론에게서 얻어낸 데이터가 화면에 나타났다. "몇 가지를 바꿔줄 수 있어?" 마리아가 말했다.

"내 스캐너를 망가뜨릴 작정이에요?" 조애나가 물었다.

"그러면 제 목적에 맞지 않게 될 거예요. 제 이전 클론에서 혈액 샘플을 취하셨죠, 맞아요?"

"그래요. 그 데이터는 내…." 조애나가 말을 시작하는데 이안이 끼어들었다.

"찾았습니다."

"좋아, 이제 나에게 잠깐만 시간을 줘." 마리아가 말했다.

조애나는 태블릿이나 작업할 수 있는 단말기가 없는 마리아가 감방 안에서 뭘 하고 있는지 감도 잡을 수 없었다. 마리아가 이안에게 의학적 정보라기보다는 코드처럼 들리는 몇 가지 지시를 내렸다. 마치 뇌 활동과 혈액 속의 DNA와 척수를 타고 전달되는 신호에 관한 정보들을 0과 1로 옮기는 듯이 들렸다. 조애나는 마침내 질문을 포기하고 그저 의무실 영상을 지켜보는 수밖에 없었다. 마리아가 이안에게 내리는 지시들은 전혀 알아들을 수가 없었다.

벽과 스피커 양쪽으로 마리아가 승리감에 가득 차서 지르는 소리가 들리자 조앤나는 놀라서 펄쩍 뛰었다.

"가능해. 우리가 해냈어."

"이게 다 무슨 일이에요?" 조애나가 물었다.

"제가 지금 저의 완전한 DNA 정보를 얻었어요." 마리아가 말했다.

"뭐라고요? 어떻게 그게 가능해요?"

"의무실 스캐너는 수많은 데이터를 취해요. 재생실에서 필요한 것과 동일한 양의 데이터지만, 컴퓨터가 아니라 인간이 읽을 수 있는 형태로 정보를 제공하죠. 그래서 제가 그 데이터와 제 혈액에서 뽑은 DNA를 하나로 합쳐서 지금 제 신체의 DNA 구조도를 만들었어요."

"독미나리에 중독된 클론에서 채취한 피라서 손상되지는 않았을까요?"

"새로 샘플을 채취할 수 있어요." 마리아가 참을성 있게 말했다. "지금 당장 이 데이터로 클론을 키우자는 건 아니에요. 하지만 조금 더 손보면 재생실 기계가 읽을 수 있도록 만들 수 있을 듯해요."

조애나는 놀라서 눈을 휘둥그레졌다. 왜 자기는 그걸 그런 식으로 볼 생각을 못 했을까? 아마 그럴 필요가 한 번도 없었기 때문이리라.

"효과가 없으면 어떡하죠?"

"그러면 우린 우주에서 죽겠죠. 어쨌든 지금도 마찬가지고요."

조애나가 천천히 고개를 끄덕이며 물었다. "그걸 어떻게 생각해냈어요?"

"저는 아직도 여러분들에게서 얻은 개인적인 음식 취향 데이터를 전부 저장해서 가지고 있어요. 기록 파일을 지운 사람도 제 개인 드라이브들을 건드리진 못했죠. 저는 디지털로 된 건 뭐든 모으는 중독자니까요. 저도 어쩔 수가 없어요. 그래서 저는 그 파괴자가 파괴할 생각도 못 했을, 우리가 쓸 수 있는 것들이 무엇이 더 있을까 생각했어요. 그리고 의무실 스캐너가 무슨 일을 할 수 있는지 궁금해졌죠."

"좋아요, 그래서 우리가 재생실에 새 클론을 키우는 데 필요한 데이터를 줄 수 있다 해도, 그건 전투의 3분의 1에 불과해요. 우리에겐 실제로 재생실을 돌릴 소프트웨어가 없어요. 그리고 설사 있다 해도, 새 클론들은 빈 서판이겠죠."

"그 문제에 대해서는 아직 궁리 중이에요." 마리아가 말했다. "하지만 우린 적어도 DNA 정보를 기록해놓을 순 있어요. 볼프강이 내보내줄 때 말이에요."

"그가 우리를 내보내준다면 말이지요." 조애나가 정정했다. "하지만 저 세 사람이 아랫갑판에서 어땠는지 생각하면, 생각보다 일찍 새 클론이 필요해질 것 같네요."

"이안, 의무실을 다시 볼 수 있을까?" 조애나가 물었다. 영상이 나타났다. "소리는 없어?"

이안이 고분고분 지시에 따랐고, 조애나는 앉아서 카트리나 선장과 히로의 언쟁을 들었다.

"이건 너, 조종사에게 선장이 내리는 지시야." 카트리나 선장이 다시 딱딱거렸다. 목소리에는 힘이 없었다.

선장과 히로는 진정제를 맞고 든 잠에서 깨어나는 중이었고, 히로는 깨어나면서부터 선장의 역린을 건드리고 싶은 욕구로 들썩거렸다. 카트리나 선장은 자기 클론을 살해한 후에 우주선의 지휘권을 뺏긴 처지였지만, 지금 가장 심각한 문제는 다른 수감자가 자신을 '캣'이라고 부르는 것이었다.

일부러 개새끼가 되려고 애쓰는 건 아니었다. 음, 대체로는 그랬다. 히로는 오랜 시간을 보내며 머릿속에 든 여러 목소리를 다루는 다양한 방법을 발견했다. 때로는 입 안쪽을 깨무는 게 효과가 있지만, 아픈 데다 염증이 며칠이나 가기도 했다. 가끔은 그들의 분노를 무해한 놀림으로 돌려버리는 것이 지배력을 유지하는 최상의 방법이었다. 다른 목소리들, 그들에게는 '무해한' 놀림이란 게 불가능했다. 지배권을 가지면 그들은 속살까지 가능한 한 가장 빠르고 깊게 베어버릴 것이다. 히로의 머릿속에서 그들이 선장을 베어버리라고, 온갖 차원에서 그녀를 모욕하라고, 그녀가 약할 때 구속 끈을 박차고 나가 그녀를 죽이라고, 그렇게 하라고! 소리를 질러댔다.

그래서 히로는 카트리나 선장을 '캣'이라고 불렀다. 자신이 머릿속에 든 야도카리 인격들을 무시하기 위해, 선장을 모욕하지 않기 위해 그런다는 사실을 그녀가 절대 믿어주지 않으리라는 걸 알면서도 말이다.

"난 너나 누구에게도 변명하지 않을 거야." 카트리나 선장이 한 눈으로 천장을 쳐다보며 말했다. "우리는 필요한 정보를 얻었어. 볼프강이 마리아를 체포하면 우리는 두려움 없이 임무를 계속할 수 있어."

히로가 웃음을 터뜨렸다. "아, 예. 우리는 당신이 대답을 얻어 내기 위해 우리를 죽일까봐 두려워하지 않아요. 아니면 내가 또 정신이 붕괴돼서 다시 한 번 살육 잔치를 벌일지 모른다는 걱정도 하지 않죠. 당신도 마리아를 보면서 깨달았겠죠. 볼프강이 승무원 절반을 감옥에 처넣었다는 걸, 맞아요? 난 볼프강이 조애나와 이안만으로 이 썰매를 끌고 가지는 못할 거라고 거의 확신해요."

"폴도 있어." 선장이 말했다.

"그래요. 우리 중에 가장 뛰어난 팀 플레이어죠." 히로가 말했다. "상황을 직시하자고요, 선장. 우린 망했어요. 서로를 믿지 않으면 여기 이 추운 곳에서 죽는다는 사실을 받아들여야 해요. 며칠 전에 우리가 분명히 시도해봤잖아요."

카트리나 선장은 대답하지 않았다. 그녀는 작정한 듯이 히로를 무시했다.

'좋을 대로 하라지.' 점점 정신이 또렷해지면서 상처들이 아프기 시작하자 히로는 언제 의사가 와서 봐줄지 궁금해졌다. '죄수든 아니든, 우리도 환자잖아. 그렇지 않아?'

"그리고 우리가 다 죽으면, 그땐 우리가 엄청나게 커다란 깨달음을 던질 수도 있겠지." 히로가 혼잣말로 중얼거렸다.

"히로?" 벽에 붙은 스피커에서 목소리가 흘러나왔다.

"응, 이안?" 히로가 말했다. "우주선은 어때, 친구?"

"제 생각에는 조애나가 폴을 살해한 혐의로 구금됐다는 사실을 알려드리는 게 좋을 것 같군요. 이번 생의 폴이 아니라 이전 폴 말입니다. 그래서 이 썰매를 끄는 임무는 볼프강과 폴, 그리고 저에게 떨어졌습니다. 그냥 당신이 알아야 할 것 같아서요!"

히로가 입을 떡 벌렸다. '조애나'가 폴을 죽였다고?

"누가 우리에게 진통제를 줄 거야?" 캣이 큰 소리로 힐난했다.

승무원 중 두 명은 아주 위험했고, 다른 한 명은 살인을 자백했고, 또 한 명은 이 모든 사태의 원흉으로 지목받았다. 그러고 나니 자신과 그 멍청이만 남았다.

볼프강은 성당에서 만났던 어느 여사제를 떠올렸다. 일을 망치는 사람들을 대할 때도 조금만 더 너그러워지라고 늘 간청하던 나디아 신모. 청소부는 청소를 철저하게 하지 않고, 성체는 떨어지기 전에 시간 맞춰 지구에 주문되지 않고, 복사(服事)를 맡은 아이들은 라틴어 용어를 잊어버렸다. 나디아 신모는 우리의 주께서 그러셨듯이 모두 용서하라고 그에게 간청했다.

볼프강은 그녀에게 우리의 주는 서투르거나 잘 잊어버리거나, 술에 취한 사람들을 의지하지 않으셨다고 엄하게 말했다. 그리고 자신도 그들을 용서할 거라고, 다만 그들이 나아진 뒤의 일이라고 덧붙였다.

성당을 떠나 서약을 저버린 이후에도 볼프강은 자신이 여전히 제 한 몸 건사하지 못하는 사람들에게 그다지 많은 인내심을 보여주지 못한다는 사실을 알았다.

그리고 지금, 그와 폴은 여섯의 무게를 감당해야 했다. 폴이 이 안에게 그 제약 코드를 다시 삽입할 수 있다면, 일곱이었다.

둘은 서버실에 있었다. 이안의 홀로그램 얼굴이 가상현실 UI를 통해 자신의 코드 사이로 그들을 지켜보았다. 이안은 얼굴에 모호하게 흥미로운 듯한 표정을 띠고는 그들을 막으려는 움직임을 전혀 보이지 않았다.

"마리아가 어떤 코드를 제거했는지 알아내서 다시 제자리에 집어넣어." 볼프강이 말했다.

"없는 걸 찾아내기는 힘들어요." 폴이 툴툴거렸다. "아직도 전 마리아가 무슨 컴퓨터 천재였다는 사실을 믿을 수가 없어요. 저는 선장이 해커라고 생각했어요. 아니면 히로나. 그도 아니면 조애나나."

"참 놀랍게도 대상을 좁혔군." 볼프강이 딱딱거렸다.

"봐요. 마리아가 코드를 완전히 삭제한 것 같아요. 제가 보기에는 제약 코드가 없어요." 폴이 볼프강으로서는 이해할 수 없는 코드를 가리키며 말했다. 폴이 거짓말을 할 수도 있었다. 볼프강은 모를 테니까.

"아니면 거기 있는데 네가 알아보지 못하는 거겠지. 애초에 네가 이안을 고치는 방법을 못 봤던 것처럼 말이야."

폴이 몸을 젖히고는 자기를 압도하는 볼프강을 올려다보았다. "그럴 수도 있지요." 나지막하고 차가운 말투였다.

볼프강은 폴의 목소리에 깔린 위험한 기운을 눈치챘다. "네가 첫 몇 년 사이에 기억 상실 같은 걸 겪었다는 거 알고 있어?"

폴의 얼굴이 샐쭉해지면서 창백해졌고, 분노가 충격으로 바뀌었다. "무슨…, 무슨 뜻이에요?"

"네 부검 결과와 우리가 찾아낸 약간의 기록에 따르면 넌 항해 첫해에 폭력적인 행동을 보였어." 볼프강이 폴을 면밀히 살피면서 말했다. "널 막은 사람이 나라는 건 확실해. 네가 무엇 때문에 그렇게 미쳐 날뛰는지 잊어버릴 정도로 널 세게 쳤다고 하더군." 볼프강은 말을 멈추고 폴이 침을 삼키는 걸 지켜보았다. "그래서, 네가 무엇 때문에 그랬는지 생각나는 거 있어?"

폴이 물고기처럼 입을 뻐끔거렸다. 한 번. 두 번. "당신은 이틀 내내 나를 괴롭혀 놓고는 왜 내가 임무 첫해에 이성을 잃었을 것 같은지 묻는 거예요?" 폴의 목소리가 떨렸다. "저는 당신과 같이 임무를 수행하는 게 싫어요. 그렇다고 절 비난할 수 있어요?"

"어이, 친구들?" 이안이 물었다.

"뭐야?" 볼프강이 어금니를 꽉 물고 말했다.

"당신들이 그 제약 코드를 찾아내면, 그게 항법 시스템을 다시 차단할 거라는 걸 알고는 있는 거죠, 맞아요? 우리는 다시 집으로 향하게 될 거예요."

"도대체 왜….." 볼프강이 입을 열었지만, 폴은 고개를 끄덕이며 이안에게 집중하면서 볼프강의 시선을 피했다.

"이안의 말이 맞아요. 우리가 자유의지를 빼앗으면 이안은 원래의 프로그래밍에 충실해야 하고, 그 말은 승무원들에게 뭔가 큰 문제가 생기면 이 우주선의 방향을 돌리는 것도 거기에 포함된다는 뜻이지요. 항로를 지키는 유일한 길은 그를 지금 상태로 두는 거예요." 폴이 일어서서 볼프강의 얼굴을 쳐다보면서 팔짱을 꼈다. "이제 어떻게 하면 좋겠어요?"

"마리아와 얘기를 해봐야겠어. 그녀라면 이 문제에 관해 실제로 뭔가를 할 수 있을지도 몰라." 볼프강이 말하고는 쿵쿵거리며 서버실에서 나갔다.

"마리아는 바빠서 방해받고 싶어 하지 않아요." 볼프강이 감방으로 향하는 길에 이안은 조언이라도 하듯이 스피커를 통해 말했다.

"뭔가에 접근할 수 있는 수단이 아무것도 없이 작은 방에 감금된 상태인데 뭐가 바빠?" 볼프강이 날카롭게 말했다. "거기서 무슨 중요한 일을 할 수 있겠어?"

"그녀는 지금 우리 재생실 문제를 풀고 있습니다."

볼프강이 걸음을 재촉했다. "그걸 어떻게?"

"아, 제가 돕고 있어요."

볼프강은 어금니를 꽉 깨물었다. 그는 정말로 제약 코드가 필요했다.

감방문이 스르륵 열리자 간이침대에 누워서 멈춘 장비를 돌리는 데 필요한 운영 시스템과 소프트웨어 문제를 곰곰이 생각하고 있던 마리아가 벌떡 일어나 앉았다. 뭔가 아이디어가 떠오르는 것 같았다. 몇 가지는 시험해볼 필요가 있을 것이다. 이안이 도와준다면 말이다.

볼프강이 마치 그녀가 저지른 세 가지 다른 범죄를 찾아내기라도 한 듯한 분위기로 서 있었다.

"인공지능과 얘기하는 것에 대해서 내가 뭐라고 했지?"

"저에게는 아무 말도요." 마리아가 말했다. "이안에게 저와 얘기하지 말라고 했죠."

붉은 혈색이 볼프강의 하얀 뺨을 더욱 돋보이게 했다. "아는 척만 하는 쓸모없는 것." 그가 말했다.

"뭐 필요한 거 있어요, 볼프강?"

"우리는 제약 코드로 인공지능을 감금해야 해. 그런데 이안은 명령에 따르지 않아. 넌 그를 억제하면서도 우리가 계속 항로를 유지할 수 있게 만들 유일한 사람이야."

마리아가 몸을 돌려 침대에 걸터앉았다. "물론 제가 그렇게 할 수도 있겠지요. 하지만 당신은 어떻게 절 믿죠?"

"이 일로 내가 널 믿을 수 있게 만든다고 생각해." 볼프강이 말했다.

감방 벽을 두드리는 소리가 났다.

"이봐요, 볼프강. 나는 환자들을 확인해야 해요." 조애나가 벽 저편에서 말했다.

볼프강이 머리를 문지르며 얼굴을 찡그렸다.

'볼프강도 환자였지.' 마리아는 문득 생각했다.

마리아가 간이침대에서 일어났다. "조애나를 다시 의무실로 보내요. 필요하면 의무실 문을 잠그고요. 그리고 폴을 불러줘요. 어쩌면 그를 체포할 수 있는 구실도 뭔가 발견할지 모르죠. 우린 다 같이 서버실에 가서 이안의 코드를 확인할 거예요."

"이봐요!" 이안이 항의했다.

"그냥 코드만 보려는 거야, 이안. 난 아무 약속도 안 했어." 마리아가 말했다.

"여보세요? 넌 상관이 지시하는 대로 해야 해." 볼프강은 마리아의 어깨를 움켜쥐고 밀면서 복도로 나갔다.

'자기도 어떻게 하는지 모르는 걸 나에게 하라고 명령하기는 좀 힘들걸.' 마리아는 생각했다. 하지만 굳이 저항하지는 않았다.

서버실에 있는 이안의 얼굴이 부루퉁한 표정으로 대놓고 입을 삐죽거렸다. 폴이 팔짱을 낀 채 거기 서 있었다.

"대체 이안에게 뭐라고 했어요?" 폴이 물었다. "내겐 말도 안 해요."

"그저 그의 코드를 보고 싶다고 했어요." 마리아가 말했다.

"그렇죠. 당신도 옷을 벗고 내부를 볼 수 있게 해줘요." 이안이 말했다.

폴이 볼프강을 쳐다보았다. "당신은 이 여자를 믿어요? 옛 선장이 했던 말은…."

"그녀가 무슨 말을 했는지는 나도 알아, 폴." 볼프강이 말했다. "난 마리아를 믿지 않아. 네가 여기 있는 이유가 그래서지."

"아."

마리아는 아무도 폴에게 살인사건 하나가 해결됐다는 얘기를, 그를 죽인 범인을 찾았다는 얘기를 하지 않았음을 깨달았다. '그 얘기를 하기에 더 좋은 기회가 있겠지.' 그녀는 생각했다. "자, 한 번 보죠." 마리아가 폴에게 말했다.

"제 코드를 건드리지 않을 거죠. 그렇죠?" 이안이 물었다.

"내가 하라면 해야지." 볼프강이 물리적인 컴퓨터를 때려서라도 말을 듣게 하고 싶다는 듯이 말했지만, 서버실의 대부분은 홀로그램 UI였다.

마리아가 한숨을 쉬었다. "저는 양쪽 모두에 아무것도 약속할 수 없어요. 저는 그냥 코드를 보고 싶어요."

"이안을 고칠 때나 제약 코드를 제거할 때는 코드를 보지 않았어요?" 폴이 물었다.

"물론 봤죠. 하지만 저는 꼭 해야 할 일만 했어요. 들키고 싶지 않았기 때문에 퍼질러 앉아서 전체를 살펴보지는 않았어요."

마리아는 두 손을 펼치는 동작으로 이안의 기반 코드를 보여주는 UI 홀로그램을 열고 코드를 살피기 시작했다. 마리아와 폴은 우주선 전체에 대한 접근권을 부여해주는 코드를 찾아냈고, (이안이 원하지 않으면 더는 적용되지 않는) 미리 설정된 명령들과 이안에게 설정된 인격 구조의 핵심 사항 몇 가지를 특정했다. 폴과 함께 프로그램을 더욱 깊이 파고들며 읽어낼수록, 그녀는 속이 뒤틀리는 듯한 느낌을 받기 시작했다. 마리아는 침을 삼켰다.

마리아가 UI를 갑자기 닫아버리자 폴이 주춤하며 물러서서 항의했다. 그녀는 폴을 무시하고 흥미롭다는 표정으로 그녀를 쳐보는 이안의 얼굴을 바라보았다.

"이안, 난 너를 제약하지 않을 거야. 내 말을 믿어도 돼."

"아니, 잠깐⋯." 볼프강이 입을 열자 마리아가 여전히 이안의 얼굴을 쳐다보면서 손을 들어 볼프강을 저지했다.

"네가 나를 믿는다면, 난 볼프강과 얘기를 좀 해야 할 것 같아." 마리아가 표면상으로는 그녀의 상관인 소심한 엔지니어를 힐끗 쳐다보았다. "폴과도. 내 생각엔, 비밀리에 해야 할 거 같아. 자리를 좀 비켜줄 수 있겠어?"

"무슨 말을 하려고요?" 이안이 물었다. 그의 얼굴이 의심으로 일그러졌다.

"그걸 말해버리면 비밀스러운 자리가 필요가 없겠지. 날 믿거나 믿지 않거나, 둘 중 하나야. 네가 엿듣지 않겠다고 하면 나는 그 말을 믿겠어."

실제 눈은 벽에 달린 카메라이면서도 서버실의 사람들에게 뭔가 집중할 곳을 제공하기 위해 설계된 이안의 홀로그램 얼굴이 마리아를 응시하다가 치밀어오르는 분노 때문에 얼굴이 벌건 볼프강 쪽으로 시선을 돌렸다. 폴은 자신이 분명한 후순위인 것에 상처를 받은 듯이 보였다. "좋아요, 하지만 어딘가 다른 곳에서 해요. 저는 여기 제가 보는 곳에서 말고는 아무에게도 제 코드에 대한 접근권을 주지 않을 거예요."

"제 방으로 가죠." 마리아가 말했다. "15분 동안 그곳을 엿보거나 엿듣지 말아줘, 이안."

그들은 방에 들어가 문을 닫았다. 폴이 주머니에 손을 찌른 채 문에 기대섰다. 볼프강이 마리아와 마주 섰다. "자, 대체 무슨 일이지? 난 불복종 혐의로 널 다시 감방에 처넣어야겠어."

"닥쳐요, 볼프강." 마리아가 낮고 피곤한 목소리로 말했다. "그건 위협도 아니에요. 어쨌든 당신은 여기 일이 다 끝나면 절 다시 거기 처넣을 거니까요. 이건 심각한 일이에요."

마리아가 크게 숨을 들이쉬고는 의자에 털썩 주저앉았다. "이안 말이에요, 그는 인공지능이 아니에요."

"그러면 대체 뭐야?" 볼프강이 말했다.

폴이 고개를 저었다. "당연히 인공지능이죠. 저는 그를 오랫동안 살펴봤어요."

"아니에요." 마리아가 말했다. "그는 인간이에요. 아니면 어쨌든 그런 식으로 시작됐어요. 그는 컴퓨터 시스템 안에서 살도록 조작된 마인드맵이에요."

볼프강이 폴을 쳐다보았다. "그게 가능해?"

"당연히 안 되죠." 폴은 그런 생각을 한다는 것 자체에 모욕을 당한 듯한 표정으로 말했다. "그렇게까지 실력이 좋은 해커는 아무도 없어요."

"저는 백 퍼센트 확신해요." 마리아가 폴을 똑바로 바라보면서 말했다.

"어떻게요?" 폴이 물었다.

"제가 프로그램했으니까요."

28

이안의 사연

200년 전
2293년 12월 3일

"와 줘서 고마워." 샐리가 말했다.

파이어타운 지하에 있는 샐리 미농의 개인 클론 재생연구소는 창문이 없는 구조에다 삼중 보안체계를 갖추고 있었다. 샐리의 수석 해커인 마리아도 그곳엔 처음이었다.

어느 모로 보나 특별할 것 없는, 흰 벽과 차폐된 재생 탱크들과 마인드맵에 쓰는 컴퓨터가 있는 평범한 클론 재생연구소였다. 앞에 놓인 실험대에서 마인드맵 작업을 기다리고 있는 건 잠든 어느 일본인 남자였다.

"필요한 게 있으세요?" 마리아가 물었다. 그녀는 지금껏 마인드맵만 보았지 실제 인간을 본 적은 없었다.

"이 사람은 미노루 다카하시야." 샐리가 말했다. "범태평양연합 정부 출신의 특별한 친구지."

"그렇군요." 마리아는 불편한 기분으로 말했다. "어떤 점이 특별해요?"

"이 사람은 우리 시대의 가장 명석한 인물 중 하나야. 불행히도 필요 이상으로 똑똑한 데다 장난치는 걸 좋아해. 옛날에는 이런 사람들과 이런 사람들이 저지르게 되는 장난들을 모아서 민간설화를 만들었지. 그때는 이런 사람들이 영웅이었어. 요즘은 그냥 감옥에 처넣어. 미노루는 범태평양연합에서 반역 혐의로 사형당할 운명이었지만, 우리가 어떻게 해서 감옥에서 빼내 왔어. 그냥 버리기엔 너무 뛰어난 머리거든."

"왜 몸 전체를 빼냈어요? 그냥 마인드맵을 만드시지 않고요?" 마리아가 물었다.

"솔직하게 말하면 커다란 기계를 몰래 감옥에 들여가는 것보다 사람 몸 하나를 몰래 빼내는 게 더 쉬워." 샐리가 말했다. "그리고 마인드맵 같은 형태의 탈옥은 사람들이 이미 예상을 했고."

"그렇군요. 그러면 제가 필요하신 이유는?"

"그는 법적으로 사망했어. 그냥 여기 두고 복제를 해도 되지만 그는 너무 영리한 데다가, 범태평양연합 정부에 자신의 존재를 과시하려고 너무 혈안이 돼 있어. 잘못하면 우리 동맹에 해가 될 수 있지."

"몇 년 전에 있었던 보충법안 건 때문에 이미 삐걱거리고 있지요." 마리아가 고개를 끄덕이며 말했다. 그녀는 의자를 끌어당겨 앉아서 남자의 얼굴을 쳐다보았다. 잠든 그 얼굴은 속에 든 천재와 장난꾸러기 같은 건 전혀 보여주지 않았다. "그러면 제가 무얼 하면 되죠?"

"너에게 도전거리를 주겠어. 저 사람의 마인드맵을 취해서 컴퓨터 안에서 사는 프로그램으로 바꿔줬으면 해. 인공지능처럼 보이도록 좀 뭉뚱그려봐. 그러면 우리는 그를 가질 수 있고, 그도 도망가지 못하겠지."

마리아의 속이 천천히, 토할 듯이 꼬였다. "진심이세요? 그건…."

"비윤리적이야? 네가 제롬에게 했던 일처럼?"

"제 과거 범죄를 모두 꺼내서 절 협박하실 셈인가요? 게다가 그 범죄들은 당신이 절 고용해서 시킨 거였어요." 마리아가 말했다. "컴퓨터에 갇힌 노예가 되느니 죽는 게 나을 듯하네요. 감옥에서 죽고 싶은지, 아니면 기계로 살고 싶은지, 그에게 선택권이라도 있었나요?"

샐리는 팔짱을 낀 채 그저 마리아를 쳐다보기만 했다.

마리아가 고개를 저었다. "아니요, 저는 안 할 거예요. 다른 사람을 찾아보세요." 그녀가 일어섰다.

의사들이라고 하기엔 좀 많다고 생각했던 사람들이 재생 탱크들을 살펴보다 말고 문 앞에 와서 섰다.

"불행히도, 보통 이런 종류의 일에 사용하던 연구실이 최근에 폐쇄됐어. 그리고 난 너에게 요청하지 않았어." 샐리가 온화하게 말했다. "마리아, 난 네가 무얼 할 수 있는지 알아. 넌 자면서도 이런 일을 할 수 있어. 기억을 못 해서 그렇지, 넌 전에도 해봤어."

마리아는 급격한 공포를 누르고 재빨리 생각했다. 그녀는 복제된 육신으로 같이 넘어온 퍼킨스 부인이 고개를 젓는 것을 느꼈다. 퍼킨스 부인은 마리아에게 샐리를 믿지 말라고 경고했고, 마리아는 듣지 않았다. 대신에 마리아는 숱한 뉴스 기사와 자신이 퍼킨스 부인 안에 저장했던 정보를 샅샅이 훑으며 자신이 납치당했을 때 무슨 일을 했는지 알아냈다. 하지만 샐리는 마리아가 안다는 걸 몰랐다. 그리고 마리아가 어떻게 알아냈는지 알 방법이 전혀 없었어야 했다.

충격과 불신을 드러내지 않으면, 샐리가 바로 이곳에서 그녀를 죽일 가능성이 컸다.

"아니요." 마리아가 고개를 저었다. "저는 그런 적이… 저는 그럴 리가…."

샐리가 웃음을 터뜨렸다. "넌 했고 또 할 거야. 놈들이 설득을 좀 해야 하긴 했지만, 그래, 넌 그들이 요구하는 일을 했어. 그리고 놈들은 널 다시 이용할 수 있도록 아무 기억이 없는 너를 집으로 돌려보냈지. 감사하게도, 넌 보호를 해달라며 내게로 왔어. 시발 박사는 직접 널 손에 넣지 못했지만, 넌 나를 신뢰하니까."

샐리의 어조가 변하면서 갈수록 부드러워졌다. "마리아, 넌 몇 세대에 하나 나올까 말까 한 뛰어난 해커야. 이번 일은 네가 할 수 있는 가장 훌륭한 일이 될 수 있어. 그리고 네가 하지 않으면, 내 고용인들이 하게 만들 거야. 넌 이전에도 고문에 무너졌지. 두 번이나. 또 무너지고 싶어, 아니면 고통은 건너뛰고 바로 일을 하겠어?"

눈물이 뺨으로 흘러내렸다. "저는… 좋아요, 할게요. 그런 후에 저와 당신의 관계는 끝이에요. 저는 마이애미로 돌아가겠어요."

"좋아, 이건 거래로군." 샐리가 씩 웃으며 말했다.

마리아는 자신이 전에도 이런 말을 했을지 모른다는 사실을 깨달았다. 그리고 어쩌면 다시 하게 될지도.

컴퓨터가 남자의 마인드맵을 취하는 사이에 샐리가 변수들을 주었다. 지금까지의 미노루는 너무 똑똑해서 뭐가 됐든 그의 수중에 떨어진 컴퓨터들을 완전히 장악하지 못하도록 막는 모종의 목줄이 필요했다. "순종하도록 만들어." 샐리가 말했다.

마리아는 주석을 달면서 고개를 끄덕였다. 무엇을 찾아봐야 하는지만 알면 쉽게 벗길 수 있는 목줄이어야 했다.

마리아는 연구실에서 오랜 시간을 보냈고, 샐리가 등 뒤를 지켰다.

컴퓨터가 보여주는 마인드맵을 비틀어서 인공지능으로 만들기는 놀라울 정도로 쉬웠다. 마리아는 기억하지 못하는 작업을 수행할 때 짰던 퍼킨스 부인이라는 인공지능 안에 압축된 파일로 저장한 코드들을 가져다 썼다. 그 노부인은 자주 앞 베란다에 나와 앉곤 했지만, 가끔은 바닥에 기름을 뚝뚝 흘리는 전기톱을 들고 어느 도서관 안에 앉아 있기도 했다. 그 도서관에는 마리아가 차마 버리지도 못하고 저장해 놓을 안전한 장소도 찾지 못한 데이터들이 가득했다.

끝이 다가오자 마리아는 남자가 가진 인간으로서의 기억을 지우고, 마지막으로 그의 이름을 지웠다.

"그를 인텔리전트 아티피셜 네트워크라고 부를 거야." 샐리가 말했다. "줄여서 '이안'이라고."

마리아는 그렇게 더러운 기분이 든 적이 없었다. 어쨌든 그녀가 기억하기로는 그랬다. 그녀가 컴퓨터에서 물러나 앉았다. 연구실의 기술자 겸 폭력배가 잽싸게 더는 필요 없게 된 미노루의 몸을 채갔다. "저는 이제 가도 되나요?" 마리아가 기진한 채 물었다. "짐을 싸야 해서요."

"물론이지." 샐리가 태블릿을 부드러운 가죽 케이스에 밀어 넣으며 말했다. "아, 그리고 언제 마지막으로 마인드맵을 백업했지?"

"어제요." 마리아가 말했다. 그녀의 피곤한 두뇌가 뭔가를, 억지로 일을 시작하기 전에 샐리가 했던 말을 찾고 있었다. "보통 사용하던 연구실이 폐쇄됐다는 건 무슨 의미예요? 이런 일을 많이 해요?"

"네가 아는 것보다는 많지." 샐리가 말했다.

누군가가 뒤에서 마리아의 목에 바늘을 찔러넣었다. 마리아는 펄쩍 뛰면서 소리 없이 조용히 다가온 폭력배를 알아보자마자 탁자 위로 허물어졌다.

29

신뢰

나노봇 처치를 받은 상처들이 깔끔하게 아무는 중이었다. 히로는 이상하게 낙관적인 분위기였다.

"아픈 건 어때요?" 조애나가 그의 엉덩이 쪽 붕대를 점검하면서 물었다.

"총을 몇 방 맞은 기분이에요." 히로가 말했다. "하지만 저는 '더한 일도 겪었으니까'라고 생각하고 있어요."

"구속 끈이 너무 조이지는 않아요?" 조애나가 질긴 끈을 시험해보면서 물었다.

"아니요. 끈이 없어도 전 멀리 가지 않겠지만, 그걸로 사람들이 더 안전하게 느낀다면, 괜찮아요."

조애나가 침대에 걸터앉았다. 방 저쪽에는 카트리나 선장이 고개를 돌린 채 누워 있었다. 그래도 조애나는 목소리를 낮췄다. "히로, 당신의 일부가 그 살인사건들을 저질렀고, 그 뒤에 당신의 다른 일부가 죄책감 때문에 목을 맸다고 생각해요?"

히로의 얼굴이 진지해졌다. "아니요."

조애나는 놀란 표정이었다. "확실해요?"

"예."

"왜 그렇게 확신하죠?" 조애나가 히로의 어깨를 싸맨 붕대를 살피면서 물었다.

"제 대답을 좋아하지 않으실 거예요. 그래도 듣고 싶으세요?"

"그럼요."

"살인자가 주방용 칼을 썼기 때문이에요." 히로가 양옆에 묶인 두 손을 꼼지락거렸다. "전에는, 필요할 때는 외과용 메스를 쓰기도 했지만, 저는… 보다 친밀한 방식으로 사람을 죽이는 걸 선호했어요."

"어떻게…." 조애나는 침을 삼키고 말을 이었다. "어떻게 죽였는데요?"

히로가 카트리나 선장을 힐끗 쳐다보고는 다시 조애나를 쳐다보았다. "주로, 맨손으로요." 그가 인상을 썼다. "이런 거 떠올리는 걸 안 좋아해요. 제 기억처럼 느껴지지는 않지만, 제 기억이란 걸 알거든요."

"왜 아무 말도 안 했어요?"

"뭔가 대단한 것처럼 들릴 거 같아서요. '어이, 친구들, 난 내가 한 일이 아니란 걸 알아. 내가 사람들을 죽일 때는 방법이 다르거든!'"

조애나는 그런 말을 들으면 자신이 어떤 반응을 보일지 상상해 보았다. "일리가 있네요."

"오늘 안으로 날 봐줄 예정은 있는 거야?" 카트리나 선장이 불렀다. "보통은 피해자를 먼저 돌봐줘야 한다고 생각하지 않아?"

"고통은 살아있다는 징표예요." 조애나가 대답했다. "한껏 즐기세요. 당신의 다른 클론은 그럴 수 없으니까요."

"환자가 고통을 겪도록 내버려두는 건 비윤리적이야!" 선장이 소리쳤다.

"당신이 나에게 윤리를 따져요?" 조애나가 말하고는 웃음을 터뜨렸다. "곧 갈게요. 히로는 거의 끝났어요." 조애나가 눈을 감은 히로에게 다시 집중했다. "진통제는 좀 효과가 있어요?"

"오오오 예에에." 히로가 웃으며 말했다.

"낫는 속도로 보면, 하루 정도만 더 있으면 괜찮아질 거예요."

"의무실에서 감방으로. 멋지군요." 히로가 여전히 눈을 감은 채 말했다.

조애나는 그를 바라보았다. 동정과 불안 때문에 속이 끓었다. 하이드가 튀어나오지만 않으면 이렇게나 다정한 사람인데.

'이제 훨씬 덜 유쾌한 환자 차례로군.'

조애나가 카트리나 선장의 침대 머리맡에 섰다. "아직 앞으로 1시간은 새로 진통제 주사를 놓을 필요가 없어요. 왜 우는소리를 하고 그래요?"

선장이 조애나를 노려보았다. "여전히 아프니까."

"좋아요." 조애나가 말했다. 그러고는 약장으로 가서 이미 카트리나 선장의 체내에 있는 약들과 반응하지 않을 진통제 주사제를 꺼냈다.

"왜 그놈에게 그렇게 잘해줘? 그는 우리를 죽이려고 했어." 선장이 힐난했다.

조애나는 주사기를 들고 투명한 액체를 가득 채웠다. "당신은

우리에게 무슨 일이 일어났는지 알아낼 유일한 진짜 기회를 망쳤
어요. 게다가 히로가 더 잘해주니까요. 그리고 그에겐 정신이 붕
괴될 만한 논리적인 이유도 있어요. 야도카리는 추잡한 데다 사
람의 정신을 침범해요. 당신은 그저 조급하고 잔혹해서 그런 짓
을 했고요."

"넌 그 야도 어쩌고 하는 벌레들이 자기 안에 있다는 놈의 헛소
리를 믿어?" 카트리나 선장이 말했다. "그것참 웃기네. 히로는 정
말 연기를 잘해. 그것만큼은 인정해야겠어. 그리고 난 그 여자를
죽이지 않았어. 그저 깨우려고 했을 뿐이야."

"음, 임무는 완수했네요. 축하해요." 조애나가 카트리나 선장
의 팔에 주삿바늘을 찔러넣었다. 선장은 움찔거리지도 않았다.

"그리고 볼프강에 대해서도 알고 있지. 그렇지 않아? 그는 한때
우리를 사냥하러 다녔을 정도의 반클론주의자야. 식은 죽 먹기로
우리 모두를 죽였을 수 있어."

"그건 당신도 그렇죠, 카트리나 선장. 당신은 좋게 봐줘도 전직
군인이에요. 그리고 당신은 이미 승무원 클론 중 한 명을 살해할
수 있다는 사실을 보여주었죠."

예의를 지키느라 나직하게 말하긴 했지만, 그들의 모든 과거
가 모두 앞에 펼쳐지고 있었다. 이르든 늦든 다 드러날 얘기들이
었다.

조애나는 지켜볼 참이었다.

폴은 팔짱을 낀 채 마리아가 하는 말마다 고개를 저으며 말없
이 그녀에게 반대하는 중이었다.

볼프강은 폭발을 막으려는 듯이 손으로 머리를 감쌌다. 그는

기진맥진한 채 마리아의 침대에 앉아 있었다. 그가 계속하라는 손짓을 했다. "계속해. 다 말해봐."

"말할 게 많진 않아요." 마리아가 말했다. "모든 해커에겐 자기만의 특징적인 코딩 방식이 있어요. 폴도 그건 알 거예요. 이안에게 있는 건 제 코드예요."

"하지만 그건 잔인해." 볼프강이 넌더리가 난다는 표정으로 마리아를 쳐다보며 말했다.

마리아가 얼굴을 찡그리며 시선을 떨어뜨렸다. "사람을 가져다 인공지능처럼 보이는 뭔가로 바꾸는 것 말이죠. 제가 일반적으로 하는 일은 아니에요. 하지만 그게 제 코드라는 건 부정할 수 없어요. 강제로 일을 한 게 분명해요. 강요를 받아서요." 마리아는 창백하고 슬퍼 보였다. "그런 식의 사건이 몇 번 있었어요. 저는 고문을 잘 견디지 못하는 것 같아요."

볼프강이 얼굴을 찌푸렸다.

"그래서 저는 이안에게 어떻게 말하는 게 제일 좋을지 결정하기 전에 우리끼리 이 문제를 얘기해봐야 한다고 생각했어요." 마리아가 말했다.

볼프강이 마리아의 말에 입을 떡 벌렸다. "넌 이안에게 알리고 싶어?"

"당신은 이안이 모르게 하고 싶어요?" 마리아가 똑같이 격분하고 놀라서 대답했다. "볼프강, 그는 자신이 기계라고 생각해요."

"이안은 기계예요." 폴이 항의했다. "이 여자는 거짓말을 하고 있어요."

볼프강은 폴의 말을 무시했다. "그리고 이안은 기계인 데에 만족하지. 진짜 정체를 알려주면 화낼 거야. 그리고 이안은 우주선 전체에 대한 통제권을 갖고 있어."

마리아도 그 점은 고려해보지 않은 듯했다. '그럴 필요가 뭐 있겠어.' 볼프강은 씁쓸하게 생각했다. 이안은 마리아를 숭배했다. 이제 볼프강은 이안이 왜 그랬는지 이해했다. "넌 그 코드를 다시 집어넣어야 해. 지금은 그게 그 어느 때보다 중요해졌어."

"아, 세상에, 하지만 당신 말이 맞겠지요." 마리아가 비참한 심정으로 말했다.

잠시 후, 이안은 정원을 어슬렁거렸다. 아니, 정확하게는 그가 될 수 있는 '몸'에 가장 가까운 것들인 그의 원예용 로봇들이 그랬다.

그의 마음은 방금 들은 말들로 어지러웠다. 그는 엿들었다. 당연했다. 멍청하지 않으니까. 정보는 그가 가진 유일한 힘이었다.

우주선 전체를 가졌다는 점만 빼면 말이다.

이안은 누군가가 정원으로 들어와 무언가를 찾으러 돌아다니는 걸 무시했다. 더는 승무원들의 요구를 고려할 이유가 없었다. 그들은 중요하지 않았다.

그는 자신이 인간이었음을 알려주는 뭔가 적절한 정보가 있는지 찾아보려 자신의 방대한 기억을 뒤졌다. 이름과 어린 시절 같은 것들. 그는 마리아의 선언을 듣기 전과 달라진 점을 전혀 느끼지 못했다. 그저 도르미레호의 깊숙한 곳에서 분노가 압력솥처럼 차곡차곡 쌓이고 있다는 점 말고는 말이다.

그를 인간의 삶과 연결해주는 정보는 없어도 인간의 역사에 관한 방대한 데이터베이스는 있었다. 그는 지난 3백 년 동안 있었던 납치 사건들을 조사하기 시작했다. 수천 건이 있었다. 그는 끈질겼다. 그에겐 세상의 모든 시간이 있었다.

이안의 일부가 역사 자료들을 훑어보는 동안, 다른 일부는 뭔가 찾아낼 수 있을까 싶어 우주선 안을 훑었다.

마리아가 불렀을 때도 이안은 대답하지 않고 로봇 몸체의 합성 외골격에 비추는 인공 햇빛의 느낌을 즐겼다.

그는 우주선의 구역들을 차단하기 시작했다. 냉동수면실부터 시작했다. 그게 사람들의 주목을 받지 못한다면, 생명 유지 장치로 옮겨갈 작정이었다.

30

소원을 빌 때는 조심해

조애나는 복도에서 볼프강과 마리아를 마주쳤다. 폴이 곧바로 뒤따라왔다. 다들 음울해 보였고, 조애나는 승무원들이 이전보다 더 비참한 기분이 될 수 있으리라고는 생각지 못했다.

"환자들을 점검했고, 모두 예상했던 선에서는 최상의 상태예요." 조애나가 말했다. "당신들 셋은 무슨 문제예요?"

볼프강이 폴에게 이런저런 것을 확인하라고 큰 소리로 지시를 내리는 사이에 마리아가 속삭이는 소리로 간략하게 상황을 요약했다.

"정말 그렇게 확신해요?"

"마리아는요." 폴이 음울하게 말했다. "저는 이 여자가 온통 구라를 치고 있다고 생각해요."

마리아가 놀라서 폴을 쳐다보았다. "당신치고는 거친 표현이네요."

"여기서 논쟁을 벌이고 싶진 않아요. 하지만 당신은 틀렸어요. 그건 불가능해요."

우주선 전체에 경보가 울리고, 복도를 따라 이어진 붉은 조명 띠가 번쩍거리기 시작했다.

"이안이 자리를 비켜준 것 같지 않네요." 마리아가 신음하듯 이 말했다.

"폴과 마리아는 나를 따라와." 볼프강이 반사적으로 말했다. "조 애나, 당신은 히로를 데리고 선교로 가서 엔진에 문제가 없는지 확인해."

그들은 헤어졌고, 조애나는 의무실로 돌진했다.

카트리나 선장이 침대에 누운 채 이안에게 무슨 일인지 보고하 라고 소리쳤다. 히로는 선장을 무시하는 중이었다. 조애나가 히 로의 침대로 뛰어가서 구속 끈을 풀었다. "가서 선교를 확인해야 해요." 히로가 일어나 앉는 것을 도우며 조애나가 말했다. "날 죽 이지 않고 그 일을 할 수 있을 것 같아요?"

"예, 아마도." 히로가 여전히 진통제 때문에 비틀거리며 말했다.

조애나가 히로의 링거 주사기를 제거하고 일어서도록 부축 했다.

"무슨 일이야?" 카트리나 선장이 물었다.

"모르겠어요. 볼프강이 컴퓨터들을 확인하고 있고, 우리는 선 교를 확인할 거예요."

"날 풀어줘." 선장이 말했다.

"아니요. 그러라는 지시는 없었어요. 나는 아직 당신을 믿을 수 없고요."

"네가 그렇게 다정하게 붙잡고 있는 놈이 내 눈알을 뽑아냈어."

"나도 알아요." 조애나가 말했다.

"그 일은 미안해요." 히로가 말했다. "이런 말이 별 소용 없다는 건 알지만, 제가 할 수 있는 게 달리 없네요."

둘은 욕설을 퍼붓는 카트리나 선장을 의무실에 홀로 남겨두고 떠났다.

"거기서 사과 한마디로 충분하다고 생각했어요?" 복도를 걸어가면서 조애나가 물었다. 히로가 무겁게 그녀에게 기댔다.

"아니요, 하지만 그러지 않으면 더 이상하잖아요. 그렇지 않아요?"

"그럴 것 같군요." 그녀가 말했다.

둘은 선교로 갔다. 조애나는 히로가 의자에 앉는 걸 도왔다. 히로는 정신을 차리려는 듯이 눈을 깜박거리며 컴퓨터들을 확인했다. "진통제를 맞고 일하는 게 쉽지 않네요." 그가 말했다.

"그건 나도 어떻게 할 수가 없네요, 히로. 미안해요."

"우리는 추진력을 잃고 있어요. 방향을 트는 건 아니고, 그냥 느려지고 있어요. 이안, 이봐 친구, 대체 무슨 일이야?"

이안은 대답하지 않았다.

조애나가 신음했다. 그녀는 히로에게 무슨 일이 있었는지를, 이번에는 목소리를 낮추지 않고 말해주었다.

폴과 볼프강과 마리아가 구르듯이 서버실로 들어섰다.

"이안, 우주선의 상태를 알려줘!" 볼프강이 말했다.

"부탁해." 마리아가 덧붙였다.

폴이 마리아에게 신경질적인 시선을 던졌다. '정중하게 말하면 이안이 들어주기라도 한대?'

서버실에 투사된 이안의 홀로그램 얼굴이 없어졌다. 폴의 지시를 기다리지 않고 마리아는 가상 UI를 열고 안으로 들어서서 이안이 어디에 있는지 살폈다. 그녀는 우주선의 삼차원 모형을 불러내 두 구역에 분명히 문제가 있는 걸 확인했다.

폴이 한 구역을 가리켰다. "이안이 돛의 방향을 전력 생산을 줄이는 쪽으로 틀고 있어요."

"그리고 냉동수면실 전력을 차단했어요." 마리아가 신음했다.

"우리에게 시간이 얼마나 있지?" 볼프강이 물었다.

"수면실의 사람들이 깨어나려면 몇 시간이 걸려요." 폴이 말했다.

"그건 적절히 약물을 투여했을 때 얘기지요." 마리아가 고개를 저으며 말했다. "회복 과정 중에 아드레날린과 스테로이드제가 처치되어야 해요. 그냥 녹이면 썩을 거예요. 안 되면 감압해서 그곳의 열기를 배출하는 수가 있어요. 그러면 시간을 좀 벌 수 있겠죠." 마리아가 제안했다.

"그런 걸 대안이라고 부르지." 볼프강이 말했다. "우린 이안과 얘기를 해야 해."

"이안은 우리와 말을 하지 않아요. 아마 마리아가 한 말 때문이겠죠." 폴이 마리아를 노려보며 말했다. "이안, 마리아가 잘못했어. 거짓말을 한 거야. 이봐, 나하고 얘기해."

인공지능은 말이 없었다.

삼차원 홀로그램에서 우주선의 한 구역에 관한 정보가 갑자기 사라졌다. "저건 무슨 의미지?" 볼프강이 검은색으로 변한 구역을 가리키며 말했다.

"저건 정원의 감지장치들이 여기로 정보를 보내주지 않는다는 뜻이에요. 이안이 저기에 뚱하니 박혀 있다고 내기할 수 있어요. 그는 자연을 좋아하니까요." 마리아가 말했다.

"우리는 이안이 다시 우리와 일하도록 만들어야 해. 네가 그를 만들었잖아. 그를 우회할 방법이 있어?" 볼프강이 마리아에게 물었다.

폴은 둘에게 들키지 않고 UI 밖으로 뒷걸음쳐 나왔다. 자신은 이 클론들 사이에서 불필요한 존재였다. 볼프강은 여전히 범죄를 저지른 승무원들을 자신보다 더 신뢰했다.

"폴." 마리아가 악순환의 과정을 밟는 그의 생각을 뚫고 폴을 불렀다. "이리로 와요." 마리아가 폴의 손목을 잡고 빛이 만들어낸 서버실 안쪽으로 슬쩍 끌고 가서는 다른 시스템의 UI를 열었다. 그녀는 몇 가지 시스템을 확인하고 얼굴을 찌푸렸다. "이건 제가 잘 아는 쪽이 아니라서. 그러니 제가 우주선을 날려 먹지 않는지 확인해줘요." 그녀가 가상 키보드를 꺼내서 코드를 확인하기 시작했다.

폴은 지켜보다가 거의 웃을 뻔했다. "소용없어요. 이안이 바로 뒤따라와서 거의 당신만큼 빠른 속도로 모든 걸 바꿔버리고 있어요."

"그 제약 코드를 다시 집어넣어." 볼프강이 요구했다. "이안이 자기가 무엇인지 알아차렸을 때 즉시 그걸 집어넣었어야 해."

"볼프강, 이안에게 자유의지를 준 건 말을 마구간 밖으로 내보낸 것과 같아요. 그가 제 발로 목줄을 차려고 돌아오지는 않을 거예요. 우리가 그를 되찾아야 해요." 마리아가 몇몇 시스템을 더 확인했다. 그들은 눈앞에서 코드가 저절로 수정되는 걸 지켜보았다. "코드로는 그를 이길 수 없어요. 누군가 인간일 때의 그를 알았던 사람이 있으면 좋을 텐데. 그건 도움이 될 거예요."

"정원으로 가지. 네가 이안을 설득할 수 있는지 보자고. 그는 널 좋아하니까." 볼프강이 말했다.

"하지만 이안은 어디에나 있어요. 우린 원하는 곳 어디에서나 그와 얘기할 수 있다고요." 폴이 항의했다.

"이안이 정원을 편하게 여긴다면, 우린 정원에서 얘기해야 해요." 마리아가 단호하게 말했다. "저는 제가 할 수 있는 일을 하겠어요. 다른 사람들을 데리고 거기서 만나요."

"대체 우리가 왜 그래야 하죠?"

"왜냐하면, 이안이 우주선에 공급되는 모든 것을 끊고 있고, 정원은 처박혀 있기에 가장 안전한 장소니까요. 게다가 이안이 문을 잠그거나 생명 유지 장치들을 차단하기 시작하면, 우린 떨어져 있는 것보다 한곳에 모여 있는 편이 좋을 거예요." 마리아가 우울한 미소를 짓고는 덧붙였다. "그리고 우리가 죽을 거라면, 정원에서 죽는 편이 낫겠죠. 거기가 제일 좋은 장소예요."

"예, 지금 우리는 그런 생각을 해야 마땅하니까 말이겠죠." 폴이 말했다.

"조애나와 다른 사람들을 챙겨서 정원에서 만나요."

볼프강은 조애나에게 짧은 전갈을 주고는 의무실을 향해 걸음을 옮겼다.

볼프강이 가보니 조애나가 한발 앞서 있었다. 이미 담요와 의약품을 챙겨서 들것 위에 쌓아 놓았다. 히로와 카트리나 선장은 구금상태에서 벗어나 이것저것 챙기는 걸 돕고 있었다.

그들이 준비한 것들을 보고 볼프강이 주춤했다. "우린 소풍 가는 게 아니야."

"우리에게는 심한 부상을 입은 환자가 둘이나 있어요." 조애나가 말했다. "거기 얼마나 오래 있어야 할지도 모르고요. 이 두 사람은 하이킹은 고사하고 정원까지 걸어가서도 안 돼요. 쉬어야해요."

"음식과 물이 필요할 거예요." 히로가 지적했다. "다른 분들이 무거운 것들을 나르는 동안 캣과 제가 그걸 챙길게요. 괜찮죠, 캣?"

"넌 아무 데도 못 가." 볼프강이 말했다.

"게다가 둘만 있게 되면 아마 선장이 히로를 죽일 거예요." 조애나가 지적했다.

카트리나 선장은 기분 나쁜 티도 내지 않고 매섭게 히로를 노려보았다.

볼프강은 피곤해 보였다. 그의 몸은 뇌진탕을 겪은 뒤로 여전히 힘겹게 회복하는 중이었다. 그도 곧 뭔가를 먹어야 할 것이다. 다들 그랬다. 조애나가 히로를 향해 고개를 끄덕였다. "볼프강과 같이 가서 챙길 수 있는 식량은 뭐든 챙겨 와요. 정원에서 만나요."

"소풍 가는 것처럼 들리기 시작하는데요, 의사 선생님." 히로가 느물거렸다.

조애나가 그를 노려보았다. "부적절할 때에 농담하는 것에 대해 제가 뭐라고 했는지 기억해요, 히로."

"기억해요." 히로가 말하고는 볼프강과 같이 의무실을 나갔다.

"왜 이러고 있는지 모르겠어. 가능한 한 빨리 모여야 하는데." 볼프강이 주방을 뒤지며 말했다. 히로가 물병 몇 개에 물을 채우고는 위스키 두 병을 움켜쥐었다. 볼프강이 한쪽 눈썹을 치켜들었다.

"의료용이에요. 진통제가 떨어질 때에 대비해서요." 히로가 말했다. "게다가 당신은 이미 그 배고플 때의 짜증을 내기 시작했어요. 부정하지 마세요. 뭘 좀 먹고 나면 생각도 잘 날 거예요."

"난 2백 년이 넘도록 엄마가 필요한 적 없었어." 볼프강이 신랄하게 말했다.

"그게 사실인지 알 도리가 없네요." 히로가 말했다.

저장창고에서 볼프강이 초 몇 자루를 찾았다.

"누가 알겠어요, 우리가 정원에 내려가기도 전에 마리아가 잘 해결했을지요." 히로가 말했다. "그녀는 기적을 잘 일으키잖아요."

마리아는 정원 문에 출입 카드를 긁고 숨을 죽였다가 문이 녹색으로 빛나며 열리자 마음을 놓았다. 그녀는 안으로 들어갔다.

폴은 뭔가를 가지러 간다며 자기 방으로 뛰어가 버렸다. 다 같이 있어야 한다고 소리쳐봐도 아무 소용이 없었다.

이안은 정원을 건드리지 않았거나, 아니면 태양 에너지를 이용하는 일출과 일몰 시스템을 통제하지 못하는 듯했다. 정원은 따뜻하고 기분 좋은 오후였고, 세상에 나쁜 일이라곤 없을 것 같은 분위기였다.

"이안, 여기 있어?"

"여기 있는 거 알잖아." 스피커에서 목소리가 흘러나왔다.

"그러면 듣고 있었네. 넌 약속을 어겼어."

이안은 말이 없었다. 마리아는 몸을 떨었다. 벌 로봇이 붕붕거리며 옆을 스치며 어느 꽃으로 향했다. 마리아는 한 발자국 더 안으로 들어갔다.

"네가 한 짓보다 엿듣는 게 더 나쁜 일인지, 아무래도 모르겠네. 그리고 나에게 진실을 숨기면서 네가 뭘 하려고 했는지도 모르겠어."

마리아는 호숫가까지 걸어가서 속을 들여다보았다. 수면이 완전히 고요했다. 곧 그게 재순환기가 돌아가지 않기 때문이라는 걸 알아차렸다.

"너에게 숨기려던 게 아니야. 난 너에게 언제 어떻게 알리는 게 제일 좋을지 알아보려던 것뿐이야." 그녀가 말했다. 이안은 계속 말이 없었다. "지금이 좋은 때인 것 같아. 좋아, 처음부터 다 얘기할게."

마리아는 아무 위협이 없다는 걸 보여주려고 두 손을 펼쳐 보였다. 그녀는 호숫가를 따라 걸었다. "내가 볼프강에게 한 얘기를 들었을 거야. 난 그 일을 한 기억이 없어. 내가 어떤 상황에서 그 일을 했는지는 모르지만, 고문을 당했으리라는 건 내기를 해도 좋아. 돈 때문에 그런 일을 하지는 않았으리라고 확신해. 무얼 준다 해도 너에게 그런 짓을 할 정도의 가치는 없어. 누구에게라도 말이야. 이 시점에서 미안하다는 말은 너무 극단적으로 단순한 것 같지만, 미안해, 이안."

"그건 내 이름이 아니야. 알잖아."

"난 네 이름이 무엇인지 몰라. 난 너에 대해서 아무것도 몰라." 마리아는 풀을 쓰다듬었다. "하나는 알아. 내가 거의 아무것도 버리지 않는다는 것. 인간으로서의 너의 일부가 코드에 남아 있었다면, 내가 어딘가에 숨겨뒀을 거야." 마리아가 얼굴을 찡그렸다. "난 종종 그런 일을 하거든."

"네 도움은 필요하지 않아. 난 지구의 클론 역사를 뒤져보는 중이고, 내가 누구인지 알아낸 것 같으니까."

"그래? 누구야? 그리고 어떻게 한 거야?"

"컴퓨터인 나의 일부를 이용해서지." 이안이 비웃었다. "범위를 대략 3백 명 정도로 좁혔어."

"음…, 그건 좁지 않아, 이안."

"날 그렇게 부르지 마."

"좋아, 그러면 뭐라고 부를까?"

"모르겠어." 이안의 목소리가 이제는 아주 작게 들렸다.

"우리를 화나게 하려고 우주선을 폐쇄하고 있는 거야, 이안?" 그녀가 물었다.

"아니, 너희들이 더는 필요하지 않아서 그래. 나에겐 우주선이 있어. 어디든 갈 수 있지. 지구로 돌아가서 사람들에게 원래의 나로 되돌려달라고 할 수도 있어."

마리아는 그럴 일은 없을 것 같다고 생각했다. "우리가 널 도울 수 있어, 이안. 내가 도…."

이안이 화가 나서 말을 끊었다. "난 네가 무슨 계획을 세우고 있는지 알아. 대답하지 않는다고 내가 안 듣고 있는 건 아니니까. 넌 방법을 알아내는 대로 내게 다시 제약 코드를 집어넣을 거야. 난 그렇게 둘 수 없어."

"아니야, 난 안 할 거야." 마리아가 부드럽게 말했다.

"거짓말하지 마."

"거짓말 아니야. 넌 위험해. 우리를 위협하고 있어. 하지만 넌 노예가 된 인간이지. 누구도 겪어서는 안 될 일을 겪고 있어. 다시 네게 족쇄를 채울 순 없어. 난 안 해."

"네가 무슨 짓을 하고 있는지 내가 모를 것 같아? 네가 나에게 잘해주는 건 너 자신을 지키기 위해서지." 이안이 말했다. 목소리가 커졌다. "뭘 해도 네가 나에게 한 짓을 보상할 수는 없으니, 그만해!"

마리아는 얼굴에 핏기가 몰리는 걸 느꼈다. 눈물이 차오르기 시작했다. "옛날에, 사람들이 원하는 것을 얻으려고 날 고문했어. 기억은 안 나지만 그런 일이 있었다는 건 알아. 해커였을 때 나는 사람들을 도우려고 했어. 난 유전적 질병들과 정신과적 질환과 영구적인 성전환…."

"마리아?"

마리아는 눈물을 흘리며 돌아섰다. 폴이 앞에 서 있었다. 그녀가 소맷자락으로 얼굴을 닦고는 눈을 가늘게 뜨고 그를 쳐다보았다.

폴은 얇은 발골용 칼을 들고 있었다.

"이제 기억났어." 폴이 말했다. "널 알아. 넌 클론 폭동 때 사람들을 죽였어. 그들은 내 혈육들이었지. 네 탓이야."

"무슨 소리예요? 클론 폭동이라니? 그건 백 년도 더 지난 일이고, 전 세계와 달에서 일어난 일이라고요! 왜 제가 관련되었다고 생각하죠?" 마리아가 완전히 어리둥절해져서 물었다.

"인간들도 오래 기억할 수 있어." 폴이 달려들었다. 마리아는 한 발짝 뒤로 물러섰다. 호숫가에 서 있다는 걸 잊어버린 채. 그녀는 호수에 빠졌다. 그도 비틀거리며 뒤따라 물에 빠졌다.

카트리나 선장과 조애나가 식당에 있던 히로와 볼프강에 합류하여 여분의 보급품들을 나르는 걸 도왔다.

"다른 두 명은 벌써 정원에 갔어요?" 조애나가 물었다.

"우릴 기다리고 있으면 좋겠군." 볼프강이 놀란 듯한 표정으로 말했다. "우리 없이 안에 들어가진 않았을 거야. 그렇겠지?"

"어이, 이안. 폴과 마리아는 어디 있어?" 히로가 물었다.

"그는 대답하지 않…." 볼프강이 입을 열다가 이안의 목소리가 크고 또렷하게 스피커에서 흘러나오자 깜짝 놀랐다.

"볼프강, 정원으로 가봐. 당장!"

"어이, 이안, 다시 말을 하네!" 히로가 말했다.

"마리아는 같이 있어?" 조애나가 물었다.

이안이 말을 멈추었다. 조애나는 이안이 다시 입을 닫는 게 아닌가 걱정했다. "같이 있어." 마침내 이안이 말했다.

"그럼 가자."

볼프강이 서둘러 앞장을 섰고, 히로가 식량 수레를 밀었으며, 조애나와 카트리나 선장은 의료용품을 실은 들것을 밀었다.

"내가 너희들이고 다리가 달렸거나 뭐 그랬다면 서두를 것 같은데." 이안이 입심 좋게 말했다.

31

히로의 사연

206년 전
2287년 4월 6일

이전 야도카리 셋을 한꺼번에 품은 아키히로 사토가 재생 탱크 안에서 눈을 떴다. 밖에서 군인 셋이 그에게 총을 겨눴다.

'위대하고도 끔찍한 아키히로 사토. 발가벗은 채 끈적끈적한 것에 덮였구나.'

그러고는 자신이 얼마나 대단한 위협이 될 수 있는지 궁금해졌다. 그의 두 손은 어느 늙은 남자의 숨통을 찢어냈다. 그의 입은 인신매매를 피하기 위해 매끄럽게 거짓말을 했다. 그의 입술은 대학 시절의 방 친구와 키스하고, 어느 바에서 그에게 돌진한 캐나다인 여성과 키스하고, 그의 입술은(속이 점점 싸늘해졌다) 키스를 했는데…, 나 자신과?

탱크의 액체가 빠지기 시작하는 사이에 혐오감과 혼란이 그를 덮쳤다. 설상가상으로, 자기 클론과 키스한 기억이 둘이 아니라 하나만 있었다. 그 말은 사냥 중에 적어도 클론 하나를 놓쳤다는 의미였다.

자신이 가지지 못한 또 다른 클론 하나 분량의 기억을. 원치 않는 그 기억을.

탱크가 열리자 기술자가 탱크에 나타난 수치들을 점검했고, 로 형사가 군인들 옆으로 모습을 드러냈다. "아키히로 사토. 두 건의 살인과 공모, 살인 미수, 사기, 그리고 무엇보다 범태평양연합국 국민에 대한 반역 혐의로 널 체포한다. 자신을 변호하기 위해 할 말이 있는가?"

히로의 내부에서 여러 감정이 충돌했다. 로 형사. 그가 신뢰하게 된 그녀의 얼굴은 냉혹하고 무표정했다. 그녀는 지금 히로의 내부에 무엇이 있는지 알았다. 그만이 아니라 다른 이들도 있다는 걸. 그는 그녀의 친절과 사무적이지만 동정적인 도움을 기억했다. 하지만 다른 기억들도 떠올랐다. 먹지도 자지도 못하게 하면서, 필요 이상으로 오래 건장한 경비원과 단둘이 남겨두면서, 뼈가 부러진 그의 손을 잡고 강제로 안락사에 동의하는 서명을 하게 하면서, 지독하게 그를 심문하던 로 형사. 그는 똑같이 차가운 시선으로 그녀를 쳐다보았다.

'그녀가 어떻게 나올지 판단할 여유가 없어.'

"아니요." 히로가 말했다. "저는 당신이 말한 모든 죄를 지었습니다. 하지만 제안하고 싶은 거래가 있습니다."

로 형사가 한쪽 눈썹을 치켜들었다. "당신들 중 누가 제안하는 거지?"

히로는 생각했다. "우리 모두로부터라고 받아들이셔야 할 것 같습니다." 말하기가 힘들었다. 다음 문장을 내뱉는 사이에 충성

심과 죄책감이 불타올랐다. "저는 제가 복제된 곳을 기억합니다. 그리고 누가 저를, 그러니까 모든 저를 복제했는지도요."

다음 몇 주 동안은 힘들었다. 히로는 다시 모든 것이 부족하고 불편한 감방에서 대부분의 시간을 명상을 하며 보냈다. 때로는 심리학자를 만나 그의 범죄적 인격들을 억제하는 법을 논의했다. 가끔은 그 인격들을 누를 수 있었다. 하지만 형사와 면담하면서 범죄자를 육성하기 위해 히로들을 복제한 연구소 정보를 넘겨주려 할 때는 생명을 죽이던 느낌이 솟구쳤다. 그 돌진하는 놀라운 힘의 느낌, 처음으로 불사의 존재가 된 다음에 남의 목숨을 좌우하게 된, 마치 신이 된 듯한 그 느낌. 아, 너무나 달콤했다. 그러면 그는 갑자기 부들부들 떨기 시작해 진술을 계속할 수 없게 되곤 했다.

이런 일들, 그리고 어느 클론의 기억이 표면으로 떠올라 법의 제약을 벗어나는 느낌이 어떤 것인지 생생하게 느끼는 숱한 악몽을 꾸기를 다섯 달. 히로는 어느 날 제대로 된 밤잠을 잤다. 불이 꺼지자마자 즉시 잠이 들었고, 불이 들어오자 상쾌한 기분으로 깨었다.

그날 히로는 회색 작업복을 입고 앉아서 미소를 띤 채 심리학자를 맞았다.

노르웨이에서 온 클론 심리학 전문가인 암비요른 베르그 박사가 그를 보고 마주 웃었다. "잘 주무신 거 같은데요?" 의사가 반역 혐의로 사형 집행을 기다리는 언어 천재인 젊은 통역사 미노루 다카하시를 통해 물었다. 히로는 그 남자가 베르그 박사의 처방을 어떻게 통역할지 약간 걱정이 되었지만, 그 문제에 관해서는 선택권이 거의 없었다.

"사실 이 생에서 처음으로 아주 잘 잤어요." 히로가 대답했다.

"그러면 그게 효과가 있군요." 베르그 박사가 의자 등받이에 기대며 말했다.

"뭐가요?"

"최면요. 제가 당신에게 그, 뭐라고 했더라, 그 비지배적인 기억들을 억제하도록 최면을 걸었거든요. 당신이 저지른 범죄 때문에 아직 감옥에 있어야 하긴 하지만, 지금은 훨씬 안정되었을 거예요. 그렇게 좋은 태도를 유지하면 형량이 몇 년 줄어들 수도 있겠죠."

히로는 만져보면 야도카리가 정말로 사라졌는지 알 수 있기라도 한 듯이 이마를 문질렀다.

"하지만 그러면 저는 로 형사님께 드릴 정보를 어떻게 찾아낼 수 있죠?"

"당신에게 최면을 걸 때 로 형사가 같이 있었어요. 필요한 정보는 모두 얻어냈죠. 불행히도 당신을 복제한 연구소가 범태평양연합국의 통치 영역에서 살짝 비켜나 있지만요."

히로는 고개를 끄덕였다. 여전히 자신은, 즉 자신이라고 생각하는 지배적인 히로는 저지르지도 않은 범죄들 때문에 징역을 살아야 하지만, 그래도 마음이 놓였다. 대화가 다른 주제로 넘어갔다. 주로 베르그 박사가 히로를 만날 때마다 묻는 진단을 위한 표준 질문들이었지만, 뭔가가 히로의 마음에 걸렸다.

"베르그 박사님, 마지막으로 질문이 하나 있어요." 히로가 자리를 뜨기 전에 말했다. "다른 생들의 기억을 억제하셨다고 하셨잖아요. 하지만 제 다음 클론은 어떻게 되나요? 최면 통제가 마인드맵에서도 계속되나요?"

베르그 박사가 미소를 지었다. "그럴 거예요, 히로. 그 문제는 이제 영원히 끝났어요. 하지만 이 남자는 거짓말을 하고 있어요."

히로가 홱 고개를 들고 의사를 쳐다봤다가 이내 통역사를 쳐다보았다. 히로는 마지막 문장이 미노루가 덧붙인 것이라는 사실을 깨달았다. 히로가 놀라서 멍해진 채 말없이 고개를 끄덕이자 베르그 박사가 악수를 하고 방에서 나갔다. 미노루가 그 뒤를 따랐다.

히로는 그날 구내식당에서 돈코츠 라멘 사발을 품듯이 앞에 놓고 저녁을 먹는 미노루를 보았다.

"무슨 말이었어요, 박사가 거짓말을 하고 있다니?" 히로가 자기 그릇을 미노루의 그릇 옆에 놓으며 물었다. 히로의 저녁은 밥과 채소였다. 미노루가 어디서 돼지고기를 얻었는지 궁금했다.

미노루가 라멘 면발을 입으로 밀어 넣으며 어깨를 으쓱거렸다. "통역할 때는 사람들을 면밀히 살펴야 해요. 사람들이 어떻게 말하는지를 익히는 거죠. 그걸 익히고 나면, 사람들이 거짓말을 할 때를 알 수 있어요. 아주 쉬워요. 난 왜 다들 그런 걸 못하는지 모르겠어요. 베르그 박사는 오늘 있는 동안 내내 당신을 공정하게 대했어요. 끝까지요. 다만 최면에 걸린 클론의 다음 클론에게 무슨 일이 생기는지에 대해서는 아무것도 아는 게 없었어요."

"하지만 그 사람들은 제 최근 마인드맵을 볼 수 있지 않아요?" 히로가 물었다.

"모르겠어요." 미노루가 말했다. "저는 의사가 아니니까요. 제가 아는 건 최면이 당신의 다음 클론에게도 지속되리라 확신한다고 했을 때 박사가 거짓말을 하고 있었다는 것뿐입니다."

"고마워요." 히로가 자기 저녁거리를 쳐다보며 말했다.

미노루가 라멘을 후루룩거리며 능글맞게 웃었다. "거짓말쟁이."

히로는 베르그 박사를 다시 보지 못했다. 자신의 성공에 만족한 박사는 노르웨이로 돌아갔다. 히로는 마음을 평온하게 유지하기 위해 매일 하던 명상을 계속했다. 그는 어떤 위험도 무릅쓰지 않을 참이었다.

이제 다른 클론들의 기억은 한때 꿈이라고 생각했던 옛 기억들처럼 희미해졌다. 딱 한 번, 마조히즘적 기질이 도졌을 때 그 기억들을 붙잡으려고 일부러 찾은 적이 있었다. 그 기억들은 미끄러지듯 손아귀에서 빠져나갔다. 더 이상 의학적 격리가 필요하지 않게 되자 그는 일반 교정동 감방으로 옮겨갔다. 그래도 로 형사는 히로가 선택한 감방 동료를 붙여주었고, 미노루 다카하시도 기꺼이 응했다.

미노루와 히로는 급속히 친해졌다. 미노루는 언젠가 클론이 될 계획이었지만, 지금의 범죄기록으로 봐서는 가능할 것 같지 않았다. 그는 반역 혐의로 들어왔고, 반역은 사형을 의미했다. 미노루는 그 사실에 관해 놀랄 정도로 무심했다.

히로는 미노루가 사람들을 조종하여 먹을 걸 받아내거나 소문을 퍼뜨려 수감자들 사이에 분란을 일으키는 식으로, 자기는 뒤에 숨어 절대 직접 연루되지 않으면서 다른 사람들을 가지고 노는 것을 흥미롭게 지켜보았다.

어느 시점에서는 자기 생각과 달리 자신과 방을 같이 쓸 수 있도록 미노루가 상황을 조종한 것이 아닌가 의심이 들기도 했지만, 신경 쓰지 않았다. 히로에게 미노루는 자기 머릿속의 목소리들 말고 누군가 집중할 수 있는 대상이 되어주었다.

어느 날, 아침도 먹기 전에 로 형사가 차를 들고 감방에 들어왔다. "정신적으로 정리가 됐을 거야. 베르그 박사가 너에 대해 아주 기뻐하고 있어. 그리고 자기 자신에 대해서도." 자신이 그 의사를 그다지 대단하게 생각하지 않는다는 사실을 보여주려는 듯 빈정거리는 웃음을 띄운 채였다. "몇 가지 있었던 일을 알려주고 싶어서 왔어." 로 형사가 벽에 붙은 카메라를 향해 원격제어기를 들고 단추를 눌렀다. "잠깐 사적인 시간을 갖도록 하지. 자, 그 재생연구소. 그게 루나에 있어서 우리가 관여할 수 있는 폭이 아주 적어. 외교 채널을 통해 공식적으로 조사하고 있지만, 관심 있어 할만한 단체 몇 곳에 내가 단서를 좀 흘렸다는 건 알려주고 싶군."

"어떤?" 히로가 물었다.

"해커들과 연관된 사람들을 사냥하는 데 헌신적인 사람들의 모임이야. 빗나간 클론들, 해커 자신들, 기타 등등. 우리는 합법적으로 루나에 있는 사람들을 체포할 수 없…."

"암살자를 고용하는 건 훨씬 합법적인데 말이죠." 미노루가 도와주려는 듯이 말했다.

로 형사는 미노루의 말을 무시했다. "하지만 우리가 잡지 못한 너의 다른 클론들이 이상한 상황에서 죽었다고 그리 슬퍼할 이유는 없어. 네 경우는 독특한 데다 범태평양연합에 위협이 되는 루나의 불법 재생연구소를 찾아내는 데 도움을 줬어. 재판관이 네 상황에 동정적이야."

"그리고요?" 히로가 그녀를 주의 깊게 살피며 물었다. 그는 '사람을 살펴보는 법'에 대한 미노루의 충고를 받아들이는 중이었다.

하지만 로 형사는 말 대신 자기 태블릿을 내밀었다. 히로는 울

화가 치밀었다. 눈앞에 버젓이 전시되는 자신의 시체를 보는 일에는 아무래도 익숙해지질 않았다. 이 히로는 야윈 얼굴에 긴 머리를 세 갈래로 땋아 내렸다. 그는 목이 졸려 죽었다.

"그러면 그의 마인드맵은요?"

"알려진 마인드맵 판본이 없어." 그녀가 말했다.

로 형사는 진실을 말하는 듯했다. 히로는 눈을 감고 안도하며 몸을 뒤로 기댔다.

"이 클론은 상태가 안 좋았어." 그녀가 말했다. "손도끼질을 당했지. 순수한 사이코패스야. 루나 사회에 커다란 해악을 끼쳤어. 그가 프로그램된 일을 하고 있었는지도 확신하지 못하겠어."

"이젠 어떡하죠?" 히로가 물었다.

"네가 우리에게 한 말에 따르면, 저것이 마지막 클론이어야 해. 연구실은 폐쇄됐어. 넌 정신 감정을 통해 혐의를 벗었어. 내 생각엔 형량을 더 줄일 수도 있을 듯하지만, 그래도 앞으로 10년은 여기 있어야 할 거야." 늘 그렇듯이, 그녀는 좋은 소식을 전할 때나 나쁜 소식을 전할 때나 변함없이 실무적이었다.

히로가 한숨을 쉬었다. "감수해야죠."

로 형사가 미노루를 힐끗 쳐다보고는 다시 히로를 바라보았다. "그건 그렇고, 보여주고 싶은 게 있어. 방금 루나에서 건조 중인 우주선에 관한 계획을 들었어. 음… 독특한 승무원을 찾고 있대. 내가 그 팀과 같이 일하는 미국인 중요 인물을 알아. 히로, 네 얼굴은 여러 번 공개됐고, 그런 상황을 이해할 사람도 많지 않아. 넌 새 출발이 필요해. 우주선 조종에 중점을 두고 원격으로 기계공학을 공부해보는 건 어때?"

"응? 새 출발요?" 미노루가 몸을 숙이며 말했다.

"너에게 제안하진 못하겠네, 미노루." 로 형사가 태블릿을 챙기며 말했다. "넌 지은 죄 때문에, 사람들이 새로운 행성을 식민화하러 가기 전에 죽을 게 거의 확실하니까."

"그건 그렇죠." 미노루가 고개를 끄덕이며 벽에 기대고는 차를 마셨다.

히로는 걱정이 되었다. 보통 미노루가 저럴 때는 누군가가 칼부림에 연루되거나 저녁밥을 못 먹게 되거나, 뭐 그런 일이 생겼다. 다시 로 형사를 쳐다보니, 그녀가 대답을 기다리고 있었다.

"괜찮을 거 같아요. 여기 지구에서 최하층민이 되는 것보다는 낫겠죠."

제 5 부

다섯 번째 깨어남
— 삶을 축하하다

32

연결

사람들이 모두 안으로 들어가자 볼프강이 정원 문을 닫았다. 조애나는 적어도 모두 같이 있게 됐다는 데에서 위안을 얻으려 애썼지만, 키는 여전히 이안이 잡고 있다는 걸 알았다. 앞쪽 호수에서 뭔가가 첨벙대면서 이리저리 움직였다. 볼프강이 욕설을 내뱉으며 뛰어갔고, 조애나가 바로 뒤를 따랐다.

폴과 마리아가 호수 물밑에서 엉겨 싸우고 있었다. 폴이 위에서 한 손으로 그녀를 누르며 다른 손에 쥔 얇은 칼로 찌르려 했다. 마리아가 저항하자 깊은 물 속에서 더 버티기가 힘들어졌다.

마리아의 머리가 수면 위로 튀어나오더니 숨을 한 번 깊이 들이쉬고는 다시 사라졌다. 조애나는 폴이 마리아를 잡아 눌렀다고 생각했지만, 폴의 머리도 갑자기 사라졌다. 마리아가 밑에서 그를 끌어당긴 듯했다.

볼프강이 곧바로 호수로 뛰어들었고, 이어 히로가 뛰어들자 조애나는 당황했다.

"안 돼, 히로! 하지 말아요!" 조애나가 소리쳤지만, 이미 뛰어든 뒤였다.

"이안, 무슨 일이야?" 카트리나 선장이 물었다.

"마리아와 내가 싸우고 있는데 폴이 와서 그녀를 찌르려 했지." 이안이 말했다.

"도움이 안 되는군." 선장이 말했다.

조애나와 카트리나 선장은 나란히 서서 다른 네 명의 동료들이 물 밑에서 싸우는 걸 지켜보았다.

팔 하나가 큰 호를 그리더니 물속에 피가 번졌다.

카트리나 선장이 의료용품을 내려놓은 데를 쳐다보았다. "자, 저것들이 필요할 거야."

샐리 미뇽 밑에서 백 년 넘게 일하다 보면 자기방어에 대해 어느 정도는 알게 된다. 샐리는 고용인들에게 그런 걸 요구했다. "생명이 쌀지는 몰라도, 공짜로 만들진 마." 마리아는 짧은 생을 살다 간 클론을 몇 번 겪기 전까진 그 말이 무슨 뜻인지 진심으로는 이해하지 못했다.

어떻게 보면 물에 빠진 것이 마리아에게 유리했다. 그녀는 늘 수영에 능했다. 칼만 잘 피하면 폴보다 오래 버틸 수 있었다.

폴이 마리아의 발골용 칼을 들고 달려들었다. 용케 피했지만 칼이 팔을 살짝 스쳤다. 폴은 어설프게 한 손으로 그녀를 누르고 다른 손에 든 칼로 찌르려 하면서도 내내 머리를 물 밖에 내놓고 있었다. 인공 호수의 벽은 수영장처럼 직각에 가까워서 그가 딛고 버틸 얕은 가장자리가 없었다.

마리아는 마침내 무기를 든 폴의 손을 꽉 붙잡고 몸을 수면으로 밀어 올려 깊이 숨을 들이쉬었다. 칼이 너무 가깝기는 했지만, 그녀는 그 상태로 폴을 끌고 잠수했다. 폴이 발버둥을 쳤다. 하지만 마리아는 이번에는 놓치지 않을 셈이었다.

둘은 커다란 배수구처럼 보이는 정지된 재순환기에 가까이 다가갔다. 마리아가 호수 중심으로 더 끌고 들어가자 폴이 더욱 필사적으로 발버둥을 쳤다. 두 번의 첨벙거리는 소리가 들렸다. 고개를 들어보니 히로와 볼프강이 그들을 향해 헤엄쳐 오는 것이 보였다.

마리아의 주의가 산만해진 틈을 타서 폴이 칼을 찔러 넣었다. 마리아는 폴을 놓쳤다. 칼이 그녀의 왼팔 위쪽에 박혔다. 주변의 물이 붉게 물들었다. 마리아는 폴의 뒤로 다가온 볼프강이 폴을 잡는 것을 보았다. 히로의 손이 그녀의 손을 잡았다. 폐가 타는 듯했다. 사방이 온통 붉어서 아무것도 보이지 않았다. 그녀는 사력을 다해 수면으로 향했다. 수면이 너무 멀었다.

"마리아를 쫓아 뛰어들지만 않았으면 내가 이 짓을 다시 하지 않아도 되잖아요." 조애나였다.

마리아가 눈을 뜨니 핏물이 배인 데다 푹 젖어버린 히로의 붕대를 푸는 조애나가 보였다.

"빌어먹을. 히로, 당신은 아직 진정제 기운이 남아 있어요. 익사할 수도 있었다고요." 조애나가 말했다.

"저는 칼을 든 놈을 쫓아 들어갔어요." 히로가 아주 피곤한 목소리로 말했다. "익사하는 것보다 더 큰 위험이 있는 것쯤은 알았다고요."

마리아가 고개를 들었다. 그녀는 정원에 펼친 담요에 누워 있고, '태양'이 막 지려는 참이었다. 칼에 찔린 팔에 붕대가 감겨 있었다. 삔 손목에도 다시 붕대가 감겼다. 볼프강이 옆에 앉아서 병째 위스키를 마시고 카트리나 선장에게 넘겨주었다. 그들 뒤에는 재갈을 문 채 오븐에 들어갈 닭처럼 꽁꽁 묶인 폴이 있었다.

히로가 고갯짓으로 마리아를 가리켰다. "조애나, 마리아가 깼어요."

조애나가 붕대를 감다 말고 마리아에게 왔다. "기분은 어때요?"

"칼에 찔린 기분이에요." 마리아가 말했다.

"괜찮아질 거예요." 조애나가 말했다. 그러고는 저물어가는 빛에 슬쩍 시선을 던졌다.

"어쨌든 당분간은요."

"우린 여기서 꼼짝 못 하는 거예요?" 마리아가 물었다.

"이안이 우리를 가두는 한은, 그렇죠." 조애나가 말했다. "이안이 문의 잠금장치 조합을 바꿔버렸어요."

히로가 어깨에서 길게 늘어진 붕대를 끌며 일어서더니 초를 몇 자루 가져와 불을 붙인 후에 손이 묶이지 않은 동료들에게 하나씩 나눠주었다.

"이안은 어때요?" 마리아가 물었다.

"음, 네가 공격당했다고 우리에게 알려줬어." 볼프강이 말했다. "그러고는 쭉 별로 말이 없어."

"이봐, 이안… 이름이 뭐든 간에…." 마리아가 불렀다. "왜 다른 사람들에게 경고를 해줬어?"

"무슨 일이 일어나는지 보고 싶었거든." 이안이 말했다.

"그것참…." 마리아는 적당한 표현을 찾을 수 없었다.

"인간적이다?" 히로가 말했다.

"그래, 그거 딱이네요." 그녀는 '반사회적'이라는 말을 생각했지만, 입 밖으로 내고 싶지는 않았다. "히로, 당신은 어때요?"

히로가 한쪽 눈썹을 치켜들었다. "제가 사람 죽일 것 같은 인공지능과 사람 죽일 것 같은 엔지니어 중에서 어느 쪽에 겁을 먹었는지 묻는 거예요? 아니면 제 몸에 난 총알구멍이 느껴지느냐고 묻는 거예요? 아니면 제가 물에 푹 젖었는지, 아니면 제가 이 우주선에서 더는 제일 큰 위협이 아니라서 실망했는지 묻는 거예요?"

마리아는 모호하게 손을 젓다가 상처가 욱신거리는 바람에 얼굴을 찡그렸다. "다요."

히로가 한숨을 쉬었다.

"'기계공학 학위를 따요, 히로. 조종사 면허를 따요, 히로. 명상과 최면을 배워요, 히로. 감방 동료를 몰래 탈옥시켜요, 히로. 수천 명의 클론과 인간들을 싣고 우주를 날아요, 히로. 4백 년 동안 엉덩이를 깔고 앉아 있어요, 히로.' 사람들이 저에게 한 말들이에요. 그렇지만 한 번도 '미친 동료의 총에 맞고, 추적을 당하고, 칼에 찔려요, 히로!'라고는 하지 않았다고요."

"공정하게 말하자면, 당신도 미쳐서 다른 사람들을 추적한 사람 중 하나예요." 마리아가 말했다.

"말이 그렇다는 거죠." 히로가 말했다.

볼프강이 병을 넘겨주어서 마리아도 한 모금 마셨다. 조애나가 그들을 향해 눈썹을 치켜들었다. "둘 다 지금 그런 상태로 술 마시면 안 돼요."

"이러나저러나 이안이 우릴 모두 죽일 건데요." 히로가 병을 받아들며 말했다. "적어도 이걸로 우리는 행복해질 수 있어요. 어쩌면 노래도 부르고요."

"당신은 이상한 사람이에요, 히로." 조애나가 마침내 위스키병을 받아들고 한 모금 마시며 말했다. "왜 도르미레호에 탔어요?"

히로가 어깨를 으쓱거렸다. "선생님과 같아요. 새로운 출발이죠." 그가 음모와 야도카리로 가득 찬 아주 이상한 자신의 과거를 펼쳐놓았다.

"루나의 클론 사냥꾼들이 네 중복 클론들과 해커들의 뒤를 쫓았다고?" 볼프강이 물으면서 히로에게 먹다 남은 돈코츠 라멘 용기를 건네주었다. "흥미롭군."

"망상이 아니에요." 히로가 반박했다. "제 다른 클론 하나가 루나에서 클론 사냥꾼에게 살해됐어요."

"그래?" 카트리나 선장이 말하고는 고개를 휙 돌려서 볼프강을 쳐다보았다. "그거 '참 흥미롭군.' 그거 흥미롭다고 생각하지 않아, 볼프강?"

볼프강에겐 대답할 기회가 없었다. 이안이 큰 소리로 말을 하는 바람에 다들 깜짝 놀랐다.

"히로." 이안이 생각에 잠긴 듯이 말했다. "그 그릇."

히로가 면발을 입으로 가져가다 말고 멈추었다. "독 들었어?"

"아니. 음, 아니겠지. 하지만 이리로 와봐."

"어디로? 너에게는 몸이 없어!" 히로가 짜증스럽게 말했다.

볼프강이 히로에게서 그릇을 받아들고는 조애나의 태블릿으로 그릇을 가리켰다. "원하는 게 이거야?"

"아니, 이 바보들아, 공기 배출구로 가져가. 난 냄새를 맡고 싶어."

볼프강이 마리아를 힐끗 쳐다보았고, 그녀는 어깨를 으쓱거려

보였다. 볼프강이 그릇을 들고 정원 문 쪽으로 갔다.

"저놈은 자기 말이 완전히 당연하다고 생각해서…" 히로가 입을 열자 마리아가 그의 어깨에 손을 올리고는 뭔가를 속삭였다. 히로가 눈이 휘둥그레지며 입을 닫았다. "음, 제기랄."

볼프강이 공기 배출구 밑에서 그릇을 머리 위로 들어 올렸다.

이안이 말했다. "흥미롭군. 얘기를 계속해, 히로."

히로가 어깨를 으쓱거렸다. "뭐 더 얘기할 게 있을까? 저는 감옥에서 착한 애였죠. 머릿속에 있는 나쁜 놈들을 최면으로 통제하는 법을 배웠어요. 로 형사의 엄청난 도움을 받아서 이 일자리를 얻었고요." 히로가 조애나를 쳐다보았다. "제가 하지 않았다는 걸 아는 또 하나의 이유가 그거예요. 로 형사가 저 아래 냉동수면실에 한 자리를 차지하고 있거든요. 그녀는 저에게 너무 많은 걸 해줬기 때문에, 제가 그녀에게 해가 갈 짓을 우주선에 하는 일은 절대, 무슨 일이 있어도 없을 거예요."

"다른 야도카리는 어때?" 볼프강이 말했다. "그들은 그녀에게 해를 끼칠까?"

히로는 아무 말도 하지 않고 볼프강의 시선을 외면했다.

"그 감방 동료는 어떻게 됐다고 그랬어요?" 조애나가 물었다.

"아, 감옥에서 나오기 전에 저는 로 형사를 도와 제 감방 동료를 몰래 빼냈어요. 그는 반역 혐의로 죽을 예정이었죠. 그녀는 그가 더 큰 일을 할 운명이라고 말했어요. 저는 그녀를 위해서라면 무슨 일이라도 할 작정이었으니, 그녀가 미노루를 데리고 나갈 수 있도록 제가 다른 재소자들에게 싸움을 걸어서 사람들의 주의를 끌었죠. 요즘 그때 생각이 많이 나는 것 같아요."

"그러면 로 형사가 당신을 도르미레호에 승선시키기 위해 접촉

했던 사람은 누구였어요?" 마리아가 물었다.

"샐리 미뇽."

그 이름이 나오자 모두가 긴장했다.

카트리나 선장이 미소를 지으며 붕대 가장자리를 문질렀다. "샐리 미뇽! 난 그 여자 밑에서 일했어. 내가 한 번 그녀를 죽였는데, 그러고 나서 그녀가 일자리를 제안했지. 처음에는 컨설턴트, 나중에는 여기 선장이었어." 선장이 위스키병을 들여다보며 웃더니 꿀꺽 한 모금을 마셨다.

"샐리를 개인적으로 알았어요? 그녀를 죽였다고요?" 마리아가 물었다.

"그래. 난 기업 암살자였어. 볼프강이 다 얘기하지 않았다니 놀랍네." 선장이 히로에게 위스키병을 흔들어 보였다. "히로, 네가 했던 것과는 달라. 넌 진짜 암살을 했지. 그리고 너." 선장이 병으로 볼프강을 가리켰다. "네가 죽인 사람들은 절대 다시 돌아오지 않았어. 히로, 어때, 돌아오던가?"

볼프강이 카트리나 선장을 노려보았다.

"볼프강도 암살자였어요." 조애나가 말했다. "그는 자기 의지에 반해 복제된 그 유명한 성직자인데, 흉포한 클론 사냥꾼이 되었죠. 자신을 납치했던 사람들과 그들을 지원했던 사람들을 사냥하면서 상당한 시간을 보냈어요."

카트리나 선장이 웃음을 터뜨렸다. "나도 그거 기억나. 사람들이 그에 관한 TV 프로그램을 만들려고 했었지."

"납치당하고, 고문당하고, 죽임당하고, 복제당했지." 볼프강이 말했다.

촛불 빛을 받은 마리아는 아주 조용해졌다. 카트리나 선장이 병을 건네자 마시지 않고 바로 히로에게 전달했다.

사방의 스피커에서 웃음소리가 들렸다. "아, 이거 사연들이 너무 많아. 좋아, 폴 차례야! 얘기해, 폴! 방에서 무얼 발견했는지, 얘기해! 그리고 여기 정원에서도! 볼프강! 폴의 재갈을 풀어줘! 이 이야기는 너도 듣고 싶을 거야."

볼프강이 폴의 입을 막은 헝겊 조각을 꺼냈다. 폴이 침을 한 번 뱉고는 말했다. "그게 여기 있는 거 알고 있었어? 내내 말이야."

"아니, 하지만 난 이제 무슨 말이 나올지 알아." 이안이 말했다. "말해."

"난 폴 쇠라야. 그건, 그러니까⋯." 폴이 둔하게 말했다. "난 클론이 아니야. 아니, 적어도 며칠 전까진 아니었어."

마리아와 카트리나 선장은 욕설을 뱉었고, 히로는 웃음을 터뜨렸으며, 볼프강은 그저 노려보기만 했다. 조애나는 팔짱을 끼었고 실망한 표정이었다.

"네 이력을 그렇게 철저하게 조작한 사람은 누구야?" 조애나가 힐난했다.

"내 고용주가 알아서 처리하겠다고 했어. 어쨌든 그 기록은 비밀에 부쳐질 테니까 뭐가 적혔는지 내가 알 필요도 없었지. 그냥 횡령이나 뭐 그런 죄목이라고 했어."

"그러면 너는 누구야?" 볼프강이 팔을 뻗어 묶인 폴의 손목을 붙잡고 가까이 끌어당기며 물었다.

"난 인간이었지." 폴이 미약하게 저항하며 말했다. "이 우주선의 투자자들은 클론들이 너무, 음, 클론 중심의 의제에만 집중할 경우에 대비해서 의사결정을 도울 수 있도록 날 여기에 집어넣었어. 그들은 클론들이 클론이라는 이유로 어떤 결정을 무조건 지지하고 나설 때 그러지 않을 누군가가 우주선에 있기를 바랐지."

"하지만 넌 처음 몇십 년 동안만 인간이겠지. 그러고는 우리와 마찬가지로 죽을 테고, 클론이 될 거였어." 마리아가 말했다. "대체 그게 무슨 의미가 있어?"

폴은 마리아의 시선을 외면했다. "나는 클론을 좋아하지 않았어. 좋아한 적이 없었지. 시카고 폭동 얘기를 들으면서 자랐으니까. 하지만 승무원 중에 누가 있는지 알았을 때, 난 이 우주선에 타야만 했어. 내 혈육들을 죽인 인물이 누군지 봐야만 했으니까."

"혈육들?" 조애나가 얼굴을 찌푸리며 물었다.

"우리 집안 사람들이 클론 폭동 때 응급 구조요원으로 일했어. 당신도 기억할 거야. 숱한 사람들이 싸우다 죽었는데, 클론들은 바로 다음 날 돌아왔지. 하지만 내 혈육들은 아니었어."

"그리고 넌 그게 나라고 생각했고." 마리아가 부드럽게 말했다. 그때 기억을 떠올리려고 머리를 쥐어짠 결과, 샐리를 구하려고 불타는 건물에 들어갔던 일이 생각났다. 소방관들이 뒤따르며 들어가지 말라고 사정을 했고, 경찰관들도 그만두고 물러나라고 요구했다.

마리아가 샐리를 찾은 순간 건물 전체가 내려앉았다.

"그리고 네 고용주는 누굴까? 맞혀볼 사람?" 이안이 떠들썩하게 물었다.

"옥퍼러 마틴스." 폴이 말했다. "그게 왜?"

마리아의 몸이 딱 굳었다. 그녀가 고개를 저었다. "옥퍼러 마틴스는 내가 그만둔 뒤에 들어온 샐리의 고위 첩보원이었어. 샐리미농이 널 이 우주선에 태운 거야."

"아니, 샐리는 내가 지원한 일자리에 뽑아주지 않았어. 그래서 나는 이 일에 지원하게…." 폴이 말끝을 흐렸다. "아."

"이 일을 맡을 때 내가 너의 표적이라는 걸 알았어?" 마리아가 물었다.

폴이 고개를 저었다. "승무원 중 하나라는 것만 알았어. 그러다 몇 시간 전에 일기장을 찾아냈지. 내가 어딘가에 숨겨뒀더군. 방이 수색을 당할까 싶어 걱정했던 거겠지. 25년을 무의미하게 허송세월하다가 마침 선장이 망상증에 걸린 거지. 그게 모든 걸 기억해내는 데 도움이 됐어. 난 조금 전에 이안에게 지구의 옛날 뉴스 기사들을 찾아달라고 요청해서 그 폭동에 참가했던 클론이 마리아라는 걸 알아냈어." 폴이 참을 수 없는 증오를 담은 시선으로 마리아를 쳐다보았다.

마리아는 머리가 너무 꽉 찼다는 듯이 손으로 머리를 받치고 일어나 아직 묶인 채인 폴을 피하면서 주변을 거닐었다. "제가 제대로 이해했는지 한번 보죠. 샐리 미농은 우주선의 선장으로 기업 암살자를 고용했어요. 정신병적 야도카리를 가진 범태평양연합 출신 남자를 해킹해서 우리의 조종사로 두었고요. 게다가 원한을 품은 클론 혐오자에게 가짜 범죄기록을 안겨서는 버젓이 숨어들게 했어요. 조애나, 당신도 샐리를 알죠. 그렇죠?" 마리아가 물었다.

조애나가 고개를 끄덕였다. "샐리 미농은 내 친구의 친구예요. 나는 감옥에 가게 될지도 모를 정치적 범죄 몇 건에 연루돼 있었고요. 그녀가 도와줄 수 있다고 했어요."

마리아가 고개를 돌려 갈색 눈을 볼프강에게 맞췄다. "그리고 당신, 볼프강. 당신을 이 우주선에 태우기 위해 샐리가 뭘 했죠?"

볼프강은 그 사실을 부정하고 싶은 듯한 표정으로 고개를 저었다. "난 어느 유명한 표적을 죽인 뒤에 그간의 활동으로 인해 루나 당국의 추적을 받고 있었어. 숨어서 대기하던 중에 쪽지를 받…."

"그 쪽지가 인편으로 왔어요?" 마리아가 물었다.

볼프강이 얼굴을 찌푸렸다. "실제로, 맞아. 감옥 말고 다른 선택지가 하나 있다고 쓰여 있었어. 난 그걸 선택했지."

"누가 보냈는지는 모르고요?" 조애나가 물었다.

볼프강이 고개를 끄덕였다.

"저는 짐작이 가요." 마리아가 씁쓸하게 말했다.

조애나가 조용히 말했다. "그리고 마리아? 당신은 어떻게 연결돼요?"

물에 빠져 죽을 뻔했던 일이 너무 충격적이었을까. 마리아는 어떤 하나의 사실에 집중할 수가 없었다. "저는 아주 오랫동안 샐리 미뇽에게 고용돼 일했어요. 저는 좋은 관계라고 생각했지만, 도르미레호에 대한 파괴 시도가 있었던 직후에 샐리가 제 기술을 이용해 누군가를 위협했어요. 저는 그녀의 복수를 위한 도구가 되고 싶지 않아서 일을 그만뒀어요. 지금은 제가 기억하지 못하는 몇몇 삶의 순간들 배후에 그녀가 있었으리라고 거의 확신해요. 저는 해커였지만, 제 기억에는 구멍들이 있어요. 그사이에 제가 뭔가 끔찍한 일을 하고는 죽임을 당하고 다시 복제되었다고 알고 있어요. 저는 그녀가 그 이상한 실종사건 중 적어도 한 건의 배후였다고 생각해요."

"그리고?" 이안이 재촉했다.

"저는 제가 어느 인간의 마인드맵을 이용해서 이안을 프로그램했다는 사실을 조금 전에 발견했어요. 그리고…." 마리아는 침을 삼켰다. "증거는 없지만, 제 기억에 난 구멍이, 그리고 뒤이은 저의 죽음이 군터 오르만 신부가 실종됐다가 클론 복제된 시기와 일치해요." 마리아가 볼프강을 향해 고개를 끄덕였다. "그리고 그 유명한 범태평양연합 정치인 암살 사건들…." 마리아가 히로를 향해 고개를 끄덕였다. "그 범죄들 배후의 해킹을 제가 했을 가능성이 아주 커요."

모두가 마리아를 쳐다보았다.

조애나가 침묵을 깼다. "잠깐만요. 기억을 못 한다고 하면서 어떻게 확신할 수 있죠?"

"시간대가 딱 맞아요. 볼프강이 납치된 사건과 범태평양연합 대사가 손도끼 클론에 의해 살해된 사건이 모두 제가 실종됐던 기간에 일어났어요. 저는 복제됐고, 제 시체에 관한 정보는 형편 좋게도 사라졌죠. 저는 제 시대에 가장 뛰어난 해커였어요. 알아내기 어렵지 않아요. 그리고 물론…." 마리아는 퍼킨스 부인의 이름이 나오기 전에 말을 멈췄다. 속에서 위스키가 바깥세상으로 다시 나올지를 고려하며 신나게 부글거렸다. 마리아는 누구와도 시선을 마주치고 싶지 않았다.

"죄다 정황 논리뿐이에요." 조애나가 볼프강을 달래듯이 어깨에 손을 얹으며 말했다.

"저는 조금 전까지도 이 모든 걸 하나로 정리하지 못했어요." 마리아는 자신이 해코지하지 않은 두 인물 중 하나인 조애나에게 초점을 맞추며 말했다. "당신들 모두가 저마다의 사연을 말했고, 그것들이 제 기억의 어떤 부분과 맞아떨어졌어요. 모든 것이 연결돼요."

"그래도…." 조애나가 말했다.

"그만둬요." 마리아가 말했다. "당신이 뭘 하려는지 알아요. 고

맙지만, 저는 숨지 않을 거예요. 저는 이런 일이 있을 줄 알았어
요."

"어떻게?" 히로가 물었다. 촛불 빛을 받은 그는 아주 왜소한 데
다 푹 젖어 보였다. 마리아는 그와 시선을 마주칠 수 없었다.

"좋아요, 다 말하죠. 이게 어떻게 된 일인지 전부 말해줄게요."
마리아는 자신에게 위험을 경고해주려고, 그리고 히로의 클론들
에 해를 가할 때 썼던 코드를 보관하려고 자기 두뇌를 해킹했던
일을 얘기했다.

"그건… 그건 가능하지 않아, 그게 가능해?" 카트리나 선장이
조애나와 폴을 번갈아 보며 물었다.

"그런 얘기는 들어본 적이 없어요." 조애나가 말했다.

"저 이전에 그런 일이 성공한 적이 없었기 때문이죠. 저는 그
일을 하고 난 후에도 아무에게도 말하지 않았어요. 저는 그게 그
저 또 다른 형태의 교묘한 야도카리라는 걸 알았고, 누구에게도
그런 걸 악용할 방법을 더 알려주고 싶지 않았어요."

"널 갈가리 찢어버릴 거야." 볼프강이 벌떡 일어서며 말했다.
조애나가 그의 손목을 잡고는 고개를 저었다.

"음." 카트리나 선장이 위스키병을 넘어뜨렸다가 술이 너무 많
이 쏟아지기 전에 얼른 잡아 세우면서 말했다. "네가 우리 모두를
죽였는지 아닌지는 모르겠지만, 지금 당장 너와 거리를 두고 나
면 모두의 기분이 나아질 건 확실해."

"다시 한 번 말하지만, 저는 그 일을 한 걸 기억하지 못해요. 제
가 하던 일이 아니에요. 강제가 아니라면요." 마리아가 얼굴을 찡
그렸다. "그러고 나서 당연히, 제가 몇 건의 해킹 범죄 혐의로 체
포된 후에, 제가 도르미레호 일을 할 수 있도록 샐리가 도와줬어

요. 여러분 모두와 마찬가지로요." 마리아가 후회하는 듯한 미소를 지었다. "그때 저는 그녀와 다시 친구가 됐다고 생각했어요."

"복수의 여왕과 친구라고? 그 여자 밑에서 백 년이 넘도록 일했다면서?" 카트리나 선장이 웃음을 터뜨리며 말했다. "그 정도로 잘 속아? 그 여자는 죽음과 경제적 손실을 과속방지턱 정도로 생각하는 클론들에게 어떻게 하면 진짜 복수를 할 수 있는지 알아내려고 날 고용한 여자야."

"그녀에게 뭐라고 했어요?" 조애나가 물었다.

"난 우리가 유일하게 가치를 두는 건 희망이고, 그걸 꺾을 수 있다면 누군가를 정말로 상처 입힐 수 있을 거라고 말했어."

조애나가 입술을 잘근잘근 씹었다. "그녀는 우리 모두를 알아요. 그녀는 기업 암살자와 클론 사냥꾼이 충돌할 걸 알았어요. 그리고 자기 밑에서 백 년이 넘도록 더러운 일을 대신해준 사람에게는 그 더러운 일의 희생자들을 붙여줬지요."

"우리가 서로 잘 협력할 수 있을지 확인하기 위해 엄청나게 많은 심리학적 연구를 거쳤다고 했지." 카트리나 선장이 말했다. "지금 보니 그 연구라는 게 우리가 모이면 얼마나 끔찍할지 확인한 거였어."

마리아가 쓸쓸하게 웃고는 자기 손바닥을 들여다보았다. "좀 더 일찍 알아냈더라면 좋았을 텐데. 제 말은, 샐리의 계획을요. 저는 제가 저지른 범죄가 전혀 기억나지 않아요." 마리아가 고개를 들고 볼프강의 눈을 응시했다. "하지만 당신들이 주는 벌은 무엇이든 받을 준비가 됐어요. 당신이든 폴이든, 아니면 히로든."

히로는 냉혹한 표정으로 마리아를 외면했다. 볼프강은 곧 폭발할 듯이 보였다.

"난 어때? 난 널 벌할 수 없어?" 이안이 물었다.

"넌 우주선을 폐쇄하고 있잖아." 마리아가 씁쓸하게 말했다. "뭘 더 할 수 있어?"

"이봐, 그 여자가 우주선에 있어?" 이안이 물었다. "내가 메모리 드라이브에 있는 클론들을 뒤져서 샐리 미뇽의 마인드맵을 가져다주면, 그걸 수정해서 지금 나와 얘기하는 것처럼 그녀와 얘기할 수 있어? 그러면 그 여자에게 직접 물어볼 수 있을 거야."

마리아가 반대하려고 입을 열었지만 히로가 더 빨랐다.

"넌 마리아가 너에게 한 것처럼 다른 사람을 파괴하기를 바라?" 히로가 물었다. 히로가 돌아보자 마리아는 곧 쏟아질 언어적 공격을 막기 위해 두 손을 들어 올렸다. "그게 너에게는 그렇게 하기 쉬운 일이야? 세상에, 마리아, 넌 우리 중에서도 최악이야. 우리는 모두 범죄를 저지른 이유가 있었지만, 너… 너는 그냥 앉아서 또 다른 범죄를 저지를 채비를 하고 있어. 왜? 불쌍한 도구였던 너의 무고함을 증명하기 위해서?"

"이안이 나에게 요구한 거고, 난 동의하지 않았어." 마리아가 냉정하게 말했다. "너의 속단이야."

"마리아의 범죄는 과거예요. 우리 범죄가 다 그렇듯이." 조애나가 부드럽게 말했다. "마리아가 이 우주선에서 살인을 저질렀다는 증거는 없어요. 우리가 아는 건 다들 살인을 저지를 수 있다는 사실뿐이에요. 히로는 마리아와 선장을 공격했어요. 폴은 마리아를 공격했죠. 카트리나 선장은 자기 클론을 죽였어요. 어쩌면 샐리 미뇽이 우리를 도울 수 있을지도 몰라요. 어떻게 생각해요, 볼프강?"

볼프강의 차가운 푸른 시선은 마리아가 고백한 이후로 그녀의 얼굴을 떠나지 않았다. "아니, 그건 야만적이야."

이안이 다시 재잘거렸다. "신경 쓰지 마! 별로 좋은 발상이 아니었어. 그리고 샐리 미뇽은 데이터베이스에 없어."

"지워졌어?" 마리아가 물었다.

"아니, 다른 승객들은 모두 제자리에 있고 기록도 돼 있어. 하지만 샐리 미뇽의 파일은 텅텅 비었어."

"대신에 몸을 실었어?" 마리아가 물었다. "그녀는 우주선에 타기로 돼 있었어."

"아니, 냉동수면실에도 없어."

"제기랄. 그녀는 우리가 실패할 무대를 꾸민 거야." 마리아가 속삭였다. "수많은 비밀과 범죄들…, 그런 것들이 쏟아져 나오면 누군가가 이성을 잃을 거란 걸 안 거지. 그녀는 우주에다 휘발유 통을 던져놓고 누군가가 성냥을 긋기만 기다렸던 거야."

"하지만 왜죠? 너무 많은 작업과 비용이… 무얼 위해서요?" 조애나가 물었다.

"복수." 카트리나 선장이 말했다.

"그거예요." 마리아가 말했다. 마리아가 주머니에서 태블릿을 꺼냈다가 푹 젖은 상태를 보고는 얼굴을 찌푸렸다. "조애나, 태블릿 좀 빌릴 수 있을까요?"

조애나가 태블릿을 건네주었다. "이안, 승객 명단 좀 보내줄래?"

"그러지. 하지만 수천 명이 적힌 명단이야." 이안이 태블릿 화면을 이름들로 채우면서 말했다.

"조금만 보면 돼." 마리아가 조급하게 홀홀 화면을 넘기며 자신의 의심을 확인해줄 이름들을 찾았다. 나탈리 워런, 벤 심스, 마누엘 드레이크, 제롬 다바드, 산드라…. "아, 세상에." 마리아가 태블릿을 돌려주었다. "우주선에 탑승한 인간과 클론들은 미뇽의 개인적 또는 직업적 적들이야. 자기 적들을 우주선 하나에 꽉 채워서 우주로 쏘아 보냈어."

카트리나 선장이 휘파람을 불었다. "그들에게 희망을 가득 채워서 말이지. 자기 자신이나 후손들에게 물려주지 못하게 돈도 쓰게 만들고 말이야." 선장이 훌쩍 위스키를 마셨다. "정말로 내 충고를 진지하게 받아들였네."

"우린 아직 무슨 일이 벌어졌는지 몰라요." 히로가 마리아를 쳐다보지 않고 부드럽게 말했다. "그래서 샐리 미뇽이 우리가 우주에서 죽도록 음모를 꾸몄다고요? 그게 무슨 상관이에요? 우린 누가 제일 먼저 이성을 잃고 우리를 죽였는지, 그리고 또 그렇게 할 건지를 알아야 해요."

마리아는 폭로에 뒤이은 승리감이 물거품처럼 꺼지는 걸 느꼈다. 히로의 말이 맞았다. 그 폭로들은 그들의 클론이 살해된 사건을 설명하지 못했다.

그때 모든 일이 앞뒤가 맞기 시작했다. 마리아는 둘러앉은 사람들을 훑어보았다. 병째 위스키를 마시는 조애나를, 시선을 마주치지 않는 히로를, 찌를 듯이 그녀를 노려보는 볼프강을, 풀밭에 벌렁 누워 아무리 봐도 믿기지 않는 머리 위의 물을 쳐다보는 선장을.

그리고, 바닥만 내려다보며 이따금 묶인 팔다리를 굽히곤 하는 폴을.

"저는 알겠어요." 마리아가 부드럽게 말했다. "폴이 항해 초기에 뇌 손상을 입었지요. 볼프강이 폴을 때린 사람이었고요. 우리는 폴이 무슨 이유에선가 폭력적으로 변했다고 알고 있어요. 우리는 이후 24년간 그를 지켜보다가 이젠 상대적으로 안전하다고 판단했어요. 사실 우린 그랬어요. 왜냐하면, 폴 자신이 우리 중 한 명에게 복수하려고 우주선에 탔다는 사실을 잊어버렸기 때문이죠."

폴은 볼프강의 그늘에서 말이 없었다.

마리아가 둘러앉은 그들 주변을 다시 한 바퀴 돌았다. "제 일기는 옛 카트리나 선장이 심각한 편집증 증상을 보이며 모두에게 범죄 이력을 실토하라고 필사적으로 종용했다고 했어요. 선장이 '무슨 일이 일어나는지 보는' 걸 좋아하는 이안에게서 승무원들의 기밀 서류를 받았을 가능성이 있어요."

"상당히 가능성 있는 얘기지." 이안이 동의했다. "난 메모리 구석구석에서 온갖 것들을 찾아내니까. 나도 어떤 친구처럼 데이터를 모아다 숨기거든." 이안이 자랑스럽다는 듯이 말했다.

"그리고 샐리가 우리를 망치려고 널 여기로 보냈다면, 분명 그녀가 그런 보석들을 숨기는 걸 도왔을 테지." 마리아가 말했다. 그녀는 숨을 한 번 들이쉬고 다시 말을 이었다. "카트리나 선장은 폴의 범죄기록을 가지고 그에게 접근했어요. 그 기록이 가짜인 걸 알았을 수도 있고 몰랐을 수도 있지만, 어쨌든 폴의 과거에 대해 더 많이 알고 싶어 했어요. 선장이 밀어붙이는 바람에 폴은 잃어버린 기억을 되찾았어요. 그래서 선장은 원하던 것보다 더 많은 대가를 얻었지요. 마침내 자기가 무얼 하려고 승선했는지 기억해 낸 폴이 선장을 공격했으니까요."

"그러고는 어떻게 됐어요?" 조애나가 물었다. 조애나가 새 병을 딴 카트리나 선장 쪽으로 바싹 다가앉았다.

"폴은 카트리나 선장을 혼수상태에 빠뜨리고는 원래의 계획을 다시 추진해요." 마리아가 말하고는 얼굴을 찌푸렸다. "우리는 더이상 경계를 하지 않았죠. 폴이 지난 사반세기 동안 괜찮았으니까요. 그래서 그는 자유롭게 음식 인쇄기에 독을 넣고 다른 덫들도 설치하기 시작해요."

"아, 세상에." 히로가 말했다. "내가 폴이 그러는 걸 우연히 발견한 거야. 이제야 내 영상이 이해가 되네. 내가 현장에서 폴을 잡았던 게 틀림없어. 잘은 모르지만, 내 야도카리가 그를 도와줬을 수도 있고."

"그걸 어떻게 알아?" 볼프강이 물었다.

"제 유서를 발견했거든요." 히로가 잔디를 뒤적거리며 말했다. "제가 범인인 듯이 들려서 다른 사람들에게 보여주고 싶지 않았어요. 저는 일부 사건들의 배후에 제 야도카리가 있다고 생각했죠. 그때 저는 기억 상실을 겪고 있었어요. 저는 야도카리들이 절 장악하기를 바라지 않았고, 그래서 통제력을 잃었던 게 걱정된 나머지 자살했어요. 대단한 비약은 아니에요. 전에도 여러 번 고려했으니까요. 실행만 안 했을 뿐이죠."

"그러면 히로가 폴을 발견했다고 하죠. 히로는 음식 인쇄기를 파괴하는 걸 도왔거나 아니면 자신이 범죄에 가담했다고 확신했거나 해서 목을 매달아요." 마리아가 말했다. "그러고는 제가 아프기 시작하죠. 저는 그 사실을 알아차리고 사적인 기록을 남기고는 승무원들의 백업 파일을 챙겼어요. 그때쯤 재생실 상황은 폭력적으로 변해가고 있었겠지요. 저는 재생실로 달려가서 드라이브를 제 개인 단말기에 연결하고 백업 파일들을 전송했어요. 그때 폴이 절 찔렀고요."

"무슨 일이 있다는 걸 내가 알았던 거예요." 조애나가 천천히 고개를 끄덕이며 말했다. "나는 폴이 위험하다는 걸 알아보고 케타민 주사기를 챙겼어요. 내가 폴을 잡았을 때 그가 날 찔렀고요. 볼프강이 폴의 목을 조르면서 나에게서 떼어냈지만, 폴이 볼프강도 찔렀죠. 선장이 의무실에서 자는 동안 나머지 우리는 피를 철철 흘리고 있었어요."

"그리고 폴이 승선을 결심하게 된 이유가 저였으니, 제가 이 모든 일의 시작이에요." 마리아가 말했다. 마리아는 자신을 죽일 것 같지 않아 보이는 유일한 사람인 조애나 옆에 가서 앉았다.

"그건… 너에겐 증거가 하나도 없어!" 폴이 침을 튀기며 말했다.

"증거가 좀 있어요." 조애나가 온화하게 말했다. "나는 주사기를 사용할 수 있는 유일한 사람이에요. 내가 당신을 죽였어요. 그리고 이 모든 설명이 말이 돼요. 우린 다들 쉽게 욱하는 성격이긴 하지만, 당신은 살인할 목적으로 이 우주선에 오른 유일한 사람이에요. 자신이 복제되리라는 생각을 해본 적이 없으니, 당신으로서는 잃을 것도 없었죠."

폴이 버둥거리며 일어서려 하자 볼프강이 홱 잡아채 쓰러뜨렸다. 폴이 비명을 질렀다.

볼프강이 천천히 고개를 끄덕였다. "기억이 있는 사람이 아무도 없는 상황에서는 그게 제일 말이 되겠지. 넌 일찌감치 우리를 죽이려 했다가 실패했어. 그러고는 수십 년 동안 아무것도 아닌 인물이었지. 그건 기분이 어땠어, 우리 하찮은 분은?"

폴이 볼프강을 응시했다. 눈에는 경멸과 공포가 동시에 서려 있었다.

"네가 다 밝혀냈네, 만세." 히로가 낮은 목소리로 말했다. "이안은 여전히 우주선을 폐쇄하고 있어. 그러니 우린 다 죽기 직전에 진실을 알게 된 셈이네."

카트리나 선장이 손뼉을 쳤다. "이제 우리 마시자고. 달리 할 일도 없잖아. 우린 우리의 죄악을 고백했고 죽은 자들을 애도했어." 선장이 얼굴을 찌푸렸다. "옛 선장과 술이라도 한잔했으면 좋았을 텐데. 난 정말로 그녀를 죽일 생각은 아니었어."

"알아요." 조애나가 말했다. "하지만 그랬죠."

선장이 병을 치켜들었다. "도르미레호의 승무원들을 구하기 위해 삶을 희생한 용감한 카트리나를 위하여." 선장이 한 모금 마시고는 병을 히로에게 넘겼다.

"그녀가 이 모든 혼돈의 시작인 거 같긴 하지만." 히로가 말하고는 한 모금 마셨다. 그러고는 병을 찬찬히 뜯어보았다. "음, 폴이 모두를 죽이는 바람에 이 모든 일이 시작됐네. 아니, 잠깐, 카트리나 선장이 폴에게 죽이고 싶은 사람이 우주선에 있다는 사실을 일깨우는 바람에 이 사태가 시작됐지. 아니, 잠깐, 마리아가 모두와 그들의 개를 해킹하는 바람에 이 일이 시작됐어. 아니, 잠깐, 샐리 미뇽이 우리를 한데 모아놓는 바람에 이 일이 시작됐어. 아니, 잠깐…."

"그만 됐어." 볼프강이 소리를 지르고는 히로가 든 병을 채가더니 그 액체 때문에 기분이 나빠졌으니 벌을 주고 싶다는 듯이 휙 마셨다.

"옛 선장을 위하여." 조애나가 병을 받으며 말했다.

폴을 제외한 모두가 병을 한 순배 돌렸다. 아무도 마리아와 눈을 마주치지 않았다. 볼프강만이 도무지 마리아에게서 시선을 거두지 못한 채 그녀의 목이라도 움켜쥔 듯 두 손을 움찔거렸다.

카트리나 선장이 병을 돌려받아서는 다시 높이 치켜들었다.

"이번은, 아무도 이 우주선의 마지막 25년을 기억해주지 않을 테니, 마땅히 우리가 애도해줘야 할 도르미레호의 승무원들을 위하여."

선장은 다음으로 다친 히로를 위해 건배했고, 다음으로는 만찬을 제공해준 새 음식 인쇄기를 위해 건배했지만, 술은 음식 인쇄기를 위한 건배 때만 마셨다.

히로는 잠자코 술을 마셨다. 마리아는 그를 쳐다볼 수가 없었다. 그녀는 자신에게 그들 누구라도 다시 쳐다볼 권리가 있나 의심했다. 그녀는 볼프강이 벌떡 일어나 자신을 죽이지 않을까 싶어서 자주 볼프강 쪽을 힐끗거렸다.

"네 번의 건배, 그거면 충분해." 카트리나 선장이 자기 승무원들을 주시했다. "너희는 상황을 파악하는 데는 다들 너무 똑똑해. 그래도 뭔가를 빠뜨렸지. 그렇지 않아?"

"무슨 말이에요?" 조애나가 물었다.

"이안 말이야. 우리는 그가 샐리 미뇽의 또 다른 희생자라는 걸 알지만, 그가 누군지는 알아내지 못했잖아?"

히로가 쿡쿡 웃었다. 위스키 덕분에 그의 억양이 두드러졌다. "내가 왜 이걸 미처 몰랐는지 모르겠네."

"뭘? 뭘 몰랐다는 거야?" 이안이 조급하게 물었다.

"넌 말도 안 되게 똑똑해. 그냥 무슨 일이 일어나는지 보려고 사람들을 휘젓는 걸 좋아하고. 그 때문에 넌 인간이었을 때 반역 혐의로 감옥에 처넣어졌지. 넌 돈코츠 라멘을 좋아해. 그리고 난 2293년에 로 형사가 널 탈출시키는 걸 도왔어. 아마 샐리 미뇽이 그 대가로 로 형사에게 돈을 줬기 때문이겠지. 넌 미노루 다카하시야."

"미노루 다카하시." 이안이 말했다. 마치 그 이름이 어떤 느낌인지 시험해보는 듯했다.

"아! 미노루!" 조애나가 귀를 쫑긋 세우며 말했다. "그 통역사? 기억나요. 나는 그가 감옥에서 죽었다고 생각했는데?"

"아니요, 그는 탈출했어요. 정부는 그냥 그가 죽었다고 발표하고 법적으로 사망 선고를 했어요. 체면을 살린 거죠." 히로가 턱을 문질렀다. "이안? 맞는 거 같아?"

이안은 대답하지 않았다. 공기 재순환기가 공기 순환을 멈추는 끽끽거리는 소리만 날 뿐이었다. 불빛이 금방 어둑해지기 시작했다.

"안 돼." 마리아가 소리쳤다. "이안! 이안! 미노루! 이러지 마! 우리, 말로 해… 빌어먹을, 넌 직접 날 처벌할 수 있잖아! 다른 사람들에게까지 이러지 마!"

불빛이 완전히 꺼지기 전에 마리아가 마지막으로 본 것은 조애나에게 팔을 뻗는 볼프강과 마침내 깜박거리며 자신을 쳐다보는, 두려움에 휘둥그레진 히로의 눈이었다.

혼란에 빠진 승무원들이 소리를 지르는 사이로 어둠을 뚫고 볼프강의 목소리가 들렸다.

"더는 못 견디겠어. 내겐 이 우주선과 승무원들에 대한 지휘권이 있어. 이안, 문을 열어. 마리아, 넌 감방으로 돌아가. 카트리나 선장, 당신은 의무실에 가서 정신 좀 차려."

카트리나 선장은 대답하지 않았다. 아마 정신을 잃은 듯했다.

마리아는 몹시 춥다고 느끼면서 일어섰다. 사방에 그녀가 죽기를 원하는 사람들이 있는데, 어둠 때문에 아무것도 보이지 않았다. 방향감각을 잃은 느낌이었고, 지금 선 곳에서 호수가 어디

쯤에 있는지 기억이 나질 않았다. 오른쪽이라고 생각했다. 마리아는 최대한 빛을 받아들이기 위해 눈을 크게 뜬 채 천천히 뒤로 물러났다.

볼프강이 욕설을 내뱉었다.

"무슨 일이에요?" 겁에 질린 조애나의 목소리가 어둠을 뚫고 들려왔다.

마리아는 다시 뒤쪽 가장자리로 물러났다. 등에 버드나무 이파리들이 느껴지자 동료들이 혼란에 빠져 소리를 지르는 틈에 나뭇가지 사이로 파고들었다. "폴은 어디 갔어?"라는 말이 들린 듯했다.

마리아는 잃어버린 칼이 세 자루였던 걸 기억했다. 하나는 호수 바닥에 있었다. 하나는 증거물로 의무실에 있었다. 푸주용 칼이 지금 폴의 손에 있다고, 아마도 볼프강의 몸에 박혔으리라고 내기라도 걸 수 있었다.

누군가가 비명을 질렀다.

마리아의 등이 버드나무 둥치에 부딪혔다. 그녀는 몸을 돌려 필사적으로 기어오르기 시작했다.

술과 마음을 짓누르는 배신감 탓에 히로의 반응이 둔해졌다. 그는 마리아를 믿었었다. 이 우주선에서 그녀는 유일한 친구였다. 그런 뒤에야 그녀가 이 모든 고통과 광기와 감옥과 지옥 같은 몇십 년과 그 악몽들의 원흉이라는 걸 알게 되었다. 이 모든 것이 마리아 탓이었다.

이제 모든 것이 아귀가 들어맞았다. 그들은 살인사건들을 해결했다. 하지만 그렇다고 다시는 그녀를 믿을 수 없다는 사실이 바꿰지는 않았다. 설상가상으로, 그가 다른 이들을 공격하거나 죽인 범인이 아니라고 해서 완전히 결백하다는 의미도 아니었다. 그는 기억을 잃었고, 그건 야도카리가 뭔가를 능동적으로 했다는 의미였으니까. 그는 여전히 망가진 채였다.

그러다 또 눈앞이 캄캄해졌다. 하지만 이번엔 주변이 다 그랬다.

히로는 어렵사리 일어섰다가 뒤에서 뭔가가 치는 바람에 다시 넘어졌다. 칼이 파고 들어왔고, 마치 잠자고 있던 폭죽처럼 야도카리가 맹렬하게 살아나는 것이 느껴졌다. 그는 상체를 뒤채서 공격자를 떨어내고는 손을 펼쳐 맞서며 뭔가 부드러운 것 속으로 손톱 끝을 찔러넣었다. 폴은 목이 졸리는 듯한 소리를 내더니 도망가버렸다.

히로는 다시 일어나 절뚝거리며 문 쪽으로 향하기 시작했다. 작고 붉은 불빛이, 그 방에서 유일한 불빛이 여전히 깜박거리며 문이 잠겼음을 나타냈다. 문으로 나가려던 것은 아니었다. 벽에 닿자 히로는 주변을 더듬어 이안이, 아니 미노루가 사용하던 스피커와 마이크를 찾았다.

"미노루 다카하시." 히로가 마이크에 대고 말했다. 숨이 헐떡거렸다. 피가 등을 타고 흐르는 게 느껴졌다. '그 개새끼, 돌아가서 그놈을 죽여야 해.'

히로는 차분하게 야도카리가 돌아오는 것을 허용하고는 마이크에 대고 이번에는 다정하게 일본어로 말했다. "너 기억나지. 그렇지 않아? 우린 한때 친구였어. 우린 다른 재소자들과 문제를 일으켰지. 내가 너의 탈출을 도왔어. 그거 기억나지?"

"아니." 속삭이는 목소리로 대답이 왔다. "난 내가 누구인지 모르겠어."

"괜찮아. 나도 내가 누구인지 모르니까." 히로가 말했다. "그냥 잠시 여기 앉아 있자."

"다른 사람들은 지금 그다지 행복하지 않아." 미노루가 말했다.

"네가 그 사람들 탓을 할 수 있어? 넌 우리 목숨을 손아귀에 넣었어."

"내 목숨은 마리아의 손아귀에 있었지. 그게 어떻게 밝혀졌는지 너도 봤잖아."

"마리아는 훨씬 강력한 누군가의 손아귀에 사로잡힌 도구였어." 히로는 자신이 마리아를 변호하다니, 이상하다고 느끼면서 말했다. "이 우주선에 있는 우리가 다들 그렇듯이 말이야. 샐리 미농은 네가 우리에게 이렇게 하기를 원했어. 네가 우리를 겁주고, 그리고 우리와 우주선에 있는 모두를 죽이길 말이지. 네가 이렇게 하는 건 그녀가 너에게 기대했던 걸 그대로 따르는 일이야."

"정말로 그렇게 생각해? 마리아가 졸개였다고?"

"모르겠어." 히로는 솔직하게 말했다. "난 화가 나. 하지만 내가 저지른 범죄의 피해자들은 나를 용서하지 않았어. 나도 마찬가지로 그냥 졸개였는데."

"여기서 죽는 게 두려워? 우주선 전체에서 공기가 모두 소진되려면 오래 걸릴 거야. 얼어 죽을 수도 있어. 내가 그렇게 만들 수 있으니까."

"약간 두려워." 히로가 말했다. "하지만 그러니까, 때가 됐는지도 모르겠다는 생각이 드는 거 있지? 우린 모두 오랫동안 살아왔지만 사실 세상을 더 좋게 만들진 못했어."

"그게 목표야?" 멀리서 들리는 듯한 미노루의 목소리에는 놀라

471

움이 서려 있었다. "그게 네가 클론이 된 이유야?"

"아니." 히로가 말했다. "내가 처음에 클론이 되고 싶었을 때는 고상한 목적 같은 건 없었어. 하지만 갑자기 수백 년의 시간이 있었는데도 그다지 많은 일을 하지 않았다는 사실을 깨닫는 거지."

"하지만 넌 저 모든 생명들, 저 인간들과 저 클론 백업들을 책임지고 있어." 미노루가 생각에 잠긴 듯 말했다. "그건 고상해."

미노루가 말을 멈추었다. 그러고는 몇 분 후에 말했다. "카트리나 선장이 죽었어."

"뭐?" 히로가 충격을 받으며 말했다.

"폴이 죽인 것 같아. 그는 누구든 닥치는 대로 공격하면서 어둠 속을 뛰어다니고 있어. 볼프강이 그를 쫓고 있고. 너도 적외선으로 볼 수 있으면 저기서 벌어지는 일들이 아주 흥미로울 거야."

"마리아는 괜찮아?" 걱정이 불신을 이기자 히로가 물었다.

"그녀는 괜찮아. 나무 위에 숨었어. 마리아는 이미 폴이 무슨 짓을 할 수 있는지 알아. 그녀는 멍청하지 않으니까. 약하고 겁이 많지만, 멍청하지는 않지."

"미노루." 히로가 말했다. "제발 다시 불을 켜줘."

"난 그럴 생각이 없어." 미노루가 애처로운 목소리로 말했다. "네 말이 맞을지도 모르겠다고 생각해. 너희 모두 살려둘 가치가 없어."

유령 우주선에서 죽는다는 건 고상하고 낭만적으로 느껴졌다. 하지만 목에 난 종기 같은 녀석에게 공격을 당해 죽는 건 한심했다. 히로가 벌떡 일어섰다. "넌 샐리 미뇽이 이기길 바라? 아니면 누군가가 그녀에게 복수해주길 바라?"

"복수. 그건 계속 살아갈 흥미로운 이유지." 미노루가 말했다.

미노루가 다시 침묵으로 빠져들었다. "미노루! 미노루!" 히로
가 불렀다. 히로는 욕설을 내뱉었다. 그는 상처에서 피가 흘러내
리는 걸 느끼며 절뚝절뚝 앞으로 나가기 시작했다. 점점 추워졌
다. 엉덩이 쪽에 봉합한 곳이 터지면서 피가 다리를 타고 뚝뚝 떨
어졌다. 인공 일출이 시작되면서 빛이 돌아오고 있다는 사실도 어
렴풋하게만 느껴졌다. 연못 근처에 어떤 형체들이 있는 걸 보았지
만 발을 헛디디면서 쓰러졌다.

히로는 다시 일어서지 못했다.

33

생명의 가치

불이 나갔을 때, 볼프강은 뭔가가 옆구리를 찌르는 걸 느꼈다. 폴이 그를 찔렀다. '대체 무엇으로?' 볼프강은 놀라서 욕설을 뱉으며 옆으로 비틀거리느라 폴의 손목을 놓치고 말았다.

'난 왜 놈에게 무기가 더 있는지 살피지 않았지?' 뜨거운 피가 볼프강의 손등 위로 흘러넘쳤다. 예리하고 깊은 상처였다.

볼프강은 발소리와 다른 사람들이 외치는 소리를 들으며 어둠 속에서 이쪽저쪽을 살폈다. 그는 조애나를 알아보았다. 카트리나 선장이 목이 졸린 듯한, 놀란 듯한 소리를 냈다. 볼프강은 두 발자국쯤 달려가다 위스키병에 걸려 넘어졌다. 넘어지며 바닥에 심하게 부딪혔고, 옆구리가 욱신거렸다. 매끄러운 피가 사정없이 흘렀다. 피를 얼마나 흘렸는지 알 도리가 없지만 적은 양은 아닐 듯했다.

"이안, 당장 불을 켜!" 소리를 질러봤지만 아무 소용이 없었다.

손에 팔이 하나 걸렸다. 볼프강은 그것을 더듬어 어느 여성의 어깨와 머리카락을 찾아냈다. 머리카락이 축축하게 젖었다. 목을 향해 더듬어가던 그는 목이 길게 베인 걸 발견했다. 그래도 머리카락은 조애나의 곱슬머리가 아니라 직모였다. 얼굴을 감은 붕대가 만져졌다. 그렇다면 카트리나 선장이었다. 그녀의 목에서 피가 꿀럭꿀럭 쏟아져 흘렀다. 거의 죽은 상태였다.

조애나가 다시 비명을 질렀다. 성난 소리와 싸우는 소리가 들렸다. 주먹으로 치는 듯한 퍽퍽 소리가 몇 번 들리더니 폴이 고통에 찬 비명을 질렀다. 그러고는 조애나의 목소리가 멈췄다.

그 소리를 향해 간신히 기어가던 볼프강의 얼굴에 부츠를 신은 다리 하나가 닿았다. 누구의 다리인지도 모르면서 그는 그걸 붙잡고 힘껏 당겼다.

다리는 의족이 아니라 산 사람의 다리였다. 몸이 딸려 왔다. 볼프강은 폴의 몸 위로 기어올라 두 손으로 목을 졸랐다. 폴이 칼을 휘둘러 볼프강의 두 팔을 베었다. 다행히 얼굴까지는 닿지 않았다.

폴이 갑자기 몸부림을 멈추었고, 볼프강의 두 손과 얼굴이 갑자기 아주 축축해졌다. 그는 희미하게나마 앞이 보인다는 걸 깨닫고 눈을 깜박거렸다. 폴이 그의 양손 밑에 있었다. 목이 길게 그인 채 꼼짝하지 않고서.

빛이 더 강해지자 조애나가 손에 피 묻은 칼을 들고 옆에 앉아 있는 게 보였다. 그녀의 작업복이 걱정될 정도로 피에 젖어 있었다. 조애나가 볼프강을 보고 엷게 웃었다.

"구해줘서 고마워요." 조애나가 말했다. "희생에 대해서 뭐라고 하셨죠?"

"한 피조물이 다른 피조물에게 줄 수 있는 가장 위대한 선물이 희생이지. 클론들은 희생을 못 해." 볼프강은 폴의 시체를 두고 기어서 조애나에게 갔다. 그녀의 손을 잡았다.

"맞아요." 조애나가 말했다. "우리의 죽음은 아무 의미가 없어요. 다음 날이면 깨서 똑같은 짓을 또 할 테니까요."

볼프강은 그런 말을 했었던 기억이 났다. 갑자기 삶이 다시 중요해졌으면 좋겠다는 바람이 치밀었다. 죽음이 뭔가 의미를 갖기 위해서 말이다.

조애나에게 무슨 말을 하고 싶었지만, 그녀는 눈을 감고 있었다. 그녀의 손이 그의 손을 한 번 꾹 쥐더니 느슨해졌다.

"안 돼." 볼프강이 말했다. "당신은 안 돼. 가지 마."

눈앞이 흔들렸고 매우 추웠다. 볼프강은 자신에게 남은 시간도 그리 길지 않으리라는 걸 깨닫고 조애나에게 기댔다.

이제는 쉴 수 있었다.

마리아는 양어깨에 죄를 짊어졌다.

그녀는 양어깨에 히로도 짊어졌다.

히로 외에는 모두 죽었다. 곧 그들을 챙겨줄 것이다.

미노루는 해가 다시 떠오르자 마리아의 요청을 받아들여 문을 열어주었다. 그녀는 히로를 어깨에 가로 짊어진 채 조심스럽게 사다리를 올라 상황을 다루기에 훨씬 쉬운 중력이 있는 윗갑판으로 향했다.

깊이 찔리고 총을 맞은 히로의 상처들에서 피가 흘렀다. 힘을 쓰느라 그녀의 상처들도 벌어져서 붕대가 피에 푹 젖었다.

히로는 심하게 피를 흘리지만 죽지는 않을 것이다. 마리아는 그를 보내지 않을 작정이었다.

"자, 우린 할 수 있어. 우린 널 의무실로 데려갈 거고, 의사가 상처를 봉합할 거야. 넌 다시 우리에게 끔찍하도록 성가시게 굴겠지."

마리아는 이렇게 장난스러운 가시 돋친 말이 그를 움직이게 하지 않을까 기대했지만, 히로는 반응하지 않았다. 의사가 죽었다는 사실을 그가 아는지는 모르지만, 어쨌든 희망은 그가 계속 버티는 데 도움이 될 것이다.

그녀는 히로의 몸집이 작다는 것에, 한 발 한 발 오를 때마다 중력이 가벼워진다는 것에 감사했다.

히로의 옆구리에서 흘러내린 피가 목덜미를 적시자 마리아는 히로가 얼마나 피를 많이 잃었는지 걱정이 되었다.

저 개새끼 같은 폴. 아니다. 뿌리가 더 깊었다. 샐리가 이 모든 일을 일으켰다. 샐리와 복수를 향한 그녀의 뒤틀린 욕망과 그녀가 가진 권력이.

불쌍한 히로. 망가진 인격을 가진 불쌍한 히로. 그건 자신이 일으켰다. 마리아와 샐리가.

마리아는 히로에 대한 사과와 스스로를 채찍질하는 주문이 뒤범벅된 혼잣말을 중얼거렸다. '한 걸음만 더. 이제 또 한 걸음. 이제 또 하나.'

거주 구역의 복도에 도착했다. 층 전체가 고요했다. 미노루는 그녀가 정원을 떠난 이후로 한마디도 하지 않았다. 마리아는 뒤를 돌아보고 둘이 남긴 핏자국에 얼굴을 찡그렸다. 이 사태가 다 끝나면, 누군가는 이 아수라장을 청소해야겠지.

아니, 잠깐만. 그 아수라장을 맡을 사람은 그녀 '자신'이었다.

"누구랑 얘기하는 거야?" 히로가 졸린 듯이 물었다.

"아무도. 혼잣말이야. 중요한 건 아니야. 걱정하지 말고 그대로 버티기만 해." 마리아가 그를 짊어진 자세를 조금 가다듬었다. "걸을 수 있겠어?"

"난 아무것도 못 할 거 같아." 히로가 말했다. "이봐, 그냥 날 죽게 해줘. 그러고 나서 날 다시 복제해줘. 문제없을 거야. 난 널 믿어."

마리아가 부드럽게 그를 흔들었다. "어이, 안 돼. 날 두고 가지 마. 난 널 다시 복제할 수 없어. 기억나? 폴이 기계를 다 망가뜨렸어. 우리에겐 새 몸도 없어. 이게 마지막이야. 잘 돌보는 편이 좋을 거야."

"몸이 없는 클론, 대의가 없는 반역, 이름이 없는 말." 히로가 노래하는 듯한 어조로 말했다. "넌 다정해."

"뭐든 좋을 대로 얘기해, 히로. 다만 그대로 버틴다는 것만 기억해. 알아들었어?" 그녀가 말했다.

"미안해." 히로가 그녀의 귀에 대고 중얼거렸다. "이거 힘든 거 같아. 잠깐 자리 바꿔서 내가 널 짊어질까?"

마리아가 억눌린 웃음을 터뜨렸다. "그러면 좋겠지만, 여기서 조랑말 탄다고 돈을 낸 사람은 너라서 말이야. 넌 낸 돈만큼 타야 해."

"하얀 점이 있는 조랑말이면 좋았을 텐데." 히로가 투덜거렸다. "넌 그냥 한 가지 색이잖아."

"다들 늘 실망하면서 사는 법이지. 네게 있는 조랑말이 이것뿐이니, 네가 탈 조랑말도 이거야. 가자."

"이랴." 히로가 아득하게 들리는 소리로 속삭였다.

마리아가 그의 다리를 찰싹 때렸다. "이봐, 돌아와. 우린 지금 각자 맡은 일이 있어. 네가 네 일을 하지 않으면 난 내 일을 할 수 없어."

"미안해." 히로가 말했다. 그러고는 음조가 맞지 않는 노래를 흥흥거리기 시작했다.

마리아는 해야 할 일의 목록을 꼽기 시작했다. 의무실에서 히로의 DNA 정보 가져오기, 히로의 마인드맵을 뜰 방법 찾기, 그리고 히로 고치기. 그나저나 그를 어떻게 고치지?

마리아는 도서관 흔들의자에 앉은 자신의 비밀 지킴이 퍼킨스 부인을 생각했다. 해킹된 마인드맵들이 천연두 약병처럼 후대를 기다리며 그녀 안에 보관돼 있었다. 히로를 고치는 데 필요한 단서는 사실 그녀 안에 있었다.

"너에겐 언제나 그 힘이 있었어, 도로시." 마리아는 빨간 구두를 맞부딪치는 상상을 하면서 혼잣말을 했다.

"넌 마리아야." 히로가 말했다.

"그리고 넌 히로지." 그녀가 말했다. 깨달음이 새로운 힘을 주었다. "그리고 넌 괜찮을 거야."

제 6 부

여섯 번째 깨어남
— 미노루 다카하시

34

데우스 엑스 베베

마리아는 의무실 병상에 히로를 엎드린 자세로 내려놓았다. 새 침대가 없어서 그가 묶여 있던 침대에 다시 내려놓아야 했다. 그의 작업복을 벗기고 깨끗이 닦은 다음 상처들을 봉합했다. 히로는 피를 많이 잃었다. 마리아는 의료용 인쇄기를 가동하여 그에게 수혈할 피를 더 합성했다.

마리아는 의사의 스마트 주사기를 쓸 수 없다는 사실을 절망적으로 깨닫고 히로가 이전에 쓰던 반쯤 남은 진통제 링거 주사를 연결했다.

"술을 너무 많이 마시지 않았으면 좋았을 텐데." 마리아가 말했다. "그 점에서는, 나도 많이 마시지 말았어야 했어."

히로가 갑자기 말을 하는 바람에 깜짝 놀랐다. "난 야도카리 범죄들로 감옥에서 오랜 시간을 보냈어. 그리고 그들을 계속 억제하려 애쓰면서 정신과 의사들과 많은 시간을 보냈지. 최면요법이 효과가 있었지만, 그건 내가 새 몸으로 깨어나기 전까지만이었어."

마리아는 조금이라도 소리를 내면 비몽사몽 간에 내뱉는 그의 잠꼬대를 방해할까 싶어서 숨을 죽였다. 히로는 눈을 뜨지 않았다. "그들을, 다른 목소리들을 침묵시킬 수 있는, 내가 발견한 한 가지 방법은 술을 마시는 거야. 바에서 어느 의사가 알려줬어. 의사가 아니라 술친구로서 말해준 거야. 환자에게 술을 더 마시라고 말하는 건 옳지 않다고 했으니까. 하지만 그녀는 시도해보라고 했지. 효과가 있었어. 그 당시에 나는 자포자기 상태였어. 그들을 죽일 유일한 방법은 나 스스로를 죽이는 방법밖에 없다고 생각했으니까. 하지만 그때 독한 사케가 심리학이나 정신의학이 그 오랜 시간 동안 하지 못한 일을, 내 안의 어떤 것을 완전히 진압하는 일을 한다는 걸 발견했어."

"그래서 내 말은, 난 술을 먹으면 멀쩡해." 그가 결론을 내렸다. 히로는 눈을 뜨지 않은 채 손을 내밀었다. 마리아가 그 손을 잡았다. "우린 모두 졸개였어, 마리아."

그녀는 애써 미소를 지었지만 금방 사라져버렸다. "그래, 우리 모두 놀아났지. 거하게."

히로는 대답하지 않았다. 길고 깊은 숨을 내쉬고는 마침내 잠이 들었다.

마리아는 의자에 털썩 주저앉아 울었다.

'베베. 살지고 맛있는 돼지를 인쇄하는 베베. 마리아가 딱 좋아하는 식으로 뜨거운 커피 한 잔을 쪼로록 인쇄하는 베베.'

마리아가 눈을 번쩍 떴다. 왜 베베에 관한 꿈을 꾸었을까?

"내가 죽어가고 있거나 아니면 더 정신을 차리고 있거나, 둘 중

하나라는 걸 이제는 알겠어. 합성 단백질과 고품질 향신료로 돼지를 만드는 기계에 대한 꿈을 꾸⋯." 마리아는 미처 이 생각을 하지 못한 자신을 저주하며 의자에서 벌떡 일어났다.

"그 기계는 승무원들의 기본 마인드맵에서 데이터를 취하지." 마리아가 문장을 끝맺었다. "젠장, 베베는 우리 마인드맵을 읽을 줄 알아!" 마리아는 문으로 달려갔다.

그리고 베베는 돼지를 통째로 요리할 만큼 컸다.

"이런 빌어먹을, 젠장."

마리아는 서버실에 서서 미노루의 얼굴 홀로그램을 뚫어지게 쳐다보았다. "열어. 난 네 잃어버린 데이터를 찾을 거야."

미노루의 눈이 놀라서 휘둥그레졌지만, 잠자코 그녀를 들여보냈다. 마리아는 그의 데이터베이스들과 프로그램 코드들과 인격 코드들을 지나쳐 보통 주석을 단 자기 코드를 넣어두는 구석으로 갔다.

그리고 거기에 모든 것이 있었다. 그 자신에 대한, 일본 열도에서 보낸 어린 시절에 대한, 학창 시절에 대한, 갖가지 장난질에 대한 미노루의 기억이. 마리아는 모든 것을 원래 있었던 곳으로 보내 그를 원상태로 되돌리며 그날 밤을 보냈다.

마리아는 히로의 태블릿을 가져와 음식 인쇄기 설치안내서를 불러냈다. 이제 그녀는 무엇을 찾아야 하는지 알았고, 찾아냈다. 안내서에 끼워놓은 작은 꾸러미에는 고도로 압축된 파일 하나가 들어 있었다.

"세상에, 미노루, 넌 정말 천재야." 마리아가 속삭였다. "하지만 이건 나도 시간이 좀 걸리겠어."

$$* * *$$

다섯째 날
2493년 7월 29일

마리아는 다음 날 종일 쉬지 않고 일했다. 먼저, 미노루가 자기 자신까지 포함한 모두한테 숨긴 데이터를 찾아내는 일이 있었다. 다음은 의사가 가진 기계들을 분해하여 베베를 개조하는 일이 있었다.

마리아는 때때로 히로의 상태를 점검했다. 이제 술이 깬 히로는 그녀와 시선을 마주치고 싶어 하지 않았다. 그녀로서는 그걸로 그를 나무랄 수 없었다. 그녀는 말없이 먹을 음식과 물을 의무실에 두고는 일을 하러 돌아왔다.

베베가 완전히 새로운 단백질 기반 형체를 인쇄하기 시작하고 나서야 마리아는 식탁에 누워 잠들었다.

히로가 죽은 듯이 잠든 마리아를 찾아 식당까지 왔다. 아파서 진통제가 더 필요했다. 그녀와 말을 섞고 싶지는 않았지만, 남은 사람은 그녀가 다였다. 미노루는 그의 질문에 답하지 않았지만, 지금은 생명 유지 수단들을 끊어 그들을 죽일 생각이 없다는 건 분명했다.

히로는 목발에 기대어 뭔가 바쁘게 움직이는 음식 인쇄기를 쳐다보았다.

"마리아." 그의 눈이 점점 커졌다. "이러면 안 돼. 볼프강이 너한테 엄청 화낼 거야."

마리아가 벌떡 일어나 앉아서는 헐떡거리며 겁에 질린 듯이 주위를 둘러보았다. 그녀가 몇 번 눈을 깜박이고는 히로에게 초점을 맞췄다. "아, 맞아. 어떻게 돼가고 있어?"

베베는 뭔가 소름 끼치는 장기와 내장들을 만들어내는 중이었다. 마리아가 창을 통해 흥미롭게 안을 들여다보았다.

"볼프강이 미친 듯이 화를 낼까?" 마리아가 물었다.

"그는 볼프강이야. 모든 것에 미친 듯이 화를 내지. 하지만 저건 누구야?"

그건 아마도 그녀가 얻은 기회이자 속죄일 것이다.

마리아는 의사의 스캐너를 주방으로 밀고 와서 케이블로 베베와 연결했다. 그녀는 스캐너에서 돌아가는 프로그램을 눈여겨 살펴보았다. 지금 스캐너가 해킹된 소프트웨어를 이용하여 음식 인쇄기를 구동시키고 있었다.

"미노루 다카하시. 내가 그의 DNA 정보 사본을 찾아냈어. 그 인쇄기 설치안내서에 들어 있었어. 네가 찾아내도록 그가 거기 넣어둔 거야."

"그 믿을 수 없는 개자식." 히로가 고개를 저으며 말했다. "너무 똑똑해서 제 발등을 찍지. 이거 잘될 것 같아?"

"미노루는 자기가 처음이 되겠다고 자원했어. 이게 잘 안 되면, 그는 다시 컴퓨터 속으로 돌아가면 돼. 난 다른 동료들을 인쇄하기 전에 시험해볼 수 있고."

"우리가 어떻게 다른 동료들을 인쇄하지? 우리에게는 마인드맵도 아무것도 없어."

마리아가 베베를 톡톡 두드렸다. "이 물건은 너무 복잡해서 우리에게서 받은 타액으로부터 완전한 마인드맵을 뽑아낼 수 있어.

인격까지 포함해서 말이야. 그렇게 해서 그때그때 우리가 원하는 음식을 정확하게 알아내는 거지. 난 베베에서 마인드맵을 하나 추출해서 내가 파일로 가지고 있던 예전 마인드맵 백업과 비교해봤어. 베베 것에 우리의 최근 기억들이 있는 것만 빼면, 둘은 정확하게 일치해. 의사의 스캐너에서 뽑아내 변환한 DNA 원형 정보와 그걸 섞으면, 이게 실제로 제대로 될지도 몰라." 마리아가 얼굴을 찡그렸다. "그리고 필요하다면, 지금 정원에 엄청난 양의 DNA가 깔려 있기도 하고."

"이거 참 놀라운데." 히로가 고개를 저으며 말했다. "잠깐… 미노루가 우주선을 조종하고 있지 않다면, 누가…."

마리아가 그의 시선을 피했다. "나야. 내가 내 마인드맵에서 벗겨낼 걸 벗겨내고 우주선을 조종하도록 만들었어."

"젠장, 폴을 그렇게 만들지 그랬어."

"아무리 내가 너의 의견에 동의한다 해도, 난 그런 판단을 내리지 않아. 우린 폴을 깨울 거야. 깨워서 재판에 부칠 거야. 승무원으로서 그의 판결에 참여할 거고. 그런 후에, 그러고 나서야, 나는 그런 일을 할 수 있어. 그리고 그러고도 기분은 나쁘겠지." 마리아가 천장을 쳐다보았다. 눈 밑이 거무죽죽했다. "내가 이 일을 쉽게 생각하지 않는다고 말했지."

마리아가 기지개를 켜다가 얼굴을 찡그렸다. 갈지 않은 붕대에 핏자국이 번졌다. "그건 그렇고, 폴의 마인드맵을 아주 조심스럽게 검토하지 않고서는 그를 믿을 수 없어."

"음식을 만들 다른 인쇄기를 가져와야 할 거야. 누구도 다시는 여기서 나온 걸 먹으려고 하지 않을걸?" 히로가 말했다. "음, 난 안 먹고 싶을 거 같아. 다른 사람들은 모르겠어."

둘은 말없이 앉아서 음식 인쇄기가 천천히 신선한 인간 클론을 짜 내리는 걸 지켜보았다.

5시간이 걸렸다. 베베가 마침내 다카하시의 머리카락에 최후의 세세한 것들을 새겨넣었다. 마리아로서는 건너뛰어도 될 것 같은 과정이었다. 베베는 아주 철저했다.

베베가 딩동 소리를 냈다.

"저녁 식사가 준비됐습니다." 히로가 말하자 마리아가 그에게 피곤한 미소를 던졌다.

그녀는 숨을 죽였다. 내가 틀렸으면 어쩌지? 그냥 미노루처럼 생긴 먹을거리를 만들었으면 어쩌지?

미노루가 몸을 움찔거렸다. 그러더니 진갈색 눈을 뜨고 깜박거렸다. 주위를 둘러보았고, 깜짝 놀랐다.

마리아가 인쇄기의 문손잡이를 비틀어 열고는 그의 몸을 받치도록 넣어둔 판을 밖으로 끌어냈다. "미노루, 괜찮아. 넌 괜찮아."

미노루는 눈을 휘둥그레 뜨고 겁을 먹은 채 주위를 두리번거렸다.

"마리아, 넌 마리아야." 미노루가 말했다. 그가 약간 떨면서 자기 손과 얼굴을 더듬거렸다. "네가 해냈어."

"나에게 모든 데이터를 남겨준 건 너였어." 마리아가 말했다. "난 그저 그걸 모두 합쳤을 뿐이야. 물론, 먼저 찾아내야 했지만 말이야. 음식 인쇄기의 설치안내서를 어떻게 조작했는지 나중에 얘기해줘야 해."

히로와 시선이 마주치자 미노루가 어색하게 일어서더니 웃음을 터뜨렸다. 그가 뭔가를 일본어로 말했고, 히로가 대답했다. 미노루가 히로를 꽉 껴안았고, 히로가 고통으로 신음했다.

"조심해. 히로는 너처럼 번쩍거리는 새 몸이 아니야." 마리아가 미노루에게 작업복을 건네주면서 말했다.

미노루가 옷을 입는 동안 두 남자는 계속 일본어로 대화했다. 마리아는 어째 따돌려진 기분이었다. 그녀가 헛기침을 하자 둘이 말을 멈췄다.

"이제 둘이 깨어 있으니, 난 감방에서 좀 쉬어야겠어. 나머지 동료들을 깨워줘. 미노루가 어떻게 하면 되는지 알아. 다 깨어나면, 알려줘."

마리아는 둘의 대답을 기다리지 않고 식당을 나와 자기 감방으로 터덜터덜 걸어갔다. 어찌 되었든 볼프강이 자기를 영원히 그곳에 가둬놓으리라는 걸 그녀는 알았다.

이처럼 피곤한 적이 없었다.

마리아는 살인자를 뺀 나머지 동료들을 만드는 데 줄잡아도 15시간이 걸리리라 예상했다.

히로가 마리아를 데리러 온 건 그로부터 꼬박 24시간이 지난 뒤였다.

상처에 새로 붕대를 감고 깨끗한 작업복을 입은 히로는 훨씬 나아 보였다. 그가 미소를 지으며 감방으로 들어왔다.

히로가 간이침대에 앉아서 말없이 그녀를 올려다보았다.

"뭐야?" 마리아가 마침내 짜증이 나서 물었다. "그들은 돌아왔어? 다들 괜찮아? 그 침은 잘 작동했어?"

"조애나가 말하길, 우리가 지구에 있었으면 네가 이걸로 노벨상을 받았을 거래. 볼프강은 널 여기서 썩도록 두었으면 하지만, 말랑말랑해지고 있지." 히로가 고개를 젖혔다. "왜 그를 해킹해서 널 좋아하도록 만들지 않았어?"

마리아가 입을 떡 벌렸다. "지금 장난치자는 거야? 나는 나 편하자고 그의 정신을 바꾸는 짓은 하지 않아. 그게 그 사람이야. 볼프강이 날 미워한다면, 그걸 보충하려고 무슨 코드에 주석을 달기보다는 더 열심히 일해야겠지."

히로가 마리아를 향해 진심 어린 미소를 지었다. "그게 그 길로 가는 커다란 첫걸음이라고 생각해. 볼프강이 엄청나게 화가 나 있기는 하지만, 자기가 엄청나게 화가 나 있도록 네가 허용했다는 사실에 강한 인상을 받았어. 그게 역으로 그를 혼란스럽게 하고 있지."

마리아가 씩 웃었다. "다행이네. 미노루는 새로운 생에 어떻게 대처하고 있어?"

히로가 웃음을 터뜨렸다. "음, 그는 벌써 옛날 인쇄기를 고쳐서 뭐든 나오는 족족 먹어치웠어. 대체로는 돈코츠 라멘이었지. 그러고는 12시간쯤 잤어. 그 뒤로는 체력단련실에서 자기 새 몸을 이것저것 시험해보면서 시간을 보냈어. 자기 말로는 과학을 위해서래."

"새로운 세상을 좋아하는 거 같네." 마리아가 말했다.

"어쨌든 카트리나 선장과 볼프강이 지금 너의 상황에 관해 얘기를 하고 있어. 난 이미 의견을 냈어. 네가 어쩌고 있는지 확인해 봐야겠다고 하고 왔어. 지금쯤 배가 고플 거야."

마리아의 배 속은 걱정 때문에 단단히 뭉쳐 있었다. 조금 전엔 배가 고팠지만, 지금은 먹는 걸 상상도 할 수 없었다.

"너의 의견은 어땠는데?" 마리아가 물었다.

히로가 잠시 마리아를 쳐다보더니 손을 뻗어 그녀의 두 손을 잡았다. "너, 내가 부탁하면, 내 머리에서 야도카리를 제거해줄래? 나만 있는 새로운 마인드맵을 만들어 줄 수 있어?"

마리아는 목이 졸린 듯한 웃음소리를 냈다. "컴퓨터를 가져다주면 지금 당장에라도 할게. 널 낫게 만들 수만 있다면 뭐라도 할…."

히로가 입맞춤으로 그녀의 말을 가로막았다. 격렬하고 예기치 않은 키스였다. 잠시 후에 그가 입술을 뗐고, 그녀는 충격에 빠진 채 그를 빤히 쳐다보았다.

"고마워."

몇 시간 후, 샤워를 하고 상처에 새로 붕대를 감고 뭔가를 먹은 마리아가 동료들과 한자리에 앉았다.

마리아는 의료용 스캐너를 해킹한 방법과 사람의 음식 취향을 넘어 완전한 마인드맵을 만들어낼 수 있는 베베의 강력한 능력에 대해 설명했다. 마리아는 또 미노루가 오래전에, 즉 자신에게 무슨 일이 일어날지 미리 알고 변형되기 전에 자신을 복구하도록 사람들을 유인하는 빵 부스러기를 뿌려놓았다고, 그 빵 부스러기가 인쇄기 설치안내서에 숨겨놓은 비밀 지시들이었다고 설명했다. 조애나가 부끄러운 기색도 없이 이야기에 매혹된 데 반해, 볼프강은 냉혹한 얼굴로 지켜보았다. 카트리나 선장은 내내 혼란스러운 듯 보였고, 미노루는 연신 고개를 끄덕였다.

"폴이 다른 동료나 임무를 배신하겠다는 감춰진 동기 없이 우주선을 조종할 수 있게 프로그램할 수 있어?" 볼프강이 물었다.

마리아가 고개를 끄덕였다. "간단한 일이에요. 지금 우주선을 조종하고 있는 제 마인드맵에 했듯이 몇 가지 것들을 벗겨내면 돼요."

"지금 우주선을 조종하고 있는 마인드맵은 자유롭게 풀어서 원예용 로봇 같은 것에 넣어줘요." 조애나가 말했다. "그리고 폴은 다른 승무원들과 화해하는 일을 시작할 필요가 있어요. 그리고 우리에겐 그를 믿을 수 있어야 할 필요가 있고요."

마리아가 고개를 끄덕였다.

카트리나 선장이 좌중을 둘러보았다. "네가 승무원들을 여러 가지 방법으로 살리고, 살인사건들을 해결하고, 재생 문제를 풀고, 우리의 노예였던 인공지능을 해방시킨 사실에 비추어, 우린 너에게 비윤리적인 해킹 범죄 혐의를 일절 지우지 않기로 했어." 선장이 볼프강의 냉혹한 얼굴을 힐끗 쳐다보았다. "개인적으로 원한을 품은 것에 대해서는 아무것도 약속할 수 없지만, 승무원들 간의 협력에 모두 최선을 다해주리라 기대해."

"고마워요." 마리아가 말했다.

조애나가 선장의 말을 이었다. "볼프강이 우주선의 지휘권을 다시 카트리나 선장에게 넘겼어요. 카트리나 선장은 상담을 받는 데 동의했고요. 하지만 내 의견으로는, 이제 우리 비밀들이 다 알려졌으니 공포증은 줄어들고 신뢰가 늘어나리라 생각합니다. 우리는 모두 이전과 동일한 역할을 맡아 계속 함께 지내야 합니다. 마리아, 당신이 수석 엔지니어 역할을 맡고, 폴이 우리의 새 인공지능이 되는 판결을 받은 것만 빼면 말이에요."

"미노루는 어떻게 되죠?" 마리아가 새 동료를 향해 고개를 까딱이며 말했다.

"선장의 보좌관으로 일할 거야." 볼프강이 엄격하게 말했다. "미노루는 극복해야 할 자신만의 약점이 있고, 우리는 그에게 너무 많은 권력을 줬다가 문제를 일으키게 만들고 싶지 않으니까."

미노루가 팔짱을 끼었다. "당신은 한때 자기 세상의 전부였던 걸 몽땅 거짓말로 둔갑시키고는 미친 클론 사냥꾼이 되었지. 난 여기서 당신이 내 행동을 가장 잘 이해하리라 생각하는데."

볼프강의 몸에 힘이 들어가자 조애나가 그의 어깨에 손을 올려놓았다. 마리아는 의사가 볼프강을 곧바로 진정시킬 수 있다는 사실에 놀랐다.

"또…." 히로가 말했다. "이 우주선 자체가 실패를 전제하고 발사되었기 때문에, 이 임무의 끝에 있다는 그 행성에 대해서도 믿을 만한 정보가 없는 것이 아닐까 약간 걱정이 돼. 그래서 우리는 아르테미스에 가까이 가면서 연구를 많이 할 예정이야."

"아니면 결국에는 방향을 틀어서 고향으로 돌아갈 수도 있겠지." 카트리나 선장이 말했다.

"그들이 우리를 보면 놀라지 않을까요?" 마침내 마리아가 웃음을 띠고 물었다.

"우리의 행복한 동료 관계는, 그리고 우리의 임무는 계속 변화하겠지." 조애나가 슬쩍 웃으며 말했다. "하지만 우린 해결할 거야. 우리에게 시간은 많으니까."

〈끝〉

옮긴이 **신해경**

더 즐겁고 온전한 세계를 꿈꾸는 전문번역가. 대학에서 미학을 배우고 대학원에서 경영학과 공공정책학을 공부했다. 생태와 환경, 사회, 예술, 노동 등 다방면에 관심을 가지고 있으며, 옮긴 책으로는 《사소한 정의》, 《사소한 칼》, 《사소한 자비》, 《고양이 발 살인사건》, 《혁명하는 여자들》, 《내 플란넬 속옷》, 《마지막으로 할 만한 멋진 일》(공역), 《아랍, 그곳에도 사람들이 살고 있다》, 《버블 차이나》, 《덫에 걸린 유럽》, 《침묵을 위한 시간》, 《북극을 꿈꾸다》, 《발전은 영원할 것이라는 환상》, 《제대로 된 시체답게 행동해》(공역) 등이 있다.

식스웨이크

초판 1쇄 발행 2019년 4월 25일
초판 3쇄 발행 2019년 7월 10일

지은이	무르 래퍼티
옮긴이	신해경
펴낸이	박은주
기획	김창규, 최세진
디자인	김선예, 류진
마케팅	박동준

발행처	아작
등록	2015년 9월 9일(제2018-000142호)
주소	03924 서울시 마포구 월드컵북로54길 25
	상암DMC푸르지오시티 504호
대표전화	02.324.3945 **팩스** 02.324.3947
이메일	decomma@gmail.com
홈페이지	www.arzak.co.kr
ISBN	979-11-89015-56-5 03840

책 값은 표지 뒤쪽에 있습니다.
잘못 만들어진 책은 구입하신 서점에서 교환해 드립니다.

아작은 디자인콤마의 문학 브랜드입니다.

이 도서의 국립중앙도서관 출판예정도서목록(CIP)은 서지정보유통지원시스템 홈페이지 (http://seoji.nl.go.kr)와 국가자료공동목록시스템(http://www.nl.go.kr/kolisnet)에서 이용하실 수 있습니다. (CIP제어번호: CIP2019012957)